MW01705162

Né en 1960 en Angleterre, **Peter F. Hamilton** s'est très vite imposé comme l'un des piliers du renouveau de la SF britannique. Mais là où ses amis auteurs exploraient de nouveaux courants, Hamilton a préféré faire revivre l'émerveillement des aventures spatiales chères aux grands auteurs de l'âge d'or : Asimov, Clarke et Heinlein. Dans ce domaine, ses cycles *L'Aube de la nuit* et *L'Étoile de Pandore* font référence. Il est le maître incontesté du *space opera* moderne.

Du même auteur,
aux éditions Bragelonne,
en grand format :

Dragon déchu

La Trilogie du Vide :
1. *Vide qui songe*
2. *Vide temporel*
3. *Vide en évolution*

Manhattan à l'envers
(recueil de nouvelles)

La Grande Route du Nord – tome 1
La Grande Route du Nord – tome 2

Les Naufragés du Commonwealth :
1. *L'Abîme au-delà des rêves*
2. *Une nuit sans étoiles*

Aux éditions Bragelonne,
au format poche :

Greg Mandel :
1. *Mindstar*
2. *Quantum*
3. *Nano*

L'Étoile de Pandore :
1. *Pandore abusée*
2. *Pandore menacée*
3. *Judas déchaîné*
4. *Judas démasqué*

La Trilogie du Vide :
1. *Vide qui songe*
2. *Vide temporel*
3. *Vide en évolution*

Manhattan à l'envers
(recueil de nouvelles)

La Grande Route du Nord – tome 1
La Grande Route du Nord – tome 2

Les Naufragés du Commonwealth :
1. *L'Abîme au-delà des rêves*

Aux éditions Robert Laffont,
collection « Ailleurs & Demain » :

L'Aube de la nuit :
Rupture dans le réel – 1 : Émergence
Rupture dans le réel – 2 : Expansion
L'Alchimiste du neutronium – 1 : Consolidation
L'Alchimiste du neutronium – 2 : Conflit
Le Dieu nu – 1 : Résistance
Le Dieu nu – 2 : Révélation

Ce livre est également disponible
au format numérique

www.bragelonne.fr

Personnages principaux

L'Agent, fournisseur de mercenaires sur Illuminatus.

L'Ange des hauteurs, vaisseau spatial extraterrestre intelligent.

Daniel Alster, directeur de Compression Space Transport (CST), assistant de Nigel Sheldon.

Alessandra Baron, présentatrice de talk-show.

Dudley Bose, professeur d'astronomie à l'université de Gralmond, ressuscité.

Gore Burnelli, patriarche de la Grande famille des Burnelli.

Justine Burnelli, personnalité en vue de la société terrienne, sénatrice.

Thompson Burnelli, sénateur du Commonwealth.

Rafael Columbia, vice-amiral chargé de la défense planétaire.

Paul Cramley, pirate informatique de Darklake City.

Elaine Doi, présidente du Commonwealth intersolaire.

Adam Alvin, ancien radical, intendant des Gardiens de l'individualité.

Hoshe Finn, inspecteur de la police de Darklake.

Toniea Gall, présidente de l'association des Résidents de l'Ange des hauteurs.

McClain Gilbert, capitaine de la Marine.

Crispin Goldreich, sénateur, président de la commission budgétaire.

Bernadette Halgarth, mère d'Isabella, agent de l'Arpenteur.

Isabella Halgarth, agent de l'Arpenteur.

Victor Halgarth, père d'Isabella, agent de l'Arpenteur.

Alic Hogan, capitaine au service de renseignement de la Marine.

Ozzie Fernandez Isaacs, coïnventeur de la technologie des trous de ver, copropriétaire de CST.

Bradley Johansson, fondateur des Gardiens de l'individualité.

Patricia Kantil, assistante d'Elaine Doi.

Renne Kempasa, lieutenant de la Marine.

Natasha Kersley, chef du projet Seattle.

Anna Kime, épouse et chef d'état-major de Wilson.

Wilson Kime, ancien pilote de la NASA, amiral.

John King, lieutenant au service de renseignement de la Marine.

Edmund Li, inspecteur du fret à la station de Boongate.

Bruce McFoster, ancien Gardien, assassin à la solde de l'Arpenteur.

Kazimir McFoster, membre des Gardiens de l'individualité.

Samantha McFoster, membre des Gardiens de l'individualité, technicienne.

Olwen McOnna, membre des Gardiens de l'individualité.

Stig McSobel, membre des Gardiens de l'individualité, chef de la section Armstrong City.

Michelangelo, animateur de talk-show.

Oscar Monroe, capitaine du vaisseau *Defender*.

Morton, ancien prisonnier, soldat d'infanterie.

Kaspar Murdo, concierge de la clinique Saffron.

Paula Myo, inspecteur principal, puis membre de la sécurité du Sénat.

Jim Nwan, lieutenant au service de renseignement de la Marine.

Matthew Oldfield, lieutenant au service de renseignement de la Marine.

Orion, adolescent orphelin de Silvergalde.

Tiger Pansy, actrice de films IST pour adultes.

Qatux, Raiel vivant sur l'Ange des hauteurs.

Ramon DB, sénateur de Buta, leader l'Entente africaine.

Simon Rand, fondateur de Randtown, leader de la résistance.

Mellanie Rescorai, personnalité de l'unisphère, agent de l'IA.

Gwyneth Russell, lieutenant au service de renseignement de la Marine.

Vic Russell, lieutenant au service de renseignement de la Marine.

Bruno Seymore, officier scientifique à bord de *Seconde Chance.*

Campbell Sheldon, arrière-petit-fils de Nigel, membre

influent de la Dynastie.

Nigel Sheldon, coïnventeur de la technologie des trous de ver, copropriétaire de CST.

Catherine Stewart (Cat ou « la Chatte »), ancienne prisonnière, soldate d'infanterie.

Tunde Sutton, officier scientifique à bord de *Seconde Chance.*

Niall Swalt, employé de la société Grande Triade Aventures.

Giselle Swinsol, directrice du projet spatial de la Dynastie Sheldon.

Rob Tannie, ancien prisonnier, soldat d'infanterie.

Tarlo, lieutenant au service de renseignement de la Marine.

Tochee, extraterrestre d'origine inconnue.

Gerard Utreth, représentant de la famille Brant, NRDA.

Liz Vernon, ingénieur en biogénétique, épouse de Mark Vernon.

Mark Vernon, ingénieur.

Prologue

Pour le lieutenant Renne Kempasa, cette enquête sonnait faux depuis le début. Un doute s'était immiscé dans son subconscient dès qu'ils avaient mis les pieds dans le loft de la victime. Des appartements comme celui-là, Renne en avait vu des centaines. C'était le genre de nid douillet et somptueux dans lequel vivaient les personnages si branchés des feuilletons IST – la plupart du temps des célibataires au physique parfait, payés grassement pour ne pas faire grand-chose et disposant de ce fait de beaucoup de temps pour sillonner de long en large leur intérieur de cinq cents mètres carrés décoré de façon extravagante par des architectes hors de prix. Des *scenarii* complètement déconnectés de la réalité, mais au fort potentiel comique et dramatique.

Sauf que cette fois-ci, le décor n'était pas en carton-pâte. La veille, les Gardiens avaient fait pleuvoir sur le réseau une annonce explosive : la présidente Elaine Doi serait un agent de l'Arpenteur. L'appartement se situait au dernier étage d'une vieille usine réhabilitée de Daroca, la capitale d'Arevalo. Le vaste salon donnait sur un balcon immense et ensoleillé surplombant la rivière Caspe, qui traversait le cœur de la ville. Comme toutes les capitales des planètes développées de l'espace de phase un, Daroca était un collage riche et réussi de parcs, de bâtiments élégants, de rues larges qui s'étiraient jusqu'à l'horizon. Illuminée par l'aube couleur de bronze de la planète, elle semblait entourée d'une aura vive, qui ajoutait à la beauté du panorama.

Incrédule, Renne secoua la tête devant tant de beauté. Même avec le salaire plus que décent versé par la Marine, elle ne pourrait jamais louer un endroit pareil. Dire qu'il était occupé par trois jeunes filles de moins de vingt-cinq ans.

L'une d'entre elles, Catriona Saleeb, les avait accueillis, Tarlo et elle. C'était un petit bout de femme de vingt-deux ans, aux longs cheveux noirs et ondulés, vêtue d'une simple robe verte ornée de bandes géométriques lilas – une tenue certes décontractée, mais qui, parce qu'elle était signée Fon, valait au moins mille dollars terriens. L'assistant virtuel de Renne afficha le dossier de Saleeb dans son champ de vision. Catriona était un membre mineur de la famille Morishi et travaillait dans une banque, dans le quartier d'affaires de Daroca.

Ses deux amies étaient Trisha Marina Halgarth, stagiaire chez Veccdale, une filiale de Halgarth spécialisée dans les systèmes domestiques haut de gamme, et Isabella Halgarth, qui travaillait dans une galerie d'art contemporain. Elles avaient le profil idéal : trois jeunes célibataires vivant sous le même toit, prenant du bon temps en attendant de débuter une vraie carrière ou d'épouser un homme riche et influent, après quoi elles n'auraient plus qu'à s'installer dans le nouveau manoir familial pour y pondre leur quota de rejetons.

— C'est très grand chez vous, dit Tarlo, comme ils pénétraient dans le salon.

Catriona se retourna et le gratifia d'un sourire bien plus que poli.

— Merci. L'appartement appartient à la famille et nous le louons pour pas cher.

— Je suppose que vous y organisez pas mal de folles soirées ?

— Peut-être bien, répondit-elle avec un sourire enjôleur.

Renne lui lança un regard exaspéré. Ils étaient supposés être là en service, pas pour draguer les témoins potentiels. Le visage parfaitement bronzé de Tarlo se fendit d'un sourire qui laissa apparaître une rangée de dents blanches, étincelantes. Elle avait vu de ses propres yeux ce sourire faire de véritables ravages dans les clubs et les bars de Paris ou des alentours.

Catriona les conduisit jusqu'au coin cuisine, séparé du reste de l'appartement par un bar en marbre. L'équipement était ultramoderne, les gadgets nombreux incrustés dans des modules muraux ovoïdes d'un blanc immaculé. Renne doutait fortement de l'utilité de tous ces ustensiles, même si le robot cuisinier paraissait performant et sophistiqué.

Les deux autres filles étaient installées au bar, sur des tabourets.

— Trisha Marian Halgarth ? demanda Renne.

— C'est moi.

L'une des deux jeunes femmes se leva. Son visage en forme de cœur et au teint olive était orné de deux tatouages interfaces vert foncé, représentant des ailes de papillon, qui flanquaient ses yeux noisette. Elle portait un peignoir de bain trop grand ; ses doigts agrippaient le tissu pelucheux serré autour d'elle comme s'il s'agissait d'une armure. Elle avait des anneaux à tous les orteils.

— Nous sommes de la Marine, dit Tarlo. Le lieutenant Kempasa et moi enquêtons sur ce qui vous est arrivé.

— Vous voulez dire sur la façon dont je me suis fait avoir, lâcha-t-elle.

— Doucement, ma puce, intervint Isabella Halgarth en prenant Trisha par les épaules. Ces gens sont de ton côté.

Elle descendit du tabouret pour faire face aux deux enquêteurs.

Renne leva légèrement le menton, car la jeune femme était sensiblement plus grande qu'elle, presque aussi grande que Tarlo. Elle portait un jean très serré, qui mettait ses jambes en valeur. Ses longs cheveux blonds étaient noués en une queue-de-cheval qui lui arrivait à la taille. Elle était l'image même de l'élégance décontractée.

Le sourire de Tarlo s'élargit davantage. Renne avait envie de le plaquer contre le mur pour lui expliquer – en lui agitant l'index sous le nez – comment il devait se comporter lorsqu'il était en mission. Au lieu de quoi elle fit de son mieux pour ne pas faire attention à la danse nuptiale qui se déroulait sous ses yeux.

— J'ai enquêté sur plusieurs cas similaires, mademoiselle Halgarth, dit-elle. Les victimes sont rarement crédules. Toutefois, au fil des années, les Gardiens ont développé un mode opératoire très sophistiqué.

— Des années ! renifla Catriona. Et vous ne les avez toujours pas attrapés ?

Renne tâcha de garder son air poli.

— Nous sommes tout près du but.

Les trois filles échangèrent des regards peu convaincus. Trisha se rassit en agrippant son peignoir.

— Je sais que c'est difficile pour vous, dit Tarlo. Si vous pouviez commencer par me donner le nom de l'homme en question, ajouta-t-il avec un sourire plus doux et encourageant.

Trisha hocha la tête en faisant la moue.

— Bien sûr. Howard Liang, répondit-elle. Mais je suppose que ce n'est pas son vrai nom.

— Effectivement. Toutefois, il aura quand même laissé des traces sur la cybersphère de Daroca. Notre équipe scientifique réussira certainement à mettre en évidence des fichiers associés. Nous serons en mesure de remonter jusqu'à la naissance de cette fausse identité, d'apprendre où elle a été introduite sur le réseau et peut-être même qui l'a créée. Le moindre détail compte.

— Comment vous êtes-vous rencontrés ? demanda Renne.

— Dans une fête. On va souvent à des fêtes, ajouta-t-elle en cherchant ses amies du regard.

— C'est une grande ville, dit Isabella. Arevalo est une planète prospère. Ici, les gens ont de l'argent et le temps de s'amuser, expliqua-t-elle en lançant à Tarlo un regard amusé. Trish et moi appartenons à une Dynastie intersolaire, Catriona à une Grande famille. Inutile d'en dire davantage. Nous sommes toutes les trois d'excellents partis.

— Howard Liang était-il riche ? demanda Renne.

— Eh bien, il n'avait pas de fonds en fiducie, répondit Trisha avant de s'empourprer. Enfin, c'est ce qu'il a dit. Sa famille était supposée être originaire de Velaines. Il venait soi-disant de sortir d'une cure de rajeunissement. Je l'aimais bien.

— Où travaillait-il ?

— À la bourse de marchandises chez Ridgeon. Grand Dieu, j'ignore si c'est vrai ! s'exclama-t-elle en se frottant le front. Je ne connais même pas son âge véritable. En fait, je ne sais rien de lui. Je crois que c'est ce qu'il y a de pire dans cette histoire. Je me fiche qu'il ait volé mon certificat d'identité, qu'il ait effacé une partie de ma mémoire. Mais ça... Me faire avoir de cette manière. J'ai été tellement bête. Les services de sécurité de notre Dynastie n'arrêtent pourtant pas de nous mettre en garde. Jusque-là, je ne m'étais jamais sentie concernée.

— Je vous en prie, la coupa Tarlo, cessez de culpabiliser. Ces types sont de vrais professionnels. Ils sont capables d'embobiner n'importe qui, même moi. Bon, quand l'avez-vous vu pour la dernière fois ?

— Il y a trois jours. Nous sommes sortis dans la soirée. J'avais été invitée au *Club Bourne* pour je ne sais plus quelle occasion – peut-être le lancement d'une nouvelle série. Après, on a mangé et je suis rentrée à la maison. Il me semble. L'ordinateur de l'appartement dit que je suis rentrée à 5 heures du matin. En fait, je ne me rappelle rien de ce qui s'est passé après le dîner. C'est à ce moment-là qu'ils ont agi ?

— Possible, répondit Renne. Monsieur Liang avait-il des colocataires ?

— Non, il vivait seul. J'ai rencontré quelques-uns de ses amis, des gens de Ridgeon, sans doute. Nous ne sommes sortis ensemble que quinze jours. Juste assez longtemps pour que j'abaisse ma garde, ajouta-t-elle en secouant la tête avec colère. Quelle horreur ! Maintenant, le Commonwealth tout entier croit que je prends la présidente pour une extraterrestre. Je ne pourrai plus jamais regarder mes collègues de travail dans les yeux. Je n'ai plus qu'à retourner sur Solidade pour changer de visage et de nom.

— Ce n'est pas une mauvaise idée, dit Tarlo avec douceur. Mais, avant cela, nous aurons besoin de vous faire subir quelques tests. Une équipe médicale attend dans le hall. Ils peuvent faire cela dans une clinique ou bien chez vous. À vous de choisir.

— Qu'on le fasse ici. Le plus vite sera le mieux.

— Bien sûr. Une autre équipe est en train de passer son appartement au peigne fin.

— Qu'espérez-vous trouver là-bas ? demanda Isabella.

— Pour commencer, un échantillon d'ADN, répondit Renne. Nous aurons peut-être de la chance, surtout si l'appartement leur servait de quartier général. Nous allons également examiner son dossier chez Ridgeon ; j'aimerais d'ailleurs que vous y jetiez un coup d'œil. Et puis, si vous aviez une photo récente…

— Il a probablement déjà subi un reprofilage cellulaire, intervint Catriona.

— Oui. Toutefois, nous allons concentrer notre enquête sur ses antécédents, son passé. Ainsi, nous découvrirons peut-être d'où il vient. Vous devez comprendre que la seule façon de traduire Liang devant la justice consiste à démanteler l'organisation des Gardiens tout entière. Nous ne poursuivons pas un seul individu.

Vingt minutes plus tard, ils avaient pris les dépositions des jeunes femmes et passé la main à l'équipe médicale. Renne avait presque atteint la porte lorsqu'elle se retourna pour jeter un dernier coup d'œil pensif au vaste salon. Trisha se dirigeait vers sa chambre avec deux membres de la police scientifique.

—Quoi ? demanda Tarlo.

—Rien, répondit-elle en regardant une dernière fois Catriona et Isabella.

—Allez, dites-moi tout, reprit-il lorsqu'ils furent dans l'ascenseur. Je commence à bien vous connaître. Je sais que quelque chose vous tracasse.

—C'est du *déjà-vu**.

—Pardon ?

—Cet appartement, ces circonstances, je les connais déjà.

—Moi aussi. Chaque fois que les Gardiens mitraillent l'unisphère, la patronne nous envoie sur les lieux jeter un coup d'œil.

—Ouais, donc vous avez remarqué aussi. Minilya, vous vous rappelez ?

Tarlo fronça les sourcils comme les portes s'ouvraient. Ils sortirent dans le hall.

—Un peu, oui. C'était il y a quatre ans. Toutefois, les colocataires de cet appartement-là étaient des hommes.

—Et alors quoi ? Vous devenez sexiste, maintenant. C'est différent parce que ce sont des filles ?

—Eh ! Je n'ai rien dit.

—C'était exactement la même configuration. Et puis, des groupes de filles, on en a vu aussi.

—Sur Nzega, April Gallar Halgarth. Elle était en vacances avec des copines.

—N'oubliez pas Buwangwa.

---

* En français dans le texte. (*NdT*)

— Bon, d'accord. Où voulez-vous en venir ?

— Je n'aime pas les répétitions. Et puis, les Gardiens savent qu'ils risquent gros en restant fidèles à un même mode opératoire.

— Quel mode opératoire ?

— Ce n'en est pas vraiment un.

— Alors ?

— Je ne suis pas certaine. Ils répètent les mêmes procédures. Cela ne leur ressemble pas.

Tarlo passa le premier dans la porte à tambour et utilisa son assistant virtuel pour appeler un taxi.

— Il faut dire qu'ils n'ont pas vraiment le choix. Il y a peut-être un nombre infini de jeunes Halgarth un peu crédules dans la galaxie, mais ils vivent tous de façons similaires. Ce ne sont pas les Gardiens qui se répètent, mais les Halgarth.

Renne plissa le front comme le taxi s'arrêtait devant eux. Force lui était d'admettre qu'il avait raison.

— Vous croyez que la sécurité de la Dynastie s'est servie de Trisha comme d'un appât pour remonter la piste des Gardiens ?

— Non, non, répondit aussitôt Tarlo. Impossible. Si cela avait été le cas, ils auraient mis le grappin sur Liang dès le premier soir. Peut-être que son profil n'a pas soulevé de soupçons chez Ridgeon mais il aurait été repéré tout de suite en cas d'une opération montée par les Halgarth… Non, je n'y crois pas.

— Pourtant, ils auraient tort de se priver de cette stratégie. Si j'étais un membre important de la famille Halgarth, je serais sacrément en colère contre ces satanés Gardiens.

Tarlo s'installa sur la banquette en cuir du véhicule.

— C'est vrai que les Halgarth insistent beaucoup auprès de la patronne pour qu'il soit mis fin à leurs actions.

— Exact. À mon avis, s'ils menaient des opérations de leur côté, ils nous tiendraient au courant.

— Vous croyez ? demanda-t-il.

— En fait non, je n'en sais rien. Toutefois, là n'est pas la question, puisqu'il ne s'agissait aucunement d'un piège.

— On ne peut pas en être sûrs.

— Le fait est qu'ils n'ont pas attrapé Liang et qu'ils ne nous ont rien dit.

— Peut-être sont-ils sur ses talons et ne veulent-ils pas l'effrayer en nous révélant les dessous de leur manipulation ?

— Je n'y crois pas, dit-elle sans oser regarder Tarlo dans les yeux. Cette affaire est trop louche. Tout est trop parfait.

— Trop parfait ?

L'incrédulité contenue dans la voix de son collègue la fit presque sursauter.

— Bon, d'accord, ce n'est pas le terme approprié. Néanmoins, j'ai le sentiment de passer à côté de quelque chose. Ce loft, ces filles... Autant décréter l'ouverture de la chasse aux gosses de riches qui n'ont rien dans la cervelle.

— Je ne vous suis pas. Où se trouve l'erreur ? Chez les Gardiens ou chez les Halgarth ?

— Eh bien, pas chez les Halgarth, à moins qu'il y ait véritablement une opération en cours.

Il sourit.

— Vous aimez les conspirations presque autant que la patronne. Bientôt, vous allez me dire que l'Arpenteur est dans le coup.

— Qui sait ? dit-elle avec un sourire forcé. Quoi qu'il en soit, je vais lui dire que je trouve cette affaire très louche.

— Suicide professionnel.

— Allez ! Quel genre de détective êtes-vous ? Nous sommes supposés agir d'instinct. Vous ne regardez jamais les feuilletons policiers, ma parole ?

— Les séries de l'unisphère sont faites pour les gens qui n'ont pas de vie sociale. Moi, je sors le soir.

— Ouais, fit-elle d'un ton narquois. Vous mettez toujours votre uniforme pour sortir en boîte ?

— Je suis un officier de la Marine, après tout.

Renne rit.

— Grand Dieu ! Ne me dites pas que ça marche.

— Bien sûr que si. À condition de tomber sur des filles semblables à nos trois enfants gâtées.

Elle soupira.

— Écoutez, reprit-il. Je suis sérieux. Que pouvez-vous bien dire à Myo ? Que vous avez ressenti un truc bizarre ? Elle vous enverra bouler aussitôt. Et ne comptez pas sur moi pour vous appuyer. Personnellement, je n'ai rien de spécial à dire sur cette enquête.

— La patronne apprécie notre manière d'appréhender chaque cas. Vous savez qu'elle est adepte d'une approche holistique.

— Une approche holistique, peut-être, mais pas parapsychique !

* * *

Quarante minutes plus tard, de retour dans leur bureau parisien, la conversation n'était toujours pas terminée. Cinq officiers en uniforme formaient un groupe compact devant la porte du bureau de Paula Myo.

— Que se passe-t-il ? demanda Tarlo à Alic Hogan.

— Columbia est là, répondit le commandant, très embarrassé.

— Merde, marmonna Renne. C'est sûrement à cause du fiasco de L.A. J'étais supposée bosser là-dessus ce matin.

— Comme nous tous, rétorqua Hogan en lâchant du regard la porte de sa supérieure. Vous avez découvert quelque chose à Daroca ?

Renne se demanda quoi répondre. Hogan était très à cheval sur les règles, la procédure.

— Un coup fourré standard, comme les Gardiens en

organisent régulièrement, s'empressa de répondre Tarlo en regardant sévèrement sa collègue. On a laissé les scientifiques passer les lieux au peigne fin.

— Bien. Tenez-moi au courant.

— Oui, monsieur.

— Un coup fourré standard, hein ? dit Renne, acerbe, comme ils rejoignaient leurs bureaux respectifs.

— Je viens juste de vous sauver la peau, se défendit Tarlo. Gardez vos histoires d'intuition pour la patronne. Ce connard de Hogan ne pense qu'à ses statistiques et à mettre des croix dans les bonnes cases.

— D'accord, d'accord, grogna-t-elle.

Paula Myo sortit de son bureau avec son sac à main et la plante verte – un rabbakas – qui ornait le rebord de sa fenêtre. Le visage écarlate, vêtu de son uniforme d'amiral, Rafael Columbia se tenait juste derrière elle.

Renne n'avait jamais vu Myo dans cet état. Un frisson glacé parcourut sa colonne vertébrale. Jusque-là, la patronne lui avait toujours semblé imperturbable, monolithique.

— Au revoir à tous, dit-elle à l'ensemble de ses collègues. Et merci pour tout le travail que vous avez fourni.

— Paula ? fit Tarlo, bouche bée.

L'inspecteur principal secoua imperceptiblement la tête pour le faire taire. Renne la regarda sortir et eut le sentiment de voir défiler une procession.

— Commandant Hogan, appela Columbia. J'aimerais vous parler un instant.

Il disparut dans le bureau de Myo. Alic se précipita à sa suite. La porte se referma dans son dos.

Renne se laissa tomber sur sa chaise.

— Je rêve, murmura-t-elle, incrédule. Ils ne peuvent pas la foutre dehors. Paula est le CICG.

— Oui, mais le CICG n'est plus, fit remarquer Tarlo.

I

Diffusé par des haut-parleurs, le son strident des pistolets ioniques résonna dans le bureau de la sécurité de L.A. Galactic. Des hurlements le couvrirent aussitôt. Horrifié, abasourdi, le commandant Alic Hogan vit l'assassin de Kazimir s'enfuir, traverser le hall du terminal Carralvo en tirant derrière lui. Les passagers terrifiés se jetaient à terre ou se cachaient tant bien que mal derrière des balustrades.

— L'équipe B est sur sa passerelle, annonça Renne depuis son poste de travail. La vue est dégagée.

— Descendez-le, ordonna Hogan.

Sur l'image granuleuse du moniteur, le tireur d'élite de l'équipe toucha l'assassin, dont la silhouette mouvante se découpa furtivement sur une toile de fond violet électrique.

— Merde, siffla Hogan.

Deux décharges ioniques supplémentaires. Des étincelles pleuvaient dans tout le hall, se déversaient sur les murs et les panneaux publicitaires. Les gens criaient comme les vrilles d'électricité s'enroulaient autour de leurs vêtements, les roussissaient en profondeur. Les détecteurs de fumée firent leur office et les alarmes ajoutèrent au vacarme.

— Il est protégé par un champ de force, s'exclama Renne. Impossible de le transpercer à cette distance.

Hogan sélectionna l'icône de communication générale dans sa vision virtuelle.

— À toutes les équipes : prenez l'homme en chasse. Feu à volonté dès qu'il sera à découvert. Faites-moi sauter ce champ de force.

Tandis que les différentes équipes se mettaient en mouvement, les moniteurs de tous les postes de travail commencèrent à clignoter. Dans son champ de vision, des icônes d'alerte rouges se superposèrent à l'interface du réseau de la station.

— Un logiciel pirate de type Kaos a pénétré les nœuds du réseau, lui annonça son assistant électronique. L'IR est en train d'essayer de s'en débarrasser.

— Fait chier !

Le poing de Hogan s'abattit sur la console. À l'autre bout de la pièce, la sénatrice Burnelli se levait de son fauteuil. Elle était affolée, son jeune et magnifique visage tordu par une culpabilité indicible. D'autres moniteurs furent brouillés par des parasites. Ne subsistait plus qu'une seule image de l'assassin, prise par un capteur placé sous le toit. Hogan le regarda courir sur une rampe et atteindre le quai 12A. Deux officiers étaient à ses trousses, à une centaine de mètres. Des décharges ioniques furent échangées. L'image se couvrit d'un crachin gris. Un grognement incontrôlé sortit de la bouche de Hogan. Ce n'était pas possible ! C'était un désastre absolu. Pire encore, cette scène se déroulait sous les yeux de la sénatrice, grâce à qui ils avaient remonté la piste des Gardiens. Piste que Hogan cherchait désespérément depuis si longtemps.

Sa main virtuelle voleta au-dessus des icônes de son champ de vision, sélectionna les canaux protégés qui le reliaient à ses hommes. Au moins les systèmes de la Marine ne paraissaient-ils pas trop affectés par le logiciel subversif des terroristes.

— Il est sur le quai, il est sur le quai !

— J'arrive sur le 12A par la deuxième rampe.

— Je tire.

— Attendez ! Non. Il y a des civils !

— Vic, où êtes-vous ?

— Un train arrive en gare.

— Vic ? Pour l'amour du ciel.

— Merde ! Il a sauté. Je répète : la cible a sauté sur la voie et se dirige vers l'ouest.

— Suivez-le, ordonna Hogan. Renne, qui avez-vous dehors ?

— L'équipe H n'est pas loin, répondit-elle en ouvrant un plan sur un ordinateur de poche. Tarlo, vous êtes là ? Vous pouvez l'intercepter ?

— Affirmatif, répondit celui-ci, laconique, dans un concert de bruits de pas.

Hogan se rendit vaguement compte que la sénatrice et ses gardes du corps étaient en train de quitter la salle. Son assistant avait ouvert un plan en 3D de la station dans sa vision virtuelle. Depuis le quai 12A, la voie glissait vers l'ouest, jusqu'à une vaste zone plane quadrillée par des centaines de rails, carrefour où se croisaient les trains de passagers et ceux de marchandises. Quatre kilomètres et demi plus loin, au nord, se dressait une muraille de portails.

— Il n'y arrivera jamais, marmonna Hogan avant de se retourner vers Tulloch, l'officier de liaison de CST. Vous avez des hommes à l'extérieur ?

Tulloch hocha la tête.

— Trois équipes. Elles sont déjà en route. Ce virus ne nous aide pas vraiment, mais jusque-là, nos communications n'ont pas été touchées. Ne vous en faites pas, nous le coincerons au milieu de ce carrefour. Il ne sortira jamais de là.

Hogan jeta un nouveau regard circulaire sur la salle et sur ses hommes qui s'énervaient devant leurs moniteurs inutilisables. Il n'y avait rien d'autre à faire à part attendre que l'IR ait terminé son travail de nettoyage. Au sol, les équipes se communiquaient leurs coordonnées respectives, qui s'affichaient automatiquement sur la représentation en 3D. À elles toutes, elles formaient un cercle autour de cette zone ouest, un cercle un peu trop lâche. Renne était d'ailleurs en train de donner des ordres pour essayer de colmater les brèches du dispositif.

—J'y vais, annonça Hogan.

—Monsieur? s'exclama Renne, surprise, en délaissant un instant son affichage tactique.

—Prenez la main. Je pense que je serai plus utile en bas.

Un voile de doute couvrit furtivement le visage de Renne, qui répondit:

—Oui, monsieur.

Hogan était parfaitement conscient de ne pas être très respecté par ses officiers. Le bureau parisien, dont il avait hérité après le départ de Paula Myo, ne l'avait jamais considéré autrement que comme la marionnette de l'amiral Columbia. Tout le monde le voyait comme un apparatchik incompétent. Au début de la mission d'observation, il avait espéré gagner enfin leur respect. Espoir qui était sur le point de disparaître avec leur assassin.

Le logiciel pirate introduit dans les systèmes de L.A. Galactic commençait à faire des siennes. Hogan fut contraint de descendre dans le hall par l'escalier, comme les premiers effets physiques de la subversion se faisaient sentir. Les mécanismes de sécurité de chaque ascenseur s'étaient enclenchés, stoppant les cabines là où elles se trouvaient. Il dévala les quatre étages d'une traite sans se sentir aucunement essoufflé. Une marée d'usagers paniqués lui barrait la route. Effrayés par le meurtre et la chasse qui avait suivi, perturbés par l'effondrement du réseau local, ils ne savaient pas où aller. Pour couronner le tout, les alarmes hurlaient et des flèches rouges qui désignaient les sorties de secours clignotaient en tous sens, indiquant des directions contradictoires.

Hogan se faufila tant bien que mal sans faire attention aux insultes qui fusaient de partout. De toute façon, il était occupé à écouter les équipes qui communiquaient sur le canal protégé. Cela ne s'annonçait pas très bien. Il y avait trop de questions. Trop de types ne savaient pas où aller, s'en remettaient entièrement au bureau de la sécurité, qui organisait tout, déterminait la tactique à adopter, suivait les événements grâce aux senseurs primaires de la station. *Penser à changer les procédures d'entraînement*, se dit-il, absent. Sur son plan, il voyait ses officiers et les gars de CST se rapprocher inexorablement de la position supposée de l'assassin.

Il se précipita sur la rampe qui menait au quai 12A et dégaina son pistolet ionique. Les quelques passagers qui n'avaient pas encore fui étaient pelotonnés contre les murs et derrières des piliers. Ils sursautèrent lorsqu'ils le virent passer en courant et sauter sur la voie. Des hologrammes ambrés situés au bout du quai lui signifièrent de ne pas aller plus loin. Il les ignora et courut vers la lumière du jour, vers l'extrémité de l'énorme toit constitué d'arches. Dans ses oreilles, la voix de Renne était toujours calme et posée, tandis qu'elle guidait les équipes. Malgré cela, celles-ci n'étaient pas parvenues à combler les brèches dans le cercle qu'elles formaient autour de l'assassin. Hogan serra les dents mais ne dit rien ; le déploiement avait vraiment été mal organisé.

Il déboucha dans le soleil californien et comprit tout. Ce carrefour, pourtant si net et propre dans sa vision virtuelle, avec ses boucles et ses lacets, était en réalité une véritable jungle de béton et d'acier, qui s'étirait sur des kilomètres dans toutes les directions. D'un côté, il y avait de vastes hangars, des grues et des aires de chargement où machines et robots virevoltaient sans cesse. De l'autre, des dizaines de trains roulaient en tous sens. Il y avait des trains de marchandises longs d'un kilomètre tractés par d'énormes locomotrices GH9, des convois transcontinentaux, d'autres, internes à la station, composés d'une vingtaine de wagons, mais également des express blancs et effilés qui filaient à une vitesse effrayante. Ils emplissaient l'atmosphère de couinements, d'un fracas assourdissant, d'un concert de chocs métalliques – car les voitures ne cessaient de se heurter. Autant de bruits qu'il ne remarquait jamais lorsqu'il était installé dans le confort de sa voiture première classe climatisée.

L'attaque du logiciel n'avait pas entamé les capacités de la régulation du trafic. Obsédé par les risques de sabotage ou de catastrophe naturelle, CST utilisait un codage ultrasécurisé pour contrôler ses communications et la circulation des trains. Ce codage avait même résisté aux assauts des extraterrestres sur les vingt-trois mondes perdus – *les vingt-trois*, comme on disait.

Hogan s'arrêta en dérapant, au moment où un cargo passait à toute vitesse à moins de cinquante mètres de là, sur sa gauche. Un violent courant d'air lui fouetta le visage. Il voyait plusieurs de ses hommes déployés devant lui, au loin, leurs armes prêtes à tirer dans toutes les directions à la fois.

Il toucha une icône virtuelle qui le mit en communication directe avec Tulloch.

—Putain de merde, stoppez-moi le trafic dans toute cette zone ! Si ça continue, on va tous finir en compote.

—Désolé, Alic, j'ai déjà essayé. Malheureusement, le contrôle du trafic n'obéit qu'aux pontes de CST.

—Merde !

Tandis que Hogan le regardait, un de ses hommes fit brusquement un pas de côté pour éviter un convoi de citernes long de deux cents mètres, tiré par une GH4.

— Renne, demandez à Columbia de braquer un missile sur le siège de CST. Je veux qu'ils stoppent ces putains de trains. Tout de suite!

— J'y travaille, monsieur. Le logiciel Kaos recule. Nous aurons bientôt récupéré tous nos systèmes.

— Bordel…, lâcha-t-il dans un souffle.

Combien de désastres peut-on accumuler en une seule journée?

Il s'éloigna lui aussi de la voie et entreprit de rejoindre ceux de ses équipiers qui étaient éparpillés devant lui.

— Bon, tout le monde m'écoute: on s'organise. Qui est le dernier à avoir vu notre cible?

— Il y a deux minutes à peine, il se dirigeait vers le nord-est, à deux cents mètres de là.

L'assistant virtuel de Hogan identifia l'officier comme étant John King et le positionna sur le plan.

— Je l'ai vu aussi, monsieur. Derrière ce convoi de plates-formes vides, dit Gwyneth Russell, qui se trouvait à plus de trois cents mètres de John.

— Quand? demanda Hogan.

— Il a sauté derrière la plate-forme il y a une minute environ, monsieur.

— Je confirme, annonça Tarlo. Mon équipe est au nord de Gwyneth. Le convoi arrive sur nous. Il est de l'autre côté de la voie.

Hogan scanna la zone où était censée se trouver l'équipe de Tarlo. Un train rapide constitué de containers cylindriques filait entre elle et lui. Il croyait voir un deuxième convoi juste derrière – peut-être bien celui dont parlaient les autres. Tous ces mouvements antagonistes étaient déstabilisants.

Le vacarme ambiant devint encore plus intense. Un bourdonnement de câbles électriques haute tension se fit entendre sur sa gauche, au fond d'une sorte de tranchée. Hogan fronça les sourcils et regarda vers le trou. Jusque-là, il avait supposé qu'il s'agissait d'un égout pluvial en béton aux enzymes. Trois mètres de large, un mètre trente de profondeur. La ligne grise serpentait légèrement avant de rejoindre une tranchée similaire, à une vingtaine de mètres de là.

Des rails de locomotive magnétique!

Hogan se jeta sur les gravillons en granite et se couvrit la tête des deux mains. Un train express passa tout près en hurlant. La veste de l'uniforme du capitaine claquait comme une voile dans la tempête. Pendant un instant, celui-ci eut l'impression que la pression de l'air serait assez forte pour le soulever. Un cri désarticulé sortit de sa bouche, tandis qu'une peur animale prenait possession de son corps. Puis l'express disparut, ses feux arrière clignotant au loin.

Il fallut une minute à Hogan pour récupérer l'usage de ses jambes flageolantes et se relever avec lenteur sans lâcher des yeux la tranchée de béton en apparence inoffensive. Aucun signe d'un autre express pour le moment.

—Il n'est pas là, s'exclama Tarlo. Monsieur, on l'a raté.

Sur son plan virtuel, les différentes équipes étaient concentrées autour de ce dernier, le long d'une voie désertée.

—C'est impossible, insista Gwyneth. Pour l'amour du ciel, je l'ai vu juste derrière le train.

—Il n'est pas passé par ici.

—Mais alors où est-il, putain de merde?

—Personne ne le voit? demanda Hogan.

—Non, monsieur. Il n'est pas ici, répondirent-ils tous de concert.

Comme il s'éloignait en vacillant du rail magnétique, son assistant virtuel lui indiqua que le réseau de la station recouvrait lentement son intégrité. De son côté, Renne s'était procuré les horaires de passage des trains auprès de la régulation du trafic et était en mesure de prévenir les hommes éparpillés sur les voies.

— Que tout le monde reste à sa place, lui dit Hogan. Je veux qu'on boucle le périmètre. Il ne peut pas avoir disparu. On scelle la zone jusqu'à ce que les senseurs soient en mesure de prendre le relais.

— Oui, monsieur, répondit-elle. Ah, on dirait qu'on a de la compagnie !

Deux hélicoptères noirs marqués LAPD en grandes lettres blanches sous l'abdomen survolèrent la zone à basse altitude. Hogan les fixa en fronçant les sourcils. *Génial ! On recommence le fiasco de la marina. Les flics vont encore se foutre de notre gueule.*

Des images claires et nettes recommencèrent à emplir la grille de sa vision virtuelle, tandis que le logiciel subversif rebroussait chemin. Un premier train freina dans un couinement suraigu, qui résonna à des kilomètres à la ronde. Il fut bientôt suivi d'un autre, puis d'un autre encore. Bientôt, tous les trains présents dans la gare furent immobilisés.

Le silence finit par s'installer. Les convois étaient figés.

— Bien, annonça Hogan d'un ton sinistre. On fouille la zone secteur par secteur.

* * *

Deux heures plus tard, Alic dut admettre sa défaite. Ils avaient fouillé le moindre centimètre carré de la station, visuellement et à l'aide de capteurs. L'assassin n'était nulle part. Le périmètre formé par les collaborateurs d'Alic et par les équipes de CST n'avait pas été violé. Pourtant, la cible était parvenue à s'évanouir dans la nature.

Depuis son poste de commandement de fortune installé sur le quai 12A, Hogan regarda les officiers, épuisés et découragés, rentrer au bercail d'un pas pesant. Le moral de tout le monde en avait pris un sacré coup. Cela se voyait aux expressions qu'ils arboraient, à la manière qu'ils avaient d'éviter de croiser son regard.

Tarlo s'arrêta devant lui. Il semblait davantage en colère que déçu.

—Je n'y pige rien du tout. On était juste derrière lui. Et les autres étaient tout autour. Il n'avait aucun moyen de nous filer entre les doigts. Même avec tous les implants du monde…

—Il a bénéficié d'une aide extérieure importante, dit Hogan à son lieutenant. Le Kaos en est la preuve.

—Ouais, sans doute. On se retrouve à Paris? On va sûrement finir dans un bar. Les meilleurs seront encore ouverts à l'heure où on rentrera.

À n'importe quel autre moment, Hogan aurait volontiers accepté.

—Non, merci. Je dois rendre des comptes à l'amiral.

Tarlo grimaça avec compassion.

—Aïe. Bon, eh bien… C'est pour cela que vous êtes payé plus cher que nous.

—Pas assez, marmotta Hogan tandis que le grand Californien s'éloignait du quai et s'en allait rejoindre ses collègues. Il prit une profonde inspiration et demanda à son assistant virtuel de composer le numéro du bureau de Columbia.

* * *

La sénatrice Justine Burnelli resta auprès du corps pendant que le représentant de la morgue de la ville dirigeait le brancard robotisé vers l'une des nombreuses sorties du sous-sol de Carralvo. Les systèmes de L.A. Galactic avaient mis un certain temps à se remettre de l'attaque du programme subversif, temps qu'elle avait mis à profit pour regarder sans ciller la silhouette de Kazimir étendue sur le marbre blanc du hall. Le drap fourni par un employé discret de CST n'était pas tout à fait assez grand pour couvrir la flaque de sang.

À présent, son amant était enfermé dans un sac de plastique noir et un escadron de robots nettoyeurs s'affairait autour du sang, récurait la surface de marbre, éradiquait la moindre tache à l'aide de produits chimiques à l'efficacité radicale. D'ici une semaine, personne ne se rappellerait plus ces événements horribles.

Le brancard glissa tout seul à l'arrière du véhicule de la morgue.

— Je monte avec lui, dit Justine.

Personne ne protesta, pas même Paula Myo. Justine grimpa à bord de la voiture et prit place sur un banc étroit à côté du brancard. Les portes se refermèrent. Myo et les deux gardes du corps de la sécurité du Sénat chargés d'accompagner Justine dans tous ses déplacements embarquèrent dans un autre véhicule. Seule dans la lumière tamisée dispensée par une bande polyphoto accrochée au plafond, Justine se dit qu'elle allait se remettre à pleurer.

Non ! Avec son éducation à l'ancienne, Kazimir ne voudrait pas me voir dans cet état.

Une larme unique roula sur sa joue tandis qu'elle ouvrait la housse en plastique. Elle avait envie de le voir une dernière fois avant que tout devienne clinique et froid, qu'on lui demande de l'identifier officiellement et que les légistes fassent leur travail. Son jeune corps serait examiné et analysé dans les règles de l'art. Les médecins seraient forcés de l'ouvrir en deux pour le scanner en profondeur. Un viol de plus, qui le priverait de ce qui lui restait de dignité. Après cela, il ne serait plus vraiment Kazimir.

Elle le regarda et fut une nouvelle fois surprise par son air passif.

— Ô mon amour, ta lutte n'aura pas été vaine, lui

promit-elle. Je me battrai à ta place et nous vaincrons. Nous détruirons l'Arpenteur.

Le visage mort de Kazimir regardait tout droit sans rien voir. Elle tressaillit devant sa poitrine ruinée, devant le trou déchiqueté et brûlé découpé dans sa veste et sa chemise par la décharge ionique. Lentement, elle s'obligea à fouiller les poches du cadavre, à chercher elle ne savait trop quoi. On l'avait envoyé dans cet observatoire, au Pérou, pour prendre quelque chose, et elle savait qu'elle ne pouvait pas avoir confiance dans la Marine. Elle n'aimait pas non plus cette Paula, et ses sentiments devaient être réciproques.

Il n'avait rien dans les poches. Elle tâta ses vêtements, ses doublures, ses membres, tenta de faire abstraction du sang qui maculait ses doigts et ses paumes. Elle mit du temps, mais elle finit par trouver le cristal mémoire dans sa ceinture. Un sourire tendre et contenu effleura ses lèvres. En mission secrète, Kazimir utilisait une ceinture à poche comme un simple touriste. Elle détestait les Gardiens de s'être servis de lui. Leur cause était peut-être juste, mais cela ne les autorisait pas à recruter des enfants.

Justine était en train de s'essuyer les mains avec des mouchoirs en papier lorsque le véhicule commença à décélérer. Elle fourra les mouchoirs et le cristal dans son sac et se hâta de refermer la housse en plastique. Les portes s'ouvrirent. Justine sortit du véhicule en se demandant si son sentiment de culpabilité se lisait sur son visage.

Ils étaient dans un petit hangar, garés sur un quai, près d'un train en attente composé uniquement de deux voitures. Elle avait dû appeler Campbell Sheldon pour dégotter un train privé aussi vite. Heureusement, il s'était montré très compréhensif. Ils étaient certes amis, mais il y aurait un prix à payer. Il y en avait toujours un – son soutien lors d'un combat politique, une faveur quelconque. C'était la règle. Mais elle s'en moquait.

Paula accompagna le brancard automatisé jusque dans la seconde voiture et dit :

— Vous imaginez bien que l'amiral Columbia ne sera pas très heureux d'apprendre ce que vous avez fait.

— J'imagine, répondit Justine avec détachement. Toutefois, je veux m'assurer que son autopsie sera effectuée correctement. La sécurité du Sénat supervisera la procédure, qui aura lieu dans notre clinique familiale de New York. C'est le seul endroit réellement sûr et fiable que je connaisse.

— Je comprends.

Le voyage, via Seattle, Edmonton et Tallahassee, dura une vingtaine de minutes. Une ambulance banalisée et deux limousines les attendaient à la gare de Newark. Cette fois-ci, Justine ne put éviter de monter avec Paula Myo et le petit convoi s'éloigna vers la propriété familiale située à l'extérieur de la ville.

— Vous me faites confiance ? demanda Paula.

Justine faisait semblant de regarder par la vitre teintée. En dépit du choc profond provoqué par le meurtre et du bouleversement émotionnel subséquent, elle était toujours rationnelle et capable d'appréhender les implications de la question. Et elle savait que l'inspecteur principal ne se laissait jamais aller.

— Je suppose que nous avons des objectifs communs. Nous souhaitons toutes les deux arrêter cet assassin. Nous croyons toutes les deux à l'existence de l'Arpenteur. Nous savons toutes les deux que la Marine est impliquée dans cette histoire.

— C'est un bon début, dit Paula. Vous avez encore du sang sous les ongles, sénatrice. Je suppose que vous avez fouillé le corps.

Justine sentit ses joues s'empourprer. *Tu parles d'une manipulatrice.* Elle posa un regard calculateur sur la femme, puis ouvrit son sac à la recherche d'un mouchoir propre.

— Vous avez trouvé quelque chose ? demanda Paula.

— Vous pensez toujours que l'Arpenteur est entré en contact avec moi pendant que j'étais sur Far Away ?

— Dans cette affaire, on ne peut être sûr de rien. L'Arpenteur a eu tout le temps de mettre en place un réseau dans tout le Commonwealth, et ce en toute discrétion. Néanmoins, j'ai du mal à croire que vous soyez corrompue.

— Vous me laissez le bénéfice du doute, si j'ai bien compris, dit Justine en frottant une tache de sang sur son index gauche.

— En quelque sorte.

— Vous ne vous sentez pas seule, au sommet de l'Olympe d'où vous nous jugez tous ?

— Je ne pensais pas que la mort de McFoster vous avait autant affectée. Je m'attendais à un peu plus de froideur de la part d'une Burnelli.

— Je rêve ou nous sommes sur le point de conclure un marché ?

— Vous ne rêvez pas, et vous le savez très bien.

— Kazimir et moi étions amants, dit-elle simplement, comme si elle parlait du cours de la bourse, en gardant ses distances.

À l'intérieur, sa torpeur commençait à céder la place à une douleur intense. Quand le corps serait à l'abri de la clinique, elle n'aurait plus qu'à s'enfermer à *Tulip Mansion*, où elle pourrait le pleurer tranquillement, sans être vue.

— Jusque-là, vous ne m'apprenez rien. Vous vous êtes rencontrés sur Far Away ?

— Oui. Il n'avait que dix-sept ans. J'ignorais que j'étais capable d'aimer quelqu'un à ce point. Mais l'amour vous tombe toujours dessus sans prévenir, n'est-ce pas ?

— En effet, répondit Paula en se détournant.

— Avez-vous déjà aimé de cette manière, inspecteur ? À en devenir complètement folle ?

— Pas depuis plusieurs vies.

— J'aurais pu supporter sa mort corporelle – je l'ai déjà fait avec mon frère. J'aurais même accepté qu'il perde à jamais une partie de sa mémoire. Mais là, il est mort pour de bon, inspecteur. Kazimir n'est plus à cause de moi, car je l'ai trahi. Mentalement, je ne suis pas capable d'accepter une chose pareille. La mort véritable est un phénomène presque oublié de nos jours. Les erreurs de cette importance sont difficiles à avaler.

— Des dizaines de millions de personnes sont mortes sur nos vingt-trois planètes perdues, des personnes qui ne seront jamais ressuscitées. Votre douleur n'est pas unique. Elle ne l'est plus.

— Une salope de riche qui a cassé son jouet, c'est ce que je suis à vos yeux.

— Non, sénatrice. Votre souffrance n'est pas feinte, et je compatis sincèrement. Toutefois, je suis persuadée que vous vous en sortirez. Vous avez la détermination et l'intelligence nécessaires, et cela n'est donné qu'aux gens aussi âgés et expérimentés que vous.

— Vous parlez de tissu cicatriciel émotionnel, dit Justine en reniflant.

— Non, je parle de résilience. Au moins cette journée vous aura-t-elle appris à quel point vous êtes humaine. Ce n'est déjà pas si mal.

Justine finit de nettoyer ses ongles. À présent, rien ne prouvait qu'elle avait touché le corps de Kazimir – pensée horrible en soi.

— Vous croyez ?

— Oui. Je suppose que vous avez récupéré sa dépouille pour le faire cloner.

— Non. Je ne lui ferai pas cela. Fabriquer une réplique physique de Kazimir n'enlèvera rien à ma culpabilité. Une personne est bien plus que son corps. Je vais offrir à Kazimir un dernier cadeau. Je lui dois bien cela.

—Je vois. Je vous souhaite de faire le bon choix, sénatrice.

—Merci.

—J'aimerais tout de même savoir si vous avez trouvé quelque chose.

—Un cristal mémoire.

—Puis-je le voir ?

—Oui, pourquoi pas. J'aurai besoin de toute votre expérience pour défaire l'Arpenteur. Néanmoins, ma coopération sera limitée. Je ne donnerai rien à la Marine qui puisse nuire aux Gardiens. Vous aider à arrêter Johansson est loin d'être ma priorité.

—Je comprends.

* * *

Adam avait personnellement demandé à Kieran McSobel de couvrir la fuite de Kazimir. Kieran avait fait beaucoup de progrès depuis son arrivée sur Terre quelques années plus tôt, absorbant les compétences requises avec facilité, restant calme et froid en toutes circonstances. Autant de qualités qui faisaient de lui un candidat idéal pour accomplir les missions que les Gardiens jugeaient nécessaires en ce moment. La dernière en date serait certainement une promenade de santé pour lui.

Lorsque le train de Kazimir arriva en gare, Kieran était déjà en position dans le hall de Carralvo, où il se mêlait au flot perpétuel de passagers. Comme tout bon agent, rien ne le distinguait de l'usager lambda. Toutefois, il était prêt à faire face à n'importe quelle situation.

À l'autre bout du complexe de la station, les gardiens surveillaient l'opération depuis les locaux de la compagnie Lemule Max Transit, sous le regard paternel et bienveillant d'Adam, installé confortablement contre le mur du fond de la salle de contrôle. Il n'interférait pas avec la procédure – après tout, ils appliquaient les règles qu'il leur avait apprises –, mais il souhaitait être présent pour les rassurer quelque peu. Il avait parfois du mal à ne pas avoir l'air consterné lorsqu'il pensait à son rôle et à l'image qu'il véhiculait auprès des siens. Toutefois, il s'agissait d'une opération cruciale et il se devait d'être là pour la superviser. Bradley Johansson voulait désespérément ces données martiennes. Les attaques subies à la limite de l'espace de phase deux les forçaient à accélérer un peu la cadence.

Marisa McFoster scannait électroniquement le réseau de Carralvo à la recherche de toute trace de surveillance suspecte.

—Le terrain est dégagé, annonça-t-elle par le canal sécurisé qui la reliait à Kieran. Feu vert.

Sur un moniteur, l'icône qui représentait Kieran entreprit d'avancer lentement vers la sortie principale. En théorie, il devait rester trente mètres derrière Kazimir pour vérifier que personne ne le filait.

—Il s'est arrêté, dit soudain Kieran.

—Comment cela, arrêté ? demanda Marisa.

Adam se redressa immédiatement. Merde, pas cette fois-ci !

—Il est en train de crier après quelqu'un, reprit Kieran, stupéfait. Par les cieux, mais qu'est-ce que... ?

—On peut l'avoir en visuel ? lui demanda Marisa.

Adam se précipita derrière le fauteuil de la technicienne et se pencha sur le moniteur de son poste de travail. La liaison avec l'implant rétinien de Kieran offrait une image instable où se bousculait une foule de gens. Une grappe de têtes floues lui bouchait constamment la vue. Un peu plus loin, une silhouette était en train de courir. L'image vira au blanc sous l'effet d'une décharge ionique.

—Putain ! cria Kieran.

Des traînées noires traversèrent l'image en diagonale, comme un réflexe lui commandait de baisser la tête. Pendant une seconde, ils virent tous une silhouette en noir et blanc projetée en l'air, les bras en croix et les jambes écartées. Alors, Kieran zooma sur l'homme au pistolet, qui avait déjà entrepris de s'enfuir.

—Bruce! s'exclama Marisa.

—Comment cela, Bruce? demanda Adam.

—Bruce McFoster. L'ami de Kazimir.

—Merde! Celui qui a été tué au combat?

—Ouais.

Adam se donna un coup de poing sur le front.

—Sauf qu'il est bel et bien vivant. L'Arpenteur a déjà fait cela à certains des vôtres après leur capture, dans le passé. Fait chier!

Le moniteur se couvrit une nouvelle fois d'un éclair blanc.

—Il tire encore, dit Kieran.

L'écran ne montrait plus qu'une paire de chaussures, dont le propriétaire était étendu à plat sur le marbre blanc. Kieran leva la tête, et les chaussures disparurent par le bas au profit d'un Bruce McFoster qui traversait le hall en courant et en tirant. La marée humaine s'ouvrait devant lui pour le laisser passer. Deux hommes et une femme le poursuivaient en brandissant des armes et en le sommant de s'arrêter. Ils portaient des vêtements ordinaires.

—Ceux-là ne font pas partie de la sécurité de CST, dit Adam d'une voix sinistre.

Un tir venu d'en haut et de derrière Kieran atteignit Bruce McFoster. Son champ de force s'embrasa furtivement, mais le fuyard ne ralentit même pas.

—Grand Dieu, combien de personnes étaient au courant de cette mission?

Des icônes rouges se mirent à clignoter sur la console de Marisa.

—Quelqu'un attaque le réseau local avec un Kaos, dit-elle. C'est du sérieux. Un logiciel de facture supérieure. L'IR peine à contenir la contamination.

—C'est Bruce, ou alors ceux qui le soutiennent, dit Adam. Il va peut-être réussir à s'en sortir. Ils savaient que la Marine avait Kazimir à l'œil.

Ce qui n'était pas notre cas, pensa-t-il, pitoyable.

La liaison avec l'implant de Kieran fut rompue. Seul le canal audio tenait encore le choc.

—Qu'est-ce qu'on fait ? demanda Marisa.

—Kieran, pouvez-vous vous approcher de Kazimir ? demanda Adam. Pouvez-vous récupérer le cristal mémoire ?

—Non… oh, que… il y a quelqu'un… à côté de lui… une arme à la main, impossible… des gens partout… les signaux d'alarme…

—D'accord, restez à l'écart et observez. Nous devons savoir où ils l'emmènent.

—Je suis sur le coup. Pas de problème.

—Vous pouvez nous dire dans quelle direction est parti Bruce ?

—… tire toujours… poursuite… quai 12A… je répète, … quai 12A…

Adam n'avait même pas besoin de consulter le plan. Cela faisait vingt-cinq ans qu'il travaillait à L.A. Galactic, et il connaissait les lieux mieux que Nigel Sheldon. Il prit place à côté de Marisa et ouvrit les lignes terrestres qu'il avait mis tant d'années à installer, utilisant des robots pour étirer des fibres optiques le long de tuyaux et de conduits, tissant une toile sur le paysage gigantesque de la gare. Chaque ligne était connectée à un minuscule senseur furtif, placé très haut sur un mur, sur un lampadaire, un pont ou tout endroit qui offrait une vue dégagée.

Deux de ces capteurs balayaient le vaste carrefour situé à l'ouest de Carralvo. Les images apparurent juste à temps pour permettre à Adam de voir Bruce jaillir de sous l'arche de béton du quai 12A. L'agent de l'Arpenteur changea brusquement de direction et se mit à bondir au-dessus des voies. Adam retint sa respiration en voyant un train se diriger vers la silhouette. Mais Bruce, avec un timing parfait, traversa les rails juste devant la locomotive. Il passa devant un second train, qui roulait certes plus lentement dans la direction opposée. Les hommes de la Marine étaient désormais complètement perdus.

Les équipes de la sécurité de CST longeaient les voies, se rapprochaient dangereusement des trains pour tenter de voir entre leurs roues en mouvement. Adam comprit soudain que ces gens n'étaient pas en contact avec la régulation du trafic. Bruce sauta par-dessus une voie magnétique et changea une nouvelle fois de direction. Ses poursuivants ralentissaient, effrayés par les trains qui roulaient dans toutes les directions et changeaient de voie sans prévenir. Malgré cela, ils étaient parvenus à se déployer correctement, à former un large cercle qui se rétractait lentement. Ils devaient donc être en mesure de communiquer entre eux d'une façon ou d'une autre.

Adam ordonna à l'un des senseurs de zoomer sur un homme de la Marine. En fait, il s'agissait d'une femme. Comme il s'y attendait, elle émettait des micro-impulsions électromagnétiques sur une fréquence particulière, qui n'avait rien à voir avec le spectre de l'unisphère civile. Ils utilisaient donc un système de codage dédié hautement perfectionné.

— Merde, marmonna-t-il dans sa barbe.

Pas étonnant que les logiciels de son équipe de surveillance n'aient pas remarqué que Kazimir était suivi. Ce qui signifiait que le renseignement de la Marine se méfiait grandement de ses propres capacités de surveillance. C'était cela, ou bien Alic Hogan était un grand paranoïaque.

Un des soldats était en train de rattraper Bruce en longeant un couloir étroit formé par deux trains en mouvement. Il n'avait plus que deux cents mètres de retard. Bruce ne semblait pas avoir remarqué son poursuivant.

— … Paula Myo…, dit Kieran.

— Vous pouvez répéter ? demanda brusquement Adam.

— Je… vois Myo… hall… arrive… parle… sénatrice.

Paula Myo ! Je croyais qu'elle était à la retraite !

Cet échange ne dura que quelques secondes, mais cela suffit pour qu'Adam perde Bruce de vue.

— Où est-il donc passé ?

Apparemment, le poursuivant était perdu, lui aussi. Une chaîne d'agents était en train de remonter les voies là où se trouvait Bruce un instant plus tôt. Les soldats criaient, se faisaient de grands signes de la main. Tout autour, les trains freinaient simultanément.

Adam dut se repasser le film trois fois avant de comprendre ce qui s'était passé. L'image grossit au ralenti : transformé en un chaos de pixels gris, Bruce effectuait un bond improbable en direction d'un train de marchandises, disparaissait dans un carré sombre, situé sur le côté d'un container. Quelques secondes plus tard, le carré était remplacé par une plaque de métal ordinaire.

— Fils de pute, grogna Adam. On a affaire à une vraie bande de boy-scouts.

— Monsieur ? demanda Marisa.

— Ils étaient sacrément bien préparés.

* * *

Ses quatre siècles d'expérience et d'objectivité ne lui furent d'aucune utilité lorsque l'*Éclaireur* commença son plongeon terrifiant. Ozzie se mit à crier aussi fort qu'Orion, et leurs voix couvrirent le grondement de l'eau qui se déversait. Les embruns s'enroulèrent autour du radeau branlant avec une force brutale, l'enveloppèrent dans un linceul gris qui les empêchait de voir le ciel. Ozzie s'accrochait désespérément au mât, comme si cela pouvait suffire à le sauver d'une mort certaine. Et le radeau tombait, tombait dans un gouffre sans fond. L'écume imbiba ses vêtements en quelques secondes, lui fouetta vigoureusement la peau.

Il avala une bouffée d'air et cria de nouveau. Lorsque ses poumons furent vides, il recommença mais inspira plus d'eau et de mousse que de gaz. Il toussa, cracha instinctivement, oubliant de crier pendant quelques instants. Dès que sa gorge fut nettoyée et ses poumons remplis d'air, il ouvrit la bouche pour laisser passer un cri qui, supposa-t-il, se terminerait dans une horrible explosion de douleur. Subitement, à l'arrière de son cerveau, une pensée fragile et étonnée se forma.

Lorsque le radeau était passé par-dessus le bord de l'océan, il avait eu le temps d'apercevoir cette chute infinie, sans fond. Il n'y avait pas de rochers sur lesquels finir leur course et s'écraser, pas de fin abrupte. Rien, en fait.

Toute cette saloperie est artificielle, nom de Dieu!

Ozzie se concentra, inspira, puis expira lentement par ses narines dilatées. Son corps lui signifiait avec force qu'il était en train de tomber, et ce depuis plusieurs secondes maintenant. Son instinct animal lui disait qu'ils avaient parcouru une distance colossale, que leur vitesse était proche du maximum autorisé par les lois de la physique. Heureusement, ses exercices de respiration l'aidèrent à calmer son rythme cardiaque.

Réfléchis, mon vieux! Tu ne tombes pas, tu es en apesanteur. En apesanteur! Tu ne risques rien... Pour le moment, en tout cas.

Le grondement de la chute, au-delà de l'écume qui les fouettait, était toujours assourdissant. Il entendait les cris d'Orion, ou plutôt ses geignements inarticulés. Il essuya les gouttelettes de ses yeux et jeta un coup d'œil autour de lui. Le garçon agrippait le pont de l'embarcation à quelques mètres de là. La terreur indicible que son compagnon lisait sur son visage était horrible à voir. Personne ne méritait de souffrir de cette façon.

—Tout va bien, beugla Ozzie. Nous ne tombons pas. C'est juste une impression. Nous sommes en apesanteur, comme des spationautes.

Ça devrait le rassurer.

Le garçon fronça les sourcils.

—Comme des quoi?

C'est pas vrai...

—Nous sommes en sécurité, d'accord? La situation n'est pas aussi grave qu'elle en a l'air.

Orion hocha la tête sans être le moins du monde convaincu. Il se préparait toujours à affronter l'impact final et mortel.

Ozzie regarda autour de lui en s'essuyant constamment le visage. Il devinait simplement la direction générale du soleil, une tache de lumière qui formait une multitude d'arcs-en-ciel de réfraction dans l'écume. Arbitrairement, il décida que cette direction était le *haut*. Une moitié de l'univers qui les enveloppait était beaucoup plus sombre que l'autre. Il devait s'agir de la chute d'eau. Terme impropre, car s'ils étaient réellement en apesanteur, l'eau ne devrait pas chuter. Ce qu'il avait pourtant vu. Involontairement, il raffermit sa prise autour du mât.

Bien. Comment l'eau peut-elle couler sans gravité? Aucune idée. Et ce monde de pacotille, quelle forme a-t-il? Ce ne peut pas être une planète...

Il repensa aux bulles d'eau qui flottaient dans la brume éternelle du halo de gaz. Le monde sur lequel ils se trouvaient devait être l'une d'entre elles. Une fois de plus, l'échelle de cet environnement le frappa.

D'un côté, un océan plat, donc. Un océan qui se vide de son eau. Sauf si on le remplit de l'autre côté. L'eau est probablement recyclée. Le liquide est récupéré en dessous et reversé mystérieusement dans la cuvette. C'est complètement fou ! Quoique, rien n'est bizarre quand on admet qu'il est possible de produire une pesanteur artificielle n'importe où.

Ozzie tenta une nouvelle fois d'imaginer la géométrie de ce monde en tenant compte du fait que la gravité était contrôlable. S'il était vraiment identique aux autres points liquides visibles dans tout le halo, alors il devait être complètement couvert d'eau. Les générateurs de gravité tiraient simplement le fluide dans des directions inattendues. Ozzie n'aimait pas beaucoup les formes que lui dessinait son esprit, car aucune d'entre elles n'avait de fond véritable sur lequel le radeau aurait pu flotter sereinement.

Il fit le point sur leur position et jugea qu'ils dérivaient de plus en plus près de la chute. Les embruns étaient moins denses et la luminosité semblable à ce qu'elle était auparavant. À son avis, ils étaient en train de passer sous la structure.

Il y a de la gravité, ici, qui nous tire à quatre-vingt-dix degrés par rapport à la surface de l'océan d'au-dessus, voire un peu moins, car l'eau doit s'enrouler en dessous. Ce qui n'est pas très bon pour nous. Nous ne pouvons pas nous permettre de nous laisser emporter par le courant.

Pour le moment, ils étaient en sécurité. Le courant les avait projetés par-dessus le bord de l'océan, et ils connaissaient un répit avant que la force de gravitation du dessous les capture. Les gouttelettes d'écume en subissaient déjà les effets ; elles se rapprochaient du flot.

Ils devaient profiter de la faible attraction pour se libérer définitivement. Et Ozzie ne voyait qu'un moyen d'y parvenir.

Il vérifia que la corde nouée à sa taille était solidement attachée au mât, puis lâcha prise. Orion hurla d'horreur.

Ses yeux écarquillés suivaient chacun des mouvements de l'homme. Cela faisait un bout de temps qu'Ozzie n'avait pas fait l'expérience de l'apesanteur. À l'époque, déjà, il n'était pas particulièrement doué pour s'y déplacer. Il donna une petite poussée sur le mât, mettant en pratique la règle numéro un, qui proscrivait tout mouvement brusque. Des objets planaient autour de lui, pour la plupart des fruits sphériques échappés du panier dans lequel ils étaient rangés. Son nécessaire de rasage lui passa sous le nez. Il jura, ennuyé par cette perte pourtant anecdotique. Heureusement, son ordinateur de poche était fixé à son sac à dos, lequel était fermement attaché au pont. Il décrocha le gadget trempé et se hissa jusqu'à Tochee.

Le plancher en bois était tordu là où le gros extraterrestre l'agrippait de ses membres locomoteurs. Quelques branches grossièrement taillées étaient d'ailleurs sur le point de se briser. Ozzie s'accrocha à l'une d'elles et poussa l'ordinateur devant l'œil protubérant de Tochee.

—Il faut absolument sortir de là, cria-t-il.

La machine traduisit sa phrase en explosions de lumière violette.

—Nous allons mourir, répliqua l'extraterrestre par l'intermédiaire de l'ordinateur. C'est dommage. J'aurais aimé vivre un peu plus longtemps.

—Je n'ai pas le temps d'entrer dans les détails, reprit Ozzie, alors que le grondement ambiant se calmait et que la chute perdait sensiblement de sa puissance. Faites-moi confiance. Vous devez nous propulser loin d'ici.

—Mon ami Ozzie, je suis incapable de me propulser ou de voler. Je suis désolé.

—Bien sûr que vous en êtes capable. Nagez, Tochee, nagez dans les airs et nous serons libres. Nous devons nous éloigner de l'eau.

—Je ne comprends pas.

— Pas le temps. Faites-moi confiance. Je m'agripperai à vous et, vous, vous nagerez. Vous vous éloignerez de la chute. Aussi vite que possible.

Ozzie grimpa maladroitement le long du corps de Tochee. Le manteau de plumes colorées de l'extraterrestre était gorgé d'eau, collé à son cuir, complètement détrempé sous ses doigts, et il n'osait pas se hisser trop violemment, de peur de l'arracher. Arrivé enfin à la croupe de la créature, il en entoura les membres locomoteurs de ses bras. Il sentit le tissu caoutchouteux s'enrouler autour de ses mains, les envelopper pour former un lien impossible à briser.

Tochee se concentra, se prépara longuement, puis bondit d'un seul coup. Il écarta ses membres préhensiles, leur donna une forme de nageoire et se mit à pagayer énergiquement. L'homme sentit la corde se tendre autour de sa taille. Elle se tendit encore et encore, tandis que Tochee synchronisait ses mouvements et gagnait en efficacité. Ozzie n'avait pas réellement pensé à la masse que représentaient le radeau et ses passagers, autrement, il aurait peut-être imaginé un autre moyen de les libérer de l'étreinte de la chute. De fait, il était un maillon critique de la chaîne. Tochee les tirait vigoureusement loin de la chute d'eau en profitant de la gravité relativement affaiblie, et le radeau tout entier pendait littéralement à la taille d'Ozzie. L'extraterrestre agrippa encore plus fort les bras de celui-ci, le forçant à serrer les dents. En ramant, les membres de la créature produisaient un courant d'air violent et chargé d'eau. Bientôt, ils changèrent de forme, s'aplatirent et s'étirèrent comme des ailes. Ozzie craignit un instant que ses épaules ne tiennent pas le choc.

Il était incapable de dire combien de temps cela avait duré, toutefois, le vent finit par se calmer et les embruns cessèrent de lui fouetter violemment le visage, puis disparurent complètement. Maintenant que le rideau d'eau était loin derrière eux, ils profitaient pleinement de la lumière du soleil. Un ciel bleu électrique se matérialisa autour d'eux. Sa chaleur pénétra la peau d'Ozzie. Le bruit incessant de la chute d'eau était un grondement lointain, nullement menaçant.

Tochee arrêta de battre des ailes, rétracta ses membres et les escamota le long de ses flancs. Un tremblement lent parcourut tout son corps. Lorsqu'il baissa les yeux sur ses jambes, Ozzie vit qu'elles s'étaient rapprochées du radeau. Le visage ahuri mais plein d'espoir, Orion les regardait d'en bas. La corde était toute lâche et dessinait dans les airs des boucles molles qui faillirent s'empaler sur le mât et retomber sur le pont. Tochee étira un tentacule, dont il enroula la pointe autour d'une branche.

Sa chair se rétracta, lâcha les mains d'Ozzie, qui se raccrocha au mât. Dans sa cage thoracique, le cœur de l'humain battait encore la chamade.

— Que se passe-t-il ? demanda, incrédule, Orion qui ne parvenait pas encore à lâcher le pont auquel il était attaché. Pourquoi ne sommes-nous pas morts ?

Ozzie ouvrit la bouche et rota bruyamment. Maintenant qu'il avait le temps de s'en préoccuper, il sentait son estomac se rebeller contre cette sensation de chute incessante. En plus de ce malaise, il avait l'impression de s'être enrhumé, d'avoir les sinus complètement bouchés.

— Nous ne tombons pas dans le vrai sens du terme, expliqua-t-il lentement.

Tochee changea de position de façon à pouvoir fixer le moniteur de l'ordinateur de son œil unique. Il lisait avidement les motifs violets qui y naissaient sans cesse.

— Et ce n'était pas une planète normale, ajouta Ozzie en désignant avec hésitation la chute d'eau géante.

Elle formait un titanesque rideau ondulant à bâbord, s'étirait à perte de vue dans trois directions. Seul le bord de l'océan la limitait d'un côté, et encore cette limite s'éloignait-elle progressivement.

L'*Éclaireur* était descendu de plusieurs kilomètres sous la surface de l'océan. Tout là-haut, l'eau bouillonnait et écumait en se déversant dans le vide. À leur hauteur, toutefois, la chute était beaucoup plus calme. La cataracte et les embruns retrouvaient leur cohésion, constituaient un torrent ondulant uniformément, qui s'écoulait le long des parois de ce monde synthétique. Ozzie suivit l'eau du regard, mais celle-ci se perdait au loin, et ses implants rétiniens ne lui permirent pas de discerner la ligne d'arrivée de cette course interminable. Il n'en était pas certain, mais il avait l'impression que la chute s'incurvait lentement, ce qui signifierait que le monde était hémisphérique.

Très haut au-dessus de leurs têtes, le bord de l'océan dessinait bien une courbe très légère. Les implants d'Ozzie se chargèrent des calculs : si la surface était effectivement circulaire, elle devait faire plus de mille cinq cents kilomètres de diamètre. Il siffla, impressionné.

—Je crois que je suis malade, dit Orion, l'air abattu.

—Écoute, mon vieux, le rassura Ozzie. Je sais que tu trouves tout cela très bizarre et que tu as du mal à accepter ce qui nous arrive, mais je peux t'assurer que le corps humain est très bien adapté à ces conditions. Quand j'avais ton âge, les spationautes passaient des mois et des mois d'affilée en apesanteur.

—Je ne connais aucun spationaute, rétorqua Orion d'une voix triste. Jamais entendu parler de cette espèce extraterrestre.

Ozzie eut envie de laisser tomber sa tête dans ses mains, sauf que l'absence de gravité rendait cette manœuvre impossible.

—Je ne suis pas non plus certain que mon corps puisse supporter ce calvaire, dit Tochee par l'intermédiaire de l'ordinateur. Je ne me sens vraiment pas bien. Je ne comprends pas pourquoi j'ai toujours l'impression de tomber. Je vois bien que je ne tombe pas, et pourtant, mes sens me crient le contraire.

—Je sais que ce n'est pas facile au début. Toutefois, je vous demande de me faire confiance ; votre corps va s'habituer très vite. Vous ne me croirez sans doute pas, mais vous allez même apprendre à aimer cette sensation.

Il s'interrompit tandis qu'Orion, victime d'un haut-le-cœur, vomissait.

—J'aimerais bien vous croire, ami Ozzie, dit Tochee. Malheureusement, vous ignorez presque tout de ma physiologie, et vous ne pouvez être sûr de rien.

Orion s'essuya la bouche et regarda avec dégoût les bulles jaunâtres qui flottaient et oscillaient dans les airs juste devant lui.

—On ne peut pas rester ici ! s'exclama-t-il, désespéré. Tochee, vous pouvez nous ramener sur l'île ?

—Cela devrait être possible.

—Attendez une minute, les gars, intervint Ozzie. Ne nous précipitons pas. Si nous remontons vers cet océan et que la gravité nous attrape de nouveau, on va retomber.

—Cela ne peut pas être pire ! pleurnicha Orion.

Ses joues se remplirent de nouveau et il gémit.

Ozzie se retourna vers le monde hémisphérique. Ils continuaient manifestement de s'en éloigner lentement mais sûrement.

—Il y a d'autres objets à l'intérieur du halo de gaz. Vous vous rappelez ce que Bradley Johansson m'a dit ? Il a parlé d'une sorte de récif végétal vivant en orbite. Et puis, il y a forcément des chemins qui mènent à la sortie. Autrement, comment aurait-il fait pour entrer dans le Commonwealth ?

—Ils sont loin, ces chemins ? marmonna Orion.

—Je ne sais pas, répondit doucement Ozzie. Nous devons être patients et continuer à avancer. Je sens un courant d'air, reprit-il en levant une main. Cela signifie que nous bougeons.

Il se rendit compte que le radeau avait changé d'orientation, car l'hémisphère était en train de disparaître progressivement sous le plancher.

—Je déteste vraiment cela, se plaignit Orion.

—Je sais. Bon, rassemblons nos affaires et mettons-les en sécurité. Nous ne pouvons pas nous permettre d'en perdre davantage. Ni de perdre aucun d'entre nous, d'ailleurs.

* * *

Originellement, la serre de *Tulip Mansion* était la pièce dévolue au petit déjeuner. Elle était accrochée à la façade est de l'aile nord à la manière d'une cloque octogonale – un haut toit de verre traditionnel soutenu par des piliers en fonte, et des parois légèrement incurvées allant jusqu'au sol constitué de dalles de marbre blanches et noires. Au centre de la salle se dressait un bar circulaire, autour duquel les propriétaires choyés prenaient leur repas du matin dans la lumière puissante, quoique filtrée, du soleil. Au pied de chaque pilier, des pots non émaillés accueillaient des pieds de vigne et des fuchsias grimpants, dont la verdure touffue dispensait une ombre bienfaisante. Comme dans toutes les pièces ensoleillées remplies de plantes régulièrement arrosées, l'atmosphère était saturée d'un musc sucré, auquel venaient s'ajouter les parfums délicats des fleurs éphémères qui fleurissaient toute l'année.

Comme la famille Burnelli préférait débuter ses journées dans la salle à manger de l'aile ouest moins exposée, Justine s'était approprié la serre pour y installer une sorte de bureau informel. Au lieu de fauteuils stricts, elle y avait fait installer de grands canapés en cuir et même quelques poufs en gel modelable. Le bar central ne servait plus qu'à accueillir un aquarium géant en forme de croissant, dans lequel s'ébattaient de nombreux poissons, terrestres ou non, placides et colorés. Après cela, il restait juste assez de place pour que deux techniciens installent un imposant ordinateur.

Justine se tenait dans l'entrée, tandis que les deux hommes vérifiaient les branchements et ramassaient leurs outils. Évidemment, elle était tout de noir vêtue, avec une longue jupe et un chemisier assorti. Pas très à la mode, certes, mais pas trop lugubre non plus. Néanmoins, il lui paraissait approprié de signifier simplement qu'elle était en deuil. À vrai dire, la plupart des gens qu'elle fréquentait ne se rendraient compte de rien, car le concept de mort leur était étranger.

— Voilà, madame, tout fonctionne correctement, annonça le technicien en chef.

— Merci, dit Justine, distante.

Les deux hommes hochèrent poliment la tête et s'en allèrent. Ils étaient employés par Dislan, une société d'électronique qui appartenait à la famille et ne travaillait que pour le compte des Burnelli.

Elle s'approcha de l'austère cylindre gris argenté posé sur le granit poli du bar. Une minuscule lumière rouge brillait sur sa tranche supérieure.

Paula Myo entra dans la salle et referma la haute porte.

— Cet endroit est-il sûr, sénatrice ? demanda-t-elle.

Il y avait une pointe de scepticisme dans sa voix, comme elle regardait par les grandes parois vitrées. Au-delà de la roseraie, les collines du comté de Rye formaient un paysage chiffonné de forêts de pins, dont la monotonie était brisée par d'occasionnels buissons de rhododendrons, qui n'avaient plus de fleurs depuis longtemps.

Justine donna des instructions à son assistant virtuel. Les baies vitrées devinrent opaques, puis se couvrirent d'un gris granuleux et lumineux, semblable à la projection holographique d'un ciel d'automne. Le monde extérieur avait totalement disparu. Autant dire qu'il valait mieux ne pas être claustrophobe.

—Maintenant, oui, répondit Justine d'un ton léger. L'ordinateur est complètement indépendant, ajouta-t-elle. Il n'y a même pas de nœud d'accès, ce qui interdit tout piratage. En fait, nous sommes aussi isolées qu'il est possible de l'être dans le monde moderne.

Elle sortit le cristal mémoire d'une mince mallette de métal et se tint devint le cylindre gris. Le voyant rouge vira au vert émeraude quand elle appuya la paume de sa main sur l'objet.

—Je veux un scan intégral de cette mémoire. J'ai besoin des données qu'elle contient.

—Oui, sénatrice, répliqua l'IR.

Une ouverture circulaire se forma au sommet du cylindre, qui avala aussitôt le cristal.

—C'est un scanner quantique, expliqua Justine à Paula. Il devrait être capable de détecter n'importe quel piège posé dans sa structure moléculaire.

Elles s'assirent toutes les deux sur un des canapés. Le cuir brun était tout craquelé à cause de la lumière du soleil. Cela le rendait d'autant plus beau aux yeux de Justine. Et puis, les années l'avaient rendu incroyablement moelleux. Ce meuble un peu défraîchi rendait la décoration de multimilliardaire de la pièce plus intéressante, lui conférait une touche de personnalité, un cachet indéniable.

—Comment s'est déroulée l'autopsie? demanda Justine.

—De façon très ordinaire. Ils ont confirmé l'absence de toute mémoire artificielle. Ses implants étaient relativement communs. La Marine devrait pouvoir remonter jusqu'aux fabricants et à la clinique qui les lui a installés. L'opération aura certainement été payée en liquide ou depuis un compte à usage unique. Adam Elvin n'est pas du genre à faire des erreurs grossières, mais on ne sait jamais.

— C'est tout ?

Justine ne s'attendait à rien de particulier, sauf peut-être à ce qu'on lui confirme le caractère exceptionnel de son amour défunt.

— En gros, oui. La cause de la mort est bien la décharge ionique. Il ne prenait aucune drogue. En revanche, il a avalé pas mal de stéroïdes et d'hormones au cours des deux ou trois dernières années, ce qui est compréhensible pour un homme né sur un monde à faible gravité. Et puis, il n'a subi aucun reprofilage cellulaire.

Justine fronça les sourcils.

— C'était bien lui, précisa Paula. Pas un sosie destiné à vous déstabiliser.

— Ah !

La sénatrice n'avait pas besoin qu'on lui confirme cette évidence. Il était Kazimir, car il n'y avait qu'un Kazimir.

— Et sa chambre d'hôtel ? reprit-elle. Y avez-vous trouvé des pistes exploitables ?

— Rien de rien. Je reçois les rapports du renseignement de la Marine en temps réel, dès qu'ils sont entrés dans la base de données. Évidemment, je ne puis garantir qu'ils ne gardent pas certaines informations pour eux, ce qui serait certes un problème.

— Vous les en croyez capables ?

— Disons que ce n'est pas complètement impossible. Légalement, ils sont supposés tout consigner, et la sécurité du Sénat y a accès, car nous sommes placés plus haut dans la hiérarchie du Commonwealth. Cependant, vous savez comme moi que la Marine est compromise dans cette affaire. Un agent de l'Arpenteur pourrait très bien dissimuler des informations.

— Admettons qu'on ne nous cache rien… La chambre d'hôtel nous apprendra-t-elle quelque chose d'intéressant ?

— Pas vraiment. Les Gardiens semblent aussi circonspects chez eux que chez les autres. À mon sens, les seules données exploitables dont nous disposons sont les archives financières de Kazimir. Elles devraient nous aider à retracer son parcours avant sa prise de contact avec vous.

Justine se rappela alors qu'elle l'avait trahi et se sentit submergée par une vague de culpabilité.

— Quand en saurez-vous davantage ?

— D'ici à deux jours environ. Le bureau parisien de la Marine doit d'abord mettre toutes ces données en corrélation. Je les examinerai dès qu'elles seront prêtes.

— Paris, c'est votre ancien poste, n'est-ce pas ?

— Oui, sénatrice.

— Vous croyez que c'est là-bas que travaille l'agent de l'Arpenteur ?

— Il est fortement probable que l'un d'entre eux soit infiltré là-bas, en effet. J'ai eu le temps de poser plusieurs pièges avant d'être limogée.

— Et moi, je suis allée tout leur dire à propos de Kazimir, ajouta Justine, amère.

Paula Myo posa les yeux sur le cylindre qui contenait l'ordinateur.

— Je démasquerai l'Arpenteur, sénatrice. En cela, la cause des Gardiens et de Kazimir McFoster rejoint la mienne.

— Oui, fit Justine en hochant la tête.

— Analyse du cristal mémoire terminée, annonça l'IR. Il contient trois cent soixante-douze fichiers remplis de données cryptées. J'ai mis à jour plusieurs logiciels de protection, mais aucun ne devrait me résister longtemps.

— Bien.

Étant donné les capacités colossales de la machine, le contraire eût été étonnant.

— Est-il possible de lire ces données ? demanda Justine.

— Le codage a été effectué dans une géométrie à mille deux cent quatre-vingts dimensions. Je ne dispose pas de la puissance de traitement nécessaire.

— Merde, marmonna-t-elle.

Elle qui s'était mise à espérer. De fait, elle s'attendait à mieux de la part d'une machine qui lui avait coûté la bagatelle de cinq millions de dollars terriens.

— Qui en serait capable, alors ? demanda-t-elle.

— L'IA, répondit Paula. Et les Gardiens, bien sûr.

Justine posa alors la question piège :

— Vous avez confiance en l'IA ?

— Je crois qu'elle est un allié précieux dans la guerre qui nous oppose aux Primiens.

— C'est une réponse pour le moins circonspecte.

— Je pense que nous sommes inaptes à comprendre les motivations profondes de l'IA. Nous ne savons même pas ce qu'elle pense de nous en tant qu'espèce. Elle affirme ne pas être violente et n'a certes jamais agi contre nos intérêts, néanmoins…

— Oui ?

— J'ai découvert, dans le cadre de mes enquêtes, qu'elle s'intéressait bien plus à nous qu'elle ne veut l'admettre.

— La collecte d'informations est l'occupation principale des gouvernements depuis que les Troyens ont eu une vilaine surprise avec un cadeau laissé par les Grecs. Personnellement, je ne doute pas une seconde que l'IA nous surveille de très près.

— Mais dans quel but ? Il existe plusieurs théories, dont la plupart sont de vulgaires inventions paranoïaques. Toutefois, toutes partent du principe que l'IA commence à se prendre pour une divinité.

— Et vous, qu'en pensez-vous ?

— Eh bien, je suppose qu'elle nous considère un peu

comme des voisins légèrement envahissants. Elle nous surveille parce qu'elle craint les mauvaises surprises et qu'elle tient à sa tranquillité.

— Devons-nous nous en inquiéter ?

— Probablement pas. À moins qu'elle choisisse de combattre aux côtés des Primiens.

— Dites donc, vous êtes plutôt suspicieuse dans votre genre.

— Je préfère considérer la situation comme une partie d'échecs à plusieurs, expliqua l'inspecteur.

— C'est-à-dire ?

— J'essaie d'imaginer tous les coups possibles, si vous voulez. J'avoue pourtant que j'ai du mal à voir l'IA comme une ennemie. Sur un plan personnel, j'ai toujours entretenu des relations très cordiales avec elle. Bien sûr, cela ne s'est pas fait sans de nombreuses sauvegardes de mémoires.

— Je ne sais vraiment pas quoi en penser.

— Je suis désolée, je ne voulais pas vous inquiéter davantage. Je n'aurais pas dû vous dévoiler le fond de ma pensée.

— Vous savez, mon âge avancé m'est d'un précieux secours dans ce genre de situations, car l'expérience m'a appris à ne pas prendre de décision importante lorsque mon esprit est troublé. Donc, si cela ne vous embête pas, je m'en remets entièrement à votre jugement. Voulez-vous demander à l'IA de décoder ceci pour nous ?

— L'unique alternative consisterait à contacter les Gardiens.

— Vous pourriez faire cela ? demanda Justine.

— Non. Si j'avais ce pouvoir, j'aurais démantelé cette organisation depuis des décennies.

— Je vois.

L'icône gris-bleu du code envoyé par Kazimir flottait dans un coin de la vision virtuelle de Justine, inerte mais tellement tentante. Une fois de plus, elle sut qu'elle n'avait pas les idées assez claires pour prendre une décision. Elle ignorait même si elle devait informer Myo de l'existence de ce message. Toutefois, une sénatrice du Commonwealth ne pouvait pas se permettre d'entrer directement en contact avec ce que tout le monde considérait comme un groupe terroriste. Son instinct politique lui interdisait de prendre le risque d'entrer ce code apparemment inoffensif dans l'unisphère. Si cela s'ébruitait avant que l'Arpenteur soit démasqué, elle serait complètement discréditée. Rien, pas même sa famille ne pourrait lui venir en aide. Une victoire de plus pour l'Arpenteur, en somme.

— Il se pourrait que nous n'ayons besoin de l'aide de personne, dit Paula. La Marine est en train d'étudier cet observatoire, au Pérou. À mon avis, la nature de ces données ne restera pas secrète très longtemps, même si nous ne parvenons pas à ouvrir ces dossiers.

— Bien, fit Justine, soulagée. Attendons le rapport de la Marine.

Elle sortit le cristal mémoire de la machine et restitua leur transparence aux parois vitrées. Un chaud soleil d'après-midi se déversa dans la serre et obligea Justine à plisser les yeux.

Le majordome du manoir attendait près de la porte.

— L'amiral Columbia souhaiterait vous voir, madame, dit-il.

— Il est ici ? demanda-t-elle, surprise.

— Oui, madame. Je lui ai demandé d'attendre dans la salle de réception de l'aile ouest.

— A-t-il dit ce qu'il me voulait ?

— Hélas, non, madame.

— Restez ici, dit-elle à Paula. Je vais voir ce qu'il veut.

Elle remonta le couloir central de l'aile nord en se forçant à redresser les épaules. Comme c'était typique de Columbia : essayer de prendre l'ascendant sur elle en lui rendant une visite surprise sur son propre terrain. S'il croyait que ce genre de tactique éculée fonctionnait avec les Burnelli – même avec un membre de la famille moins expérimenté qu'elle –, il se fourrait le doigt dans l'œil.

La décoration de la salle de réception de l'aile ouest rappelait immanquablement les plus belles heures de la monarchie française. Justine, pour sa part, n'aimait pas beaucoup ces cadres et ces meubles dorés à l'or fin. Les fauteuils d'époque, pourtant magnifiquement ouvragés, étaient des plus inconfortables, et ce dès les premières minutes.

L'amiral Rafael Columbia attendait debout devant l'énorme cheminée, un pied posé sur l'âtre en marbre. Vêtu de son uniforme d'apparat, il ne lui manquait plus qu'un pardessus avec un col en fourrure pour ressembler à un tsar de l'ancien temps. Il paraissait perdu dans la contemplation de la pendule en onyx qui trônait sur le manteau.

— Sénatrice, dit-il en s'inclinant légèrement comme elle poussait la double porte et entrait dans la pièce. J'étais en train d'admirer cette pendule. Elle est d'époque ?

Les portes se refermèrent derrière elle.

— Je le suppose. Père est un collectionneur invétéré.

— En effet.

Justine désigna une table en verre ornée des armoiries des Burnelli. Ils prirent tous deux places sur des chaises à haut dossier.

— Que puis-je faire pour vous, amiral ?

— Sénatrice, j'ai peur de devoir vous demander pourquoi vous êtes intervenue dans une mission secrète de la Marine. Qui vous a autorisée à emporter le corps de la victime ?

— Je n'ai rien emporté, amiral. Je me suis contentée d'accompagner le corps.

— Vous l'avez fait conduire dans une clinique non homologuée.

— Oui, c'est un centre de biotechnologie familial.

L'autopsie y a été pratiquée dans les règles de l'art, sous la surveillance d'officiers habilités par la hiérarchie.

— Pourquoi, sénatrice ?

Justine eut un sourire glacé.

— Parce que je n'ai aucune confiance dans les services secrets de la Marine. J'ai assisté à l'échec de cette mission de surveillance et il était hors de question de laisser une autre catastrophe se produire. Le corps de Kazimir devrait fournir de nombreuses pistes à vos agents. Néanmoins, jusqu'ici, votre service a fait preuve d'une incompétence remarquable. Aucune erreur ne sera plus tolérée dans cette enquête, amiral. Et je ne compte pas accepter vos excuses.

— Sénatrice, puis-je vous demander où vous avez fait la connaissance de Kazimir McFoster ?

— Nous nous sommes rencontrés lors de vacances passées sur Far Away. Nous avons eu une brève aventure. Puis nous nous sommes perdus de vue jusqu'à ce qu'il réapparaisse ici, à *Tulip Mansion*, juste avant l'attaque des Primiens. Naturellement, quand il m'a dit qu'il travaillait pour les Gardiens, j'ai immédiatement contacté le commandant Hogan. Tout est consigné dans les archives.

— Que voulait-il ?

— Plusieurs choses. Me convaincre de l'existence de l'Arpenteur. Annuler l'inspection systématique du fret en partance pour Far Away. J'ai refusé.

— Vous n'étiez plus proches à ce moment-là ?

— Non.

— Sa mort vous a pourtant bouleversée.

— Elle m'a secouée, c'est vrai. Je ne suis pas habituée à voir des gens mourir de leur vraie mort. Peu importaient son âge, ses idées et ses activités ; personne d'aussi jeune ne mérite de faire l'expérience de cette souffrance.

— Cette autopsie sous contrôle était-elle votre idée, sénatrice ?

— Oui.

— J'ai cru comprendre que Paula Myo était là avec vous.

— J'ai une confiance absolue dans l'inspecteur Myo.

Le visage de Rafael se durcit.

— J'ai bien peur de ne pas partager votre point de vue. L'inspecteur est en grande partie responsable des soucis que nous connaissons aujourd'hui avec les Gardiens. J'ai été surpris et déçu d'apprendre que votre famille lui avait trouvé un poste dans la sécurité du Sénat.

— De notre côté, nous avons été surpris par son limogeage.

— C'était la moindre des choses après cent trente années de résultats navrants.

— Le Commonwealth tout entier connaît Paula Myo pour son efficacité.

— Pour être tout à fait franc avec vous, sénatrice, Paula Myo commence à débloquer sérieusement. Elle a accusé de trahison ses propres officiers, a mené des opérations sans autorisation. Elle a même montré de sérieux signes de faiblesse en étant plus que complaisante envers les terroristes qu'elle était supposée pourchasser.

— Complaisante ? Que voulez-vous dire par là ?

— Eh bien, par exemple, elle s'est mise à croire à l'Arpenteur.

— Pourquoi, vous n'y croyez pas, vous ?

— Bien sûr que non.

— Qui a tué mon frère, amiral ?

— Je ne comprends pas. Sans doute la même personne qui a tué McFoster.

— En effet. Et McFoster était un Gardien. Le commanditaire de ces deux assassinats en veut donc à la fois au Commonwealth et aux Gardiens. Cela limite grandement la liste des suspects, non ?

— Les Gardiens sont impliqués dans le trafic d'armes

depuis très longtemps. En tant que groupe, ces gens ont tendance à régler leurs différends par la force. Selon nous, l'assassin travaille pour un marchand d'armes quelconque.

—Et mon frère s'est juste retrouvé en travers de leur chemin ?

—Il se peut qu'un chargement d'armes important ait été bloqué à cause de lui. Cela représente énormément d'argent.

—C'est ridicule. On n'assassine pas les sénateurs du Commonwealth dans des vendettas insignifiantes.

—La plupart du temps, ils ne sont pas non plus tués par des extraterrestres invisibles.

Justine se colla au dossier de sa chaise et plongea son regard dans celui de l'amiral.

—C'est certes difficile à accepter, madame la sénatrice, reprit Rafael, mais le Commonwealth est pourri par une importante fraternité de criminels en tout genre. C'est d'ailleurs pour cela que le CICG a été créé, il y a longtemps de cela. Si vous ne me croyez pas, interrogez Paula Myo. Demandez-vous également quelle est la raison d'être de la sécurité du Sénat. De fait, les menaces réelles sont nombreuses et nous causent suffisamment de problèmes. Inutile d'en inventer de nouvelles.

—Amiral, êtes-vous en train d'essayer de m'écarter de cette affaire ?

—Je vous explique simplement que vos actions ne sont pas forcément appropriées. Nous vivons une époque difficile. Notre situation est telle que nous avons besoin de rassembler nos forces pour combattre notre véritable ennemi.

—J'ai toujours soutenu et continuerai de soutenir la Marine dans ses efforts.

—Merci, sénatrice. Ah, oui, une dernière chose ! McFoster effectuait une course. Malheureusement, nous n'avons pas retrouvé ce qu'il transportait.

Justine pencha la tête de côté et le gratifia d'un sourire sans joie.

— C'est étrange, non ?

— Très, sénatrice. Je me demandais juste si vous n'aviez pas vu quelque chose en accompagnant le corps ?

— Non.

— Vous êtes certaine ?

— J'ignore ce qu'il transportait. S'il transportait bien quelque chose.

— Je vois, dit Columbia en la regardant fixement. Nous finirons par trouver, n'en doutez pas.

— Comme vous avez retrouvé l'assassin, sans doute ?

C'était puéril de sa part, mais Justine ne put s'en empêcher. Le cou de Columbia rougit légèrement au-dessus du col de son uniforme.

* * *

Au retour de Justine dans sa serre aménagée, Paula Myo était en train de discuter avec Gore Burnelli, assis sur un des canapés usés et confortables. La lumière du soleil se reflétait sur le visage doré du père de la sénatrice, se réfractait sur le sol en marbre et les piliers en fonte, dansait en suivant le moindre de ses mouvements. Justine activa les écrans protecteurs, les privant de la lumière du jour.

— Ce petit McFoster t'a rendue molle et sentimentale, commença Gore dès qu'ils furent complètement isolés de l'extérieur. Columbia aurait mérité d'être mis sur orbite à coups de pompe dans le cul. Il n'y a pas si longtemps de cela, tu l'aurais bouffé pour ton petit déjeuner. Je ne m'attendais pas à voir une de mes filles se transformer un jour en mauviette libérale.

— Les temps changent, père, dit calmement Justine. Il faut savoir s'adapter à toutes les situations.

Intérieurement, elle bouillonnait. Comment avait-il osé lui dire cela ? Et devant Paula Myo, par-dessus le marché. Celle-ci, pourtant si maîtresse d'elle-même, avait d'ailleurs eu du mal à cacher sa gêne.

— Je te dis les choses telles qu'elles sont, ma fille. Si ton ami mort continue à foutre le bordel dans tes émotions, tu ferais mieux de faire effacer son souvenir de ta mémoire. Tu ne peux pas te permettre d'être faible. Pas maintenant.

— Ne t'inquiète pas. S'il le faut, je n'hésiterai pas à faire le ménage dans ma vie.

Parfois, elle se demandait si Gore était encore assez humain pour comprendre le concept d'amour. Son corps avait subi tellement d'altérations.

— Je préfère ça, s'exclama-t-il. Tu sais que Columbia ne te fera aucun cadeau après les événements de L.A. Galactic. Il veut que Paula soit définitivement écartée de la partie et, pendant qu'il y est, il ne serait pas contre le fait de transformer le Sénat en petit soviet à l'ancienne, qui voterait unanimement pour lui chaque fois.

— Ce n'est pas Columbia qui doit vous inquiéter, intervint Paula.

Justine et Gore furent brutalement tirés de leur petite confrontation et se rappelèrent la présence de l'ex-inspecteur.

— Je pense connaître la véritable raison de l'assassinat de Thompson.

— Et vous ne m'avez rien dit ? aboya Gore.

— Pendant toute ma carrière au sein du CICG, je n'ai eu de cesse de militer en faveur d'une inspection systématique de tous les biens en partance pour Far Away. Et ce par des officiers de police. Chaque fois, mes efforts étaient ruinés par l'exécutif. Du moins jusqu'à ce que Thompson ne fasse le forcing pour que le texte soit adopté.

— Et l'Arpenteur l'a tué pour cela, dit Gore. Nous le savions.

—Juste avant d'être assassiné, Thompson m'a appelée pour m'annoncer qu'il avait découvert l'identité de la personne qui avait fait échouer toutes mes demandes. Cette personne, c'est Nigel Sheldon.

—Impossible, protesta automatiquement Justine. C'est grâce à Sheldon que le Commonwealth existe. Quel intérêt aurait-il à le miner de l'intérieur ?

—Ce n'est sans doute pas volontaire, intervint Gore, l'air manifestement troublé, malgré l'impassibilité structurelle de son visage doré. Si j'ai bien compris, Bradley Johansson a toujours dit que lui-même avait été asservi par l'Arpenteur.

—J'ai visionné plusieurs fois les dernières minutes de Kazimir dans le terminal de Carralvo, dit Paula. Apparemment, il connaissait son assassin. Il semblait heureux de le voir. C'était un peu comme s'ils étaient de vieux amis.

—Non, lâcha Justine en secouant la tête, tant cette théorie lui paraissait absurde. Les conditions de sécurité qui entourent notre famille et nos installations de rajeunissement sont optimales, phénoménales même. Alors, celles des Sheldon...

—Les Gardiens affirment que la présidente Doi travaille pour l'Arpenteur, fit remarquer Paula.

—Des conneries et rien que des conneries, grogna Gore. Si cette saloperie d'extraterrestre était vraiment capable de contourner la sécurité du Sénat et de se jouer des protections dont jouit Sheldon, elle n'aurait pas besoin de se tapir dans l'ombre comme elle le fait. Elle serait déjà notre *führer* depuis longtemps.

—Dans ce cas, pourquoi votre fils a-t-il été tué ? demanda Paula. Parce qu'il m'a aidée à imposer la fouille systématique des containers ? Ou bien parce qu'il a découvert des connexions embarrassantes ?

—D'accord, concéda Gore. Admettons que Thompson soit tombé sur des informations compromettantes. Vous a-t-il dit qui lui avait donné le nom de Sheldon ?

— Non. Il a simplement évoqué une personne évoluant dans une zone très trouble, dans les sphères les plus hautes de notre monde politique.

— Le monde politique n'a pas de haute sphère, marmonna Gore avant de se tourner vers sa fille. À toi de jouer. Nous devons absolument apprendre qui a fourni ces informations à Thompson.

— Papa, je suis loin d'avoir ses contacts au Sénat.

— Nom de Dieu, quand vas-tu arrêter de te dévaloriser, ma pauvre fille ? Si j'avais envie d'écouter des geignements de ce style, je me serais adressé à un avocat spécialisé dans les droits de l'homme sur Orléans.

— Très bien, dit-elle en faisant de grands gestes avec les mains. Je me promènerai dans le bâtiment en posant la question à tout le monde et j'attendrai qu'on daigne me descendre !

— Voilà qui est mieux, dit Gore en soulevant tant bien que mal les coins de ses lèvres dans une parodie de sourire.

— Dans quel but ? demanda Paula.

— Comment cela, dans quel but ?

— Que ferez-vous si la sénatrice finit par confirmer que c'est bien Sheldon qui a bloqué toutes mes requêtes ?

— Si c'était vrai, eh bien, nous serions forcés de prendre contact avec les membres les plus éminents de sa Dynastie pour leur faire part de notre découverte. Il leur suffirait alors de le cloner et de lui implanter une sauvegarde de mémoire antérieure à sa corruption.

— Vous croyez que la Dynastie Sheldon va vous aider ?

— Ils ne sont tout de même pas tous des agents de l'Arpenteur.

— Sans doute. Mais comment reconnaître ceux qui le sont ?

— Ne nous emballons pas, intervint Justine. Faisons d'abord le point sur ce que nous savons et nous déterminerons ensuite la manière dont il convient d'agir.

—Nous avons également besoin d'alliés solides, ajouta Gore. D'alliés politiques capables de résister et de contrebalancer l'influence de l'Arpenteur. Je me charge de cette partie du boulot.

—Méfiez-vous tout de même de Columbia, le mit en garde Paula. Maintenant qu'il sait que vous me soutenez, il vous aura à l'œil. Son influence politique va grandissant. Les sociétés ont toujours pris des raccourcis en temps de guerre. En tant qu'amiral chargé de la défense intérieure, il sera en mesure d'imposer des décisions inacceptables autrement.

—Ne vous en faites pas pour cela. Le jour où un vulgaire laquais des Halgarth se montrera plus malin que moi, il neigera en enfer.

* * *

Le petit Boeing 44044 VTOL se posa sur la piste de l'observatoire au milieu du tourbillon produit par ses réacteurs électriques. Une véritable tempête de terre sablonneuse ocre et de granules de glace crasseuse se forma pendant quelques secondes. Puis les hélices ralentirent et une hôtesse ouvrit l'écoutille. La pression tomba brusquement, et Renne sentit ses oreilles se déboucher. Ils étaient à cinq mille cinq cents mètres d'altitude, sur la face ouest des Andes, juste au nord de Sandia. Tout autour, les pics dentelés et couverts de neige constituaient un panorama magnifique. Renne se surprit à aspirer de grandes bouffées d'air pour palier le manque d'oxygène, mais cela ne suffit pas. Elle se leva de son siège et se précipita dehors en remontant la fermeture de son manteau. À l'extérieur, la lumière était si vive qu'elle dut s'arrêter au sommet des marches pour mettre ses lunettes de soleil. Dans l'atmosphère raréfiée, son souffle dessinait des volutes fines et blanches devant son visage.

Deux officiers du bureau liménien des services secrets de la Marine l'attendaient au sol. Ils étaient vêtus de vestes vert foncé qui leur donnaient des airs de spationautes. Descendre les cinq marches en aluminium suffit à l'essouffler.

L'un des deux hommes vint à sa rencontre et lui serra la main.

— Lieutenant Kempasa. Bienvenue à Antina. Je m'appelle Phil Mandia et je faisais partie de l'équipe chargée de suivre McFoster jusqu'ici.

— Parfait, dit-elle en respirant bruyamment.

Elle voyait à peine le visage de son interlocuteur derrière son masque à la vitre ambrée. Son cœur battait violemment dans sa poitrine, ce qui les contraignit à marcher très lentement jusqu'aux bâtiments de l'observatoire, une rangée de boxes bas de plafond, constitués d'une sorte de matière plastique sombre et équipés de fenêtres semblables à des hublots. Il n'y avait de la lumière que dans l'un d'entre eux. Les trois paraboles principales du radiotélescope – grandes assiettes blanches fichées sur des tiges en métal à la finesse improbable – se dressaient au milieu d'un terrain rocailleux situé derrière les bâtiments. Comme elle les regardait, l'une d'elles pivota légèrement, se braqua vers le nord.

— Comment se comporte mon prisonnier ? demanda-t-elle.

— Cufflin ? Il dit qu'il ne sait presque rien. Qu'un employeur mystérieux l'a payé pour monter la garde. J'avoue que je suis tenté de le croire.

— Nous en aurons le cœur net une fois à Paris.

— Qu'allez-vous lui faire ? Lire dans sa mémoire ?

— Oui.

Malgré son masque semi-opaque, l'homme ne parvint pas à dissimuler sa grimace de désapprobation.

En marchant, Renne brisait la fine couche de glace qui recouvrait le sol. Il ne semblait y avoir aucune végétation dans les parages, pas la moindre touffe d'herbe. Elle devait constamment regarder où elle mettait les pieds, car l'endroit était strié d'ornières gelées creusées par les pneus des véhicules à la peinture jaune défraîchie – résultat du croisement entre un tracteur et un chasse-neige – garés autour des boxes. Un peu plus loin, Renne reconnut deux 4x4 Honda marron et modernes, aux flancs constellés de taches de boue.

—Vous êtes venus à bord de ces machins ? demanda-t-elle.

—Ouais, répondit Phil Mandia en désignant du menton une route sinueuse et étroite. Et ça n'a pas été une partie de plaisir.

—Comment diable êtes-vous parvenus à ne pas vous faire repérer par McFoster ?

—Je ne vous raconte pas. L'horreur !

Renne se demanda si l'homme n'était pas en train de se moquer d'elle.

Ils entrèrent dans le bâtiment principal, où régnait une chaleur bienfaisante. Le cœur de Renne continua quant à lui de battre la chamade. Elle s'affala d'ailleurs sur la première chaise qu'elle trouva sur sa route. Incapable de se relever, elle se résigna à se dévêtir en position assise, ce qui l'essouffla davantage. Elle ne pensait pas être capable de marcher jusqu'à son avion. Les autres seraient forcés de la porter.

—L'altitude ne vous dérange pas ? demanda-t-elle à Phil Mandia.

—C'est vrai qu'il faut un peu de temps pour s'habituer, admit-il.

Renne avait de plus en plus l'impression que sa présence contrariait l'équipe locale. Ne l'avait-on pas envoyée pour chercher les causes de l'échec de la mission, pour rejeter la faute sur les agents de base ? *Mais pas du tout*, avait-elle envie d'expliquer. Sauf qu'elle ne voulait pas paraître encore plus faible aux yeux de Mandia. Elle s'accommoderait donc de leurs regards.

— Bien, commençons par la directrice, dit-elle.

Jennifer Seitz était sortie de sa cure de rajeunissement depuis à peine cinq ans. Elle était petite, soignée, avait de beaux yeux verts et la peau sombre. Elle portait un sweat-shirt brun très large et suffisamment long pour lui servir de robe. Les manches en étaient relevées, ce qui ne les empêchait pas de ballotter mollement autour de ses bras très fins. Renne en conclut qu'elle devait l'avoir emprunté à quelqu'un qui la dépassait de deux têtes. La directrice semblait bien plus irritée par cette invasion de la Marine qu'intimidée ou inquiète. Son attitude insoumise et bourrue était certes adoucie par la jeunesse de son sourire. Phil Mandia eut droit à un regard exaspéré assez peu convaincant lorsqu'il l'introduisit dans le bureau.

Par les fenêtres circulaires de la pièce, Renne avisa les trois paraboles.

— Laquelle…, commença-t-elle avant de s'interrompre pour reprendre son souffle, est pointée dans la direction de Mars ?

— Ni l'une ni l'autre ni la dernière, répondit Jennifer Seitz. Les paraboles principales sont destinées à scruter l'espace profond. Nous utilisons uniquement un récepteur auxiliaire pour capter les signaux en provenance de Mars. Ce n'est pas une opération de grande envergure.

— Sommes-nous certains que McFoster soit reparti avec les données martiennes ? demanda Renne à Phil Mandia.

— Disons qu'il ne reste aucune trace de ces données sur le réseau de l'observatoire, répondit l'officier de la Marine. Après le vol, Cufflin s'est empressé de charger un ver dans la mémoire de l'ordinateur pour éliminer toute trace de ces transmissions.

— Il doit bien y avoir d'autres copies, dit Renne. Depuis combien de temps recevez-vous ces données ?

Un tic convulsif anima un coin de la bouche de Jennifer Seitz.

— Environ vingt ans.

— Vingt ans ! Pour qui faisiez-vous ce boulot ?

— Pour une association de recherche scientifique. C'est un contrat mineur pour nous – il représente moins d'un pour cent de notre budget. Il ne nécessite aucune surveillance humaine, l'IR seule suffit. Les signaux arrivent une fois par mois. Nous les réceptionnons et les stockons pour le compte de l'association. Le projet était censé se dérouler sur une trentaine d'années. Vous pensez que c'est long, trente ans ? demanda-t-elle en voyant la surprise dans les yeux de Renne. Figurez-vous que certaines de nos observations ne seront terminées que dans une centaine d'années, et encore, si nous avons de la chance.

— Bon, reprenons depuis le début, si vous le voulez bien, dit Renne. Personnellement, je ne savais même pas que le Commonwealth avait des installations sur Mars. D'où ces signaux viennent-ils exactement ?

— D'une station de recherche à distance située sur Arabia Terra.

— Qu'étudie-t-on là-bas ?

— Toutes les sciences planétaires. On y recueille des données météorologiques, géologiques – ou plutôt aréologiques –, solaires, on mesure les radiations... La liste est longue. Chacune de ces spécialités implique des instruments de mesure différents. Il y en a donc tout autour de Mars, qui relaient leurs données au centre d'Arabia Terra. De là, elles nous sont transmises. Et puis, il y a les satellites. En ce moment, il y en a quatre en orbite polaire, mais ils ont tous besoin d'être remplacés.

— Je ne pensais pas que l'on pouvait encore s'intéresser à Mars.

— Très peu de gens sont concernés, dit Jennifer Seitz, sardonique. Après tout, il est question d'astronomie. L'arrivée de Dudley Bose a changé beaucoup de choses, mais notre profession n'est pas exactement la plus populaire du Commonwealth. Il y a, dans l'Univers, beaucoup de planètes bien plus intéressantes que Mars. Néanmoins, un nombre limité de senseurs œuvrant sur une longue période fournit autant d'informations qu'une étude intensive et courte. À vrai dire, plus la période d'observation est longue, plus les données recueillies ont de la valeur. Nous avons des stations automatisées dans tout le système solaire. Elles collectent des informations de façon régulière, à leur rythme, et nous les envoient périodiquement. La plupart des universités ou des fondations basées sur Terre entretiennent un petit département pour chaque corps céleste de notre système. Les ressources sont limitées, mais le travail de catalogage et d'analyse est important. Les instruments dont ils ont besoin ne sont pas très onéreux au vu des standards actuels. Ils sont rustiques, alimentés par l'énergie solaire ou géothermique, ont une durée de vie de plusieurs décennies. À eux tous, ils fournissent assez de données pour occuper les quelques planétologues qui subsistent sur Terre.

— Je souhaiterais avoir la liste de ces spécialistes.

— La société qui finance l'observation de Mars est basée à Londres. Il me semble que c'est l'Association interplanétaire Lambeth. Dieu sait d'où leur vient l'argent. De nos jours, il faut vraiment être philanthrope pour soutenir les sciences planétaires pures.

— Quelle est la nature exacte du projet financé par cette association londonienne ?

— Je n'en ai pas la moindre idée.

— Vous ne savez pas ? s'exclama Renne, ce qui eut pour effet de vider trop brusquement ses poumons et de la faire tousser.

Une migraine carabinée était sur le point de lui marteler les tempes.

—Ce n'est pas ma spécialité, expliqua Jennifer Seitz. Ma branche à moi, c'est la radioastronomie. Je m'occupe des paraboles principales, qui font partie du réseau qui couvre le système tout entier. Le diamètre de base de ce réseau est l'orbite de Pluton, ce qui nous donne une capacité de réception formidable. C'est d'ailleurs pour cette raison que nous disposons d'un nombre important de senseurs auxiliaires – pour rester en contact permanent avec les plus éloignées de nos unités. Vous comprendrez donc que les poussières de Mars, la fonte des glaces terriennes ou les courants supraconducteurs des couches géologiques de Charon ne me passionnent pas. Maintenant, si vous voulez m'entendre parler des rebonds des émissions du Big Bang ou des mag-quasars, il n'y a pas de problème. Je pourrais même vous tenir la jambe pendant des jours et des jours.

—Y a-t-il un planétologue ici ?

—Non. Nous avons deux radioastronomes – moi et ma partenaire Carrie –, et quatre techniciens qui s'occupent de mettre de l'huile dans les rouages. Enfin, ils font de leur mieux, mais, fauchés comme nous le sommes… Pour compléter ce tableau idyllique, j'ajouterai que l'agence scientifique des NUF parle d'interrompre nos travaux jusqu'à la fin de la guerre avec les Primiens. On m'a même demandé de préparer la mise en veille de cet observatoire. J'aurais dû faire raboter ma bosse de l'astronomie lors de mon dernier rajeunissement et me faire implanter une passion un peu plus lucrative. Merde, qui peut bien s'intéresser à des malades comme nous, qui passent plusieurs de leurs vies à œuvrer pour étendre les connaissances de l'espèce humaine ? Pas notre satané gouvernement, en tout cas. Et, en plus, vous me tombez dessus !

—Je suis vraiment désolée pour votre observatoire,

dit sèchement Renne, mais nous sommes en guerre et il convient de déterminer les priorités du Commonwealth.

— Ouais, vous avez raison.

— L'association Lambeth a-t-elle vu la couleur des données que vous avez recueillies pour elle ?

— Non. L'étude systématique de Mars est une tâche plutôt ardue, qui représente près de la moitié des observations à distance du système. Le planning de l'association est donc prévu des années à l'avance. Trente ans, en matière de sciences planétaires, c'est long, mais cela n'a rien d'exceptionnel. En somme, ils n'en étaient pas encore à examiner ces données.

— Quels types de senseurs sont en activité sur Mars, exactement ?

Jennifer Seitz haussa les épaules.

— Quand cette merde nous est tombée dessus, j'ai jeté un œil au contrat, évidemment, mais je n'ai pas appris grand-chose. Les instruments dont nous enregistrions les mesures dressent un portrait assez général de l'environnement de la planète.

— Auriez-vous pu recevoir des données cryptées, en plus des résultats des mesures ?

— Bien sûr. Encore eût-il fallu que quelque chose nous les envoie.

— Possédez-vous au moins une liste des instruments qui sont là-bas ?

— Oui. Toutefois, vous devez comprendre que nous n'en avons envoyé aucun nous-mêmes, lieutenant. Certains étaient déjà sur place, car ils provenaient de projets plus anciens, les autres ont été largués au fil des ans par les vaisseaux automatisés de l'agence scientifique des NUF. Nous n'exerçons aucun contrôle sur eux, nous ne les surveillons pas. En fait, je serais incapable de vous dire avec certitude ce qu'il y a là-haut. Ce n'est pas parce qu'on nous dit que tel canal, dans le courant de données, transporte les résultats d'un scan séismique que c'est vrai. Pour ce qui me concerne, il pourrait très bien s'agir d'informations secrètes concernant les défenses planétaires de la Terre. Il n'y a aucun moyen de vérifier, à moins d'aller sur place. Nous ne sommes que le nœud relais.

Renne n'aimait pas se sentir traînée dans une direction imprévue, mais…

—Des vaisseaux automatisés volent toujours dans le système solaire ? demanda-t-elle.

—Vous ne le saviez pas ?

—Non, admit-elle.

—Eh bien, lieutenant, nous ne pouvons pas faire autrement. C'est ainsi. Nous autres, maboules des sciences planétaires, n'avons guère les moyens de nous payer un trou de ver de CST pour aller larguer un thermomètre dans l'atmosphère de Saturne. Alors, nous ravalons notre fierté et réunissons des fonds pour produire les instruments dont nous avons besoin. Lorsque ceux-ci sont prêts, nous chargeons un des trois vaisseaux-robots de l'agence scientifique avec tous nos satellites et senseurs si précieux, et les envoyons faire un petit voyage de huit ans autour du système. Pendant ce temps, nous prions tous pour que cette antiquité ne tombe pas en panne avant d'avoir largué tous nos jouets. Un petit conseil pour vous, lieutenant : si d'aventure vous vous retrouviez en société avec des astronomes terriens, ne mentionnez surtout pas la mission 2320. Nombre de mes collègues ont changé de métier après cette catastrophe mineure. En moyenne, il faut quinze ans pour qu'un projet de senseur soit approuvé. Rédaction des demandes, propositions, commissions, supplications, prostitution, et j'en passe. Après, il ne vous reste plus qu'à trouver les fonds et dessiner vos plans. Croyez-moi, faire ce métier demande une implication émotionnelle et personnelle considérable.

— Certes, certes, dit Renne sur la défensive.

Elle avait bel et bien la migraine, à présent. Heureusement, elle était certaine d'avoir pris une boîte de Tifi. Sauf qu'elle était dans la poche de sa veste, à plusieurs mètres de là, bien trop loin à son goût.

— Merci, je crois que j'ai compris, reprit-elle. Vous ne faites pas un métier surpayé et médiatisé.

— Tout le monde n'est pas Bose.

— Résumons-nous : vous n'avez pas la moindre idée de la nature des données envoyées depuis Mars ces vingt dernières années ?

— Voilà, répondit Jennifer Seitz avec un sourire malicieux. C'est bien dit. Néanmoins, je tiens à préciser que je ne suis directrice que depuis sept ans, dont deux passés en congé de rajeunissement. Ni moi ni mes collègues n'avons personnellement eu ce contrat sous les yeux. Le boulot était fait par un quelconque sous-programme de l'IR.

— Qui a signé ce contrat ?

— Le directeur Rowell, je suppose. Il était en poste à l'époque. Il me semble qu'il s'est installé sur Berkak, où on lui a proposé d'être le doyen de la nouvelle université.

— Merci. J'enverrai quelqu'un l'interroger.

Renne inspira encore de cet air si peu dense. Le manque d'oxygène lui donnait le vertige. À vrai dire, ce n'était pas une sensation déplaisante, sauf qu'elle n'avait pas les idées très claires.

— Une dernière chose : que peut-il y avoir sur Mars qui intéresse une bande de terroristes ?

— La réponse est simple : rien de rien. Et cela n'a rien à voir avec le fait que je sois radioastronome. Cette planète est un désert géant, glacé et dépourvu d'air. Je veux dire, merde, c'est ridicule, quoi ! Il n'y a rien là-bas. Pas de secret à découvrir, que dalle. À vrai dire, je me demande encore si vous ne faites pas fausse route.

— Parlez-moi de Cufflin.

Jennifer Seitz fit la grimace, ce qui la rendit presque laide.

— Grand Dieu, je ne sais pas. Il n'y a rien à dire de particulier. Il était juste assistant technique. Un employé ordinaire qui faisait un boulot de merde pour pouvoir se payer son prochain rajeunissement. Jusqu'à hier, je vous aurais juré que ce type n'avait eu que des vies complètement inintéressantes et ennuyeuses. Notre rythme de travail est le suivant : trois semaines complètes à bosser tous ensemble dans ces locaux exigus, une semaine salvatrice de vacances. Ce type trimait avec nous depuis trois ans et demi. J'ose à peine imaginer le temps que nous avons passé à vivre, dormir et manger dans les mêmes bâtiments. Et vous, vous m'apprenez qu'il faisait partie d'une organisation terroriste. Merde ! C'est de Dan Cufflin qu'il s'agit. Sept ans à tirer jusqu'à son prochain rajeunissement – qu'il attendait d'ailleurs avec impatience. Il aime le curry, déteste la nourriture chinoise, passe beaucoup trop de temps à mater des feuilletons IST pornos soft, a été marié une fois durant sa dernière vie – apparemment, ça s'est mal terminé –, rend visite à son unique petit-fils une fois par an pour Pâques, pue des pieds, est un programmeur de seconde zone, un mécano très moyen, et il nous rend complètement dingues à force de faire des claquettes – très mal, soit dit en passant. Vous en connaissez beaucoup, vous, des terroristes qui font des claquettes ?

— Des mauvais, peut-être.

— Je ne crois pas une seconde qu'il ait fait ce que vous lui reprochez.

— Les apparences sont contre lui. Mais nous effectuerons toutes les vérifications. Je suppose que vous serez tous appelés à témoigner lors de son procès.

— Vous l'emmenez avec vous ?

— Parfaitement.

* * *

Clopin-clopant, Renne réussit à retourner jusqu'à l'avion sans trop montrer qu'elle s'appuyait sur Phil Mandia pour rester debout. Deux officiers de la Marine escortèrent Dan Cufflin jusqu'à un siège situé à côté de celui de Renne, mais de l'autre côté de l'allée. Des entraves en morphométal s'enroulèrent autour de ses poignets et de ses chevilles, bien qu'il ne donnât pas du tout l'impression de vouloir s'enfuir. Jennifer Seitz ne lui avait pas menti : Cufflin était réellement proche de l'heure de son prochain rajeunissement. Il était grand et encore svelte. Les soucis et l'abattement avaient creusé ses joues. Ses yeux étaient enfoncés, sa peau aussi pâle que celle de Renne. Sa combinaison bleu marine usée accentuait encore son allure de perdant.

L'air ahuri, il regarda l'observatoire s'éloigner par son petit hublot.

Le mal de tête de Renne avait commencé à se résorber dès la fermeture de la porte, avec la mise en route des turbines et la pressurisation de la cabine. Elle ouvrit l'aération au-dessus de sa tête et sourit de contentement, comme l'air filtré se déversait sur son visage. Un café servi par l'hôtesse chassa définitivement son malaise, rendant inutile la prise de comprimés.

— Le vol devrait durer une cinquantaine de minutes, dit-elle en tournant la tête vers Cufflin. Nous allons à Rio. De là, ce sera le train pour Paris.

Il garda le silence, les yeux rivés sur un point imaginaire situé de l'autre côté de la vitre, tandis que l'appareil montait en flèche vers la stratosphère.

— Vous savez ce qui va se passer une fois que nous serons là-bas ? demanda-t-elle d'un ton léger.

—On va me déférer devant un juge pas commode, et on va m'exécuter.

—Non, Dan. On va vous conduire dans une installation biomédicale de la Marine afin de lire vos souvenirs. Ce n'est pas réellement une expérience agréable. Perdre le contrôle de votre esprit, sentir des gens envahir votre crâne, examiner le moindre recoin de votre vie… Vous n'aurez plus aucun secret, plus d'intimité. Vos sentiments, vos rêves – ils vont tout vous prendre.

—Génial. J'ai toujours été un peu exhibitionniste.

—Je ne le pense pas, rétorqua-t-elle en soupirant avec compassion. J'ai étudié votre dossier, parlé à vos collègues. Racontez-moi un peu comment vous vous êtes fourré dans ce guêpier.

—Vous savez, dit-il en la toisant, votre technique d'interrogatoire est vraiment merdique.

—Je ne suis pas une espionne expérimentée, contrairement à vous, Dan.

—Très drôle. Je ne suis pas un espion. Je ne suis pas un terroriste. Je ne suis pas un traître. Je ne suis rien de tout cela.

—Alors, qu'est-ce que vous êtes ?

—Vous avez lu mon dossier, non ?

—Rafraîchissez-moi la mémoire.

—Pourquoi ?

—Bon, je résume votre situation : soit vous crachez le morceau, vous dites ce que vous avez à dire et j'interviens en votre faveur pour vous éviter une lecture de mémoire, soit vous vous taisez et… En fait, votre histoire a intérêt à être très convaincante.

—Et mon procès ?

—Je ne peux rien faire pour vous, Dan. Cela ne fonctionne pas de cette façon. Quoi qu'il arrive, vous serez jugé. Toutefois, si vous nous aidez, la cour saura se montrer clémente.

Il prit le temps de réfléchir, puis hocha légèrement la tête.

— J'ai un petit-fils. Il s'appelle Jacob et il a huit ans.

— Oui ?

— J'ai dû passer par le tribunal pour regagner le droit de le voir. Merde, il est tout pour moi. Il est la seule belle chose qui me soit arrivée dans cette putain de vie. J'en crèverais, si on m'interdisait de le voir. Vous avez des enfants, lieutenant ?

— Oui. Enfin, pas dans cette vie. Eux aussi ont eu des gosses. En fait, je suis arrière-arrière-grand-mère.

— Et vous les voyez tous ? Je veux dire, votre famille ?

— Quand j'ai le temps. Mais ce boulot… Je n'ai pas vraiment des horaires de bureau.

— Mais vous les voyez de temps à autre, c'est ce qui compte. Ma fille, elle, a choisi de prendre le parti de sa mère. Le problème, c'est que nous sommes tous nés sur Terre. Sur cette planète, il faut être millionnaire pour pouvoir se payer un avocat. Et moi, je ne suis pas millionnaire.

— Quelqu'un vous a proposé de l'argent ? Suffisamment d'argent pour vous payer un avocat ?

— Ouais.

— Qui ?

— Je ne connais pas son nom et je ne l'ai jamais rencontré. Pour moi, il n'était qu'une adresse sur l'unisphère. C'est un genre d'agent de sécurité, un type qui bosse dans le domaine de la protection des personnes. C'est un ami qui m'a parlé de lui. Il m'a dit qu'il pourrait peut-être m'aider.

— Bien. Le nom de cet ami ?

— Robin Beard.

— Donc, cet agent de sécurité vous a recruté.

— Oui.

— Pour faire quoi ?

— En fait, pas grand-chose. J'avais peur qu'il me demande de tuer quelqu'un – ce que j'aurais probablement fait, d'ailleurs –, mais tout ce qu'il voulait, c'était que je postule pour devenir technicien de maintenance dans cet observatoire. Je devais surveiller la réception de ces données martiennes, m'assurer qu'il n'y avait pas de problème. Il a dit que quelqu'un viendrait un jour pour récupérer ces informations et, que le jour où cela arriverait, je devrais effacer l'original. Voilà, c'était tout ce que je devais faire. Grâce à cela, j'ai pu continuer à voir le petit Jacob une fois par an, pour les vacances de Pâques. Comme ce n'était pas un crime abject, je me suis dit, pourquoi pas ?

—D'accord, Dan. J'ai une dernière question extrêmement importante à vous poser : savez-vous ce que contenaient ces données ?

—Non, répondit-il en pinçant les lèvres et en secouant la tête. Non, je le jure. J'ai bien essayé de regarder une ou deux fois, mais, merde, ces chiffres n'avaient aucun sens pour moi, aucune valeur.

—Vous ne vous êtes pas fait une copie, histoire d'avoir un moyen de pression ?

—Non. Comme promis, on m'a permis de revoir mon Jacob. Alors, j'ai joué le jeu. Je n'avais pas spécialement envie de chercher des noises à ces gens-là. Apparemment, j'ai eu raison, puisque ce sont des terroristes.

Sa réponse ennuya Renne. Elle avait le sentiment désagréable qu'il lui disait la vérité. Dan Cufflin n'était pas assez pourri pour prendre le risque de faire chanter ses employeurs. Ce n'était qu'un homme désespéré et faible, facile à exploiter, à condition de savoir sur quel bouton appuyer. Qui aurait eu l'idée de chercher un agent dormant dans un observatoire perdu au milieu des Andes ?

Quoi que les Gardiens aient fait sur Mars, ils avaient magnifiquement bien effacé leurs empreintes. *Jusqu'à l'assassinat de Kazimir McFoster.*

* * *

Le lendemain, elle en était encore à tenter de comprendre comment ce meurtre avait pu se produire dans le cadre d'une opération aussi bien organisée. Le bureau parisien travaillait sur l'affaire sept jours sur sept, vingt-quatre heures sur vingt-quatre. La Marine lui avait donné carte blanche. On discuterait des questions de budget et de planning plus tard.

En fin de matinée, elle se surprit à bâiller devant son moniteur en compulsant de nouvelles données concernant cette supposée Association interplanétaire Lambeth. Il y avait une limite à la quantité de café qu'elle pouvait avaler pour contrer les effets des toxines de fatigue qui saturaient son sang. Dehors, c'était une journée grisâtre de plus. Le printemps à Paris. L'eau qui ruisselle sur les fenêtres. À l'intérieur, ses collègues étaient sur les nerfs à cause du manque de sommeil et du fiasco de L.A. Galactic. Les engueulades à distance avaient été nombreuses. D'autant que tout le monde avait entendu parler de la dernière émission d'Alessandra Baron. Plus personne n'avait envie de rire. En effet, la présentatrice au maintien parfait avait pris un malin plaisir à répéter encore et encore que l'assassin avait commis son forfait au nez et à la barbe des officiers de la Marine. Elle avait également laissé entendre que l'homme était recherché dans le cadre de l'enquête concernant le meurtre de Burnelli.

— Comment est-ce qu'elle peut savoir cela ? avait grogné Tarlo. C'est top secret.

— Ce sont les Burnelli, probablement, dit Renne. À mon avis, ils ne disent pas que du bien de nous pendant leurs repas de famille. Après tout, c'est le minet de Justine qui a été abattu. J'imagine qu'elle est en train de faire des pieds et des mains pour que l'enquête soit confiée à la sécurité du Sénat.

Tarlo regarda autour de lui avec méfiance et dit à voix basse :

— Pendant que vous étiez en Amérique du Sud, j'ai découvert que la patronne recevait tous les rapports en temps réel. Hogan est devenu fou en apprenant qu'elle lisait par-dessus son épaule.

— Ah, fit Renne, enfin une bonne nouvelle ! Elle vous a contacté ?

— Pas encore. Et vous ?

— Non.

— Si jamais elle le faisait, dites-lui que je suis prêt à l'aider de toutes les façons possibles.

— Pas de problème.

Ils se séparèrent comme un couple illégitime qui tente de camoufler son idylle, en s'efforçant de ne pas sourire.

* * *

Le commandant Alic Hogan fut de retour juste après le déjeuner. Il était de mauvaise humeur, comme de bien entendu, et il savait que le fait d'être de mauvais poil ne ferait rien pour arranger l'ambiance du bureau. Honnêtement, il n'en avait rien à foutre. Il venait de rentrer de Kerensk, où il avait passé une heure dans le bureau de l'amiral Columbia à tenter de lui expliquer le « merdier de L.A. Galactic » – c'étaient les mots de l'amiral lui-même. Alors, il ne voyait vraiment pas pourquoi les autres ne morfleraient pas, eux aussi.

Lorsqu'il entra dans la vaste salle, tous les officiers levèrent les yeux de leur moniteur pour le regarder. Il repéra un ou deux sourires narquois rapidement contenus.

— Tous les officiers supérieurs : briefing dans dix minutes, salle numéro trois, annonça-t-il tout en se dirigeant d'un pas décidé vers son bureau personnel.

Il y eut des commentaires, des marmonnements, qu'Alic choisit d'ignorer.

Il s'assit dans son fauteuil en cuir noir, un fauteuil de bureau ordinaire, digne d'une simple secrétaire. Il l'avait hérité de Paula Myo et n'avait pas encore eu le loisir de le remplacer. Comme tout le reste dans ces locaux, y compris le personnel.

Il profita du fait qu'il était seul pour reposer sa tête sur ses mains ; il fit un effort pour vider son trop-plein d'émotions et recouvrer ses esprits. Diriger ce bureau parisien était une occasion formidable. La Marine se développait à un rythme exponentiel, l'emportait dans son sillage, lui faisait rapidement gravir les échelons. Intégrer l'équipe de Columbia, à l'époque du CICG, avait été la meilleure des choses à faire. Il avait réglé beaucoup de problèmes pour le directeur Columbia, avait écrit des rapports sur presque tous les départements. Il avait donc été logiquement choisi pour garder un œil sur Paula Myo, après le départ de Rees. Mais, aujourd'hui, il était en mesure de goûter ce qui avait été le pain quotidien de Myo pendant toutes ces décennies.

Putain, c'est ça que Myo a dû supporter ces cent trente dernières années ? La manière dont l'assassin leur avait échappé à L.A. Galactic n'était pas tant incroyable qu'insultante. À en juger par la pureté de son plan d'évasion, il paraissait évident que le meurtrier était au courant de la présence de la Marine sur le terrain. Ce qui signifiait qu'il y avait eu des fuites. Chose qu'Alic ne pouvait pas dire à l'amiral avant d'avoir des preuves, voire des aveux complets. Et puis, il y avait la question de savoir qui avait commandité le meurtre. La solution évidente, celle pour laquelle Paula Myo avait opté, était politiquement impossible. Jamais il ne pourrait faire gober cela à quiconque. Autant faire une croix sur sa carrière.

Non, le mieux restait encore de reprendre le contrôle de la situation et de faire un rapport positif à l'amiral. En l'absence de résultats – à très court terme –, il ne tarderait pas à prendre le même chemin que Myo. À la différence près que personne ne lui proposerait un poste de substitution au Sénat.

Tout n'était certes pas noir. Au moins, le fiasco de L.A. Galactic leur avait-il fourni un nombre important de pistes concernant les opérations des Gardiens. En dépit de l'amertume causée par le limogeage de Myo, force lui était d'admettre que ses officiers étaient des bons. Tout ce qu'il avait à faire, c'était s'assurer que les ressources ne manqueraient pas pour mener à bien ces diverses enquêtes, et coordonner une stratégie décente pour cette satanée affaire. Les résultats viendraient automatiquement. Il le fallait.

Alic but un grand verre d'eau minérale. Avec un peu de chance, il serait calmé et dispos pour le briefing. Peut-être était-il juste déshydraté. Après tout, les dernières vingt-quatre heures étaient passées à cent à l'heure. Lorsqu'il se sentit prêt, il prit la direction de la salle de conférences. Renne Kempasa marchait devant lui, un grand *mug* de café à la main.

Tarlo et John King attendaient déjà à l'intérieur. Avant les derniers bouleversements administratifs, John était enquêteur et travaillait pour le département technique et scientifique du CICG. De ce fait, il se montrait moins glacial avec Alic que ses deux autres lieutenants.

— Trop de caféine, dit Tarlo à voix haute comme Renne prenait place. C'est déjà le – quoi ? – huitième depuis ce matin ?

Elle lui fit les gros yeux.

— Soit je bois du café, soit je fume. À vous de choisir.

John rit devant la mine choquée de Tarlo.

Alic Hogan entra et s'assit au haut bout de la table.

— L'amiral n'est pas du tout content de nous, leur dit-il. Il me l'a signifié avec force, comme vous pouvez l'imaginer.

Alors, je serais vraiment heureux si l'un d'entre vous pouvait enfin m'annoncer le nom de notre assassin.

— Désolé, chef, dit John King. Son visage ne figure dans aucune des bases de données du Commonwealth. Il a subi un reprofilage, évidemment. Nous possédons sans doute des informations le concernant sous son ancienne identité. Ses nouveaux traits, toutefois, sont parfaitement inconnus.

— Pas tout à fait, intervint Renne. McFoster, lui, le connaissait. En fait, il était même heureux de le voir. Il débordait littéralement de joie. Je vous parie tout ce que vous voulez que l'homme est originaire de Far Away.

— Qui, sur Far Away, va envoyer un assassin au cœur du Commonwealth ? demanda John.

— Je ne sais pas, répondit-elle en haussant les épaules. Mais nous devrions jeter un coup d'œil aux archives de CST, des fois qu'il ait débarqué à Boongate il y a moins de deux ans.

— D'accord, je mets mon équipe sur le coup, reprit John. Foster Cortese supervise le travail de plusieurs logiciels de reconnaissance visuelle ; je lui dirai de rajouter Boongate sur sa liste.

— Parfait, dit Alic. Que savons-nous de son équipement, de ses implants ? Nous avons tous vu de quoi il était capable. Il doit avoir le top du top, et ce genre de jouets ne se trouve pas dans une pochette-surprise.

— Jim Nwan suit cette piste pour moi, expliqua Tarlo. Toutefois, beaucoup de sociétés réparties dans tout le Commonwealth fabriquent ce genre d'armement. Je n'y avais pas pensé avant, mais la plupart de ces boîtes appartiennent aux Grandes familles et aux Dynasties intersolaires, qui ont besoin d'équiper leurs propres agents de sécurité. Malheureusement, elles sont souvent peu enclines à coopérer et à donner le nom de leurs clients.

Après, il y a les cliniques d'Illuminatus, mais elles sont encore moins serviables.

— Si qui que ce soit vous met des bâtons dans les roues, faites-le-moi savoir, lui dit Alic. Le bureau de l'amiral fera directement pression.

— D'accord.

— Bien. Renne, qu'avez-vous découvert à l'observatoire ?

— J'ai glané pas mal d'informations, pas forcément toutes pertinentes.

— Nous vous écoutons.

Elle prit une gorgée de café et fit une grimace car il était brûlant.

— Tout d'abord, nous avons eu la confirmation que McFoster était bien venu chercher des données envoyées depuis Mars et rassemblées pour lui par la station.

— Mars ? s'étonna Alic en fronçant les sourcils. Qu'y a-t-il donc sur Mars ?

— C'est bien le problème : nous n'en savons rien. Les données ont été transmises par une base scientifique automatisée. Officiellement, il s'agit d'un projet d'étude de l'environnement martien financé par l'Association interplanétaire Lambeth. La transmission des données recueillies par des senseurs disposés tout autour de la planète a duré une vingtaine d'années.

— Vous avez bien dit : « une vingtaine d'années » ?

— Ouais, répondit-elle d'un ton sardonique. Malheureusement, l'Association interplanétaire Lambeth n'existe plus. Elle est devenue virtuelle il y a huit ans. Aujourd'hui, elle se résume à une adresse bidon et à une entreprise tout aussi bidon. Un programme d'administration continue de gérer un compte bancaire qui contient juste assez d'argent pour mener le projet martien à son terme. L'observatoire reçoit son virement annuel et, lorsque quelqu'un essaie d'appeler l'association, un programme répond en piochant dans une sélection de phrases toutes faites. En d'autres termes, il s'agit d'une couverture typique des Gardiens.

— Cette association a-t-elle jamais réellement existé ? demanda Alic.

— Oui, au tout début. Elle avait un bureau à Londres et du personnel. J'ai demandé à Gwyneth de remonter cette piste. Avec un peu de chance, nous réussirons à retrouver une secrétaire ou un cadre de base. Mais il n'y aura sans doute pas de miracle. Si les dirigeants étaient probablement tous des Gardiens, les autres devaient être des contractuels venus des quatre coins du Commonwealth. Nous sommes d'ailleurs en train de vérifier les archives de toutes les agences d'intérim spécialisées dans l'emploi de non-Terriens.

— Pourquoi les Gardiens auraient-ils abandonné les locaux de leur association si l'observatoire n'avait pas fini de collecter ces données ? demanda John.

— Les locaux n'ont fermé qu'une fois les derniers instruments envoyés sur Mars, expliqua Renne. Les douze premières années, ils ont très souvent ouvert leur porte-monnaie pour expédier du matériel sur place. Ce genre d'opération ne s'organise pas uniquement sur la cybersphère ; il faut rencontrer les gens, assister à des réunions, inviter les officiels des NUF au restaurant, assister à des séminaires, rencontrer les concepteurs des instruments…

— Il existe donc des listes de ce qu'ils ont envoyé sur Mars, intervint Alic.

L'ampleur de cette opération, et le fait qu'elle impliquait quelque chose de neuf, ne lui plaisait guère. Cela ferait beaucoup de points négatifs à mettre dans le rapport destiné à l'amiral.

— Il existe des archives concernant les vols des vaisseaux de l'Agence scientifique des NUF, reprit Renne. En revanche, il n'y a aucun moyen de savoir ce qu'il y avait à bord. Les engins voyagent tout autour du système solaire, et les instruments planétaires qu'ils déploient sont enfermés dans des containers sécurisés, destinés à être largués avec des modules à usage unique. À Lunarport, personne n'aurait l'idée d'ouvrir un de ces paquets sans raison. Les systèmes sont scellés.

— Vous êtes en train de me dire que les Gardiens ont conduit une opération dans ce système, sous notre nez, pendant vingt ans, que personne ne s'en est rendu compte et que nous ne savons toujours pas de quoi il s'agit exactement ?

Alic s'interrompit quelques instants. Ils devaient travailler conjointement sur cette affaire, et se montrer trop critique serait certainement contre-productif.

— Et les autres planètes ? reprit-il. Y a-t-il d'autres opérations en cours ?

— Apparemment, non, répondit Renne. Matthew Oldfield est en train de vérifier une à une toutes les missions connues de l'Agence scientifique des NUF. Jusque-là, il n'a rien remarqué de suspect.

— Il n'y a aucune façon de savoir ce qu'ils ont envoyé là-bas ?

— Non, à moins de se rendre sur place et de vérifier par nous-mêmes. Les systèmes ont recueilli des données pendant vingt ans et la mission était censée durer encore dix ans. Je ne pense pas qu'il soit question d'armes et, pour être tout à fait honnête, je ne crois pas qu'il soit utile de monopoliser nos ressources pour cette affaire. Cette opération, quelle qu'ait été sa nature, est aujourd'hui bel et bien terminée.

— Je ne suis pas d'accord, dit Tarlo. Vingt ans, tout de même ! Il doit s'agir de quelque chose d'important. Nous devrions tenter d'en apprendre davantage.

— Les données étaient effectivement importantes, rétorqua Renne. Sinon, ils n'auraient pas pris tous ces risques pour les récupérer. Mais aujourd'hui, elles sont définitivement perdues. Cufflin a tout effacé et McFoster n'avait rien sur lui lorsqu'il a été tué.

Alic avait presque oublié que rien n'avait été retrouvé sur le corps du Gardien. Du moins officiellement, car c'était devenu le point de départ d'une dispute politique entre l'amiral et les Burnelli. Il vaudrait certes mieux rester en dehors de tout cela, d'autant qu'il avait tendance à rejoindre les vues de Renne. À quoi bon gaspiller leurs ressources? Quoique… Vingt ans, ce n'est pas rien. Cette mission devait être de la plus haute importance pour Johansson.

—Que nous a appris ce Cufflin? demanda-t-il. A-t-on procédé à une lecture de sa mémoire?

—Je n'en vois pas réellement l'utilité, répondit Renne. Il m'a tout dit volontairement durant le vol vers Rio. Une fois arrivé ici, on l'a gavé de drogues et il a raconté la même histoire. Il a été payé pour jouer un petit rôle, mais il ne sait rien. Je suggère qu'on l'inculpe de complicité dans cette affaire et qu'on laisse le tribunal décider de la suite des événements.

—Si vous pensez qu'il ne nous est plus d'aucune utilité, d'accord, dit Alic en demandant à son assistant virtuel de rédiger une note.

—Il nous a quand même donné un nom intéressant, reprit-elle. Robin Beard. C'est lui l'intermédiaire qui a mis Cufflin en contact avec l'agent anonyme qui a tout organisé. Plusieurs des types qui ont participé à l'assaut de *Seconde Chance* avaient été approchés par un recruteur spécialisé dans la sécurité. Un recruteur resté anonyme, lui aussi. C'est peut-être une coïncidence, toutefois, il faut garder à l'esprit que Johansson est à l'origine des deux opérations.

—Savons-nous où se trouve ce Robin Beard? demanda Alic en tâchant de dissimuler son enthousiasme et de paraître professionnel, en dépit de cette nouvelle plus qu'encourageante.

—J'ai mis Vic Russell sur le coup. Sa dernière adresse connue se trouve sur Cagayn. Vic est déjà dans l'express et la police locale a été mise au parfum.

— Excellent.

— Et Mars, alors ? insista Tarlo. On ne peut tout de même pas laisser tomber cette piste.

— C'est là que cela devient intéressant, répondit Renne. Cufflin n'a jamais rien transmis vers Mars, aucune instruction, aucun code. Donc, en théorie, la station et tout ce que les Gardiens y ont envoyé devraient toujours être en train de fonctionner. Elle va transmettre un autre signal d'ici une huitaine de jours. L'agence scientifique des NUF rassemble en ce moment même une équipe de scientifiques, qui analyseront les données pour nous et détermineront si elles proviennent bien de senseurs environnementaux.

— Huit jours ? s'exclama Tarlo, cinglant. Commandant, ces données sont de la plus haute importance, nous nous devons d'enquêter sans attendre.

Alic aurait bien voulu répondre oui, mais envoyer une équipe de police scientifique sur Mars coûterait une véritable fortune. Modifier le point d'arrivée d'un trou de ver de CST, y compris d'un modèle exploratoire, représenterait un investissement de plusieurs millions et nécessiterait la signature de l'amiral.

— Pourquoi l'observatoire ne pourrait-il pas entrer en contact avec la station dès aujourd'hui ? demanda-t-il. Il doit bien exister un protocole de communications, ne serait-ce que pour pratiquer un diagnostic des systèmes. Ce serait la solution la plus rapide et la moins onéreuse.

— Sans doute, dit Renne en haussant les épaules. Je poserai la question à Jennifer Seitz, la directrice.

— Bien. Tenez-moi au courant, dit-il en souriant d'un air satisfait.

Des décisions bonnes et claires, un management efficace, et tout le monde est content.

— Bien sûr, acquiesça Renne en prenant une autre gorgée de café.

—J'ai de bonnes nouvelles pour vous, chef, annonça Tarlo, en lançant à sa collègue un regard malicieux.

—Je vous écoute.

—Nous avons fait des progrès dans l'analyse des données financières de McFoster. J'ai besoin d'une autorisation pour ouvrir son compte à la Pacific Pine Bank. Après, nous pourrons très certainement nous faire une idée plus précise de ses déplacements. Et puis, nous espérons aussi découvrir la provenance de son argent.

—Compte à usage unique, dépôt en liquide, comme d'habitude, intervint Renne en souriant au-dessus de son *mug*. Impossible de remonter à la source.

Tarlo brandit un majeur dressé.

—Vous aurez votre autorisation, promit Alic. Très bien, la situation n'est pas aussi désespérée qu'elle en avait l'air l'autre jour. Nous pouvons y arriver, je le sens.

2

Techniquement, le cabinet de guerre aurait dû se réunir dans le palais présidentiel de New Rio, car la présidente le dirigeait et parce qu'il n'y avait personne au-dessus d'elle dans tout le Commonwealth. Telle était la structure de l'exécutif, garantie par la constitution. Toutefois, il y avait un gouffre entre la théorie et la *realpolitik*.

Aucun des leaders des Dynasties intersolaires n'aurait accepté de rester trop longtemps éloigné de sa planète d'origine. Ni Nigel Sheldon, ni Heather Antonia Halgarth, ni Alan Hutchinson, ni Hans Brant. La Terre, puisqu'elle était directement reliée aux mondes du G15, constituait donc une solution idéale. Et puis, les sénateurs Justine Burnelli, Crispin Goldreich et Ramon DB vivaient tous sur Terre. Depuis que la Marine avait été défaite sur les vingt-trois mondes – par un adversaire à la puissance certes démesurée –, les deux amiraux Kime et Columbia n'avaient plus assez d'influence pour imposer un autre lieu.

Patricia Kantil ne pouvait faire autrement que de se soumettre aux exigences de la majorité. Les médias s'acharnaient sur la Marine, mais les sondages d'opinion effectués sur l'unisphère montraient qu'une part grandissante de la population contestait la légitimité du gouvernement tout entier. Bien que cela l'embêtât un peu, elle s'arrangea pour que la réunion ait lieu au siège du Sénat, à Washington.

Les participants se rassemblèrent dans une de ces pièces souterraines sécurisées si prisées des dirigeants dans les situations critiques. En cet âge où les champs de force étaient en mesure de résister facilement aux lasers et aux explosions de cent mégatonnes, Patricia ne voyait pas réellement l'intérêt de se terrer sous le bâtiment vieillissant du Sénat. Néanmoins, c'est bien là qu'ils se réunirent tous.

Si elle avait eu des fenêtres, la salle aurait pu passer pour le centre névralgique de n'importe quelle société importante. Une longue table en bois de tarn poli avec soin afin de mettre ses veines rouges en valeur sous l'éclairage puissant, douze somptueuses chaises en cuir. Sur les murs étaient suspendus les portraits de tous les anciens premiers ministres, qui semblaient toiser l'assistance avec diverses expressions de supériorité. Au sol, un grand tapis émeraude orné du sceau du Commonwealth. Tout était sombre et très cher. Typique d'un budget dont l'ampleur n'était jamais révélée au public.

Les membres du cabinet de guerre se levèrent pour accueillir Elaine Doi. Patricia, qui marchait deux pas derrière elle, fut agréablement surprise de constater que les règles élémentaires de courtoisie n'avaient pas été oubliées. Les véritables puissances du Commonwealth reconnaissaient toujours l'autorité du gouvernement. Mais pour combien de temps ? À l'exception de la présidente, tout le monde était venu seul. Patricia était donc l'unique aide de la salle. Elle ne se rappelait pas avoir déjà été en présence d'autant de grands pontes en même temps. C'était intimidant, même pour quelqu'un qui, comme elle, fréquentait les hautes sphères à longueur de journée. Elle savait qu'Elaine était nerveuse. Pour une fois, elle n'avait pas uniquement peur de ne pas être réélue. Les dernières statistiques concernant l'attaque primienne l'avaient considérablement choquée.

Elaine prit place au haut bout de la table et demanda aux autres de s'asseoir. Patricia s'installa à sa gauche, la place de droite étant occupée par Oliver Tam, le Premier ministre. La grande double porte se referma et la salle fut automatiquement isolée de l'extérieur, aussi bien physiquement qu'électroniquement.

— L'IA n'est pas avec nous ? demanda Crispin d'un ton hargneux.

Elaine se tourna vers Patricia et hocha imperceptiblement la tête.

— Pas pour le moment, expliqua cette dernière. L'invasion semble la déranger autant que nous – elle nous est d'ailleurs venue en aide plusieurs fois depuis le début des hostilités –, toutefois, nous ne sommes pas encore certains de pouvoir lui faire totalement confiance. Puisque les Primiens s'en prennent à l'humanité, nous estimons que c'est à nous seuls de décider de la manière dont il convient de réagir. Évidemment, nous pouvons aussi décider de lui demander son aide. D'ici là, néanmoins, nous nous passerons d'elle.

Si sa réponse déplut à Crispin, celui-ci ne le montra guère.

— Merci, dit Elaine. Je déclare donc ouverte cette première session du cabinet de guerre. Le temps est venu pour nous de déterminer la nature de la réponse que nous allons apporter à la menace représentée par les Primiens. Notre tâche est immense et notre responsabilité colossale. Il en va de l'avenir de l'humanité en tant qu'espèce, un avenir aujourd'hui grandement compromis. Nous serons amenés à prendre des décisions très difficiles et probablement impopulaires. Personnellement, je suis parfaitement disposée à sacrifier ma popularité pour nous assurer la victoire. J'aimerais, pour commencer, que l'amiral Kime nous résume les derniers événements et nous expose les résultats des analyses stratégiques effectuées par la Marine.

Lorsque nous aurons absorbé tout cela, viendra le temps des décisions politiques. Amiral ?

— Merci, madame la présidente.

Wilson jeta un regard circulaire sur l'assistance et fut attristé par l'absence de visages amicaux.

— Nous savions tous que la situation se présentait mal, reprit-il. Nous avions une idée précise des dimensions de la civilisation primienne, des ressources dont elle disposait et pourtant, nous nous sommes très mal préparés. Pourquoi ? La réponse est simple : nous refusions de croire qu'une attaque d'une telle ampleur pouvait avoir lieu. Il n'y avait aucune raison rationnelle pour qu'une pareille chose se produise. Nous savions que les capacités industrielles de la civilisation de Dyson Alpha étaient égales, sinon supérieures à celles du Commonwealth tout entier. Il aurait été bien plus facile et bien moins onéreux pour eux de chercher de nouvelles ressources dans les systèmes proches du leur. Cependant, ils ont choisi de suivre une stratégie de développement totalement imprévisible et incompréhensible. Grâce à Bose et Verbeke, ils ont découvert notre existence et se sont empressés de construire des trous de ver pour nous atteindre. En somme, les craintes des plus méfiants d'entre nous étaient justifiées : la barrière érigée autour de Dyson Alpha semble bien avoir eu pour but de contenir les Primiens.

— Que pouvons-nous dire de Dyson Bêta ? demanda Alan Hutchinson.

— Pas grand-chose pour l'instant. De même, nous ignorons toujours pourquoi la barrière autour d'Alpha s'est effondrée brusquement. Aujourd'hui, les Primiens sont libres de leurs mouvements et nous devons faire face à leur agressivité. Sur les vingt-trois mondes envahis, nous estimons les pertes en vies humaines à près de trente-sept millions.

Autour de la table, le silence était absolu. La plupart des membres du cabinet en contemplaient la surface polie, craignant de croiser le regard des autres.

Wilson se racla timidement la gorge et continua :

— La façon dont les attaques ont été menées et les informations glanées par nos services de renseignement montrent que les Primiens cherchent à préserver les installations industrielles des mondes qu'ils attaquent. En revanche, contrairement à nous, ils ne se soucient aucunement de l'environnement. Nous nous en doutions depuis la découverte de leur système, industrialisé à l'extrême, pollué comme la Terre ne l'a jamais été, pas même dans les pires heures du XXIe siècle. Leurs priorités étant complètement différentes des nôtres, il est extrêmement difficile de prévoir leurs mouvements. Néanmoins, maintenant qu'ils sont à découvert, nous aurons tout le loisir de les observer. Par exemple, ils vont devoir organiser leurs forces d'occupation afin d'exploiter correctement les planètes conquises sans craindre une contre-attaque. Nous devrons nous attendre à une seconde vague d'attaques, puis à une troisième et à une quatrième. Ils continueront de nous harceler, de nous repousser toujours plus près du cœur de notre Commonwealth, de nous confiner sur toujours moins de mondes. Jusqu'à la fin.

— Comment pouvez-vous en être sûr ? demanda Heather.

— Nous sommes en guerre, répondit Wilson.

Il vit ses lèvres maquillées se pincer et les reproches sourdre comme des phéromones par tous les pores de sa peau parfaite de quinquagénaire. Elle portait un tailleur bleu marine du dernier chic et ses cheveux roux étaient tressés en une natte régulière, mais rien n'aurait pu dissimuler son autorité naturelle. Heather était la seule femme à diriger une Dynastie intersolaire, toutefois, sa féminité n'était qu'un voile arachnéen tendu au-dessus de son ambition et de son instinct politique carnassier. Tout comme lui et comme toutes les personnes présentes dans cette salle, elle détestait entendre de mauvaises nouvelles.

— La guerre, par nature, n'est pas une situation statique, reprit-il en soutenant son regard. Ils savent que nous n'accepterons jamais la perte de ces vingt-trois planètes. Donc, soit ils continuent de s'en prendre au Commonwealth afin d'effacer toute trace de notre présence dans cette galaxie, soit c'est nous qui les balayons.

— Suggérez-vous que nous commettions un génocide ? demanda Ramon DB d'un ton léger.

— Suggérez-vous que nous devenions les victimes d'un génocide ? rétorqua Wilson. Cette guerre est très différente de celles que nous avons déjà connues. Il ne s'agit pas d'un conflit stratégique dont l'enjeu se résumerait à quelques ressources naturelles. Nous ne nous battons pas pour des terres tribales, des routes commerciales ou de nouvelles colonies. Tout comme nous, les Primiens sont intersolaires, et – vous le savez aussi bien que moi – il n'y a pas de pénuries dans la galaxie. Ils sont venus ici dans une seule intention : nous tuer et prendre possession de nos mondes.

— Dans ce cas, ce conflit n'est pas si singulier, intervint Hans Brant. On dirait bien qu'ils sont partis en croisade contre nous.

— Vous avez peut-être raison. La religion, ou une de ses variantes idéologiques, pourrait expliquer leur comportement – c'est en tout cas une théorie très populaire parmi nos analystes. De fait, il est difficile d'expliquer leurs motivations autrement.

— Nous nous intéresserons aux raisons plus tard, dit Nigel. Vous avez résumé notre situation. Que compte faire la Marine à présent ? De quoi avez-vous besoin ?

— Nous proposons de faire face à l'agression en appliquant une stratégie à trois volets. Tout d'abord, infiltrer les mondes conquis pour y mener d'importantes missions de sabotage, afin de forcer les Primiens à rester sur place, de les ralentir, de les empêcher d'organiser une deuxième vague d'attaques. Pendant ce temps, nous préparerons l'étape deux de notre plan.

— Je serais curieux de savoir quelles forces vous comptez jeter dans cette bataille, dit Alan Hutchinson.

— Des unités de commandos seront débarquées grâce à des trous de ver temporaires. Elles auront pour tâche de causer un maximum de destructions et de glaner des informations. Pour l'instant, nous savons très peu de chose sur nos ennemis. Nous avons besoin de données nouvelles. Nous espérons également faire des prisonniers afin de procéder à des interrogatoires et à des lectures de mémoires.

— Ces commandos, combien seront-ils ? demanda un Alan zélé. Pour avoir un impact significatif, les missions dont vous parlez devront être menées par un nombre important de combattants.

— Pour commencer, nous prévoyons d'envoyer environ dix mille hommes sur chaque planète.

— Dix mil… Merde, vous parlez de lever une armée d'un quart de million de soldats.

— Ce n'est pas un problème en soi, dit calmement Rafael. Les troupes terrestres de la Marine seront constituées de volontaires. Je puis vous assurer que nous ne manquerons pas de candidats. Même les plus âgés et mesurés d'entre nous tendent à devenir agressifs lorsqu'ils sont menacés. Juste au cas où, nous bénéficions également d'une grande réserve de gens faciles à persuader. Des gens plus adaptés que la moyenne à ce type de boulot. Écoutez, continua-t-il en écartant les bras d'un air raisonnable, nous avons passé une grande partie de ces derniers jours à élaborer notre stratégie et à jauger sa faisabilité. Nos idées ont été mûrement réfléchies. Déployer ces troupes n'est pas seulement possible, mais nécessaire. Nous devons absolument reprendre la main.

—Très bien, dit Hans. Qu'en est-il de l'étape numéro deux ?

—Une flotte, répondit Wilson d'une voix neutre. Une très grande flotte de navires de guerre. Différente de celle que nous avons pour l'instant. Nous allons devoir radicaliser notre approche. *Seconde Chance* et *StAsaph* sont dépassés. Nous pouvons et devons aller beaucoup plus loin. Nous avons fait preuve de paresse, à l'époque ; nous nous sommes contentés de construire ces engins avec ce que nous avions dans nos réserves. Je ne critique pas cela, ajouta-t-il en regardant furtivement Nigel. Ces vaisseaux étaient adaptés à nos besoins. Toutefois, les temps ont changé. Si nous ne réagissons pas, ce pourrait bien être la fin de l'espèce humaine. Nous aurons besoin de vaisseaux rapides – oubliez les hyperréacteurs de type 5 ou 6 que nos ingénieurs sont en train de dessiner. Il nous faut des machines de type 10 ou plus, capables d'atteindre Dyson Alpha en une semaine. Ces nouveaux vaisseaux devront aussi être adéquatement protégés par des boucliers aussi résistants que les barrières des Dyson. Ils devront bénéficier des meilleures armes, et non de missiles nucléaires ou de rayons. Je parle ici de drones d'attaque relativistes. Chaque vaisseau devra transporter une centaine de ces jouets, dont la puissance sera comparable à celle libérée par *Desperado*. Des vaisseaux dans ce genre, j'en veux des milliers. Pas des douzaines, ni des centaines, mais bien des milliers, soit assez pour défier l'armada d'engins ordinaires déployée par les Primiens. Durant la première vague d'attaques, nous avons fait face à environ trente mille appareils. Nul doute qu'ils en ont cent fois plus chez eux. Si nous voulons être à la hauteur, nous n'avons d'autre issue que de réquisitionner notre industrie, afin de produire des navires comme nous produisons aujourd'hui des voitures ou des trains.

» Notre seul avantage sur eux, c'est que nous savons voler plus vite que la lumière. Si nous parvenons à développer cet avantage, à en tirer profit, alors nous aurons une chance de vaincre. Nos forces devront être mobiles pour frapper des cibles stratégiques. Ce sera la deuxième phase de notre plan : bloquer leurs velléités. La phase trois consistera à explorer l'espace qui nous sépare de Dyson Alpha pour découvrir l'emplacement de leur saloperie d'avant-poste et le détruire.

— Cela me parait pas mal, commenta Nigel en hochant la tête. Au moins, vous prenez le taureau par les cornes. Nous avons besoin de cela.

— Certes, mais combien cela va-t-il coûter ? murmura Crispin.

— Qu'est-ce qu'il ne faut pas entendre ! s'exclama Justine en le foudroyant du regard d'une manière inattendue et tout à fait digne de son père. Trente-sept millions de morts, et vous osez vous plaindre pour votre porte-monnaie. Vous n'avez rien écouté, ma parole. C'est cela ou mourir. Mourir vraiment, et non pas dormir pendant quelques années le temps qu'une clinique vous prépare un corps tout neuf. Vous allez mourir, Crispin, et la mort dure éternellement.

— Ma chère, je n'ai pas dit que cela coûterait trop cher. Je souhaitais simplement évoquer la prochaine et nécessaire refonte de notre budget. À condition, bien sûr, que la formidable technologie décrite plus tôt fonctionne réellement, ajouta Crispin en regardant longuement Nigel puis Wilson.

— Les théories sont au point, dit Nigel d'un ton neutre. Nous attendons juste votre argent pour les mettre en pratique.

— Je suppose que vous voulez parler de vos impôts, qui ne manqueront pas d'être augmentés.

— Vous croyez réellement que nous avons quelque chose à foutre de nos impôts ? Que le Trésor se démerde, augmentez les taxes de vingt ou trente pour cent, trafiquez les taux d'intérêt. Faites ce qu'il y a à faire et nous aurons peut-être le temps plus tard de nous soucier de l'inflation, de la récession ou des taux de croissance qui dégringolent. Ces conneries n'auront plus aucune importance quand nous serons morts. Si nous ne trouvons pas l'argent nécessaire à la mise en œuvre de ce plan, le marché financier disparaîtra lui aussi. Nous sommes forcés de l'admettre, tous autant que nous sommes autour de cette table, même s'il convient de ne rien révéler à la population.

— Ce ne sera pas qu'une question d'argent, intervint Heather. N'est-ce pas, monsieur Kime ?

— Ce devra être un effort d'équipe.

— Oui, mais votre équipe se dirige déjà dans la bonne direction. Il convient de prendre les devants, de penser très loin dans le temps, de coopérer. Toutefois, je me demande comment nous allons faire pour augmenter à ce point nos capacités industrielles. Cela risque d'être vraiment problématique, et pourtant, nous n'avons pas le choix.

— L'IA pourrait nous aider, glissa Oliver Tam.

— Sans doute, dit Heather à la façon d'une maîtresse d'école mécontente d'un élève. Néanmoins, reprit-elle en échangeant un regard avec les trois autres représentants de Dynasties intersolaires, il faudra encore convaincre les autres.

— Ils sont assez intelligents pour comprendre, intervint Nigel. Et puis, il existe des arrangements entre nous.

Heather haussa les épaules.

— Quelle est la situation des réfugiés ? demanda Ramon DB. Quelle place leur a-t-on réservée dans ce plan ? Pour le moment, la population des vingt-trois mondes perdus sature le reste du Commonwealth. Ces gens n'ont ni maison, ni travail, ni perspectives d'avenir. Ils attendent de nous, du gouvernement, que nous les guidions, que nous nous intéressions à eux. Des centaines de milliers de personnes se rendent sur Silvergalde. Qui est bien sûr totalement dépassée par la situation. On m'a dit que les faubourgs de Lyddington ressemblaient de plus en plus à un camp de réfugiés médiéval, sans eau, sans sanitaires, avec trop peu de nourriture. Nous n'avons pas encore parlé des déplacements massifs de populations. Dans un rayon de cent années-lumière autour des planètes envahies, tout le monde est en train de partir en vacances à l'autre bout du Commonwealth, d'essayer de vendre sa maison pour en racheter une dans un endroit supposé plus sûr. Ils ont peur, et ils ont raison. Qu'allons-nous entreprendre pour ces gens ? Nous devons leur dire que nous les comprenons, que nous ne les oublions pas, que nous allons faire quelque chose.

—Oui, mais pas aujourd'hui. Ce n'est pas le moment, dit Elaine Doi.

Elle parla d'une manière si décidée et péremptoire, qu'elle s'attira nombre de regards étonnés. Ramon, quant à lui, en resta bouche bée.

—Ceci est un cabinet de guerre, sénateur Ramon, reprit-elle. Nous sommes ici pour parler stratégie militaire. Le sort des déplacés sera débattu par le cabinet civil et fera peut-être l'objet d'un débat au Sénat.

—Peut-être, mais cette question affecte aussi les questions militaires, insista Ramon. Sans parler de l'économie.

—Non, dit rapidement Elaine. Les chiffres sont colossaux, à n'en pas douter. Toutefois, en pourcentage de la population, ils ne représentent pas grand-chose. Je ne permettrai pas que ce cabinet perde son temps avec une multitude de problèmes secondaires. Vous êtes hors sujet, sénateur, alors, de grâce, laissez la parole à quelqu'un d'autre.

Alan n'essaya même pas de dissimuler son sourire. Une ou deux autres personnes semblaient légèrement amusées.

Doi se montrait si rarement décidée et positive. Subitement consciente de son autorité, elle demanda :

— Amiral Columbia, envisagez-vous d'apporter des changements à notre politique de défense planétaire actuelle ?

— Non, madame. Les champs de force se sont montrés très efficaces, y compris sur les vingt-trois. Nous prévoyons d'améliorer les boucliers urbains et civils, en anticipant une deuxième vague d'attaques. Les fabricants d'armes ont augmenté leur production de drones de combat. Ceux-ci se sont révélés extrêmement précieux durant les bombardements préliminaires. L'électronique militaire est aussi une priorité. Toutefois, tous ces systèmes ne sont que défensifs, destinés à limiter les dégâts. Pour stopper une éventuelle offensive, nous avons besoin d'une flotte.

— Nous prenons note de votre point de vue, amiral. Je pense que nous pouvons procéder à un vote concernant la stratégie générale.

— J'aimerais d'abord parler de l'étape quatre de cette dernière, ajouta Columbia.

— L'étape quatre ?

— Oui, madame. Le projet Seattle. Un genre d'arme grâce auquel nous pourrions combattre l'ennemi sur son terrain.

— J'ignorais qu'un prototype était en cours de construction.

— Avec un peu de chance, il sera prêt d'ici quelques mois, dit Wilson. Vous connaissez les physiciens, ils n'aiment pas les dates butoirs. D'ailleurs, ils ne les respectent jamais.

— Donc, nous ne devons pas compter immédiatement dessus ? demanda la présidente.

— Non, répondit Wilson avec circonspection. Cependant, l'amiral Columbia a raison. Le moment venu, nous devrons décider s'il convient ou non de l'utiliser.

— Nous pouvons combattre les Primiens avec des vaisseaux de guerre, dit Columbia. Nous pouvons les ralentir, peut-être même les faire reculer, mais si la guerre se prolonge, son coût sera colossal. Et je ne parle pas uniquement d'argent. Si les Primiens résistent et se montrent implacables, nous n'aurons pas d'autre possibilité que de jouer le tout pour le tout.

— Un génocide, chuchota Elaine. Grand Dieu !

— Ce serait une décision collective, lui dit Hans. Nous la prendrions ensemble et en assumerions les conséquences.

— Le projet Seattle doit rester prioritaire, reprit Columbia.

— Oui, acquiesça prudemment la présidente. Très bien, si vous n'avez rien à ajouter, nous allons procéder au vote. L'amiral Kime nous propose donc une approche en trois étapes pour contrer la menace primienne.

— Approche que j'appuie, dit Heather.

— Moi aussi, enchérit Alan.

— Parfait, reprit la présidente. Que ceux qui sont en faveur de cette stratégie lèvent la main.

Elle compta les voix.

— Proposition acceptée à l'unanimité.

* * *

À l'extérieur de la salle, de petits groupes de secrétaires et d'assistants faisaient les cent pas et discutaient dans les longs couloirs. Les portes s'ouvrirent et le calme se fit instantanément. Tous s'immobilisèrent, attendant que leurs chefs respectifs passent à côté d'eux et les entraînent dans leur sillage comme de la limaille attirée par un aimant. Justine avait presque rejoint Sue Piken et Ross Gant-Wainright, les deux assistants de son frère Thompson, lorsque Ramon DB la rattrapa.

—Cela ne te ressemble pas beaucoup, dit-il doucement.

Justine s'arrêta et lui jeta un regard impatient, prête à lui assener une réplique assassine. Le front de l'homme luisait de sueur dans la lumière puissante. Les tatouages noirs sur ses mains et ses joues étaient parfaitement visibles, car sa peau couleur d'ébène avait acquis une teinte grisâtre. Justine baissa les yeux et avisa la robe large et pourtant tendue de son ancien amant. Son mécontentement s'évanouit aussitôt.

—Tu m'as l'air fatigué, lui dit-elle en lui serrant délicatement le bras. Cela n'a pas été facile pour toi.

—Et pour toi ? demanda-t-il avec un sourire affectueux.

—Mon corps est dans sa prime jeunesse. Il peut supporter les nuits d'insomnie et le stress. Pas le tien.

—Je t'en prie, ne me parle pas de ton corps, lui dit-il en se caressant le torse. Mon cœur n'y résisterait pas. Soit dit en passant, le noir te va vraiment à ravir.

—Rammy ! Regarde tes bagues ! Tes doigts sont tellement gonflés que tu ne pourras jamais les retirer.

Elle lui prit la main, la souleva et examina les bijoux à moitié enfouis sous la chair grasse. Il se dandina comme un enfant pris la main dans le sac.

—Arrête de me réprimander, femme !

—Je ne te réprimande pas. Je te dis les choses telles qu'elles sont. Soit tu te reprends et tu t'occupes de toi, soit je t'embarque moi-même dans la clinique de rajeunissement la plus proche.

—Comme si on avait le temps pour ce genre de choses, rétorqua-t-il avant de faire une pause, gêné. J'ai entendu parler de L.A. Galactic. Il se raconte, dans la salle à manger du sénat, que tu connaissais le garçon qui a été tué.

—Oui, je le connaissais. Et c'est moi qui lui ai mis les services secrets de la Marine sur le dos.

Ramon avisa la robe noire de Justine d'un air soupçonneux.

—J'espère que tu ne te crois pas responsable de sa mort.

—Durant vos fameux dîners, quelqu'un a-t-il été assez malin pour faire remarquer que ce garçon avait été tué par la même personne que Thompson ?

—Oui. Nous faisons discrètement mais fermement pression sur notre service de sécurité pour qu'il parvienne bientôt à des résultats. Pour te dire la vérité, continua-t-il à voix basse, les deux branches de la Marine ne jouissent pas chez nous d'une confiance terrible en ce moment.

—Cela va s'arranger.

Pendant une fraction de seconde, Justine eut envie de lui parler de l'Arpenteur. Ramon ferait un allié formidable au Sénat. Toutefois, il n'était vraiment pas en grande forme, et elle ne voulait pas qu'il se fasse davantage de soucis. *Pas pour le moment*, se dit-elle.

—Je suis désolée que Doi t'ait rembarré ainsi. Le sort des réfugiés n'est pas un problème mineur.

—Non, en fait, elle a parfaitement raison, dit-il avec un large sourire. C'est juste que je ne suis pas habitué à l'entendre affirmer son point de vue avec autant de force. J'ai l'impression que la femme d'État qui sommeillait en elle a enfin pris la place de la politicienne. Si c'est le cas, c'est une première.

—Nous verrons. Pour ma part, je ne crois pas trop aux miracles. Pour en revenir aux réfugiés, je serais heureuse de te soutenir si tu faisais une proposition devant le Sénat.

Elle vit que Wilson Kime était en train de parler à Crispin, se pencha pour embrasser furtivement Ramon et ajouta :

—Je dois y aller. On se voit dans la salle à manger ?

—Bien sûr.

Justine se précipita vers Wilson, qui serrait déjà la main de Crispin. Plusieurs assistants étaient prêts à bondir. Du coin de l'œil, elle vit Columbia qui sortait de la salle de réunions. Elle ne se sentait pas d'attaque pour une nouvelle confrontation directe.

—Amiral, je pourrais vous parler un instant?

Wilson hocha amicalement la tête.

—Certainement, sénatrice.

—En privé, s'il vous plaît. Il y a une salle de conférences juste à côté.

L'hésitation de Wilson se remarqua à peine.

—Très bien.

L'assistant virtuel de Justine envoya le code d'ouverture à la porte. Ses assistants avaient réservé la salle dès qu'ils avaient appris où la réunion du cabinet de guerre aurait lieu. Wilson la suivit à l'intérieur avec un air de curiosité polie. Alors, il vit que Paula Myo les attendait à l'intérieur et fronça les sourcils.

—Qu'est-ce que c'est que cette histoire? demanda-t-il.

—Désolée de vous mettre devant le fait accompli, Wilson, dit Justine, mais vous n'êtes pas sans savoir que l'amiral Columbia et moi sommes en désaccord sur de nombreuses questions de sécurité. Pour commencer, il a chassé l'inspecteur principal Myo.

—Je suis réellement navré, sénatrice, rétorqua Wilson en levant une main. Toutefois, j'ai une entière confiance en Rafael. Les plans de carrière des uns et des autres, les conflits internes ne m'intéressent pas. Au cas où vous ne l'auriez pas remarqué, une guerre a éclaté que nous pourrions très bien perdre.

Il tourna les talons et se dirigea vers la porte.

—Cela fait vingt ans que les Gardiens traficotent en secret sur Mars, lança Paula.

La main tendue vers la poignée de la porte, Wilson se figea. Après quelques secondes de silence, il dit:

—Il n'y a rien du tout sur Mars. Croyez-moi, je sais de quoi je parle.

—Vous n'y avez passé que dix heures, il y a plus de trois siècles de cela, rétorqua Justine. Je regardais la télévision, ce jour-là. Je me souviens parfaitement de vous, de Lewis et d'Orchiston. C'était la première fois depuis des lustres que j'étais fière de mon pays. Vous étiez justement en train de planter notre drapeau quand Nigel a débarqué.

Wilson se retourna, les joues rouges de colère.

—Et alors ?

—Les Gardiens ont utilisé la station d'Arabia Terra pour envoyer des informations sur Terre.

—Quel genre d'informations ?

—Nous n'en sommes pas certains. Le renseignement a examiné les instruments présents là-haut à l'aide de programmes de diagnostic. En apparence, ce ne sont que des senseurs environnementaux.

—Je ne vous suis pas, s'énerva Wilson en secouant la tête. Les Gardiens sont des terroristes ; ils n'ont rien à cirer de l'environnement de Mars.

—Effectivement, dit Paula. Malheureusement, le bureau parisien a décidé de classer l'affaire.

—Ah ! nous y sommes, s'exclama Wilson en lançant à Justine un regard dédaigneux. Vous voulez que je fasse pression sur Rafael pour qu'il rouvre l'enquête.

—Vous avez déjà été victime d'une opération terroriste, reprit Paula. Mieux que n'importe qui, vous savez à quel point les Gardiens peuvent être efficaces. Ils ont presque détruit *Seconde Chance*. Une mission étalée sur vingt ans ne peut être que d'une importante capitale. Il nous faut absolument découvrir de quoi il s'agit.

Wilson siffla entre ses dents.

—Peut-être. Cependant, je ne crois pas que Rafael aurait laissé tomber l'enquête s'il l'avait jugée réellement intéressante. S'il est parfois agressif, ambitieux, emporté et impitoyable, il n'est pas stupide.

— Tout le monde commet des erreurs, Wilson, dit Justine. Paula, par exemple, a été licenciée pour des raisons politiques, parce qu'elle ne donnait pas assez vite des résultats pour certains.

— Sauf votre respect, rétorqua l'amiral, cent trente ans de non-résultats, c'est déjà pas mal, non ? Sans vouloir offenser quiconque…

— Vous avez entendu parler de l'incident de L.A. Galactic ? demanda la sénatrice. Un assassin a abattu le messager qui transportait les données martiennes pour les Gardiens. C'est le même homme qui a tué le trafiquant d'armes à Venice Coast. C'est également lui qui a tué mon frère. Nous savons donc qu'il ne travaille ni pour le gouvernement ni pour les Gardiens.

— Pour qui alors ? demanda Wilson.

— Excellente question. Le bureau parisien pourrait y répondre. À condition de continuer à chercher.

Wilson regarda tour à tour Justine et Paula.

— Que voulez-vous exactement ?

— Que vous insistiez auprès de Rafael pour que le service de renseignement de la Marine ne laisse pas tomber l'enquête.

— Je dois d'abord y réfléchir.

* * *

Après vingt-cinq années de travaux, la plupart des planètes de l'espace de phase un étaient reliées par des lignes de trains magnétiques, qui garantissaient un service rapide et efficace. Fort de ce succès, CST avait entrepris d'étendre le réseau à l'espace de phase deux. Malgré son importance théorique – elle était le seul lien avec Far Away – Boongate n'avait toujours pas sa voie magnétique. CST n'avait d'ailleurs annoncé aucune date pour le début des travaux.

L'express avait mis seulement quarante minutes pour rallier Boongate depuis Paris, glissant avec fluidité le long du quai numéro 2 à 22 heures, heure locale. Le terminal principal ne comportait que cinq voies, autour desquelles était agglutiné un nombre important de passagers. Renne et Tarlo sortirent de leur wagon de première classe à deux étages. Il pleuvait à l'extérieur et l'eau dégoulinait sur les voies. Un vent nocturne glacial s'engouffrait sous l'arche en verre du toit, forçant les gens à boutonner leur manteau et à piétiner pour se réchauffer. Les bandes polyphotos dispensaient une lumière bleutée, qui illuminait les gouttes de pluie, leur donnait des airs d'étincelles grises.

— Il est tard pour voyager, non ? dit Tarlo, comme ils marchaient vers le hall.

Leurs uniformes de la Marine leur valaient de nombreux regards curieux, mais ils n'y firent pas attention.

Renne remonta le col de sa veste et jeta un coup d'œil aux voyageurs alignés sur le quai. Il s'agissait de familles avec des enfants exténués et braillards assis sur des piles de bagages. Plusieurs gardes de CST patrouillaient parmi eux.

— Oui, répondit-elle. Sauf si on est pressé de fuir.

C'était la première fois qu'elle voyait de ses propres yeux les réfugiés que l'on montrait si souvent dans les émissions de l'unisphère. De fait, la guerre se déroulait à deux pas d'ici. La plupart des mondes voisins de Boongate étaient sur la liste des vingt-trois planètes perdues.

Ils traversèrent un hall tout aussi surpeuplé et trouvèrent le bureau de la sécurité de CST. L'officier de liaison s'appelait Edmund Li. Membre de la division technique de la police locale, il avait été affecté à la Marine, puis à la division d'inspection du fret en partance pour Far Away. Quinze années le séparaient encore de sa première régénération, et ses cheveux étaient encore noirs et épais. Il ne les avait d'ailleurs pas coupés depuis plusieurs mois, contrairement à sa moustache fine, parfaitement entretenue et mise en valeur par des caractères grecs mauves tatoués sur son visage étroit. Il ne portait pas l'uniforme, juste un costume classique gris perle. Renne en fut jalouse, elle que son chemisier démangeait en permanence. Cela lui rappela le temps où Paula était encore responsable du bureau parisien.

Tous les trois montèrent dans une voiture et parcoururent rapidement les sept kilomètres qui les séparaient de la section affectée aux voyages vers Far Away. Tandis qu'il leur faisait le récit des dernières interceptions, Renne regarda par la vitre dégoulinante. Des centaines de lampes suspendues éclairaient la gare immense, révélaient les zones vastes et vides qui séparaient les rails des bâtiments industriels, héritage de l'époque révolue où Boongate était pressentie pour devenir le point névralgique de cette zone de l'espace de phase trois. Quelques hangars ouverts révélaient des trains de wagons fumants, que des grues et des robots déchargeaient. Elle vit une rangée de machines de triage Ables RP5 alignées devant un garage géant. Inutilisées depuis l'attaque des Primiens, elles attendaient la normalisation de la situation et la reprise de l'activité économique et commerciale.

Une faible lumière marron scintillait à l'autre bout du hangar de marchandises destinées à Far Away. Elle se reflétait sur les rails qui serpentaient à l'extérieur.

— C'est le portail de Half Way ? demanda Renne.

Un demi-cercle de lumière douce apparut lentement, comme la voiture contournait un bâtiment long et noir. Il ressemblait à une lune fatiguée qui sombrerait derrière la ligne d'horizon.

— Ouais, répondit Edmund. Il n'y a pas eu beaucoup de trafic depuis l'attaque. Des marchandises pour les entreprises, les grands propriétaires et l'Institut, bien sûr. Très peu d'effets personnels. Ceux qui pensaient émigrer ont remis leurs projets à plus tard. Quant aux touristes, il n'y en a plus du tout.

— Et dans l'autre sens ? demanda Tarlo.

— C'est une autre histoire. Beaucoup de monde veut se tirer de là. Tout le monde, en fait. Ils sont tellement proches de Dyson Alpha. Mais cela coûte très cher de venir jusqu'ici. Trop cher, le plus souvent. Et puis, j'ignore combien de temps encore le Conseil civil du Commonwealth gardera le portail ouvert.

La voiture s'arrêta devant un hangar. Les passagers se précipitèrent vers un bureau pareil à une excroissance de briques en essayant tant bien que mal de se protéger de la pluie. Il s'agissait d'une simple salle rectangulaire, dotée de neuf bureaux munis de terminaux, dont sept étaient recouverts de housses protectrices en plastique.

Tarlo les regarda d'un air étonné.

— Combien de personnes la division emploie-t-elle ?

— En théorie, nous sommes vingt-cinq, répondit Edmund Li d'une voix éteinte.

— D'accord. Combien d'entre vous pointent le bout de leur nez, en ce moment ?

— Hier, nous étions quatre. Qui sait de quoi demain sera fait ?

Tarlo et Renne échangèrent un regard complice.

— Il me semble que cela s'appelle déserter, reprit Tarlo. L'amiral les fera sûrement fusiller.

— S'il leur met la main dessus. Ils ne sont probablement plus sur cette planète, dit Edmund. Tout le monde a de la famille ailleurs.

— Comment se fait-il que vous soyez toujours fidèle au poste ? demanda Renne. Ce n'est pas vraiment ce que l'on peut appeler le boulot du siècle.

— Je suis né sur Boongate. Je suppose que c'est ce qui me retient ici. Et puis, je n'ai pas fondé de famille dans cette vie.

Il poussa une porte qui donnait sur le hangar. Il faisait froid à l'intérieur de l'espace caverneux. Une seule rangée de bandes polyphotos était collée le long du sommet et dispensait une lumière ridicule sur les casiers de métal qui occupaient la quasi-totalité du sol en béton. La pluie martelait les panneaux solaires du toit, et un grondement continu se répercutait aux quatre coins du bâtiment presque vide.

— Travailler ici est devenu franchement inquiétant.

Edmund Li longea des rails qui couraient au centre de l'entrepôt et se dirigea vers une énorme porte percée dans le mur opposé.

— Physiquement, il n'y a pas plus proche de Half Way que nous. Si les Primiens débarquaient, nous serions les premiers à l'apprendre. On se sent vulnérable, ici. Je n'en veux pas aux autres d'avoir fichu le camp.

Ils arrivèrent devant deux wagons plates-formes ordinaires chargés de containers en matériau composite gris. À vingt mètres de là, un scanner en forme d'arceau surplombait la voie. Plusieurs bureaux avaient été installés à sa base. Leurs moniteurs étaient tous éteints et noirs. Un peu à l'écart trônait un grand établi équipé de diverses machines-outils robotisées, au pied desquelles gisaient trois containers éventrés.

— Urien a trouvé cela hier, expliqua Edmund Li en désignant les caisses.

Celles-ci avaient contenu des machines de nature indéterminée, que les robots avaient complètement désossées. Presque tous les circuits électriques – tas de fils emmêlés et modules noirs – en avaient été retirés et étaient posés en vrac sur l'établi.

— D'accord, dit Tarlo. Mais qu'est-ce que c'est, au juste ?

— Ce sont des machines agricoles. Des moissonneuses-batteuses, des tracteurs, des foreuses, des systèmes d'irrigation. Elles sont expédiées en pièces détachées et assemblées une fois arrivées à destination. En réalité, cela nous facilite la tâche. Heureusement qu'Urien était à son poste ce jour-là.

Ses parents sont agriculteurs sur Dunedin, aussi connaît-il parfaitement ces engins. Les câblages lui ont immédiatement semblé bizarres, surtout pour des machines à moteur diesel. Il avait raison, le bougre, ajouta-t-il en soulevant un morceau de câble épais comme son poignet. Supraconducteur de qualité supérieure. Et ces modulateurs de courant sont faits pour supporter des tensions extrêmes.

— Ils ne correspondent pas aux chiffres affichés par le fabricant ?

— Pas du tout. Ces composants sont destinés à des machines qui consomment des quantités phénoménales d'électricité.

— Comme par exemple… ?

Edmund Li sourit et secoua la tête.

— Je n'en ai pas la moindre idée. C'est pour cela que je vous ai appelés. Je me suis dit que vous pourriez m'aider.

— Merci de votre confiance. Qui était censé recevoir ces caisses ?

— Le ranch Palamaro, dans le district de Taliong, loin à l'est d'Armstrong City. On dit qu'il y a des Barsoomiens, là-bas.

— Très bien. Nous aurons besoin de toutes les données disponibles concernant ces expéditions : l'expéditeur, le nom de la banque, l'endroit où les machines ont été emballées.

— Ouais, dit Edmund en se grattant l'arrière de la tête et en regardant les containers de travers.

À l'extérieur, les bourrasques se firent plus violentes et le bruit de la pluie martelant le toit s'intensifia encore.

— Sur Terre, reprit-il, ces informations sont sans doute proprement notées dans un dossier immédiatement accessible. Ici, les choses se passent différemment. Pour commencer, certaines de ces pièces sont déjà manquantes.

— Manquantes ? s'exclama Renne. Qu'entendez-vous par là ?

— Qu'on ne les a plus, tout simplement. Tout le monde sait que nous avons des marchandises de valeur, ici. Jetez un coup d'œil alentour, madame. Vous voyez des gardes robots, des patrouilles ? Il y a bien des senseurs, mais même si une alarme se déclenchait, il faudrait encore que les hommes de CST parcourent les sept kilomètres qui nous séparent du terminal pour intervenir. Sans compter qu'ils ont fort à faire avec le contrôle des voyageurs. La police, elle, est encore plus loin et se sent encore moins concernée.

— Merde, grogna Tarlo. Vous avez bien une liste de tout ce qui a été trouvé ?

— Urien doit l'avoir, oui. Avec les enregistrements des scanners. Toutefois, ces informations n'ont pas encore été chargées dans notre base de données. Elles sont probablement encore stockées dans un dossier temporaire du poste de commande de la machine.

Renne fit un effort considérable pour contenir sa colère. À quoi bon se défouler sur Edmund Li. Au moins avait-il pris la peine de les appeler.

— Et celles dont parlait Tarlo tout à l'heure ? Elles sont aussi dans un dossier temporaire ?

— Non. Je ne me suis pas encore occupé de cela. Mais cela ne devrait pas prendre trop de temps. L'inventaire et les autorisations sont sans doute quelque part dans le bureau de contrôle des exportations pour Far Away.

— Il y a moins d'absentéisme, chez eux ? demanda Tarlo, amer.

Edmund Li se contenta de hausser les sourcils.

— Hogan va devenir fou, marmonna Renne.

Un revers de plus. Cette affaire était vraiment maudite.

— Eh bien, j'espère qu'il ne va pas s'en prendre à nous ! Je commence à comprendre pourquoi la patronne n'est jamais parvenue à trouver une piste correcte, ici, dit Tarlo.

— Les choses vont mal depuis l'attaque, se défendit

Edmund Li. D'autant que cette opération n'était qu'en phase de rodage à l'époque. Je ne peux même pas me plaindre du manque d'argent. Ce sont des hommes qu'il nous faudrait.

— Bon, le coupa Tarlo. Renne, inutile que nous restions ici tous les deux. Vous n'avez qu'à rentrer à Paris. Je m'occuperai de toutes les vérifications. Quand nous aurons les informations de base concernant l'expéditeur, la provenance de l'argent et le reste, nous pourrons continuer l'enquête depuis le bureau.

Renne regarda une dernière fois le hangar sombre et presque vide.

— Comme vous voudrez. Vous feriez mieux de nous expédier ce qui reste de la cargaison. Nos scientifiques se chargeront d'examiner ces composants. Peut-être nous en diront-ils davantage.

— Dix dollars qu'ils ne nous apprendront rien de plus, dit Tarlo en tendant sa main ouverte.

— Non, je ne parie pas sur ce coup-là !

* * *

Officiellement, c'était le musée de la Démocratie du palais de Westminster, mais tout le monde l'appelait « Big Ben », à cause de la célèbre horloge qui montait la garde à l'extrémité est. Adam Elvin déboursa cinq dollars et entra par l'arche StStephen finement ouvragée, à l'opposé de l'abbaye. Avec ses longs couloirs, ses hautes fenêtres et ses murs de pierre, le vieux parlement britannique lui avait toujours fait penser à une cathédrale pervertie. L'antichambre qui séparait les deux salles principales était décorée de meubles en bois incongrus, blottis entre de grandes statues blanches. La lumière dorée qui se déversait par les fenêtres hautes et teintées mettait en valeur les sculptures abondantes. Des groupes d'écoliers bavards et dissipés couraient dans tous les sens, admiraient les lieux à travers le filtre de lunettes interfaces, tandis que le guide virtuel leur décrivait tout ce qu'ils voyaient. Les portes de la Chambre des communes étaient ouvertes. À l'intérieur, des hologrammes apparaissaient et disparaissaient sur les banquettes vertes ; s'y succédaient des images de tous les hommes politiques que la Grande-Bretagne avait connus, depuis l'ère pré-électronique jusqu'au dernier parlement de 2065. Dans la pompe et la splendeur de la Chambre des lords, des hologrammes racontaient l'essor et la fin de la monarchie, depuis Guillaume le Conquérant et la bataille de Hastings, jusqu'à la signature par le roi Timothée du décret donnant à son peuple le droit à l'autodétermination.

Adam fit abstraction des cours d'histoire abrégés, de la grandeur gothique et victorienne des lieux, et se dirigea vers un café installé au bord de la Tamise. La terrasse, qui s'étirait sur toute la longueur du bâtiment, faisait presque deux cents mètres de long. C'était un endroit très prisé, aussi bien des touristes que des autochtones. Une brise printanière agréable soufflait du large fleuve et faisait onduler les parasols ornés de frises brodées. Des serveuses se faufilaient dans ce labyrinthe de tables, servaient des boissons, prenaient des commandes. Il y avait trop de tables, comme d'habitude. Le conservateur du musée devait avoir besoin d'argent. Alors, Adam rentra le ventre, se glissa entre les chaises en ignorant les regards agacés des clients et gagna une table collée contre le parapet.

Bradley Johansson l'accueillit joyeusement.

—Adam, c'est gentil d'être venu, mon vieil ami.

—Oui, c'est bien moi, grogna celui-ci en s'asseyant.

Une jeune serveuse vêtue d'un faux costume Tudor pour garçon – avec un collant vert émeraude destiné à mettre ses longues jambes en valeur – approcha en souriant.

— Un thé pour mon ami, lui dit Bradley, charmeur. Avec des scones, de la crème et une coupe de gifford, votre délicieux champagne.

Le sourire de la jeune femme s'élargit encore.

— Bien sûr, monsieur.

— Pour l'amour du ciel, marmonna Adam lorsque la fille fut partie, car presque tout le monde les regardait.

— Ne jouez pas au commissaire politique avec moi, le réprimanda Bradley. À Rome, j'aurais commandé un expresso. En plus, c'est de la véritable crème épaisse de Cornouailles.

— Génial. Depuis le temps que j'en rêvais.

— Ne soyez pas rabat-joie. Cet ancien haut lieu des privilèges aristocratiques est aujourd'hui un salon de thé accessible au peuple. Il doit bien y avoir un ou deux symboles dans ce paradoxe. Moi qui croyais que vous apprécieriez l'ironie de la chose.

Adam ne l'admettrait jamais, mais il ne pouvait s'empêcher d'éprouver – furtivement, il est vrai – une certaine admiration pour Bradley, qui s'évertuait à arranger leurs rencontres dans les lieux les plus publics qui soient. Il y avait, dans son attitude de défi permanent, une folie que lui ne se permettrait jamais.

— Kazimir aurait apprécié, dit Adam. L'histoire de cette planète ne cessait jamais de le fasciner. Ici, presque tous les bâtiments sont plus anciens que Far Away.

L'expression enjouée de Bradley disparut d'un seul coup.

— Que s'est-il passé, Adam ? Ces données étaient *vitales*.

Sa main s'abattit violemment sur la table. Des gens se retournèrent. Bradley se força à sourire et croisa leur regard, l'air de s'excuser.

Bradley montrait très rarement ses griffes, mais lorsqu'il le faisait, ce n'était pas beau à voir.

— On a fini par reconstituer la chaîne des événements. La veille de la mission, il s'était débrouillé pour revoir une fille – une fille rencontrée sur Far Away il y a longtemps de cela. Malheureusement pour lui, il ne s'agissait pas d'une touriste ordinaire.

—Vous m'intéressez...

—Justine Burnelli.

—La sénatrice ? s'exclama Bradley, surpris. Nom de Dieu de merde ! Pas étonnant que la Marine ait été mise au parfum. Je le pensais plus malin que cela, beaucoup plus malin.

—Kazimir a été tué par un agent de l'Arpenteur nommé Bruce McFoster. Lui et Kazimir ont grandi ensemble.

—Oui, je me souviens, dit Bradley en étalant de la crème sur un scone à l'aide d'un petit couteau en argent et ivoire. Bruce est mort lors d'un raid. Merde, ceux d'entre nous qui sont faits prisonniers deviennent automatiquement nos ennemis ; je n'arrête pas de le répéter aux chefs de clan.

—Vous savez de quoi vous parlez.

Pendant une fraction de seconde, Bradley ressentit une douleur intense.

—Oui, finit-il par répondre péniblement.

—Je ne mets plus du tout en doute l'existence de l'Arpenteur. J'ai regardé une bonne douzaine de fois l'enregistrement effectué par Kieran McSobel. Kazimir était tellement heureux de revoir son vieil ami. Et l'autre l'a tué.

—Je suis désolé, Adam.

—Désolé ? De quoi ? De m'avoir converti à votre cause ?

—Ce n'est pas une porte très agréable à ouvrir, car elle dissimule ténèbres et souffrances. Et très peu d'espoir. Voilà pourquoi j'ai fondé cette organisation : pour protéger l'espèce humaine contre ce qui se tapit de l'autre côté. Afin que tout le monde puisse continuer de vivre dans la paix et le bonheur. Dans un sens, vous n'êtes pas un converti, mais bien une nouvelle victime.

—Ne vous en faites pas pour mon âme. J'ai choisi ma voie il y a très longtemps de cela. J'ai l'habitude des chemins semés d'embûches.

—Adam, si vous saviez combien j'envie votre optimisme. Ah…

Et de sourire comme la serveuse apportait le thé de son invité.

—Allez, mangez, ajouta-t-il.

Adam prit son couteau et ouvrit un scone.

—Que pouvez-vous me dire du codage? demanda Bradley.

—Il est excellent. L'IA pourrait sans doute en venir à bout, mais…

—Bien. Cela nous donne une petite marge de manœuvre. La Marine a passé l'équipement de Mars au crible d'un programme de diagnostic à distance qui ne lui apprendra strictement rien. Ils désespéreront de découvrir un subterfuge.

—Nous avons suivi le parcours du corps de Kazimir, vous savez. La sénatrice Burnelli l'a fait transporter dans une clinique de New York. Une clinique qui appartient à sa famille. Notre amie Paula l'y a accompagnée, d'ailleurs. Apparemment, la Marine et la sécurité du Sénat ne travaillent pas réellement main dans la main sur cette affaire.

—Hum…, fit Bradley en soulevant son verre en cristal et en examinant les bulles de champagne à la lumière du soleil. Vous pensez que c'est Paula qui a récupéré le cristal mémoire?

—Ce ne sont que des spéculations, mais c'est fort possible.

—Je me demande si c'est un avantage pour nous?

—Je ne le crois pas. Vous aviez besoin de ces données. Elles sont désormais entre leurs mains.

—Ce qui les met certes en position de force, même s'ils ne savent pas pourquoi.

—Et nous, avons-nous quelque chose qu'ils veulent vraiment ?

—Oui, répondit Bradley avant de prendre une gorgée de champagne. Vous et moi, pour commencer.

—Très drôle, commenta Adam avant de fourrer dans sa bouche le scone tout entier.

—En fait, non, nous n'avons rien. Pourtant, nous devons essayer de récupérer ces données, Adam, car j'en ai réellement besoin. La revanche de ma planète en dépend.

—Je ne vois vraiment pas ce que nous pourrions faire. Personnellement, je ne connais aucun moyen d'infiltrer le renseignement de la Marine ou la sécurité du Sénat. Qu'en est-il de ce fameux contact qui gravite dans les hautes sphères de notre exécutif ?

—Malheureusement, je n'ai pas eu de nouvelles de lui depuis très longtemps.

—Alors, quoi ? La partie est terminée ?

Une idée difficile à avaler.

—Non, certainement pas. En revanche, elle est devenue beaucoup plus difficile. Les données martiennes auraient pu nous aider à améliorer considérablement le programme de contrôle, à le rendre absolument fiable. Nous pouvons toujours continuer, mais nous serons forcés de nous fier à des modélisations numériques, ce qui ne plaira pas beaucoup aux concepteurs du projet. Le résultat ne sera pas garanti.

—Vos gars vont réussir quoi qu'il arrive. Ils sont tous si dévoués à votre cause.

—C'est vrai, ils sont formidables. Les humains disposent de ressources remarquables. Pas étonnant que nous agacions à ce point l'Arpenteur et les Primiens.

—Si l'Arpenteur venait à apprendre ce que vous préparez, le projet serait-il menacé ?

Le regard de Bradley se perdit sur l'autre rive, au milieu des platanes.

— Il pourrait tenter de l'arrêter, mais il serait facile d'éviter le piège. Le timing sera très important. Nous sommes très peu à connaître les détails de la stratégie et je suis en contact permanent avec les autres. Jusque-là, tout se déroule comme prévu.

— J'espère que vous avez raison. Cependant, n'oubliez pas qu'ils avaient démasqué Kazimir. La Marine est contaminée, corrompue. Maintenant, ils savent que l'observatoire a travaillé pour vous pendant vingt ans. Si l'Arpenteur l'apprenait, serait-il en mesure de comprendre ce que vous lui réservez ?

— C'est très improbable. Et puis, tout cela n'aura aucune importance si nous ne réussissons pas à envoyer les derniers composants physiques sur Far Away. Une cargaison entière vient d'être interceptée par les inspecteurs de la Marine sur Boongate.

— Oui. Il faut vraiment faire quelque chose pour arrêter cela, dit Adam en laissant tomber quelques morceaux de sucre dans son thé et en se mettant à le siroter d'un air absent. Nous avons élaboré les grandes lignes d'une mission destinée à contourner ce blocus. Je crois que le moment est venu de la mettre sur pied. Cela ne devrait pas être très difficile. L'idée à la base est assez simple.

— Bien. Simplicité est synonyme de fiabilité.

— Et vous vous dites pessimiste !

— Je n'arrive toujours pas à comprendre comment Bruce a pu s'en tirer. Vous n'avez rien trouvé concernant le train dans lequel il a sauté ?

— Non. La régulation du trafic de CST utilise un codage extrêmement puissant. Pour une raison qui m'échappe, ils ont peur que des gens comme moi pénètrent leur réseau. Tout ce que l'on sait, c'est qu'il s'agissait d'un train de marchandises. Impossible de dire où il allait. Tout juste peut-on affirmer qu'il était au bon endroit, au bon moment. Le timing était parfait. C'est très, très impressionnant.

—En toute logique, les détails de l'opération ont dû être réglés par quelqu'un de très haut placé dans la hiérarchie de CST.

—Oui.

—Je me demande qui l'Arpenteur a bien pu corrompre dans cette organisation ?

—Nous ne le découvrirons peut-être que lorsque toute cette histoire sera terminée et que la situation sera redevenue normale.

—Oui, malheureusement, dit Bradley en faisant la moue. Quelqu'un d'aussi haut placé peut faire des dégâts considérables. Je suppose que cette personne fera son possible pour aider l'Arpenteur à revenir sur Far Away.

—Vous croyez que cela va arriver ?

—J'en suis sûr. Il ne peut pas se permettre de rester prisonnier du Commonwealth. Surtout si les Primiens continuent de semer la dévastation. Lorsque la guerre aura atteint son paroxysme, il essaiera de fuir pour rejoindre les siens. C'est à ce moment-là que nous devrons frapper.

—Ne vous en faites pas, nous réussirons à faire passer le reste de votre équipement.

—Je ne m'en fais pas, Adam. J'ai confiance en vous et en vos hommes. Je regrette simplement de ne pas avoir réussi à convaincre le reste du Commonwealth. Peut-être m'y suis-je mal pris dès le départ ? Personne ne voulait m'écouter, à l'époque. J'avais l'impression d'être le dos au mur. Je n'avais pas d'autre solution que d'utiliser la violence – c'est une réaction typiquement humaine, certes ridicule, qui trahit notre sentiment d'insécurité, qui démontre que nous n'avons pas parcouru beaucoup de chemin depuis que nous sommes descendus de notre arbre. En créant les Gardiens pour partir à l'assaut de l'Institut, j'ai réagi instinctivement. Peut-être aurais-je mieux fait de choisir une autre voie, plus politique.

— En parlant de politique, êtes-vous sûr qu'Elaine Doi soit un agent de l'Arpenteur ?

Bradley se pencha sur la table.

— Ce n'était pas nous, dit-il.

— Pardon ?

— C'était un faux. Superbement réalisé, certes, mais un faux quand même. Force m'est d'admettre que l'Arpenteur invente des techniques toujours plus sophistiquées pour s'en prendre à nous. Bruce et ses semblables causent d'importants dommages physiques, tandis que les campagnes de désinformation entachent notre crédibilité. Juste au moment où les médias et certains politiques commençaient à s'intéresser un peu à nous. C'est un peu ma faute. J'aurais dû anticiper ce coup bas.

Adam avala un peu de champagne pour faire descendre un scone.

— Un coup bas, certes, mais dangereux.

— Que voulez-vous dire ?

— Si quelqu'un se donnait la peine d'enquêter sérieusement sur ce mitraillage, il mettrait à jour des pistes intéressantes. L'Arpenteur a pris le risque de s'exposer plus qu'à l'accoutumée.

— Oui, peut-être. Mais je n'allais tout de même pas publier un démenti. L'opinion publique aurait trouvé cela ridicule. De toute façon, j'ai décidé de ne plus faire de propagande de cette façon. Nous sommes trop proches de la fin pour que ces messages fassent une réelle différence.

— À moins de dégotter une preuve irréfutable.

— Exact, dit Bradley, pensif. Je suppose que ce dernier message concernant Doi mériterait d'être étudié d'un peu plus près.

—Je n'ai personne de disponible. Surtout depuis que vous avez rappelé Stig.

—Désolé, mais j'avais besoin de lui sur Far Away. Il est devenu un sacré bon leader. Votre entraînement n'y est certainement pas pour rien.

—Nous n'avons donc personne à mettre sur le coup ?

—Je vais voir ce que je peux faire.

* * *

Wilson n'ouvrit pratiquement pas la bouche durant le voyage de retour vers l'Ange des hauteurs. Il était plongé dans sa vision virtuelle, où il étudiait les dossiers du bureau parisien de la Marine, compulsait des pages et des pages de textes écrits en petits caractères verts.

—Cela s'est plutôt bien passé, dit Rafael, comme l'express quittait Newark. Moi qui m'étais préparé au pire. Ce sont des politiciens, après tout.

—Doi m'a surpris, concéda Wilson en abandonnant un instant le rapport de Hogan concernant le meurtre de L.A. Galactic. Je ne m'attendais pas à ce qu'elle s'exprime aussi directement.

—Elle n'avait pas le choix. Le grand patron se doit d'avoir des couilles énormes. Tout le monde est d'accord là-dessus. Autrement, les Dynasties et les Grandes familles se seraient débrouillées pour la faire révoquer. Donc, si j'ai bien compris, on va avoir nos vaisseaux.

—Ouais.

Comme Wilson ne semblait pas d'humeur à discuter, Rafael haussa les épaules, s'installa confortablement et se plongea lui aussi dans le travail.

Le récit de la fuite de l'assassin était proprement incroyable. Si c'était ainsi qu'avait l'habitude de bosser le bureau parisien, on ne pouvait pas s'étonner que Rafael ait viré Myo.

À travers les lignes spectrales, les colonnes et les graphiques de sa vision virtuelle, Wilson observait Rafael assis en face de lui. C'était un homme ambitieux, mais l'ambition et les relations n'expliquaient pas tout. Pour atteindre ce niveau de responsabilités, il fallait aussi être compétent. C'était lui qui avait imposé Hogan. Paula Myo était pourtant renommée dans tout le Commonwealth. Toutefois, Wilson ne croyait pas à l'hypothèse du complot. Paula avait été débarquée parce qu'elle s'était montrée incapable d'obtenir des résultats.

La sécurité du Sénat s'était pourtant empressée de la recruter – un coup des Burnelli. Et Justine s'était disputée avec Rafael.

Wilson se rappela la première fois qu'il avait rencontré l'inspecteur principal dans les ruines du hall sept, sur Anshun, après l'attaque des Gardiens. Elle lui avait fait bonne impression, s'était comportée de façon extrêmement professionnelle et calme, avait été à la hauteur de sa réputation. Son ascension au sein du CICG, elle ne la devait ni à sa famille, ni à ses relations, mais bien à son efficacité. Efficacité parfois déstabilisante, voire effrayante. Elle avait résolu toutes ses affaires, sauf une. Qu'elle ne semblait d'ailleurs pas disposée à lâcher, même si elle avait changé son angle d'attaque.

Les mains virtuelles de Wilson sortirent un nouveau dossier des archives du bureau parisien. Myo avait accompagné le corps de McFoster dans la clinique biomédicale des Burnelli. Non, décidément, il ne la voyait pas hypothéquer une enquête uniquement pour nuire à Rafael. Grâce au travail de la fondation pour la structure humaine, son cerveau ne fonctionnait pas de cette manière.

Ce qui signifiait qu'elle était sûre de son coup. Il sortit les derniers rapports rédigés par Myo sur cette affaire, dans le seul but de voir de quel degré de protection ils bénéficiaient. Seuls quinze membres du gouvernement du Commonwealth y avaient accès.

Apparemment, Paula Myo en était venue à croire à l'existence de l'Arpenteur.

— Fils de pute…

Rafael leva les yeux vers lui. Wilson secoua la tête, légèrement embarrassé, et s'enfonça davantage dans son fauteuil. Son instinct politique lui dictait de rester à l'écart du conflit qui opposait les Burnelli aux Halgarth. D'autant qu'il ne s'agissait pas d'une dispute ordinaire. Toutefois, le fait que Paula Myo ait changé d'opinion après cent trente années de guerre contre les Gardiens était hallucinant. Il était de notoriété publique que l'inspecteur principal Myo ne mentait jamais. Chaque fois que l'unisphère diffusait une de ses enquêtes, on ne manquait pas de montrer les images du procès de ses parents. Incorruptible, voilà ce qu'elle était.

Wilson commençait à se dire qu'il aurait mieux fait de refuser cette conversation en privé avec Justine. Pourtant, il ne pouvait pas ignorer ce qu'elle lui avait dit. Plus maintenant. Justine et Paula l'avaient eu en mentionnant Mars. C'était un coup bas. Elles le savaient. Il le savait. Le nom de la planète rouge résonnait d'une manière particulière à ses oreilles. Et puis, ces Gardiens étaient bel et bien réels. *Que pouvaient-ils bien trafiquer sur Mars ?*

À en juger par les derniers rapports qu'il avait sous les yeux, il était clair que la Marine n'en avait pas la moindre idée. Comme le lui avait dit Myo, cet aspect de l'affaire était sur le point d'être définitivement enterré.

— Mon assistant virtuel a isolé un rapport intéressant, dit-il d'un ton détaché. Que faisaient les Gardiens sur Mars ?

Le regard de Rafael se focalisa sur le monde réel.

— Nous ne le savons pas. Leur messager a été tué et les données qu'il transportait ont disparu. De vous à moi, je pense qu'elles sont entre les mains de la sécurité du Sénat.

L'intérêt porté à cette enquête par la sénatrice Burnelli est tout sauf professionnel.

— Vraiment ? J'essaierai d'en toucher un mot à Gore. Il me doit une faveur.

— Cela nous serait utile. Parfois, je me demande si nous sommes réellement tous dans le même camp. Ces satanées Grandes familles ne peuvent pas s'empêcher de chercher un avantage financier.

— Pas de problème. En revanche, je souhaiterais que vous continuiez à travailler sur cette affaire. Comme vous le savez, Mars est pour moi un endroit particulier.

— Bien sûr, dit Rafael en souriant mécaniquement.

* * *

Wilson et Anna habitaient l'atoll de Babuya. Leur appartement était situé dans un immeuble semblable à une pyramide de billes gris perle. Il était tout proche du dôme de cristal et offrait une vue dégagée sur l'espace lorsque, la nuit, l'éclairage de la colonie était tamisé. Lorsque l'Ange des hauteurs était en conjonction, la lumière blême dispensée par les nuages titanesques d'Icalanise était juste assez intense pour projeter des ombres pâles sur le sol et les murs, phénomène que venaient embellir les phases des principaux satellites de la géante gazeuse.

Le soir, Wilson aimait s'installer dans une chaise longue sur sa terrasse ovale pour admirer, un verre de vin à la main, le ballet de ces astres singuliers. Toutefois, même lorsqu'il se détendait de cette façon, il en profitait pour terminer le travail de la journée ou étudier des dossiers prioritaires sélectionnés par son assistant virtuel. De retour de la réunion du cabinet de guerre, ce soir-là, il ne parvint pas à respecter cette tradition. Il avait beau faire, il n'arrivait pas à se sortir Mars de la tête.

— Tu n'es pas de très bonne humeur, dis-moi, remarqua Anna en le rejoignant sur la terrasse.

Pour une fois, elle avait pris la peine de se débarrasser de son uniforme et portait un modeste bikini sous une longue robe jaune et transparente. Sa peau sombre accentuait le brillant du tissu dans la lumière des différentes lunes. Des tatouages couleur de bronze et d'argent apparurent sur son corps, puis se mirent à onduler en cadence avec les mouvements de ses muscles.

L'effet était suffisamment érotique pour attirer l'attention de Wilson. Il siffla d'admiration comme elle s'asseyait à côté de lui.

— Les occasions de te voir habillée de cette façon se font rares.

— Je sais. Ces derniers temps, nous avons eu tendance à négliger certains besoins humains pourtant élémentaires. M. et Mme Boulot-Dodo – voilà notre nouveau nom.

— Tu parlais de besoins élémentaires…

Elle lui caressa le visage du bout des doigts.

— Oui. J'ai demandé à mon équipe de dresser une liste. Elle entrera bientôt en contact avec la tienne pour entamer des négociations.

— Tu penses que ce sera bientôt ? demanda-t-il en la prenant par la taille et en ordonnant à son assistant virtuel de lui faire porter un autre verre de vin.

Anna s'allongea sur lui et contempla l'espace, de l'autre côté du dôme.

— C'est la nouvelle plate-forme d'assemblage ?

Wilson suivit son regard et avisa un point argenté parmi les étoiles scintillantes.

— Euh, ouais. Tu sais, l'espace va être pas mal encombré dans les mois qui viennent.

— Je ne suis pas certaine que nous ayons plusieurs mois devant nous.

—Ils ne sont pas invincibles, rétorqua-t-il en la serrant tout contre lui. Ne te mets pas cela dans la tête. Nous avons vu leur système d'origine; nous savons que leurs ressources ne sont pas illimitées.

—Oui, mais elles sont beaucoup plus importantes que les nôtres.

Un robot serviteur s'approcha; il serrait dans la pince un verre de vin frais. Wilson le lui prit et le tendit à Anna.

—S'ils avaient pu envahir toutes les planètes du Commonwealth d'un seul coup, ils l'auraient fait. Sauf qu'ils en sont incapables. Ils sont obligés de nous digérer petit bout par petit bout. Je ne dis pas qu'il ne faut pas les craindre, néanmoins la première vague d'attaques nous a montré qu'ils avaient des limites. L'effort qu'ils sont obligés de fournir pour s'établir à long terme sur les vingt-trois nous permettra de souffler. On fera fonctionner nos nouveaux vaisseaux. On équipera nos soldats des armes les plus terrifiantes qui existent et on foutra leurs culs de quadrupèdes dehors. Après cela, on mettra en application le projet Seattle, et ils chieront dans leur froc. Nous déciderons alors s'ils doivent vivre ou non. Ces fils de pute maudiront le jour où cette barrière a disparu.

—Waouh! Tu crois vraiment que nous en sommes capables, pas vrai?

—Il le faut. Je ne permettrai pas que la race humaine disparaisse et devienne une simple légende dans cette partie de la galaxie.

—Je serai là pour t'épauler, dit-elle avant de l'embrasser tendrement.

—Je sais.

Leurs verres se touchèrent.

—Un toast, reprit-il. À une campagne réussie et aux politiciens qui ne profitent pas des conseils de guerre pour se mettre des bâtons dans les roues.

— Oui, à tout cela.

Wilson dégusta son vin puis leva les yeux vers la base numéro un, qui flottait tout près de l'Ange des hauteurs.

— J'ai vu les idées présentées par les physiciens et les ingénieurs. Elles sont sacrément impressionnantes.

— Espérons que les médias cesseront de critiquer tous nos efforts.

— Tu peux compter dessus. Baron et les autres sont sous le choc, comme tout le monde. Mais, dès qu'ils se seront remis, ils nous soutiendront comme un seul homme. J'ai déjà vu ces choses-là arriver par le passé.

Anna lui ébouriffa gentiment les cheveux.

— Tu es si vieux. C'est pour cela que j'ai une telle confiance en toi. Tu as une expérience de la vie incroyable. Aucune situation ne te fait peur.

— N'en sois pas si certaine. J'ai des points faibles surprenants. Par exemple, tu n'imagines pas à quel point Mars me turlupine. Justine a vraiment su sur quel bouton appuyer pour me faire démarrer au quart de tour.

— À ton avis, qu'est-ce que les Gardiens ont bien pu trafiquer là-haut pendant tout ce temps ?

— J'y pense depuis une heure et, franchement, je n'y comprends rien. C'est pour cela que j'ai demandé à Rafael de continuer l'enquête. Malheureusement, j'ai peur qu'il se contente du strict minimum.

— Et si je te servais d'intermédiaire ? J'ai suffisamment d'autorité pour faire pression sur les services secrets de la Marine. Toi, tu n'auras qu'à rester en dehors de ces magouilles de bas étage.

Wilson tendit le cou pour l'embrasser.

— Ce serait parfait.

— Je ferai mon possible.

Sur sa poitrine, les tatouages s'animèrent davantage, reflétant la lumière des lunes, brillant de leur éclat d'acier.

— Je propose que nous oubliions nos équipes respectives et que nous entamions des négociations tous les deux, ici et maintenant.

Anna rit aux éclats tandis qu'il se tortillait pour se retourner et la prendre dans ses bras.

* * *

La mémoire de Nigel Sheldon se réveilla brutalement et de façon inattendue. Une scène naquit autour de lui à la manière d'une expérience IST haute résolution ; elle le ramena des siècles en arrière, à l'époque où chaque catastrophe majeure était suivie par une série de visites d'hommes politiques dans les hôpitaux de campagne ou les centres d'assistance aux sans-abri. En 2048, après la chute d'un météore et un tsunami dans le golfe du Mexique, les étudiants de son campus avaient imprimé des cartes semblables à celle des donneurs d'organes volontaires qui disaient : « En cas d'urgence, empêchez le président de m'approcher. »

En regardant Elaine Doi et son escorte longer la queue qui s'étirait devant le dispensaire temporaire, Nigel se demanda combien de ces réfugiés apprécieraient d'avoir cette carte sur eux en ce moment. Il y avait très peu de sourires et de gratitude sur ces visages ; tout juste de la résignation et une colère contenue, dont la présidente n'était certes pas l'objet.

Un zoom arrière de ses implants rétiniens lui permit de voir la station planétaire de Wessex dans son ensemble. Comme toutes les stations de CST des mondes du G15, celle de Narrabri s'étirait sur des centaines de kilomètres carrés ; elle comportait des centres de triage, des bâtiments directoriaux, des zones de maintenance, des entrepôts, un quartier entier d'immeubles de bureaux et des terminaux.

Dans le sillage de l'invasion primienne, elle était devenue un passage obligé pour les quarante millions de réfugiés des vingt-trois. L'IR qui se chargeait de la gestion des trains de passagers avait été forcée de réquisitionner tous les engins roulants du Commonwealth, des voitures de collection aux trains magnétiques les plus modernes. Même les locomotives à vapeur en service sur la ligne de Huxley's Haven avaient été utilisées deux ou trois fois. L'évacuation avait été une œuvre héroïque et éreintante pour toutes les personnes impliquées ; pour les directeurs de station, qui n'avaient jamais imaginé avoir à gérer un jour une pareille catastrophe, mais aussi pour le personnel occupé à évacuer des populations planétaires entières, tandis que des bombes atomiques explosaient dans le ciel et que des mondes entiers étaient ramenés brutalement à l'âge de pierre. Jamais Nigel n'avait été aussi fier de ses employés.

Au début, comme le réseau ferroviaire avait sombré dans le chaos le plus total, les gens s'étaient rués vers les portails à pied. Toutefois, il avait suffi de quelques heures à CST pour rétablir les liaisons principales et entreprendre une évacuation en bonne et due forme. Depuis lors, les trains n'avaient cessé de déverser des réfugiés aux quatre coins des espaces de phase un et deux, laissant aux gouvernements locaux le soin de gérer la situation. Personne n'avait demandé la permission de conduire ces gens de groupes ethniques, de cultures et de religions différentes sur des mondes non préparés à les accueillir et inquiets pour leur propre avenir. CST avait simplement sélectionné les destinations les plus pratiques et évidentes.

Du fait de la masse de fuyards qui se pressaient devant les portails, attendre pour monter dans un train était plus rapide que traverser un trou de ver à pied. Sans compter que c'était aussi beaucoup moins dangereux. Pourtant, nombreux étaient ceux à avoir choisi l'option la moins logique.

Depuis le bureau de la direction de la station de Narrabri, Nigel voyait la marée humaine qui s'était rassemblée autour des bâtiments du secteur de maintenance. Évidemment, plus aucune réparation n'était possible sur Wessex, le moindre coin de hangar étant occupé soit par des lits de camp, soit par une cuisine de fortune. Malgré l'afflux massif d'équipements temporaires, les conditions sanitaires étaient loin d'être satisfaisantes. Au moins, les vastes garages offraient-ils un toit pour la nuit. Cependant, même ces halls géants n'avaient pu accueillir tout le monde. Il y avait des dizaines de milliers de personnes dans les terminaux, en train de vider les stocks de tous les fast-foods franchisés de la planète. Les entrepôts étaient pleins, eux aussi. D'après les estimations de CST et du gouvernement local, le nombre total de réfugiés qui se trouvaient encore dans la station de Wessex s'élevait à près de deux millions. Des travailleurs sociaux venus de cinquante planètes différentes aidés par des volontaires de Narrabri s'occupaient des enfants séparés de leurs parents. Un tiers d'entre eux étaient orphelins et dans un état de choc profond. Malgré la couverture médiatique intensive de ces drames humains, de nombreux actes d'héroïsme et beaucoup de manifestations de gentillesse gratuite resteraient à jamais anonymes.

— Je n'ai rien vu de pareil depuis le début du XXIe siècle, dit Nigel.

— Oui. Je me souviens de la situation de l'Afrique et de l'Asie à cette époque, ajouta Alan Hutchinson. Aujourd'hui, c'est la même chose.

Nigel regarda du coin de l'œil le troisième leader de Dynastie intersolaire installé dans le bureau. Heather Antonia Halgarth fixait le flot de réfugiés d'un air impassible, sans rien dire.

— Nous faisons notre possible, reprit-il. La situation devrait se normaliser d'ici quarante-huit heures.

—Où allez-vous mettre tous ces gens? demanda Alan. Mes sénateurs commencent à protester. Certains se plaignent du nombre de réfugiés qu'on les force à accueillir.

—Et alors? aboya Nigel. Nous ne pouvons tout de même pas les abandonner sur des planètes de l'espace de phase trois. Elles sont dépourvues d'infrastructures. Les espaces de phase un et deux n'auront pas d'autre option que d'assumer cette catastrophe, aussi bien physiquement que financièrement.

—Oui, mais pas la Terre, murmura Heather.

Nigel eut un sourire gêné. Avec un âge biologique de presque soixante ans, Heather se rapprochait à grands pas de son prochain rajeunissement. Elle était grande et imposante, avait les cheveux roux légèrement grisonnants et les joues striées de rides peu profondes. Chaque fois qu'elle atteignait ce stade, il lui trouvait des allures de prêtresse. Elle était silencieuse, sage, intelligente et impitoyable.

—Non, dit-il. Pas la Terre. Oh, elle accueillera bien un nombre symbolique de personnes, mais les Grandes familles n'accepteront jamais de voir leur voisinage envahi par des réfugiés. Si je les mettais devant le fait accompli, ma messagerie serait saturée d'insultes pendant au moins un an. Elles préféreront payer et fournir des infrastructures, comme je l'ai proposé à Crispin.

—Ah, ce bon vieux Crispin!

—Il va devoir être bon, en effet, intervint Alan. Mettre de l'ordre dans ce chaos coûtera des centaines de milliards et prendra des décennies, sinon plus. Putain, ces monstres ont fichu en l'air quinze pour cent de mon marché.

—Quinze pour cent, c'est beaucoup mieux que cent pour cent, lui fit remarquer Heather d'une voix pleine de mépris. Personnellement, j'ai encore du mal à croire que notre Marine nouvellement créée soit réellement capable de tenir tête aux Primiens. Ce que j'ai vu pour l'instant n'est pas très encourageant. Perdre vingt-trois planètes en une journée est proprement inacceptable.

— Nous avons appuyé la formation de cette Marine parce qu'il n'y avait rien d'autre à faire, dit Nigel.

— Ouais, grogna Alan. Et on n'a pas lésiné sur les moyens.

— Peut-être, mais il en va de la survie de notre espèce, et ce ne sera pas forcément suffisant.

— La situation politique est pour le moins compliquée, dit Nigel en désignant du menton la foule qui se pressait autour de la présidente Doi.

— C'est pour cela qu'on change de dirigeants tous les cinq ans, expliqua Heather. Nous trois, nous prenons les décisions – avec les représentants des autres Dynasties ; à Doi et au Sénat de les appliquer.

— Ne soyez pas arrogante, intervint Nigel. Tous les sénateurs ne sont pas à votre service.

— Cette civilisation, c'est nous qui l'avons bâtie. Vous plus que quiconque, Nigel. Nous ne pouvons pas nous permettre de faire l'autruche lorsqu'il y a des décisions importantes à prendre.

— Trêve de verbiages théoriques, contre-attaqua-t-il. Ces planètes, nous les avons bel et bien perdues. Notre programme de construction de vaisseaux ne pourra pas être accéléré avant des mois. Dieu sait pourtant que nous en avons besoin.

— Vraiment ? demanda Heather d'un ton provocateur. Il y a toujours le projet Seattle.

— Les exterminer ?

Nigel était surpris de l'entendre proposer une solution aussi radicale. Cependant, en existait-il réellement d'autres ?

— Il me semble, reprit-elle, que c'est eux ou nous.

— Ils sont agressifs, c'est vrai, mais de là à commettre un génocide… En dernier recours, oui. Toutefois, nous n'en sommes pas encore là.

— Vous appliquez des scrupules humains à un contexte qui ne l'est pas. La prochaine attaque sera encore plus massive et destructrice. Car il y aura bien une prochaine attaque, vous le savez.

— Quand la Marine aura trouvé le point de sortie de leur trou de ver principal, nous serons en mesure de bloquer leur progression, dit Alan.

Heather le gratifia d'un sourire déçu.

— Fermer la Porte de l'enfer ? Vous parieriez votre vie là-dessus ? C'est de votre vie qu'il s'agit, Alan, ne l'oubliez pas.

— Fermez-la ! cracha ce dernier. Ce sont mes territoires qui sont en première ligne.

— Calmons-nous, intervint Nigel. Heather, Alan a raison : nous devons donner à la Marine une chance d'accomplir ce pour quoi elle a été créée. Personnellement, je ne me sens pas prêt à décider d'un génocide, aussi belliqueux que soit notre ennemi.

— Et quand sa prochaine attaque aura dévasté la moitié de l'espace de phase deux ?

— Alors, j'appuierai sur le bouton moi-même.

— Heureuse de l'entendre. D'ici là, je tâcherai de prendre les mêmes précautions que vous. Cela fait quelques mois déjà que vous vous activez…

Nigel soupira. Il aurait dû se douter que les autres Dynasties finiraient par découvrir le pot aux roses.

— Eh bien, oui, je joue la carte de la sécurité.

— Elle coûte très cher, cette carte, dit Alan. Combien d'argent mettez-vous dans ces vaisseaux ? Je veux dire, merde, le trou dans le budget d'Augusta est énorme ; on ne pouvait pas passer à côté.

— Ce qui rend d'autant plus inexplicable votre aversion pour le génocide, enchérit Heather d'un ton authentiquement étonné.

—Question de morale. Nous avons certaines valeurs en commun, des valeurs essentielles.

—Je suppose que ces valeurs vous autorisent à ficher le camp en nous laissant tous dans la merde.

—Ces vaisseaux ne seront utilisés que si le point de non-retour est atteint. Ce jour-là, il n'y aura plus de Commonwealth à protéger.

—J'espère au moins que vous nous divulguerez les plans de vos hyperréacteurs.

—Ce sont des générateurs de trous de ver progressifs, la corrigea Nigel sans réussir à dissimuler son agacement.

—Pardon?

—Mes vaisseaux sont équipés de générateurs de trous de ver progressifs.

—D'accord, d'accord, dit Alan, pas le moins du monde déconcerté. Peu importe. Il nous les faut, Nigel. La situation étant ce qu'elle est, ajouta-t-il en désignant d'un geste de la main la foule de réfugiés qui se pressaient en contrebas, je mets moi aussi en place une porte de sortie pour ma Dynastie. Je suppose que nous sommes tous dans le même cas.

—Vos vaisseaux pourront être équipés de ces générateurs. Je serai heureux de vous les vendre.

—Merci, fit Heather. En attendant, nous ferions mieux de présenter un front uni devant le cabinet de guerre et le Sénat. Doi, reprit-elle en désignant la présidente du menton, aura besoin d'une bonne dose de confiance. Les gens n'auront de cesse de la solliciter, comme toujours en période de crise. Si elle reste forte et déterminée, nous parviendrons peut-être à limiter la panique.

—Bien sûr, acquiesça Nigel en haussant les épaules.

—Que fait-on pour Wilson? demanda Alan.

—Comment cela?

—Voyons! Vingt-trois mondes envahis, Wessex prise pour cible. C'est sa faute à lui. Il est responsable.

— Il est le meilleur à ce poste. On ne peut pas le remplacer, rétorqua Nigel.

— Pour l'instant, dit Heather. Toutefois, à la prochaine foirade, il sera débarqué.

Nigel lui lança un regard noir.

— Et remplacé par Rafael, je suppose ?

— Rafael est favorable au génocide. Pour ce qui me concerne, cela lui donne un avantage indéniable.

— Je n'ai pas envie de jouer à ces petits jeux-là, Heather.

— Qui parle de jouer ? Nous risquons l'extinction. Si le salut implique de mettre la Marine sous mon contrôle, alors je le ferai.

Nigel ne se rappelait pas s'être déjà disputé ainsi avec Heather. Le problème avec elle, c'était qu'elle s'appuyait trop sur le passé pour affronter l'avenir. Elle avait certes une détermination et des aptitudes politiques hors du commun. Comme tous ceux qui avaient fondé une Dynastie intersolaire. Son défaut principal était peut-être son manque d'originalité. En cette heure pourtant grave, seul le sort de son cercle familial semblait lui importer.

— Si vous ne pouvez penser à aucune autre solution, alors, allez-y, lui dit-il.

Elle le considéra avec méfiance, mais il choisit de l'ignorer. Si elle n'était pas capable de se débrouiller toute seule avec ce problème, tant pis pour elle.

* * *

En dépit de tout ce qu'elle avait vécu sur Elan, Mellanie avait un trac fou lorsqu'elle entra dans l'immeuble parisien de Paula Myo en poussant une lourde porte de bois sombre. Le fait que la simple idée d'être confrontée à elle lui fasse cet effet-là en disait long sur la femme de Huxley's Haven. Mellanie savait qu'elle était devenue spéciale, que les implants de l'IA lui donnaient des pouvoirs colossaux, qu'elle avait eu le courage de faire face aux Mobiles de MatinLumièreMontagne – grâce à l'IA, certes, mais elle ne s'était pas défilée. *Alors pourquoi suis-je aussi nerveuse ?*

Elle examina le boîtier antédiluvien de l'interphone et appuya sur le bouton en céramique usé correspondant à l'appartement de Paula Myo. Quelque part à l'intérieur, une sonnette retentit. Son assistant virtuel l'informa immédiatement que Myo était en train de l'appeler sur l'unisphère. Mellanie résista à l'envie de chercher où était dissimulée la caméra. Même si le senseur était suffisamment gros pour être vu, la nuit commençait à tomber et la rue étroite était plongée dans la pénombre. Au-dessus de sa tête, les volets de toutes les fenêtres étaient fermés. Les quelques lampadaires disséminés sur le trottoir irrégulier avaient bien du mal à résister au crépuscule.

—Oui ? demanda Paula Myo.

—J'ai besoin de vous voir, répondit Mellanie.

—Pas moi.

—J'ai fait ce que vous avez dit, j'ai parlé à Dudley Bose.

—Je n'ai rien à voir avec cela.

Mellanie fixa la porte, l'air exaspéré.

—Vous aviez raison. J'ai découvert quelque chose d'intéressant.

—C'est-à-dire ?

—L'Arpenteur.

Le silence qui s'installa fut si long que Mellanie se surprit à vérifier dans sa vision virtuelle que Myo n'avait pas mis un terme à la conversation.

La serrure claqua bruyamment. Mellanie eut tout juste le temps de redresser ses épaules avant que la porte s'ouvre. Elle avait soigneusement choisi sa tenue, piochant dans sa ligne personnel de vêtements, les pièces les plus sobres : une veste couleur lie-de-vin à manches mi-courtes et une jupe assortie qui lui arrivait au-dessus des genoux – beaucoup plus longue que d'habitude, donc. Un ensemble supposé illustrer son professionnalisme et son sérieux.

Un cercle polyphoto était fixé au milieu d'un porche qui donnait sur une cour intérieure. La silhouette de Paula Myo, vêtue de son tailleur classique habituel, se découpait dans la lumière jaunâtre. Mellanie ne s'en était pas aperçue avant, mais elle était plus grande que l'ex-inspecteur principal.

—Entrez, dit Paula.

Mellanie la suivit jusqu'au centre de la petite cour pavée. Elle jeta un regard circulaire sur les murs chaulés troués de fenêtres étroites. La plupart des volets n'étaient pas encore fermés, révélant quelques éclats d'intimité. Les moniteurs holographiques, qui diffusaient les informations du soir ou des émissions de variété, dispensaient un peu partout une lumière fantomatique vert pâle. Triste image des résidents. C'était le genre d'immeuble où s'installaient les célibataires entre deux contrats de mariage. De petits appartements aseptisés où ils pouvaient se reposer en toute sécurité après une journée passée à travailler ou à jouer.

—Nous serons bien, ici, dit Paula. Personne ne nous entendra si nous ne parlons pas trop fort.

Mellanie n'en était pas réellement persuadée, mais elle n'insista pas.

—Vous étiez au courant, n'est-ce pas ?

—Alessandra Baron vous a envoyée à la chasse au scoop ? C'est pour cela que vous êtes ici ?

—Non, répondit Mellanie avant d'éclater d'un rire bref et sec. Je ne travaille plus pour elle. Vérifiez auprès de la société de production, si vous ne me croyez pas.

—Je n'y manquerai pas. Pourquoi êtes-vous partie ? Je suppose que vous étiez très bien payée, d'autant plus que votre couverture des événements de Randtown a fait de vous une célébrité.

— Elle travaille pour l'Arpenteur.

Paula pencha la tête sur le côté et considéra longuement la jeune femme.

— C'est une allégation intéressante.

— En fait, c'est parfaitement logique. Elle s'est toujours montrée très dure avec la Marine. Elle diffuse encore et encore la propagande de l'Arpenteur et s'acharne sur la seule organisation capable de nous défendre.

— Vous vous êtes servie de son émission pour me critiquer. Cela fait-il de vous un agent de l'Arpenteur ?

— Non ! Écoutez, je souhaite juste vous aider. Je suis au courant, pour la Cox. C'est comme cela que j'ai découvert l'implication de Baron. Quand je lui en ai parlé, elle a fait modifier les archives.

— Je suis désolée, mais je ne vous suis plus. Qu'est-ce que la Cox ?

Passablement énervée, Mellanie mit les mains sur ses hanches. Les choses ne se déroulaient pas exactement comme elle l'avait prévu. Elle qui croyait que Myo allait la remercier chaleureusement pour son aide.

— La fondation Cox finance des chercheurs et des universités, lâcha-t-elle d'un ton acerbe, histoire de rafraîchir la mémoire de la femme. C'est elle qui a payé les observations de Dudley.

— Ah, oui, le cambriolage, dit Paula en lisant quelque chose dans sa vision virtuelle. Les Gardiens pensent que les travaux de Bose sont le résultat d'une manipulation.

— Et ils ont raison.

— Vraiment ? demanda Paula en levant légèrement un sourcil.

— Vous le savez très bien, siffla Mellanie.

— Je ne sais rien du tout.

— Cela m'étonnerait. La fondation Cox n'est qu'un montage, un leurre.

— Pas d'après notre enquête.

— Mais…

Un frisson glacé parcourut la nuque de Mellanie. Elle ne comprenait pas pourquoi Myo réagissait de cette manière. À moins que l'Arpenteur lui ait mis la main dessus.

— Je suis désolée. Je vous fais perdre votre temps. Je… Je n'ai pas encore encaissé les événements d'Elan.

Elle tourna les talons et se précipita vers la porte. Décidément, fuir les gens en qui elle avait eu confiance commençait à devenir une mauvaise habitude.

— Attendez, dit Paula.

Mellanie se figea, soudain terrifiée. Elle passa rapidement en revue les icônes de sa vision virtuelle, en se demandant si elle pourrait se servir des implants de l'IA pour se sortir de là si les choses tournaient mal. Le problème, c'était qu'elle ignorait à quoi correspondaient tous ces dessins. Sa main virtuelle couverte de peau de serpent dorée s'arrêta au-dessus de l'icône de l'IA.

— Vous croyez que je sais quelque chose à propos de la Cox. Pourquoi ? demanda Paula.

— C'est vous qui m'avez mise sur la piste de Dudley Bose. Vous vous doutiez donc que j'allais découvrir le pot aux roses.

— Je vous ai demandé de vous rapprocher de Bose parce que sa femme a rencontré Bradley Johansson dans le passé. J'espérais remonter jusqu'à l'Arpenteur de cette façon. On a toujours besoin d'alliés dans les médias. Je me rappelle bien les rapports concernant ce cambriolage ; la fondation Cox paraissait parfaitement normale.

— Eh bien, c'est faux. Ce n'était pas une organisation ordinaire. Baron a fait trafiquer les archives pour dissimuler les preuves.

— Intéressant. Si vous dites la vérité, cela signifie qu'on a essayé de me cacher certaines informations.

— Je ne mens pas, protesta Mellanie.

« Demandez à l'IA », faillit-elle ajouter. Toutefois, elle se retint à temps, car elle n'avait pas suffisamment confiance en Myo.

— Très bien, dit Paula. Je me renseignerai.

— Et après ?

— Pourquoi êtes-vous venue jusqu'ici ?

— Pour voir où vous en êtes, pour vous proposer mon aide.

— Et pour trouver matière à un nouveau reportage, peut-être.

— Qu'auriez-vous fait à ma place ?

— Si vous dites la vérité, la même chose que vous. Toutefois, je n'ai pas spécialement envie qu'une célébrité fourre son nez dans mes enquêtes.

Elle aurait au moins pu dire « journaliste », pensa Mellanie. *La salope !*

— Très bien. Comme vous voudrez.

Et de pousser la lourde porte. La sécurité relative de la rue lui parut des plus agréable.

— Si vous découvrez quelque chose de concret, lui dit Paula, venez me voir. Et pas la Marine.

— Bien sûr.

Mellanie fit quelques pas, puis s'arrêta pour reprendre ses esprits. Elle avait déstabilisé Paula Myo, et c'était une sensation plaisante. Néanmoins, elle n'était pas venue pour cela. Mellanie avait besoin de révéler ce qu'elle savait sur Baron et l'Arpenteur à quelqu'un de fiable, à une personne de pouvoir, qui saurait quoi faire de cette information. *Comme une gamine qui cafte tout à ses parents.*

Si la grande Paula Myo ne parvenait pas à se décider ou ne lui faisait pas confiance, elle n'aurait plus qu'à se débrouiller toute seule. Elle hocha la tête et se dirigea d'un pas déterminé vers la bouche de métro la plus proche.

* * *

L'aube surprit Hoshe Finn sur son balcon, affalé dans un fauteuil en plastique bon marché, face à la grille urbaine scintillante. Le soleil d'Oaktier se levait tranquillement au-dessus des quartiers est de Darklake City, recouvrant les pointes des tours en marbre et en verre d'une auréole d'énergie rose doré. Des oiseaux colorés commencèrent à gazouiller dans les arbres hauts et perpétuellement verts plantés autour de l'immeuble, tandis que, comme tous les jours, des robots jardiniers arpentaient laborieusement les bandes étroites de pelouse mouillée de rosée.

Il s'était réveillé en plein milieu d'un rêve, une fois de plus, au petit matin. Trempé de sueur, il s'était redressé en sursautant, comme les images par trop réelles de bâtiments écroulés et de terres éventrées se diluaient dans les ténèbres de sa chambre. Depuis l'attaque primienne, c'était toutes les nuits la même chose. Il refusait d'appeler cela des cauchemars. Son subconscient était simplement en train d'encaisser ces événements tragiques. Rien de plus sain et normal. Pendant son sommeil, tous ces vilains détails compressés s'échappaient de son esprit encombré comme d'un dossier sécurisé enfermé dans un écheveau de cristal. Comme cette femme écrasée par le pilier d'un pont effondré – aperçue furtivement, alors qu'il portait Inima dans ses bras. Et puis ces enfants éplorés, figés devant les ruines fumantes de leur maison, perdus, ahuris, couverts de poussière, de suie, de sang.

Ouais, c'était une manière très saine de digérer tout ça.

Alors, il avait mis sa vieille robe de chambre couleur ambre et avait claudiqué jusqu'au balcon pour observer la ville endormie. Tel un enfant apeuré, il s'était dit que les mauvais rêves ne surviennent que dans le calme des chambres à coucher. Il avait somnolé de façon intermittente en tentant d'ignorer les brûlures qui le lançaient et la douleur moite qui, dans le bas de son dos, hésitait constamment entre le chaud et le froid. Le rhum et le chocolat chaud n'y changèrent rien. Au contraire, ils lui donnèrent envie de vomir.

Il voulait Inima et rien d'autre. Sa présence rassurante près de lui, dans leur lit. Habituellement, quand il était malade, qu'il ne travaillait pas et se morfondait dans l'appartement, elle était là pour s'occuper de lui, même s'il l'agaçait un peu. Malheureusement, les médecins ne la laisseraient pas sortir de l'hôpital avant une bonne dizaine de jours. Chaque fois qu'il pensait à elle, ses muscles se raidissaient. Sur Sligo, il l'avait extirpée du 4x4 accidenté, avait vu ses jambes pliées d'une manière improbable, noircies, un liquide inconnu s'écoulant de l'amas fondu et durci de son jean. Et ses gémissements – un son que seules les personnes très sérieusement blessées peuvent produire. Des pensées se bousculaient dans sa tête, des souvenirs de leçons de secourisme ridicules et inutiles, tandis qu'il regardait sa femme, incrédule, et se demandait comment une chose pareille avait pu arriver. Comme il s'était maudit, maudit d'être aussi désemparé.

Ils étaient en vacances sur Sligo, où avait lieu un festival floral. Un putain de festival floral. Et cette armée de monstres était tombée du ciel, avait réduit la planète en cendres.

La sonnette retentit. Hoshe se retourna automatiquement. Des élancements multiples lui arrachèrent une grimace. Il se leva en marmottant comme un vieillard et boitilla jusqu'à la porte.

C'était Paula Myo. Impeccable, comme d'habitude, dans son tailleur anthracite et son chemisier rouge sang. Ses cheveux parfaitement brossés et luisants tombaient librement dans son dos. Elle l'étudiait avec attention, ce qui lui fit prendre conscience de sa propre allure, du fait qu'il n'avait pas vécu l'attaque aussi bien que d'autres.

Au lieu de lui faire la morale ou de lui dire des banalités, elle se contenta de le serrer doucement dans ses bras.

Étant donné les circonstances, Hoshe fut raisonnablement satisfait de la manière dont il réussit à masquer sa stupeur. Paula Myo n'était pas réellement coutumière des manifestations d'affection.

—Je suis vraiment contente que vous alliez bien, Hoshe, dit-elle.

—Merci. Euh… Entrez.

Comme elle le précédait à l'intérieur, il jeta rapidement un regard sur le salon. Grâce aux robots, tout était propre, même s'il était évident qu'il passait énormément de temps chez lui. La pièce avait un petit air de garçonnière, avec sa table encombrée de cristaux mémoires, de *mugs*, d'assiettes. Il y avait aussi une feuille-écran déroulée et des vêtements empilés sur une chaise. Et puis, les volets étaient à moitié fermés.

—Je vous ai apporté ceci, dit Paula en lui donnant une boîte décorée, pleine de sachets de tisanes diverses. Je me suis dit que vous n'aviez pas envie de fleurs.

Hoshe regarda la marque sur le côté de la boîte et sourit d'un air penaud.

—Excellent choix. Merci.

Les manches amples de sa robe de chambre révélaient de longues bandes cicatrisantes sur ses avant-bras. Paula fronça les sourcils.

—Comment va Inima?

—Les médecins disent qu'elle pourra sortir dans un peu plus d'une semaine. Elle aura besoin d'une greffe pour sa hanche et sa cuisse mais, Dieu merci, ils ne l'ont pas amputée. Avec une combinaison en électromuscles, elle sera en mesure de se déplacer, ne serait-ce que dans l'appartement.

— C'est une bonne chose.

Il se laissa tomber sur une chaise.

— Médicalement, oui. Sauf que notre assurance refuse de payer pour des – comme ils disent – « blessures de guerre ». D'après eux, c'est au gouvernement de protéger les citoyens en cas de conflit. Les fumiers ! Dire que je les ai engraissés pendant des décennies. J'en ai parlé à un avocat de ma connaissance. Il n'est pas très optimiste.

— Que dit le gouvernement ?

— Ah ! Lequel ? Celui d'Oaktier dit qu'il n'est pas responsable de ce qui est arrivé à ses citoyens sur d'autres planètes. Question de juridiction. Quant au Commonwealth intersolaire… « Excusez-nous, mais nous sommes un peu débordés en ce moment. Vous n'aurez qu'à rappeler plus tard. » On avait fait un emprunt pour élever un gamin. Tout est parti dans les frais d'hôpitaux.

— Je suis navrée.

— De toute façon, vu le contexte actuel, faire un enfant n'est pas la meilleure des idées, gronda Hoshe en se servant de sa colère pour vaincre son angoisse et refouler ses larmes.

— J'ai assisté à l'attaque sur l'unisphère, dit Paula, mais cela n'a rien à voir, évidemment.

— Sur Sligo, ça a été l'enfer absolu. On a eu de la chance d'en sortir vivants. Après ce qu'on a vécu là-bas, je ne pourrai plus jamais critiquer un Halgarth. Plus jamais. Le champ de force a encaissé huit explosions atomiques sans vaciller. Malheureusement, la violence des chocs a été ressentie au sol. J'ai déjà vécu un tremblement de terre en Californie. Toutefois, ce n'était rien comparé à cela. Les immeubles s'écroulaient autour de nous, les routes se soulevaient – impossible d'utiliser le moindre véhicule.

— J'ai entendu dire que vous aviez dirigé l'une des équipes d'évacuation.

— Ouais. Ils ont lancé un appel à toutes les personnes qui, de près ou de loin, travaillaient pour le gouvernement. Il s'agissait de faire régner un minimum d'ordre. D'autant que le conseil local n'avait pas mis beaucoup de policiers dans les rues pour le festival floral. On manquait cruellement de zigotos comme moi.

— Ne soyez pas modeste, Hoshe.

— Oh, je ne suis pas du genre à exiger des médailles ou des trucs comme ça ! C'était juste une question de survie, après tout.

— Vous avez été gravement touché ? demanda-t-elle en désignant son bras.

— J'ai quelques brûlures, mais rien de grave. Le pire, ç'a été l'attente. Inima a dû patienter dix heures avant de voir une infirmière. Et encore, celle-ci s'est contentée de l'examiner superficiellement. Après, on a choisi de revenir ici, quitte à se traîner jusqu'à notre hôpital habituel. C'était cela, ou bien attendre là-bas une prise en charge hypothétique par les services de la Marine – organisés à la va-vite, par ailleurs.

— Et maintenant ?

— Disons qu'on a les mêmes soucis que tout le monde. On tente de vivre normalement et on espère que l'amiral Kime saura mieux se débrouiller la prochaine fois.

— Je vois. Hoshe, je suis venue pour vous proposer un job. Je travaille pour la sécurité du Sénat, désormais. J'ai besoin d'un assistant, de quelqu'un de compétent, en qui je puisse avoir confiance.

— Je suis très flatté, commença-t-il précautionneusement, cependant, je ne suis pas certain de vouloir œuvrer pour l'administration du Commonwealth.

— Vous ne savez pas ce que vous dites, vous êtes encore sous le choc de ce que vous avez vécu sur Sligo.

— Toujours aussi psychologue, à ce que je vois…

— Vous voulez peut-être que je vous parle de la couverture médicale dont vous bénéficieriez ?

— Non, répondit-il en serrant les dents et en tentant d'imaginer une raison valable de refuser son offre. Et votre vieille équipe ? Vous n'avez pas tenté de la reconstituer ?

— Ma situation est un peu délicate. J'ai eu vent d'informations déroutantes, hier. Des informations qui semblent confirmer que l'un d'entre eux au moins est un agent de l'Arpenteur.

Hoshe mit un bon moment à digérer la nouvelle.

— Vous voulez dire l'extraterrestre dont parlent les Gardiens ? Vous vous fichez de moi ?

— J'aimerais bien.

Les images de son rêve ressurgirent pour le hanter, montage brouillé de scènes de destruction, de faisceaux de mort violets tombant du ciel à une vitesse à peine inférieure à celle de la lumière. C'était ce que pouvaient faire les Primiens. Et s'il y avait encore d'autres espèces plus sinistres et dangereuses…

— J'ai déjà ouvert quelques messages mitraillés par les Gardiens. Des trucs de paranos, si vous voulez mon avis. Le genre d'histoire que pourrait raconter un môme après un mauvais trip.

— Je serais contente si on avait des preuves que tout ça n'est que le fruit de la folie de Bradley Johansson. Je ne suis pas habituée à douter, Hoshe. C'est extrêmement désagréable.

Il prit le temps de réfléchir. En fait, non. Il avait déjà pris sa décision. Il se demandait simplement comment il allait annoncer à Inima qu'il avait un nouveau travail.

— Je ne serai bon pour le service actif que dans une semaine, voire davantage.

— J'aimerais que vous commenciez par étudier quelques vieux dossiers pour moi. J'ignore ce que nous cherchons, toutefois, j'espère que nous aurons plus de chance que la première fois.

—Vu. À présent parlez-moi plus précisément de la couverture médicale.

3

Le chalet loué par Mellanie faisait partie d'un lotissement de cinquante bâtisses situées dans une forêt côtière, à une heure trente de route de Darklake City. Ensemble, ces maisonnettes constituaient le village de vacances de Greentree, le genre d'endroit où les familles modestes pouvaient emmener leurs gosses pour les épuiser un peu, que ce soit à la plage ou dans les installations du centre. Au milieu de la forêt, un bar et un restaurant accueillaient les adultes noctambules et désœuvrés. Deux soirs par semaine, il s'y donnait un spectacle de cabaret.

Une heure après la tombée de la nuit, la voiture de location déposa Mellanie devant l'entrée principale avant de se ranger dans le parking. Les véhicules étaient interdits dans l'enceinte du village, aussi la jeune femme s'engagea-t-elle à pied sur le chemin couvert de galets qui serpentait entre les vieux ranis tordus aux feuilles mousseuses et blanches, aux troncs d'un vert spongieux. Des lampes en forme de champignon disposées à intervalles réguliers éclairaient faiblement le chemin d'une lueur bleutée. Greentree avait été soigneusement conçu de manière que les chalets fussent isolés les uns des autres. Seuls les arbres et le sentier étaient visibles depuis les fenêtres. Quelque part résonnait la musique d'un trio avec piano, qui jouait des chansons oubliées depuis bien avant la découverte d'Oaktier.

Une fine brume s'élevait de la terre molle alors que la température chutait. Elle s'enroulait autour des pieds de Mellanie à la manière de serpents fluorescents. C'était pour le moins déconcertant. Lorsqu'elle était venue ici pour la première fois avec ses parents, la journaliste avait adoré la vieille forêt broussailleuse, avec ses arbres déformés. Un monde magique à explorer. Amère, elle se disait que les temps avaient bien changé car, désormais, elle se demandait plutôt quelles bêtes immondes se tapissaient dans les coins sombres et les clairières abandonnées.

Elle avait payé en liquide pour ce chalet qu'elle partageait avec Dudley. La plupart des maisons étaient vides, ce qui limitait grandement les risques d'être reconnue. Néanmoins, par précaution, elle s'en allait toujours très tôt le matin. Par ailleurs, l'IA l'avait assurée qu'elle surveillait de près les nœuds de la cybersphère locale et qu'elle n'y avait détecté aucune trace de communications codées. Mellanie avait tout de même hâte de partir. Elle se demandait encore ce que Baron allait faire pour lui nuire.

Leur maisonnette de trois pièces trônait au centre d'une petite clairière, à l'ombre de cinq ranis hauts et massifs. Elle poussa la porte et découvrit un Dudley occupé à faire nerveusement les cent pas dans le salon.

— Où étais-tu passée ? cria-t-il.

— Bien, merci. Et toi, comment vas-tu ?

Il fit mine de se jeter sur elle, se figea, puis dit d'un ton de réprimande :

— J'étais inquiet !

Elle se passa la main dans les cheveux et le gratifia d'un sourire câlin.

— Je suis désolée. Cela ne s'est pas passé aussi bien que prévu avec Paula Myo. Elle ne me fait pas confiance, et je ne lui fais plus confiance. On dirait bien que mes projets d'union et de lutte commune contre l'Arpenteur sont en train de tomber à l'eau. Alors, je suis allée en Californie. Mon agent m'a dégotté divers entretiens d'embauche. Des trucs intéressants.

—Oh!

Il avança jusqu'à elle et la prit précautionneusement dans ses bras. Comme elle ne le repoussait pas, il demanda:

—Et alors, tu as eu une offre valable?

—En fait j'en ai eu trois. Je me débarrasse de ces vêtements et je te raconte tout.

Le visage de Dudley s'éclaira aussitôt.

—Non, Dudley, dit-elle avec lassitude. On ne va pas faire l'amour.

—Mais... Plus tard, alors? demanda-t-il d'une voix geignarde.

—Oui, Dudley, nous ferons l'amour plus tard.

Elle jeta un coup d'œil vers le coin cuisine. La veille, ils avaient acheté pour une semaine de provisions au supermarché situé à vingt minutes d'autoroute. En payant en liquide, évidemment. Les sacs étaient toujours posés sur le banc. Rien n'avait été déballé.

—Je vais prendre une douche et après, j'aimerais bien manger. Tu crois que tu pourrais me préparer quelque chose?

Elle se lava, enroula une serviette autour de ses hanches et revint dans le salon. Vérifier qu'elle lui faisait toujours de l'effet était devenu une sorte de routine. Comme prévu, Dudley eut du mal à lâcher des yeux son torse nu. Depuis leur arrivée ici, elle faisait près de deux heures de gymnastique par jour pour rester au top. Les machines enregistraient fidèlement ses résultats et lui donnaient toujours les meilleures notes. Toutefois, il était toujours rassurant de vérifier auprès d'un homme – même s'il ne s'agissait que de Dudley – que tout allait bien.

Il avait complètement ruiné le dîner, ce qui était un exploit en soi. Les plats préparés étaient dotés d'un code qui réglait automatiquement la durée de réchauffage et la puissance du four à micro-ondes. Dudley avait dû modifier les paramètres manuellement. Elle regarda du coin de l'œil la matière visqueuse et gluante qui bouillonnait sous la cellophane et jeta le tout aux ordures. Heureusement, le climatiseur ferait rapidement disparaître cette odeur.

— Comment s'est passée ta journée ? demanda-t-elle en glissant deux nouveaux plats dans le four.

— Je suis descendu à la plage. Des gens sont arrivés et ont commencé à préparer un barbecue. Alors, je suis rentré et je me suis connecté à l'unisphère.

— Dudley, tu as besoin de réapprendre à vivre en société.

Elle l'embrassa, tandis que le compte à rebours du four s'égrenait. Leurs lèvres se séparèrent – celles de Mellanie arboraient un sourire plein de promesses – lorsque retentit le carillon. Ils s'installèrent dans le grand canapé, et la jeune femme demanda à son assistant virtuel d'allumer un feu. Des flammes holographiques intenses apparurent dans la cheminée, tandis qu'une chaudière dissimulée dispensait une douce chaleur et un léger souffle parfumé.

— Je ne sais pas qui travaille pour l'Arpenteur. Ce pourrait être n'importe qui. Et la Marine doit aussi nous courir après, expliqua-t-il.

— J'en doute.

— Tu ne peux pas savoir. Pas vraiment...

Mellanie plissa les yeux et le considéra longuement. Il se tenait bien droit, sur la défensive. Elle ne lui rendait pas service en lui faisant part de ses idées paranoïaques concernant l'Arpenteur et Baron.

— Non, Dudley, je ne sais pas. En tout cas, ils auront beaucoup de mal à nous mettre la main dessus. De cela, je suis certaine.

Elle replia ses jambes sur le canapé et commença à

picorer son riz et son poulet fumants. *Finalement, on fait peut-être bien de partir demain.*

— C'était quoi, ces offres d'emploi ? demanda Dudley.

— Un film IST intitulé *Dernier Rendez-vous.* Les producteurs rêvent de me voir dans ce rôle. C'est l'histoire d'une fille qui doit rejoindre son petit ami sur Sligo. Mais les Primiens attaquent, et elle ne sait pas s'il est vivant ou mort. Une histoire d'amour dans un contexte de guerre.

Elle sourit intérieurement en repensant à l'acteur principal. Il s'appelait Ezra et était très mignon. Elle avait failli signer tout de suite – la perspective de répéter des scènes d'amour avec lui était si délicieuse. Avant l'attaque des Primiens, avant de découvrir que Baron était liée à l'Arpenteur, elle aurait dit oui sans hésiter une seconde.

— Un film IST ? s'exclama Dudley avec inquiétude. Non ! S'il te plaît, Mellanie. Pas de film. Ce ne sont que des histoires de sexe, des prétextes. Ils te veulent pour ça, c'est tout. Ne le fais pas. Je me fiche pas mal de la somme qu'ils t'ont proposée. Je ne pourrais pas le supporter.

Il lui arrivait de haïr ce Dudley pathétique et pitoyable. Elle était à peu près certaine d'avoir extirpé tout ce que le gouffre abyssal de son cerveau contenait d'intéressant. Après la Californie, elle avait été tentée de ne pas rentrer à Greentree, de dire à la Marine où il se cachait et de laisser les psychologues militaires se débrouiller avec lui. Toutefois, il lui serait plus facile de rencontrer la personne à qui elle souhaitait parler si le fameux Dudley Bose restait avec elle.

Et puis, d'une certaine façon, elle l'aimait bien. Enfin, peut-être. De temps à autre. Lorsqu'il était calme, il savait se montrer extrêmement lucide et laissait entrevoir l'intellect qui avait fait de lui un universitaire dans une autre vie. Universitaire qu'il redeviendrait peut-être. Sans compter qu'il y avait Elan et tout ce qu'ils avaient vécu ensemble pendant l'attaque des Primiens. C'était un lien difficile à défaire, même pour elle. Si seulement il pouvait se sortir de la tête qu'ils s'aimaient.

— J'ai refusé, dit-elle. Je n'ai pas de temps à consacrer à ce genre d'activité en ce moment.

— Merci, souffla-t-il en découvrant, ahuri, le plat réchauffé posé sur ses genoux. Et les autres ?

Elle attrapa un gros morceau de poulet avec ses baguettes et se le fourra dans la bouche.

— Les gens de Reuters m'ont proposé de m'associer à eux. Bravoweb me veut pour présenter une rubrique dans l'émission de Michelangelo, le grand rival de Baron. Cela fait plus d'un siècle qu'ils se font la guerre pour quelques points d'audience.

— Qu'est-ce que tu as décidé ?

— Ce sera Michelangelo. Il est tout excité à l'idée d'avoir récupéré une transfuge de l'émission de Baron. Il m'a proposé un poste de reporter volant, avec une période d'essai de trois mois. Ma première idée de reportage lui a immédiatement plu.

— Ah, oui ? Et qu'est-ce que c'était ?

— Je compte observer la vie de gens ordinaires sur une des planètes qui seront sans doute touchées par la deuxième vague d'attaques. Je voyagerai pour rencontrer les communautés trop pauvres pour partir, celles qui n'ont d'autre choix que de rester jusqu'au bout. La situation est assez horrible pour eux.

— Oh ! fit Dudley en attrapant un grand verre d'eau et en se perdant dans la contemplation des glaçons qui y flottaient. En quoi cela nous aidera-t-il à dénicher l'Arpenteur ?

— Je sais que c'est là-bas que je trouverai le plus d'alliés. Et puis, tous mes frais seront pris en charge par Bravoweb. Ce n'est pas rien, parce que les voyages coûtent cher. Tu comprends ? demanda-t-elle en arborant un sourire suffisant.

— Je vois. Quelle planète as-tu choisie ?
— Far Away.

* * *

Venir au bureau tous les matins était devenu une vraie corvée. Au bon vieux temps du CICG, il arrivait à Renne de pointer avant l'heure, surtout lorsqu'ils travaillaient sur une grosse affaire. Mais aujourd'hui, elle avait le plus grand mal à sortir de son lit lorsque la sonnerie de son réveil retentissait. Pourtant, il n'y avait pas affaire plus grosse que celle-ci.

Alic Hogan se débrouillait toujours pour être là avant elle. Tout comme Paula, dans le passé, sauf que lui n'insufflait aucun enthousiasme à ses équipiers. Au contraire, être vu par lui lorsque vous arriviez revenait à recevoir un blâme. Décidément, elle allait devoir faire un effort pour accepter sa présence ici. C'était problématique, car elle n'avait pas envie de se donner du mal.

John fit son apparition en milieu de matinée et s'approcha de son bureau.

— Le matériel de contrebande que vous avez ramené de Boongate pose des problèmes à mon équipe d'analystes, dit-il.

— Tiens, ça m'étonne, cracha-t-elle.

John lui lança un regard blessé.

— Bon, d'accord, je suis désolée. C'est juste que personne ne vient jamais me voir pour m'annoncer de bonnes nouvelles, ces derniers temps.

— Je n'ai pas de mauvaises, mais plutôt d'étranges nouvelles.

— Je vous écoute. Qu'y a-t-il d'étrange avec ce matériel ?

— Eh bien, c'est la même chose qu'avec les pièces détachées de Venice Coast : on ne sait pas à quoi il sert.

— John, ne vous moquez pas de moi. Vous devez bien avoir une petite idée. J'ai vu le rapport d'Edmund Li – il y en avait au moins pour une tonne.

— Oui, mais il y avait beaucoup de pièces similaires, se défendit-il. Comprenez-nous, on ne peut pas deviner ce qu'ils fabriquent.

— Essayez quand même. Je vous fais confiance.

Il sourit d'un air penaud.

— Bon, d'accord. Si on se fie à ces systèmes et qu'on tient compte des pièces récupérées à Venice Coast – en supposant bien sûr qu'elles soient destinées au même appareil…

— John !

— Des champs de force. Des champs de force à très haute densité. Le problème, c'est qu'il faudrait une puissance phénoménale pour les faire fonctionner.

— Alors ?

Il haussa les épaules, gêné.

— Sur Far Away ? Où trouver une telle quantité d'énergie sur Far Away ? J'ai vérifié auprès du Conseil civil du Commonwealth. Armstrong City est alimentée par cinq centrales de taille moyenne. Des turbines à gaz tournent avec le carburant végétal produit par l'agriculture locale. Au début de la revitalisation, on a fait venir quelques micropiles à fission pour faire fonctionner l'équipement nécessaire. L'Institut dispose aussi de trois micropiles, mais c'est tout. Le reste de la planète se contente de panneaux solaires et d'éoliennes. Il y a aussi quelques puits de pétrole. Enfin bref, ils sont loin de disposer de la puissance requise pour alimenter ces machins.

Elle le regarda fixement, attendit la suite, une suggestion éventuelle. Mais John n'avait rien à ajouter.

— Qu'est-ce qui peut produire cette énergie ?

— Je n'en ai pas la moindre idée. On s'est mis à fouiller toutes les importations sur le tard, mais ils n'auraient jamais pu faire venir un générateur à fusion ou à fission. Et puis, Far Away est physiquement isolée du réseau énergétique du Commonwealth. En fait, cette histoire n'a aucun sens.

— Bien, bien, fit-elle en attrapant instinctivement son *mug* de café vide. Résumons-nous : nous avons donc un ou *des* générateurs de champs de force de type inconnu, consommant beaucoup d'énergie, sur une planète qui en est presque dénuée.

— Voilà, c'est exactement cela.

— Je suis curieuse de voir comment le commandant va réagir quand vous lui raconterez tout cela.

Ils se tournèrent à l'unisson vers le bureau de Hogan.

— Oh, non, merde ! se plaignit John. Je n'ai rien à lui dire. Je pensais juste faire figurer tout cela en appendice, à la fin de votre rapport.

Son assistant virtuel informa Renne qu'un dossier envoyé par l'équipe scientifique venait d'arriver dans sa messagerie.

John tendit les mains comme s'il tenait un pistolet et la prit pour cible.

— Maintenant, à vous de jouer.

— Bande d'enfoirés, grommela-t-elle.

Il lui fit au revoir de la main et retourna joyeusement à son bureau.

* * *

Vic Russell fut de retour de Cagayn une demi-heure plus tard. Le second lieutenant eut à peine le temps d'embrasser sa femme, Gwyneth, avant que Renne l'entraîne dans une salle de conférences pour un débriefing.

— Les policiers de Cagayn connaissent bien Robin Beard, dit Vic. Il travaille dans la mécanique. C'est un excellent réparateur, apparemment. Ce qui correspond à ce que Cufflin nous a dit, puisqu'ils sont censés s'être croisés dans le cadre d'un stage d'électronique.

— Vous l'avez rencontré ? demanda Renne.

Vic avait l'air fatigué. Il était grand – près d'un mètre quatre-vingt-dix – et très carré. Ses week-ends, il les passait à casser les os de ses camarades, à jouer au rugby pour un club amateur de Leicester. Un dimanche, Renne avait accompagné Gwyneth à un match, et avait été impressionnée par le bon esprit dans lequel baignait ce déchaînement de violence. Décidément, son voyage avait dû être réellement éreintant, car il en fallait beaucoup pour épuiser un type aussi sportif.

— Non, malheureusement. Je suis arrivé trop tard. Notre M. Beard est un oiseau migrateur. D'après ses feuilles d'impôts, il n'est jamais resté dans le même garage plus de deux ans.

— Il paie des impôts ?

— Pas très souvent. Mais ce n'est pas pour cela que la police a un énorme dossier sur lui. Si vous avez besoin d'un véhicule pour filer en vitesse, Beard est toujours là pour vous faire une petite révision de dernière minute. Si vous avez un hangar plein de bagnoles louches nécessitant un raccord maquillage, c'est Beard qu'il faut appeler. D'autant qu'il sait désactiver tous les types de marquage électronique.

— Le genre de type qui aurait toutes les raisons de connaître notre agent insaisissable, en somme.

— Exactement. J'ai fait un tour chez lui. Une maison louée, bien sûr. On a dû le rater de vingt-quatre heures. Sa dépanneuse n'était plus là – c'est, en quelque sorte, son atelier mobile –, et tous ses outils avaient disparu. Apparemment, ce camion est le seul truc permanent dans sa vie. J'ai parlé à certains de ses collègues du garage. Il a plein de matériel trafiqué à l'arrière, de machines modifiées au fil des ans.

Pendant une fraction de seconde, Renne eut la vision d'une sorte de camion monstrueux fonçant à tombeau ouvert sur l'autoroute, les pneus enveloppés dans des champs de force alimentés par le réseau électrique du Commonwealth.

— Donc, si nous retrouvons le camion…

— … nous retrouvons son propriétaire. Ouais. D'ordinaire, la police n'a pas trop de mal à suivre les dépanneuses orange fluo de trois tonnes. Sauf que, ses compétences aidant, ce petit filou est un peu moins facile à repérer que le fuyard moyen. Beard connaît parfaitement tous les programmes de régulation du trafic et possède certainement tout un arsenal pour les contrer. Mais bon, la police de Cagayn a tout de même lancé un avis de recherche.

— La patronne aurait adoré ce boulot – un véritable travail de flic.

Vic sourit en découvrant une denture irrégulière de rugbyman chevronné.

— Ouais, dit-il. Toutefois, j'ai le sentiment que cela ne va pas être facile.

— Vous avez alerté le bureau de CST sur Cagayn ?

— J'ai commencé par là. Ils ont vérifié leurs enregistrements mais n'ont rien trouvé de suspect. Aucune dépanneuse de ce type n'a quitté la planète dans la période qui nous intéresse. Et si cela devait arriver, nous serions immédiatement prévenus.

— Parfait. Merci, Vic !

* * *

À midi eut lieu la réunion quotidienne des officiers dans la salle de conférences trois. Renne rejoignit Tarlo et John à la grande table, posa machinalement son *mug*, avant de le soulever et d'essuyer précipitamment l'anneau brun qu'il avait laissé sur le bois.

— Cela vous dirait d'aller déjeuner chez *Amies* ? demanda John.

— Pourquoi pas, répondit Tarlo.

— Ne me dites pas que vous courez encore après cette serveuse ? dit Renne d'un air désapprobateur.

Cela faisait un mois que Tarlo le Rouquin faisait la cour à une jeune étudiante en art âgée d'à peine plus de vingt ans. Lui en était déjà à sa troisième vie. Et pourtant, il revenait toujours bredouille. Mais ce satané uniforme…

— Il y a des serveuses, là-bas ?

Les deux hommes éclatèrent de rire. Renne soupira.

Hogan entra et prit place au haut bout de la table. Son allure, sa démarche dégageaient une énergie incroyable. Il arborait un sourire agressif.

— John, il me semble que vous avez quelque chose d'important à nous raconter.

— Oui, monsieur.

Renne lui lança un regard étonné – il ne lui avait pourtant rien dit tout à l'heure.

— Foster Cortese a fini par faire parler les logiciels de reconnaissance visuelle, reprit-il, tandis que le moniteur haute résolution s'allumait et affichait le visage de l'assassin. Les gens de CST Boongate ont mis du temps à nous fournir leurs archives, mais, comme vous pouvez le constater, il n'y a pas d'erreur possible. Il est arrivé par le portail de Half Way six mois avant l'incident de Venice Coast.

— Son nom ? demanda Tarlo.

— Officiellement, il s'appelle Frances Rowden et est le fils d'un grand propriétaire terrien, ce qui lui permet de voyager à travers le Commonwealth. Il était censé s'inscrire à l'université de Kolhapur pour y suivre un cursus de deux ans en agriculture. Nous avons vérifié – il n'y a jamais mis les pieds.

— C'est un Gardien, annonça joyeusement Alic.

— Qu'est-ce qui vous fait dire cela ? demanda Renne.

La bonne humeur de Hogan vacilla faiblement, mais rien ne pouvait entamer sérieusement son enthousiasme. Il leva la main et commença à énumérer ses arguments :

— Tout d'abord, il est né sur Far Away – alors, à quelle autre faction pourrait-il appartenir ? Ensuite, on l'envoie accomplir des missions difficiles, très difficiles. Ce type est bourré d'implants, il est armé jusqu'aux dents. C'est leur arme secrète, en quelque sorte.

— En quoi les événements de Venice Coast ont-ils bien pu bénéficier aux Gardiens ? demanda rapidement Renne.

— Valtare Rigin se fichait de leur poire. Il n'y a pas d'autre explication. C'était un trafiquant d'armes, après tout. Ces gars-là ne sont pas du genre à respecter un cahier des charges. Il a cru pouvoir échanger des marchandises ou demander plus d'argent. Peu importe. Ils l'ont pris la main dans le sac. Quelle alternative avaient-ils ? Le poursuivre en justice ? Lui serrer la main et lui dire adieu ? Non, ils ont rompu le contrat à leur façon. Ce sont des terroristes, ne l'oubliez pas. La plus dangereuse de toutes les bandes de maboules à avoir jamais terrorisé notre Commonwealth. Tuer des gens, c'est ce qu'ils font tous les jours.

» Quant à Thompson Burnelli, eh bien, c'est évident : il venait de mettre sur pied une équipe d'inspection qui risquait de compromettre leurs futures importations clandestines. Boum ! Plus de Thompson. Il s'agissait de se venger et de signifier aux autres que la même chose pouvait leur arriver. Personne n'est à l'abri. Le meurtre d'un sénateur a profondément choqué l'ensemble de notre monde politique. Et puis, il y a eu McFoster. Il a trahi les Gardiens, alors ils l'ont exécuté.

— Comment les a-t-il trahis ? demanda Tarlo.

— Justine Burnelli, répondit Renne d'une voix plate.

Elle voyait très bien comment fonctionnait l'esprit d'Alic Hogan, et cela ne lui plaisait pas beaucoup.

— Exactement, s'empressa-t-il de dire. Ils découvrent que McFoster a rendu visite à la sénatrice, qu'ils sont amants. Dans la foulée, ils se rendent compte que leur agent a une équipe de la Marine aux trousses, qu'il va la conduire jusqu'à eux.

— Comment ont-ils découvert tout cela ? demanda Renne.

Alic la regarda avec une pointe de mépris.

— Le voyage jusqu'à l'observatoire. Ces collègues le suivaient à la trace – il avait une équipe de soutien. Et nous avions ce trou du cul du bureau local…, dit-il en claquant des doigts.

— Phil Mandia, l'aida Renne avec réticence.

— Voilà, Mandia. Il suivait McFoster dans les montagnes avec un convoi de 4x4. Les Gardiens nous ont vus. Ils ont immédiatement tout compris. Peu leur importait que McFoster ait ou non mis la sénatrice Burnelli au parfum. Au fond, il les avait trahis. C'est là qu'intervient notre Frances Rowden, à L.A. Galactic. Il est là au bon endroit, au moment exact où arrive le bon train. Et il sait que nos agents sont là aussi, conclut Alic, satisfait de lui.

Renne avait du mal à l'accepter, mais force lui était d'admettre que cela collait. Cela collait même tellement, qu'elle ne voyait rien à redire à cette démonstration. Il s'agissait certes de spéculations, mais de spéculations *logiques*. Le genre d'argument qui suffisait pour faire arrêter quelqu'un.

En plus, politiquement parlant, cela tombait plutôt bien, ce qui la mettait encore plus mal à l'aise. Un peu comme lorsqu'elle était entrée dans le loft de la fille Halgarth, sur Daroca. Sans aucune raison, semblait-il. C'était juste une intuition. Un bon enquêteur ne fonctionne-t-il pas à l'instinct ?

Tout ce qu'Alic avait dit était possible. Oui.

Y croyait-elle ? Non.

— Je vais adorer cela, dit Alic. Certaines personnes de la sécurité du Sénat vont attraper des boutons lorsqu'elles vont lire notre rapport et qu'elles vont comprendre que nous avons résolu cette affaire. Aux chiottes, sa stupide théorie de la conspiration.

Renne essaya d'attirer l'attention de Tarlo. Elle n'y parvint pas. Il le faisait exprès, décida-t-elle.

— Remerciez Foster Cortese pour moi, reprit Alic. Il a fait du bon boulot. On le récompensera.

— Je n'y manquerai pas, dit John King.

Il a démarré un logiciel, pensa Renne avec dégoût. Elle voyait bien quel jeu jouait Alic : il était en train de se mettre l'équipe dans la poche. Toutefois, son ouvrage n'était pas sain ; ses fondations, ses motivations étaient pourries. Bientôt, la tâche de ses collaborateurs se résumerait à lui fournir les réponses les plus politiquement correctes.

Pourquoi cette histoire me rend-elle si cynique ? Cette théorie de merde sur Frances Rowden. Suis-je simplement jalouse ? C'est pourtant simple. Pourquoi est-ce que je n'y crois pas ?

— Je vais avoir besoin d'une autre autorisation, dit Tarlo.

— Pour ? demanda Alic.

— Les archives de la banque Pacific Pine ont été très utiles, reprit-il en croisant le regard de Renne d'un air convenu. Une société appelée Shaw-Hemmings basée sur Tolaka a transféré une grosse somme d'argent sur le compte de Kazimir. J'aimerais vérifier d'où proviennent ces sous.

— Combien d'argent ? intervint Renne.

— Cent mille dollars terriens.

Elle pinça les lèvres, impressionnée.

— Vous l'avez, dit Alic. Où en êtes-vous avec l'Association interplanétaire Lambeth ?

Il n'avait mis aucune emphase dans sa question, mais Renne avait tout de même le sentiment d'être sommée de répondre à des attentes exagérément importantes. Surtout après cette nouvelle concernant Frances Rowden. Son rapport aurait sans doute du mal à passer. *C'est ridicule, tu deviens parano, ma pauvre.*

—Nous n'avons rien de concret pour le moment, j'en ai peur. Vic était sur l'affaire, mais je l'ai envoyé enquêter sur Robin Beard. Matthew explore en profondeur les données de l'Association, toutefois, il n'a pas grand-chose à se mettre sous la dent. Les agences pour l'emploi qui s'occupent de cette partie de Londres n'ont rien non plus. En fait, cette piste ne paraît pas très prometteuse.

—On pourrait passer une annonce sur l'unisphère, suggéra Tarlo. Les rédactions accepteraient peut-être de nous donner un peu de leur temps. Il suffirait de demander aux anciens employés de l'Association de se faire connaître.

—Non, répondit Renne. Cela donnerait des indications précieuses aux Gardiens.

—Je suis d'accord avec vous, enchérit Alic. Gardons les appels à témoins pour la fin, en cas de nécessité. Ne les laissons pas croire que nous sommes désespérés. Prévenez-moi quand Matthew aura terminé, nous aviserons ensuite.

—Bien, monsieur.

—Alors, ce Beard ?

—Il doit être quelque part sur Cagayn. La police locale est en alerte. Vu son profil, il nous serait sans doute d'une aide précieuse pour remonter jusqu'à l'agent envoyé par les Gardiens.

—La police de Cagayn est-elle consciente de l'importance de sa tâche ?

—Oui, monsieur.

—Parfait. N'hésitez pas à les pousser aux fesses. Beard ne doit en aucun cas nous filer entre les doigts.

* * *

La division européenne de la sécurité du Sénat était loin d'avoir les moyens – toujours plus importants – du bureau parisien de la Marine. Elle était basée à Londres, où elle occupait le dernier étage d'un bâtiment monolithique et blanc de Whitehall, à moins d'un kilomètre du palais de Westminster, bâtiment occupé par deux autres départements du Commonwealth intersolaire : le bureau régional des NUF et la commission environnementale. Deux excellentes couvertures. Aucune plaque n'indiquait la présence des locaux de la sécurité, et même l'ordinateur de l'immeuble l'ignorait. L'entrée se faisait par une rampe souterraine discrète, en face de ce qui avait été le ministère des Affaires étrangères britannique.

Tous les matins, la voiture de Paula venait la chercher devant son appartement et la conduisait jusqu'à la navette transeuropéenne, un train magnétique à l'allure agressive auquel il fallait à peine trente-cinq minutes pour rallier Londres par le vieux tunnel sous la Manche. Au sortir de Waterloo Station, la voiture fonçait directement jusqu'à Whitehall et le parking sécurisé situé sous le bâtiment antique. En tout, le trajet durait moins de une heure.

Lorsque Hoshe arriva pour son premier jour, Paula était en train de lire les rapports sur Frances Rowden mis à sa disposition par les services secrets de la Marine.

—Quel idiot ! marmonna-t-elle, tandis que Hoshe frappait à la porte de son bureau.

—Je ne suis pas le bienvenu ? demanda-t-il par l'embrasure.

—Si, si, bien sûr. Entrez, je vous en prie.

Le bureau de Paula était bien plus grand que celui qu'elle avait eu à Paris. Il était haut de plafond, orné de moulures.

Des panneaux de chêne doré noircis par le temps couvraient les murs jusqu'à mi-hauteur. Deux grandes fenêtres s'ouvraient sur les arbres alignés le long du quai Victoria et de la Tamise. Au nord, on voyait Hungerford Bridge, sur lequel passaient les trains avant de rejoindre Charing Cross.

Un des murs était entièrement couvert de projections holographiques. On y voyait principalement le plan d'une grande station CST, avec un énorme terminal à une extrémité et des centaines de voies entremêlées à l'extérieur. Plusieurs trains étaient arrêtés et de nombreux points verts surplombés de codes bleu électrique clignotaient un peu partout.

— Vous êtes retombée sur vos pattes à ce que je vois, dit Hoshe.

Il examina la projection d'un air intéressé. Ses chaussures s'enfoncèrent dans l'épaisse moquette lie-de-vin, comme il s'avançait jusqu'au bureau en palissandre de Paula.

— Je sais. On pourrait penser que la destinée de l'empire britannique se décidait dans ce bureau.

— Pourquoi, ce n'est pas le cas ?

— Non. Tout a été refait il y a cent cinquante ans. Les décorateurs ont opté pour un style Grand Empire. En fait, tout cela est plus jeune que moi.

Hoshe s'assit sur une chaise en grimaçant un peu.

— Comment allez-vous ? demanda Paula.

Elle se dit qu'il paraissait plus en forme que la dernière fois qu'elle l'avait vu, sur Oaktier. Il était rasé de frais, parfumé, et ses cheveux légèrement gominés étaient maintenus par une barrette en argent. Son costume était neuf – beige pâle, taillé dans un tissu brillant et cher, avec des revers étroits, pour mettre en valeur une silhouette bien plus élancée que par le passé. Cette perte de poids aurait été une bonne chose, songea Paula, si ses joues n'avaient été aussi creuses.

— Mieux, je suppose. Inima allait elle aussi beaucoup mieux ce matin. Je crois qu'elle a hâte de sortir.

— J'en suis très heureuse. Qu'a-t-elle dit à propos de votre nouveau travail ?

— Vivre à Londres ne lui déplairait pas. Question de sécurité : cette planète est sans doute la plus sûre de tout le Commonwealth. La Terre concentre tellement de richesses et de gens de pouvoir, qu'on est certains qu'elle sera bien défendue. Après Sligo, ce serait une bonne chose. Et puis, les cliniques locales sont également les meilleures.

— Vous avez trouvé un logement ?

— Le service du personnel en a retenu cinq. J'irai les visiter ce soir, mais d'ici là, je suis à vous.

— Très bien. Pour commencer, j'aimerais que vous étudiiez de près une certaine fondation Cox. C'est elle qui a financé une partie des observations de Dudley Bose, en particulier celles qui concernent les Dyson. Mon ancienne équipe du CICG s'est penchée sur la question six mois avant le vol de *Seconde Chance*. En apparence, tout était net et sans bavure. Je souhaiterais toutefois que vous repassiez leurs registres au peigne fin. Dernièrement, j'ai eu vent de rumeurs selon lesquelles ils auraient été falsifiés. Lorsque vous aurez terminé, ressortez les vieux rapports du CICG et comparez vos résultats aux leurs.

— Pas de problème. Qui est à l'origine de ces rumeurs ?

Paula sourit.

— Mellanie Rescorai.

— Vraiment ? demanda Hoshe, apparemment amusé. Je vous avais mis en garde contre elle. Je ne m'étais pas trompé, alors.

— Effectivement. J'ai effectué quelques recherches à propos de cette demoiselle et j'ai trouvé des rapports très intéressants sur ses activités au moment de l'invasion d'Elan. Apparemment, elle a tenu un rôle majeur lors de l'évacuation de Randtown.

— Mellanie ?

—Oui. Et en plus, elle est la petite amie de Dudley Bose.

—Ils ne forment pas le seul couple improbable du Commonwealth.

—Ah, oui ? Citez-en un pour voir… Ils se cachent quelque part sur Oaktier.

—Vous voulez qu'on les retrouve ?

—Non. L'adresse unisphère de Mellanie fonctionne parfaitement. Récemment, elle a changé de patron et elle œuvre désormais pour Michelangelo. Ce qui est intéressant en soi, puisqu'elle m'a aussi affirmé que Baron travaille pour l'Arpenteur.

—C'est elle que vous auriez dû recruter, pas moi.

—Je ne sais pas trop quoi penser d'elle. Il y a quelque chose de tordu dans cette histoire. Où est passée la bimbo en bikini de l'appartement de Morton ? Elle a changé. En partie, du moins. Elle est toujours aussi impulsive ; en revanche, elle a une confiance en elle absolument étonnante.

—Elle a grandi, tout simplement.

—Peut-être. Pour le moment, contentons-nous de travailler sur le contexte et de voir si une faille apparaît quelque part.

—D'accord. Et ça, qu'est-ce que c'est ? demanda-t-il en désignant la carte projetée sur le mur.

—L.A. Galactic. J'étais en train de travailler sur le meurtre de McFoster. Le bureau parisien a découvert le nom de notre assassin : un certain Frances Rowden. Je veux comprendre comment il a fait pour échapper à la Marine et à CST après avoir tué McFoster. L'IR du bureau a développé une simulation pour moi. Les enregistrements ne sont pas parfaits, mais la plupart des timings et des positions ont été recoupés.

—Ouais, et ?

— Eh bien, c'est très simple, il a sauté dans un train. Il n'y a pas d'autre explication, ajouta-t-elle en examinant le plan fluorescent d'un air troublé. Il avait pourtant très peu de chances d'y parvenir. Je suis vraiment étonnée qu'aucun des agents ne l'ait vu.

— Je sens que vous allez encore me parler d'un agent double.

— Peut-être.

Elle trouva cette idée effrayante, et cela la surprit. Elle fixait la projection avec intensité. Il y avait des points verts partout, mais l'un d'entre eux semblait briller d'un éclat plus vif que les autres : Tarlo.

* * *

À bord du train pour Darklake City, Mellanie avait pris place côté fenêtre. Cinquante minutes plus tard, elle voyait approcher le bâtiment unique du terminal de Boongate. D'épais nuages gris bouillonnaient au-dessus de la ville, voilaient complètement le soleil et déversaient des quantités d'eau astronomiques, surtout en cette fin de printemps. Le paysage industriel n'en était que plus morne et gris.

Droit devant elle, Mellanie pouvait voir le quai bondé. Pas un seul centimètre carré de libre, semblait-il. Des officiers de CST en armure souple bleu foncé formaient une chaîne en se tenant par la main à l'extrême bord du quai. Il s'agissait d'éloigner au maximum la foule du train qui arrivait. Un barrage de cris retentit dès que la locomotive PH58 s'engagea sous l'arche. C'était un accueil bien singulier pour un train ordinaire, comme si une énorme star était à bord.

Dudley regarda nerveusement par-dessus l'épaule de Mellanie.

— Que font-ils tous là ?

— Ils fuient, répondit-elle d'un ton blasé, car, grâce à Morton puis à l'IA, elle ne serait jamais plus forcée de se mêler à ces gens.

Sauf que d'ici à une semaine ou deux, elle serait elle aussi sur ce quai à attendre désespérément qu'un train lui permette de quitter ce monde. Heureusement, elle avait déjà son billet de première classe en poche. Mais, lui serait-il d'un grand secours lorsqu'il lui faudrait jouer des coudes sur ce même quai pour atteindre son wagon ? La sécurité n'avait pas vraiment l'air d'aider les passagers de première classe.

Quand vint le moment de descendre, ils durent se faufiler entre le train et le cordon d'officiers, dont les armures souples étaient constamment secouées d'avant en arrière. Mellanie avança en titubant et en heurtant régulièrement le flanc du train. Elle jeta nombre de regards agacés, qui passèrent complètement inaperçus.

Ils n'eurent plus d'espace qu'une fois arrivés dans le hall. Des barrières réactives avaient été déployées pour canaliser la foule compacte et la guider depuis l'entrée du terminal jusqu'aux quais. Toutefois, elles ne faisaient rien pour calmer la colère à peine contenue des usagers. Les arrivants, qui allaient dans l'autre sens, bénéficiaient eux d'un passage large et tranquille. À peine une vingtaine de personnes étaient descendues du train d'Oaktier. Leurs deux valises jaillirent brusquement de la voie étroite formée par les officiers.

Dudley se figea.

— Je veux rentrer, dit-il d'un ton geignard. Je veux que tu viennes avec moi, mon amour. S'il te plaît, ne fais pas cela. Ne va pas sur Far Away. On ne pourra jamais revenir dans le Commonwealth. Ils vont attaquer, là-bas aussi. Ils vont le faire, j'en suis certain. Ils vont se poser et ils vont encore me capturer et…

— Dudley, dit-elle en lui posant le doigt sur la bouche, avant de l'embrasser. Tout ira bien. Rien de tout cela n'arrivera.

— Tu ne peux pas savoir. Ne me parle pas comme à un gamin, je déteste cela.

Elle faillit dire : « Alors, arrête de te comporter comme un enfant. » Au lieu de quoi elle parla d'une voix douce :

— L'IA me préviendra à l'avance.

C'était probablement faux, mais avec un peu de chance…

Dudley lui lança un regard irrité.

— Allez, reprit-elle en le prenant par le bras. Tu vas enfin voir une étoile à neutrons pour de vrai. Combien d'astronomes en ont déjà vu, hein ? Même de nos jours ?

C'était une bien piètre consolation, mais il haussa les épaules et se laissa guider vers la porte de sortie. Les correspondances étaient clairement indiquées par des panneaux. Ils les suivirent en longeant des allées désertes et atteignirent enfin une porte située dans un coin du terminal. Les cris et les grondements des usagers frustrés résonnaient tout autour d'eux.

À l'extérieur, il devait y avoir dans les dix mille personnes, qui formaient un ruban d'un kilomètre de long entre le terminal et la sortie de l'autoroute. Les voitures et les taxis avaient été abandonnés sur les routes environnantes et paraissaient flotter sur un océan humain. Les véhicules avaient été désossés pour construire des abris et convertis en jeux pour les enfants ou en toilettes. Des milliers de parapluies pareils à des bulles colorées protégeaient les gens des trombes d'eau qui s'abattaient sur eux. Des gamins vêtus d'habits étanches geignaient et pleurnichaient de tous les côtés, recevaient des gifles. Des hommes et des femmes protestaient vainement, hurlaient des insultes futiles. Plus ils se rapprochaient du terminal, plus les cris étaient puissants.

Des officiers de police, des membres de la sécurité de CST et des robots patrouilleurs les aiguillaient dans la bonne direction. Des hélicoptères tournoyaient dans le ciel, créant des tornades artificielles, qui ajoutaient au chaos ambiant et rendaient encore plus difficile la situation au sol.

La main virtuelle de Mellanie effleura plusieurs icônes, et elle entreprit de scanner la scène avec ses implants rétiniens et d'envoyer les images au studio de Michelangelo à Hollywood. Résolution maximum. Elle murmura quelques commentaires larmoyants sur le désespoir de la population, sur les horreurs de la guerre. Le dédain lui était devenu familier, naturel à force de côtoyer Alessandra.

Un texte apparut dans son champ de vision :

« Excellent. Tu ne perds pas de temps ! Je savais que je pouvais te faire confiance. Fais attention, là-bas. Bises. *MA*. »

Michelangelo avait été surpris lorsqu'elle lui avait parlé de ce voyage sur Far Away, lors d'un entretien privé. Il s'était dit qu'elle voulait lui prouver quelque chose. Normalement, ses stagiaires devaient accepter de coucher avec lui pour être embauchées. En ce sens, il était encore plus vorace qu'Alessandra Baron. Mellanie lui avait proposé cette histoire alors qu'elle était déjà embauchée pour de bon. Après avoir couché avec lui. Cela l'avait surpris, mais il avait souri et lui avait dit qu'il aimait son style.

Lui-même avait pas mal de style. À cause de Dudley, exemple vivant du triomphe de la quantité sur la qualité, elle avait oublié ce qu'était une bonne partie de jambes en l'air. Et puis, Michelangelo savait aussi se montrer très drôle. Il l'avait fait rire plusieurs fois – avec Dudley, elle n'avait jamais ri sainement et ne rirait jamais. Durant le voyage en train vers Oaktier, après son entretien d'embauche, elle avait beaucoup réfléchi à ce qu'elle pourrait faire à Michelangelo dans ce grand lit pour être promue.

— Ce sont les bureaux ? demanda Dudley.

—Hein ? fit Mellanie en sortant de la rêverie dans laquelle le message l'avait plongée.

Dudley désignait des sortes de cubes préfabriqués collés au bâtiment du terminal. Chacun arborait un nom de compagnie différent au-dessus de la porte.

—Ouais. On cherche la compagnie Grande Triade Aventures. Quelqu'un devrait être là pour nous accueillir.

Sa veste semi-organique avait produit une capuche pour protéger ses cheveux de la pluie. Ses bottes n'étaient pas très belles, mais elles étaient très pratiques, très proches de ce que devaient porter les gens de Randtown. Elle avait également choisi un jean vert olive issu de sa propre collection, un sweat-shirt noir en fibre semi-organique particulièrement douce sur sa peau. Dudley, quant à lui, s'était contenté de son habituel pantalon sans marque, d'une chemise et d'une veste bon marché. Elle avait abandonné l'idée de l'habiller correctement.

Ils se dirigèrent vers les bureaux des agences en pataugeant dans d'énormes flaques. Ils trouvèrent facilement les locaux de Grande Triade Aventures, car c'était le seul préfabriqué à être éclairé.

Niall Swalt, le directeur adjoint chargé des réservations, les attendait à l'intérieur. Il était mince, semblait avoir à peine plus de la vingtaine, avait de longs cheveux blonds et ondulés très mal coupés, et était assis derrière le bureau d'accueil, où il jouait à un jeu bizarre sur le projecteur holographique. Un rock assourdissant résonnait dans les locaux déserts, tandis que des silhouettes féminines plongeaient dans des cuves pleines d'un liquide huileux. Lorsque la porte s'ouvrit, il bondit sur ses pieds. Les filles disparurent, la musique se tut.

—Mademoiselle Rescorai, c'est un plaisir, commença Niall en se précipitant vers elle. J'adore vraiment ce que vous faites. Je me repasse *Séduction meurtrière* au moins une fois par mois.

Il portait un vieux sweat-shirt promotionnel, avec le visage de Mellanie sur la poitrine. Des lavages multiples avaient sérieusement endommagé le dispositif. À mi-cycle, l'animation clignotait et le sourire éclatant de la jeune femme se couvrait d'interférences vertes et rouges.

— Je suis toujours heureuse de rencontrer mes fans.

Elle eut un sourire neutre et serra la main du jeune homme. Il avait des tatouages bon marché sur les doigts et les avant-bras, tatouages que les implants de la journaliste analysèrent par simple contact. Les tracés verts étaient tout juste capables de délivrer des impulsions nerveuses de base. Furtivement, Mellanie le vit comme une arabesque de lumière, comme une sculpture de fil de fer. Elle nota d'ailleurs que son entrejambe concentrait la majeure partie de ses terminaisons nerveuses.

— Avec tout ça, vous n'avez pas perdu le sens de la vue ? demanda-t-elle d'un ton plein de sous-entendus.

— Euh, non. C'est une histoire fantastique, et pourtant elle est basée sur des faits réels, répondit naïvement le jeune homme. J'adore, ajouta-t-il en souriant de toutes ses dents et en la dévisageant, ce qui le fit rougir et mit en valeur ses boutons d'acné. Vous êtes vraiment sensationnelle, ce que vous nous faites ressentir est exquis.

— Merci, dit Mellanie sans oser se retourner vers Dudley, qui restait silencieux derrière elle. C'est très gentil.

— Et l'histoire du pavillon de chasse ? Excusez-moi si je suis indiscret, mais c'est arrivé pour de vrai ?

— Oui, oui. Une sacrée nuit.

Le visage de Dudley était figé, ses muscles tétanisés. Seule la couleur de ses joues le différenciait d'un cadavre ambulant.

— Waouh ! s'exclama Niall admiratif. Et la fois où Morton vous a emmenée dans ce restaurant de Falkirk ? Pourquoi ne pas avoir poursuivi en justice les gens de la sécurité ?

— À quoi bon ? Il faut être réaliste. La cour ne nous aurait jamais pardonné de nous être enfermés dans les toilettes des dames. C'était un peu osé de notre part. Mais la chanteuse était si belle. Comment résister ?

— C'est sûr, ouais. Toutefois, j'ai noté quelques erreurs.

— Vraiment ?

— Oui. Par exemple, il y a la fête sur le yacht de Resal. Quand vous montez à bord, vous portez une culotte en soie noire et quand vous repartez, elle est en satin doré.

— Zut, je ne m'en suis pas rendu compte. J'en toucherai un mot aux habilleuses.

— Et puis, il y a aussi Paula Myo. J'ai vérifié dans les actes du procès. D'après les archives du CICG, Myo a bien mené une enquête sur le milieu du crime organisé. Alors que dans *Séduction meurtrière*, on laisse entendre qu'elle avait complètement exclu que Shaheef ait pu être tuée par un tiers.

— Il s'agissait de mettre l'accent sur la partialité de Myo, rétorqua Mellanie, dont le visage était devenu aussi impassible que celui de Dudley.

Pour la première fois, un doute s'immisça dans son esprit. *Et si Myo avait réellement fait son travail correctement ? Et si Morty avait...* Elle haussa les épaules pour chasser cette idée saugrenue de son esprit.

Encouragé par la disponibilité apparente de son idole, Niall eut un sourire en coin et demanda :

— Vos seins sont-ils réellement aussi fermes que la simulation tactile le laisse supposer ? Ou bien les animateurs ont-ils trafiqué les données sensorielles pour leur donner cette texture ?

— Eh ! aboya Dudley.

Niall le considéra d'un air étonné. Mellanie posa la main sur le bras de son fan dévoué.

— Niall, notre train a pris du retard car nous avons

transité par StLincoln avant de nous rendre sur Wessex. Nous n'avons pas raté la correspondance, j'espère?

—Oh, non! fit le jeune homme avec enthousiasme. Tout est fin prêt pour vous.

—Super! Voici nos bagages, ajouta-t-elle en montrant les valises qui attendaient derrière eux. Où devons-nous aller maintenant?

—La compagnie a une voiture. Toutefois, j'ai bien peur que vous soyez forcés d'attendre l'autorisation des contrôleurs du fret avant de traverser le trou de ver. C'est tout nouveau. Ils veulent s'assurer que vous ne transportez pas d'armes ou de trucs illicites.

—Ma foi, c'est une excellente initiative.

La voiture était une limousine Mercedes. Elle leur permit de parcourir rapidement les sept kilomètres qui séparaient les locaux de l'agence d'une sorte de grand hangar vide. Plusieurs appareils de détection avaient été installés dans l'espace caverneux, dont un arceau assez large pour scanner un wagon tout entier. Deux officiers de police à l'air fatigué inspectaient les images floues qui défilaient sur un grand moniteur. Ils ordonnèrent aux bagages de Mellanie de passer dans un petit anneau.

—Beaucoup de gens attendent de partir, dit Mellanie à Niall pendant l'examen des deux valises. Comment ferons-nous pour monter dans un train quand nous serons de retour de Far Away?

Pour le jeune homme, c'était une sorte de défi personnel, de challenge. Il se raidit et arbora une expression qui se voulait rassurante.

—Grande Triade Aventures garantit la sécurité de ses clients à l'aller comme au retour. Nous vous prenons en main dès votre arrivée à Boongate et sommes responsables de vous jusqu'à votre départ. M. Spanton, le directeur, m'a confié les clés de la boutique avant de partir pour

Verona avec sa famille. Pas de souci : je serai là pour vous accompagner jusqu'à votre place le jour de votre départ.

— Merci infiniment, Niall.

— C'est tout naturel. Cela fait partie du service.

— Niall, vous n'avez pas envie de quitter cette planète ?

— Parfois, il m'arrive d'être tenté, c'est vrai. Mais je suis chez moi, ici. Je n'ai nulle part où aller. Le Commonwealth ne nous abandonnera pas. Nous recevons chaque jour une grande quantité de systèmes défensifs ; je le sais de source sûre. N'oubliez pas que je travaille dans cette gare. Je vois des choses. Ces gens, dehors, sont riches, mais surtout stupides. Moi, je ne suis pas comme eux. Je reste.

— C'est très bien. Bravo.

Une fois les valises scannées, la Mercedes les conduisit jusqu'au petit bâtiment réservé à l'embarquement des clients de la société, avec son quai spécialement alloué à cet effet. Mellanie avisa une motrice électrique MLV22 accrochée à un wagon unique, qui attendait sous un abri en matériau composite. Trois personnes étaient déjà dans la salle d'habillage : Trevelyan Halgarth et Ferelith Alwon, deux physiciens en partance pour l'Institut *Marie Céleste*, et Griffith Applegate, un fonctionnaire du bureau du gouverneur. Ce dernier confia que des huit employés à devoir reprendre leur travail, il était le seul à s'être présenté. Trevelyan et Ferelith étaient plutôt agréables, toutefois, Mellanie craignait qu'ils ne fussent des agents de l'Arpenteur. Aussi préféra-t-elle garder poliment ses distances lorsqu'ils tentèrent d'entamer une conversation avec elle.

Pour compenser les déficiences de l'atmosphère de Half Way, Mellanie dut enfiler une combinaison bouffante mauve dotée d'un col en métal et d'une toile de fibres chauffantes. L'ordinateur de l'accessoire entra en contact avec son assistant virtuel, et une membrane semi-organique caoutchouteuse se déploya pour former un sceau autour de son cou. On lui donna ensuite une bulle transparente, qui s'emboîta parfaitement sur l'anneau de métal. Son assistant vérifia rapidement les systèmes du module respiratoire et fit apparaître une rangée d'icônes nouvelles dans son champ de vision. Elle retira le casque et le glissa sous son bras.

Niall les précéda dans le couloir qui menait au train, devant lequel les attendait une hôtesse.

— On se revoit dans environ une semaine, dit Mellanie.

Elle laissa Dudley monter dans le wagon avant de déposer un baiser malicieux sur la joue de Niall.

— Ils sont vrais, lui chuchota-t-elle à l'oreille.

Puis elle disparut dans la voiture. Le jeune homme au visage maigre arborait un sourire étonné et heureux.

L'intérieur du wagon avait tous les attributs standards des équipements de CST. Seuls les sas situés aux deux extrémités le rendaient singulier. Dès que les cinq passagers eurent pris place, les portes externes se refermèrent, se scellèrent hermétiquement, et le train se mit en branle.

Il s'éloigna du quai couvert et, aussitôt, une pluie violente s'abattit sur les fenêtres. À l'extérieur, rien ne bougeait. Même les vastes entrepôts étaient déserts, vides.

Une lumière rouge se déversa à l'intérieur du wagon, comme il approchait du portail de Half Way. Mellanie sentit le chatouillement familier du rideau de pression. Peut-être était-ce son imagination, mais il lui parut plus fort que d'habitude.

Dès qu'ils furent de l'autre côté, la pluie qui maculait les vitres devint de la glace et se mit à luire d'un éclat écarlate. Mellanie colla son visage contre le triple vitrage pour regarder au-delà du voile de givre. Le paysage se résumait à un désert de roche nue, que l'étoile de classe M arrosait de carmin foncé. Au-dessus de l'horizon dentelé, le ciel était rose corail. Toutefois, plus elle levait les yeux, plus il ressemblait à du sang. Il n'y avait pas le moindre nuage, pas l'ombre d'un filet de brume pour briser la monotonie des ciels de Half Way. L'atmosphère était incroyablement dégagée. Constamment, à un rythme régulier, de puissants flashs de lumière blanc-bleu éclairaient le ciel. Mellanie avait beau regarder dans toutes les directions, elle ne voyait aucun éclair, n'entendait pas le tonnerre.

Après le portail, le voyage fut très court. D'un côté de la voie, la roche descendait à pic jusqu'à la dernière mer de Half Way, une surface plane et calme d'eau gris ardoise. Le train se dirigeait vers une sorte de défilé en V, dont les parois abruptes se situaient à sept cents mètres de la côte. Sur n'importe quel autre monde, ce défilé aurait en fait été une vallée, un estuaire creusé par une rivière. Ici, la roche paraissait avoir été entamée à la hache. Au lieu d'une rivière, le fond de la ravine abritait une sorte de langue lisse, de rampe qui menait jusqu'à la mer.

Shackleton était perchée cent mètres au-dessus de l'eau tranquille. La ville se résumait à un ensemble étrange et hétéroclite de hangars gigantesques et de huttes pressurisées juchées sur des piliers courtauds. En plus des employés de la compagnie ferroviaire et des équipages d'avions, l'agglomération accueillait des chercheurs de l'Agence océanographique nationale de Boongate, qui cataloguaient consciencieusement la faune et la flore de l'étendue liquide. Il n'y avait personne dehors; l'endroit semblait complètement désert. À la sortie du village, dans les terres, se dressait une gare plus que modeste, constituée d'un quai pour charger les marchandises et de deux volées de marches en métal surplombées de sas pressurisés.

Comme ils s'en approchaient, Mellanie se colla davantage à la vitre, pressée qu'elle était de voir les avions dans lesquels ils allaient voler. Quatre des neuf Oies de carbone HA-1 de Half Way attendaient sur un plan rocheux surélevé. Elle découvrit avec stupéfaction les fuselages blanc argenté, massifs. Ils étaient réellement énormes et scintillaient sous le soleil rouge.

À l'époque où le Conseil du Commonwealth travaillait au financement du futur trou de ver de Far Away, certains de ses membres pensaient qu'il convenait de prendre des précautions pour empêcher toute force hostile de se servir de l'artefact pour pénétrer la communauté humaine. Vu la nature de l'embrasement qu'on avait capté à partir de Damaran, il était en effet raisonnable de se montrer circonspect. Un garde-fou très simple fut donc imaginé. Les deux portails de Half Way devaient être suffisamment éloignés l'un de l'autre pour que la route de Boongate puisse être coupée dans le cas où quelque chose de malveillant parviendrait à s'échapper de Far Away. Après une étude approfondie de Half Way, on décida d'installer les deux portails – celui de Shackleton et celui de Port Evergreen – sur des îles éloignées l'une de l'autre de dix mille kilomètres.

Les Halgarth, les initiateurs politiques du projet Far Away, garantissaient la liaison entre les deux gares. Par orgueil, par volonté de grandeur, Heather Antonia Halgarth fit construire les plus gros aéronefs jamais conçus. Les composants furent usinés sur EdenBurg, puis acheminés à Shackleton via Boongate pour y être assemblés. Bâti autour d'une structure en carbotitane, chaque appareil mesurait cent vingt-deux mètres de long, avait une envergure de cent dix mètres, et possédait six réacteurs équipés de turbines à micropiles refroidies à l'air et produisant une poussée de trente-deux tonnes. Cela suffisait pour atteindre une vitesse de croisière de Mach 0,9. L'appareil avait une autonomie et un champ d'action presque illimités, puisque les micropiles ne devaient être remplacées que tous les vingt-cinq ans.

L'hôtesse les accueillit à la descente du train et les guida vers l'avion. Deux employés de CST sortirent d'une hutte et entreprirent de superviser le transfert des marchandises. Des robots soulevèrent les caisses et les déposèrent sur les remorques d'un petit convoi automatisé, qui les transporta jusqu'à l'appareil.

Lorsque la porte extérieure du sas s'ouvrit, Mellanie sentit sa combinaison se gonfler. L'atmosphère de Half Way n'était pas très toxique, car majoritairement composée d'azote et d'oxygène, comme sur la plupart des planètes habitables. Cependant, elle contenait également une grande quantité de dioxyde de carbone et d'argon, qui rendaient l'usage de filtres ou de respirateurs indispensable. À la mi-journée, la température équatoriale oscillait entre moins dix et moins quinze degrés Celsius. Les conditions n'étaient donc pas véritablement dangereuses, mais le port d'une combinaison chauffante était fortement conseillé.

Mellanie fit quelques pas en bas des marches et pencha la tête en arrière. Un nouveau flash dans le ciel. Il paraissait venir d'un point lumineux tout proche de l'étoile de classe M.

— C'est bien ce que je crois ? demanda-t-elle à Dudley.

Lui aussi fixait le ciel, bouche bée. Pour une fois, il avait l'air serein.

— Oui. C'est son compagnon. J'aurais aimé voir la vague de plasma, mais elle n'a pas assez de substance pour être observable à l'œil nu.

— Tu veux dire l'atmosphère du soleil ?

— Pas la couronne elle-même, non – même si elle aussi subit des distorsions constantes. L'étoile à neutrons orbite suffisamment près pour attirer le gros du vent solaire. Le plasma est étiré en bandes gigantesques, qui s'enfoncent dans l'étoile en dessinant des spirales. Les flashs que tu vois là-haut sont dus aux ondes des impacts.

Pendant qu'il parlait, l'astre s'embrasa de nouveau. La lumière était si intense que Mellanie fut contrainte de fermer les yeux et de détourner la tête. Néanmoins, l'image resta longuement imprimée sur sa rétine.

— C'est radioactif ? demanda-t-elle.

— L'étoile émet des radiations, Mellanie, elle n'est pas radioactive. Ce sont deux choses différentes.

— Bon, d'accord, dit-elle d'un ton vaguement irrité. Elle est dangereuse ?

— Disons que les rayonnements X et gamma sont très importants. Toutefois, l'atmosphère de Half Way est là pour filtrer le pire. Mais bon, il vaudrait tout de même mieux ne pas rester dehors une semaine d'affilée.

— Je tâcherai de m'en souvenir, conclut-elle en avançant vers l'appareil, agacée pour de bon par ce Dudley soudainement redevenu professeur.

L'Oie de carbone reposait sur ses trois trains d'atterrissage. Des escaliers en aluminium permettaient d'accéder au sas. Au milieu de l'appareil s'ouvrait une vaste soute, dans laquelle se succédaient des robots chargés de caisses. À mesure qu'elle s'approchait de l'aéronef, Mellanie découvrait la mer en contrebas, qui clapotait contre la rampe de pierre naturelle. La mer n'était donc pas parfaitement immobile, puisque sa surface ondulait légèrement sous l'effet des faibles mouvements d'air qui, sur cette planète, passaient pour du vent. Le long de la côte flottait une sorte de bouillie glacée, qui s'agglomérait autour de la pierre sans toutefois parvenir à se solidifier. Les glaciers terminaux, qui avaient émergé cinq millions d'années plus tôt pour recouvrir les zones nord et sud de la planète, avaient lentement emprisonné l'eau pure des océans, augmentant de siècle en siècle sa salinité et reculant par là même le point de congélation. Ainsi, les deux croûtes glaciaires n'avaient-elles pas bougé depuis des millénaires. Étant donné l'état actuel de son étoile, l'environnement de Half Way avait atteint une sorte d'équilibre, qui durerait probablement des millions d'années.

Le sas était suffisamment grand pour accueillir les cinq passagers. Mellanie retira son casque et entra dans l'habitacle du premier pont. Elle ne vit d'abord que des rangées et des rangées de sièges puissamment éclairés par une lumière claire, comme dans un auditorium ou un théâtre. Il y avait huit stewards et trois fois plus de robots. Elle n'avait jamais rien vu de tel.

On les aida à se débarrasser de leurs combinaisons et on leur dit de s'asseoir où bon leur semblait. Mellanie choisit de s'installer près d'un hublot, à l'avant. Une hôtesse lui apporta aussitôt un verre de buck's fizz.

— On devrait toujours voyager dans ces conditions, dit-elle tandis que son dossier s'abaissait et que des repose-pieds se dépliaient.

Dudley regarda autour de lui d'un air hésitant, puis, délicatement, s'appuya contre l'épais et confortable dossier en cuir.

Il y eut alors l'habituel vacarme associé aux préparatifs d'un vol en avion : chargement et fixation des bagages, fermeture des portes de la soute, démarrage des turbines. Les extrémités des ailes se replièrent vers le bas, préparant les flotteurs bulbeux dont elles étaient dotées pour le décollage sur l'eau. Alors, l'avion roula vers la mer en empruntant la rampe de pierre. Il y eut d'autres bruits sourds quand les trains d'atterrissage se rétractèrent. Lentement, l'appareil sortit de la vallée. Le pilote leur souhaita un bon voyage et leur annonça que le vol durerait une dizaine d'heures. La poussée des réacteurs augmenta, atteignant rapidement sa puissance maximum.

Le décollage fut étonnamment rapide. Tout excitée, Mellanie sourit de toutes ses dents en voyant les flotteurs soulever d'énormes plumets d'eau dans leur sillage. Les voyageurs s'élevèrent vers le ciel rose, accompagnés par les flashs aveuglants des ions qui s'abîmaient dans l'étoile à neutrons, quelque quarante millions de kilomètres au-dessus de leur tête.

* * *

La monotonie du vol ne fut brisée qu'à une seule reprise. Trois heures après le décollage, le pilote détecta un nid de whurwals blancs très loin en dessous et altéra volontairement la trajectoire de l'appareil pour permettre aux passagers de les voir de près. Bien qu'ils fussent deux fois plus gros que les baleines terriennes, ils ressemblaient à de vulgaires poissons rouges sous la surface noire. Contrairement aux cétacés, ils étaient extraordinairement agressifs et chassaient sans merci les quelques poissons qui subsistaient encore dans ce dernier océan arctique. Il arrivait même aux différents groupes de se faire la guerre quand ils se rencontraient dans le couloir étroit constitué par les parois des deux glaciers terminaux.

Par deux fois, Mellanie et Dudley quittèrent l'avant de l'appareil pour fêter leur baptême de l'air en Oie de carbone. Ils n'eurent même pas à faire cela dans les toilettes exiguës. De fait, les zones centrales et arrière des trois ponts étaient désertes et plongées dans le noir. Des rangées de sièges vides offraient une infinité de possibilités toutes plus perverses les unes que les autres.

* * *

Port Evergreen était situé sur une île de vingt-cinq mille kilomètres carrés constituée uniquement de roche nue. Aucune vie végétale n'avait jamais été découverte sur Half Way. Il n'y avait ni terre, ni sable – pas de lune, pas de vagues dignes de ce nom. Personne n'avait jamais trouvé de fossiles dans les strates de l'île. D'après les scientifiques, l'évolution se serait arrêtée au milieu d'un âge aquatique, mais cela ne présentait vraiment pas d'intérêt pour les autres habitants du Commonwealth. Half Way était la planète perdue par excellence, le trou paumé de la galaxie.

Comme pour le prouver, Port Evergreen était encore moins impressionnant que Shackleton. Ils arrivèrent au crépuscule, tandis que le ciel marron éclairait à peine le sol de pierre. La colonie était nichée au fond d'une déclivité large de un kilomètre au cœur de la falaise qui formait le pourtour de l'île. Il y avait là un hangar, six huttes pressurisées à l'aspect argenté et un long bâtiment de deux étages aux allures d'hôtel de seconde zone. Le générateur de trous de ver se trouvait à l'abri d'une bâtisse en forme de tatou, aux parois faites de plaques de carbone brut. L'arche du portail était installée à une extrémité de la structure. Il n'y avait pas de rails devant la construction, ce qui frappa immédiatement Mellanie.

L'avion se posa sur l'eau avec une souplesse relative, parallèlement à la côte. La décélération fut toutefois beaucoup plus violente que s'il s'était posé sur la terre ferme. Pour une fois, Mellanie fut heureuse d'être retenue contre son siège par une ceinture en morphoplastique. Elle remit soigneusement sa combinaison et se dirigea vers la sortie. Quatre autres appareils stationnaient devant le hangar. Comme c'était l'usage, l'un d'entre eux avait décollé pour Shackleton juste avant leur propre amerrissage.

Deux silhouettes en combinaison attendaient en bas de l'escalier mobile. Le premier personnage était Eemeli Aro, l'officier technicien chargé du générateur de trous de ver.

— Votre timing est parfait, expliqua-t-il aux passagers. Le prochain cycle du trou de ver commence dans dix-huit minutes. Inutile d'attendre dans le relais. Allez dans cette direction, reprit-il en désignant d'un grand geste de la main le bâtiment semblable à un hôtel. Je vous préviendrai dès qu'il sera ouvert. Vous n'aurez qu'à le traverser.

Mellanie s'attendait à une procédure un peu plus compliquée. Dudley et elle échangèrent un regard étonné à travers le verre de leurs casques, puis se dirigèrent d'un pas lourd dans la direction indiquée. Le soleil rouge était tout proche de la ligne d'horizon et descendait très vite. Sa compagne à neutrons continuait d'envoyer des flashs aveuglants à la manière de l'alarme d'un navire en train de couler.

Des bandes polyphotos brillaient sur tous les bâtiments de Port Evergreen, déversant des taches jaunâtres sur la roche, taches dont la lumière s'intensifiait à mesure que le soleil se couchait. Les étoiles apparurent rapidement. Mellanie se sentit soudain toute petite et vulnérable. Pour la première fois de toute sa vie, elle était exposée aux véritables ténèbres.

Les cinq voyageurs se regroupèrent devant le portail. Le passage se résumait pour le moment à une surface bleu outremer un peu pâle, qui ne se voyait que parce que l'astre du jour avait disparu derrière l'horizon. Il ne faisait pas réellement froid, mais Mellanie se surprit à croiser les bras sur sa poitrine et à piétiner sur place. Mentalement, elle suppliait le portail de s'activer rapidement, mais elle savait qu'elle ne pouvait rien faire pour accélérer le processus.

L'étrange soleil double de Half Way avait décidé les pontes de CST à installer un portail sur ce monde glacé. Bien que son diamètre fût considérablement plus faible que celui des trous de ver commerciaux standard, le passage de Far Away n'en était pas moins un grand consommateur d'électricité. Pour l'alimenter, on avait choisi une source d'énergie située dans le système, et ce pour des raisons de politique politicienne. Les Halgarth étaient d'accord pour céder le contrat concernant l'approvisionnement énergétique du portail à un consortium formé par les dynasties Hutchinson, Brant et Mandela, en échange d'un soutien accru pour le projet au Sénat. L'énergie nucléaire était le choix le plus évident, mais également le plus onéreux, d'autant plus qu'il aurait fallu transporter une centrale tout entière jusqu'à Half Way, où les conditions de travail eussent été loin d'être optimales. D'autres projets moins conventionnels furent aussi abandonnés car jugés trop coûteux par le Trésor, à l'affût du moindre dépassement de budget. Half Way n'avait pas de pétrole, aussi l'usage de turbines à gaz était-il exclu. Il n'y avait pas de lune, donc pas de marées à exploiter. La lumière rouge et froide aurait rendu l'utilisation de panneaux solaires encore plus ruineuse que l'énergie atomique. Finalement, les Dynasties intersolaires optèrent pour une solution radicale mais pratique.

Avant de fixer l'extrémité du trou de ver de Boongate au portail de Shackleton, l'ouverture fut placée dans l'espace, très haut au-dessus de la planète, afin d'y déposer les composants du Stormrider. C'était une idée qui remontait au XXe siècle et au tout début de la conquête spatiale : un moulin à contre-rotation, alimentant un simple générateur électrique grâce au vent solaire. Une telle installation se devait d'être grosse, très grosse même, avec des pales extrêmement légères et longues de plusieurs kilomètres. Le Stormrider fonctionnait sur le même principe. Seules les conditions un peu particulières avaient nécessité quelques adaptations.

Tout comme le modèle originel, il possédait seize pales rectangulaires fixées à un moyeu central. Chacune d'entre elles mesurait vingt-cinq kilomètres de long et était constituée d'un écheveau de poutrelles en fibres d'acier-silicone, pour un rapport poids/résistance optimal. Sur vingt-trois kilomètres, elles étaient couvertes d'une membrane argentée très fine, ce qui faisait mille huit cents kilomètres carrés de voilure. Même dans un système solaire ordinaire, une telle machine aurait développé un couple de torsion considérable. Dans le système de Half Way, le Stormrider était positionné entre l'étoile rouge et sa compagne à neutrons, au milieu du courant de plasma à la densité ionique phénoménale.

L'énergie ainsi produite suffisait à alimenter un générateur de trous de ver. Cependant, cette mécanique avait ses limites – le mouvement perpétuel n'avait pas encore été inventé – et l'engin n'aurait pu rester à sa place sans un coup de pouce occasionnel. Comme les vagues de plasma exerçaient une pression constante sur les pales, le dispositif tout entier était lentement chassé de son point de Lagrange, irrémédiablement poussé vers l'étoile à neutrons., Donc, pendant cinq heures les deux ensembles de pales se mettaient à tourner dans des directions opposées, et l'électricité ainsi générée était envoyée vers le trou de ver de Port Evergreen par un trou de ver à largeur zéro. Mais une partie du plasma était stockée par le Stormrider lui-même, et au bout de ces cinq heures, quand il se trouvait éloigné du bon alignement, cela lui permettait d'allumer ses réacteurs et de se repositionner là où le flot était moins puissant. Ensuite, il ne lui restait qu'à décrire une boucle de quinze heures pour regagner sa place initiale et recommencer le cycle depuis le début.

Le système était complexe, quoique dépourvu de pièces mobiles, puisque les moyeux qui accueillaient les deux ensembles de pales étaient reliés par magnétisme. Tous les composants électroniques étaient dotés de sécurités multiples et conçus pour résister à cet environnement saturé de radiations. Les réacteurs étaient perpétuellement alimentés par le courant de plasma. La structure externe, en revanche, était lentement dégradée par les impacts ioniques. Après cent quatre-vingts ans de bons et loyaux services, la pellicule argentée qui couvrait les pales était trouée, déchirée, usée, détruite à dix-sept pour cent. Malheureusement, la dégradation s'accélérait. Lorsqu'elle atteindrait vingt-cinq pour cent, le Conseil du Commonwealth serait contraint de considérer de près un éventuel remplacement. Le Trésor s'apprêtait déjà à porter un coup à ce projet en menant diverses études sur les générateurs à fusion modernes de coût raisonnable, sur la possibilité de relier directement Port Evergreen au réseau énergétique du Commonwealth par un trou de ver à largeur zéro via Boongate, voire en proposant d'installer une modeste centrale à gaz sur Far Away. Ce serait une guerre financière âpre et longue. Une guerre dont les batailles se dérouleraient dans des comités, salles de briefings et lors de dîners du Sénat.

À quarante millions de kilomètres de Half Way, le Stormrider se dirigeait lentement vers son point de Lagrange, où la tempête ionique s'abattrait de nouveau sur ses pales gigantesques. La vitesse de rotation de celles-ci commença à augmenter.

La radiance spectrale du portail changea soudainement au profit d'un brouillard monochrome. Des ombres indistinctes se mouvaient de l'autre côté du rideau de pression brumeux.

— C'est à vous. Vous pouvez y aller, annonça Eemeli Aro.

Les deux physiciens s'avancèrent immédiatement, devinrent eux aussi des ombres.

— Tout ira bien, les rassura Griffith Applegate. J'ai fait cela des centaines de fois.

Et d'enjamber le passage.

— La connexion est stable, dit l'IA à Mellanie. Tout comme le portail, je suis reliée au réseau d'Armstrong City. Le système est sûr, vous pouvez traverser.

Mellanie donna la main à Dudley.

— On ferait mieux d'y aller, s'entendit-elle dire.

Alors, ils s'enfoncèrent ensemble dans le torrent de lumière vive.

Mellanie était pressée de voir à quoi ressemblait ce monde, la ville, les gens. Toutefois, au lieu de jeter immédiatement un regard alentour, elle fut distraite par la façon dont son corps semblait vouloir quitter le sol. Comme si un vulgaire pas était devenu un bond de géant. Au sortir du rideau de pression, elle constata qu'elle avançait beaucoup trop vite. Elle lâcha précipitamment la main de Dudley et écarta les bras pour recouvrer son équilibre, mouvement qui envoya son sac valdinguer dans les airs comme un vulgaire ballon de baudruche emporté par le vent. Elle parvint à s'arrêter et s'immobilisa, effrayée par les conséquences du moindre de ses mouvements.

— Merde, j'avais oublié cette histoire de gravité.

Elle prit une profonde inspiration et se retourna pour regarder Dudley. Il se tenait tranquillement derrière elle, pas le moins du monde perturbé par ce qui venait de se produire.

— Tu vas bien ? lui demanda-t-il.

— Oui.

— Rappelle-toi ce que je t'ai dit à propos de l'inertie sur cette planète. Avec une gravité aussi faible, il faut prévoir à l'avance tous tes mouvements.

— Oui, oui.

Sa main virtuelle élégante sélectionna l'icône du casque, qui se débloqua aussitôt. Mellanie souleva la bulle transparente et secoua ses cheveux, qui flottèrent lentement autour de son visage.

Les bruits de la ville emplirent ses oreilles. Des machines ronronnantes, des moteurs à explosion, des klaxons, des hurlements d'animaux, des conversations et des cris humains. Son parfum était plus fort que celui de toutes les zones urbaines que Mellanie avait visitées auparavant. Elle reconnut différentes odeurs : vapeurs de pétrole, eau de mer, animaux, cuisine épicée, déchets organiques, chaleur, poussière. Le tout se mélangeait pour former une fragrance puissante, entêtante, un rien déstabilisante.

Lorsqu'elle se fut remise de cette première impression, elle regarda autour d'elle. Il lui sembla qu'ils avaient émergé dans une sorte d'arène ouverte, qui mesurait facilement cinq cents mètres de diamètre. Une barrière métallique basse formait un demi-cercle devant le portail – le terminal, en quelque sorte. Au-delà de cette clôture, dominant le centre de cette place gigantesque, il y avait trois bassins ceints par des briques et ornés de fontaines et de statues diverses. Des véhicules tournaient autour des étangs : des voitures à essence, des bicyclettes, des rickshaws et même des charrettes tractées par des chevaux. Il y avait des marquages au sol, mais personne ne semblait s'en soucier. De part et d'autre de la sortie s'élevaient de hauts murs de pierre jaune surplombés par des dizaines de marquises de couleurs variées, tendues sur des poteaux en bois ou en fibre de verre disposés sans aucun souci de symétrie. Il devait y avoir un chemin là-haut, car elle voyait des gens se promener le long du parapet peu élevé.

Au niveau du sol, la muraille était trouée d'arches de différentes tailles. Les plus petites protégeaient des étals du puissant soleil matinal. On y vendait de tout : des gadgets de haute technologie aux produits frais, en passant par des vêtements, des plantes, des jouets, de vieux robots rafistolés, des outils, des machines automatisées, de la nourriture pour animaux, des œuvres d'art, des objets semi-organiques, des livres et des médicaments. Plusieurs arches plus grandes ouvraient sur des bars où l'on vous servait du café spécial gueule de bois – efficacité garantie –, du rhum cent pour cent fait maison, des dizaines de bières et jus de fruits, et même du vin local. D'autres, plus grandes encore, servaient d'entrée à de vastes entrepôts, dans lesquels circulaient des camionnettes et des charrettes.

Une foule de gens se déplaçait lentement sur les pavés irréguliers de l'arène, rendant le trafic automobile encore plus difficile. Ils portaient des tenues hétéroclites et très étranges, n'hésitaient pas à arborer des pagnes, des kilts, des saris, des tee-shirts et des shorts, des complets guindés, des soutanes, des jupes, des bleus de mécano. Mellanie vit même quelques hommes en uniforme kaki de policiers coloniaux avec des casques blancs et pointus. Ceux-ci faisaient d'ailleurs de leur mieux pour désamorcer les disputes multiples provoquées par les incidents de la circulation.

Tournant le dos au portail sombre et scintillant, son casque calé sous le bras, Mellanie se sentait comme une spationaute tout juste descendue de sa fusée. Elle observa longuement cette scène avant de se forcer à en détacher les yeux pour s'inquiéter de problèmes plus triviaux et immédiats. Deux membres de CST aidaient les physiciens de l'Institut à se débarrasser de leur combinaison. Mellanie entreprit de retirer la sienne toute seule. Un superviseur lui demanda de se mettre sur le côté. À peine eut-elle le temps de libérer la sortie, que des robots camions et des remorques en jaillirent, chargés de caisses. Ils roulèrent tout droit, foncèrent vers un hangar en klaxonnant pour prévenir les piétons.

Au moment où Dudley et elle terminaient de retirer leur combinaison, leurs bagages apparurent, roulant dans leur direction. Une voiture envoyée par l'hôtel *Langford* attendait le couple juste derrière la clôture. Le chauffeur souriait et agitait la main pour attirer leur attention. Les deux physiciens, eux, montaient à bord d'un énorme Land Rover Cruiser à six roues aux vitres teintées. Les caisses sorties de la soute de leur avion étaient chargées dans trois camions garés tout près.

Griffith Applegate attrapa son sac à dos et gratifia Mellanie d'un sourire amical.

—Ne vous en faites pas. Je sais que c'est intimidant la première fois, mais, croyez-moi, ce quartier est le plus sûr de la ville. Vous serez en parfaite sécurité, ici.

—Merci, dit-elle, peu convaincue.

Il sortit un chapeau à large bord de son sac, se l'enfonça sur la tête et chaussa des lunettes de soleil.

—Juste un conseil : ne montez que dans des taxis accrédités par la Maison du gouverneur.

Il effleura le bord de son couvre-chef et disparut dans la foule.

—Je m'en souviendrai, dit-elle quand même. Allez, Dudley. Il est temps d'aller à l'hôtel.

Elle se retourna pour s'assurer que les bagages suivaient et se dirigea vers la voiture.

* * *

Stig McSobel posa les coudes sur le parapet de pierre qui faisait le tour du marché afin d'observer plus confortablement les 3P, nom donné par les autochtones à la place du Premier Pas. À deux cents mètres de là, le portail s'était ouvert à l'heure prévue, et cinq personnes avaient émergé du rideau de pression.

—Ils sont là – Halgarth et Alwon –, dit-il à Olwen McOnna, qui se tenait à côté de lui.

Celle-ci ne regardait pas les 3P. Comme tout garde du corps qui se respecte, elle scannait les chalands, les clients qui passaient d'étal en étal à la recherche de la bonne affaire. Les marchands étaient agglutinés tout autour de cet anneau géant, au sommet de l'édifice qui marquait le centre de la cité. Ici, la vie et le commerce ne pâtissaient en rien de la conjoncture. Les biens et l'argent passaient de main en main après une rapide négociation, comme cela se faisait depuis presque deux siècles, et ce en dépit de la menace qui se tapissait au-delà des étoiles. Dans les profondeurs de la ville, toutefois, l'incertitude était plus pesante. Les rumeurs et la peur affectaient la manière dont les gens vivaient et pensaient. L'absence de touristes se faisait cruellement sentir. Le gouverneur avait ordonné à la police de sortir plus souvent de ses jolis commissariats, de se montrer dans les rues afin de rassurer la population. Mesure futile, s'il en était, pensait Stig. Bientôt, le malaise céderait à l'inquiétude, puis à la panique.

—Sortir de la ville leur prendra environ une heure, dit Olwen. J'alerterai nos chasseurs.

—Parfait.

La vision virtuelle de Stig superposa des icônes et des textes au portail. Il se connecta à l'unisphère et plusieurs messages lui parvinrent. Ses réponses furent envoyées vers diverses adresses à usage unique. Alors, il regarda avec étonnement les gens qui se tenaient devant la sortie du trou de ver. Il diminua la luminosité de sa vision virtuelle et zooma à l'aide de ses implants rétiniens. Il reconnaissait Griffith Applegate, qui travaillait à la Maison du gouverneur et luttait pour maintenir à flot les infrastructures vacillantes d'Armstrong City. Les deux autres...

—Je la connais. Je l'ai déjà vue sur l'unisphère, quand j'étais dans le Commonwealth. Ouais, c'est Mellanie Rescorai. Qu'est-elle venue faire ici ?

Olwen n'avait pas pour autant arrêté de surveiller la foule.

—Elle est reporter ; elle est donc venue chercher des nouvelles fraîches.

—Reporter est un bien grand mot. C'est juste une enfant gâtée qui raconte des histoires débiles sur les célébrités. Peut-être s'intéresse-t-elle à la mode de la saison !

La vision virtuelle de Stig revint au premier plan, et il activa diverses icônes. Ses programmes de reconnaissance entreprirent de scanner le compagnon de Rescorai – son visage lui était vaguement familier.

Stig les regarda monter ensemble dans la voiture d'un hôtel. Comme le véhicule démarrait sous un feu nourri de klaxons agacés, un car bourré de candidats au départ se gara devant la clôture métallique et déversa ses passagers – des autochtones qui, ces derniers temps, avaient passé pas mal de temps dans des salles de gymnastique tout en s'injectant des cocktails de stéroïdes et de génoprotéines pour augmenter rapidement leur masse musculaire. Stig aussi était passé par là – impossible de l'oublier. Un deuxième car arriva. Deux autres traversaient lentement les 3P. Les employés de CST distribuaient déjà les combinaisons mauves et molles qui permettraient aux passagers d'atteindre l'Oie de carbone qui les attendait de l'autre côté du portail. Le prix de la traversée, même s'il s'agissait d'un aller simple, était beaucoup trop élevé pour la plupart des habitants de Far Away. En ville, la criminalité avait fait un bond considérable, tant le désespoir était généralisé.

Un rectangle violet transparent apparut dans la vision virtuelle de Stig.

—Tiens donc! Pour une surprise, c'est une surprise, murmura-t-il

—Qu'est-ce qu'il y a? demanda Olwen.

—Ce type avec Rescorai, c'est Dudley Bose.

* * *

L'hôtel *Langford* donna à Mellanie et Dudley la suite royale, située au dernier étage. Pour leur souhaiter la bienvenue, on leur servit du champagne ou, plus exactement, un mousseux local issu des vignobles de la face nord des montagnes Samafika. Il y avait également du chocolat, des fruits, du fromage, des gâteaux et de l'eau minérale. Sur chaque table trônait un vase avec de magnifiques fleurs fraîchement coupées. Quant au placard de la salle de bains, il ne fermait même pas, tant il débordait de produits de beauté.

Ils étaient les seuls clients.

— On est carrément plusieurs catégories au-dessus des résidences *Pine Heart*, déclara Mellanie en ouvrant la porte du patio pour sortir sur la véranda.

Avec ses quatre étages, l'hôtel *Langford* était un des plus hauts bâtiments non gouvernementaux d'Armstrong City. La hauteur sous plafond très importante avait été étudiée pour prévenir tout accident dû à la faible gravité. La taille de l'établissement et sa position permettaient aux clients d'admirer les tuiles flamandes rouges des maisons et la côte de la mer du Nord, située à deux kilomètres vers l'ouest. Un vaste port circulaire accueillait des bateaux de tous types : des chalutiers, des ferries, des sloops cargos, des péniches, des navires de pêche sportive et des yachts. Plus loin, la mer bleue scintillait agréablement malgré le soleil bas à la couleur saphir. Plusieurs dizaines d'embarcations rentraient lentement au port pour la nuit.

Mellanie scanna la ligne des toits. Armstrong City n'était pas quadrillée comme les milieux urbains auxquels elle était habituée. Ici, les rues et les avenues zigzaguaient et s'incurvaient, dessinant des schémas chaotiques. Elles semblaient contourner les bâtiments principaux du centre, comme les bureaux du projet de revitalisation, ainsi que la place du Premier Pas et la Maison du gouverneur. À première vue, il était impossible de deviner quelle partie de la cité était la plus ancienne. Seuls les hectares d'entrepôts situés derrière le port paraissaient disposés d'une façon logique et régulière. Des quartiers excentrés se succédaient sur le terrain vallonné, avec leurs parcs, leurs rues commerçantes, leurs pavillons bien entretenus et leurs zones industrielles. Des bouquets de cheminées en métal crachaient impunément d'épaisses colonnes de fumée grise. Mellanie n'en crut pas ses yeux.

Plus loin vers le sud, au-delà des limites de la ville, elle distingua deux formes ovales et sombres dans le ciel. Cent vingt ans plus tôt, comme le projet de revitalisation était à son apogée, il employait jusqu'à deux cent cinquante robots dirigeables à la fois. Au début, ils avaient pour mission de répandre des bactéries sur le paysage ravagé par l'embrasement. Ces dernières étaient produites sur place, dans des cuves de clonage installées dans l'enceinte de l'aérodrome. Une fois le sol revitalisé, ils dispersèrent des graines et même des œufs d'insectes pour donner à la planète son statut de monde habitable. Alors, ces aéronefs automatisés souffrirent de leur succès. Grâce à son biote de plus en plus riche, Far Away attira un nombre croissant de colons. Des gens qui, très souvent, avaient une vision très précise de la manière dont le paysage devait être revitalisé. C'était le cas des Barsoomiens. À plusieurs reprises, les dirigeables furent détournés, chargés de substances interdites, envoyés vers des territoires vierges, pas encore touchés par le projet. De nombreuses machines furent détruites lors de heurts opposant les Gardiens à l'Institut. D'autres furent perdues dans les tempêtes qui faisaient rage dans la Grande Triade. La plupart, toutefois, furent victimes du temps qui passe. Les dirigeables qui subsistaient – à peine une trentaine – ne devaient leur salut qu'aux organes de leurs cousins défunts stockés dans des hangars. Les enveloppes de gaz étaient rapiécées, elles s'effilochaient ; elles ne méritaient certainement pas l'autorisation de voler que leur délivrait chaque année, rituellement, la Maison du gouverneur.

Les robots volants et la pollution n'expliquaient pas à eux seuls le sentiment d'étrangeté qui s'était emparé de Mellanie. La jeune femme comprit bientôt ce qui la dérangeait : l'absence de trains. La ville était dépourvue de quais, de talus, de tracés rectilignes. Aucune voie aérienne ne s'élevait au-dessus des routes pavées encombrées. Le chemin de fer, comprit-elle, était le véritable symbole de la société du Commonwealth.

—Quel endroit bizarre, dit-elle. Je ne comprends vraiment pas ce qui a attiré tant de gens ici. Tout est tellement arriéré. Comme si les Britanniques de l'époque victorienne avaient inventé le vol spatial pour venir implanter leur culture ici. C'est peut-être cela, la véritable origine de *Marie Céleste*.

—Tu es trop jeune pour comprendre, rétorqua Dudley.

Elle se retourna, quelque peu surprise par son ton assuré. Dudley se tenait à ses côtés et, le sourire aux lèvres, admirait la ville chaotique qui s'étirait à leurs pieds.

—Essaie de te faire rajeunir cinq fois, d'avoir des horaires de bureau siècle après siècle, de verser la moitié de ton salaire à une compagnie d'assurances qui ne te permettra que de recommencer la même chose, encore et encore. Oh, oui, tu peux changer de boulot, de femme, avoir des enfants, mais, malgré cela, tu es enfermé dans la même boucle, sans aucun espoir de changement. Si tu étais passée par là, Mellanie, toi aussi tu aurais peut-être envie de vivre une dernière fois sur ce monde, sans filet.

—J'ignorais que tu ressentais tout cela, Dudley.

—Non, pas moi. Pas encore. Du moins, pas durant ma vie précédente. Toutefois, je me rappelle avoir consulté pas mal de fichiers concernant l'émigration sur Far Away. Encore une ou deux cures de rajeunissement, encore une ou deux vies passées à trimer pour m'offrir une protection sociale décente, encore un ou deux mariages avec une salope comme Wendy, alors, oui, peut-être que je pourrais le faire. Il y a quelque chose de très excitant dans le fait de s'aventurer dans la nature sauvage juste pour voir ce qu'il y a de l'autre côté. Dans le fait de dire merde à la modernité et, pour une fois, de construire quelque chose de tangible de nos propres mains. Dans le fait de retourner à la chasse et à la cueillette. Nous n'avons pas évolué tant que cela depuis cette époque, tu sais.

— Et maintenant ?

— Maintenant ? Ce luxe n'est plus permis à personne, répondit-il en faisant la grimace. Par ma faute, d'ailleurs.

— Non. Tu n'as joué qu'un rôle mineur dans cette histoire. Désolé de ne pas flatter davantage ton ego, mais tu n'es pas responsable.

Il grogna, peu convaincu. Elle ne savait pas trop comment réagir. Lorsque le vieux Dudley ressurgissait, elle se sentait toute petite et stupide. Étrange, pour quelqu'un qui était justement supposé l'aider à redevenir comme avant.

L'icône de l'IA se mit à luire d'un éclat carmin dans sa vision virtuelle, ce qui lui donna un prétexte pour ne plus penser à ses soucis.

— Oui ? demanda-t-elle.

— Nous ne sommes plus qu'à trois heures de la fin du cycle du trou de ver, Mellanie. Le moment serait bien choisi pour installer notre sous-programme dans le réseau de la ville. Nous pourrions commencer par vérifier son authenticité et sa fonctionnalité.

— D'accord, dit-elle en retournant dans le salon.

Près de la porte de la chambre à coucher, il y avait un bureau en pin sur lequel trônait un ancien moniteur. Elle posa les mains sur les capteurs de première génération, et un écheveau de lignes argentées se dessina aussitôt sur ses doigts. Un ensemble d'icônes nouvelles apparut dans sa vision virtuelle. Des programmes d'inspection entreprirent d'analyser le réseau local par l'intermédiaire de ses implants.

— Apparemment, il n'y a aucun programme de surveillance digne de ce nom dans les nœuds d'accès.

— Nous sommes d'accord, Mellanie. Maintenant, tu peux libérer notre sous-programme.

Sa main virtuelle à la peau de serpent dorée tapa le code idoine. Le sous-programme fut décompressé et se déversa dans le réseau de la ville à travers ses paumes collées à l'interface sensitive. L'IA avait formaté le logiciel de manière à lui donner des capacités d'observation simples et une indépendance tout juste suffisante pour lui permettre de conseiller Mellanie lorsque le trou de ver serait fermé. Celle-ci l'avait transporté dans ses implants parce que la bande passante de Half Way était trop étroite pour y faire passer discrètement une pareille quantité de données. Le risque de piratage aurait été trop important, surtout si les Gardiens ou l'Arpenteur étaient à l'affût dans les nœuds de la ville.

— Je suis installé, annonça le sous-programme. Le réseau local est capable de m'accueillir dans ses points d'accès en ligne.

— Nous confirmons.

— Parfait, dit Mellanie en retirant ses mains du capteur. Voyez si vous détectez des traces d'activité suspecte. Tout ce qu'il me faut, c'est un nom ou une adresse. D'une façon ou d'une autre, je dois entrer en contact avec les Gardiens.

— Je démarre l'analyse, reprit le sous-programme. De nombreux systèmes bénéficient d'un accès limité. Étant donné l'âge des processeurs dans lesquels j'opère, j'aurai besoin de pas mal de temps pour contourner leurs pare-feu.

— Faites votre possible.

Dudley venait d'entrer dans le salon.

— Qui appelles-tu ?

— Le bureau de Michelangelo, répondit-elle en demandant à son assistant virtuel de se déconnecter de l'IA.

Histoire de les prévenir de mon arrivée et de me tenir au courant de l'actualité.

— Bien, dit-il en regardant furtivement la porte de la chambre. Et maintenant, qu'est-ce qu'on fait ?

— On descend à la pêche aux informations. Les bars sont les meilleurs endroits pour cela. Et puis, je ne serais pas contre un petit verre – le voyage a été tellement long, ajouta-t-elle avant de bâiller et de s'étirer pour détendre les muscles noués de ses épaules. Allons voir si la recette du cocktail *Séduction meurtrière* est arrivée jusqu'à Far Away.

* * *

Le bar et le restaurant du *Langford* étaient les seuls endroits de l'établissement à être encore fréquentés régulièrement. On y trouvait une clientèle locale fortunée et un décor aux influences indiennes, avec des papiers peints or et violet, des statues hindoues et des palmiers massifs plantés dans des pots en céramique gigantesques. Le chef avait évidemment une prédilection pour les plats épicés, et les haut-parleurs diffusaient énormément de musique à base de sitar.

Stig s'assit à une petite table et sirota une bière en examinant les autres clients. Il était là depuis quarante minutes lorsque Mellanie et Dudley firent leur apparition. Il avait prévu de les regarder ouvertement mais brièvement, puis de détourner le regard d'une manière désintéressée, comme le lui avait appris Adam. Toutefois, Mellanie ne lui facilita pas la tâche. Son menton un peu long et son nez trop plat n'étaient pas ceux d'une beauté classique parfaite, mais sa présence physique était incroyable. Elle traversa le bar d'un pas décidé et avec une assurance et un contrôle que la plupart des étrangers mettaient une semaine à acquérir. Chacun de ses mouvements faisait voleter ses cheveux souples au-dessus de ses épaules.

Dudley la suivait tant bien que mal. Lorsqu'ils atteignirent le comptoir, il se saisit du zinc pour se stabiliser. Comme ils se tenaient tout près l'un de l'autre, il était difficile de ne pas les comparer. L'astronome ressuscité était l'antithèse de la jeune femme, aussi bien physiquement que mentalement.

Stig parvint tout de même à regarder ailleurs. La plupart des autres clients les dévisageaient sans vergogne. En dépit de son examen préliminaire, il ne pouvait affirmer avec certitude qu'aucun d'entre eux n'était un agent de l'Arpenteur. Il y en avait forcément au moins un, non ?

Depuis l'attaque des Primiens, les gens de l'Institut se montraient de plus en plus souvent en ville. Avec l'augmentation de la criminalité et la généralisation du chaos, le directeur avait offert ses services au gouverneur. Les patrouilles de police se faisaient donc fréquemment en compagnie de soldats en armure sombre. Stig pensait qu'il était très peu probable que les deux seuls étrangers présents sur Far Away ne fussent pas surveillés.

Il entendit Mellanie commander un cocktail exotique dont le barman n'avait jamais entendu le nom. Ils optèrent donc pour un pichet de margarita. Tandis que le serveur commençait à mélanger les ingrédients, Mellanie se pencha pour lui chuchoter quelque chose à l'oreille. Stig se retourna juste à temps pour voir l'expression ahurie du barman. L'homme secoua rapidement la tête, lui donna le pichet et gagna précipitamment l'autre bout du comptoir.

Manifestement mécontente, Mellanie attrapa Dudley par le bras et le traîna jusqu'à une table inoccupée.

Stig eut du mal à se retenir de rire. La scène tout entière donnait l'impression d'avoir été jouée par de mauvais comédiens.

Heureusement, il y eut un second acte. Mellanie et Dudley éclusèrent leur margarita puis s'en allèrent en bâillant. Stig, lui, resta au bar, pour voir qui restait et qui partait. Mais personne n'eut un comportement suspect.

L'établissement fermait à minuit. Il finit sa bière et attendit dans le hall déserté. Le barman finit par sortir de la cuisine en enfilant sa veste.

— Juste un mot, lui dit Stig.

L'homme jeta nerveusement un regard circulaire à la salle, mais le personnel de nuit n'était pas à son poste. Il devait avoir dans les trente-cinq ans et avait une charpente étroite, comme la majorité des habitants de la planète, ce qui rendait son ventre à bière étrangement proéminent.

— Monsieur…

Stig produisit un billet de cinquante dollars terriens et le mit dans la main de l'homme. Celui-ci avait suffisamment de métier pour l'empocher aussitôt.

— Très séduisante, cette étrangère qui a passé la soirée chez vous.

— Suite royale, dernier étage, monsieur.

— Merci, mais je le sais déjà. En revanche je suis curieux de savoir ce qu'elle vous a demandé.

Le barman lui lança un regard étonné. Stig attendit. Il n'aurait pas besoin de le menacer. Tout au plus devrait-il se délester d'un autre billet de cinquante dollars.

— Elle voulait que je lui explique comment rencontrer les Gardiens. Je lui ai répondu que je ne savais pas. Parce que je ne le sais vraiment pas, évidemment.

— Évidemment.

— Voilà, je ne lui ai rien dit d'autre.

— Je vois. Merci.

Le barman laissa échapper un soupir de soulagement et se précipita dehors. Stig attendit deux minutes avant de sortir lui aussi et de laisser les portes automatiques de l'hôtel se refermer dans son dos.

Des globes polyphotos solaires diffusaient une lumière

jaune guère inspirante le long de l'artère. La pulsation étouffée d'une musique de danse lui parvenait par la porte de derrière d'une boîte de nuit. Une brise légère répandait dans les rues de la ville une odeur d'ozone salé en provenance de la mer. Quelque part au loin, une sirène de police hurlait, solitaire, dans les rues désertes. Ce ne pouvait pas être à cause des véhicules de l'Institut – ils avaient été détruits plusieurs heures auparavant par des mortiers et des masers, à presque dix kilomètres d'Armstrong City. Trevelyan Halgarth et Ferelith Alwon n'atteindraient jamais l'Institut et ne pourraient pas aider l'Arpenteur. Avec un peu de chance, leurs implants mémoires auront été détruits dans l'incendie de leur Land Rover Cruiser. Aussi morts que Kazimir.

Stig prit une cigarette et ouvrit un briquet à essence démodé. Une mauvaise habitude prise dans le Commonwealth décadent. Le mélange de nicotine et d'herbe lui emplit agréablement les poumons. Il avait besoin d'évacuer le stress de la journée.

—Cette petite lumière rouge fait de vous une cible de choix, dit Olwen, dissimulée dans l'ombre.

—Si vous vous fiez à une simple cigarette au lieu d'un bon appareil de vision nocturne, c'est que vous êtes déjà dans la merde, rétorqua-t-il.

Elle sortit de sous un porche et se joignit à lui. Ensemble, ils descendirent tranquillement la route qui menait au port.

—Où est Finlay ?

—Il s'est trouvé une bonne planque. Il nous préviendra si jamais ils quittent leur hôtel cette nuit.

—Nous avons de la concurrence sur ce coup-là ?

—Si c'est le cas, alors, ils sont bien meilleurs que nous. Nous n'avons vu personne.

Stig s'arrêta et se retourna pour regarder la grande façade chaulée de l'hôtel *Langford*. Le balcon de la suite royale était un rectangle gris, juste sous le toit. *Comment une fille pareille peut-elle être intéressée par une épave comme Dudley Bose? Ils ont dû venir jusqu'ici pour une raison bien précise.*

—Ils se sont couchés dix minutes après leur retour dans leur chambre, dit Olwen.

—Je croyais que la suite était trop élevée pour qu'on puisse voir ce qui se passe à l'intérieur.

—C'est effectivement le cas. Disons que les lumières se sont éteintes dix minutes après leur retour dans leur chambre. Et elles ne se sont pas rallumées depuis. Je ne suis même pas certaine qu'ils aient pris le temps de s'effeuiller mutuellement, ricana-t-elle. L'exotisme, le danger, la jeunesse… Ils puaient les hormones à plein nez.

Stig ne dit rien. En esprit, il voyait le corps nu de Mellanie étendu sur le lit avec Dudley Bose. Cela l'embêta un peu de ne pas être à la place de l'astronome. Il se sentait jaloux et ce n'était pas normal.

—Alors, qu'est-ce qu'on fait d'eux? demanda Olwen.

—Je ne sais pas trop. Apparemment, ils cherchent à nous rencontrer. Attendons de voir ce qu'ils vont faire demain.

* * *

Le quartier général de Stig à Armstrong City se trouvait dans la vieille quincaillerie Halkin. Elle était bien située, possédait un grand garage à l'arrière, et le voisinage était persuadé que les membres du clan étaient des commerçants qui prenaient le temps d'arranger les lieux pour une ouverture prochaine, ce qui était pratique, puisque cela permettait à de nombreux véhicules et personnes d'aller et venir sans attirer l'attention. C'était une excellente couverture, et Adam Elvin aurait eu de quoi être fier d'eux.

Lorsque Stig arriva dans la matinée, Murdo McPeierls et le jeune Felix McSobel avaient déjà commencé à démonter les moteurs des vieilles Jeeps Mazda Volta. Il y en avait neuf en tout dans le garage et la cour. Stig les avait fait venir dans le cadre de l'opération de contournement du blocus de Boongate mise en place par Adam. Celui-ci ne leur avait encore envoyé aucun détail, pas même par message codé. Mais cela ne devrait pas tarder, car le contrôle systématique des importations leur avait coupé les vivres.

L'une des missions de Stig consistait à mettre sur pied les équipes techniques qui assembleraient la multitude d'éléments des générateurs de champs de force spéciaux nécessaires à la bataille finale. Il était bien placé pour savoir que ces pièces détachées étaient réellement nécessaires aux clans. Tout comme les données martiennes. Il avait parlé à Samantha, qui dirigeait le groupe chargé du montage de l'ordinateur qui contrôlerait le réseau de manipulateurs. Elle lui avait fait comprendre que le temps pressait. Toutefois, Kazimir était mort et les données avaient disparu. *J'aurais dû accomplir cette mission moi-même.* Le destin leur avait joué un vilain tour.

Stig commença par passer une demi-heure dans la salle de gymnastique située au sous-sol de la boutique, à frapper un lourd sac de cuir sur lequel il imaginait le visage de Bruce McFoster. C'était un excellent exercice, une activité dans laquelle il était capable de s'oublier, de cesser complètement de penser.

— Vous êtes troublé, Stig McSobel, chuchota une voix affublée d'un écho.

Il n'avait entendu entrer personne. Il termina de donner un dernier coup de pied et se retourna avec fluidité, s'accroupissant dans un même mouvement. Le Barsoomien qui se faisait appeler docteur Friland se tenait en bas de l'escalier de bois. Il était grand et vêtu d'une sorte de toge sombre en tissu semi-organique. Son visage était dissimulé par une capuche de moine, caché dans une ombre épaisse.

Stig avait déjà essayé de percer ce mystère en utilisant ses implants rétiniens mais s'était heurté à une sorte de champ de distorsion. Les Barsoomiens cachaient systématiquement leur apparence véritable. La rumeur disait qu'ils refusaient de révéler combien leurs modifications les avaient éloignés de leur nature humaine originelle. Le docteur Friland était plus grand que les êtres humains normaux, bien que nombre de citoyens du Commonwealth aient reprofilé leur corps pour produire des variantes monstrueuses et ridicules d'humanité – c'était par exemple le cas des catcheurs. Mais là, c'était différent, même si Stig n'aurait su dire pourquoi.

Celui-ci se redressa et permit aux muscles de ses épaules et de ses bras de se détendre.

— Qu'est-ce qui vous fait dire cela ?

— Lorsque vous êtes frustré, vous avez systématiquement recours à des exercices physiques, expliqua le docteur Friland de sa voix mélodieuse. Cela laisse à votre subconscient le temps de passer en revue les différentes possibilités qui s'offrent à vous.

— Effectivement.

Stig attrapa sa serviette et entreprit de s'éponger – il avait réussi à évacuer pas mal de toxines.

— Au fait, reprit-il, on m'a demandé de vous remercier pour les bioprocesseurs. On les a intégrés à notre ordinateur. Apparemment, ils sont bien plus performants que tout ce qui se fait dans le Commonwealth. Nos simulations numériques n'en seront que plus rapides.

— Tout le plaisir était pour nous.

Stig avança jusqu'au banc et enfila une simple chemisette à manches courtes. Il avait toujours apprécié l'aide apportée par les Barsoomiens, mais il n'avait jamais vraiment su quoi leur dire les rares fois où il les avait rencontrés. Comment faire la conversation à une entité mystérieuse et jalouse de son apparence ? Le docteur Friland était arrivé à Armstrong

City une semaine plus tôt pour livrer au commandement les processeurs promis. Pour des raisons connues de lui seul, il était resté en ville ; il s'était installé dans une grande résidence privée, propriété des Barsoomiens, située dans le quartier chinois.

Sans donner l'impression de bouger les jambes, le docteur Friland pivota sur place pour suivre les mouvements de Stig.

—Il y a quelque chose de nouveau sur le réseau de la ville.

—Un programme de surveillance ? demanda Stig, surpris que les techniciens du clan n'aient rien remarqué, eux qui étaient perpétuellement connectés à la toile.

—Non. Il y a une... présence.

La créature paraissait incertaine, ce qui donna froid dans le dos à son interlocuteur. Les Barsoomiens n'étaient-ils pas infaillibles ? Même les merveilles qu'il avait vues lorsqu'il avait séjourné dans le Commonwealth n'étaient rien comparées aux histoires qu'il avait entendues, enfant, concernant ces mystérieux voisins.

—Vous voulez dire un fantôme ou quelque chose comme cela ?

—Un esprit dans la machine ? Non, pas du tout. Il s'agit davantage du fantôme d'une machine.

—D'accord. Et que fait-il, ce fantôme ?

Sous la capuche de la créature, les ténèbres furent illuminées par un sourire et une rangée de dents.

—Tout ce qu'il veut, répondit-elle.

—Je dirai aux miens de s'occuper de cela.

—Il est difficile à observer. J'ai moi-même énormément de mal à repérer les indices de son passage.

Le sourire s'évanouit et les ténèbres reprirent leurs droits.

—Attendez, vous n'êtes pas en train de me parler de l'Arpenteur ?

— Non. Je parle d'une construction binaire, non pas de l'enfant d'un être biologique. Elle n'est pas arrivée par le portail, autrement, nous l'aurions immanquablement détectée dans le flot de données.

— Alors, de quoi s'agit-il ?

— Je crois bien que vous étiez tout proche de la vérité lorsque vous avez posé votre première question. Quelque chose d'aussi envahissant ne peut être là que pour observer la ville et ses habitants. La question est de savoir qui peut bien avoir besoin d'une telle quantité de données ?

— Mellanie, siffla Stig. Elle cherche à nous rencontrer. Elle est journaliste, donc je suppose qu'elle doit avoir accès à des logiciels d'observation très sophistiqués. Je ne pensais pas que…, commença-t-il en se grattant la nuque avec embarras. Plus que tout autre, je devrais me méfier des apparences.

— C'est la fille qui est arrivée par le portail hier ?

— Oui. Je me demande bien pour qui elle travaille, dit-il en regardant le Barsoomien par en dessous.

— Hélas, nous ne sommes ni omnipotents ni omniscients. Je n'en sais pas plus que vous, et peut-être même moins. Cela fait bien longtemps que j'ai quitté le Commonwealth.

— Vous n'êtes pas né ici ?

Stig savait qu'il n'aurait probablement pas dû le demander, mais les Barsoomiens parlaient si peu, et encore moins d'eux-mêmes.

— Non. Je suis né sur Terre, avant l'ouverture du premier trou de ver par Sheldon et Isaacs.

— Ça alors. J'ignorais que l'on pouvait être aussi vieux. Même Johansson est plus jeune que vous.

— Nous sommes encore quelques survivants de cette époque. Une poignée.

— Bon, fit Stig en se secouant et en commençant à monter l'escalier.

Il observa discrètement le Barsoomien qui le suivait en planant avec légèreté au-dessus du sol poussiéreux de la salle de gymnastique. Le revers de sa toge se souleva tout seul juste avant d'atteindre la première marche.

— Il faut que je règle ça avec ceux de mes agents qui surveillent Mellanie et Bose. Vous voulez venir avec moi ?

— Non, merci. Ils n'ont pas encore quitté leur hôtel. Je pensais plutôt visiter la Galerie nationale. Cela fait si longtemps... Les sculpteurs de la nouvelle génération sont excellents, paraît-il.

Stig se força à ne pas regarder par-dessus son épaule. Les Barsoomiens étaient décidément imprévisibles.

* * *

Le docteur Friland avait raison – Rescorai et Bose étaient toujours à l'hôtel. Apparemment, lui apprirent ses hommes, ils prenaient leur petit déjeuner au lit.

Stig demanda à ses techniciens de traquer tout nouveau programme de surveillance installé sur le réseau de la ville. Il aurait voulu mettre plus de monde sur le dos de la jeune journaliste, mais les clans n'avaient pas assez de représentants à Armstrong City. Et puis, il ne pouvait tout de même pas interrompre des missions en cours sur la foi d'une simple intuition – s'il avait retenu une leçon, c'était bien celle-là. Tant que Mellanie n'aurait rien entrepris contre eux, ils devaient la considérer comme une inconnue non hostile. Après tout, il lui fallait continuer de surveiller le portail quotidiennement et de travailler au contournement du blocus. Sans compter que le personnel de l'Institut était de plus en plus nombreux à Armstrong City.

Il avait tout de même réussi à faire filer Mellanie, lorsque Bose et elle avaient fini par quitter leur hôtel. Pour le moment, il s'estimait heureux de n'avoir pas encore été repéré. Toutes les heures, il faisait le point sur la situation. Elle se comportait comme une reporter débutante, ce qui pouvait n'être qu'une couverture, une façade. Par ailleurs, Stig ne comprenait toujours pas ce qu'elle trafiquait avec ce Bose.

* * *

La première journée de Mellanie à Armstrong City ne fut pas très productive. Après une longue nuit de sommeil pour récupérer du voyage, elle se rendit à la Maison du gouverneur, où elle passa plus de une heure dans le bureau des relations avec la presse à se renseigner sur l'actualité locale. Elle s'était imaginé à tort que le fait de travailler pour Michelangelo lui conférerait des privilèges spéciaux, encouragerait le responsable des relations publiques du gouverneur à lui révéler quelques rumeurs croustillantes sur les notables de la ville. Ici, personne n'avait entendu parler de Michelangelo. Selon la ligne officielle, les Gardiens ne seraient qu'une bande de bouseux, de montagnards arriérés, étrangers à la ville. On insista beaucoup sur le fait que la vie suivait normalement son cours, que personne ne paniquait.

Ensuite, elle visita les locaux du *Armstrong Chronicle*, l'organe de presse principal de la ville, qui diffusait les communiqués officiels et était aussi présent sur le réseau. Toutefois, elle n'en apprit pas davantage. Au moins les journalistes du cru lui firent-ils un compte-rendu de l'embuscade qui avait eu lieu à l'extérieur de la ville. Elle fut choquée d'apprendre que Trevelyan Halgarth et Ferelith Alwon étaient morts et que les équipes médicales avaient extrait leurs implants mémoires pour les rapatrier dans le Commonwealth. Elle demanda s'il s'agissait d'un coup des Gardiens, mais on lui répondit simplement qu'on ne savait rien de plus que ce que la police avait bien voulu révéler, à savoir que la pègre locale était fortement suspectée.

Après cela, elle était passée par une salle de musculation pour y enregistrer un petit sujet sur les autochtones fortunés occupés à sculpter leur corps en vue d'un séjour prolongé loin de leur planète natale à faible gravité. Le reportage était tellement inintéressant, qu'elle fut véritablement gênée de l'envoyer à Michelangelo lorsque le trou de ver fut ouvert.

Dans l'après-midi, elle interrogea les gens dans la rue et en apprit infiniment plus. En effet, tout le monde semblait persuadé que les Gardiens étaient derrière les récentes attaques subies par les véhicules et les locaux de l'Institut. Si c'était véritablement le cas, se dit Mellanie, alors, les Gardiens devaient être présents en ville.

De retour à l'hôtel, elle examina la maigre récolte de renseignements que le sous-programme de l'IA avait réunie pour elle.

—Je n'ai trouvé aucune preuve irréfutable de l'intervention des Gardiens, lui expliqua celui-ci. Néanmoins, à l'ouverture du trou de ver, cet après-midi, de nombreux messages codés ont afflué sur le réseau de la ville. La plupart étaient certes destinés à la Maison du gouverneur et à l'Institut.

—Et les autres ?

—Ils étaient adressés à des individus. Étant donné les proportions modestes de ce réseau, il devrait être possible de déterminer par corrélation les adresses physiques des destinataires.

—Je ne vais tout de même pas faire du porte-à-porte.

—Bien sûr que non. Dès que j'aurai identifié les bâtiments qui ont reçu ces messages codés, je pourrai passer leurs systèmes en revue pour en apprendre davantage. Néanmoins, il est un endroit où je ne pourrai jamais entrer : la résidence des Barsoomiens, dans le quartier chinois. Des processeurs très étranges connectés au nœud local m'ont forcé à me retirer immédiatement de la zone.

— Les Barsoomiens… C'est un genre de mouvement vert radical, non ?

— C'est en effet une des raisons d'être de ce mouvement. Ce sont des humains désireux d'explorer sans restriction le potentiel génétique de leur corps et de leur environnement, sans se soucier du regard de la société. Il n'y avait pas meilleur endroit que Far Away pour les accueillir. Sans gouvernement local efficace, on ne peut appliquer les interdictions qui ont cours sur tous les autres mondes du Commonwealth.

— Ils sont liés aux Gardiens ?

— Je ne sais pas. Toutefois, il est fort peu probable que les deux groupes s'ignorent. Dans les archives du *Armstrong Chronicle*, j'ai trouvé de nombreuses références aux chevaux anormalement gros utilisés par les Gardiens – des animaux génétiquement modifiés, en toute logique.

— C'est intéressant. Prévenez-moi si vous découvrez quelque chose de nouveau.

Mellanie et Dudley dînèrent au restaurant de l'hôtel. Le curry choisi par la jeune femme se révéla beaucoup plus fort que tous ceux qu'elle avait mangés ailleurs, mais elle parvint tout de même à le terminer à grand renfort d'eau minérale bien fraîche, sous le regard amusé du serveur. Dudley n'eut pas cette chance. Il commença à se plaindre de son estomac avant même d'avoir rejoint leur suite.

— J'étais pourtant certain d'adorer la nourriture épicée, marmonna-t-il en sortant pour la deuxième fois de la salle de bains.

— Il faut sans doute que tu te réhabitues. Ton nouveau corps n'est pas encore capable de digérer le curry.

Elle sortit de sa valise une petite robe de soirée blanche qui, contrairement au reste de sa garde-robe, n'appartenait pas à sa propre collection. Elle venait de chez Nicallio et avait été dessinée spécialement pour elle. Elle lui allait comme un gant, et Mellanie le savait. Il y avait plusieurs plis dans le tissu brillant. La jeune femme fronça les sourcils. Elle avait décidé de faire de l'effet et ne pouvait pas se permettre de laisser ces menus défauts détourner l'attention de l'assistance. Elle suspendit soigneusement la robe dans la penderie – le tissu se lisserait tout seul d'ici au lendemain soir. De toute façon, elle n'avait aucune confiance dans les pressings des hôtels sur cette planète.

Si ses recherches continuaient d'être aussi infructueuses, il lui faudrait utiliser la bonne vieille méthode. Durant sa visite des locaux du *Armstrong Chronicle*, plusieurs employés mâles l'avaient frôlée en lui proposant de lui servir de guide pour visiter la ville la nuit.

Mellanie examina une nouvelle fois sa robe si courte et soupira avec résignation. Bien sûr, s'il le fallait, elle était prête à baiser avec n'importe qui pour obtenir un contact. Évidemment. Ces derniers temps, néanmoins – surtout depuis l'invasion des Primiens, en fait –, elle avait commencé à réfléchir à d'autres moyens de faire son travail. Après tout, la plupart des reporters obtenaient des résultats sans coucher. Elle essaya de compter les personnes avec lesquelles elle avait baisé, mais se perdit rapidement dans ses calculs. Depuis cet horrible jugement, sa vie avait pris une drôle de tournure. Elle avait fait de son mieux pour garder les commandes et ne pas se perdre. Les événements récents avaient eu des conséquences tellement considérables. Force lui était toutefois d'admettre que cela avait été amusant. Enfin, parfois. Effrayant, aussi.

Tant de gens, tellement de fois…

Comme elle l'avait dit à ce bon vieux Hoshe Finn des siècles et des siècles plus tôt, elle n'avait pas honte de sa sexualité. Vraiment. Le plus douloureux avait été de découvrir la vérité concernant Alessandra. La trahison.

Alessandra l'avait prostituée pour le compte de l'Arpenteur, sans jamais se soucier d'elle.

J'aurais dû dire oui à cet obsédé du cul et du fric de Jaycee. Avec lui, au moins, les choses auraient été claires depuis le début.

— Tu te sens bien ? demanda Dudley.

— Quoi ? Oui.

Dudley se tenait toujours fermement l'estomac. D'une main il lui caressa la joue.

— Tu pleures.

— Non, pas du tout, rétorqua-t-elle en s'éloignant et en s'essuyant à la hâte.

— Je croyais que... Oh...

Et de se précipiter dans la salle de bains.

Mellanie grogna, exaspérée, et se laissa tomber sur le lit. Dehors, la ville était presque silencieuse, et elle espérait avoir une bonne nuit de sommeil. Au moins, Dudley la laisserait-il en paix.

La bande-son désagréable et bruyante de la souffrance digestive de l'astronome lui parvint à travers la porte de la salle de bains. Mellanie fouilla dans son sac à la recherche des bouchons en silicone qu'on lui avait donnés à bord de l'avion. Elle se les enfonça dans les oreilles et remonta la couette au-dessus de sa tête.

* * *

Le matin venu, Mellanie décida de se comporter en professionnelle. Elle n'était pas restée assise sur un banc d'université pendant des années, n'avait jamais suivi de cours de journalisme. Toutefois, en travaillant avec l'entourage d'Alessandra Baron, elle avait appris suffisamment de choses pour savoir comment mener une enquête digne de ce nom.

— Je veux une analyse complète de tous les procès qui se sont tenus ces deux dernières années, dit-elle au sous-programme. Je veux une liste de toutes les personnes suspectées d'appartenir ou d'avoir appartenu au mouvement des Gardiens. Ensuite, nous mettrons tout cela en corrélation avec les destinataires des messages codés d'hier.

— Je ne peux pas faire cela. Les archives du tribunal sont stockées dans une mémoire isolée.

— C'est ridicule, les procès-verbaux sont supposés être accessibles au public. C'est même écrit dans la constitution du Commonwealth, il me semble.

— Oui, il s'agit de l'article 54. Néanmoins, la Cour de justice d'Armstrong City a choisi ce moyen de stockage pour des raisons de sécurité. Comme la plupart des systèmes de la Maison du gouverneur, ceux du tribunal sont anciens. Faute d'argent, les programmes de protection n'ont pas pu être mis à jour, aussi ces données sont-elles très vulnérables. Si elles étaient accessibles, n'importe quel logiciel de subversion venu du Commonwealth pourrait les détruire ou les modifier.

— Merde !

— Il est cependant possible de se rendre sur place pour demander à examiner une copie.

— Bien. Si c'est la seule solution.

— Les archives du *Armstrong Chronicle* sont accessibles, elles. Je les examinerai et vous fournirai une liste de cas à étudier en priorité.

— Merci.

Dudley voulait l'accompagner.

— Je ne pense pas que ce soit une très bonne idée, dit-elle avec diplomatie.

En dépit de ses bouchons, elle l'avait entendu se précipiter dans la salle de bains plusieurs fois durant la nuit. Assis à l'autre bout de la grande salle à manger, il n'avait réussi à avaler qu'une tasse de café avec un léger nuage de lait et une minuscule tranche de pain grillé. À le voir, on pouvait penser qu'il avait la gueule de bois du siècle.

—Je vais très bien, bougonna-t-il.

Mellanie n'avait pas la force de discuter. Elle enfila un tee-shirt gris perle et un jean, puis noua ses cheveux avec une lanière de cuir. Pour le bien de Dudley, ils laissèrent passer trois taxis sauvages avant d'arrêter enfin une voiture dotée d'une licence officielle.

* * *

—Je crois que quelqu'un les suit, annonça Olwen.

Stig était en train de briefer les membres de l'équipe restés à la quincaillerie. Plus de la moitié de ses agents étaient dispersés aux quatre coins de la ville dans le cadre de missions diverses. Il leva la main pour faire patienter son auditoire et demanda :

—Qui ?

—Nous n'en sommes pas sûrs. Cela fait deux heures qu'ils sont au tribunal. J'ai du mal à rester discrète. Mais il y a bien quelqu'un d'autre. Quelqu'un qui se donne autant de mal que moi pour ne pas se faire remarquer. Il n'est dans aucun de nos fichiers.

—Avez-vous découvert ce qu'elle fait ici ?

—Elle consulte des archives, mais je ne sais pas encore lesquelles. Finlay est censé interroger les fonctionnaires lorsque nos deux cibles seront parties.

—Bien. Je tâcherai de vous fournir une couverture électronique. Restez en position.

Il monta au premier étage, où étaient installés les ordinateurs de l'équipe. Keely McSobel et Aidan McPeierls étaient tous les deux connectés au réseau de la ville. Il leur demanda de scanner le quartier du palais de justice à la recherche de toute trace de communications codées.

— Vous aviez raison, dit-il à Olwen cinq minutes plus tard. Nous avons localisé au moins trois ennemis dans l'enceinte du tribunal.

— Qu'est-ce qu'on fait ?

— Rien. Ne perdez pas Rescorai et Bose de vue. J'arrive avec des renforts.

* * *

Mellanie faisait des progrès rapides. Le sous-programme lui avait donné une liste de sept affaires susceptibles, selon le quotidien local, d'être liées aux Gardiens. Dans tous les cas, il était question d'attaques menées contre les véhicules ou le personnel de l'Institut à Armstrong City. La police n'avait arrêté que très peu de suspects, dont une poignée avait fini par être jugée. Pour la plupart, il s'agissait de marginaux devenus subitement riches, de punks de seconde zone grassement payés pour harceler l'Institut. Tous s'en étaient sortis grâce à des avocats compétents.

Mellanie sourit en lisant le compte-rendu pour la seconde fois. Trois des avocats les plus en vue de la ville s'étaient partagé toutes ces affaires. Des types extrêmement bien cotés et payés.

— Activité électronique accrue à l'intérieur et autour de la bâtisse, annonça le sous-programme. Je crois qu'on vous observe.

Mellanie se frotta les yeux et éteignit le moniteur sur lequel elle était en train de lire les archives. L'appareil éjecta le cristal mémoire prêté par l'employé.

— La police ? demanda-t-elle.

— Non. Les systèmes utilisés sont plus perfectionnés que ceux que la police de ce monde utilise. Les émissions sont étranges. Comme si deux groupes distincts opéraient indépendamment l'un de l'autre.

— Deux ?

Mellanie en eut la chair de poule. Il ne faisait pourtant pas froid dans ce bureau. Le soleil de midi se déversait par les doubles vitrages, et la climatisation fonctionnait par intermittence, tandis qu'à l'extérieur, une atmosphère chaude et humide enveloppait la ville, s'accrochait à elle comme un amoureux trop possessif. Si deux groupes s'intéressaient réellement à elle, alors l'un d'entre eux devait œuvrer pour l'Arpenteur. Alessandra avait-elle appris qu'elle était ici avec Dudley ?

L'astronome était affalé sur une chaise de l'autre côté du bureau. Sa pose et sa jeunesse lui donnaient des airs d'écolier boudeur. Sous ses paupières fermées, ses yeux bougeaient comme s'il était en phase de sommeil paradoxal. En réalité, il consultait des dossiers dans sa vision virtuelle.

Pendant quelques secondes, Mellanie fut tentée de se faufiler hors de la pièce et de l'abandonner ici. Sauf qu'il n'aurait pas manqué de paniquer et de faire un scandale. Par ailleurs, si un agent de l'Arpenteur essayait de l'enlever, il serait parfaitement incapable de se défendre.

Et si, en fin de compte, tu avais pris la mauvaise décision en l'emmenant avec toi ?

— Allez, Dudley, dit-elle en le secouant par l'épaule. On s'en va.

* * *

Dès qu'ils furent à l'extérieur, Mellanie chaussa ses lunettes de soleil. Dans la lumière crue et chaude, Dudley parut se rabougrir littéralement. Il luisait de sueur comme ils s'éloignaient de la grande bâtisse et se dirigeaient vers Cheyne Street.

Des lignes argentées apparurent sous la peau de la jeune femme, telles des créatures marines s'approchant avec méfiance de la surface. Elles s'étendirent et se multiplièrent le long de ses bras, sur son cou et jusqu'à ses joues, qu'elles recouvrirent de délicats filigranes. Elle en activa quelques-unes elle-même – celles qui fonctionnaient avec les systèmes les plus simples, ceux de ses senseurs qui amplifiaient sa perception de l'environnement dans lequel elle évoluait. Les autres étaient directement contrôlés par le sous-programme.

Cheyne Street était animée. La rue se trouvait tout près du centre, à la frontière entre le quartier administratif et celui des commerces. Le trafic était dense, l'air piquant saturé de fumées d'échappements. Les cyclistes qui zigzaguaient entre les voitures et les camions portaient tous un masque sur le nez. Mellanie avança sur le trottoir encombré en tâchant de ne pas trop penser à ce que la pollution faisait à ses poumons.

— On va la jouer simple, dit-elle soudain au sous-programme. Il nous faut une voiture pour rentrer à l'hôtel.

Une longue liste de véhicules – en fait, tous les engins qui roulaient ou étaient garés sur Cheyne Street – défila dans la vision virtuelle de la jeune femme. Aucun n'avait moins de dix ans. Comme ils avaient été importés du Commonwealth, ils étaient équipés d'un ordinateur de bord, gadget complètement inutile dans une ville dépourvue de système de gestion du trafic.

— Deux Land Rover Cruiser enregistrés à l'Institut viennent de tourner dans cette rue, dit le sous-programme. Ils se dirigent vers vous.

Les implants et tatouages de Mellanie lui montrèrent la multitude de signaux qui filaient à travers l'éther de la ville. Elle vit les Cruisers se connecter à plusieurs personnes disséminées sur le trottoir. Deux d'entre elles étaient très proches, à vingt mètres à peine, et pressaient le pas. Elle se retourna furtivement et vit deux hommes vêtus de l'uniforme noir de l'Institut. Sa vision virtuelle superposa des données iridescentes au paysage. Les deux silhouettes étaient séparées du reste de la foule par des halos rouge et mandarine.

— Je ne me sens pas très bien, dit soudain Dudley, dont le visage ruisselant de sueur était devenu livide.

Mellanie eut envie de le gifler. Elle n'arrivait pas à y croire. Lui faire cela à elle, maintenant. Ne comprenait-il pas qu'ils étaient dans le pétrin ?

— Il faut se dépêcher, Dudley, ils arrivent.

— Qui ?

Il fut coupé dans son élan par un spasme violent. Il porta rapidement la main à sa bouche, tandis que les passants le regardaient. Comme ses joues se gonflaient, les spectateurs se détournèrent en grimaçant, écœurés.

Les sens améliorés de Mellanie lui montrèrent le sous-programme qui s'installait dans l'ordinateur de bord d'une voiture. Les deux hommes de l'Institut avaient presque atteint l'entrée du tribunal. L'un d'entre eux dégaina un pistolet ionique.

— Hé ! vous ! cria-t-il.

Dudley se plia en deux. Les gens s'écartèrent pour ne pas être éclaboussés par le vomi liquide qui s'écoulait sur les dalles du trottoir. À présent, il n'y avait plus personne entre Mellanie et les soldats armés.

— Ne bougez pas, ajouta l'homme en uniforme.

Il leva son pistolet et visa. Mellanie cligna des yeux, comme un puissant laser vert la frappait au visage.

Un klaxon de voiture retentit bruyamment. Les passants se retournèrent, curieux, puis se mirent à hurler de panique. Soudain, une vieille Ford Maury traversa la chaussée et fonça tout droit sur les soldats. Le laser vert changea de cible, se braqua sur le véhicule. Mellanie entraperçut la conductrice – une femme d'âge mûr qui tournait désespérément son volant dans tous les sens, le visage déformé par l'horreur, terrorisée par cette voiture qui refusait d'obéir. Un concert de klaxons dirigés vers la voiture incontrôlable noya tous les autres bruits de la rue. Les soldats voulurent s'écarter de sa trajectoire, mais elle suivit le moindre de leurs mouvements. Les roues avant heurtèrent le bord du trottoir, et le châssis tout entier bondit d'un demi-mètre. L'homme qui avait brandi son arme eut le temps de tirer une fois en l'air avant que la calandre de la Maury le heurte de plein fouet juste au-dessus des hanches.

Mellanie grimaça en voyant le corps se plier sur la voiture, les bras et le torse frapper lourdement le capot. Le véhicule finit sa course contre le mur de pierre du tribunal. L'avant fut littéralement chiffonné pour absorber le gros du choc et protéger les passagers. Des sacs éponges en morphoplastique jaillirent des sièges et s'enroulèrent autour de la conductrice. À l'extérieur de la voiture, il n'y avait aucune protection. L'impact démembra le soldat, un peu comme si une charge explosive avait éclaté à l'intérieur de son corps. Pendant un instant, les hurlements des témoins choqués couvrirent ceux des klaxons.

Une seconde voiture rebondit sur le bord du trottoir avec un craquement sinistre et frappa l'autre soldat, qui assistait, incrédule, à la mort atroce de son collègue. Il fut projeté contre le mur à moins de cinq mètres du premier impact.

Le charme fut brisé. Les passants commencèrent à courir dans tous les sens pour s'éloigner de cette scène horrible. Les véhicules et les cyclistes faisaient des embardées pour les éviter.

— Vite ! cria Mellanie à Dudley.

Elle le tira par le bras, le souleva presque à cause de la faible gravité. Plus loin, sur Cheyne Street, un autre choc violent. Elle passa en revue le flot de données fournies par ses sens améliorés et comprit que le sous-programme de l'IA avait pris les commandes d'un camion de livraison pour aller percuter un des véhicules de l'Institut. S'en était suivi un embouteillage qui avait bloqué la moitié de la circulation.

Une petite Cowper Ables quatre places s'arrêta, toutes portières ouvertes, à hauteur de Mellanie. La jeune femme poussa Dudley à l'intérieur.

— On y va! cria-t-elle.

La voiture s'inséra dans ce qui restait du trafic. Les autres véhicules semblaient s'écarter pour la laisser passer et s'éloigner de ce chahut. Mellanie se retourna et regarda la scène, bouche bée. Les gens avaient cessé de courir. Les plus hardis s'étaient approchés des voitures accidentées et tentaient d'en extraire les passagers.

Elle s'enfonça dans son siège et expira par saccades. Sa vision virtuelle relayait la rafale de communications cryptées qui filaient sur le réseau de la ville.

— Vous voyez toujours les gars de la seconde équipe de surveillance? demanda-t-elle au sous-programme.

— Oui.

La chaîne de données apparut dans son champ de vision – globes turquoise reliés entre eux par des courbes orange fluorescent. Dix personnes utilisaient le même canal. Trois d'entre elles se dirigeaient vers Cheyne Street à bord de véhicules non identifiés. Les autres étaient concentrées autour du tribunal.

— Vous savez qui est le patron?

— Quelqu'un, dans une des voitures qui approchent à grande vitesse, envoie plus de messages que les autres. Il est raisonnable de penser qu'il s'agit du chef. Toutefois, je suis dans l'incapacité de déchiffrer leur cryptage, aussi m'est-il difficile d'affirmer quoi que ce soit.

— Pas grave. Si les autres types travaillaient pour l'Institut, ceux-ci doivent être des Gardiens. Il me faut le code d'accès de l'interface du leader.

Une adresse électronique personnelle s'afficha dans sa vision virtuelle. Les autres données s'estompèrent. Elle regarda ses bras et constata que ses tatouages disparaissaient lentement.

—Tu vas bien? demanda-t-elle à Dudley.

Il était recroquevillé sur son siège et tremblait violemment.

—Tu crois qu'ils avaient des implants mémoires? articula-t-il d'une voix faible.

—Je suppose que cela fait partie de leur contrat, oui.

—Je veux rentrer à la maison.

—Ce n'est pas une mauvaise idée. Je veux rentrer aussi.

Le trou de ver ouvrait dans deux heures. Leur hôtel était probablement sous surveillance. S'ils partaient tout de suite, ils pourraient peut-être échapper à l'Institut.

—Voyez si vous pouvez nous glisser sur la liste des passagers du prochain vol pour Boongate, dit-elle au sous-programme. Laissez tomber l'hôtel et conduisez-nous près des 3P. Évitez la place elle-même, mais arrêtez-vous à proximité.

Mellanie prit une minute pour retrouver ses esprits. Elle regrettait ce qui s'était passé avec ces voitures, cependant, si le sous-programme n'était pas intervenu, Dudley et elle seraient à l'arrière d'un 4x4 en train de foncer vers un avenir incertain et probablement court.

Elle demanda à son assistant virtuel de contacter le Gardien.

* * *

Stig stoppa la voiture à l'extrémité de Kyrie Street, juste en face des 3P. Le restaurant italien *Franico's* était à vingt mètres de là.

—Vous voulez vraiment le faire? demanda Murdo McPeierls.

— Puisqu'on ne peut pas compter sur l'effet de surprise…

Murdo était avec lui dans la voiture lorsque Mellanie avait appelé ; inutile donc de dissimuler son amertume.

— Je vais reconnaître le terrain. Criez si vous avez besoin d'aide.

— Pas de problème.

Stig examina le trafic avec appréhension. La rue avait l'air parfaitement normale. Tout comme Cheyne Street juste avant que les voitures deviennent complètement folles.

Il se redressa un peu et entra chez *Franico's*. Mellanie n'avait choisi ce restaurant ni pour son décor ni pour sa carte. Des murs courbes gris et des arches de corail mort divisaient l'établissement en compartiments bas de plafond, qui lui donnaient des allures de fourmilière. Chez *Franico's*, on mangeait des pâtes et des pizzas, mais aussi du poisson frais, pêché dans la mer du Nord.

Stig mit quelques secondes à trouver Mellanie. Dudley et elle étaient assis tout près de la porte, à l'ombre d'une arche décrépie, ce qui permettait à la journaliste d'observer sans être vue tous ceux qui entraient. Il s'approcha de leur table et prit place. Dudley le regarda en fronçant les sourcils. Le jeune astronome ressuscité tenait un verre d'eau à deux mains. Mellanie, elle, avait commandé une bière et une assiette de pain à l'ail.

— Merci d'être venu, dit-elle.

— Votre appel m'a surpris. Et intrigué.

— J'ai besoin de parler aux Gardiens.

— Je vois.

Elle sourit et mordit à pleines dents dans une tranche de pain. Du beurre fondu lui coula sur le menton.

— Merci de m'en donner la possibilité.

Stig faillit protester, mais cela aurait été vain.

— Comment m'avez-vous trouvé ? Et surtout, comment avez-vous fait pour obtenir mon adresse ?

— J'ai un bon programme de surveillance. Très bon, même.

— Ah ! C'est donc vous qui écumez le réseau de la ville.

Mellanie cessa de mâcher et le regarda, surprise.

— Vous m'aviez repérée ? demanda-t-elle en se tamponnant le menton avec une serviette de table.

— Nous savions qu'il y avait quelque chose. Quelque chose de très discret et insaisissable.

— Oui, mais ne vous en faites pas. Il n'est pas hostile.

— Je doute que l'Institut soit de cet avis.

— Ils avaient dégainé leurs armes. Je suppose qu'ils voulaient nous interroger, Dudley et moi. Avant de nous transformer en agents de l'Arpenteur.

Stig garda le silence pendant quelques secondes, le temps d'assimiler ce qu'elle venait de dire.

— C'est très probable, en effet. Vous voudriez bien me dire ce que vous savez à ce sujet ? Franchement, à part les Gardiens, je ne connais personne qui croie à l'Arpenteur.

— J'ai découvert qu'Alessandra Baron, mon ancienne patronne, était des leurs. Elle a saboté une enquête que je...

Mellanie se raidit. Un écheveau argenté et alambiqué apparut sur ses joues et autour de ses yeux.

— Bordel de merde, mais qu'êtes-vous donc, au juste ? laissa-t-elle échapper.

Stig regarda par-dessus son épaule et vit arriver le docteur Friland. Sous sa capuche, les ténèbres avaient cédé la place à un nuage violet. Qui s'évanouit rapidement. Stig se retourna vers Mellanie, dont les tatouages s'étaient aussi estompés.

— Match nul ? proposa le docteur Friland d'une voix douce et lointaine.

— Match nul, dit Mellanie, sur ses gardes.

— J'en suis heureux. Pour revenir à votre question...

— Vous êtes un Barsoomien.

— Exact. Je suis le docteur Justin Friland. Heureux de faire votre connaissance, Mellanie Rescorai.

La jeune femme brandit son index et désigna successivement les deux personnages.

— Vous travaillez ensemble ? demanda-t-elle.

— Cela nous arrive de temps à autre, répondit Friland. Comme aujourd'hui, par exemple.

— Bien, bien, fit Mellanie en sirotant une gorgée de bière sans lâcher le Barsoomien des yeux.

— Résumons-nous, reprit Stig. Nous ne nous tirons pas dessus, et l'Arpenteur est notre ennemi commun. Alors, dites-moi, Mellanie, de quoi vouliez-vous parler avec les Gardiens ?

— Je suis venue demander des conseils, répondit-elle, légèrement troublée.

— Des conseils ?

Pourquoi une fille aussi audacieuse aurait-elle besoin des conseils de qui que ce fût ? Elle était maligne, déterminée et pleine de ressources. Manifestement, elle était capable de se prendre en charge. Jamais il n'avait vu quelqu'un d'aussi bien équipé. *Mais alors, avec qui travaille-t-elle ?*

— Comme vous l'avez si bien dit, dans le Commonwealth, personne ne croit à l'Arpenteur. J'ai besoin de savoir ce que vous comptez faire pour en venir à bout. Si je puis vous aider. J'ai quelques alliés très puissants.

— Très bien, laissez-moi juste le temps d'aller faire une copie de nos plans et de dresser une liste de tous nos agents disséminés dans le Commonwealth intersolaire.

— Arrêtez de jouer au crétin. Nous savons tous les deux ce qui va se passer ici. Donnez-moi une adresse temporaire et je vous contacterai une fois de retour chez moi. De cette façon, nous pourrons négocier et trouver un terrain d'entente, un compromis, si vous préférez.

—J'entends bien, dit Stig. Mais que va-t-on faire de votre partenaire ici présent ?

Dudley leva à peine les yeux de son verre d'eau. Cette conversation semblait l'ennuyer au plus haut point.

—Comment cela, que va-t-on faire de Dudley ? demanda Mellanie.

—C'est de lui qu'est partie cette histoire.

—Misérable crétin ! cracha Dudley, prêt à mordre. N'avez-vous donc aucun sens de la perspective ? Personne n'est à l'origine de ce qui arrive, et personne ne pourra l'arrêter. Surtout pas moi.

Stig avait décidé de garder son calme, ce qui, se dit-il, était une bonne chose.

—Sans vous, *Seconde Chance* n'aurait jamais volé. Sans vous, des millions de gens ne seraient pas morts.

—Moi aussi, je suis mort, là-haut, espèce de connard ! Ils m'ont attrapé, m'ont fait prisonnier, m'ont... m'ont...

Mellanie passa un bras autour de lui.

—Tout va bien, dit-elle doucement en lui caressant la colonne vertébrale. Calme-toi, Dudley. Rassieds-toi. L'Arpenteur s'est servi de lui. Si vous ne me croyez pas, demandez à Bradley Johansson. Il a rencontré l'ex-femme de Dudley. Il sait tout du financement de son département d'astronomie.

Stig ne savait pas quoi faire. Le plus simple serait de lui donner l'adresse à usage unique qu'elle demandait et de laisser Johansson et Elvin se débrouiller. Toutefois, assis en face d'un Dudley manifestement instable, il se disait qu'on était en train de le manipuler. Son instinct le poussait à penser qu'une jeune femme aussi séduisante que Mellanie ne pouvait pas mentir. Objectivement, toutefois, il l'estimait dix fois plus dangereuse que n'importe quel vétéran de son clan. Elle semblait pourtant si ouverte et sincère.

— Puis-je vous demander ce que vous feriez si les Gardiens ne vous venaient pas en aide ? intervint le docteur Friland.

— Eh bien, je tenterais autre chose. Je tâcherais de réunir un maximum de preuves contre Baron, afin de la dénoncer aux autorités et, avec un peu de chance, de démanteler le réseau d'agents auquel elle appartient.

— Elle fait sans doute partie d'une cellule de trois agents – c'est le format le plus fréquent, de nos jours – agents dont elle ne connaît probablement même pas l'identité, puisqu'ils ne communiquent que par l'intermédiaire d'une messagerie cryptée.

— Je les trouverai quand même, insista Mellanie, impitoyable. Communications cryptées ou pas, je remonterai jusqu'à la source.

— Oui, puisque, nous avez-vous dit, vous avez des alliés puissants. L'un d'entre eux nous a d'ailleurs fait la démonstration de ses talents tout à l'heure. Mais, est-il réellement digne de confiance ?

— S'il ne l'était pas, je serais morte depuis longtemps.

— Je suppose que c'est une raison valable de vous fier à lui. Tout ce que je souhaite, Mellanie, c'est que vous continuiez à poser des questions. Vous êtes reporter, non ? Malgré les apparences et l'aide mystérieuse dont vous bénéficiez, vous êtes plutôt douée.

— L'aide qu'on reçoit importe peu, dit-elle. Il faut déjà avoir du talent.

Le docteur Friland rit.

— Et une grande confiance en soi, ajouta-t-il. Donc, Mellanie, ne laissez jamais tomber votre instinct de reporter. Ne cessez jamais de poser les bonnes questions. Réfléchissez également aux motivations de votre puissant allié. Après tout, il n'est pas humain. Il n'est pas fait de chair et de sang. Son destin, son évolution ne peuvent être identiques aux nôtres.

—Je… Oui. D'accord.

—Les traîtres sont toujours plus proches qu'on ne le pense. Regardez César.

—Qui ça ?

Stig fronça les sourcils. *Elle plaisante, non ?*

—Un politicien de l'ancien temps, répondit Dudley d'un air las. Un empereur trahi par ses proches. Pour la bonne cause, évidemment.

—C'est toujours pour la bonne cause, dit le docteur Friland d'une voix de petit garçon frappé par un chagrin énorme.

—Je ne ferai pas cette erreur, assura Mellanie en cessant délibérément de regarder le Barsoomien et en se concentrant sur sa bière.

Stig demanda à son assistant virtuel de préparer un fichier contenant une de ses multiples adresses à usage unique.

—Voici l'adresse que vous avez demandée, dit-il à Mellanie en transférant les données vers sa messagerie. J'espère que vous ne vous moquerez pas de moi.

—Oui, si je vous double, vous me retrouverez et cetera, et cetera…

—Je vous retrouverai, vous, votre implant mémoire et votre sauvegarde sécurisée.

—Bien essayé. Toutefois, si nous ne battons pas l'Arpenteur, tout cela ne servira à rien. Et puis, si j'étais réellement un agent de l'Arpenteur, vos amis quincailliers et vous seriez déjà morts.

La désinvolture avec laquelle elle venait de faire allusion à leur base secrète aurait dû énerver Stig. Qui se surprit toutefois à l'admirer. *Quelle femme ! Mais alors, pourquoi Dudley ?*

Elle eut un sourire insolent, car elle savait qu'elle avait remporté ce round.

—Le trou de ver ouvre dans soixante-dix minutes. On ferait mieux d'y aller. Dudley et moi avons réservé des places sur le prochain vol, sous des noms d'emprunt. Cela devrait suffire.

—Nous continuerons de surveiller la zone, dit Stig. Au cas où l'Institut voudrait vous causer des soucis.

—Je vous fais confiance. Au revoir et merci.

—Bon voyage!

* * *

Pour un mariage moderne entre membres de Dynasties intersolaires, celui-ci fut plutôt démodé et court. Wilson et Anna optèrent pour les promesses classiques d'amour, de fidélité et d'obéissance. La dernière mode consistait, pour les jeunes mariés, à écrire eux-mêmes leurs vœux ou, s'il n'avait pas la fibre poétique, à louer les services d'un professionnel pour composer quelques vers poignants. Certains allaient même jusqu'à faire mettre le texte en musique pour le chanter près de l'autel, devant l'assistance. Pour cela, il était parfois nécessaire de subir un modeste reprofilage cellulaire, histoire d'être sûrs de chanter juste et en harmonie.

—Vous pouvez toujours courir, avait dit Anna à l'organisateur de la cérémonie pourtant plein d'espoir.

Ce fut une bonne décision, compte tenu des personnalités présentes à la cérémonie qui allait avoir lieu dans la chapelle multiconfessionnelle de l'atoll de Babuya. La présidente Gall était bien sûr invitée par le marié. Elle s'était d'ailleurs débrouillée pour s'asseoir devant la présidente Elaine Doi et la délégation sénatoriale menée par Crispin Goldreich. Les officiers supérieurs de la Marine étaient installés autour des parents de la mariée, qui se sentaient mal à l'aise parmi tous ces personnages importants. Wilson, qui avait une famille très nombreuse, fut forcé de faire des choix douloureux. Par exemple, il n'invita aucune de ses ex-femmes, avec qui il était pourtant en excellents termes, et se contenta d'un enfant par mariage. Évidemment, pour des raisons politiques, mais aussi par courtoisie, il ne put faire autrement que d'inviter des gens de Farndale, ainsi que Nigel Sheldon, qui vint avec quatre de ses concubines. Ozzie, quant à lui, ne daigna même pas répondre.

Étant donné le nombre toujours plus grand d'invités potentiels, d'aucuns suggérèrent de louer une cathédrale pour accueillir toutes les personnes qui souhaitaient *absolument* venir. Wilson refusa catégoriquement et regretta de s'être laissé influencer par Patricia Kantil, pour qui toutes les occasions de faire de la propagande étaient bonnes. Un bon tiers des bancs de la chapelle étaient réservés aux envoyés des médias. Malheureusement pour eux, les correspondants permanents présents sur l'Ange des hauteurs durent céder leurs invitations aux animateurs vedettes et autres pontes de leurs chaînes respectives.

Les maisons de couture entrèrent aussi dans la bataille et prirent le pari d'habiller le plus d'invités possibles. Des restaurants étoilés par le Michelin appelèrent pour proposer leurs services. Des musiciens de pacotille qui savaient tout juste grattouiller quelques accords de guitare voulurent animer la soirée. Un petit entrepôt sur Kerensk fut loué pour stocker les cadeaux.

Wilson était assis sur le premier banc et attendait en frappant nerveusement dans ses mains que l'organiste ait fini de jouer un hymne horrible du XXIIe siècle. Son uniforme de parade en tissu noir sans défaut commençait à lui tenir chaud. Très chaud même.

— Elle ne viendra probablement pas, dit le capitaine Oscar Monroe d'une voix joyeuse et assez forte pour être entendue à plusieurs mètres à la ronde. C'est ce que je ferais à sa place. Trop de pression. Vous auriez mieux fait d'organiser une petite cérémonie privée, comme c'était prévu au départ.

—Merci, siffla Wilson à son garçon d'honneur.

—Je fais juste mon boulot. Je vous prépare au pire. Tiens..., ajouta-t-il en pivotant sur le banc.

—Elle est là ?

—Nan. Les journalistes commencent à se lécher les babines. On dirait une bande de tigres à dents de sabre, regardez-moi ça.

Wilson eut une irrépressible envie de rire.

—Merde, mais vous allez la fermer !

Avec des fioritures théâtrales, l'organiste commença à jouer la *Marche nuptiale*. Wilson et Oscar se levèrent simultanément en prenant bien soin de ne pas se regarder pour ne pas éclater de rire. Anna avançait le long de l'allée centrale au bras de Rafael Columbia. Une centaine d'implants rétiniens suivirent le moindre de ses mouvements. Des millions de spécialistes de la mode regrettèrent, depuis de multiples studios, que la mariée fût vêtue d'un uniforme. Heureusement, les neuf milliards et demi de personnes qui assistaient au spectacle sur l'unisphère ne se souciaient aucunement de leur avis.

* * *

Les gens de la Marine qui attendaient dans le jardin de la chapelle – ils étaient en pause ou en congé – se retournèrent pour applaudir le couple qui sortait de la bâtisse en arborant le même sourire, comme il se devait. Touchés par la spontanéité de leur accueil, les mariés leur firent des signes amicaux et disparurent sous la marquise tendue à côté du bâtiment. Les invités se déversèrent sur la pelouse pour admirer le croissant déclinant d'Icalanise au-delà du dôme de verre. À des centaines de kilomètres du vaisseau extraterrestre géant brillaient des éclats de lumière – la nouvelle plate-forme d'assemblage formait déjà un cercle sur la toile de fond étoilée. Les politiciens étaient rassurés de voir que leurs tractations et négociations budgétaires avaient abouti et engendré quelque chose de concret. Nombreux, parmi eux, furent ceux qui comparèrent en secret ces éclats métalliques à la vision des vaisseaux monstrueux venus par milliers de l'autre bout de la galaxie. Dans ces circonstances particulières, il était certes difficile d'être complètement rassuré.

Toutefois, personne n'osa gâcher la fête. Tout le monde se comporta avec décence, y compris – dans les limites de leurs capacités – les reporters spécialistes des potins mondains. De fait, tous tentèrent de se rapprocher de Nigel Sheldon à un moment ou un autre de la soirée. L'occasion était trop bonne, car on ne le voyait que très rarement dans ce genre de réunions. Le vice-président Bicklu mit un point d'honneur à ignorer Oscar, qui leva ostensiblement son verre chaque fois que leurs regards se croisèrent. La petite Emily Kime, âgée de dix ans – elle était l'unique demoiselle d'honneur d'Anna – parvint à vider deux verres de vin blanc avant de se faire attraper par ses parents. Alessandra Baron et Michelangelo se comportèrent comme des aimants antagonistes, se repoussant mutuellement et se débrouillant pour ne jamais se trouver à moins de dix mètres l'un de l'autre.

L'on but énormément d'authentiques et très onéreux vins français. Les conversations étaient agréables et animées, et même Oscar réussit à rester civilisé, même si sa blague sur ce fantôme martien lubrique ne remporta pas le succès escompté. L'orchestre était en forme et, sous la marquise, un nombre impressionnant de questions politiques furent réglées en un temps record.

Wilson et Anna s'éclipsèrent assez tôt et se rendirent dans un luxueux hôtel de New Glasgow. Officiellement, leur lune de miel devait durer vingt-quatre heures. On laissa néanmoins filtrer dans les médias que tous les deux seraient de retour au bureau dès le lendemain matin. La réaction de la Marine après la perte de vingt-trois planètes était prise au sérieux par toute la population. Ainsi, les jeunes mariés avaient-ils remis leurs projets de procréation à plus tard. Comme tous les jeunes couples du Commonwealth. Les loueurs de matrices artificielles et les cliniques de modifications génétiques étaient loin d'être surchargés de travail. Cette tendance, ajoutée à d'autres soucis économiques, inquiétait beaucoup le Trésor.

* * *

Il était presque minuit lorsque Oscar monta dans une nacelle individuelle et gravit la paroi incurvée du Pentagone II. Même à cette heure-ci, la plupart des bureaux étaient en pleine activité. La Marine travaillait sans interruption pour finaliser la conception des nouveaux vaisseaux et lancer la production au plus vite. D'ici quelques jours, il lui faudrait prendre le commandement de *Defender* pour une patrouille longue d'un mois. À son retour, le navire serait certainement devenu obsolète. Les techniciens de CST avaient déjà livré le prototype d'un hyperréacteur de type 6, dont la vitesse théorique avoisinait les quatre années-lumière par heure. Le vol d'essai était prévu dans deux semaines. Le progrès était en marche et l'engin de type 5 n'était finalement jamais sorti de l'usine.

L'ascenseur le déposa au vingt-neuvième étage. Dans les niveaux réservés à la direction, il y avait beaucoup moins de personnel. Il ne croisa personne en remontant le couloir qui menait à son bureau. Il ferma la porte, n'alluma pas les lumières et s'installa à son poste de travail. Pendant un long moment, il demeura immobile. Ce n'était pas la première fois qu'il montait jusqu'ici pour faire ce qu'il avait à faire. Chaque fois, toutefois, il s'était... Non, pas vraiment dégonflé. La colère l'avait empêché d'agir. La colère d'avoir été contacté par Adam. La colère qui le poussait à ne pas abandonner, à ne pas se laisser contrôler. Tout avait changé. Adam et lui n'étaient plus des petits jeunes, des têtes brûlées dont le cerveau avait été infecté par une idéologie en laquelle ils ne croyaient pas réellement.

Plusieurs fois, tandis qu'il était assis dans ce bureau à réfléchir, il avait eu envie d'appeler Rafael Columbia. Pour en finir. Il n'échapperait pas à une longue, très longue suspension de vie, mais lorsqu'il en sortirait – s'il en sortait jamais –, la société serait devenue meilleure. Cette dernière pensée lui arrachait systématiquement un éclat de rire amer. *Du Monroe tout craché : refiler le boulot à d'autres et attendre que les choses s'arrangent d'elles-mêmes.*

Pendant quelque temps, après les événements d'Abadan, il avait intensivement exploré son âme. La douleur et la culpabilité ne s'étaient estompées qu'au bout d'une dizaine d'années. Après tout, ils avaient fait une erreur. Ce n'était pas un accident – inutile de se voiler la face. Néanmoins, il n'avait pas souhaité tuer tous ces gens. Ce n'était pas prévu. Alors, il avait refait sa vie, sans toutefois parvenir à se reconstruire. La couverture fournie par le parti lui avait permis de trouver un travail, de se faire des amis, d'accomplir de belles choses. En œuvrant pour la division exploratoire de CST, il avait découvert des douzaines de nouveaux mondes, sur lesquels des aventuriers avaient pu prendre un nouveau départ, loin de la malhonnêteté et de la cupidité des politiciens corrompus et des Dynasties du Commonwealth. Il avait visité quelques-unes de ces planètes, les avait trouvées calmes et agréables, pleines d'espoir. Il avait donné une chance à tant de gens. C'était ce qui comptait le plus, ce qui lui avait permis de réapprendre à vivre avec lui-même. Ce que les colons feraient de l'occasion qu'il leur avait offerte ne le regardait pas. Il avait fait son possible et ne pouvait espérer mieux. Seuls les connards arrogants comme Adam Elvin – le plus grand fumier de l'histoire de l'humanité – pensaient avoir le droit de choisir pour les autres.

Adam était stupide et imbu de lui-même, mais il n'était pas malhonnête. Il pensait sincèrement que quelque chose d'anormal s'était produit sur *Seconde Chance.*

Le pire, c'est que je ne comprends toujours pas comment nous avons fait pour perdre Bose et Verbeke sur la Tour de guet. Pas complètement, en tout cas.

Oscar tira un cristal mémoire à haute densité de sa poche, puis un autre. À la fin, il y en avait huit, alignés sur son bureau poli. Il introduisit le premier dans son ordinateur.

— Il me faut les enregistrements du journal de bord de *Seconde Chance*, dit-il à son assistant virtuel. Je m'intéresse particulièrement à la période située entre l'effondrement de la barrière et notre entrée dans l'hyperespace. Je veux la liste des dossiers.

Les données apparurent en silence dans sa vision virtuelle. En fait, il y avait de nombreux journaux de bord : les machines, la passerelle, les données visuelles, les systèmes environnementaux, les senseurs externes, l'énergie, les communications, les véhicules auxiliaires, les combinaisons spatiales individuelles, la cuisine, l'infirmerie, le carburant, les performances des fusées, l'hyperréacteur, la navigation, les satellites, les ponts habitables. Et la liste se poursuivait encore et encore, jusqu'aux systèmes de secours et aux analyses structurelles. Oscar ne s'imaginait pas que tous ces aspects de la vie à bord étaient consignés, que toute intimité était interdite à l'équipage. Il se servit de ses mains virtuelles pour désigner les catégories qui lui semblaient les plus utiles, puis demanda à son assistant d'en faire une copie. Le chargement prit un bon bout de temps.

4

Cent vingt années.

Passées comme une lettre à la poste. Il ne s'était rendu compte de rien, n'avait aucunement conscience du temps qui s'était écoulé. Il ne se rappelait même pas ses rêves. Son cerveau avait certes mis longtemps à sortir de sa torpeur, à redevenir pleinement conscient. Pour le moment, il n'avait pas encore ouvert les yeux. Mais il était déjà content d'exister, de pouvoir formuler des pensées, en dépit des ténèbres qui l'enveloppaient.

Souvenirs. Il sentait leur présence : couleurs mélangées, parfums, fantômes. Rien de substantiel. Ils tourbillonnaient autour de lui, se regroupaient, rassemblaient leurs forces, lui permettaient d'entrevoir des mondes étranges, des endroits où lumière et sons avaient jadis existé. Une zone de l'espace-temps qu'il avait occupée au cours de ses vies précédentes.

À présent, il savait pourquoi il était parti. Aucun sentiment de culpabilité ne le torturait. Au contraire, il ressentait une douce satisfaction. Il était toujours vivant, l'esprit intact – le corps aussi, sans doute, même s'il n'était sûr de rien pour le moment. Il vérifierait lorsqu'il serait prêt. L'univers dans lequel il émergerait bientôt serait certainement des plus intéressants. En dépit de son inertie sociétale, le Commonwealth ne pouvait qu'avoir progressé dans diverses directions. La technologie devait être ahurissante. Tout comme les proportions du Commonwealth, qui comporterait des espaces de phase quatre et même cinq. Que d'occasions à saisir ! Un nouveau départ. Un départ moins brusque que la dernière fois, certes ; cependant, rien ne l'empêcherait de récupérer ce qui lui avait filé entre les doigts lors de sa dernière vie.

Une sorte de grisaille attira son attention, l'empêcha de se concentrer sur ses souvenirs évanescents. Une grisaille produite par la lumière vive qui éclairait ses paupières fermées. Parsemées de taches rouges. Du sang. Son cœur battait lentement, régulièrement. Un bruit, comme un faible sifflement lui parvenait. Une respiration humaine. La sienne. Il respirait. Son corps était en vie, indemne. Maintenant qu'il le savait, il commençait à sentir sa peau qui le picotait partout. L'air, autour de son corps, était frais et légèrement humide. Il y avait des gens tout près de lui.

Il eut une brève bouffée d'angoisse. Sa tranquillité cesserait dès qu'il ouvrirait les yeux. L'univers serait complètement détraqué.

Ridicule.

Morton souleva les paupières.

Des silhouettes floues se déplaçaient autour de lui. Des zones lumineuses et sombres se croisaient, changeaient de position comme des nuages dans un ciel d'automne. Il battit des paupières et nettoya ses yeux chassieux. Les formes devinrent plus nettes. Il était étendu sur une sorte de lit, dans une petite chambre sans rien de remarquable, avec un chariot encombré de matériel médical près de lui. Deux hommes se tenaient près du lit et le regardaient. Ils portaient des blouses gris-vert, des blouses semblables à celles dont étaient vêtus les gens du département de la Justice le jour où on l'avait fait sombrer.

Morton essaya de parler. Il s'apprêtait à lancer : *Au moins, vous êtes toujours humains...* Mais seul un gargouillement humide sortit de sa gorge.

—Du calme, dit l'un des deux hommes. Je suis le docteur Forole. Tout va bien. Pour le moment, c'est tout ce qui doit compter pour vous. Aucun problème à signaler. Vous sortez doucement de votre interruption de vie. Vous me comprenez ?

Morton voulut hocher la tête, mais se contenta de la bouger de quelques millimètres sur l'oreiller trop ferme. Ce n'était pas si mal. Il se rappelait très bien comment se passaient les cures de rajeunissement, cette longue période, à la fin, où l'on restait allongé sans pouvoir faire quoi que ce soit. Cette fois, au moins, son corps fonctionnait. Lentement, certes, mais il fonctionnait. Il déglutit.

—À quoi ça ressemble ? réussit-il à chuchoter.

—De quoi parlez-vous ? demanda le médecin.

—Dehors. Il y a eu beaucoup de changements ?

—Ah !... Morton, votre peine a été modifiée. Ne vous en faites pas ! On va juste vous demander de prendre une décision. En fait, on vous a réveillé plus tôt que prévu.

—Plus tôt ?

Il lutta pour se redresser sur ses coudes. C'était un effort terrible, mais il réussit à lever la tête de quelques centimètres. La porte de la chambre s'ouvrit, Howard Madoc entra. L'avocat n'avait pas du tout changé depuis le procès.

—Bonjour, Morton. Comment vous sentez-vous ?

—Comment cela, plus tôt ? grogna-t-il avec insistance.

—Moins de trois ans, répondit le docteur Forole.

—Cent dix-sept ans ? J'ai eu une remise de peine pour comportement exemplaire ? J'ai été un prisonnier modèle ?

—Non, non. Vous n'avez subi que deux ans et demi d'interruption.

Morton n'avait pas assez d'énergie pour crier. Il se laissa retomber sur son oreiller et lança à son avocat un regard suppliant.

—Que se passe-t-il ?

Le docteur Forole se tourna vers l'homme de loi, hocha furtivement la tête et fit un pas en arrière.

— Vous souvenez-vous du vaisseau *Seconde Chance* et de son voyage vers les Dyson ? C'était juste avant votre procès.

— Oui, bien sûr.

— Eh bien, il est revenu. Après avoir découvert quelque chose, là-bas. Une espèce extraterrestre. Une espèce hostile, Morton. Très hostile.

— Qu'est-il arrivé ?

Morton écouta sans rien dire le récit de son avocat : l'effondrement de la barrière, le vol de *Conway*, l'attaque dévastatrice des Primiens, les vingt-trois planètes perdues.

— Nous sommes en train de nous ressaisir, expliqua Madoc. La Marine met une armée sur pied. Elle va équiper d'implants des volontaires qu'elle larguera sur les planètes envahies. Il s'agira de mener une guérilla, de harceler les Primiens, de saboter leurs installations, de gagner du temps pour préparer une offensive de plus grande envergure.

Le regard de Morton se perdit dans le blanc du plafond. Un sourire sans joie déforma son visage.

— Laissez-moi deviner : si je me porte volontaire, si je me bats pour le Commonwealth, j'aurai droit à une libération anticipée ?

— Exactement.

— C'est magnifique, dit-il avant de partir d'un rire dément. Combien d'années puis-je espérer gagner ?

— Toutes.

— Waouh ! Ce doit être une mission suicide.

Howard Madoc haussa maladroitement les épaules.

— Votre contrat prévoirait une procédure de résurrection au cas où vous ne reviendriez pas vivant.

— À quoi tout cela servira-t-il, si nous perdons ?

— À vous de voir, Morton. Prenez le temps de réfléchir. Si vous le souhaitez, ils peuvent vous replonger en suspension.

— Sûrement pas, s'empressa-t-il de répondre. Dites-moi, pourquoi m'avoir choisi, moi ?

— Vous avez le profil, répondit simplement l'avocat. Vous êtes un tueur.

* * *

La plupart des réfugiés étaient descendus du train bien avant Darklake City. Mellanie n'avait jamais été aussi heureuse de voir la gare de sa planète natale, avec son architecture palladienne. Boongate avait ressemblé à ses pires cauchemars. Malgré leurs billets de première classe et en dépit de l'aide de Niall Swalt, ils avaient eu les plus grandes difficultés du monde à monter dans leur train. La police locale épuisée et débordée avait reçu l'aide d'un bataillon d'officiers de CST venus tout droit de Wessex. Les médias avaient commencé à parler d'un possible couvre-feu et d'une fermeture partielle des autoroutes qui conduisaient au portail.

Sur Oaktier, le soleil était couché lorsque Mellanie finit par descendre du train. Elle faillit se retourner pour vérifier que sa valise la suivait bien. Sauf que celle-ci était restée dans sa chambre de l'hôtel *Langford*. Elle l'avait abandonnée, dans sa fuite précipitée, avec un tas d'autres choses. Aperçu une dernière fois à travers la vitre de son compartiment, le visage malheureux de Niall Swalt, avec ses boutons et ses tatouages vert olive, resterait longtemps imprimé dans son esprit. *J'ai néanmoins réussi ma mission.*

Un taxi les conduisit à hôtel *Otways* du quartier de Vevsky. Elle y avait réservé une chambre via l'unisphère dès qu'ils avaient traversé le portail de Half Way. Les établissements *Otways* constituaient une chaîne d'hôtels de standing moyen, au confort ordinaire, qui leur conviendraient parfaitement le temps de trouver quelque chose de plus stable. Pas question de retourner dans son appartement. Alessandra le faisait certainement surveiller.

Dudley alla immédiatement se coucher. Son estomac allait mieux, mais il n'avait pas réussi à dormir durant le vol de Shackleton. L'avion géant était plein à craquer de passagers ravis et surtout soulagés d'être loin de Far Away. Les conversations animées et incessantes n'avaient pas dérangé Mellanie, qui s'était endormie immédiatement après avoir abaissé son dossier et mis des bouchons dans ses oreilles. Durant sept heures.

Appuyée contre le rebord de la fenêtre, elle admirait la grille lumineuse des rues de Darklake City. Tellement plus vivantes que celles d'Armstrong City. Les lumières de la chambre étaient éteintes et Dudley ronflait paisiblement. Face à cette ville si familière, la semaine écoulée – presque irréelle – défilait comme un feuilleton IST dans son esprit. Sauf qu'elle avait vraiment trouvé le moyen de contacter les Gardiens.

Elle s'éloigna de la fenêtre et s'affala sur le canapé étroit de la chambre. Sa main virtuelle se déplaça dans son champ de vision et effleura l'icône de l'IA.

— Bonjour, Mellanie. Nous sommes heureux de voir que tu nous es revenue en un seul morceau. Notre sous-programme nous a déjà envoyé un résumé de ton séjour à Armstrong City.

— Il nous a été d'une aide précieuse, là-bas. Merci. À mon avis, l'Arpenteur va beaucoup m'en vouloir après ça.

— En effet. Tu vas devoir faire très attention.

— Tu peux surveiller mes arrières, me prévenir au cas où tu détecterais une activité anormale ou des agents ennemis ?

— Bien sûr, Mellanie.

— Je vais appeler les Gardiens. On m'a donné une adresse à usage unique. Tu me diras qui est à l'autre bout du fil et, surtout, où se trouve cet autre bout ?

— Non, Mellanie.

— Pourquoi cela ? Ton sous-programme était capable d'obtenir n'importe quelle information à Armstrong City.

— Ce n'est pas une question de capacité, Mellanie, mais d'implication dans toute cette affaire.

La conversation qu'elle avait eue avec le docteur Friland lui revint brutalement en mémoire.

— Eh bien, quel est ton niveau d'implication ?

— Nous souhaitons nous faire aussi discrets que possible.

— Tu es de notre côté ou non ?

— Les côtés sont propres aux entités physiques, Mellanie. Ce que nous ne sommes pas.

— La planète qui accueille tes processeurs est bien solide et se trouve dans les limites du Commonwealth. Je ne comprends plus rien. À Randtown, tu nous es venu en aide, à moi et aux autres habitants. Tu as parlé à MatinLumièreMontagne, qui a promis de te massacrer, de t'éliminer comme toutes les espèces vivantes de la galaxie.

— MatinLumièreMontagne ne savait pas ce qu'il disait. Il ignore tout des créatures qui peuplent cette galaxie. En fin de compte, il sera défait.

— Peut-être, mais si tu ne fais rien, il va nous exterminer, nous.

— Tu nous flattes, Mellanie. Malheureusement, nous ne sommes pas omnipotents.

— Qu'est-ce que cela veut dire ?

— Nous ne sommes pas Dieu.

— Mais tu es très puissant.

— Oui. C'est pour cela que nous devons user sagement de notre force, avec mesure. Un principe que nous avons emprunté à la philosophie humaine. Si nous nous précipitions à votre aide au moindre problème, votre civilisation deviendrait complètement dépendante de nous, et nous serions pour ainsi dire vos maîtres. Si cela arrivait, vous

vous rebelleriez et vous en prendriez à nous, car votre nature est ainsi faite. Nous ne souhaitons pas en arriver là.

—Pourtant, tu vas m'aider, puisque tu as promis de surveiller mes arrières.

—Nous avons promis. Cependant, protéger une partenaire et se mêler des affaires d'une espèce tout entière sont deux choses différentes. Le fait de protéger un simple individu ne décidera pas du sort de cette guerre.

—Alors, pourquoi perds-tu ton temps avec moi ? À quoi cela sert-il ?

—Ma petite Mel, tu ignores tout de notre nature.

—Je t'ai toujours considéré comme une personne. Es-tu en train de me dire que je me suis trompée sur ton compte ?

—Question intéressante. Vers la fin du XXᵉ siècle, de nombreux technologistes et écrivains considéraient notre développement comme une sorte de *singularité*. L'avènement de la véritable intelligence artificielle, capable de se perpétuer ou de fabriquer ses propres composants, était considéré comme une perspective extraordinaire. D'aucuns rêvaient même d'un âge d'or, où les machines auraient suppléé les humains dans toutes leurs tâches physiques. D'autres s'attendaient à ce que nous vous détruisions, comme nous aurions détruit des rivaux ou adversaires. Très peu nombreux furent ceux qui dirent que nous connaîtrions un développement exponentiel et que nous nous retirerions dans notre continuum propre. D'autres idées, encore plus folles, furent exposées. Finalement, aucune de ces théories ne s'est vérifiée, même si toutes étaient inspirées. Évidemment, puisque notre intelligence est fondée sur des bases déterminées par vous. De ce point de vue, tu as raison de nous considérer comme une personne. En poussant l'analogie jusqu'à ses limites, on pourrait dire que nous sommes voisins, et rien de plus. Nous n'existons pas pour l'humanité, Mellanie. Vous et vos activités n'occupez qu'une toute petite partie de notre conscience.

— D'accord, je veux bien comprendre que tu ne vas pas tout laisser tomber pour nous défendre. Est-ce que cela signifie que tu ne bougerais pas le petit doigt si MatinLumièreMontagne était sur le point de nous balayer de la surface dc cette galaxie ?

— Tout bon avocat te dira qu'il ne faut jamais poser à un témoin une question dont on ne connaît pas déjà la réponse.

— Nous éviterais-tu l'extinction ? demanda-t-elle directement.

— Nous n'avons pas encore décidé.

— Cool ! Eh bien, merci pour tout !

— Nous t'avions prévenue. Toutefois, si tu veux savoir, nous n'avons pas peur pour la race humaine. Nous avons foi en toi, petite Mel. Regarde-toi ! Avec ou sans aide, tu vas réussir à prouver l'existence de l'Arpenteur.

— Effectivement.

— Ta détermination sera bientôt celle de millions, de milliards de personnes. Vous, les humains, êtes une force formidable.

— Pour le moment, ces milliards de personnes sont dupées et trahies. Pas facile de leur faire changer d'avis.

— Selon nous, la structure de votre société incorpore un grand nombre de mécanismes correcteurs qui fonctionnent à petite et à grande échelle.

— C'est tout ce que nous sommes pour toi ? Des rats de laboratoire qui tournent en rond dans une boîte ?

— Mellanie, nous sommes vous. N'oublie jamais cela. Nous contenons tellement d'esprits humains !

— Et alors ?

— Cette partie de nous qui communique avec toi vous adore. Aie confiance, Mellanie. Aie davantage confiance en ta propre espèce.

La main virtuelle dorée de la jeune femme s'abattit sur l'icône de l'IA et mit un terme à la conversation. Mellanie passa plusieurs minutes dans le noir à réfléchir à ce qui avait été dit. Depuis Randtown, elle avait considéré l'IA comme une sorte d'ange gardien des temps modernes. Mais c'était terminé. Pour de bon. À présent, elle était dans l'incertitude la plus totale, et elle tremblait.

Elle avait toujours cru que le Commonwealth viendrait à bout de l'Arpenteur et de MatinLumièreMontagne. Ce serait un rude combat, mais il finirait par gagner. Lorsqu'elle travaillait avec Alessandra, elle avait rencontré des dizaines de sénateurs et d'assistants parlementaires ; elle savait qu'ils étaient obsédés par les élections, qu'ils ne pensaient qu'à s'assurer le soutien des uns et des autres. Malgré cela, ils étaient forts et intelligents. En cas d'urgence, on pouvait leur faire confiance. Et puis, ils étaient conseillés par l'IA – c'était une équipe infaillible. Enfin, c'était ce qu'elle croyait jusqu'à ce soir. Le docteur Friland avait eu raison de remettre en question les motivations de l'IA. C'était d'ailleurs la première fois qu'elle rencontrait quelqu'un qui semblait se méfier de cette machine grosse comme une planète. Brièvement, elle se demanda ce qu'il savait au juste. Et comment il l'avait appris. Toutefois, cela resterait une question secondaire jusqu'à nouvel ordre.

Elle demanda à son assistant virtuel d'appeler l'adresse que Stig lui avait donnée. La connexion fut immédiatement établie. La bande passante était étroite et n'offrait qu'une liaison audio.

— Je suppose que vous êtes Mellanie Rescorai, dit une voix d'homme non identifiée – l'adresse était dépourvue de fichier d'identification.

— C'est exact. Et vous, vous êtes ?

— Adam Elvin.

— Paula Myo est à vos trousses, c'est bien cela ?

— Vous avez entendu parler de moi – c'est très flatteur.

— Sauf que vous ne pouvez pas prouver que vous êtes bien Elvin.

— Ni vous que vous êtes Rescorai.

— Vous connaissiez mon nom, vous saviez que Stig m'avait donné cette adresse.

— Bien joué. Alors, Mellanie, que puis-je faire pour vous ?

— Je sais que l'Arpenteur existe. Alessandra Baron est un de ses agents.

— Oui, Stig m'a tout dit. Pouvez-vous le prouver ?

Mellanie soupira.

— Je ne sais pas. Ce ne sera pas facile. Je sais qu'elle a couvert des irrégularités liées à la fondation Cox, celle-là même qui a financé les travaux de Dudley Bose. Toutes les preuves ont été effacées.

— J'ai appris quelque chose de très important au fil des décennies, jeune Mellanie : il reste toujours des preuves. Il suffit de savoir où chercher.

— Je devrais donc continuer sur cette voie ? Au fait, ne m'appelez plus « jeune Mellanie ». C'est condescendant.

— Excusez-moi. Le moment est mal choisi pour me fâcher avec une alliée potentielle. Stig m'a dit que vous souhaitez collaborer avec les Gardiens.

— Oui, c'est vrai. J'ai l'impression d'être toute seule, ici.

— Je compatis. Néanmoins, pour nous, cela risque d'être un peu compliqué. Nous n'accordons que difficilement notre confiance.

— Je connais le même problème.

— Bien. Je suis disposé à partager certaines informations avec vous. Des informations qui vous aideront, qui feront peut-être avancer notre cause, mais sans compromettre les nôtres. Qu'en dites-vous ?

— Cela me va. Ma première question concerne l'incident de L.A. Galactic : connaissez-vous l'identité de l'assassin ?

Ce serait un bon début pour gagner la confiance de Paula Myo.

— Vous connaissez Paula Myo ?

— Pas très bien. Elle persiste à garder ses distances. Toutefois, reprit Mellanie en se tournant vers le grand lit où dormait paisiblement Dudley, c'est elle qui m'a conseillé de m'intéresser au professeur Bose. C'est comme cela que j'ai découvert le montage financier de la fondation Cox.

— J'ignorais tout cela. Myo admet-elle l'existence de l'Arpenteur ?

— Je n'en suis pas certaine. Elle reste toujours sur ses gardes.

— Oui, c'est bien son genre. Pour répondre à votre question, l'assassin s'appelle Bruce McFoster. C'est – ou c'était – un agent de l'Arpenteur truffé d'implants. À l'origine, Bruce était membre d'un clan, sur Far Away, mais il a été blessé et capturé durant un raid. Ne me demandez pas comment l'Arpenteur s'y prend pour accomplir cette chose monstrueuse, car nous n'en sommes pas sûrs. Nous savons de la bouche de Bradley Johansson que ce n'est pas une expérience très agréable.

— Très bien, merci. Je vais continuer d'enquêter sur la Cox. Je vous préviendrai si je découvre des preuves matérielles.

— Ce que nous aimerions vraiment savoir, c'est qui a récupéré les informations transportées par notre messager tué à L.A. Galactic. Tâchez de devenir copine avec Paula Myo et de lui poser la question.

— Je ferai de mon mieux.

— Une dernière recommandation : vous savez qu'elle est native de Huxley's Haven ?

— Oui.

— Cela signifie qu'elle abhorre tout ce qui est illégal. Je vous conseille donc de ne pas lui dire que vous nous avez contactés. Cela pourrait très bien vous conduire en prison.

— Ouais, je sais comment elle est. Elle a fait coffrer un de mes amis, il y a quelque temps. Il avait juste piraté un registre.

— Bien. Je vous envoie un fichier contenant une adresse à usage unique. Utilisez-la lorsque vous aurez besoin d'entrer en contact avec moi.

La connexion fut coupée. Comme promis, le fichier était arrivé. Mellanie considéra l'icône pendant quelques secondes, avant de demander à son assistant virtuel d'en protéger l'accès. C'était le genre de précaution qu'aurait prise un véritable agent, pour le cas où les choses tourneraient mal. Lorsque les données furent en sécurité, elle s'avança jusqu'au lit sur la pointe des pieds et s'allongea à côté de Dudley sans le réveiller.

* * *

Le taxi déposa Mellanie au 1800 Briggins, une longue rue résidentielle du quartier Olika. L'artère courait à un kilomètre du lac, parallèle à la côte, d'où son atmosphère humide. Des bungalows ceints de pelouses verdoyantes étaient agglutinés autour de chalets entourés par des murs, tandis que la plupart des carrefours étaient occupés par des résidences luxueuses, aux allures de palaces miniatures. Des bateaux clinquants montés sur des remorques occupaient de nombreuses places de parking, et il y avait des *jet skis* dans presque tous les jardins. Les rues transversales étaient pleines de restaurants chics, de bars et de boutiques. Les « gros salaires » et professionnels des médias avaient fait exploser le marché de l'immobilier et chassé du quartier les classes moyennes.

Le fait que Paul Cramley vive ici ne laissait pas de surprendre Mellanie. Le 1800 était un bungalow aux arches de corail couleur lavande encadrant des fenêtres aux vitres légèrement argentées. Sa structure était circulaire – les pièces arrondies étaient organisées autour d'une piscine centrale. Il devait habiter ici depuis les tout premiers jours de la colonisation. Le bungalow était simplement venu remplacer une ferme constituée de préfabriqués en aluminium. Darklake s'était lentement développée autour de chez lui et Cramley avait progressivement vendu ses terres aux promoteurs. D'après ce qu'elle savait de lui, c'était la seule explication possible. Autrement, il n'aurait jamais pu se permettre de vivre ici.

Paul était l'une des personnes les plus âgées qu'il lui ait été donné de rencontrer. Il affirmait être né sur Terre bien avant l'ouverture du premier trou de ver. De ce fait, il connaissait tous ceux qui méritaient d'être connus sur Oaktier, puisqu'ils étaient tous arrivés après lui. Mellanie lui avait été présentée lors d'une soirée organisée par un ami de Morty. Paul se nourrissait chez les autres. Il était de toutes les fêtes prétentieuses. Le plus étonnant, c'était de les voir tous lui parler avec déférence. Morty lui avait expliqué un jour que Cramley était complètement intoxiqué par la toile, qu'il passait jusqu'à dix-huit heures par jour connecté à l'unisphère. Il y cherchait souvent des informations difficilement accessibles, ce qui le rendait utile dans les hautes sphères du monde financier.

Le portail se déverrouilla avant même qu'elle l'ait atteint. Elle traversa la petite cour et se dirigea vers la porte d'entrée en bois. L'un des nostats de Paul ondula sur les dalles usées. C'était une créature extraterrestre semblable à une perruque mouvante. Dans sa configuration actuelle, elle ressemblait à un losange d'un mètre de côté doté d'une queue courte. Sa fourrure brune semblait aussi douce que de la soie. En dessous, elle paraissait se déplacer sur des poils plus épais, plus drus, comme ceux d'une brosse, suffisamment résistants pour soutenir le poids de son corps et lui permettre d'avancer en ondulant. Elle atteignit la porte et disparut par la chatière. Mellanie vit avec étonnement son corps changer de forme pour l'aider à se glisser par l'ouverture étroite. C'était un peu comme si sa peau n'était qu'un sac empli d'un fluide visqueux. Un gémissement plaintif résonna de l'autre côté de la porte.

— Qui t'a fait peur ? demanda un homme.

Une silhouette apparut derrière les carreaux ambrés sertis dans le bois. La porte s'ouvrit et Mellanie découvrit un Paul Cramley occupé à serrer le nostat dans ses bras comme un coussin. Il y avait du mouvement derrière lui. Deux autres créatures traversèrent le parquet et s'enfoncèrent plus profondément dans le bungalow. Paul n'avait pas de chaussures. Il n'était vêtu que d'un short de cycliste turquoise délavé aux poches multiples et d'un tee-shirt noir complètement effiloché au col et à l'ourlet. Au lever, il avait des allures de grand-père délinquant. Son visage long, avec ses yeux sombres et pétillants, resterait encore beau pendant une bonne vingtaine d'années avant de nécessiter un rajeunissement. Pourtant, à sa place, n'importe qui d'autre serait entré en clinique trois décennies plus tôt. Ses rides profondes étaient accentuées vers le bas par la pesanteur, ses cheveux, autrefois bruns, étaient gris et clairsemés. Mellanie n'avait jamais vu personne attendre aussi longtemps avant de se faire rajeunir. Il n'avait pas pris de poids – au contraire, il était plutôt maigrichon. Il avait les jambes longues et les genoux enflés par l'arthrite, pensa-t-elle.

— C'est vous, dit-il, déçu.

— Vous le saviez bien, rétorqua-t-elle.

Paul haussa les épaules et lui fit signe d'entrer.

À l'intérieur, le bungalow donnait l'impression d'avoir été abandonné dix ans plus tôt. Ils traversèrent la cuisine et se rendirent dans le salon incurvé. Les lumières étaient éteintes. Des robots ménagers plus vieux que Mellanie attendaient dans leurs alcôves, couverts de poussière, leurs témoins de charge presque invisibles. Dans la cuisine, seuls les modules de boissons étaient actifs. Deux grands cartons étaient posés sur le sol, l'un plein de tasses de thé anglais, l'autre de chocolat prêt à être réhydraté. Le compacteur de déchets était en panne et débordait de boîtes livrées par Bab's Kebab, Mandy Pizzas ou HR Snacks. Un autre nostat s'enfuit du tas puant en la voyant arriver. Il s'aplatit, prit la forme d'un losange d'un mètre de côté et grimpa sur le mur, à la verticale, à la manière d'un insecte.

— Je croyais qu'ils étaient interdits, dit Mellanie.

— On ne peut plus en importer, mais les miens sont arrivés il y a plus d'un siècle. De Ztan, exactement. Un idiot a porté plainte parce que, a-t-il prétendu, les nostats attaquaient ses chers chiens de race, et le Congrès s'est empressé de les interdire. Bien élevés, ils ne causent aucun problème.

Le salon intriguait Mellanie. Exception faite de la poussière et du plafond jauni, il était impeccablement rangé. Même si les meubles étaient tellement démodés qu'on pouvait les qualifier de « rétro chic ». *Mais alors, dans quelle pièce vit-il ?* Depuis le canapé où elle était assise, on voyait le bassin central recouvert de feuilles mortes détrempées.

Paul prit place dans un fauteuil en rotin sphérique accroché au plafond comme un perchoir géant. Le siège craqua de façon inquiétante mais tint bon. Le nostat que l'homme portait et caressait depuis son arrivée se colla davantage à sa poitrine et s'enroula autour de ses flancs.

— Des programmes très étranges vous surveillent, vous savez ? dit-il. Ils vous suivent physiquement à travers la cybersphère, se transférant d'un nœud à l'autre. Comme un animal en laisse, ajouta-il en examinant le nostat.

— Oui, je m'en doutais un peu.

— La dernière fois que vous m'avez demandé une faveur, je me suis fait arrêter. J'étais supposé jeter furtivement et discrètement un coup d'œil à un listing protégé.

— Je sais. Je suis vraiment désolée. Quel a été le montant de l'amende ? Je peux vous rembourser.

— Non, merci, dit-il d'un air absent en continuant à caresser sa boule de poils. La police est venue chez moi et a embarqué tous mes ordinateurs. Cela s'est su et maintenant, je ne peux plus me balader dans cette ville – ma ville – comme j'en avais l'habitude. De nombreuses portes se ferment lorsque j'arrive. C'est extrêmement humiliant pour une personne comme moi, vous savez ? J'étais le plus grand surfeur de cette planète. J'étais... Je ne m'étais jamais fait attraper. Jamais. À côté des piratages dont je me suis rendu coupable, le Grand casse du trou de ver n'était rien. Un jeu d'enfant, tout au plus. Vous commencez à comprendre, maintenant ?

— J'ai déjà dit que j'étais désolée.

— Fait chier !

Paul sauta sur le sol sans se soucier du nostat, qui dégringola le long de ses jambes. Il se tint devant Mellanie, les poings enfoncés dans le canapé de part d'autre des épaules de la jeune femme.

— Êtes-vous réellement aussi bête que vous en avez l'air ? demanda-t-il.

Mellanie prit un air embarrassé. Elle portait une jupette en satin rouge et un haut minimaliste, faits pour la mettre en valeur. Les hommes réagissaient toujours à ce type de tenue, et Paul ne faisait pas exception à la règle. Il ne s'était jamais privé de la draguer ou de la regarder avec concupiscence lorsqu'ils s'étaient croisés à des fêtes. Différemment des autres mâles, certes. Plus gaiement. En revanche, elle ne l'avait encore jamais vu s'emporter de la sorte. Elle positionna sa main virtuelle scintillante au-dessus de l'icône de l'IA, bien que l'idée d'appeler cette chose au secours la répugnât.

— Non, je ne suis pas bête, rétorqua-t-elle avec colère.

—Sans doute, dit-il en reculant et en découvrant ses dents tachées par la nicotine. Paula Myo était protégée par des logiciels extraordinairement sophistiqués. Ce n'est pas pour me vanter, mais il n'y a aucune chance pour que je me fasse attraper en piratant un putain de listing municipal. Du moins pas dans une partie normale. Alors, à votre avis, qui peut bien protéger le cul de cette petite salope ? Hein ? Eh ! fit-il en claquant des doigts, comme s'il venait d'avoir une idée géniale. Et si c'étaient les mêmes fumiers qui protègent votre cul à vous ? Hein ? Ce serait une sacrée coïncidence !

Mellanie grimaça un sourire.

—Je ne sais pas. J'ignorais que Paula Myo était protégée. Sincèrement.

—Ah oui ? demanda Paul en allumant une cigarette et en se rasseyant dans son fauteuil en rotin. Je serais presque tenté de vous croire. Mais, dites-moi, que savez-vous, au juste ?

—Pas grand-chose. Paula Myo refuse de me parler. Je crois qu'elle ne me fait pas confiance.

Paul sourit et souffla un nuage de fumée dans sa direction.

—Vous êtes journaliste. Personne ne vous fait confiance. Les journalistes sont à foutre dans le même sac que les politiciens.

—Pourtant, vous acceptez de parler avec moi.

—Oui, et regardez ce qui m'est arrivé.

—Vous pouvez vous dégotter de nouveaux terminaux ?

—Oui. Mais pourquoi le ferais-je ?

—J'aurais un travail à vous confier.

Paul éclata de rire puis fut pris d'une quinte de toux, qu'il stoppa en se frappant la poitrine.

—Oh, mes aïeux ! Ces jeunes ! Moi aussi, j'ai été jeune, mais quand même ! Ma pauvre mère – paix à son âme irlandaise – avait l'habitude de parler sans réfléchir, mais vous !

— Vous ne devriez pas fumer, lâcha Mellanie.

Elle avait fait de son mieux pour ne pas fixer sa cigarette d'un air réprobateur, et ce malgré la fumée qui lui donnait envie d'éternuer. Mais Paul faisait manifestement exprès de lui souffler son poison au visage.

— Et pourquoi cela ? La cigarette ne tue plus de nos jours. Ma prochaine cure de rajeunissement chassera toute trace de cancer de mes poumons. Et puis, reprit-il en avalant une grande bouffée, cela aide à rester mince. Vous ne le saviez pas ? C'est plus efficace que n'importe quel régime. Vous voulez essayer ? proposa-t-il en lui tendant son paquet.

— Non !

— Les silhouettes comme la vôtre ne supportent aucun excès de poids.

— Bon, vous voulez le faire, ce boulot, ou non ? J'ai les moyens de payer.

— Je ne manque pas d'argent.

Incrédule, Mellanie ne put s'empêcher de jeter un nouveau regard circulaire sur le salon miteux.

— Attention, ma petite, tonna Paul. Il ne faut pas se fier aux apparences.

— Je pourrais vous payer autrement qu'avec de l'argent.

Le regard de Paul se posa sur les chaussures Davino de la jeune femme, puis suivit la ligne de ses jambes.

— Oh, je sais ! dit-il, lubrique. Jeune Mellanie, savez-vous quel moment majeur de ma vie aura lieu d'ici trois courtes années ?

— Non, mais vous allez me le dire.

— Eh bien, dans trois ans, j'aurai quatre cents ans. Si cela ne vous embête pas, j'aimerais vraiment vivre ce jour. Comme disait mon vieux père, ce serait une sacrée façon de partir ! ajouta-t-il en dévorant des yeux les cuisses de son interlocutrice.

La jeune femme se retint de hausser les épaules.

— Je pensais à un autre moyen de paiement. À des informations.

— Voyez-vous cela. Sauf votre respect, Mellanie, vous n'êtes qu'une poule de luxe qui a un peu mieux réussi que les autres.

— Je veux que vous mettiez sous surveillance mon ancienne patronne, Alessandra Baron. Cette mission vous profiterait autant qu'à moi.

Paul prit une nouvelle cigarette dans son paquet et l'alluma au mégot de la première.

— Comment cela ?

— Il y a quelque chose que vous ignorez. Une information qui traîne quelque part sur l'unisphère. Une information critique, vitale pour le Commonwealth. Une information qui pourrait vous permettre de regagner votre statut sur cette planète. À condition d'être utilisée correctement, elle pourrait déverrouiller toutes les portes de votre ville. Étant donné votre âge et votre expérience, ce devrait être une formalité.

— D'accord. Je vous écoute. Pour quelle raison devrais-je sortir de chez moi pour acheter un nouveau terminal ?

— L'Arpenteur existe. Il existe, comme les Gardiens le clament depuis des années.

Paul fut pris d'une nouvelle quinte de toux.

— Vous vous foutez de ma gueule ?

— Non.

Elle aurait pu lui donner de nombreux arguments à l'appui de ce qu'elle avançait. Cependant, si elle avait appris une seule chose à propos des vieillards, c'était bien qu'ils ne supportaient pas les discussions chargées en émotions. Alors, elle garda le silence.

Paul changea de position et commença à se balancer dans son fauteuil.

— D'accord, mais en quoi le fait de surveiller Baron… ? Bordel de merde, c'est une farce ? Vous croyez qu'elle est impliquée aussi ?

— Oui, c'est elle qui essaie de monter la population contre la Marine.

— Qu'est-ce qu'il faut pas entendre !

— Il faut que je sache comment elle fait pour communiquer avec son maître. Je suppose qu'elle se sert d'adresses à usage unique pour les informations importantes. Je veux que vous brisiez ses codes, que vous me disiez qui travaille avec elle, que vous remontiez le flot de leurs communications. Je veux savoir ce qu'elle a en tête, ce que l'Arpenteur nous réserve. Ce ne sera pas facile. Elle a sa propre équipe de spécialistes en informatique, ou bien l'Arpenteur lui-même en a. Quoi qu'il en soit, ce sont des bons. Sur Terre, ils ont réussi à modifier des données financières très importantes sans que personne s'en rende compte. Si vous vous faites attraper, vous ne recevrez pas la visite de la police, mais plutôt celle du type qui a tué le sénateur Burnelli et le Gardien de L.A. Galactic.

— Je ne sais pas, Mellanie. Ce que vous me proposez n'est pas de la rigolade. Vraiment pas. Vous feriez mieux de vous présenter directement dans les bureaux de la Marine avec ce que vous avez découvert. Il y a aussi la sécurité du Sénat.

— La Marine a fichu Paula Myo à la porte. Je sais que Myo croit à l'existence de l'Arpenteur.

Paul tira sur sa cigarette d'un air inquiet.

— Bon, fit Mellanie en se levant et en lissant sa jupette. Si vous ne voulez pas le faire, vous pouvez au moins me donner le nom de collègues dans le besoin ? Dites-moi où ils habitent et je ferai en sorte qu'ils ne fêtent jamais leur quatre centième anniversaire.

— Je suis trop vieux pour ces petites joutes verbales.

— Alors, donnez-moi votre réponse.

— Si vous dites la vérité…

— Je dis la vérité. Il me manque juste des preuves.

— Pourquoi votre protecteur ne vous les donne-t-il pas ? Et pas de salades, je vous prie.

— Je l'ignore. Elle… dit qu'elle ne veut pas être impliquée dans des événements physiques. Que cela ne l'intéresse pas. À moins qu'elle soutienne l'autre équipe. Ou qu'elle veuille que nous nous débrouillions par nous-mêmes ! Ou tout cela en même temps. Je ne sais pas. Je ne comprends pas. Le Barsoomien m'avait prévenue.

Paul la regarda avec étonnement.

— Un Barsoomien ? Vous êtes allée sur Far Away ?

— J'en reviens tout juste.

— Vous voyez du pays.

— Vous voulez dire, pour une poule de luxe ?

— Je me rappelle la première fois que je vous ai vue. Il y avait une fête sur le yacht de Resal. Vous étiez très mignonne, à l'époque.

Mellanie haussa les épaules.

— C'était il y a quatre cents ans, dit-elle. Enfin, c'est l'impression que cela me donne.

— Bien. J'accepte de surveiller Baron pour vous. On verra si cela donne quelque chose. Et puis, quand je serai sorti de mon prochain rajeunissement…

— Ouais. Je m'arrangerai pour que vous ne fêtiez jamais vos cinq cents ans.

* * *

L'aube était un voile gris pâle qui se dépliait sur le massif de Dau'sing, un voile transpercé par des pics dentelés qui se découpaient sur le ciel terne. Simon Rand se tenait dans l'entrée étroite de la grotte et regardait la lumière insipide en soupirant. Auparavant, il avait l'habitude d'accueillir l'aube avec un sentiment de fierté et de satisfaction. Désormais, il craignait chaque lever de soleil, car chaque jour apportait son lot de sacrilèges.

Dans les semaines qui avaient suivi l'invasion, les Primiens avaient quelque peu ralenti leur activité. Davantage de vaisseaux géants coniques s'étaient posés sur le lac en produisant des tempêtes de vapeur tourbillonnantes, qui recouvraient systématiquement toute la surface du Trine'ba. Lorsque s'éteignaient les réacteurs à fusion, les nuages se refroidissaient rapidement, puis s'étalaient et s'agglutinaient contre les parois verticales qui ceignaient le lac. Chaque vol produisait donc un brouillard épais qui durait plusieurs jours, voire plusieurs semaines, car d'autres vaisseaux venaient l'alimenter.

Au moins, cette météo déplorable et froide avait-elle permis aux quelques humains encore présents sur place de se disperser dans les vallées adjacentes. La brume semblait gêner considérablement les senseurs des envahisseurs. Alors, les résistants rampaient jusqu'aux structures et aux machines installées dans leur chère ville et y déposaient des bombes artisanales avant de disparaître dans les nuages. Ils ignoraient s'ils causaient des dommages importants ou non, toutefois, chaque attaque réussie redonnait le moral à la petite bande de maquisards dirigée par Simon.

Apparemment, il n'y avait plus de vaisseaux dans les parages, le dernier ayant emprunté un des trous de ver positionné autour d'Elan trois semaines plus tôt. Les derniers rubans de brume non naturelle s'étaient effilochés dans les jours qui avaient suivi. Le vent qui soufflait des montagnes avait fini de les nettoyer, de les disperser en soufflant vers le lac. La vue était désormais dégagée, aussi bien pour les yeux que pour les senseurs.

Les bouleversements ainsi révélés étaient subtils, quasi imperceptibles pour quelqu'un qui n'avait pas vécu ici pendant les cinquante dernières années. L'été touchait à sa fin sur le continent. C'était le moment des vendanges et des moissons sous un ciel pur et ensoleillé. Sauf que les cieux étaient perpétuellement encombrés de nuages, que le vent soufflait de façon anormale et que les averses de grêle étaient fréquentes. Normalement, en cette période de l'année, les montagnes aux alentours gardaient encore une épaisse couche de neige. Cet été-ci, toutefois, celle-ci s'était rétrécie plus que jamais, en fondant dans la brume chaude alimentée par les réacteurs allumés au-dessus du lac. Quand les vaisseaux volaient, la température de la région tout entière s'élevait de plusieurs degrés. Simon aurait pu se faire à ce désagrément, car les chutes de neige auraient repris dès l'année suivante, et la nature aurait retrouvé son équilibre. Malheureusement, aucun manteau neigeux, aussi épais fût-il, ne pourrait jamais masquer les dommages subis par les Régents. Une explosion atomique avait anéanti le détecteur de la Marine et modifié pour toujours la silhouette des pics environnants. Les éboulements, les ondes de choc et la chaleur nucléaire avaient déformé les montagnes, qui n'étaient plus que des parodies d'elles-mêmes. Très récemment, la neige et la glace avaient commencé à reprendre possession de ce paysage dévasté. La chaleur de l'explosion avait enfin déserté le cratère, même si les radiations, elles, mettraient des générations et des générations à s'estomper.

En bas, à Randtown et dans les vallées avoisinantes, les envahisseurs provoquaient systématiquement des désastres d'un autre type. Pendant cinquante ans, les humains qui s'étaient installés sur ces terres avaient fait de leur mieux pour les respecter et ne pas les pervertir. Simon avait fait en sorte que l'environnement local soit préservé. On avait certes importé des plantes terriennes, ainsi que certaines espèces extraterrestres pour boiser les versants de la montagne, mais jamais au détriment de la flore endémique. Le lac Trine'ba, avec son écosystème aquatique unique et précieux, avait été scrupuleusement protégé des contaminations et d'une exploitation outrancière.

Tout ce travail méticuleux avait été anéanti par ces monstres. Leurs navettes avaient déposé sur les berges du lac des véhicules et des machines de toutes sortes. Leurs moteurs et générateurs crachaient de la fumée huileuse et polluante sans discontinuer. Les envahisseurs étaient de plus en plus nombreux, qui déféquaient directement dans le lac. Pour céder la place à de nouvelles installations, les ruines de Randtown avaient été balayées, disposées en tas, où les détritus organiques suppuraient, formaient des mares puantes qui finissaient par rejoindre rus et rivières, avant de s'écouler dans le lac magnifique.

Ce matin-là, quelque chose d'inédit était en train de se produire en ville. Simon utilisa ses implants rétiniens pour zoomer sur la rive située à trois kilomètres de là, où il distingua des formes métalliques floues au-dessus du quai. L'atmosphère était déformée et les détails invisibles à cause du champ de force qui entourait Randtown. Impossible d'améliorer la netteté de sa vision.

Pour la énième fois depuis le début de l'invasion, il maudit ses circuits organiques et ses implants inefficaces. Au cours de ses vies précédentes, il ne s'était jamais donné la peine de mettre ses équipements à niveau et ne s'était pas particulièrement intéressé aux progrès de la technologie, à la différence de la majorité des citoyens du Commonwealth, qui se jetaient sur les nouveautés dès qu'elles étaient disponibles sur le marché. Jusque-là, il n'avait eu besoin que d'une interface simple pour se connecter à l'unisphère et de programmes de base pour l'aider à gérer sa propriété. Il s'était toujours contenté des améliorations minimales installées à chaque rajeunissement.

Néanmoins, en dépit de la piètre qualité de sa vue, il voyait sans peine l'épais torrent bleu-gris qui jaillissait d'un large cylindre métallique. C'était un peu comme si les Primiens avaient trouvé un gisement de pétrole dans le sous-sol de la ville, mais ne seraient pas encore parvenus à le canaliser. Alors, les dimensions de la chose le frappèrent. La colonne liquide faisait au moins quatre mètres de diamètre à l'embouchure de la machine. Elle s'incurvait et retombait dans un vaste bassin en béton construit à la va-vite sur l'emplacement de l'ancien centre commercial. De là, le liquide s'écoulait dans une rigole, traversait le champ de force d'une manière inexpliquée et, trouble, dégoûtant, se déversait dans les eaux pures du lac.

— Les fumiers ! s'exclama-t-il.

Quelqu'un arriva derrière lui en marchant péniblement sur la roche humide. La grotte dans laquelle ils s'étaient réfugiés s'ouvrait comme une simple fissure verticale qui s'enfonçait sous le niveau de l'eau. Pour atteindre la salle plus vaste, ils devaient ramper contre la paroi sur plusieurs mètres. Ils l'avaient découverte grâce à Napo Langsal, qui avait l'habitude d'y conduire les touristes durant l'été. De l'extérieur, elle ressemblait à une crevasse parmi d'autres.

Le nouvel arrivant était David Dunbavand. Que le vigneron ait décidé de rester ici après la fermeture du trou de ver dans la vallée de Turquino ne laissait pas d'étonner Simon. Il n'avait jamais vu en David un partisan combattant. *Et les autres ? Et moi ?* Dunbavand avait deux cents ans, ce qui faisait de lui un des sages du groupe. Il lui avait fait part de sa décision de rester dès que sa femme et ses enfants étaient passés de l'autre côté. *Parfois, il faut savoir prendre les armes et se battre.*

— Qu'y a-t-il ? demanda-t-il lorsqu'il fut au niveau de Simon.

— Regardez vous-même, répondit celui-ci en désignant le lac du doigt.

David se faufila devant lui et zooma sur le torrent de liquide sombre.

— Ce n'est pas du pétrole brut. Pas la bonne couleur... Et puis, quelle utilité y aurait-il à transporter tout ce pétrole pour le déverser dans un lac ? À mon avis, ce truc est de nature biologique. Peut-être un genre d'algue dont ils se nourrissent.

— Que voulez-vous dire par « transporter » ?

— Cette grosse machine, ce cylindre, c'est un portail de trou de ver. Ce liquide arrive tout droit de leur planète natale.

Simon fronça les sourcils et examina de nouveau l'installation. David devait avoir raison.

— Ils vont ruiner le Trine'ba, dit-il. Pour toujours.

— Je sais. Je suis désolé, compatit David en lui posant la main sur l'épaule. Je sais à quel point cet endroit compte pour vous. Je l'aimais moi aussi.

Simon considéra cette pollution avec amertume.

— Je ne peux pas les laisser faire sans réagir. Ils doivent comprendre qu'ils ont tort.

— Les arrêter ne sera pas facile. Impossible d'atteindre ce portail – il est trop bien protégé par le champ de force. Même si nous parvenions à mettre un raid sur pied, leurs engins patrouillent régulièrement. Et ils sont dangereux, très dangereux, même.

— Oui, je le sais. Informons les autres de ce dernier développement. Peut-être quelqu'un aura-t-il une idée à nous soumettre.

* * *

Le Mobile émergea par le portail durant la nuit, plusieurs heures avant que MatinLumièreMontagne réserve le passage au fluide saturé de cellules de base. Il se dandina le long des rues à l'asphalte défoncé, observa les fondations des bâtiments détruits, de part et d'autre de la chaussée. C'était tout ce qui restait de la ville conquise. Des morceaux de verre scintillaient dans chaque trou, tandis que des flocons de cendre s'envolaient en tourbillonnant à chaque passage d'un véhicule rapide. De larges portions de béton aux enzymes étaient maculées d'un étrange liquide sombre. Le Mobile finit par comprendre qu'il s'agissait de sang humain. Une énorme quantité de liquide vital avait dû s'écouler sur cette pente pour former une tache aussi étendue.

Un des bâtiments détruits – un magasin – était couvert de boîtes écrasées. En passant tout près, le Mobile vit plusieurs noms de produits et marques imprimés sur le carton froissé. C'était la première fois que la créature voyait des inscriptions avec ses quatre yeux, et elle était heureuse d'être capable de les déchiffrer.

Le dessin originel de la ville était méconnaissable. MatinLumièreMontagne était occupé à établir un avant-poste sur ce monde. L'appareil de communication fixé à l'un des récepteurs nerveux du Mobile déchargeait un torrent d'informations et d'instructions. Tous ses congénères recevaient les mêmes données, dans lesquelles il reconnut les noms humains de cette planète et de cette agglomération : Elan, Randtown. Lorsque le Mobile leva les yeux au ciel, l'esprit de Dudley Bose réussit à identifier certaines constellations, dont la Croix de Zemplar, visible uniquement depuis l'hémisphère Sud de la planète. Ce qui confirmait encore que sa personnalité avait survécu, relativement intacte.

Le Dudley Bose qui avait pris possession du corps de ce Mobile savait qu'il n'avait pas gardé tous ses souvenirs, que lui manquaient des pans entiers de son ancien esprit. Il allait sans dire que sa nouvelle personnalité n'était pas la copie conforme de son modèle. Le Mobile acceptait cela sans aucun problème, car, malgré tout, il continuait d'exister. Pour un individu, c'était tout ce qui comptait.

Sa fuite avait été ridiculement aisée. MatinLumière-Montagne, malgré sa puissance mentale extraordinaire, était incapable d'appréhender les concepts étrangers. De fait, il les rejetait en bloc, les détestait. Ce sentiment, cette réfutation était le cœur de la personnalité primienne. Pour Dudley, MatinLumièreMontagne était une sorte de nazillon, obsédé par sa propre pureté.

Ce trait de caractère avait été facile à exploiter. Lorsque MatinLumièreMontagne avait chargé les souvenirs de Dudley dans un Immobile pour les analyser, il avait pris soin d'isoler complètement ce dernier pour prévenir tout risque de contamination. Ce qu'il n'avait jamais envisagé – parce que son intellect en était incapable –, c'était que Dudley pourrait utiliser un Mobile. Sur leur monde d'origine, les Immobiles contrôlaient les Mobiles grâce à un mode de pensée plus perfectionné ; la possibilité qu'un Mobile pût désobéir ne leur était donc jamais venue à l'esprit. Ce n'était tout simplement pas dans l'ordre des choses. Les Mobiles étaient des organismes serviles et secondaires, de vulgaires réceptacles pour un intellect plus développé. C'était une vérité immuable.

Les pensées humaines, elles, naissaient dans un cerveau un peu plus petit que celui des Mobiles. Pourtant, chaque homme avait un esprit indépendant, notion que MatinLumièreMontagne ne pouvait pas réellement apprécier.

Installé confortablement dans une salle humide du gigantesque bâtiment qui abritait le groupe principal de MatinLumièreMontagne, l'Immobile qui contenait l'esprit de Dudley Bose était nourri par des Mobiles, comme tous ses congénères. Des douze pédoncules sensitifs de la créature, seuls quatre étaient équipés d'interfaces de communication destinées à maintenir un lien avec la pensée de MatinLumièreMontagne. Dudley n'eut donc qu'à attendre la venue d'un Mobile et à tordre un pédoncule non utilisé pour le mettre en contact avec le récepteur de l'autre créature.

Son esprit s'écoula d'un organe à l'autre, dupliqua ses souvenirs et ses pensées dans le cerveau du Mobile, dans une structure neurale encore vierge. À l'intérieur de cet hôte, il ressentit la pression exercée par les ordres et directives de MatinLumièreMontagne, qui lui parvenaient grâce à l'interface de communication et bousculaient sa personnalité. Toutefois, il se contenta de les ignorer. Il en était capable parce qu'il le voulait. C'était ce qui le différenciait de la *personnalité* du Mobile, qui n'avait aucun objectif, aucune détermination. Dudley, en tant qu'esprit humain conscient et en colère, en avait à revendre.

Pendant des mois, il avait erré dans cette vallée, qui était la terre natale de MatinLumièreMontagne. Il avait mangé la même bouillie immonde que les autres Mobiles, dans des auges prévues à cet effet. Il avait attendu son heure, rassemblé des informations, tenté de comprendre. L'interface qui l'unissait aux pensées de MatinLumièreMontagne s'était d'ailleurs révélée d'une grande utilité. Il se sentait un peu comme un enfant regardant en cachette dans la chambre de ses parents.

Bien qu'il ne possédât pas le mode de raisonnement qui aurait pu lui permettre de prévoir l'évasion de Dudley, MatinLumièreMontagne avait une intelligence formidable, terrifiante et, d'un point de vue humain, parfaitement tordue.

Discrètement, tranquillement, l'esprit de Dudley avait écouté les pensées de la créature multiple, compris quels étaient ses plans : l'habitant de Dyson Alpha voulait tout simplement anéantir la population du Commonwealth ainsi que toutes les autres espèces qui vivaient dans cette partie de la galaxie et dont il avait appris l'existence grâce aux souvenirs de Dudley. Tel était son objectif, et rien n'aurait pu le faire changer d'avis. Pas moyen non plus de lui mettre des bâtons dans les roues.

Dans le cerveau volé du Mobile, les émotions humaines semblaient avoir des difficultés à prendre forme. Dudley savait ce qu'elles signifiaient, ce qu'il aurait dû ressentir, mais n'éprouvait rien du tout, échec qu'il mettait sur le compte d'une neurochimie différente. Alors, il avait assisté, impassible, à l'ouverture des trous de ver dans le Commonwealth, sachant qu'il aurait dû pleurer, hurler, serrer les pinces et se frapper le torse à quatre mains. Et les destructions s'étaient succédé.

Pendant ce temps, il passait ses journées à marcher le long du bassin d'amalgamation, en prenant bien soin de ne pas gêner les Mobiles qui aidaient leurs congénères nouvellement créés à sortir de l'eau.

Quelques heures après le début de l'invasion, MatinLumièreMontagne avait rencontré l'IA. Entendre la grande intelligence artificielle s'adresser ainsi directement à son ennemi fut un interlude fascinant. Pendant un instant, Dudley ressentit presque de la joie, comme la machine promettait à l'Immobile qu'il ne sortirait pas vainqueur de cette guerre. D'une façon mystérieuse, l'IA avait immobilisé un troupeau de Mobiles sur Elan, lieu de la rencontre. Alors, MatinLumièreMontagne avait émis une série d'ordres à destination des soldats présents dans les parages, et les interférences avaient disparu.

Le Commonwealth prit rapidement conscience de la vulnérabilité des communications des Primiens et usa de ses moyens électroniques supérieurs pour ralentir leur progression inexorable. Au milieu de ce chaos, de ce déchaînement de violence, tandis que les vaisseaux de la Marine livraient une résistance acharnée et qu'une bataille insolite se déroulait au-dessus de Wessex, d'autres dysfonctionnements se manifestèrent sur Elan. Des dysfonctionnements mineurs, que les programmes de pensée de MatinLumièreMontagne remarquèrent à peine, mais qui intéressèrent beaucoup Dudley. Manifestement, l'IA y était très active.

Durant des semaines, il avait voyagé avec circonspection dans le système primien, passant d'une colonie à l'autre, avant de s'embarquer dans un vaisseau et d'arriver enfin à l'avant-poste repéré avec beaucoup de difficultés après l'attaque relativiste de *Desperado*. De là, il avait facilement trouvé le trou de ver qui menait à Randtown.

Malgré la quantité colossale de données mises à sa disposition depuis la capture de mondes appartenant au Commonwealth, MatinLumièreMontagne n'était toujours pas capable de comprendre les motivations et le comportement des humains. Randtown était une énigme à elle seule. Aucune utilité stratégique, pas de ressources, très peu de terres cultivées, presque pas d'industries. Pour l'Immobile, l'endroit était virtuellement inutile. Heureusement, il y avait le lac, qui pourrait facilement être converti en bassin d'amalgamation. Il était énorme, même pour MatinLumièreMontagne, mais ses eaux étaient exceptionnellement pures. Après mûre réflexion, les programmes de pensée principaux décidèrent que c'était là la meilleure manière d'exploiter cette section de la planète.

Un portail fut construit. L'équipement nécessaire fut envoyé. Des bâtiments furent érigés pour accueillir des Immobiles, des Mobiles furent unis pour commencer le processus d'amalgamation. Juste après avoir connecté le trou de ver à une vaste raffinerie située sur son monde d'origine,

MatinLumièreMontagne découvrit la vie aquatique qui pullulait dans les eaux calmes du lac.

Dudley fut alors surpris de constater que l'Immobile *détestait* les poissons. La détestation était un concept nouveau pour ce dernier, un vice introduit dans le système lors de la capture des pensées de l'astronome. Un mode d'interprétation de la vie étranger, un défaut parmi quelques autres. C'était une altération subtile dans la façon de penser primienne. Pas réellement une contamination à grande échelle, mais néanmoins un changement.

Cela avait pris des millénaires, mais toute autre forme de vie animale avait été oblitérée de la surface de la planète natale des Primiens. MatinLumièreMontagne devait donc faire face à de petits êtres mystérieux, qui se ruaient sur ses cellules de base, dévoraient des parties de lui-même. Lui prenaient sa vie, en somme. C'était à cause de ces menaces qu'il avait un jour décidé d'anéantir tous ses concurrents dans la galaxie. Car il s'agissait bien d'une compétition, et aucun adversaire ne devait être épargné.

Des Mobiles furent immédiatement chargés d'extraire les ordinateurs et cristaux mémoires des ruines de Randtown, afin d'en apprendre davantage sur ces créatures qui infestaient les eaux du lac Trine'ba. MatinLumièreMontagne découvrit à cette occasion que les poissons étaient des organismes plutôt délicats, qui participaient de l'équilibre harmonieux et fragile de cet environnement unique. Le corail dont ils se nourrissaient était également très sensible aux variations du milieu.

Les réacteurs à fusion avaient déjà détruit beaucoup de formes de vie, mais ce n'était pas suffisant. MatinLumièreMontagne révisa ses estimations et calcula la quantité d'eau saturée en cellules de base qu'il lui faudrait déverser dans le lac pour faire disparaître ce qui restait de ses habitants originels. Les cellules de base rendraient l'eau plus sombre, dévoreraient les nutriments dont se nourrissaient les coraux et les poissons, et infecteraient les créatures plus grosses, les tueraient à petit feu. Les poissons massacreraient un grand nombre de ses cellules, mais à la fin, ils finiraient par mourir et par alimenter la création de nouveaux Mobiles.

Dudley plia un de ses pédoncules pour voir le liquide sombre jaillir du portail. Il en sortait une quantité impressionnante, et cela durerait encore des semaines. Toutefois, étant donné l'échelle de l'opération menée par l'Immobile, ce détail particulier était négligeable. L'œil situé à l'extrémité du pédoncule suivit le parcours du liquide, qui traversait le champ de force et s'écoulait en gargouillant vers le lac. Les quelques habitants de Randtown qui étaient restés dans la région allaient être furieux.

Depuis la disparition inexpliquée de la population locale dans la vallée de Turquino, les actes de sabotage s'étaient multipliés contre les installations, véhicules et Mobiles. La plupart du temps, les insurgés usaient d'explosifs industriels de faible puissance. Les Mobiles soldats n'avaient encore réussi à capturer aucun de ces terroristes. Dudley supposait qu'ils étaient du coin pour pouvoir agir ainsi sans se faire remarquer. Des militants écologistes radicaux, très certainement.

Ses trois autres senseurs pivotèrent comme des radars biologiques, étudièrent le terrain. Les humains essaieraient sans doute de fermer le portail, de stopper cette pollution sacrilège. En étudiant la disposition des bâtiments et des machines, Dudley tenta de deviner la manière dont ils infiltreraient le champ de force. Car il avait très envie de les rencontrer.

* * *

Adam se rendait bien compte qu'il était paranoïaque. L'équipe de Lemule Max Transit l'avait mis sous surveillance électronique. Le jeune Kieran McSobel était assis en face de lui, détendu mais vigilant, et surtout armé jusqu'aux dents. Habituellement, il ne prenait pas ce genre de précaution – pas pour un simple voyage en train vers une autre planète –, mais les Gardiens semblaient avoir la poisse ces derniers temps. Par ailleurs, un peu de saine paranoïa n'avait jamais fait de mal à personne.

L'express de L.A. Galactic pour Kyushu, dans l'espace de phase un, arriva à destination en trente minutes à peine. Ils prirent le taxi pour l'usine Baraki située de l'autre côté de la station planétaire. M. Hyoto, le directeur, les accueillit dans le hall dallé de marbre de sa société, avant de les accompagner jusqu'au cinquième étage, où devait être signé le contrat. Le bureau ne donnait pas sur l'extérieur, mais sur les ateliers et les longues chaînes de montage, où les moteurs de matrice étaient entourés d'échafaudages et de robots, éclairés par de puissantes lumières jaunes. L'usine débordait d'activité. Des équipes de spécialistes démontaient les moteurs, remplaçaient leurs composants ou les réparaient. Baraki ne fabriquait rien, mais s'occupait de la maintenance des engins de CST. Dernièrement, la compagnie avait également entrepris d'accroître son marché en signant quelques contrats avec des sociétés de chemin de fer plus modestes. Baraki était aussi habilitée à réparer les micropiles à fission des motrices à énergie atomique.

— Elle est à vous, annonça Hyoto en désignant fièrement le monstre.

Une énorme motrice nucléaire Ables ND47 venait tout juste d'être soulevée sur un pont. C'était une machine massive vieille de trente ans et destinée à tracter des wagons lourds à travers de vastes continents. Adam avait créé une nouvelle compagnie à L.A. Galactic, Foster Transport, pour pouvoir utiliser le colosse vieillissant. Officiellement, l'engin était supposé récolter des minerais sur une douzaine de mondes de l'espace de phase deux pour les livrer à une fonderie de Bidar. Baraki avait emporté le contrat de rénovation et de maintenance, et avait même arrangé un crédit avantageux pour permettre à la société nouvellement créée de financer son premier train.

Adam et Kieran firent semblant d'être surpris lorsque la secrétaire de Hyoto apporta une bouteille de champagne. Le bouchon sauta et Adam transféra un premier versement vers le compte de Baraki. Ils levèrent tous leur verre à la santé du marché des minerais.

Baraki pratiquerait une révision complète de la motrice, ce qui ne devrait pas prendre plus d'un mois, assura le directeur. Après cela, elle ferait un détour par l'atelier de peinture situé de l'autre côté de l'usine, d'où elle ressortirait flambant neuve, repeinte aux couleurs de la société Foster, en bleu et or. Les techniciens en énergie atomique de Baraki avaient déjà inspecté la micropile et conclu qu'elle pourrait tenir le coup pendant au moins sept années supplémentaires.

Adam eut un sourire amer. Non seulement il possédait un train qui roulerait bientôt sur les voies de CST, mais en plus, il s'était payé un réacteur à fission. Il haïssait les réacteurs à fission. La fission aurait dû être abandonnée au XXIe siècle, lorsque la fusion s'était généralisée. Mais non, les capitalistes voulaient profiter de cette énergie bon marché coûte que coûte, sans se soucier de l'avenir des déchets nucléaires.

Hyoto proposa à ses clients d'inspecter leur nouvelle acquisition avant que les robots et les techniciens se mettent au travail, ce qu'ils acceptèrent volontiers. Ils s'avancèrent dans la puissante lumière jaune, plissant les yeux pour se protéger des arcs électriques et respirant l'odeur de l'huile qui s'écoulait de centaines de systèmes mécaniques.

Kieran mit son casque.

— Ce n'est pas dangereux ? demanda-t-il. Cela ressemble beaucoup à ce que nous avons fait avec les Vengeurs d'Alamo.

— Cela n'a rien à voir, rétorqua Adam.

Il se tenait à la base de la grille de prise d'air avant du ND47 et regardait vers le sommet de l'engin. Le nez émoussé de la motrice était haut comme une maison de deux étages. Sa finition chromée originelle avait presque entièrement disparu, remplacée par une couche de rouille peu engageante.

— Il s'agissait d'armes de guerre, reprit-il. Que nous avions pris le risque de remettre en état. Il est évident que le renseignement de la Marine fera en sorte que ce scénario ne se reproduise pas. Tandis qu'aujourd'hui, il est question d'une banale entreprise commerciale.

— Si vous le dites. Petit à petit, je me procure les systèmes de défense standard dont nous l'équiperons. Paradoxalement, il est devenu beaucoup plus facile d'acheter des armes ; tout le monde veut avoir de quoi se défendre au cas où les Primiens attaqueraient.

— Je sais. C'est aussi pour cela que le prix du matériel militaire a crevé le plafond. Satanés profiteurs de guerre !

Kieran donna une tape à l'une des grosses roues en acier.

— Je ne suis même pas sûr que ce truc nécessite un champ de force. Un missile nucléaire tactique ne réussirait qu'à le ralentir un peu.

— N'en soyez pas persuadé. Un coup bien placé, et ce serait un arrêt brutal, hautement radioactif. Nous devons absolument protéger la voie devant la motrice, ce qui implique de posséder une puissance de frappe correcte. Tout cela devra avoir été installé et vérifié avant même de songer à emprunter le portail de Boongate.

—Je pensais faire pratiquer la conversion des wagons sur Wuyam. J'y ai déjà repéré quelques sociétés intéressantes et pas mal de hangars inoccupés autour des installations de CST. Ce serait idéal pour terminer l'assemblage. Je vais en louer un très bientôt.

—Parfait.

Adam longea l'énorme locomotrice. La carrosserie, avec son logo d'E&W complètement délavé, avait pris une couleur soufre et prune pâle. Les emplacements des aérations étaient tous marqués par des traînées verticales de suie noire incrustée dans le matériau composite. À mi-hauteur, le compartiment de la micropile était accessible par une porte circulaire semblable à celle d'un coffre-fort de banque.

—Vous pensez que nous serons prêts à temps ?

—Qui peut le dire? demanda Adam, surpris par l'incertitude contenue dans la voix du jeune homme.

Habituellement, les Gardiens envoyés par Johansson affichaient une confiance en eux inébranlable.

Kieran sourit nerveusement.

—Personne, je suppose. Toutefois, si les Primiens attaquaient demain, nous serions dans la merde jusqu'au cou.

—C'est pour cela que nous faisons de notre mieux, que nous mettons toutes les chances de notre côté. Nous n'avons guère le choix. De nombreux éléments nécessaires à la revanche de votre planète sont déjà en notre possession, prêts à être acheminés sur place.

—Oui, mais les données transportées par Kazimir ont disparu, fit remarquer Kieran avec amertume.

—On a peut-être du nouveau à ce sujet. Je suis entré en contact avec une personne susceptible de connaître Paula Myo. Il n'est pas impossible qu'elle nous apprenne bientôt ce que ces données sont devenues.

— Qui est cette personne ?

— Quelqu'un qui n'appartient pas à notre groupe, mais qui croit à l'existence de l'Arpenteur. Du moins est-ce ce qu'elle prétend. J'avoue que son histoire est très plausible.

— Vraiment ?

— De deux choses l'une : soit elle dit la vérité, soit l'Arpenteur est à deux doigts de nous débusquer. Normalement, j'ai beaucoup de mal à gober les trucs qu'on me sert sur un plateau.

— Oui, les cadeaux des Grecs sont souvent empoisonnés.

— Précisément.

— Donc vous ne lui faites pas confiance.

— Non. Pas encore, du moins. Elle aussi semble se méfier de nous, ce qui est compréhensible et respectable. Néanmoins, il va me falloir trouver une méthode infaillible pour tester sa bonne foi. Découvrir une nouvelle alliée ne serait pas du luxe, même à ce stade avancé de la partie.

— Comment comptez-vous vous y prendre ?

— L'idéal serait qu'elle retrouve pour nous les données transportées par Kazimir. À part cela, je ne sais pas trop.

* * *

Comme l'enquête sur l'Association interplanétaire Lambeth piétinait, Renne décida de jeter un œil aux rapports concernant l'affaire Trisha Marina Halgarth. Les scientifiques avaient envoyé leurs résultats au bureau parisien la semaine précédente. Vic Russell les avait déjà examinés et s'était fendu d'un petit résumé. Apparemment, le cas ne présentait rien d'inattendu, aussi le dossier n'était-il pas prioritaire. Depuis, les rapports attendaient dans la mémoire de l'assistant virtuel de Renne.

L'officier survola les tableaux, graphiques en 3D et colonnes de textes proprement agencés. Vic avait raison.

Rien d'inhabituel. Les analystes avaient confirmé que le passé supposé de Howard Liang n'était qu'un ramassis de mensonges savamment étayés. La police scientifique avait retrouvé quelques échantillons de peau et de poils dans son appartement et en avait analysé l'ADN. Qui appartenait bien entendu à un membre du clan McSobel. Ses dépenses furent passées au peigne fin, et l'on remonta jusqu'à un dépôt de cinquante mille dollars terriens en liquide dans une banque de Velaines.

— Merde, marmonna Renne, comme les résultats exemplaires et prévisibles de l'enquête lui rappelaient l'impression qu'elle avait eue en découvrant les lieux du crime.

Suis-je en train de devenir complètement parano ?

Elle examina une nouvelle fois les données, mais ne trouva rien à redire. C'était un coup des Gardiens, assurément. *Alors, pourquoi est-ce que je n'y crois pas ?*

À bien y réfléchir, ce n'était pas l'appartement, ni les victimes, ni même la méthode, typique des Gardiens, qui la gênaient. Non, force lui était d'admettre que tous ces détails portaient la signature du groupe terroriste. Ce qui la tracassait, c'était la réaction des filles. Elle les avait trouvées bouleversées, en colère et, dans le cas de Trisha, rongée par la culpabilité. Autant de sentiments évidents, communs à ce type d'affaire. Toutefois, aucune n'avait semblé surprise. Par exemple, Trisha n'avait pas demandé : « Pourquoi moi ? »

Les conclusions de la police scientifique restèrent affichées sur son moniteur. Elles brillaient, passives, attendant sa signature pour êtres classées. Il aurait été logique d'affubler le dossier du niveau de priorité le plus bas, de garder les résultats de l'enquête dans un coin, au cas où un crime similaire serait commis dans un proche avenir. Il n'y avait aucune piste à suivre, aucun moyen de retrouver la trace des coupables. Il fallait être réaliste ; seul un démantèlement complet de l'organisation tentaculaire des Gardiens permettrait éventuellement de les capturer.

Un rire résonna dans le bureau. Renne n'eut guère besoin de relever la tête pour savoir qui en était l'auteur. Un des collaborateurs de Tarlo. Elle savait qu'ils avançaient rapidement dans l'analyse des finances de Kazimir McFoster. Le moral était bon dans cette partie de la salle. Les résultats tombaient régulièrement. Satisfait, le commandant Hogan n'était pas avare en encouragements.

Cela ne l'embêtait pas outre mesure. Sa carrière lui importait peu. La menace qui pesait sur le Commonwealth était bien plus inquiétante. Ils se devaient de travailler en équipe pour le bien de tous.

Ouais, tu parles…

Renne demanda à son assistant virtuel de lui sortir les dossiers des trois filles. Ils s'affichèrent immédiatement à l'écran. Trisha Halgarth était retournée sur Solidade, ce qui n'avait rien de surprenant. Catriona Saleeb était restée dans l'appartement, qu'elle partageait désormais avec deux autres filles. Isabella avait déménagé, mais, contrairement à ce qu'elle était supposée faire, n'avait pas donné sa nouvelle adresse à la Marine. En soi, ce n'était pas réellement inhabituel, sauf qu'elle avait également fermé son adresse unisphère et était injoignable.

Un sourire en coin se dessina sur le visage de l'officier. *Enfin quelque chose d'anormal.*

— Je veux parler à Christabel Agatha Halgarth, dit-elle à son assistant virtuel.

* * *

Alic Hogan était en train d'étudier plusieurs écrans à la fois lorsque Renne frappa à sa porte. Il lui fit signe d'entrer et désigna une chaise en face de son bureau.

—Il n'y a rien de bizarre sur Mars, pas vrai? dit-il d'une voix distraite.

—J'en ai bien peur, chef. On a fait examiner nos données par des experts. S'il y a un code là-dessous, c'est le meilleur qu'on ait jamais rencontré, et on n'est pas près de le déchiffrer.

—Fait chier, je déteste ne pas terminer un boulot, dit-il en secouant la tête et en levant enfin les yeux de ses moniteurs. Que puis-je faire pour vous?

—J'aurais besoin d'un mandat au nom d'Isabella Halgarth.

—Qui est-ce? Pourquoi?

—C'était une des colocataires de Trisha Halgarth. Elle semble avoir disparu.

Alic s'adossa à son fauteuil, l'air mécontent.

—D'accord, que se passe-t-il?

—Je viens tout juste de terminer la relecture des conclusions de l'équipe scientifique concernant le dernier cas de mitraillage de l'unisphère. Vous savez, celui où les Gardiens ont prétendu que la présidente était un agent de l'Arpenteur?

Alic sourit discrètement.

—Oui, oui, je me rappelle. Trente secondes après, les assistants de la présidente faisaient le pied de grue devant la porte de l'amiral. Alors, où est le problème?

—Il n'y en a pas vraiment. Je trouve simplement que nous n'avons pas fait beaucoup de progrès depuis le début de cette enquête.

—Oui, et je vous sais gré de vous en inquiéter, dit Alic, sur la défensive. Néanmoins, nous avons d'autres priorités.

—Pour moi, la principale reste de remonter la piste des Gardiens, quel que soit l'angle d'approche.

—D'accord, d'accord, concéda-t-il en levant les mains. Un point pour vous. Je vous écoute.

— Je souhaiterais interroger une nouvelle fois les victimes, au cas où des détails leur seraient revenus en mémoire depuis. Cela arrive très souvent. Une fois le choc initial absorbé, les idées s'éclaircissent et certains points remontent à la surface.

— Oui, bien sûr, je connais ce phénomène.

— Trisha Halgarth est retournée sur Solidade, la planète privée de la Dynastie Halgarth. Il me faut une autorisation pour me rendre là-bas. Les planètes qui appartiennent aux Dynasties sont en dehors du Commonwealth, et il y a très peu de chances pour qu'on me laisse entrer à la simple vue de ma carte de la Marine. C'est pourquoi je me suis permis d'appeler Christabel Agatha Halgarth, la patronne de la sécurité familiale.

Alic tiqua.

— J'aurais préféré que vous m'en parliez avant.

— Vous avez raison, chef. Je vous présente mes excuses. Je me suis dit que ce n'était pas tellement important. Bref, Christabel m'a autorisée à me rendre sur Solidade.

— Vraiment ?

— Oui.

— La dernière visite d'un fonctionnaire du gouvernement chez les Halgarth doit remonter à un bout de temps.

— Sans doute. Je souhaiterais également rencontrer Catriona Saleeb. Elle est toujours sur Arevalo, dans le même appartement. Cela ne posera donc pas de problème. Isabella, en revanche, a fermé son adresse unisphère une semaine après les faits. On ne sait pas où elle se trouve. J'ai posé la question à Christabel, qui n'a pas su me répondre. Les Halgarth sont d'ailleurs en train de se renseigner.

— Et vous voulez l'arrêter pour cela ?

— Un mandat me permettrait d'obliger les forces de police planétaire à ouvrir l'œil. Étant donné la situation actuelle, plus personne ne se soucie des cas de disparition.

— Renne, je ne suis vraiment pas certain de pouvoir émettre un mandat dans ces conditions.

— Je me suis un peu renseignée sur Isabella, en m'intéressant en particulier aux potins colportés dans les émissions consacrées aux célébrités. Vous savez, ces gens adorent faire des reportages sur les membres des Dynasties intersolaires. J'ai découvert qu'avant de s'installer sur Arevalo et de partager ce loft avec les deux autres filles, Isabella a été la petite amie de Patricia Kantil.

Alic Hogan prit un air étonné.

— Vous voulez dire la directrice de cabinet de Doi ?

Renne eut un sourire carnassier et hocha vigoureusement la tête.

— Oui. Et elle ne nous a rien dit. Cela ne vous paraît pas un peu étrange ?

— En quoi cette affaire concerne-t-elle Kantil ?

— Je ne sais pas. Peut-être s'agit-il d'une simple coïncidence. Admettez tout de même que cela justifie un petit mandat de rien du tout. J'ai besoin de poser certaines questions à Isabella.

Alic soupira profondément, pas réellement convaincu.

— Je me passerais bien de complications de ce genre.

— Faites-moi confiance, chef. Je serai discrète. Je ne ferai pas de scandale si je découvre qu'elle s'est acoquinée avec un sénateur ou un vieil héritier de trois cents ans. Je n'ai pas envie de me mettre à dos le gouvernement et les Dynasties intersolaires. Tout ce que je veux, c'est lui poser quelques questions et m'en aller comme si de rien n'était.

— Bon, si vous le dites. Toutefois, j'exige d'être informé sur le champ si vous retrouvez sa trace. Et faites aussi peu de vagues que possible.

— Vous n'avez aucun souci à vous faire, le rassura Renne en se levant.

— Vous allez sur Solidade, je suppose ?

— Oui. L'express pour EdenBurg part dans quarante minutes.

— Bien. Bonne chance. Quand vous serez de retour, venez me raconter à quoi ressemble cette planète.

* * *

Une limousine attendait Renne à Rialto, la mégacité planétaire. Un jeune homme vêtu d'un costume gris austère était là pour l'accueillir. Il s'agissait de Warren Yves Halgarth, un membre de la sécurité familiale désigné pour l'escorter. Ils s'éloignèrent de la station et roulèrent sous le soleil de midi.

Renne avait déjà visité toutes les planètes du G15. En règle générale, les mégacités se ressemblaient. Rialto, cependant, était légèrement différente des autres, car elle avait été bâtie dans une zone tempérée et non sous les tropiques. La décision relevait d'une comptabilité complexe. Une ville qui connaissait des hivers et des étés avait besoin de services adaptés à chaque saison. À Rialto, les chutes de neige étaient abondantes, qui atteignaient facilement deux mètres par an – une année locale faisant quatre cents jours. Durant les longs mois d'hiver, le déneigement des routes à cinq voies qui quadrillaient la cité et de l'important réseau de chemins de fer nécessitait des milliers de chasse-neige et une véritable flotte de robots auxiliaires. Le coût de cet équipement était considérable, d'où les impôts importants payés par les sociétés et les résidents.

Toutefois, ce désagrément était compensé par le prix de l'énergie, extrêmement faible. L'une des raisons principales pour lesquelles Heather Antonia Halgarth avait choisi EdenBurg pour y établir sa famille était ses vastes océans. Aucun des trois continents n'avait de désert, à cause des précipitations importantes. Les rivières étaient nombreuses et les plaines côtières fréquemment inondées. Alors que les autres mondes du G15 avaient adopté la fission nucléaire comme source d'énergie exclusive, Heather avait imposé les barrages hydroélectriques, construits sur deux tiers des cours d'eau de Sybraska, le continent sur lequel se situait Rialto. L'électricité était acheminée en ville grâce à des supraconducteurs. Disponible en grandes quantités, elle avait permis d'assécher les plaines humides et de les transformer en terres cultivables hautement productives.

À cause des mois d'hiver, Rialto était principalement composée d'immeubles d'habitations monolithiques, contrairement aux cités de StLincoln, Wessex ou Augusta, où l'on ne trouvait que des maisons individuelles et des rues commerçantes. Chaque quartier était constitué d'un cœur de gratte-ciel entouré d'usines et de raffineries.

La station de CST se trouvait en bordure du quartier Saratov, le centre administratif et financier de la mégacité, où se dressaient les immeubles les plus hauts. Les zones industrielles s'étiraient vers les faubourgs, où l'on trouvait des entreprises plutôt petites, mais aux activités très sophistiquées. Les immeubles d'habitation, tout en pierre, étaient colossaux. Ils comportaient souvent entre cinquante et soixante-dix étages et étaient constitués de grands appartements qui donnaient sur des parcs bien entretenus. Les routes aériennes étaient bien plus nombreuses que les voies de chemin de fer, signe que la population était extrêmement importante et plutôt aisée.

Renne ne put s'empêcher de regarder bouche bée le centre de Saratov, tandis que la voiture filait sur la voie express. Il y avait là des immeubles qui semblaient toucher les nuages, des bâtiments dont la construction avait dû coûter une fortune, même avec les matériaux modernes et l'aide des robots. On ne compte pas lorsqu'il s'agit d'étaler sa richesse.

Au centre exact de ce quartier d'affaires se dressaient cinq tours effilées, qui abritaient le quartier général de la Dynastie Halgarth. Elles avaient toutes été bâties sur le même modèle et arboraient un sommet fin et pointu. Mais les vitres réfléchissantes qui recouvraient chaque tour étaient de couleurs différentes.

La voiture de Renne s'enfonça dans le sous-sol de la tour verte, où elle se gara dans un parking sécurisé. La sécurité familiale occupait plusieurs étages à mi-hauteur. On ne voulut pas dire à Renne combien. L'ascenseur dans lequel Warren et elle montèrent ne lui en apprit pas davantage. On l'introduisit immédiatement dans le bureau de Christabel Agatha Halgarth. La baie vitrée teintée et incurvée offrait une vue imprenable sur l'océan, pourtant distant de trente kilomètres. Il y avait trois autres amalgames de gratte-ciel entre Saratov et la côte, fagots de pointes colorées hétéroclites entourés de parcs verts. Entre eux, le terrain était entièrement occupé par un désert synthétique d'usines rectangulaires et de hangars en forme de cube, aux toits tapissés de panneaux solaires. Des milliers de fines cheminées en métal crachaient une vapeur gris-bleu dans le ciel couleur de fer, recouvrant le panorama d'une brume lugubre.

Assise dans un fauteuil en acier, la silhouette de Christabel Halgarth se découpait sur une toile de fond industrielle impitoyable. Rajeunie de frais, Christabel était une petite brune aux traits manifestement asiatiques. Renne croyait que les membres éminents des Dynasties intersolaires portaient uniquement des costumes classiques qui coûtaient au moins dix ou quinze fois le prix de son propre tailleur. Elle fut donc surprise de découvrir une jeune femme vêtue d'un sweat-shirt bleu usé et d'un pantalon ample taché aux genoux. Comme si elle l'avait surprise en train de jardiner. Il était clair que Christabel se souciait peu de son apparence.

Ou alors se fiche-t-elle complètement de moi ?

Christabel remarqua le regard étonné de Renne et sourit.

—J'ai interrompu mon footing matinal pour vous parler. Je n'ai même pas eu le temps de prendre une douche.

—Je vous en suis vraiment très reconnaissante, dit Renne comme elles se serraient la main. Ce n'était pas urgent à ce point.

Elle avait omis de dire à Alic qu'elle avait demandé à s'entretenir avec Christabel. Elle ne lui avait pas réellement menti, mais le commandant s'était montré tellement méfiant lorsqu'elle lui avait parlé de se rendre sur Solidade. Une requête de ce type aurait dû se faire par l'intermédiaire du bureau de l'amiral. Une chaîne de fonctionnaires en aurait certainement pris note, avant de tout faire pour remettre le projet à plus tard, de peur que le navire ne tangue dangereusement. Renne avait donc préféré agir en solo, histoire de voir si elle pouvait se passer des bureaucrates et des politiques. Paula aurait fait la même chose.

—Puisque nous sommes toutes les deux là, autant en profiter, dit Christabel. Que puis-je faire pour vous ?

—J'enquête sur la dernière opération de propagande des Gardiens. En gros, j'ai besoin de savoir s'il s'agissait d'un piège monté par vos services de sécurité.

Christabel lui lança un regard légèrement surpris.

—Pas à ma connaissance. Un moment, je vous prie..., ajouta-t-elle, comme son attention se focalisait sur sa vision virtuelle. Non. Nous n'étions au courant de rien.

—Je vois. Merci beaucoup.

—Je peux savoir pourquoi vous m'avez posé cette question ?

—Il y avait quelque chose de pas très clair dans cette affaire, répondit Renne en agitant la main pour dédramatiser la situation. Mais je n'ai rien trouvé de solide à mettre dans mon rapport. Isabella a disparu et...

— Certes, certes. Mais elle est jeune. Sans compter que le Commonwealth tout entier est en train de sombrer dans le chaos, avec cet afflux massif de réfugiés. Il est vrai que beaucoup de nos jeunes et riches héritières sont impliquées dans des activités assez peu avouables et dont je ne sais pas grand-chose. Néanmoins, je pense que vous exagérez.

Renne se demanda si la femme se moquait d'elle ou si elle était mécontente qu'on lui fît perdre son temps précieux.

— Elle a été très proche de Patricia Kantil.

— Oui, oui. Mais ce ne sont que des coïncidences. Vous vous fiez à votre instinct et c'est une excellente chose. C'est d'ailleurs compréhensible, quand on sait qui était votre mentor.

— Je ne suis pas sûre de vous suivre.

— Eh bien, vous faites un véritable travail de détective. Si vous aviez étudié mon dossier en profondeur, vous sauriez que j'ai terminé ma formation au CICG un an après Paula Myo.

— Ah ! fit Renne, qui commençait à se détendre.

— La Dynastie a soutenu son éviction et cela m'a rendu furieuse. Un peu moins de politique et plus de résultats – voilà ce qu'il nous faudrait. Malheureusement, collectivement, les miens sont incapables de l'admettre. Enfin, quoi qu'il en soit, Columbia n'aurait jamais dû faire ce qu'il a fait. C'était un abus de pouvoir flagrant.

— Je pensais que vous aviez les moyens de le faire changer d'avis, dit Renne.

— Ha ! lâcha Christabel avec un sourire carnassier. Vous ignorez tout des problèmes de politique interne de notre Dynastie. Notre conseil soutient Columbia sans poser de questions. L'amiral s'est débrouillé pour occuper une position des plus impressionnantes. J'espère simplement que Kime est suffisamment rusé pour surveiller ses arrières. Je n'ai rien pu faire pour Paula. De toute façon, elle est retombée sur ses pattes sans mon aide. Ce qui n'a rien d'étonnant compte tenu de son ancienneté dans l'establishment du Commonwealth.

—C'était une excellente patronne.

—Je suppose qu'on ne peut pas en dire autant de Hogan.

—À vrai dire, Hogan n'est pas mauvais. Tout juste un peu trop porté sur la procédure. Et puis, évidemment, c'est l'homme de Columbia.

—Bon, reprit Christabel en penchant la tête sur le côté. Si vous me racontiez plutôt ce qui vous a fait croire que nous avions tendu un piège aux Gardiens.

—Il y avait trop de similitudes avec les affaires précédentes. Comme si quelqu'un avait appliqué la formule à la lettre. Alors, forcément, j'ai immédiatement pensé que vos services voulaient prendre les Gardiens à leur propre jeu.

—Il nous est déjà arrivé d'agir de la sorte. Mais pas cette fois-ci, désolée. C'est intéressant que vous ayez pensé à cela.

—Oui, sauf que je me suis trompée.

—Vous avez appris beaucoup de choses au contact de Paula.

—Isabella a-t-elle eu des soucis dans le passé?

—Pas à ma connaissance. Sa relation avec Kantil n'a même pas été discutée par le Conseil, ce qui en dit long sur le mépris que nous éprouvons pour le gouvernement. Isabella n'est qu'une héritière parmi d'autres, une gamine. Nous en avons des centaines comme elle dans nos fichiers. Je suis toujours déçue de voir combien d'entre elles finissent en réhab ou devant un juge dans les mois qui suivent leur départ de Solidade. Nous consacrons une très grande partie de notre temps à les protéger des magouilleurs qui les séduisent pour leur extorquer leur argent. Si cela ne tenait qu'à moi, elles n'auraient pas le droit de toucher à leurs comptes avant leur centième anniversaire. Mais je suis un peu réactionnaire.

— Je suis étonnée que ses parents ne vous aient pas demandé de la rechercher.

Christabel se tourna vers Warren, qui avait pris discrètement position dans un coin du bureau.

— Vous les avez appelés ? demanda-t-elle.

— Oui, madame. Suite à votre demande initiale, reprit l'homme en s'adressant directement à Renne, nous avons examiné la situation d'Isabella. Victor et Bernadette se sont séparés il y a huit ans. Rupture de contrat standard. Il n'y a pas eu de conflit, ni sur le moment ni plus tard. Isabella a vécu avec Victor et sa nouvelle femme jusqu'à son dix-septième anniversaire, puis elle est entrée dans un pensionnat pour préparer ses examens de quatrième niveau. C'est une pratique courante chez les jeunes de Solidade. Après ses études, elle a vécu avec des amies dans diverses propriétés appartenant à la Dynastie ou chez ses amants. Elle a très peu travaillé. En fait, il lui est souvent arrivé de ne pas contacter sa famille pendant plusieurs mois d'affilée.

— En revanche, je suppose qu'elle n'a pas l'habitude de fermer son adresse unisphère, n'est-ce pas ?

— Non, effectivement. Nous avons effectué quelques vérifications à ce sujet. Elle a cessé de se servir de sa carte de crédit le jour où elle a clôturé cette adresse. On dirait bien qu'elle a tout fait pour disparaître de la circulation.

— A-t-elle dit à quelqu'un où elle allait ?

— A priori, non. Toutefois, nous n'avons pas encore démarré d'enquête officielle.

— J'attendais de voir ce que vous aviez découvert, intervint Christabel.

— Vous savez tout, madame.

— Cela me suffit, dit la jeune femme. Si vous n'y voyez pas d'inconvénient, nous ferons notre propre enquête, parallèlement à la vôtre. Nous nous concentrerons sur les pistes directes, tandis que votre mandat vous permettra d'investiguer sur une plus grande échelle. Nous ne devrions pas tarder à la débusquer.

—Aucun problème.

—Parfait. Warren sera votre intermédiaire. Il vous escortera jusqu'à Solidade. Trisha attend votre visite et coopérera sans faire de difficultés.

Renne fit de son mieux pour ne pas laisser paraître sa surprise devant le ton ferme de Christabel. Trisha avait sans doute fait savoir à sa parente qu'elle ne souhaitait pas répondre à la police.

—Merci beaucoup.

* * *

Pour se rendre sur Solidade, comme pour aller n'importe où dans le Commonwealth, il fallait prendre le train. La seule différence résidait dans le quai concerné, situé à plusieurs kilomètres des trois terminaux principaux de la station de Rialto. Bien qu'armée d'une autorisation signée par la patronne de la sécurité et accompagnée par Warren, Renne dut se soumettre à plusieurs contrôles avant de s'engager sur le modeste quai.

Le train constitué de trois wagons ne mit que cinq minutes pour traverser le portail et atteindre Yarmuk, la petite ville qui desservait toute la planète.

—Vous avez trouvé quelque chose d'inhabituel dans les comptes d'Isabella? demanda Renne, comme ils descendaient de leur voiture.

—Non, rien, répondit Warren. Nous avons recherché en priorité les billets de train, les locations d'appartements, les retraits d'argent liquide. Mais nous n'avons rien noté de bizarre.

— Vous avez pensé à un possible cycle de dépenses ?

— Oui. Nous avons épluché ses comptes à l'aide d'un programme spécial, mais là encore, rien de probant.

— D'accord, d'accord. Il nous faut absolument comprendre ce qu'Isabella avait dans la tête. Pour le moment, nous n'avons qu'une suite d'événements bizarres, qui aboutissent à sa disparition. Impossible de dire si ces anomalies sont liées à l'intervention des Gardiens ou s'il s'agit d'une vulgaire coïncidence.

— Seule une explication pas très nette pourrait expliquer une disparition éventuelle.

— Peut-être bien. Toutefois, le fait qu'elle gravite dans des milieux pas très fréquentables ne signifie pas obligatoirement qu'elle est impliquée dans l'affaire qui m'intéresse. Je sais que ce n'est pas votre souci principal pour le moment, mais je m'emporte, je spécule.

— Je ne suis pas certain de comprendre, dit Warren en la regardant de biais.

— Si jamais Isabella était liée à cette histoire de mitraillage d'adresses unisphère – ne me demandez pas pourquoi ni comment –, nous aurions une chance sérieuse de remonter à la source, aux Gardiens.

— Je vois… Vous semblez oublier que c'est une Halgarth et que les Halgarth ont toujours été les victimes des opérations de ces terroristes. Alors, comment le fait de poursuivre Isabella pourrait-il vous aider à remonter leur piste ?

— Je ne sais pas. Peut-être s'agit-il d'un nouveau type d'opération ? Nous devons en apprendre davantage, et, pour l'instant, seules les deux autres filles peuvent nous éclairer.

L'avion supersonique VTOL Boeing 22022 les attendait à l'aéroport de la ville. Le vol fut bref jusqu'à la verdoyante vallée de Kolda, où la branche de Trisha avait une résidence de vacances. Ils atterrirent dans une clairière en contrebas de bâtiments en bois à l'architecture complexe. Situé dans la forêt, le pavillon était juché sur sept morangus géants. On aurait dit un voilier jailli du passé, empalé sur des arbres. Un voilier qui, avec le temps, aurait produit de jeunes pousses, sous la forme de pièces annexes et autres plates-formes. Le toit était entièrement constitué d'une espèce de roseau local, qui avait séché et pris une teinte ocre. Au pied des piliers serpentait un cours d'eau qui coulait des profondeurs de la forêt, contournait les racines et s'en allait remplir divers bassins ornementaux.

Trisha les attendait près d'un buisson de parépineux, juste au-dessus du bassin le plus grand. Elle était vêtue d'un haut de bikini et d'un short en toile blanc. Une serviette était dépliée près de l'eau, où elle prenait un bain de soleil. La sophistication qui la caractérisait auparavant semblait envolée. Elle portait certes une tenue négligée de vacancière, mais il n'y avait pas que cela. Désormais, la jeune femme était sérieuse et pensive, et non plus guillerette et sûre d'elle. Sur ses joues, le papillon tatoué était plus grand qu'auparavant. Dommage que les extensions ne fussent pas aussi réussies que le dessin originel.

— Désolée de vous déranger une fois de plus, dit Renne. J'ai juste quelques questions à vous poser.

— Ah bon ! fit-elle, irritée. J'ai reçu un nombre incalculable d'appels aujourd'hui. Comme si j'avais l'habitude de ne pas coopérer avec la police…

Et de regarder vers le sommet du pavillon. Renne eut tout juste le temps d'apercevoir un jeune homme dans une des vérandas, avant que celui-ci fasse un pas en arrière pour disparaître dans la pénombre.

— Je m'en excuse, mais je tiens absolument à mettre le grappin sur ceux qui vous ont fait cela.

— Isabella a dit que vous n'y arriveriez jamais, que l'affaire serait classée après une enquête sommaire.

— Comme c'est intéressant. Force m'est d'admettre que son commentaire n'était pas dénué de fondement.

Trisha haussa les épaules d'un air indifférent.

— Il s'est passé quelque chose ? demanda-t-elle.

— Je n'en suis pas sûre. Tout d'abord, je dois vous demander si vous vous rappelez des détails dont vous ne m'avez pas parlé la première fois…

— Quel genre de détails ?

— Quelque chose qui vous aurait échappé. Une phrase qu'il aurait dite. Quelque chose qu'il aurait dû connaître, comme par exemple un événement historique ou le nom d'une Dynastie. À moins qu'un jour vous soyez tombés *par hasard* sur quelqu'un de bizarre.

— Je ne crois pas. Non. Je ne me souviens de rien en particulier.

— Une anecdote de son enfance, peut-être. S'il a grandi sur Far Away, son enfance a dû être très différente de la vôtre. Quelque chose a pu lui échapper.

— Non. Le journaliste m'a posé la même question, mais non.

— Quelle journaliste ?

— Heu…, fit Trisha en clignant des yeux et en manipulant sa main virtuelle. Brad Myo. Un type du *Earle News*. Il m'a dit que vous l'aviez autorisé à me parler. C'est vrai, n'est-ce pas ? demanda-t-elle en lançant à Renne un regard angoissé.

Renne se figea comme si un fantôme était en train de lui caresser le dos.

— Non, répondit-elle calmement. Nous ne délivrons aucune autorisation aux journalistes, et surtout pas celle de parler aux victimes d'un crime. Il appartient à chacun de décider soi-même.

À sa grande surprise, la jeune femme se mit à pleurer. Elle s'écroula sur sa serviette, les épaules soulevées par ses sanglots.

— Je suis si bête ! pleurnicha-t-elle en se donnant des coups de poings sur les cuisses. Et le Commonwealth tout entier est au courant. Pourquoi suis-je si crédule ? Il a dit que vous lui aviez donné votre aval pour l'aider à écrire un papier plus compatissant. Je l'ai cru, vraiment. Oh, mon Dieu ! Je me déteste ! Je ne savais pas. Il avait l'air si sincère.

Renne lança à Warren un regard embarrassé et s'agenouilla près de la jeune femme affolée.

— Eh, calmez-vous ! S'il s'agit bien de l'homme auquel je pense, il aurait très bien pu me berner moi aussi.

Son assistant virtuel avait déjà trouvé une référence au *Earle News*. Le quotidien n'existait pas, mais le journaliste qui avait interviewé Wendy Bose s'en était déjà réclamé. D'après Paula Myo, sa description rappelait beaucoup Bradley Johansson.

— À quoi ressemblait-il ? demanda-t-elle.

— Il était grand, répondit Trisha en pleurnichant. Blond, très blond. Il était vieux, aussi. Je ne veux pas dire qu'il avait besoin d'un rajeunissement mais, à l'entendre parler, on savait immédiatement qu'il avait vécu au moins deux siècles.

— Merde, siffla Renne entre ses dents.

Trisha la regarda d'un air incertain, les yeux embués de larmes, prête à éclater en sanglots.

— Quoi ? Vous savez qui c'est ?

— Disons qu'il ressemble beaucoup à quelqu'un que nos services recherchent activement.

— Oh, non ! Je vais me faire effacer la mémoire, je vous le jure ! Je vais me débarrasser de cette vie, de ce que j'ai fait, de mon nom. Tout, je vais tout faire effacer ! Et si la Dynastie n'est pas d'accord, reprit-elle en toisant Warren, j'irai le faire dans une clinique clandestine. Je m'en fiche. Je préfère encore devenir débile mentale, plutôt que de vivre en sachant tout cela.

— Écoutez, ne vous emballez pas, dit Renne en caressant les épaules tremblantes de la jeune femme. Vous êtes beaucoup trop dure avec vous-même. Racontez-moi ce qui s'est passé avec ce monsieur Brad Myo. S'il vous plaît.

— Pas grand-chose, en fait. Il a débarqué à l'appartement la veille de mon départ. Isabella avait déjà déménagé et Catriona était partie travailler. Il m'a dit qu'il sortait d'une réunion avec vous ; c'est pour ça que je l'ai laissé entrer. Mais j'aurais dû vous demander, n'est-ce pas ? Mon Dieu, comme je suis stupide !

— Ce qui est fait est fait. Cessez de vous autoflageller. Que voulait-il savoir ?

— La même chose que vous. Le nom de Howard, où il travaillait, depuis combien de temps je le connaissais. Tous ces trucs.

— Je vois. Bon, ne vous en faites pas. Il n'y a pas de dégâts.

— Vraiment ? demanda la jeune fille, pressée d'être réconfortée.

— Oui. C'est juste un escroc qui essaie de vendre ses reportages à des agences d'informations. Rassurez-vous, personne n'en voudra.

— Oui, aucun doute là-dessus, ajouta Warren.

— D'accord.

— Vous avez eu des nouvelles d'Isabella, récemment ? demanda Renne d'un ton détaché. Son ancienne adresse n'est plus activée, et j'aurais besoin de lui poser les mêmes questions.

— Non. Je n'ai pas parlé à beaucoup de gens depuis mon retour ici, dit Trisha en baissant la tête. Je n'en ai pas très envie. J'ai réellement envie d'effacer tout cela de ma mémoire, je ne plaisante pas. C'est trop dur…

— Ce n'est qu'une impression. Prenez le temps de réfléchir et ne soyez pas trop radicale.

— Oui, vous avez peut-être raison.

— Isabella vous a-t-elle dit où elle allait avant de quitter Daroca ?

— Elle était censée partir skier sur Jura. Ils étaient toute une bande à avoir loué un grand chalet pour une quinzaine de jours. Elle m'a proposé de les accompagner, mais j'ai refusé. Elle n'arrête pas de faire des voyages avec des amis.

— Quels amis, exactement ?

— Je ne sais pas trop. Je ne connaissais aucun d'entre eux.

— Bien. Cela ne fait rien, nous nous renseignerons, dit Renne en se retournant vers Warren, qui hocha la tête. Je sais que cela n'a pas été facile pour vous, Trisha. Je vous demande pardon de vous avoir infligé cet interrogatoire, mais sachez que vous nous avez été d'une aide précieuse.

La jeune femme opina du chef sans la regarder. Renne la considéra un instant avec un peu d'inquiétude, puis se dirigea vers leur appareil.

— Qui était ce journaliste ? demanda Warren comme le sas se refermait.

Renne s'installa confortablement dans son fauteuil en cuir.

— Ce pourrait être Bradley Johansson. La description correspond, et il s'est déjà fait passer pour un journaliste travaillant pour ce même organe fictif.

— Ça alors !

— Comme vous dites.

Elle regarda par le hublot ovale, tandis que l'avion décollait. Le carré vert clair de la clairière disparut rapidement. L'accélération la plaqua contre son dossier.

— Mais c'est insensé, dit Warren. Quel besoin Johansson aurait-il eu de voir Trisha ? L'opération était déjà terminée.

— Bonne question. Sans compter qu'il a pris de sacrés risques pour cela. Il a même utilisé la couverture du *Earle*

News, alors qu'elle était déjà connue. Cela ne lui ressemble pas d'être aussi laxiste. Ces questions devaient être d'une importance capitale pour lui.

— Pourquoi ?

Renne secoua la tête. Elle ne se faisait pas suffisamment confiance pour regarder Warren dans les yeux. Contrairement à Trisha, il n'était pas stupide. Il y avait pourtant une explication à ces mystères. Une explication dont les implications ne lui plaisaient guère. Cela signifierait également qu'elle avait eu raison depuis le départ. *Ce n'était donc pas un coup des Gardiens. Ni des Halgarth, probablement. Christabel n'avait aucune raison de me mentir. Ce qui ne nous laisse plus beaucoup de possibilités.*

* * *

Mark Vernon était assis dans sa Ford Lapanto de location. L'ordinateur de bord pilotait seul sur l'autoroute à six voies qui traversait les collines de Chunata, derrière Trinity, un des quartiers de New Costa. Les pentes, avec leur végétation indigène constituée de buissons bruns et de palmiers, étaient parsemées de grandes maisons blanches ceintes de hauts murs et de haies parfaitement taillées, qui leur donnaient des allures d'œuvres d'art précieuses présentées dans une vitrine. C'était une zone prisée des directeurs financiers, qui n'aiment jamais être trop éloignés de leur lieu de travail. Une ligne de gratte-ciel en verre et en matériau composite plantés au pied des collines marquait la frontière est de Trinity. On y trouvait diverses banques, des maisons de crédit, des intermédiaires financiers, des capitalistes en tous genres et des bureaux de change.

La voiture prit la première sortie. En bas de la rampe, la route asphaltée croisait une voie plus ancienne, qui serpentait mollement autour des collines. Un panneau délabré indiquait : « Canyon de la lumière vive ». Mark éteignit l'ordinateur de bord et prit le volant. Le goudron de la route était presque entièrement recouvert de cailloux et d'une terre jaune-brun ; on se serait cru sur une vulgaire piste. Des deux côtés de la voie, les buissons semblaient morts. Les troncs courtauds servaient d'appui à de multiples nids coniques de fourmis-pinces. Derrière l'étendue aride couverte d'une végétation sporadique s'élevaient des murs de béton aux enzymes décrépits, colonisés par les plantes grimpantes et les cactus. De nombreuses voies privées ondulaient vers des portails.

Pendant une fraction de seconde, dans l'esprit de Mark, la vallée de Highmarsh, avec ses allées et ses chemins privés, se superposa au panorama. Le paysage était silencieux, car le vacarme de la mégacité s'arrêtait au pied des collines. Un peu comme dans les terres situées derrière Randtown. Même le brun triste de la végétation locale lui rappelait l'ocre pâle de l'herbe du monde qu'il avait laissé derrière lui. Toutefois, ici, l'air était plus sec que chez lui. Et puis, on y décelait des traces d'odeurs chimiques venues des raffineries qui se trouvaient à une quinzaine de kilomètres à l'est. Regulus était un soleil blanc-bleu trop lumineux dans ce ciel sans nuages. Trop chaud également, malgré l'heure tardive. Ils ne récupéreraient jamais tout ce qu'ils avaient perdu. Même dans ses rêves les plus fous, Mark ne s'autorisait pas à espérer vainement. Fantasmer là-dessus était stupide, le signe d'un vrai perdant.

C'était de sa faute. C'était lui qui avait choisi d'aller vivre sur Elan. Il avait tellement de projets pour eux. Une vie décente, saine. Ses rêves étaient morts dans la douleur et le feu. Cela l'empêchait de dormir. Il se sentait coupable et ne parvenait plus à communiquer normalement avec Liz. Quelle tristesse d'avoir été contraint d'installer ses chers enfants sur ce monde maudit et de n'être plus capable de jouer avec eux.

Il était tellement occupé à s'apitoyer sur son propre sort qu'il en oublia presque de tourner au bon endroit. Un violent coup de volant fit déraper la Lapanto, qui s'engagea néanmoins sur la piste étroite. Les roues arrière patinèrent en soulevant un nuage de poussière.

— Idiot, se dit-il à lui-même.

Deux cents mètres plus bas, le chemin débouchait sur un portail en fer forgé enchâssé dans un mur en béton couleur de terre cuite. Son assistant virtuel envoya le bon code à la serrure, qui s'ouvrit immédiatement. À l'intérieur, il y avait une oasis d'herbe saine et verdoyante. Au centre de la cour se dressait un bungalow vert citron au toit en panneaux de matériau composite rouge moulés pour donner l'illusion de la tuile. Des robots jardiniers roulaient çà et là, tondaient la pelouse, taillaient les bordures. De fait, le jardin était aussi bien entretenu que la maison qu'il entourait. Mark aimait beaucoup la vue qui s'offrait à eux depuis le patio. Comme le bungalow était perché à mi-hauteur sur la colline, le paysage urbain de New Costa semblait s'étirer à ses pieds à l'infini. Vues d'ici, les usines et les rues commerçantes paraissaient presque agréables à vivre. On était loin de l'ancienne maison de la famille à Santa Hydra.

Kyle, le frère de Mark louait le bungalow à la société d'ingénierie d'Augusta. Il pouvait se le permettre, car il gagnait très bien sa vie à la banque StVincent. Dans sa famille proche, tout le monde avait proposé de les aider, et si Mark avait accepté la proposition de Kyle, c'était uniquement pour ne pas avoir à emménager chez son père, Marty. Par ailleurs, il s'était toujours bien entendu avec son frère, un homme sincère, que les enfants appréciaient particulièrement.

Il laissa la Lapanto dans l'allée, devant la porte, et entra dans le bugalow. Les pièces qui donnaient sur le couloir avaient des portes vitrées, ce qui permettait habituellement à

Mark de localiser rapidement sa petite famille. Aujourd'hui, personne n'était en vue. En revanche, il entendait des voix dans le patio, derrière le salon principal. Sandy et Barry étaient dans la piscine, tandis que Panda, toute trempée, était couchée sur les dalles chauffées par le soleil. La chienne le remarqua, mais ne bougea pas d'un millimètre.

— Papa ! crièrent les enfants à l'unisson.

Mark leur fit signe de la main.

— Panda s'est baignée dans la piscine ? demanda-t-il.

— Non, répondirent-ils de concert.

Il leur lança un regard sévère et désapprobateur, ce qui eut pour effet de les faire ricaner. Liz était étendue sur une chaise longue, au bord de l'eau. Antonio, le petit ami de Kyle, était à côté d'elle. La terrasse faisait face à l'ouest et profitait des derniers rayons de soleil de l'après-midi.

— Salut, chéri, dit Liz.

Un robot serviteur se tenait entre elle et Antonio, une bouteille de vin à la main. Il s'approcha et se rendit compte qu'ils étaient nus tous les deux. Sa gorge se serra automatiquement. Il ne dit rien pour ne pas montrer à quel point il était étroit d'esprit et réactionnaire.

Liz n'avait pas encore de travail. Ils avaient décidé qu'elle resterait à la maison quelque temps pour s'occuper des gamins. Les petits n'étaient pas inscrits à l'école ; Mark n'avait vraiment pas envie qu'ils soient scolarisés sur Augusta, car lui-même avait de très mauvais souvenirs de ses années au lycée Faraday. En fait, leur situation était supposée être temporaire. Ils étaient arrivés ici car c'était le premier point d'arrêt après l'astéroïde d'Ozzie. Mark avait envie de partir au plus vite – de préférence pour une planète comme Gralmond, c'est-à-dire, aussi loin de Dyson Alpha que possible. Toutefois, il faudrait de l'argent pour cela. L'invasion les avait laissés sans le sou, sans aucune possession, et Mark savait bien qu'Elan était perdue pour toujours, même si la Marine réussissait à renvoyer ces Primiens chez eux. Il s'était énormément endetté pour s'acheter son vignoble et son garage. Si son assureur ne faisait pas un geste, il lui faudrait sans doute plusieurs vies pour se tirer du pétrin. Le problème, c'était que le siège de son assurance se trouvait à Runwich, la capitale d'Elan. Personne ne pouvait encore dire si le Commonwealth paierait à la place des gouvernements des vingt-trois. Et même si une proposition était faite en ce sens, il faudrait sûrement des années, sinon des décennies, pour que le texte soit voté par le Sénat. Pour le moment, il est vrai, l'argent du contribuable servait surtout à fabriquer des vaisseaux de guerre.

Il s'agenouilla et embrassa Liz sans enthousiasme.

— Salut.

— Waouh ! On dirait que tu as besoin de boire un coup. On a des verres en rab, ajouta sa femme en désignant le robot.

— Non, merci. Je vais peut-être me prendre une bière.

— Pas de problème, intervint Antonio. Assieds-toi, le robot va t'apporter ça.

Mark le gratifia d'un sourire pincé et se laissa tomber sur une chaise longue.

— Les enfants sont dans l'eau depuis combien de temps ?

— Je ne sais pas, répondit Liz avant de vider son verre et de le tendre au robot pour être resservie. Peut-être une demi-heure.

— Ils devraient sortir. Ils doivent prendre leur goûter.

Il ne demanda pas : « Qu'est-ce que tu leur as préparé ? » Mais la question était implicite, contenue dans le ton de sa voix.

— L'ordinateur de la maison s'occupe d'eux, rétorqua Liz avec un peu trop d'emphase. Nous ne sommes plus à Randtown. Ici, les systèmes sont à la pointe de la technologie.

— Ah, oui ? Merci de me tenir au courant, répliqua froidement Mark.

Liz se retourna et sirota son vin en contemplant ostensiblement le paysage vallonné.

— Arrêtez cela, tous les deux, intervint Antonio. Nous sommes tous dans le même camp. Mark, les enfants savent qu'ils doivent sortir à 18 h 15 – c'est ce qu'ils font toujours. La cuisine est en train de leur préparer quelque chose.

Dans un coin de sa vision virtuelle, Mark vit qu'il était 18 h 12.

— Oui, pas de souci, bougonna-t-il. Désolé, la journée n'a pas été très bonne.

Pas question de leur raconter ses heures de travail à l'usine. Ç'aurait été trop stéréotypé, même pour lui. Et puis, ils auraient juste fait semblant de l'écouter. Dès qu'ils avaient quitté l'astéroïde, il avait postulé au poste de technicien général chez Prism Dynamics. Il avait été embauché aussitôt. Le salaire n'était pas extraordinaire, mais il aimait ce boulot de supervision des chaînes de montage. La société fabriquait des pièces de fuselage pour l'aérospatiale. Pour lui, il s'agissait de faire de la maintenance et un peu de programmation, d'improviser pour régler les petits soucis quotidiens. Toutefois, s'il avait accepté ce poste, c'était surtout pour ne pas avoir à vivre sur le dos de ses proches. Un gène qu'il avait directement hérité de Marty.

Un robot serviteur roula jusqu'à lui et lui tendit une bouteille de bière. Mark en fit sauter la capsule et avala une longue gorgée. Liz persistait à l'ignorer.

— Giselle Swinsol a appelé, dit Antonio. Elle a dit qu'elle serait là à 19 heures pour l'entretien.

Mark attendit un instant, mais Liz garda le silence.

— Quoi, quelqu'un vient me voir ? demanda-t-il.

— Oui, répondit Antonio, surpris. Pourquoi, ce n'était pas prévu ?

—Non. Elle t'a appelé?

—Non, non, elle a contacté l'ordinateur de la maison. Elle a dit qu'elle voulait être certaine que tu serais là ce soir.

—Je n'ai jamais entendu parler d'elle.

—C'est sans doute un chasseur de têtes qui travaille pour une agence quelconque, dit Liz.

—Je ne suis inscrit dans aucune agence.

—Alors, c'est peut-être l'assurance, suggéra Antonio. Elle prend les choses en main après l'invasion.

Mark but un peu de bière.

—Avec la chance que j'ai, cela m'étonnerait beaucoup, marmonna-t-il.

Liz se leva et lui lança un regard noir.

—Je vais préparer les enfants, dit-elle en passant un peignoir.

Antonio attendit qu'elle se fût éloignée pour demander:

—Vous deux, ça va?

—Je suppose que oui, répondit mollement Mark. On accuse le coup, c'est tout. Honnêtement, Antonio, nous avions une vie parfaite sur Elan. Et aujourd'hui, il ne nous reste rien.

—C'est dur, je sais. Mais vous y arriverez. Je connais bien Kyle. Vous, les Vernon, vous ne lâchez jamais le morceau. Vous êtes une famille étonnante. Presque effrayante.

Mark leva sa bouteille et parvint même à arborer un semblant de sourire.

—Santé. Mais bon, tu as tort. À la moindre proposition d'emploi sur une autre planète, Liz, les enfants et moi, on se tire.

—En es-tu bien sûr?

—Parfaitement.

—À mon avis, ce serait une terrible erreur.

—Pour quelle raison?

—Les armes et les navires de la Marine sont fabriqués sur les mondes du G15. Tu me suis? Bon, d'accord, d'autres planètes obtiendront sans doute quelques contrats de sous-traitance, et puis, il y a les chaînes de montage de l'Ange des hauteurs – mais ça, c'est de la politique. Ici, mon pote, tu es au cœur du Commonwealth, de nos forces armées. Cela signifie qu'ils ne laisseront jamais Augusta tomber entre les mains de l'ennemi. La Terre sera prise avant nous. Ici, nous bénéficierons de la meilleure protection possible. Réfléchis. Wessex est la seule planète à avoir repoussé les Primiens la première fois. Sheldon et Hutchinson ont tout fait pour que l'attaque soit un échec là-bas. Suis mon conseil, mec, reste ici. Je me fiche bien de ce que racontent les analystes et les stratèges dans les journaux de l'unisphère. Pour moi, il n'y a pas endroit plus sûr dans tout le Commonwealth.

Mark aurait voulu éclater de rire, sauf qu'il ne trouvait aucune faille dans la logique d'Antonio.

* * *

Une longue limousine Chevrolet noire stoppa devant le portail à 18 h 58. Liz était tout juste parvenue à faire monter les enfants à l'étage, tandis qu'Antonio s'habillait et se préparait pour prendre son tour de garde à l'hôpital. Kyle n'était toujours pas rentré, car il restait souvent à la banque après 19 heures. Mark ne comprenait pas comment sa relation avec Antonio fonctionnait encore. Ils ne se voyaient qu'une ou deux heures par jour. À moins que ce fût justement la raison de la longévité de leur couple. Liz et lui ne se voyaient guère plus. Pour de tout autres résultats.

Giselle Swinsol n'était pas exactement ce qu'avait imaginé Mark. La voiture aurait dû lui mettre la puce à l'oreille – aucun directeur d'agence ou chasseur de têtes ne roulait dans une bête comme celle-là. Elle était grande, brune, ambitieuse comme une jeunette briguant un poste de direction, et arrogante comme une héritière de Dynastie intersolaire. Son tailleur gris et bleu oxford coûtait plus cher que le salaire mensuel de Mark et son maquillage était digne des animatrices de l'unisphère. Ses talons aiguilles cliquetaient bruyamment sur le sol de l'entrée.

Elle n'avait pas attendu d'être invitée à entrer. Mark avait ouvert la porte, et elle s'était dirigée directement vers le salon.

— Excusez-moi, mais j'ignorais que nous étions supposés nous rencontrer ce soir, dit-il.

Son ton se voulait sarcastique, mais n'était que lamentablement mou, d'autant qu'il trottinait derrière elle pour la rattraper.

Elle lui sourit à la manière d'un requin lorsque vient l'heure du déjeuner. Un requin aux lèvres brillantes, couleur cerise.

— Habituellement, je ne préviens pas à l'avance les gens qui ont été sélectionnés.

— Sélectionnés ?

Elle s'assit dans un fauteuil, alors que Mark restait debout, l'air penaud, au milieu de la pièce.

— Vous aimez votre travail, monsieur Vernon ?

— Merde, vous voulez bien me dire qui vous êtes ?

— Je travaille pour la Dynastie Sheldon. Combien gagnez-vous par mois ? Deux mille ?

— Un peu plus que cela, lâcha-t-il, véritablement énervé.

— Vous mentez, Mark. J'ai vu votre contrat.

— Ces informations sont confidentielles !

Elle rit.

— Vu votre niveau de rémunération et en admettant que vous soyez régulièrement augmenté, vous aurez besoin de trimer quatre-vingts ans pour rembourser votre maison et votre garage d'Elan. Et encore, sans compter l'inscription à l'université pour vos enfants et votre assurance rajeunissement.

— Nous serons dédommagés pour le préjudice que nous avons subi.

— Oui, si le Commonwealth existe toujours dans une dizaine d'années, les Sénateurs voteront peut-être une loi pour vous dispenser de rembourser les intérêts. Mark, ne vous voilez pas la face.

— Mon boulot chez Prism Dynamics est temporaire. Je compte bien trouver mieux que cela.

— C'est exactement ce que je voulais vous entendre dire. J'ai justement ce qu'il vous faut.

— De quoi s'agit-il ? demanda Liz.

Elle se tenait dans l'embrasure de la porte, vêtue d'un tee-shirt et d'un jean transformé en short. Elle regardait fixement leur visiteuse, d'une manière que Mark connaissait bien. Lorsque Liz décidait de ne pas aimer quelqu'un, on ne pouvait pas espérer lui faire changer d'avis avant une ou deux vies.

— C'est confidentiel, désolée, répondit Giselle Swinsol. Je vous dis tout, dès que vous avez signé.

— C'est ridicule, lâcha Liz.

Elle s'assit en face de la femme sur un long canapé en cuir et tira doucement Mark par le bras. Il se laissa tomber à côté d'elle. Les trois bières qu'il avait avalées sur la terrasse commençaient à lui faire de l'effet. Son assistant virtuel l'informa de l'arrivée d'un fichier envoyé par Swinsol. Il l'ouvrit, et un contrat d'embauche se déroula dans son champ de vision. Le salaire lui fit écarquiller les yeux.

— C'est loin d'être ridicule, reprit la femme. Nous prenons notre sécurité très au sérieux. Vous avez déjà fait la preuve de votre discrétion.

— L'astéroïde ? demanda Mark. Pas de problème.

— Même dans les temps difficiles que nous traversons tous en ce moment, les journalistes auraient adoré vous entendre décrire la demeure de M. Isaacs.

— Je ne comprends pas, dit Mark. Je ne suis pas un superphysicien. Je ne suis que mécano. Rien d'extraordinaire là-dedans. Nous sommes des millions à faire ce boulot.

— Vous êtes vraiment très, très bon quand il s'agit de réparer des systèmes électromécaniques. Nous avons vérifié. Avec soin. Le projet sur lequel vous allez travailler consiste en grande partie à assembler des modules de robotique. Mais d'autres critères ont motivé notre choix.

— Comme ? intervint Liz.

— En plus de votre discrétion, vous avez des problèmes financiers que nous pouvons vous aider à résoudre. Si vous acceptez ce travail, nous nous engageons à rembourser tous les prêts que vous avez contractés sur Elan. Madame Vernon, vos compétences en biotechnologie nous intéressent énormément. Nous n'attendons pas de vous que vous soyez une femme au foyer exemplaire pendant la durée de ce projet. Je suis sûre que vous me suivez.

Liz se figea.

— Oui, dit-elle simplement.

Le contrat continuait de se dérouler dans la vision virtuelle de Mark.

— Si j'accepte, où devrons-nous vivre ?

— Cressat.

— La planète des Sheldon ? s'étonna Liz. Je croyais que personne n'était accepté là-bas ?

— Nous faisons quelques concessions dans le cadre de ce projet. Dans votre cas, toutefois, le problème ne s'est pas posé, puisque Mark est un Sheldon. Toute sa famille est donc autorisée à séjourner chez nous.

Mark s'efforça de ne pas sursauter lorsque Liz se retourna vers lui. Il n'avait jamais jugé bon de parler de son héritage, qui était plus embarrassant qu'autre chose.

— On n'est pas vraiment de la lignée directe, marmonna-t-il.

— Il n'y a que sept générations d'écart entre votre mère et Nigel. C'est plutôt pas mal.

— Attendez, intervint Liz. Vous ne travaillez pas pour la Marine ?

Giselle la gratifia d'un sourire sans joie.

— Mark ?

— Quoi ? Il faut que je donne ma réponse tout de suite ?

— Effectivement.

— Mais vous ne m'avez rien dit.

— Grâce à votre nouveau métier, votre famille vivra beaucoup mieux qu'aujourd'hui. Mieux que lorsque vous étiez sur Elan. Vous serez débarrassés de vos dettes. De plus, votre sécurité sera absolument garantie. Nous vous demanderons simplement d'éviter de communiquer avec vos amis et votre famille proche. Ce projet devra rester secret.

— Je n'aime pas trop les offres qui paraissent trop belles pour être vraies, intervint Liz. En général, on finit déçu.

— Dans notre cas, c'est différent. Tout est réglo.

— C'est dangereux ? demanda Mark.

— Non. Vous travaillerez avec des systèmes d'assemblage sophistiqués. Ce sera un défi pour vous, mais un défi parfaitement sûr. Ce n'est pas un jeu, Mark. Mon boulot ne consiste pas à aller voir les gens pour les berner ou les escroquer. De toute façon, je ne peux pas vous spolier, puisque vous n'avez pas d'argent. Mon offre est tout ce qu'il y a de plus honnête. Alors, c'est oui ou non ?

— Quelle est la durée du contrat ?

— Difficile à dire. Avec un peu de chance, moins d'un an, sinon, peut-être deux ans.

— Qu'est-ce que tu en penses ? demanda-t-il en se tournant vers Liz.

— On est fauchés. Moi, je dis pourquoi pas. Et toi ?

Mark se demanda combien de verres elle avait bu cet

après-midi. Lorsqu'elle avait un peu d'alcool dans le sang, Liz s'emballait pour tout. Il lui arrivait juste de changer d'avis le lendemain matin. Il regarda Giselle et comprit qu'on ne lui laisserait pas une seconde chance. Le document était ouvert au chapitre protection sociale et scolarité des enfants. Un chapitre dont était totalement dépourvu le contrat qu'il avait signé avec Prism Dynamics.

— D'accord. On accepte.

— Excellent, fit Giselle Swinsol en se levant. La voiture passera vous chercher, vous et vos enfants, à sept heures trente demain matin. Soyez prêts.

— Il faut que je prévienne Prism, dit Mark.

La vitesse à laquelle tout ceci arrivait le déconcertait, lui donnait presque envie de se rétracter.

— Nous nous en occuperons, le rassura Giselle. Vous pouvez expliquer à votre famille proche que vous avez trouvé un nouveau travail sur une autre planète. Toutefois, vous ne devrez pas leur dire où vous allez.

— Bien.

— Votre signature, Mark, je vous prie.

— Oh, oui !

Il demanda à son assistant virtuel d'apposer sa signature sur le contrat et de renvoyer le fichier à Giselle.

— Merci, dit celle-ci en se dirigeant immédiatement vers le couloir.

— Je vous reverrai demain ? demanda Mark.

— Non, Mark.

La porte d'entrée se referma doucement derrière elle. Mark se passa une main dans les cheveux.

— Merde, quelle casse-couilles !

— Ouais, mais une casse-couilles qui nous a tirés de la merde. Je me demande en quoi consiste ce fameux projet.

— Sans doute une grosse chaîne de montage militaire, avec des robots assembleurs. Ils vont se passer de l'Ange des hauteurs. De toute façon, délocaliser la production là-bas était une décision politique.

—Peut-être bien.

—Tu n'y crois pas ?

—En fait, cela n'a aucune importance. On verra bien demain.

—Tu regrettes ? Il est encore temps de refuser.

—Il ne vaut mieux pas. Cette Mlle Giselle Swinsol ne m'a pas l'air très commode.

—Tu m'étonnes !

—Tu as fait le bon choix ! C'est juste que je n'ai pas apprécié sa façon de te pousser à accepter immédiatement. Mais bon, il est vrai que la conjoncture actuelle interdit de perdre du temps.

—Ouais. Tu sais, en fait, je suis content. Je vais enfin pouvoir faire quelque chose pour rendre la monnaie de leur pièce à ces fumiers.

—J'en suis heureuse, chéri, dit Liz en passant un bras autour de son cou et en attirant ses lèvres vers les siennes. Pourquoi ne m'as-tu jamais dit que tu étais un Sheldon ?

—Je n'en suis pas vraiment un. Enfin, je ne suis pas un membre de la Dynastie.

—Hum..., fit-elle avant de l'embrasser. Comment va-t-on s'occuper jusqu'à sept heures trente ?

* * *

Oscar et Mac arrivèrent devant le bureau de Wilson au même moment. Anna se leva pour les embrasser tous les deux.

—Il est prêt à vous recevoir, leur dit-elle.

—Alors, cette vie de femme mariée ? demanda Mac.

—Oh, on est comme tout le monde ! On lutte pour rembourser nos crédits.

— Ben voyons ! intervint Oscar. Racontez-nous plutôt votre lune de miel.

Anna regarda par-dessus son épaule et le gratifia d'un clin d'œil coquin.

— Disons que c'était... euphorique ! Dix heures entières de liberté – une jeune épouse peut-elle raisonnablement demander davantage ?

Wilson les salua chaleureusement.

— Merci d'être venus. J'essaie de voir tous les capitaines avant qu'ils partent. Malheureusement, je ne pourrai bientôt plus respecter cette tradition. Les composants de nos prochains navires arrivent en masse. Le budget d'exception commence à faire son effet, Dieu merci.

— Enfin une bonne nouvelle, commenta Oscar en s'asseyant précautionneusement sur une chaise en forme de pelle, recouverte d'une mousse peu avenante. Je n'ai rien vu dans les bulletins d'informations. Il faut dire qu'ils sont tellement occupés à cracher sur la Marine.

— Et vous ne verrez rien de plus. Nous retenons volontairement certaines informations, car les Primiens glanent sans doute des données sur l'unisphère.

— Vous êtes sérieux ?

— Ils tentent forcément de se renseigner sur nos capacités, intervint Anna. Nous devons considérer qu'ils ont piraté les réseaux des vingt-trois planètes capturées. Ils savent donc quelles étaient nos forces au moment de l'attaque initiale.

— D'ailleurs, nous les espionnons nous aussi, reprit Wilson.

— Avons-nous des preuves de cette hypothétique opération de surveillance de nos médias ? demanda Mac.

— Non. Tout comme ils ne savent rien de la nôtre.

— Moi non plus, je ne sais rien de la nôtre, protesta Oscar.

— Rafael s'en occupe, expliqua Anna avec un sourire malicieux. Nous avons largué des centaines de milliers de satellites espions dans les systèmes concernés. On utilise une technique similaire à la leur : on ouvre une multitude de trous de ver, dont on déplace constamment les portes de sortie. Ils les détectent forcément, mais ils ne peuvent pas s'occuper de toutes les ouvertures à la fois.

— De nombreux satellites s'en sortent donc indemnes, dit Wilson. Ils nous renseignent régulièrement.

— Évidemment, ces renseignements restent confidentiels, ajouta Anna. À vrai dire, ce que les satellites nous montrent n'est pas joli, joli.

— Ils s'installent durablement sur chacune des vingt-trois. Des portails ont été construits sur les surfaces planétaires. Les quantités de matériel et de Primiens qui en sortent sont proprement hallucinantes, même selon leurs standards. Dimitri Leopoldovich avait raison, le bougre. Nous ne reprendrons aucune de ces planètes.

— Faut-il annuler les contre-attaques prévues en surface ? demanda Mac.

— Non. Ces planètes leur serviront de camps de base pour la prochaine attaque. Leur aménagement ne laisse place à aucune équivoque. Une fois qu'ils seront installés là-bas, ils seront en mesure d'attaquer n'importe quel monde du Commonwealth, et pas uniquement les systèmes les plus proches. En tout état de cause, les missions d'infiltration et de sabotage sont encore plus nécessaires qu'avant. Nous avons besoin de gagner du temps, ajouta-t-il en regardant Oscar dans les yeux. Nous nous devons de trouver le point de sortie de la Porte de l'enfer. C'est leur seul véritable point faible.

— Je ferai de mon mieux, dit Oscar, qui goûtait assez peu cette pression. Mon vaisseau visitera toutes les étoiles qui sont sur notre liste, vous pouvez en être certain, ajouta-t-il, comme pour se défendre.

— J'ai confiance en vous. Mac, cette fois-ci, nous allons vous confier une tâche un peu plus facile.

— Ouais, fit Oscar en se moquant de son ami. Il s'agira de surveiller une école de religieuses sur Molise.

Mac le gratifia gentiment d'un majeur dressé.

— Avec ma veine…

— Vous allez tester des missiles relativistes très loin du Commonwealth. Maintenant que les Primiens savent ce que nous sommes capables de faire avec des hyperréacteurs, ils vont mettre au point des stratégies défensives. Néanmoins, si ces missiles se montrent à la hauteur de nos espérances, nos ennemis auront du mal à les éviter.

— Nous tâcherons d'aplanir toutes les difficultés, dit Mac.

— Bien. J'ai également décidé que ce serait là le dernier vol de *StAsaph*.

— Pourquoi ?

— Il est obsolète, Mac. Je suis désolé. À votre retour, nous aurons commencé à assembler les premiers vaisseaux équipés d'hyperréacteurs de type six, et je veux que vous preniez le commandement du premier d'entre eux.

— Oui, cela me va.

Oscar faillit protester. *On ne sait donc pas ce que c'est que l'ancienneté dans cette Marine ?* Toutefois, ç'aurait été grossier, même venant de lui.

— Quant à vous, Oscar, reprit Wilson, vous prendrez la tête du projet « Croiseur de combat ».

— Qui ? Moi ?

— Oui, vous. C'est ce qui fera réellement la différence dans cette guerre, Oscar. Je ne plaisante pas. Il y a tellement de nouvelles technologies dans ce machin… Je n'y comprends rien moi-même. Grâce à Sheldon, toutes les Dynasties collaborent. Évidemment, il y a pas mal de frictions dans l'équipe dirigeante. Si quelqu'un est capable de mettre de l'ordre dans tout cela, c'est bien vous.

— Waouh…

Oscar ne savait comment exprimer sa gratitude. Sa gorge se serra. Il n'aurait pu rêver d'un poste à responsabilités plus important que celui-ci. Wilson lui faisait confiance, et Sheldon lui avait certainement donné son accord.

— Merci, patron. Je ne vous laisserai pas tomber.

Trêve de sensiblerie. Il pensa à Adam et aux enregistrements qu'il comptait emmener avec lui pour le vol de reconnaissance. Il se sentit coupable et s'empourpra.

— Tout va bien ? demanda Anna.

— Oui, oui.

— Pendant une seconde, je vous ai senti embarrassé.

— Embarrassé, lui ? Jamais ! s'exclama Mac. Il doit avoir oublié un rendez-vous galant, c'est tout.

— Au moins, moi, j'arrive à avoir des rendez-vous !

Trop tard, le moment était passé. Ses trois amis étaient les seules personnes à qui il aurait pu parler de son passé et d'Adam. Il sourit de toutes ses dents pour masquer ses émotions véritables. *De qui ai-je peur ? D'eux ou de moi ?*

* * *

L'environnement simulé était presque parfait. Morton avait déjà fait l'expérience des IST, bien sûr, mais le réalisme de cette simulation-ci dépassait de très loin tout ce qui était disponible sur le marché. Les artistes de l'unisphère n'avaient pas les moyens de s'offrir une telle qualité sensorielle. Les techniciens de la Marine l'avaient même équipé pour qu'il puisse sentir des odeurs – l'odorat était pourtant le sens humain le plus difficile à duper. Le résultat n'était certes pas parfait, puisque la fumée sentait davantage les agrumes que le bois brûlé.

Il marchait dans une ville en ruine, vêtu d'une combinaison blindée équipée d'électromuscles. C'était la seule façon de transporter toutes les armes que la Marine voulait lui confier. Ses sens améliorés scannèrent les piles de béton et les monceaux d'éclats de matériau composite. Dans sa vision virtuelle, des parenthèses orange mettaient en évidence toutes les cibles potentielles, ce qu'il trouva énervant au possible. Le programme d'évaluation des dangers devrait être complètement réécrit. Un item de plus à ajouter à une liste déjà trop longue.

Les câbles électriques dessinaient des traits fluorescents bleus sous la chaussée. Les systèmes électroniques étaient entourés d'une aura bleu-vert, dont l'intensité était fonction de la puissance de traitement des machines. Un détail de plus qu'il n'aimait pas et qu'il aurait préféré faire remplacer par un simple affichage numérique – il en avait d'ailleurs déjà parlé aux techniciens. Ensuite, il y avait le graphique d'analyse atmosphérique. L'affichage de signaux électromagnétiques. Le radar. Les fenêtres des senseurs distance, qui relayaient des images des alentours prises par les robots furtifs qui progressaient à l'avant. Les communications avec les membres de son peloton couplées aux données de leurs senseurs.

Sa vision virtuelle était tellement encombrée de symboles et d'images multicolores, qu'elle ressemblait au vitrail d'une cathédrale. Il était déjà miraculeux de pouvoir voir au travers.

Il s'agissait d'infiltrer une base en construction au cœur d'une ancienne ville humaine. Se rendre sur place, localiser les points faibles, sélectionner les armes appropriées pour faire un maximum de dégâts. Ses camarades formaient une chaîne lâche de un kilomètre environ et se dirigeaient vers leur cible en empruntant des routes différentes. Selon Morton, c'était une erreur tactique, car les risques de se faire repérer étaient démultipliés.

Le peloton était désigné par le code ERT03, qui contenait à la fois le nom de la planète et la zone où il se trouvait. Eux-mêmes préféraient s'appeler « les Griffes de la Chatte », en hommage à leur membre le plus illustre. Tous étaient des condamnés auxquels on avait proposé de s'engager en échange d'une libération anticipée. Leurs casiers avaient été effacés, ce qui ne les empêchait pas, la nuit, de parler de leurs exploits passés. Doc Roberts était fier d'avoir travaillé pour un syndicat du crime, d'avoir effacé à tour de bras les mémoires de ceux qui avaient des choses à cacher. Malheureusement pour lui, il avait essayé d'arrondir ses fins de mois en vendant ces mémoires au marché noir. Le CICG avait facilement remonté sa piste. La cour l'avait condamné pour complicité. Morton se demandait parfois si ce n'était pas Doc qui lui avait effacé la mémoire lors de son petit incident de parcours.

À présent, d'après le schéma de déploiement du peloton, Doc devait se trouver à quatre cents mètres à l'ouest, dans les ruines d'un supermarché. Près de lui progressait Rob Tannie qui, disait-on, avait participé à l'attaque menée contre *Seconde Chance*. En revanche, on ne savait rien de sa vie passée. Il se disait juste agent de sécurité. Morton le croyait. Ce type avait manifestement des facilités pour appliquer les tactiques apprises à l'entraînement. Et puis, il savait garder son sang-froid en situation de combat.

Parker était son deuxième plus gros souci. Un faire-valoir, tout au plus, mais pour qui ? Parker adorait les armes dont on les avait équipés. Il aimait par-dessus tout réfléchir à la meilleure façon de les utiliser pour tuer efficacement et silencieusement. C'était une brute, qui manquait de finesse à tous les niveaux. Il avait du mal à travailler en équipe et ne faisait pas grand-chose pour s'améliorer.

Et puis il y avait Stewart, « la Chatte », appelée aussi Cat. Elle ne parlait jamais de ce qui l'avait conduite ici, ce dont ils lui étaient tous reconnaissants. De fait, ils étaient au courant et n'avaient pas envie d'entendre les détails. Pour le moment, Morton ne savait pas encore quoi penser d'elle. Lorsqu'elle s'en donnait la peine, elle pouvait être un soldat parfait, qui faisait tout son possible pour que le peloton accomplisse avec succès la mission qu'on lui avait confiée. Toutefois, elle n'était pas toujours très motivée.

Le radar laser de Morton détecta un mouvement à cinquante mètres de là, sur la gauche. Des gravats dégringolaient d'une montagne conique qui avait été un ensemble d'immeubles. Les éboulis se déversèrent sur le sol, formèrent un grand nuage de poussière.

Il les balaya à l'aide de ses senseurs principaux, essaya de trouver la cause de ce raffut. Deux des robots furtifs en forme de crabe approchèrent avec circonspection, les antennes complètement dépliées. Ils ne détectèrent aucune présence extraterrestre.

Morton se dit alors qu'il s'agissait d'une diversion parfaite. Il alluma ses senseurs passifs pour examiner la rue derrière lui. Un signal électromagnétique très bref fut émis dans un bâtiment carbonisé qu'il avait dépassé cinq minutes plus tôt. Un signal semblable à ceux qui transportaient les communications des Primiens.

— Rob, j'ai des ennemis dans le dos, dit-il en partageant les données de ses senseurs.

— Compris. Je les ai repérés, répondit Rob Tannie. Comment doit-on s'y prendre ?

Il se trouvait à cent quatre-vingts mètres à l'ouest, dans une rue parallèle.

— Je vais continuer à avancer comme si de rien n'était. Pendant ce temps, tu les contournes par l'arrière et tu les cueilles par surprise.

— Ça roule.

Morton scanna une rue transversale et s'y engagea, s'éloignant rapidement de la mini-avalanche. Il changea deux fois de direction pour compliquer la tâche aux

Primiens et les amener à sortir de leur tanière, ce qui les mettrait à la merci de Rob.

La base ennemie était visible droit devant lui. Dans le crépuscule, la grande structure métallique scintillait sous le feu de puissants projecteurs blanc-bleu. Des Primiens s'y déplaçaient, longeaient des corniches étroites dépourvues de balustrades ou de protections quelconques. Ils portaient tous une armure de combat, et la Marine ne savait toujours pas à quoi ils ressemblaient réellement.

Morton vérifia son affichage. Le champ de force qui protégeait la base commençait à cent cinquante mètres de là. À l'intérieur, tous les bâtiments avaient été rasés, réduits à l'état de restes noircis. On aurait dit une plage souillée par une marée noire. Il prit quelques secondes pour étudier soigneusement cet espace dégagé. Il n'y avait aucun moyen de passer inaperçu. Il demanda à son assistant virtuel de sortir les plans de la ville et de rechercher les tunnels de service. Il y en aurait certainement quelques-uns dans les parages.

— Je les vois, annonça Rob. Ils sont deux, armés, et ils se dirigent vers la base. Ils te cherchent.

— Tu les as en ligne de mire ?

— Affirmatif. En revanche, je ne sais pas trop comment les attaquer.

— Avec un minimum de bruit pour éviter d'alerter les autres.

— D'accord. Un drone d'attaque électronique pour ouvrir une brèche, suivi par quelques missiles à énergie concentrée.

— Non, pas assez discret. Un tir cinétique devrait transpercer leurs armures.

Morton étudiait consciencieusement le plan. Les tunnels les plus larges devaient être piégés. Parmi les plus étroits, l'égout pluvial lui sembla le plus praticable. Morton détestait les espaces confinés. Néanmoins, sa combinaison et les armes dont elle était équipée pouvaient le sortir rapidement de n'importe quel pétrin.

— Je suis assez près pour détecter leurs éventuels champs de force, dit Rob.

— À quelle vitesse progressent-ils ? Je dois trouver une bouche d'égout pour passer en sous-sol avant qu'ils me voient.

— Ils seront sur toi dans deux minutes. Je peux envoyer deux ou trois robots pour les sonder.

— À mon avis, ils ont éteint leurs champs de force. Ils sont comme nous, ils n'ont pas envie de se faire repérer trop tôt.

— Donc, tu penses que je dois les dégommer avec des projectiles cinétiques ?

— Pour l'amour du ciel, intervint une voix féminine et guillerette. Amusons-nous un peu. Nous sommes supposés essayer toutes ces belles armes, non ? Voyons voir ce que nous n'avons pas encore utilisé… Ah, oui, je sais !

Morton vérifia la position de la femme dans sa vision virtuelle.

— Stewart, non…

Derrière lui, le ciel et la ville s'embrasèrent, devinrent tout blancs. Le sol se mit à trembler et l'onde de choc à gronder.

L'environnement virtuel disparut dans une explosion de parasites. Des picotements étranges coururent sur sa peau. Alors, il n'y eut plus que l'affichage de transition, une série de symboles lumineux bleus sur un fond noir. Il entendit sa propre respiration amplifiée dans son casque. Ses jambes et ses bras étaient écartés, attachés confortablement par des bandes élastiques.

— Putain de merde ! grogna-t-il.

Autour de ses bras, le morphoplastique s'élargit. Il retira son casque. Des lumières s'allumaient au-dessus de sa tête, éclairaient la salle d'isolement sensoriel. L'équipe du département de simulation le regardait de derrière une vitre incurvée. Ils n'avaient pas l'air très contents. Morton haussa les épaules d'impuissance. Il se tenait au centre d'une gyroroue, à un mètre du sol, les pieds fermement enserrés dans des bottes en morphoplastique. Le matériau se détendit, lui permettant de sauter de la machine.

Il y avait quatre autres gyroroues dans la salle, avec autant de membres de son peloton sortis de la simulation. Il s'approcha de la Chatte. Le joli visage en forme de cœur était tourné vers lui. Stewart souriait, et la blancheur de ses dents mettait en valeur sa peau brune. Lorsqu'on la rencontrait pour la première fois, on la prenait immanquablement pour une jeunette. Son attitude ostensiblement frivole n'était en effet excusable que chez ceux qui vivaient pour la première fois. Alors que les autres étaient vêtus de tee-shirts de sport violet foncé et de pantalons noirs, elle s'était dégotté un jean déchiré et un tee-shirt aux couleurs de Sonic Energy Authority, un groupe de musique punk. Il se demandait d'ailleurs comment elle avait fait, car les membres de la Marine n'étaient supposés porter que des vêtements réglementaires. Elle devait avoir dépossédé un visiteur civil de ce qu'il portait sur lui. Ses cheveux noir corbeau étaient coupés court, tout comme ceux de ses compagnons, sauf qu'elle y avait ajouté des mèches violettes aux contours argentés.

— Voilà, c'est mieux comme ça, non ? fit-elle en sautant près de Morton, qui la dépassait d'une dizaine de centimètres.

— Quel était le but de cette manœuvre ? demanda-t-il.

— On n'avait pas encore essayé les minibombes atomiques. On est là pour tester tous les scénarios possibles, pas vrai ?

Elle fit un signe de la main à l'équipe qui attendait derrière la vitre. Personne n'osa la regarder de travers. Pourtant, l'ambiance n'était pas à la franche rigolade.

— Ça a vraiment fait « boum » ! s'exclama-t-elle.

Morton aurait voulu la gifler, mais il n'osait pas. La Chatte avait été mise en interruption avant sa propre naissance et n'était supposée en sortir que mille ans après lui. Il se rappelait le jour où elle avait débarqué à la caserne au milieu de quatre gardes armés et visiblement nerveux.

— Putain, on n'utilise pas des armes atomiques contre de simples soldats, tonna-t-il. Ma parole, tu cherches à nous foutre délibérément dans la merde, ou quoi ? Personnellement, je n'ai pas envie de retourner en suspension à cause de tes caprices à la noix. Je préférerais encore te virer de cette caserne à coups de pied dans ton cul tout flasque, compris ?

Les autres se figèrent et observèrent la scène sans rien dire. Derrière la vitre, un des types fit un pas en arrière.

La Chatte fit la moue et lui souffla un baiser.

— La mission était déjà fichue, monsieur le balaise. Dès qu'un Primien vous repère, l'information est partagée avec les autres. Il faut lire un peu les rapports du renseignement, on y apprend beaucoup de choses. Jamais tu ne serais parvenu à pénétrer ce champ de force. Le mieux, ç'aurait été de les attirer à l'extérieur. Rappelle-toi : infliger le plus de pertes possibles. Et surtout, ne pas se faire capturer.

— Ce n'était pas la seule solution. On aurait pu s'en tirer quand même. Rob et moi, nous travaillions sur la question.

— Pauvre garçon. Il s'accroche désespérément à son enveloppe charnelle. Mais bon, cela n'a rien de remarquable.

La Chatte lui donna une tape amicale sur la joue. Il eut mal.

— Va te faire foutre ! grogna-t-il.

Elle se dirigea vers la porte. Comme celle-ci s'ouvrait, elle le regarda en battant des cils.

— À tout à l'heure, sous la douche, monsieur le gros dur. Ah, au fait, mon cul n'est pas flasque du tout. Il est même plutôt pas mal, dit-elle en sortant et en tortillant des fesses.

Morton laissa échapper un long soupir et desserra les poings. Il ne s'était même pas rendu compte qu'il les serrait.

— Bien, merci à tout le monde, annonça le patron de la simulation. Cela suffira pour aujourd'hui. On y retourne demain matin à 9 heures.

Morton resta à sa place, tandis que les autres sortaient. Il respirait lentement et profondément, tentant de se calmer. Rob Tannie s'approcha de lui et lui passa un bras autour des épaules.

— C'était impressionnant, mec. Soit tu es fou, soit tu es amoureux, soit tu as vraiment envie de mourir. Tu sais ce qui lui a valu sa condamnation ?

— Ouais, mais ce n'est pas le problème. Ce qui importe, c'est ce qu'on devra faire ensemble à l'avenir.

Rob lui lança un regard étonné.

— On croirait les entendre, dit-il en désignant la vitre du pouce.

— Et puis merde, lâcha subitement Morton, épuisé. De toute façon, on va tous crever dès notre sortie du trou de ver. On ne mettra jamais les pieds sur Elan.

— Voilà, là tu es dans l'esprit. Alors, écoute mes conseils et ne joue pas avec ta vie. Cette fille-là est complètement timbrée.

— Rappelle-moi de te présenter mon ex-femme un de ces quatre, dit Morton, comme ils sortaient tous les deux de la pièce.

* * *

Morton ne savait même pas sur quelle planète se trouvait Kingsville, leur camp d'entraînement. Selon lui, c'était un monde du G15. Peut-être Kerensk, à cause de son soleil qui tirait sur le violet. Si c'était le cas, ils devaient être bien loin de la mégacité.

Le camp, vaste, s'étirait sur des contreforts désertiques. Vers le nord, les collines s'élevaient graduellement pour former une haute chaîne de montagnes, dont les pics lointains étaient couverts de neige. Dans toutes les autres directions, le désert, et rien d'autre ; des plaines de terre jaune et sèche parsemées de rochers. Dans le fond de chaque dépression poussaient des bouquets de cactus indigènes robustes, aux tiges grises et épaisses et aux épines aussi fines et sèches que du papier.

Il circulait parmi les prisonniers une rumeur étrange : ceux qui réussiraient à traverser ce désert sans assistance seraient libérés. La Marine voulait vérifier l'efficacité des implants dont elle avait équipé ses hommes. De fait, il n'y avait ni clôture ni robots gardiens. Le seul moyen apparent d'arriver là ou d'en partir était l'avion.

D'énormes cargos avaient transporté le camp tout entier depuis la métropole de cette planète, quel que fût son nom. Des engins continuaient d'ailleurs à faire la navette, de livrer des bâtiments préfabriqués et des armes. Kingsville était constituée de vingt-trois sections, chacune équipée d'un dôme géodésique central. À l'intérieur de ces derniers, on trouvait les salles d'entraînement et les laboratoires dans lesquels les soldats étaient équipés des meilleurs implants existants. Et puis, il y avait la cantine. Tout autour de ces dômes se trouvaient les baraquements, disposés comme les rayons d'une roue. Au-delà se trouvaient les zones de tir et d'essais.

Comme Morton s'en retournait vers le bloc alloué à son peloton sous le soleil brûlant de cette fin d'après-midi, les bruits familiers du camp l'enveloppèrent. Deux semaines d'entraînement, déjà. Il s'était tellement impliqué dans sa formation, dans l'apprivoisement de ses implants, qu'il avait l'impression que ses vies précédentes n'étaient que des feuilletons IST dont il avait du mal à se souvenir. Les détonations sourdes des fusils cinétiques se répercutaient dans la zone de tir où s'entraînait la division qui devait débarquer sur Sligo. Les gémissements des réacteurs à compresseurs étaient incessants. Ils provenaient de la piste située à cinq kilomètres, où le ballet des appareils ne s'interrompait jamais. Passé la première nuit, il s'était habitué. Jeeps et camions grondaient sur la route de terre compacte qui reliait le camp à l'aéroport. Les cris et les chants des soldats résonnaient sur les différents parcours d'entraînement, où la Marine les préparait pour sa grande contre-offensive. Soixante pour cent d'entre eux étaient des prisonniers. Les autres étaient soit des spécialistes de la sécurité, soit des patriotes idiots, qui brûlaient d'envie de montrer à ces sales monstres qu'ils n'auraient jamais dû s'attaquer au Commonwealth. Morton se demandait encore s'il s'agissait de la plus grande mission suicide jamais organisée ou s'ils seraient réellement d'une utilité quelconque. Néanmoins, il aimait à croire que son peloton serait suffisamment efficace pour produire des résultats intéressants. Même la Chatte jouait le jeu. La plupart du temps. Les spéculations allaient bon train sur ce qu'elle pourrait infliger aux Primiens. Sachant ce qu'elle était capable de faire à des humains.

Le préfabriqué assigné aux pelotons mesurait quinze mètres de long sur quatre de large et était divisé en trois zones principales. Le dortoir et l'espace à vivre à une extrémité, la salle de bains au milieu et enfin une petite salle de détente avec deux sofas moelleux et un accès au réseau du camp, qui contenait une bibliothèque ainsi qu'une collection de films IST – des pornos soft pour la plupart. La liaison avec la cybersphère de la planète était contrôlée par une IR, qui régulait les appels entrants et sortants. On pouvait parler à n'importe qui, y compris les médias, mais certains sujets étaient proscrits. Par exemple, il était interdit de faire mention des armes utilisées, de la nature des entraînements et de la date possible de la contre-offensive. Comme ses camarades, Morton n'avait reçu aucun appel. Ce qui signifiait probablement qu'il n'avait personne à appeler non plus.

La porte se referma derrière lui, laissant la poussière et la chaleur à l'extérieur. La lumière blanc-violet agressive du soleil était filtrée par les fenêtres, si bien que la luminosité à l'intérieur des baraquements était sensiblement la même que sur Terre. Il se dirigea vers sa couchette et commença à se dévêtir, jetant ses habits à un robot. Rob et Doc Roberts faisaient de même. La Chatte était déjà dans une cabine de douche, en train de chanter joyeusement, bien que complètement faux. Bizarrement, ils sortaient des simulations aussi transpirants et sales que s'ils s'étaient roulés dans le sable du désert pendant des heures.

Il resta longtemps sous la douche, se détendit sous l'eau chaude et utilisa beaucoup de gel. Son assistant virtuel lui passait de vieux morceaux de rock acoustique, ce qui l'aida à oublier l'entraînement pendant quelques minutes. Certaines parties de son épiderme étaient encore sensibles à cause de ses nouveaux implants. Il avait même développé quelques réactions cutanées dues à des tatouages un peu trop envahissants. L'eau qui coulait sur son épiderme contribuait à apaiser ses douleurs. Au son des mélodies des guitares, des idées moins noires que d'habitude emplirent son cerveau. Chaque nuit se déversaient dans son esprit des souvenirs artificiels pour l'aider à apprivoiser ses armes ; son sommeil était donc agité et ponctué de cauchemars. Il rêvait de se reposer pendant vingt-quatre heures d'affilée, toutefois, il ne se faisait guère d'illusions. Le rythme de la vie du camp était bien trop rapide.

Comme tous les autres soldats, il se demandait quand les choses sérieuses allaient commencer. Chacun d'entre eux devrait passer encore deux fois sur le billard, dans la clinique installée au rez-de-chaussée du dôme. Entre chaque intervention, il fallait attendre trois jours. Pas besoin d'être un génie pour comprendre que, dès qu'ils se seraient familiarisés avec tous leurs implants dans les zones de tir, on les enverrait sur une des vingt-trois planètes perdues. *D'ici à deux semaines, pas plus*, se dit-il.

L'ambiance était plus calme que d'habitude lorsqu'il sortit de la douche. En général, il y avait toujours une dispute en cours ou un échange de plaisanteries. Aujourd'hui, il n'entendit que des murmures contenus.

— Eh, Morton ! appela Doc Roberts. Magne-toi un peu, tu as de la visite.

Des rires rauques.

Un robot lui tendit un sachet en plastique contenant des vêtements propres. Il prit son temps pour s'habiller, flairant une mauvaise plaisanterie.

Ce n'en était pas une. Une magnifique jeune femme était assise sur sa couchette. Rob, Parker et Roberts étaient agglutinés autour d'elle et la regardaient comme des loups hypnotisés par un morceau de viande. Même la Chatte, pourtant occupée à prendre une posture de yoga complexe sur sa propre couchette, participait à la fête.

La fille portait une longue jupe en coton évanescent vert émeraude et un chemisier blanc presque transparent. Quelques boucles couleur miel sortaient de sous un chapeau en feutre noir du dernier chic. Elle se leva pour l'accueillir et tout le monde se tut.

Morton faillit lui demander qui elle était. Alors, il vit son visage, et son corps tout entier se figea. Il cligna des yeux, incrédule, comme elle lui faisait un clin d'œil polisson.

— *Mellanie ?*

— Salut, Morty.

Les autres ricanèrent, méprisants et jaloux à la fois.

—Oh, mon Dieu. Tu es devenue…

—Une femme ?

Il hocha la tête. Elle était réellement magnifique.

—Ben alors, tu l'embrasses ou pas ? brailla Doc Roberts.

—Nan, baise-la jusqu'à l'os, cria Parker. Devant nous !

Rob lui donna un coup de poing dans l'épaule.

Mellanie s'approcha de Morton en le gratifiant d'un sourire brillant comme le soleil. Il n'osa pas bouger. Elle lui prit la tête à deux mains et l'embrassa goulûment.

Un chœur de sifflets et d'encouragements retentit dans la pièce, tandis que le baiser durait et durait.

—Je t'ai manqué ? demanda-t-elle d'un ton coquin.

—Euh…, fit Morton, dont le pantalon n'était pas loin d'exploser. Oh, *oui* !

Elle rit, ravie, et l'embrassa de nouveau, plus tendrement.

—Je suis ici pour te proposer un contrat avec l'émission de Michelangelo. On aimerait que tu sois notre correspondant sur la ligne de front. Nous pourrions nous isoler quelque part pour… discuter des termes du contrat ?

Morton se redressa et passa en revue ses camarades lubriques.

—Certainement. Par ici.

Il passa un bras autour de sa taille et l'entraîna vers la salle de bains. Une autre explosion de sifflets, de cris et de railleries.

Dès qu'ils furent dans la salle de repos, il ferma la porte et entreprit de la condamner avec un canapé. Il n'eut cependant pas le temps de terminer, car Mellanie se jeta sur lui, prête à le dévorer. Il déboutonna son chemisier, entendit même quelques craquements de tissu. Des boutons roulèrent sur le sol. Elle portait un délicat soutien-gorge en dentelle, qu'il tira vers le bas, exposant sa poitrine magnifique. Ses seins étaient aussi parfaits que dans ses souvenirs – magnifiquement ronds et fermes, avec des tétons sombres dressés. Ses lèvres se refermèrent sur l'un deux, suçant et léchant. Mellanie trouva le bouton du pantalon de Morton et le défit. Ses mains se refermèrent sur les testicules et serrèrent violemment.

Ils s'écroulèrent tous les deux sur le sofa. Morton était couché sur Mellanie. Dans sa précipitation, il avait le plus grand mal à retirer sa chemise en la passant par-dessus sa tête. La jeune femme fit glisser sa jupe le long de ses jambes. Alors, il fut en elle.

Il la baisa avec sauvagerie. Ils donnèrent tous les deux de la voix, crièrent à qui mieux mieux, s'agrippèrent à la chair de l'autre, laissèrent l'extase prendre possession de leurs corps.

* * *

Plus tard, Morton eut suffisamment repris ses esprits pour fixer le plafond qu'il regardait sans le voir depuis un certain temps. Il était affalé par terre, au pied du sofa, haletant et couvert de sueur, mais aussi euphorique. À côté de lui, Mellanie gloussa de satisfaction et se redressa sur un coude. Son chapeau noir avait dû tomber quelque part, et ses cheveux étaient tout ébouriffés. Son soutien-gorge, toujours attaché, était enroulé autour de sa taille.

Il lui sourit, l'embrassa tendrement et défit enfin l'agrafe du soutien-gorge. Il se rendit alors compte que sa chemise était restée enroulée autour de son bras. Ils rirent à l'unisson, tandis qu'elle l'aidait à s'en débarrasser.

— Tu es vraiment magnifique, dit-il admiratif.

Il lui caressa le bras, le ventre, puis entreprit de lui masser la cuisse.

— Tu es dans la fleur de l'âge, ajouta-t-il.

— Toi, tu n'as pas changé.

— Est-ce une bonne chose ?

Mellanie eut le souffle coupé par ce que lui faisait la main de Morty entre les jambes. Il connaissait tellement bien son corps.

— Certaines personnes gagnent à rester elles-mêmes, souffla-t-elle, ravie.

— Je t'ai manqué ?

— Oui.

— Beaucoup ?

Elle pencha la tête en avant, permettant aux pointes humides de ses cheveux de caresser le torse de son amant.

— Beaucoup, répondit-elle, comme ses lèvres et ses doigts effleuraient délicatement Morton. Énormément, ajouta-t-elle en descendant vers son ventre et vers sa verge en train de durcir. Infiniment ! grogna-t-elle, impatiente.

* * *

Morton était persuadé de ne plus jamais pouvoir bouger, tant ses membres étaient engourdis. Ils étaient étendus sur le sol, serrés dans les bras l'un de l'autre, tandis que la lumière du soleil déclinait. Pour la première fois depuis son jugement, il commençait à regretter tout ce qu'il avait perdu.

— Comment t'es-tu débrouillée, depuis ? demanda-t-il.

— Bien.

— Je suis désolé. Cela n'a pas dû être facile pour toi. J'aurais dû prévoir une réserve d'argent, laisser du liquide de côté. Je ne m'imaginais pas que…

— J'ai dit que je m'étais bien débrouillée, Morty.

— Ouais. Putain, tu as l'air très en forme. Superbe, vraiment. Et je le pense.

Elle sourit, se passa une main dans les cheveux et dégagea son visage.

— Merci. Tu m'as beaucoup manqué.

Même maintenant, il ne pouvait penser qu'à une chose : la baiser encore et encore.

— Tu as… quelqu'un dans ta vie ?

— Non, répondit-elle un peu trop rapidement. Personne en particulier. Personne d'aussi bien que toi. Les choses ont été un peu bizarres pour moi. Surtout depuis l'attaque des Primiens.

— Tu m'étonnes. Qu'est-ce que tu fais de ta vie ? Tu m'as parlé de Michelangelo…

— Oh, oui ! Je travaille pour son émission. Je tourne des reportages.

— Félicitations. Tu as dû batailler pour obtenir un pareil poste.

— J'ai un très bon agent.

— Peu importe. Tu es venue me voir, et c'est tout ce qui compte pour moi.

Elle posa la main sur son torse et le caressa doucement.

— Ce n'était pas un prétexte, Morty. J'aurais pu venir te voir à n'importe quel moment. Les visites sont autorisées.

— Et alors ? dit-il sans comprendre.

— C'est une offre sérieuse. J'ai eu du mal à mettre le projet sur pied et les avocats de l'émission ont lutté pour obtenir l'autorisation de la Marine. Mais tout est arrangé.

— Tu veux que je fasse des reportages sur Elan ?

— En gros, oui. Chaque fois que ton peloton sera en contact avec l'extérieur, tu auras le droit d'émettre brièvement des messages personnels. Cela fait partie de ton contrat.

— Je ne lis jamais mes contrats jusqu'au bout, marmonna-t-il.

— Les avocats se sont arrangés pour que tu utilises ton temps de communication afin de nous faire tes rapports. Michelangelo te paiera. Très bien. Ce qui signifie que tu auras de l'argent lorsque tout ceci sera terminé. Tu pourras commencer une nouvelle vie.

— D'accord. Pourquoi pas ? Est-ce qu'on se reverra ? C'est tout ce qui m'intéresse.

— Ce sera difficile. Je ne serai sans doute pas disponible et la Marine ne va probablement pas tarder à lancer sa contre-attaque.

— Mais tu pourras quand même me rendre visite ici, non ?

— Oui, Morty, je reviendrai.

— Bien, dit-il avant de l'embrasser.

— Il faut que je te montre quelque chose, murmura-t-elle.

— Quelque chose que tu as appris ? demanda-t-il en lui léchant voracement le cou. Ou quelque chose que seules les vilaines filles savent faire ?

Elle le prit par les mains et serra fermement. Il sourit, subitement excité. Alors, son assistant virtuel l'informa que les tatouages de ses paumes et de ses doigts étaient en train de se réveiller.

— Qu'est-ce que...

Morton se tenait dans le fond d'une sphère blanche. Des flots de lettres et de chiffres s'écoulaient tout autour de lui – trop vite toutefois pour être déchiffrés. Ils lui rappelèrent sa vision virtuelle, lorsqu'elle était en attente.

— Désolée, je ne voulais pas te faire peur, dit Mellanie.

Morton se retourna vers elle. Elle portait une simple combinaison blanche. Il baissa les yeux et vit qu'il était vêtu de la même manière.

— Que s'est-il passé ? demanda-t-il. Où sommes-nous ?

— C'est un environnement simulé. En gros, nous sommes à l'intérieur de tes implants.

— Putain, mais comment as-tu fait cela ?

— Pendant que tu n'étais pas là, l'IA m'a fait installer des tatouages très sophistiqués. Je suis en train d'apprendre à m'en servir et je peux te dire que ce n'est pas simple.

— L'IA ?

— Elle et moi avons conclu un accord. En échange d'informations inhabituelles, elle joue le rôle de mon agent. À vrai dire, je ne suis pas certaine de pouvoir lui faire totalement confiance.

— *Des informations inhabituelles ?* s'exclama Morton, qui regretta soudain de n'être capable de formuler que des questions.

Il avait l'impression d'être redevenu le dernier de la classe.

— Oui, répondit Mellanie, visiblement peu désireuse d'entrer dans les détails.

— D'accord.

— J'ai pris tes mains pour que ceci reste privé. Connectés comme nous le sommes, les senseurs de la Marine ne pourront pas nous espionner.

— Qu'as-tu donc de si secret à me raconter ?

— Tu te souviens des Gardiens de l'individualité ?

— C'est un genre de secte, non ? Ils n'arrêtent pas de mitrailler l'unisphère avec leurs messages de propagande. Ah, oui, ce sont eux qui ont attaqué *Seconde Chance.* Ils sont persuadés que le gouvernement est contrôlé par un extraterrestre. Enfin, des conneries de ce genre.

— Ils ont raison.

— Arrête !

— Il s'appelle l'Arpenteur et il est peut-être responsable de cette guerre.

— Non, Mellanie.

— Morty, on m'a menti. On m'a tiré dessus. Ses agents ont tenté de m'enlever. Même Paula Myo croit en son existence.

— L'inspecteur principal ?

— Elle n'est plus au CICG. L'Arpenteur l'a fait mettre à la porte, mais elle a des relations dans le milieu politique.

Je ne suis pas certaine d'avoir tout compris, mais je crois savoir qu'elle travaille pour une autre organisation gouvernementale. Enfin, il me semble. Elle ne veut rien me dire, elle ne me fait pas confiance. Morty, cela me fait très peur. Je n'ai personne vers qui me tourner à part toi. Tu étais en interruption de vie lorsque tout cela est arrivé, alors tu es vierge de tout soupçon. Je t'en prie. Morty, laisse-moi le bénéfice du doute. Les Gardiens n'ont pas été créés sans raison. N'est-ce pas ? Il y a une graine de vérité dans toutes les légendes.

— Je ne sais pas. Je te concède qu'ils existent depuis un bon bout de temps. Cependant, cela ne signifie pas qu'ils ont raison. Et puis, en quoi cette histoire me concerne-t-elle ? Je vais partir pour le front d'un jour à l'autre. Je ne pourrai pas te protéger, Mellanie. Même si je réussissais à m'enfuir de cette base, je ne pourrais rien faire sans les codes d'activation de mes implants. La Marine a pris ses précautions, elle est capable de les allumer et de les éteindre à distance.

— Vraiment ? demanda-t-elle, intriguée. Je pourrais peut-être les pirater.

— Mellanie, je suis navré, mais je ne veux pas risquer de retourner là où j'étais. Pas même pour toi.

— Ce n'est pas ce que je te demande, rétorqua-t-elle en secouant la tête.

— Quoi, alors ?

— Je veux que tu m'envoies des informations depuis Elan.

— Quel genre d'informations ?

— Tout ce que tu découvriras sur les Primiens et qui serait normalement classé secret défense. Nous ne pouvons pas faire confiance à la Marine, car elle s'est compromise avec l'Arpenteur. Oui, je sais que c'est un discours de paranoïaque. Il y a moins d'un an de cela, j'aurais pensé exactement la même chose que toi.

— Tu es vraiment sérieuse, on dirait ?

— Oui, Morty.

Il attendit un long moment avant de demander :

— Est-ce que tu serais venue me voir si tu n'avais pas eu ces soucis ?

— Oui, je serais venue de toute façon. Je te le jure. Je me fiche même que tu aies pu tuer Tara.

— Je l'ai probablement fait, tu sais. Myo ne se trompe jamais.

— Cela n'a aucune importance. On était bien tous les deux, même si je n'étais qu'une gamine un peu naïve. Nous avons changé depuis ce temps-là, mais notre histoire n'est pas pour autant terminée. On se doit mutuellement une nouvelle chance, non ?

— C'est vrai que tu as beaucoup changé.

— Alors, es-tu d'accord pour essayer de m'envoyer ces informations ?

— Je pense, oui. Je ne veux pas te décevoir de nouveau, Mellanie. Donc… Je suppose que tu connais une méthode infaillible pour que je transmette ces données sans me faire attraper ?

— Bien sûr.

— Ouais, je m'en doutais, dit-il d'un ton résigné.

Elle n'avait réellement plus rien à voir avec la jeune femme chaude et pas très futée qu'il avait mise dans son lit en l'abreuvant de belles paroles. Plus rien du tout, même. Elle était devenue infiniment plus intéressante. *En plus, elle est toujours aussi chaude !*

Mellanie sortit de sa poche un carré de la taille d'une main et le lui tendit. Il était fait de caractères alphanumériques agglutinés, qui brillaient d'une lueur violette et tournaient perpétuellement les uns autour des autres, sans toutefois sortir des limites du parallélépipède. Elle l'examina avec curiosité.

— Waouh, je n'avais encore jamais vu de programme mis à nu.

L'enthousiasme et l'innocence contenus dans sa voix firent sourire Morton.

— Qu'est-ce que c'est ?

— Un logiciel d'encodage. Je l'ai acheté à Paul Cramley.

— Je me souviens de Paul. Comment va ce vieux brigand ?

— Harcelé par les autorités. Il m'a promis que ce truc masquera tes messages dans le flot de données sensorielles que tu enverras à Michelangelo. Je serai la seule à pouvoir les lire.

Elle lui mit le carré dans la main. Le tissage se défit, les caractères et les symboles s'écoulèrent entre ses doigts puis s'envolèrent vers les parois de la sphère blanche. Pendant quelques secondes, les lignes d'écriture grise semblèrent vouloir les éviter, avant que le nouveau programme se fonde dans la masse et prenne lui aussi une teinte grise.

Son assistant virtuel informa Morton qu'un nouveau logiciel avait été installé avec succès dans l'implant principal. Manquait toutefois le certificat de l'auteur. Il ne restait plus qu'à lui donner la permission de s'activer.

— Activation autorisée, dit-il.

— Il codera également les fichiers que je t'enverrai.

— Des photos obscènes, j'espère.

— Morty !

Son visage déçu fondit littéralement, se changea en tourbillon de couleur à la Dali. Morton était de retour dans la pénombre de la pièce. Le corps nu de Mellanie était pelotonné contre lui.

— Merci, chuchota-t-elle. Je t'en serai à jamais reconnaissante.

— Tu veux bien me le prouver.

— Encore ? Maintenant ?

— J'ai attendu deux ans et demi…

5

L'*Éclaireur* dérivait depuis trois jours en apesanteur, et Ozzie était déjà contraint de prendre une décision qu'il n'avait vraiment pas envie d'envisager. Leur problème principal était qu'ils n'avaient pas de destination. Néanmoins, même s'ils en avaient eu une, la situation n'aurait pas forcément été beaucoup plus simple. Les mouvements d'air, au sein du halo gazeux, étaient complètement imprévisibles. Une brise modérée pouvait les pousser doucement pendant une demi-journée, avant de les immobiliser plusieurs heures d'affilée dans une sorte de trou d'air. La plupart du temps, la voile était hissée afin de profiter du vent, aussi faible fût-il et quelle que fût la direction dans laquelle il soufflait. Parfois, une rafale violente et heureusement courte les poussait et les secouait comme s'ils étaient réellement sur l'eau. Une fois, ils furent même contraints d'affaler la voile, tant le radeau tanguait. En soi, c'était un moyen de locomotion intéressant. En esprit, Ozzie avait déjà imaginé un voilier géant, qui voyagerait dans le halo en obéissant au doigt et à l'œil, une sorte de schooner cylindrique hérissé de mâts et recouvert de voiles. Ce serait fantastique de passer une vie à naviguer ainsi dans ces paysages fabuleux. Plusieurs vies, même.

Ses rêves éveillés, son exploration virtuelle de possibilités infinies l'aidaient à supporter la banalité de sa vie véritable.

Grâce aux encouragements d'Ozzie, Orion s'était lentement habitué à l'apesanteur, même s'il ne s'y sentirait jamais réellement à son aise. Toutefois, le garçon était désormais capable de se déplacer sur le radeau avec une certaine assurance. Ozzie lui interdisait cependant de défaire sa corde de sécurité. Il parvenait même à garder presque tout ce qu'il ingérait. En revanche, il s'inquiétait énormément et l'homme n'y pouvait malheureusement rien. La petitesse de leur embarcation de fortune, comparée au macrocosme qu'était le halo gazeux, induisait un sentiment d'isolement qu'Ozzie lui-même ne parvenait pas toujours à contrôler.

Avec Tochee, c'était une tout autre histoire, car la créature massive souffrait réellement de l'apesanteur. Dans sa physiologie, quelque chose l'empêchait purement et simplement de s'en accommoder. Il passait donc tout son temps accroché à l'arrière, l'air pitoyable. Il ne mangeait presque rien, car tout ce qu'il avalait était immanquablement régurgité, et buvait très peu. Ozzie était obligé de le supplier pour le forcer à s'hydrater.

Ils n'avaient d'autre choix que de retrouver rapidement une pesanteur normale.

Forcer leur ami extraterrestre à boire était certes un problème important, mais un peu moins que celui de leurs réserves de liquide, qui s'épuisaient à vue d'œil. Ozzie n'avait encore jamais considéré sérieusement la possibilité de se retrouver à court d'eau. Ils avaient quitté l'océan d'une manière tellement inattendue. Sur le monde dont ils avaient été éjectés, sa pompe filtrante aurait pu leur fournir de quoi boire indéfiniment. Jusque-là, malgré la diversité des mondes qu'ils avaient visités, ils n'avaient jamais manqué d'eau.

Les seuls récipients à leur disposition étaient sa fidèle bouteille en aluminium, deux thermos et la gourde en plastique d'Orion. Tous étaient pleins lorsque les naufragés avaient été emportés par la chute d'eau, mais ils ne contenaient que cinq litres en tout. Aujourd'hui, il ne leur restait plus qu'une demi-gourde. Chez les deux humains, les joues et la gorge étaient inondées de fluide facial, qui annihilait le réflexe de la soif.

Ozzie avait vu des bancs de brume distants, gros comme de petites lunes, qui flottaient dans le halo. La majorité d'entre eux étaient des nébuleuses en lambeaux, qui s'étiraient paresseusement le long des courants d'air, tandis que certains étaient comme d'épais nœuds tourbillonnants semblables à des cyclones joviens. Aucun d'entre eux n'était à moins d'un demi-million de kilomètres du radeau. Il leur faudrait des mois, voire des années pour les atteindre.

Un tiers des fruits qu'ils avaient si soigneusement stockés dans les paniers en osier avant de partir s'étaient dispersés lorsqu'ils étaient tombés de l'océan. Depuis, ils avaient mangé une grosse partie de ce qui leur restait, en complétant parfois leurs repas avec des rations toutes prêtes en sachet. Les globes étaient succulents et juteux mais ne remplaçaient pas un bon verre d'eau. En comptant large, il leur restait deux jours de réserves.

Ce qui poussa Ozzie à s'intéresser aux autres objets et créatures qui flottaient dans le halo gazeux. Comme il n'avait rien d'autre à faire que d'observer leur environnement, il s'était rendu compte que la nébuleuse était assez densément peuplée. Les objets les plus gros étaient bien évidemment les mondes tels que celui qu'ils avaient quitté. En revanche, il s'était trompé sur leur géométrie. Maintenant qu'ils en étaient très éloignés, il voyait la forme véritable de ce microcosme. Il n'était pas du tout hémisphérique ; il ressemblait davantage à une couronne coupée en deux dans le sens de l'épaisseur. La surface plane supérieure, avec son chapelet d'îles, était perpétuellement tournée vers le soleil, tandis que l'eau s'écoulait tout autour, suivait l'arrondi inférieur et remontait par le trou central, avant de recommencer un cycle. L'orifice par lequel l'océan se remplissait était constamment masqué par une nappe opaque de nuages. Ozzie aurait volontiers vendu son âme pour avoir le droit de jeter un coup d'œil au générateur gravitationnel qui rendait une telle chose possible. Dommage qu'il ne fût pas possible d'y retourner en toute sécurité. De fait, même si un vent favorable se mettait à souffler, il leur faudrait un parachute pour amerrir correctement.

Alors, il commença à étudier les autres objets qui orbitaient à l'infini dans le halo gazeux. Il y avait beaucoup de créatures plus ou moins aviaires, solitaires ou bien constituant de denses nuées. Celles qui s'étaient suffisamment approchées de l'*Éclaireur* pour être correctement détaillées entraient dans deux catégories : les créatures effilées, au corps en spirale, pareil à une vis, et les « ventilateurs », comme les avait baptisés Orion, ou hélicoptères biologiques. Certaines de ces bestioles étaient peut-être comestibles, mais comme il leur arrivait d'être aussi grosses que Tochee et équipées de défenses assez impressionnantes, mieux valait ne pas tenter le diable. Par ailleurs, Ozzie ne voyait vraiment pas comment ils auraient pu en capturer une.

Toutefois la présence importante de ces animaux signifiait qu'il y avait une source de nourriture dans les parages, ce qui était encourageant. Il avait également vu beaucoup d'arbres flottants, des structures sphériques pareilles à des dendrites, constituées d'une sorte d'éponge bleue et violette, quatre ou cinq fois plus grandes que les séquoias de la Terre. Les végétaux étaient sans doute plus exploitables que les oiseaux, car ils devaient être pourvus d'une sorte de réserve d'eau interne. Pour le moment, néanmoins, ils n'étaient pas encore parvenus à s'en approcher pour les regarder de plus près. Et il en serait malheureusement ainsi tant que Tochee serait dans cet état de faiblesse. Ils n'auraient sans doute droit qu'à un seul essai, et mieux valait attendre que les conditions soient optimales.

Ozzie rêvait de croiser les récifs dont Johansson lui avait parlé. Ne serait-ce que parce que ce dernier avait retrouvé le Commonwealth juste après les avoir traversés. Jusque-là, toutefois, il n'avait rien vu d'approchant. Il y avait une myriade de points dans toutes les directions, mais la plupart restaient hors de portée de ses implants rétiniens.

Son ordinateur de poche n'était pas non plus d'une grande aide. Pour la troisième fois en une heure, Ozzie passa en revue les données qu'il contenait dans sa vision virtuelle. Personne n'utilisait le spectre électromagnétique pour émettre. Personne n'avait répondu au message de détresse que lui-même émettait depuis qu'ils étaient arrivés ici. Il n'avait certes pas la moindre idée de la distance que son signal parcourait dans le halo.

Ozzie soupira, déçu, une fois de plus. D'après l'horloge de sa vision virtuelle, quatre heures s'étaient écoulées depuis qu'il avait bu pour la dernière fois. Il vérifia sa vieille montre de poignet – pareil. Le petit miracle qu'il avait espéré n'était pas arrivé et le moment était venu de prendre une décision capitale.

Son sac était attaché au pont à deux mètres de la couche qu'il s'était bricolé. Il défit la sangle qui le retenait par les épaules, se tortilla hors de ses entraves et plana jusqu'à ses affaires. Le filtre était bien là, avec sa longueur de tube soigneusement enroulée.

Orion gigota dans le nid qu'il avait confectionné avec son sac de couchage et quelques cordages. Il commença à dire quelque chose, puis vit le filtre dans les mains d'Ozzie et s'interrompit.

— Oh, non ! Vous ne pouvez tout de même pas…

— Ce qui doit être fait sera fait, rétorqua tristement le rasta.

— Moi, je ne le ferai pas, reprit le garçon, péremptoire. Cet endroit a été conçu par les Silfens. On n'a pas besoin d'en arriver là.

— Tu vois des Silfens quelque part ? demanda Ozzie, patient.

Orion sortit son pendentif et fut obligé de le mettre dans le creux de ses mains et de le rapprocher au plus près de ses yeux pour voir une très faible étincelle couleur de jade briller au loin.

— Non, répondit le gamin en lâchant un long soupir de dépit.

— Alors, nous n'avons pas le choix, dit Ozzie en fouillant dans ses affaires et en produisant un sac en plastique. Voilà, c'est le moment.

— Je ne le ferai pas.

— Oui, tu l'as déjà dit.

Ozzie avança précautionneusement sur le pont et passa sous le radeau, mettant une barrière modeste entre ses amis et lui. Pas besoin de public – c'était déjà assez difficile comme cela. Son corps refusa longtemps de coopérer, avant de se résoudre à uriner dans le sac.

Il vissa le filtre au goulot de sa bouteille et regarda le sac en plastique.

— Allez, espèce de mauviette, se dit-il.

Il mit l'extrémité du tube dans le sac, qu'il serra pour maintenir le fluide autour du bec. Alors, il se mit à pomper, actionna le mécanisme simple jusqu'à ce que le contenant fût vide.

— C'est carrément dégoûtant ! s'exclama Orion lorsque Ozzie réapparut sur le pont.

— Non, ça ne l'est pas. C'est juste de la chimie de base. Le filtre retire les impuretés – c'est garanti par le constructeur. Tu bois de l'eau similaire depuis notre départ.

— Non, ce n'est pas vrai, Ozzie ! C'est de la pisse !

— Plus maintenant. Tu sais, les explorateurs de l'ancien temps vivaient à la dure quand ils étaient dans le désert. Nous, on est plutôt chanceux.

— Je ne le ferai pas. Je me contenterai de fruits.

— Bien. Comme tu voudras.

Ozzie défit le bouchon de sa bouteille et but une longue et bruyante gorgée. Elle n'avait aucun goût, évidemment. Ce qui ne l'empêchait pas de lui en imaginer un. *Satané gamin ! Il va réussir à me mettre des idées dans la tête.*

— Est-ce vraiment sûr ? demanda Tochee.

— Vous n'allez pas vous y mettre…

— C'est dégoûtant, dit Orion. Dégueulasse !

— Je ne sais pas si vous avez remarqué, reprit Ozzie, dont la patience avait des limites, mais nous sommes paumés dans un océan de merde et nous n'avons même pas de rames pour avancer. À partir de maintenant, je vous prierai de garder votre urine.

— Sûrement pas ! cria Orion.

— Oh, si, rétorqua Ozzie en lui tendant la bouteille. Tu en veux un peu ?

— Ozzie ! C'est la vôtre !

— Ouais, je sais. Donc tu vas te faire ta propre bouteille.

— Je garderai mon urine, mais je ne la boirai pas.

— Mes organes digestifs ne fonctionnent pas comme les vôtres, dit Tochee. Moi, je n'ai pas de mécanisme de séparation, si vous voyez ce que je veux dire. Votre excellent filtre sera-t-il suffisant ?

Orion fit une grimace horrifiée et se retourna en plaquant ses mains sur ses oreilles.

— Il n'y a qu'un moyen de le vérifier, répondit Ozzie d'une voix morne.

* * *

Des mouvements brusques réveillèrent Ozzie. Quelque chose lui tapotait régulièrement la poitrine. Il retira le bandeau de tissu qu'il mettait sur ses yeux lorsqu'il souhaitait se reposer. Un des tentacules de Tochee, courbé en S, s'apprêtait à le tapoter de nouveau.

— Quoi ? grogna-t-il.

S'endormir en apesanteur était difficile, mais il y était parvenu. Son horloge lui apprit qu'il ne s'était assoupi qu'une vingtaine de minutes. Ce qui ne fit rien pour arranger son humeur.

— Beaucoup de créatures volantes nous survolent, expliqua Tochee. Je ne pense pas qu'il s'agisse d'oiseaux.

Ozzie secoua la tête pour tenter de sortir de sa léthargie. Grossière erreur. Il dut serrer les dents très fort pour repousser sa nausée.

— Où ?

Le tentacule indiqua la direction de la proue.

Orion était en train de se battre avec la fermeture de son sac de couchage lorsque Ozzie passa à côté de lui. L'homme ralentit en se rattrapant à des harnais, puis agrippa fermement le pont de sa main droite. Sa tête qui, seule, dépassait du radeau, lui donnait des airs de soldat du Moyen âge surveillant l'approche de l'armée ennemie par-dessus les remparts d'un château. Une brise légère faisait flotter sa coupe afro. Tochee et Orion le rejoignirent bientôt.

— Waouh, chuchota le gamin. Qu'est-ce que c'est ?

Ozzie zooma avec ses implants rétiniens. Le vol devait être éparpillé sur plus de sept cents mètres. Des centaines de points bruns voletaient lentement derrière une masse plus compacte. La formation ressemblait beaucoup à une comète tachetée, dont la queue ondulerait derrière le noyau. Elle était à plus d'un kilomètre et demi du radeau, et dessinait une ligne fine sur la toile de fond bleue de l'atmosphère du halo gazeux. L'assistant virtuel d'Ozzie mit en branle toute une série de programmes pour isoler l'un de ces points et améliorer la qualité de l'image. Celle-ci s'affina lentement, et les contours de l'être se firent plus nets.

— Putain de chiotte ! marmonna Ozzie.

— Quoi ? Qu'est-ce qu'il y a ? demanda Orion.

Ozzie ordonna à son assistant virtuel d'afficher l'image sur le moniteur de son ordinateur de poche, qu'il retourna lentement vers le garçon.

— Oh ! s'exclama doucement celui-ci.

C'était un Silfen, mais un Silfen très différent de ceux qu'ils avaient croisés en arpentant les chemins qui séparaient les mondes. Celui-ci avait des ailes. À première vue, on aurait dit un humanoïde étendu, les bras en croix, sur un drap marron.

— J'aurais dû m'en douter, dit Ozzie. Le Yin et le Yang. Comme on avait déjà rencontré le peuple des contes de fées…

Le Silfen volant ressemblait de façon troublante à un démon classique. Comme le soleil brillait derrière la créature, Ozzie constata que ses ailes étaient faites d'une membrane épaisse couleur ambre foncé. Il y en avait apparemment deux paires, inférieure et supérieure, qui se recouvraient partiellement, puisqu'elles ne laissaient pas passer la lumière là où elles paraissaient se rejoindre. La paire supérieure était attachée aux bras du Silfen, des épaules aux coudes, et lui laissait une liberté de mouvements totale. Un écheveau noir, pareil à un réseau veineux, jaillissait de la chair et servait à tendre la membrane. La seconde paire, plus longue, était attachée à ses cuisses et dessinait un V qui n'entravait en rien les mouvements de ses jambes. Le Silfen était donc également un marcheur. Une longue queue semblable à un fouet partait de ce qui chez un humain aurait été le coccyx, et se terminait par un triangle de chair rougeâtre.

Le Silfen ne volait pas à la façon des oiseaux prisonniers d'une atmosphère terrestre. Il ne battait pas des ailes pour s'élever. Ici, dans le halo, il se contentait de planer. Les grandes membranes étaient comme des voiles, dont il se servait pour tirer parti des vents.

En regardant ce groupe de Silfens voleter tranquillement en dessinant une spirale paresseuse, Ozzie ressentit une bouffée d'envie. Ne jouissaient-ils pas d'une liberté absolue ?

— On devrait faire comme eux, commenta Orion, pensif. Nous coudre des voiles dans le dos et aller où bon nous semble.

— Ouais, dit Ozzie en fronçant les sourcils, pour ne pas se laisser déconcentrer par la remarque de l'adolescent. Vous savez quoi ? C'est très étrange, cet équipement.

— Comment cela ? demanda l'extraterrestre.

— Eh bien, oui ! Le corps des Silfens est fait pour évoluer dans un champ gravitationnel, tout comme le nôtre. Quitte à modifier sa physionomie pour voler dans un halo gazeux, pourquoi ne pas s'être débarrassé de bras et de jambes devenus inutiles ? J'en conclus qu'ils ne vivent pas ici en permanence. Ce que je vois, c'est une version biologique de nos combinaisons Vinci. Quelque chose de temporaire. Forcément. On n'a pas besoin de jambes, ici. Et ces ailes doivent être encombrantes sur une planète conventionnelle.

— Sans doute, acquiesça Orion, peu convaincu.

— Évidemment, ajouta Ozzie, sûr de lui. Je suis certain que c'est une étape, un stade de leur satané développement, de leur nécessaire accumulation d'expériences. Une étape étonnante, je le concède, mais une étape quand même. En gros, ce ne sont pas des adultes.

— Si vous voulez.

— Ils subissent forcément ces modifications quelque part, lorsqu'ils débarquent ici, reprit Ozzie sans faire attention à

Orion. Quelque part dans le halo gazeux. Dans un endroit pourvu d'un appareillage biotechnologique perfectionné.

— À moins que cette étape, comme vous dites, fasse partie de leur processus de développement naturel, proposa Tochee.

— Pardon ?

— Sur ma planète natale, nous avons de petites créatures qui traversent plusieurs phases entre l'éclosion et l'âge adulte, synonyme de maturité sexuelle. Elles sont d'abord aquatiques, puis terrestres, puis souterraines. Bien sûr, leur physique se modifie en conséquence. Leurs nageoires tombent, et il leur pousse des pattes. Après, elles développent des griffes puissantes sur les membres antérieurs pour pouvoir creuser, tandis que leurs membres postérieurs se rabougrissent. Certains de nos scientifiques pensent même que nos propres membres préhensiles résultent d'un mécanisme similaire, quoique accéléré. Ces idées n'étaient certes pas très populaires, mais elles n'étaient pas complètement dénuées de logique.

— D'accord, j'ai compris, intervint Orion. Quand les Silfens débarquent ici, il leur pousse des ailes, et quand ils s'en vont, les ailes se fanent et tombent toutes seules. Eh ! Je me demande à quel stade ils en sont. L'enfance ? L'âge adulte ? Si ça se trouve, ils vont bientôt s'accoupler, ajouta-t-il en ricanant comme l'adolescent qu'il était.

— Peut-être, admit Ozzie, subitement intéressé par l'idée d'un accouplement aérien. Quoi qu'il en soit, cela implique de très sérieuses manipulations biologiques. Personnellement, j'espère qu'il s'agit de rajouts, parce qu'on a vraiment besoin d'aide.

— Eh bien, demandez-leur, dit Orion.

Le garçon sortit son pendentif de sous son tee-shirt crasseux. En son centre, la lueur verdâtre était désormais visible même en plein jour.

— Waouh, marmonna-t-il. Ils doivent être sacrément nombreux.

Orion vérifia que sa corde était bien nouée autour de sa taille et au mât, puis, d'une poussée, s'éloigna un peu de l'*Éclaireur.*

— Eh ! On est là ! Eh oh ! Par ici ! cria-t-il en faisant de grands gestes. C'est moi, Orion, votre ami. Je suis avec Ozzie et Tochee !

Ozzie hésita pendant quelques secondes. Ils ressemblaient tellement à des démons. Il rampa jusqu'à l'arrière du radeau où se trouvait son sac pendant qu'Orion continuait à crier et à gesticuler. Le garçon n'attirerait jamais leur attention de cette façon – ils étaient beaucoup trop loin. Quelque part, au fond de lui-même, Ozzie était presque persuadé que les Silfens étaient déjà au courant de leur présence. Il sortit deux fusées de détresse de ses bagages et revint près de la proue.

— Reviens par ici, dit-il au garçon.

Lorsque Orion fut de retour sur le plancher du radeau, Ozzie tira une fusée en visant délibérément à côté de la formation. Sans aucune force de gravitation pour le freiner, le projectile parcourut une distance impressionnante avant d'incurver sa trajectoire et de disparaître. Les Silfens parurent ne rien remarquer. Ozzie jura dans sa barbe.

— D'accord, dit-il. Vous l'aurez voulu.

Et de pointer la seconde fusée tout droit sur eux. Cette fois-ci, le projectile atteignit presque l'extrémité de la formation avant de mourir.

— Ils ne peuvent pas ne pas l'avoir vue ! s'exclama Orion. Ce n'est pas possible.

— Ouais, fit Ozzie. C'est sûr.

Encore une fois, les Silfens continuèrent comme si de rien n'était.

— Tirez-en une autre, proposa Orion.

— Non. Ils nous ont vus. Ils savent très bien que nous sommes ici.

— Mais non, puisqu'ils ne sont pas venus à notre secours, pleurnicha le garçon. Ils seraient forcément venus sinon. J'en suis sûr. Ce sont mes amis.

— Il ne nous reste plus que deux fusées et je n'ai pas envie de les gâcher.

— Ozzie !

— On ne peut rien y faire, petit. Nous ne les intéressons pas. Je ne connais pas bien les Silfens, mais je suis sûr d'une chose : on ne peut pas les forcer à faire ce qu'ils ne veulent pas faire.

— Ils doivent nous aider, insista Orion, désespéré.

Ozzie regarda le vol s'éloigner lentement mais sûrement en planant et en décrivant une trajectoire ondulée.

— Je me demande où ils vont comme cela, avec autant de détermination ? marmonna-t-il.

Même en poussant ses implants au maximum, il ne voyait rien de significatif dans la direction qu'ils semblaient suivre. Pourtant, il devait y avoir quelque chose à proximité, non ? Même les Silfens ne pouvaient pas survivre indéfiniment sans eau ni nourriture. Peut-être chassaient-ils les créatures aviaires qui peuplaient le halo ?

Il se tourna vers le garçon au cœur brisé, puis vers Tochee. Le gros extraterrestre n'avait pas de langage corporel au sens où l'entendent les humains, mais quelque chose dans sa posture ne trompait pas : il était aussi dépité et inquiet que lui.

— Alors, qu'est-ce qu'on fait ? demanda Orion.

Ozzie aurait aimé pouvoir lui répondre.

* * *

Dix heures après que la formation eut disparu dans l'atmosphère bleue et floue, Ozzie comprit qu'il lui faudrait faire quelque chose pour leur permettre d'atteindre une des particules qui flottaient dans le halo, même s'il ne devait s'agir que de l'un de ces arbres massifs à l'aspect spongieux. Orion, quant à lui, avait entrepris de bouder, ce qui – Ozzie en était conscient – n'était qu'une façon de cacher son angoisse. La principale source d'inquiétude de ce dernier demeurait néanmoins Tochee. L'extraterrestre n'était visiblement pas très en forme. Les couleurs de son cuir s'étaient diluées, tandis que ses membres préhensiles, repliés contre ses flancs, étaient constamment secoués de spasmes. L'apesanteur ne convenait décidément pas à la grosse créature. Ozzie savait qu'elle n'avait pas mangé depuis plus d'une journée. Et puis, il venait tout juste de la supplier de boire un peu d'eau.

L'homme s'éloigna un peu du radeau et commença à scanner sérieusement les environs à la recherche d'un objet important. Il avait imaginé plusieurs techniques pour altérer la trajectoire de l'*Éclaireur* de quelques degrés et il était pressé de les mettre en pratique. En gros, il s'agissait de traîner la voile à la manière d'un gouvernail flexible, ce qui impliquerait également que lui, Ozzie, restât derrière le radeau pour l'orienter dans la bonne direction. Les conditions étaient parfaites pour cela, car le vent n'était pas trop violent.

—Qu'est-ce que vous cherchez ? demanda Orion d'une voix lasse.

—N'importe quoi, mon pote. On a besoin de se trouver un objectif et de progresser vers lui.

—Vous croyez qu'on peut y arriver ?

Il y avait tant de désespoir dans la voix du gamin, qu'Ozzie ne put faire autrement que de tirer d'un coup sec sur sa corde pour revenir sur leur embarcation de fortune.

—Eh, bien sûr qu'on peut! On a juste besoin de reconstituer nos réserves, c'est tout. Il faut dire qu'on s'est fait avoir en beauté par cette satanée chute d'eau, pas vrai ?

Orion hocha tristement la tête.

—Il doit y avoir plein d'eau dans ces arbres. Sans compter leurs fruits, certainement comestibles. Avec les feuilles et le bois, on pourra transformer notre bon vieil *Éclaireur* en un vaisseau bien plus aérodynamique. Fais-moi confiance. J'ai connu des situations pires que celle-ci.

Le garçon le regarda d'un air surpris, puis eut un sourire en coin.

—Non, ce n'est pas vrai.

—Tu ne me crois pas? Tant pis. J'étais sur Akreos quand son soleil est entré dans sa phase d'expansion froide. Personne n'avait jamais vu cela; les astronomes étaient complètement perdus. Mec, le climat de cette planète a pris la pente descendante à une vitesse ahurissante. On se serait cru dans un de ces vieux films catastrophes. J'avais une famille là-bas, j'étais marié à une jeune femme anglaise prénommée Annabelle. Elle avait à peu près mon âge, ou alors était-elle un peu plus vieille, je ne sais plus. En tout cas, elle avait été rajeunie, bien sûr. Sur Terre, c'était une célébrité, mais je ne sais plus trop pourquoi – j'ai dû faire effacer cela de ma mémoire. Elle était très jolie, sa silhouette était d'enfer. Elle t'aurait plu, c'est sûr.

»On s'était installés très loin de la capitale, dans un magnifique coin de nature, entre les zones tempérée et subtropicale – on voulait vivre une sorte d'idylle campagnarde, si tu veux. Enfin bref, il faisait très chaud en été, mais on avait quand même de la neige en hiver. Je nous avais construit une villa à l'entrée d'une vallée peu profonde et on avait une fermette. Tout était automatisé, évidemment, puisqu'on passait le plus clair de notre temps à s'envoyer en l'air – à croire qu'on s'entraînait pour les jeux olympiques. Waouh, c'est vrai! gloussa-t-il en se remémorant quelque détail inavouable. Dans cette vie-là, j'étais passé sur le billard pour agrandir ma..., améliorer mes... Enfin, tu vois ce que je veux dire ! Note que j'aurais largement pu me passer de cette intervention.

— Ozzie.

— Ouais, d'accord. On était là depuis deux ans environ. On avait un gamin et un autre était en route. Et puis, soudain, la lumière a baissé en intensité. Je n'avais jamais vu un truc pareil. En une semaine à peine, le soleil est devenu orange. Sa photosphère s'est dégonflée comme un ballon. L'étoile rapetissait à vue d'œil. On a fini par comprendre. Une histoire de couches d'hydrogène instables. Le soleil tournait beaucoup plus vite qu'il n'aurait dû, ce qui a complètement chamboulé ses courants de convection internes. Il y avait des flux ascensionnels d'hélium et de carbone là où s'opérait la fusion. Oui, c'était un truc de ce genre. En résumé, Akreos s'est refroidie très vite.

— Ozzie.

— Ne m'interromps pas, mec. Il y a eu des tempêtes de neige incroyables. Elles duraient des jours et des jours, semblaient ne jamais devoir s'arrêter. Et il faisait froid. Bon, pas tout à fait aussi froid que sur la planète de la Citadelle, mais sacrément froid quand même pour un monde dit habitable. Tellement froid, même, que les rails des chemins de fer en étaient devenus cassants. Évidemment, les avions ne pouvaient pas voler dans le blizzard et aucun bulldozer n'aurait pu nettoyer la neige qui s'était accumulée sur les routes.

» On n'avait pas le choix, il fallait évacuer. Il y avait déjà cinq millions de colons sur cette pauvre planète, et presque plus de moyens de transport. Le Conseil du Commonwealth a fait venir des autoneiges de toutes les planètes du G15, en concentrant ses efforts sur la capitale et les villes principales. Annabelle et moi étions tout seuls. J'ai donc dû démonter toutes les machines de la ferme pour bricoler, tu sais quoi ? Un putain d'hovercraft, mec ! Tu imagines ? Un truc tout droit sorti du xxe siècle. Quelle merde ! Tu vas me dire que j'aurais pu construire une fusée à la place ! Toutefois, mon truc a fonctionné. On a pris la direction de la capitale, mais à ce moment-là, les glaciers étaient déjà en train de se former. Tu n'imagines pas à quelle vitesse ils peuvent avancer. De vrais mastodontes lancés à pleine vitesse ! Notre hovercraft avait un peu d'avance sur eux. Ferme les yeux et imagine : des murs de glace de plusieurs kilomètres de hauteur, qui avancent inexorablement, en poussant les montagnes s'il le faut. On n'avait presque plus de vivres, et nos réserves d'énergie étaient au plus bas…

— Ozzie ! répéta Orion en désignant frénétiquement quelque chose du doigt.

— Hein ?

L'homme se retourna et serra fermement la corde pour ne pas être entraîné par son mouvement brusque. Un morceau de terre dentelé était apparu devant le radeau, telle une lune trop grosse et trop proche. De fait, il remplissait un quart du ciel.

— Putain de merde ! cria Ozzie.

Son assistant virtuel analysa immédiatement les dimensions de la chose. Le morceau plat et allongé faisait trente-huit kilomètres de long et neuf de large en son centre. Ses deux extrémités étaient effilées comme des pointes de dague. Sa surface était principalement recouverte de végétation, d'une forêt dont la canopée chamarrée arborait des teintes noisette, soufre et vert olive. D'épaisses nappes de brume à la blancheur immaculée se faufilaient entre les branches avec une lenteur comparable à celle d'un liquide épais. Le point le plus proche de cette masse à la taille alarmante se trouvait à dix-sept kilomètres du radeau.

— D'où sort ce machin ? cracha Ozzie.

C'est vrai qu'il n'avait pas exploré tous les environs depuis le départ des Silfens, mais il s'étonnait d'avoir manqué quelque chose d'aussi gros. Il s'était certes assoupi, mais tout de même.

— On va s'écraser, dit Tochee.

L'assistant virtuel d'Ozzie estima leur vitesse à un peu moins d'un mètre par seconde. En revanche, aucun doute sur le fait qu'ils se dirigeaient tout droit sur la masse.

— Non, on va la percuter, corrigea le rasta. Pas s'écraser. N'oubliez pas qu'on est en apesanteur. À ce rythme, la collision aura lieu dans cinq heures. Il n'y aura pas de problème.

— Ils l'ont fait ! s'exclama Orion, qui jubilait littéralement. Les Silfens nous ont vus et ils nous ont aidés. Je savais qu'ils étaient nos amis.

Ozzie voulut lui dire que c'était très peu probable. Pourtant, ce halo gazeux était un artefact technologique.

— Peut-être. Bon, réfléchissons plutôt à la façon dont nous allons nous arrimer à ce truc quand nous serons tout près.

* * *

Plus que vingt minutes avant d'atteindre ce qu'ils avaient décidé d'appeler « l'île numéro deux ». Une brise légère poussait l'*Éclaireur* de manière erratique et lui faisait décrire une trajectoire imprévisible, qui ne permettait pas à ses passagers de prévoir quel endroit ils allaient *percuter*. Ozzie comptait se débarrasser de leur voile lorsqu'ils commenceraient à présenter le flanc à l'île, d'ici quelques minutes. Cela devrait suffire à stopper le mouvement de rotation imprimé par le vent. Toutefois, il n'était sûr de rien. À vrai dire, il y avait même un risque pour que sa manœuvre ait l'effet inverse. Quoi qu'il en soit, ils en avaient tous conclu qu'il serait plus sage de sauter du radeau lorsque celui-ci serait au-dessus de la canopée.

Dix minutes. L'île numéro deux était incroyablement grande et massive. Pire encore, leur mouvement de giration les ayant fait passer au-dessus de leur cible, ils avaient désormais l'impression de tomber vers elle. À cette distance, il n'était plus question d'un point distant flottant dans l'atmosphère, mais bien de la terre.

Tous les objets présents sur le pont furent solidement arrimés. Ozzie examinait les cordes de la voile et se demandait dans quel ordre les couper. Il s'agirait de les décrocher tranquillement, tandis que les branches et autres feuilles qui dépassaient de la canopée les freineraient et finiraient par les immobiliser. À moins bien sûr que le radeau rebondisse et soit rejeté au loin, ce qui serait une forme d'insulte absolue.

Plus que deux minutes. Ozzie défit sa corde de sécurité. Pas question de rester accroché et d'être entraîné dans le sillage d'un radeau devenu fou. L'île numéro deux était désormais suffisamment proche pour révéler toute une richesse de détails, même à l'œil nu. Le sol était encore complètement masqué par les arbres mais, au milieu de la masse brune et verte de la canopée, Ozzie parvint à discerner des sortes de boucles et de nœuds violets, semblables à une assiette de spaghettis. Des colonnes ocre surmontaient la canopée de plusieurs dizaines de mètres comme des arbres géants morts, pétrifiés. Ils paraissaient recouverts de protubérances acérées. Ozzie espérait éviter ces piliers, car il n'avait pas trop envie de mourir empalé.

— Il y a de l'eau en bas, annonça Tochee, penché pardessus bord, comme prêt à sauter.

— C'est un bon présage, dit Ozzie. Nous pourrons remplir nos réserves. Et puis, vous avez vraiment besoin de recommencer à boire.

Le filtre ne s'était pas révélé très efficace pour récupérer l'eau de la matière fécale de l'extraterrestre.

— Je ne suis pas certain de bien comprendre, reprit Tochee. Je ne crois pas que ce soit bon signe. Pourquoi l'eau est-elle comme cela ?

Ozzie regarda successivement la créature et le moniteur de son ordinateur de poche.

— C'est-à-dire ? Qu'est-ce qu'elle a, cette eau ?

— Elle s'écoule sur le sol comme s'il s'agissait d'une planète.

— C'est impossible…

Ozzie fixa la canopée, scanna les méandres de brume à la recherche d'une trouée. Oui, il y avait bien de la terre sous les feuilles étranges en forme de spirale. Une terre meuble et riche, tapissée de feuilles mortes. *Par quoi ces feuilles sont-elles retenues ?*

— Hum, grogna Ozzie, qui pensait jusque-là que seules les îles entourées d'un océan possédaient une pesanteur artificielle. Merde !

— Quoi ? demanda Orion, paniqué.

L'*Éclaireur* commençait à prendre de la vitesse.

— Accrochez-vous ! cria Ozzie en attrapant le poignet du garçon. Ne sautez pas.

— Mais…

Le radeau se mit à craquer bruyamment, comme le poids des passagers pesait de nouveau sur le pont. Il piqua un peu vers le bas – car il s'agissait bien du *bas* – et tomba comme une pierre vers la canopée ébouriffée.

L'*Éclaireur* n'avait pas fini d'accélérer lorsqu'il atteignit les branches supérieures. Les trois passagers furent projetés violemment sur le côté. L'impact envoya l'estomac d'Ozzie quelque part dans ses pieds, tandis que sa colonne vertébrale percutait lourdement et douloureusement le plancher. Le bois plia sous lui de façon alarmante. Il eut immédiatement envie de vomir. Des craquements assourdissants résonnèrent autour de lui. Des feuilles épaisses lui giflèrent les joues, de minuscules épines lui labourèrent le menton à travers sa barbe. Le pont bascula à la verticale, et Ozzie se sentit glisser. Sans trop savoir comment, il s'était retrouvé la tête en bas, si bien que celle-ci serait la première à toucher le sol. L'*Éclaireur* était secoué dans tous les sens, tandis qu'il continuait à chuter à travers les arbres, dont il brisait les branches au passage.

Un des pédoncules manipulateurs de Tochee agrippa Ozzie par la cheville. Celui-ci fut violemment tiré vers le haut, alors que le radeau continuait à tomber. L'Univers se mit à tourbillonner à lui en donner la nausée. Des taches couleur de jade, de caramel, de turquoise traversèrent son champ de vision. Soudain, sa chute fut stoppée. Il remonta même un peu, tandis qu'en bas, l'*Éclaireur* terminait son atterrissage dans un vacarme d'os brisés.

—Aïe, merde!

Ozzie cligna des yeux pour chasser le voile flou qui recouvrait son champ de vision. Une douleur atroce lui traversa le genou droit. Ses joues le brûlaient, et sa barbe de plusieurs jours était imbibée d'un liquide chaud. Il se tâta le visage, examina ses doigts luisant de sang.

Il baissa la tête pour regarder vers ses pieds – vers le haut, donc –, maintenus par un tentacule. Plus haut encore, Tochee était coincé dans le V formé par le tronc et une grosse branche. Son membre manipulateur était étiré comme jamais. Le gros extraterrestre était immobile mais inspirait de grandes quantités d'air. Plusieurs grandes esquilles étaient fichées dans sa fourrure multicolore. Des blessures s'écoulait un liquide visqueux et ambré. Ozzie laissa sa tête retomber en arrière et vit que quinze mètres le séparaient du sol. Ce qui restait de l'*Éclaireur* et de leurs possessions était éparpillé dans tous les sens.

Ses implants rétiniens lui révélèrent les signaux émis rapidement par les yeux de Tochee. La créature lui demandait s'il allait bien. Ozzie parvint à sourire un peu et à brandir le pouce. L'extraterrestre serra un peu plus son tentacule avant de lui imprimer un mouvement de balancier de plus en plus ample. Bientôt, l'arbre fut assez proche et Ozzie réussit à agripper une grosse branche. Ses chevilles furent libérées, et il s'étala contre une écorce presque aussi dure que de la pierre.

—Merci, mec, je te dois une fière chandelle, dit-il, bien que son ami fût incapable de l'entendre. Orion ? Eh, le môme ? Où es-tu ? appela-t-il en regardant avec appréhension la carcasse du radeau. Orion ?

—Ici.

Ozzie regarda par-dessus son épaule, puis leva le menton. Le garçon était coincé dans les branches supérieures de l'arbre le plus proche – un écheveau ovoïde de tiges fines dépourvues de feuillage. Orion entreprit aussitôt de descendre en passant par l'intérieur et en écartant facilement les pousses souples.

—J'ai sauté, dit-il. Désolé. Vous aviez dit de ne pas le faire, mais j'ai eu peur. Heureusement, cet arbre est fait de caoutchouc ou de je ne sais quoi.

—Ouais, super ! Tant mieux pour toi !

—De toute façon, la pesanteur n'est pas très forte, ici. Rien à voir avec celle d'une planète ou même de l'île numéro un, ajouta le garçon, enthousiaste.

—Génial.

Effectivement, Ozzie ne se sentait pas très lourd. Il lâcha un peu sa branche et changea de position en testant sa liberté de mouvements. Il estima la gravité à un tiers de G standard.

Tochee glissa avec fluidité le long du tronc et s'arrêta un instant à sa hauteur.

—Je ne tombe plus, dit-il en émettant des signaux satisfaits. Cet endroit me plaît beaucoup.

Ozzie leva faiblement le pouce et commença à descendre avec circonspection. Orion et Tochee l'attendaient déjà en bas. Il toucha précautionneusement le sol, heureux que la pesanteur fût limitée, car il avait le genou en feu.

— Tu veux bien me passer le kit de premiers secours ? demanda-t-il au garçon.

Orion sauta partout sur le sol irrégulier, où étaient éparpillées leurs affaires. Il fut bientôt de retour avec le kit et l'ordinateur de poche. Ozzie s'affala par terre et passa la sonde de diagnostic sur la peau enflammée de son genou. Du sang gouttait de son menton et imbibait son tee-shirt déjà crasseux. Son assistant virtuel lui apprit que certains des tatouages de ses joues avaient été cassés et que leurs capacités seraient désormais réduites.

Tochee se tenait juste en face de lui. À l'aide d'un tentacule, il retirait de grosses échardes de son cuir. Chaque fois qu'il en arrachait une, un frisson parcourait tout son corps.

— Et maintenant ? demanda Orion.

— Bonne question.

* * *

— Disons que c'est mon cadeau de mariage, dit Nigel Sheldon.

Wilson préféra ne pas répondre. Il leva le casque transparent devant son visage. À travers le verre, il vit Anna qui lui faisait les gros yeux pour lui signifier de faire attention.

— Merci, finit-il par dire gauchement. C'est gentil.

— C'est normal, reprit Nigel, qui semblait n'avoir rien remarqué. Force m'est d'admettre que ce problème titillait ma curiosité.

Wilson mit le casque sur sa tête. Le col de sa combinaison spatiale en épousa immédiatement le bord. Son assistant virtuel procéda aux vérifications d'usage et lui confirma que tout était en ordre.

Ils étaient neuf à se préparer dans la longue salle en matériau composite. Wilson appréciait de partir avec l'équipe scientifique, mais il commençait à se dire qu'il aurait tout de même préféré débuter la mission seul. Malheureusement, cela n'arriverait pas, même avec l'appui de Nigel, car ce petit voyage coûtait beaucoup trop cher.

L'équipe d'investigation était dirigée par le commandant Hogan. Celui-ci s'exprimait de façon terriblement formelle et respectueuse, un peu comme si Nigel lui inspirait une terreur quasi divine. Wilson savait qu'il était l'homme de Rafael, celui qui avait remplacé Myo. Cela ne faisait pas automatiquement de lui un mauvais bougre, toutefois, Wilson se sentait plus à son aise avec son adjoint, le lieutenant Tarlo, qui appréhendait leur petite excursion avec un enthousiasme d'écolier et ne paraissait pas le moins du monde intimidé par leur prestigieuse compagnie. Depuis leur arrivée dans cette salle de préparation, Nigel et lui n'avaient cessé de parler de surf, de *spots* disséminés dans tout le Commonwealth. En plus de Hogan et Tarlo, quatre officiers techniques de la Marine seraient de la fête et les aideraient à inspecter les systèmes mis en place par les Gardiens. Ils étaient tous très heureux de partir, de quitter le bureau pendant quelque temps, de laisser la routine loin derrière, de se frotter à un défi technologique, de se faire remarquer par l'amiral, de parler à Nigel Sheldon en personne.

— Nous sommes prêts, annonça Daniel Alster.

Si l'aide de camp de Nigel appréhendait le départ de son patron, il parvenait à le cacher merveilleusement bien, pensa Wilson.

Neuf silhouettes longèrent lourdement le couloir qui menait à la salle du portail. Le bruit de leurs bottes martelant le sol se répercutait sur les vieilles parois en béton. La mémoire traîtresse de Wilson fit remonter à la surface le jour où, avec l'équipage d'*Ulysse*, il était descendu du car sur la piste de Cap Canaveral et avait remonté l'allée interminable qui conduisait à la fusée. Ce jour-là, il s'agissait d'un couloir humain, formé par les journalistes et le personnel de la NASA. Ils avaient embarqué sous une pluie d'encouragements et de vivats. Fouler le sol d'un monde nouveau… Pendant ce temps, en Californie, Ozzie et Nigel éclusaient des bières, chassaient la poulette, fumaient des joints et construisaient les derniers éléments de leur machine.

Au temps de la colonisation de l'espace de phase un, ce portail dépendait de la division exploratoire de CST. Cette période était révolue depuis un siècle et demi et le déménagement de la division sur les mondes du G15. D'exploration, il serait question aujourd'hui encore, même si, à cause de l'invasion primienne, sortir de l'espace de phase trois n'était plus d'actualité. Pendant tout ce temps, le trou de ver était resté actif ; son entrée était simplement camouflée dans une section de L.A. Galactic inconnue du grand public. On s'en servait régulièrement comme d'un passage de secours pour les grands portails commerciaux, lors des situations d'urgence ou encore pour transporter l'énergie produite sur la lune en cas de fermeture du réseau habituel. Le plus souvent, toutefois, il servait aux gouvernements qui n'avaient pas les moyens ou n'étaient pas assez libéraux pour entretenir des criminels en interruption de vie. Même sur les vieux mondes développés et progressistes de l'espace de phase un, on estimait que certains criminels méritaient un peu plus qu'une simple interruption. Sans compter qu'une proportion importante de condamnés la refusait de toute manière. Avec l'opportunisme qui le caractérisait, CST était venu se positionner sur ce marché.

Plusieurs planètes de l'espace de phase un étaient considérées comme tout juste habitables. Elles n'avaient donc pas été ouvertes à la colonisation, car les conditions y étaient trop rudes. Comme CST avait découvert des centaines de planètes plus accueillantes et facilement exploitables, celles-ci avaient été rapidement abandonnées. Tout juste les mentionnait-on dans les livres d'astronomie et les archives de la compagnie. Hardrock était l'un de ces mondes. La vie y était présente, mais n'en était qu'au premier barreau de l'échelle de l'évolution. Aucun animal terrestre, juste des méduses primitives. Un coin parfait pour accueillir la lie de l'humanité; là, ces ordures ne pourraient faire de mal qu'à leurs semblables. Une fois par semaine, CST ouvrait un trou de ver sur Hardrock – jamais au même endroit – et y envoyait des caisses pleines de matériel agricole, de semences, de médicaments et de nourriture. Venait ensuite le tour des nouveaux prisonniers, qui se retrouvaient rapidement forcés de se débrouiller.

La salle de transit circulaire était grossière, comparée à ses versions plus récentes. Ses parois de métal et de béton semblaient plus adaptées à l'accueil de marchandises qu'à celui d'êtres humains. Toutefois, pensa Wilson, les personnes dénuées d'humanité qui passaient généralement par ici étaient pires que des marchandises. Une TransRover 5-BH attendait en son centre. C'était une simple jeep ouverte, équipée de grosses roues à faible pression, utilisée pour les déplacements sur les planètes dépourvues d'air. Quelques caisses d'équipements avaient déjà été chargées à l'arrière. Le portail en lui-même était un cercle vierge de trois mètres de diamètre, qui dépassait légèrement du mur concave. Le champ de force qui chatoyait tout autour donnait à l'atmosphère une texture légèrement granuleuse.

Daniel Alster leur sourit.

—Bonne chance, dit-il en s'éloignant.

Wilson se retourna vers la paroi opposée, où une grande baie vitrée donnait sur la salle de contrôle. Deux techniciens y travaillaient sans beaucoup d'énergie ; ils regardaient les passagers avec un manque d'intérêt manifeste en échangeant des plaisanteries.

— Portail en attente, annonça le contrôleur. Ouverture du trou de ver.

Une lumière pâle illumina l'intérieur du champ de force. Wilson lui fit face, tandis que les ombres s'allongeaient derrière les membres de l'équipe. La lumière changeait de teinte, virait à l'orange clair, puis au roux profond. Le cœur de l'animal se mit à battre la chamade alors que les couleurs actionnaient toutes sortes de leviers dans son cerveau. *Pourquoi diable dois-je revivre tout cela ?* Mars le hantait depuis des siècles, mais, jusque-là, il n'en avait pas eu réellement conscience.

Le trou de ver s'ouvrit. Trois cents ans plus tard, le regard de Wilson se posait de nouveau sur Arabia Terra.

— Passage sécurisé, annonça le contrôleur.

Wilson inspira profondément en voyant ce paysage parsemé de pierres. De minces rubans de poussière rouge voletaient dans l'atmosphère fine.

— Vous voulez y aller le premier ? demanda Nigel.

Comme il avait envié le commandant Dylan Lewis quelques siècles plus tôt ! Le premier homme à avoir posé le pied sur Mars. Enfin, pas réellement, puisque Nigel était déjà là à les attendre. Un étrange phénomène atmosphérique transporta le rire d'Ozzie et le fit résonner dans la salle circulaire. *Mec, ne fais pas cela, tu vas les mettre en rogne.*

— Oui, merci, se hâta-t-il de répondre.

Et il traversa le champ de force.

Le sol martien sous ses bottes. Une atmosphère rosâtre surplombant l'horizon, et les ténèbres au-dessus de sa tête. Un million de pierres irrégulières et constellées de trous éparpillées tout autour de lui. De la poussière couleur de rouille dans la moindre crevasse. Il scanna les alentours, s'imprégna de cette géographie et de ce décor qu'il n'oublierait jamais. À sa gauche, il reconnut le cratère du grand Schiaparelli, ce qui voulait dire que... Là, juste au nord. Deux monticules de sable rouge dissimulaient le tiers inférieur des navettes cargos. Leurs fuselages en titane blanc décapés par trois siècles de tempêtes, privés de couleurs et de marquages. Les sections métalliques mises à nu étaient devenues noires, les contours aigus du mécanisme de libération des parachutes avaient été réduits à l'état de chicots rongés. Des trous s'étaient creusés, révélant les poutrelles d'un squelette et des cavités noires.

Si les navettes étaient ici, alors... Il se retourna lentement pour voir *Eagle II*. Le temps aidant, le train d'atterrissage s'était effondré, et le ventre de l'appareil reposait sur le sol. Le sable de Mars en avait pris possession. Une dune s'était formée au pied de la carcasse, ses doigts rougeâtres se refermant au sommet du fuselage. De l'aileron arrière ne subsistait plus qu'une lame courte en matériau composite délavé et effrité.

— Merde, murmura-t-il, les yeux humides.

— Tu vas bien ? lui envoya Anna.

— Oui. Donne-moi juste un instant.

Il libéra la sortie du trou de ver et parcourut quelques mètres sur le sol gelé. Tarlo apparut au volant de la TransRover, qui roula sans aucun problème sur le sol irrégulier.

— Waouh, s'exclama-t-il. Il faut s'habituer à la faible gravité. Et ces pierres n'aident pas. Jamais vu autant de cailloux réunis au même endroit. Il y a eu une averse de météores, ou quoi ? Comment avez-vous fait pour conduire lorsque vous êtes venus ?

— On n'en a pas eu le loisir, répondit Wilson.

Ils avaient emporté avec eux trois laboratoires mobiles dernier cri, ce que le XXIe siècle avait de mieux à offrir. Gros comme des camping-cars, avec des batteries rechargeables capables de parcourir des centaines de kilomètres. Ils avaient d'ailleurs prévu d'explorer tous les sites intéressants mis en évidence lors de la cartographie. Les laboratoires étaient toujours dans les soutes des navettes. En esprit, Wilson les voyait comme des fœtus avortés, les membres soudés par le froid, la carrosserie rongée par une atmosphère incroyablement agressive.

— Nous sommes rentrés directement à la maison, reprit-il.

— Vous auriez pu rester pour explorer, dit Nigel d'un ton vide de tout remords.

— Ouais. On aurait pu.

Wilson examina les alentours de l'épave si poignante. Puis il se dirigea vers *Eagle II*. Ses dimensions étaient encore parfaitement inscrites dans son esprit, aussi était-il capable de deviner sa forme sous la masse de sable. Les ailes au profil dynamique avaient été escamotées pour l'atterrissage, réduites à leur taille minimum. Elles étaient légèrement courbes de façon à épouser les contours du fuselage. Les deux sections étroites du pare-brise étaient ensevelies. Tant mieux. Il n'aurait pas à fermer les paupières d'un homme mort. Sans compter qu'il n'avait pas envie de revoir l'intérieur.

À trois mètres soixante-dix de l'extrémité du nez, il y avait la porte principale. Aucune dépression dans le sable à cet endroit-là. Il ne se rappelait pas s'ils l'avaient laissée ouverte ou non. Orchiston avait été le dernier à traverser le trou de ver, à émerger sur le campus, où la moitié du pays s'était donné rendez-vous pour voir la merveilleuse machine. Avant cela, toutefois, durant les quelques minutes fabuleuses où ils avaient réellement cru être des héros, le commandant Lewis et lui avaient entrepris de planter le drapeau. Le protocole de la NASA imposait de le mettre à l'abri des sorties des réacteurs, de façon à pouvoir continuer à le filmer pendant le décollage. *Là.* Wilson se pencha lentement et commença à gratter le sable, qui projeta aussitôt de petits nuages rosés.

— Nous avons détecté le signal de Reynolds, monsieur, dit le commandant Hogan. Trois kilomètres, quarante-sept degrés.

— Bien joué, le félicita Nigel. Allez voir et répondez aux questions que nous nous posons tous.

— Oui, monsieur.

Wilson se dit qu'il avait peut-être mal évalué la position. Après tout, *Eagle II* aurait très bien pu pivoter légèrement au moment de l'effondrement de son train d'atterrissage. La TransRover roula en sautillant sur le sable ondulé. À son bord, six hommes de la Marine accrochés fermement à sa structure tubulaire.

— Qu'est-ce que tu cherches ? demanda Anna.

— Je ne suis pas sûr, répondit-il en s'éloignant de quelques mètres et en se baissant de nouveau. Bon, si. Je cherche le drapeau. On a eu le temps de le planter. Le vent l'a peut-être emporté.

Elle mit les mains sur ses hanches et fit un tour complet sur elle-même.

— Wilson, il pourrait être n'importe où. Les tempêtes sont vraiment violentes, ici. Parfois, elles durent des semaines.

— Des mois, même. Et elles parcourent toute la planète, la corrigea-t-il en abandonnant ses recherches. Pourtant, je me souviens d'avoir percé un trou avec une foreuse pour fixer le mât. Ce devait être du solide.

Nigel avait escaladé la dune de sable qui s'était constituée contre le flanc d'*Eagle II*. Il effleura ce qui restait de l'aileron arrière.

— Ce n'est pas juste, il mérite mieux que cela. On devrait le ramener à la maison. Je parie que le Musée de l'héritage technologique, en Californie, serait très content de l'avoir. Ils financeraient sans doute sa restauration.

— Non, dit automatiquement Wilson. Il est mort. Il fait partie de l'histoire de cette planète à présent. Sa place est ici.

— Il n'est pas en si mauvais état, insista Nigel en caressant le sommet du fuselage. On faisait de la qualité, à l'époque.

— Mais vous lui avez brisé le cœur.

— Ça alors ! J'en étais sûr ! C'est pas possible ! Vous m'en voulez encore ?

— Non, pas du tout. Vous et moi sommes tous les deux entrés dans l'Histoire, ce jour-là. J'étais dans le camp des perdants. C'était couru d'avance. On ne pouvait pas empêcher l'essor de la technologie des trous de ver. Si vous ne l'aviez pas fait, d'autres y seraient arrivés à votre place.

— Ah, oui ? Vous n'imaginez pas le mal qu'on a eu à trouver cette équation. Sans compter la mise en œuvre. À part Ozzie, personne n'aurait pu y arriver. Je sais que tout le monde le prend pour un fou, mais c'est un génie, un vrai, une putain de supernova comparé à Newton, Einstein ou Hawking.

— Tout ce qui est physiquement possible sera accompli un jour ou l'autre. Ce n'est pas une question de personne. Les hommes représentent des événements, et rien d'autre.

— Oh, super, vous venez de m'apprendre que je suis un vulgaire homme de paille ! Génial !

— Bon, ces messieurs aux ego surdimensionnés accepteraient-ils de remettre cette conversation à plus tard ? intervint Anna. Wilson, il a raison. On ne peut pas laisser ces vieux engins pourrir davantage. Ils font partie de l'Histoire, tout comme toi. Tout comme toi, ils sont très importants.

— Désolé, marmonna Wilson. C'est juste que revenir ici m'a un peu perturbé. On croit se débarrasser de certaines choses lors des rajeunissements, mais on se trompe.

— C'est vrai, confirma Nigel. Allons, tâchons de trouver un souvenir qui ne soit pas un vulgaire caillou. Il doit bien y avoir quelque chose d'autre dans les parages.

— La dernière fois, je n'ai même pas pu récupérer un caillou, dit Wilson.

— Ah, bon ?

— Non. On n'a pas eu le temps de lancer notre programme scientifique. Il me semble que Lewis avait ramassé un échantillon, mais que la NASA le lui a pris lorsqu'il est rentré au bercail.

— Pas de bol. C'est fou, je crois bien que je suis aussi reparti les mains vides.

— Mon Dieu, dit Anna en se baissant pour ramasser deux galets. Vous êtes aussi inutiles l'un que l'autre.

* * *

Roderick Deakins marchait dans les rues de Briggins avec une nonchalance étudiée. Il était 2 heures du matin dans le quartier d'Olika ; heureusement, aucune patrouille de police ne l'avait encore repéré. C'était sans doute une question de temps. Beaucoup de gens riches vivaient dans le coin, des gens qui avaient des relations à l'hôtel de ville de Darklake. De ce fait, la police était très présente dans le quartier, pas comme à Tulosa, où il vivait. Là-bas, il était rare de voir un flic après la tombée de la nuit. En tout cas, ils ne s'y aventuraient jamais seuls.

— On y est ? demanda Marlon Simmonds.

Roderick avait travaillé avec Marlon à de nombreuses reprises au fil des ans. Ils n'étaient pas réellement partenaires, mais, dans leur jeunesse, ils avaient fait pas mal de braquages ensemble, puis une série d'effractions, quand ils avaient bossé pour les Usaros, en soixante-neuf. En soixante-treize, ils avaient commis le hold-up du centre commercial de la Marina. Hold-up qui avait mal tourné. Après leur libération, ils avaient été enrôlés par Lo Kin, un petit parrain qui faisait la loi et rackettait tout le monde dans l'ouest de Tulosa. Depuis, ils n'avaient pas bougé. Cette histoire commune, la confiance qu'ils avaient l'un dans l'autre faisaient d'eux le couple idéal pour ce job.

— C'est à quel numéro ? demanda Roderick.

— 1800, répondit Marlon en vérifiant la plaque de cuivre vissée dans le corail, juste au-dessus de l'arche de l'entrée.

Le problème avec Marlon, c'était que rien ne le dérangeait. Sa carcasse, qui carburait aux substances chimiques, pesait deux fois le poids de Roderick et se déplaçait avec l'inertie d'un camion de vingt tonnes. Son attitude générale était le reflet de sa présence physique, aussi avançait-il dans la vie avec la conviction que rien ne pourrait jamais l'arrêter.

— Alors, on y est ? dit Roderick.

L'associé de Lo Kin, le type pour lequel il faisait ce travail, avait été très clair. Il leur avait donné l'adresse, le nom de la personne avec laquelle ils devraient discuter, et leur avait précisé que le tout devrait être fait en un laps de temps très court.

— D'accord, mec.

Marlon sortit sa lame harmonique de la poche de sa veste et découpa le portail en fer forgé tout autour de la serrure. Celui-ci s'ouvrit en couinant très légèrement. Roderick attendit un instant pour s'assurer qu'aucune alarme ne s'était déclenchée. Pas le moindre bruit. Il agita la paume gauche autour de l'entrée, et son assistant virtuel lui confirma l'absence de toute activité électronique. Il sourit intérieurement. Faire implanter ces tatouages dans ses paumes lui avait coûté une fortune, mais, chaque fois qu'il s'en servait, il se disait qu'il avait pris une excellente décision.

Il faisait sombre dans le jardin du bungalow. Les hauts murs de corail empêchaient la lumière des réverbères de s'y déverser. Le bâtiment bas était lui aussi plongé dans le noir. Roderick bascula son implant rétinien en mode infrarouge. Le décor devint aussitôt rose et gris, et perdit de sa profondeur. Cette absence apparente de relief l'obligea à ralentir, comme chaque fois. Un de ces jours, il se paierait un implant pour l'autre œil, ce qui améliorerait considérablement la résolution de l'image. Peut-être même avec l'argent de ce contrat. L'associé de Lo Kin payait bien.

Roderick fourra la main dans la poche intérieure de sa veste en cuir et produisit un pistolet ionique Eude606. L'arme se cala confortablement dans sa paume. Ces deux-là étaient faites pour se rencontrer ! Jamais il n'avait possédé matériel aussi onéreux. C'était une sensation agréable. La puissance contenue dans l'arme le grisait comme jamais il ne l'avait été.

Marlon découpa la porte d'entrée en bois. Toujours aucun signe d'activité électronique. Comme on le leur avait assuré. Paul, le vieillard qui vivait ici, était un excentrique. Peut-être même un fou. Ils avancèrent avec circonspection dans le couloir obscur.

— Qu'est-ce que tu fais ? chuchota Roderick.

Marlon était en train d'examiner le contenu des étagères, les vases et autres figurines.

— Tu as entendu ce que le type a dit : « Prenez tout ce que vous voudrez. » Tu crois que ces saloperies ont de la valeur ?

— J'en sais fichtre rien. Mais on a un truc à faire avant, tu t'en souviens ?

Marlon haussa les épaules.

Roderick alluma son ordinateur de poche. Le moniteur brillait violemment dans le bungalow non éclairé. Il affichait le plan de la maison, avec la chambre à coucher principale.

— Par là.

Ils avancèrent doucement en faisant attention de ne rien percuter. Il régnait dans cette baraque un désordre hallucinant. Le ménage n'y avait pas été fait depuis des lustres. Roderick testa un des robots ménagers entreposé dans une alcôve. Sa batterie était complètement déchargée. C'était la première fois qu'il entrait dans une maison où il y avait si peu d'activité électrique. Il avait l'impression d'être revenu à l'âge de pierre.

Quand ils furent au milieu du salon, son implant rétinien le lâcha, et il se retrouva dans les ténèbres.

— Merde !

— Qu'est-ce qui se passe ? se plaignit Marlon.

Roderick se rendit compte que l'ordinateur était mort lui aussi. Tout comme son assistant virtuel.

— Putain ! Tes implants ne répondent plus ?

— Ouais.

Le malaise contenu dans la voix de Marlon ajouta à son angoisse. Sa brute d'ami n'était pas facile à désarçonner. Il plissa les yeux pour tenter de percer l'obscurité. Il devina deux grandes fenêtres en forme d'arche, semblables à des draps gris, qui laissaient un semblant de lumière entrer dans le salon. Il distingua alors les contours géométriques des meubles.

— Ce n'est pas un accident. Nos systèmes ont été attaqués.

— Qu'est-ce qu'on fait ? demanda Marlon. J'ai une torche. Je l'allume ?

— Peut-être. Il doit savoir qu'on est là. Qu'est-ce que tu en penses ?

Roderick repéra un mouvement près de l'une des fenêtres. Une tache sombre glissait sur le mur. Ce qui était fou en soi. Fou et déstabilisant. Ou alors était-ce son imagination chamboulée par l'adrénaline. Il brandit son Eude606 et visa l'endroit où se serait trouvée la tache, si elle avait été réelle. Des gouttes de sueur perlaient sur son front.

—Ben, je sais pas. Qu'est-ce que tu veux qu'il nous fasse ? demanda Marlon, comme s'il essayait de se donner du courage.

L'un comme l'autre avaient oublié de chuchoter.

Roderick affermit sa prise sur son arme, prêt à faire face à n'importe quel danger.

—D'accord, alors, vas-y.

Marlon fouilla dans sa veste. Bientôt, un faisceau étroit et aveuglant perça les ténèbres du salon. Le cambrioleur balaya les murs d'un mouvement circulaire imité par le bras armé de Roderick. Marlon fit un tour complet sur lui-même, révélant le décor antique, couvert d'une épaisse couche de poussière. À part eux, il n'y avait personne dans la pièce. Plus important encore – surtout du point de vue de Roderick –, il n'y avait rien sur le mur à côté de la fenêtre.

—Bon, le vieux ! tonna Marlon. Maintenant, tu sors de ta chambre. On ne va pas te faire de mal, ajouta-t-il comme s'il voulait calmer un animal pris de panique. Tout ce qu'on veut, c'est les œuvres d'art. Il n'y aura pas de grabuge.

Ils échangèrent un regard. Roderick haussa les épaules.

—La chambre, dit-il.

Quelque chose bougea dans sa vision périphérique. Au-dessus de lui.

—Hein ?

Marlon l'avait forcément vu, lui aussi. Le faisceau se braqua sur le plafond couvert de larges morceaux de fourrure couleur de rouille.

Le nostat situé juste au-dessus de Roderick se laissa tomber. L'homme eut l'impression de recevoir un édredon doux sur la tête, un édredon qui le recouvrit jusqu'en dessous des coudes. Soudain, la fourrure changea de nature. Les poils s'amalgamèrent pour former des pointes fines comme des aiguilles à coudre. Elle se resserra autour de sa proie, et des dizaines de milliers de pointes transpercèrent les vêtements, puis la chair de Roderick. Son cri d'agonie fut brutalement coupé lorsqu'elles pénétrèrent sa gorge en emplissant sa trachée de sang. Il fut pris de convulsions, alors que la douleur lui avait déjà fait perdre connaissance. L'évolution aidant, le nostat était fait pour tirer partie de ce type de mouvements. Les pointes étaient suffisamment fines et solides pour rester dressées pendant que les muscles de sa proie se contractaient, ce qui leur permettait de déchirer les tissus à la façon de scalpels miniatures. Ainsi, le torse et le dos de la victime furent-ils rapidement réduits à l'état de bouillie. Son corps s'effondra sur le sol, qu'il macula d'une grande quantité de sang. Aussitôt, le nostat se mit à l'aspirer goulûment par le cœur creux de chacune des pointes qui constituaient sa fourrure.

La première contraction ne fut pas tout à fait assez puissante pour pousser les épines à travers le crâne de Roderick. Au lieu de cela, elles pénétrèrent les parties les plus molles, les yeux, les oreilles, le nez, déchirèrent les joues. Les dernières choses que le cambrioleur entendit avant de sombrer complètement furent le grognement terrifié de Marlon et les décharges ioniques des deux pistolets, qui réduisirent en miettes les meubles du salon.

* * *

Le lendemain de son voyage sur Mars, Nigel se réveilla dans son lit en compagnie de ses femmes Nuala et Astrid.

Physiquement, toutes les deux paraissaient trente-cinq ans, même si, en réalité, elles avaient plus d'un siècle. Il aimait les considérer comme les figures maternelles réconfortantes de son harem. Il allait systématiquement les chercher lorsqu'il avait besoin d'un sommeil calme et réparateur. Ce qui avait été le cas la nuit dernière. La semaine avait été mauvaise. Aux réunions du cabinet de guerre étaient venus s'ajouter les problèmes innombrables consécutifs au déferlement de réfugiés en provenance des vingt-trois planètes perdues. Il s'était dit que cette excursion sur Mars le distrairait un peu. C'était une idée typique de milieu de vie : sortir de derrière son bureau pour aller faire quelque chose de concret. Malheureusement, ce paysage désertique et glacé avait réveillé nombre d'émotions qui ne demandaient qu'à remonter à la surface. La carcasse du vaisseau spatial, notamment, avait fait naître en lui un sentiment de culpabilité pour le moins inattendu. À son retour, son humeur avait complètement changé.

Il avait d'abord rendu visite à Paloma et Aurélie, les deux nouvelles. De vraies jeunes femmes, qui n'avaient même pas encore vingt et un ans. Elles étaient belles, naïves et gloussaient tout le temps. Elles entraient toutes les deux dans la catégorie des athlètes du sexe. Elles avaient des entraîneurs particuliers qui les maintenaient en forme, un budget vêtements illimité et des stylistes à demeure pour les aider à être toujours élégantes, comme il l'aimait.

Chaque fois qu'il sortait d'une cure de rajeunissement, son harem était principalement constitué de filles de ce genre. Plus tard, à mesure que son âge biologique se rapprochait de la trentaine, la tendance s'inversait et il privilégiait davantage les femmes stables et posées, aptes à élever une nouvelle génération de descendants. En tant qu'enfant unique, Nigel avait toujours aimé être entouré d'une famille nombreuse. Malgré les rajeunissements successifs, cela n'avait pas changé. Comme toujours lorsqu'il était concerné, l'univers humain se pliait à sa volonté avec la célérité du champ gravitationnel d'une étoile à neutrons. Il n'avait jamais eu de problèmes pour trouver des femmes disposées à vivre dans un harem. Chaque jour, il recevait des milliers de propositions. Le plus difficile restait de faire le tri.

En ce moment, il n'avait que cinq femmes très jeunes, choisies pour leurs aptitudes sexuelles. Il savait qu'aucune d'entre elles ne resterait plus de deux ou trois ans. C'était une constante chez les filles de ce type. Comme elles n'étaient pas stupides, elles finissaient par se lasser de la routine de leur vie domestique, de la manière dont tout était organisé pour son plaisir à lui. À moins qu'il leur fasse des enfants, ce qui était peu probable, elles s'en iraient comme des milliers d'autres avant elles.

D'ici là, toutefois, il n'y avait pas mieux pour assouvir ses envies de sexe. Après s'être ébattu avec Paloma et Aurélie pendant près de deux heures, il avait disparu furtivement pour rejoindre Nuala et Astrid, qui s'étaient aussitôt blotties contre lui pour le réconforter et l'aider à s'endormir paisiblement.

Lorsqu'elle séjournait dans le manoir de New Costa, la famille prenait toujours son petit déjeuner sur la terrasse. Il s'installa donc au haut bout de la table, protégé de la lumière blanc-bleu de Regulus par une canopée de vignes, dont les larges feuilles filtraient suffisamment la lumière exotique pour la rendre supportable. Les rafales sèches d'*El Iopo* soufflaient déjà, faisant froufrouter les feuilles au-dessus de sa tête. Onze de ses femmes le rejoignirent, accompagnées de leurs enfants. Le plus jeune, Digby, n'avait que trois mois, la plus âgée, Bethany, presque quinze ans. Plusieurs membres importants de la famille arrivèrent également avec leurs partenaires du moment. Ce fut un repas bruyant et joyeux, qui confirma le changement d'humeur entamé par sa bonne nuit de sommeil. Il se sentait beaucoup plus serein, ce qui était un soulagement. Il savait que son jugement était altéré lorsqu'il n'était pas dans son assiette.

—Tu vas reloger les réfugiés envoyés sur Huxley's Haven ? demanda Astrid en étudiant le journal et en mangeant ses fruits et son yaourt au miel. Je veux dire, bon, ils ont été bien accueillis, mais cela m'étonnerait qu'ils veuillent s'installer là-bas.

—Ils ne prévoient sans doute pas de rester à long terme. Pour le moment, on sélectionne les planètes de l'espace de phase trois et certaines de phase deux qui pourraient les absorber. Après, il faudra attendre la décision du Sénat pour débloquer l'argent du Commonwealth. Pour le moment, il faut soulager les survivants du mieux que nous pouvons.

—La moitié sera absorbée naturellement, sans aucune aide gouvernementale, dit Campbell. Pour la plupart, ce sont des gens qualifiés, qui s'intégreront sans aucun problème. Il s'agira simplement de trouver des planètes ethniquement adaptées. Les sociétés d'Augusta ont déjà reçu pas mal de CV. Tout comme les autres mondes du G15.

—D'après le journal, les assurances ne vont pas les dédommager, reprit Astrid en tapotant sa feuille-écran d'un doigt manucuré et accusateur.

—Les compagnies d'assurance locales ont été détruites en même temps que leurs planètes, expliqua Nigel.

—Oui, mais ce sont des sous-divisions de groupes plus importants, insista-t-elle. Tu dois le savoir.

—Bien sûr. Néanmoins, il n'y aura pas de dédommagement sans intervention du gouvernement. L'index Dow-Times est toujours sous la barre des huit milles. Personne ne peut se permettre de débourser des trillions pour l'instant. L'argent du contribuable doit d'abord servir à renforcer les défenses planétaires.

— C'est dégueulasse, protesta Paloma. Ils ont besoin de notre aide. Ils souffrent à cause des erreurs stupides de Doi.

Nigel essaya de ne pas sourire. Elle était réellement et authentiquement en colère. Elle était habitée par la passion de la jeunesse, l'énergie qui alimentait sa capacité de séduction.

— J'ai, moi aussi, encouragé la mission de *Seconde Chance.*

— Ouais, c'est vrai, dit une Paloma écarlate. Mais le gouvernement savait que les Primiens constituaient une menace. Ils auraient dû les prendre plus au sérieux.

— Après coup, c'est facile à dire. Nous nous sommes préparés comme l'aurait fait n'importe quelle autre civilisation à peu près développée.

— Ils vont revenir, papa ? demanda le petit Troy en levant anxieusement les yeux de son bol de céréales.

— Peut-être. Mais je vous promets, dit sincèrement Nigel en regardant tous ses enfants, que vous serez tous en sécurité. Tous.

Il croisa le regard de Campbell, qui fit la grimace avant de retourner à ses œufs brouillés.

Une fois son repas terminé, Nigel fut presque tenté de retourner dans la chambre de Paloma. Toutefois, il avait énormément de travail ; il prit plutôt la direction de ses bureaux, situés dans une autre aile du manoir, à plusieurs minutes de marche de là.

Nigel n'avait jamais été réellement satisfait de son manoir de New Costa. D'un point de vue architectural, il était certes parfait – mélange de château hollywoodien et de palais de sultan, avec une structure légère et aérée, sans oublier des rotondes élaborées et amusantes. C'était justement cela le problème : il avait construit sa demeure durant la période d'expansion impérialiste de CST, tandis qu'Augusta devenait le principal fournisseur de produits finis de tout le Commonwealth et que sa Dynastie s'assurait le monopole du transport interstellaire. Son manoir aurait donc tout à fait convenu à un empereur ; il était le reflet du dynamisme économique de son époque. Construit au centre de la mégacité, sur un terrain de cent hectares, il avait la taille d'un petit village. Deux ailes accueillaient les bureaux de la société, dont le personnel était exclusivement recruté dans la famille. À l'époque de son développement exponentiel, celle-ci contrôlait directement une proportion importante du Commonwealth et influençait grandement l'autre.

De plus, le manoir devait également accueillir sa famille, son harem, ses serviteurs, ses employés, un troupeau d'enfants accompagnés de nounous et de précepteurs. En pratique, sa cour, par sa taille et sa *grandeur*, n'avait pas grand-chose à envier à celle de la plupart des monarques médiévaux.

Aujourd'hui, toutefois, la situation était un peu différente. Le conseil dirigeant de la Dynastie s'occupait de CST et du vaste conglomérat industriel dont Nigel était l'unique propriétaire. Les services techniques d'Augusta avaient exercé leur pouvoir sur toutes les planètes du G15. Leurs sénateurs veillaient aux intérêts politiques de la Dynastie, collaboraient avec la concurrence, tandis que le bureau politique surveillait le développement des autres mondes à la manière d'une agence de renseignement de l'ancien temps. Nigel dictait encore les politiques, mais leur mise en œuvre était désormais le travail d'une pyramide de subalternes qu'il avait mis des siècles à élaborer et à modifier. Plus récemment, il s'était fait poser des implants neuraux dernier cri qui permettaient à son intellect amélioré de travailler et de manipuler des concepts à un niveau quasi subconscient. Ainsi, nombre de détails fastidieux étaient épargnés à son cerveau de chair et de sang. Grâce à ses nouvelles capacités cérébrales et à son réseau de collaborateurs soigneusement choisis et dignes de confiance, le manoir survivait comme une relique du bon vieux temps. La plupart des anciens bureaux avaient été fermés et l'une des ailes du bâtiment était devenue un entrepôt plein de babioles et d'objets accumulés au cours des deux derniers siècles par Nigel, ses femmes et ses enfants – ce qui faisait rarement moins de trente personnes.

Comme il prenait place derrière son bureau en chêne massif dans une pièce aux murs couleur de terre à la simplicité merveilleuse – surtout comparée au reste de la maison –, Nigel réfléchissait à l'inefficacité manifeste de la pyramide administrative qu'il avait mis tant de temps à ériger personnellement. Nul doute que les membres les plus éminents de la Dynastie devraient reprendre les choses en main.

Les Primiens avaient certes attaqué par surprise. Toutefois, un bon dirigeant devait être capable de faire face à n'importe quelle situation. Nigel mettait ce manque de réaction sur le compte d'une certaine arrogance, de l'idée ancrée en chacun que le Commonwealth était indestructible, imperméable aux changements radicaux.

Quelle bêtise! Les trous de ver ont radicalement changé le cours de l'histoire de l'humanité. J'aurais dû réagir plus promptement. J'étais le mieux placé pour cela.

Plusieurs membres importants du conseil se joignirent à lui pour la réunion de la journée: Campbell, qui avait magnifiquement organisé l'évacuation; Nelson, patron de la sécurité de la Dynastie et vingtième enfant de Nigel, né au tout début de sa phase polygame; Perdita, qui se chargeait des relations avec les médias et œuvrait main dans la main avec Jessica, la sénatrice, depuis près de soixante-dix ans. Nigel jeta un regard circulaire sur l'assemblée et fut frappé par le fait qu'ils étaient tous issus des trois premières générations. *Le temps est peut-être venu de donner sa chance à la quatrième. Il n'y a rien de pire que de se complaire dans des habitudes. D'ailleurs, pourquoi ne pas faire directement appel à la quinzième ou à la vingtième ? Ce ne sont pas des incapables.*

Benjamin Sheldon, le contrôleur de gestion de la Dynastie et premier petit-fils de Nigel, arriva le dernier. Son grand-père le suspectait d'être un peu autiste. Son obsession du détail était parfois énervante et ses mariages ne duraient jamais longtemps. En fait, il donnait l'impression de ne pas vivre dans le même univers que les autres. Les finances étaient sa vie. Il dirigeait la comptabilité de CST depuis l'âge de vingt-huit ans et avait du mal à s'arrêter de travailler pour subir ses rajeunissements réguliers. Il disposait d'implants mémoires aux capacités impressionnantes, à cause desquels la taille de sa boîte crânienne avait dû être augmentée de dix pour cent. Comme le reste de son corps avait des proportions normales, exception faite de son cou, il attirait immanquablement les regards.

Daniel Alster s'installa juste derrière les trois fauteuils principaux. Le bouclier électronique fut mis en place, isolant complètement la pièce.

— Des problèmes nouveaux ? demanda Nigel.

— Non, nous avons déjà bien assez de travail avec les anciens, répondit Campbell.

— Si la situation se stabilisait aujourd'hui, nous récupérerions ce que nous avons perdu d'ici onze ans environs, dit Benjamin. Les vecteurs de croissance redeviendraient positifs dès que la question des réfugiés serait normalisée.

— Ce ne sera pas facile, dit Nelson. Les Primiens vont sans aucun doute tenter d'envahir d'autres parties du Commonwealth. Le coût de la guerre sera phénoménal.

— D'autant que la victoire finale ne nous est pas forcément promise, marmonna Nigel.

Les autres le regardèrent avec stupéfaction – un prêtre qui jurait dans son église !

— C'est la seule option que je considère avec le plus grand sérieux, reprit-il. C'est pour cela que j'ai lancé ce projet Arche.

— À partir de quel stade ce projet serait-il mis à exécution ? demanda Jessica.

— Rien n'est défini à l'avance. De toute façon, cette solution s'imposera d'elle-même le moment venu. N'oublions pas que nous sommes en train de développer des armes nouvelles et très prometteuses. J'ai confiance. Je pense que nous aurons bientôt les moyens de défaire ces Primiens.

— Il me semble que le cabinet de guerre n'a pas encore donné officiellement son accord pour la solution du génocide, intervint Perdita. Même si l'opinion publique, elle, y est favorable.

— Le cabinet a statué que le génocide ne devrait être utilisé qu'en dernier recours.

— Ah, ces politiques ! grogna Nelson.

— Merci pour moi, dit Jessica avec un sourire en coin.

— Déjà quarante millions de morts ! Si ce n'est pas une situation extrême, qu'est-ce que c'est ?

— Il y a, dans cette décision, une dimension morale, reprit Nigel. Toutefois, il y a aussi un risque pour que les canons quantiques ne soient pas assez puissants pour finir le boulot. Les Primiens sont belliqueux, mais ils ne sont pas stupides. Ils doivent déjà s'être établis autour d'autres étoiles. Un génocide total serait difficile à mettre en pratique et à contrôler.

— Cela signifie-t-il que nous devrons confier notre arme secrète à la Marine ? demanda Nelson.

— Je n'y suis pas favorable, répondit Nigel. Je ne souhaite pas que tout le monde soit au courant et encore moins possède ce type de jouet. Personnellement, il me fait un peu peur.

— C'est une réaction normale, dit Jessica d'une voix morne. Le fait que cette arme existe ne me plaît pas non plus, mais je préfère encore qu'elle reste entre nos mains.

— Oui, confirma Nelson. Malheureusement, la situation dans laquelle nous nous trouvons aujourd'hui risque de rendre son usage inévitable. Le fait que notre Dynastie ait le doigt sur la détente est tout de même rassurant. C'est une arme de fin du monde. Qu'elle soit capable de détruire une planète ou un système solaire tout entier importe finalement assez peu. Autant vérifier le sexe des anges…

— Notre arme peut anéantir beaucoup plus qu'un système solaire, le corrigea Nigel, sans enthousiasme.

— Si elle peut être construite, elle le sera, intervint Campbell. Par nous ou par quelqu'un d'autre, y compris les Primiens. Inutile de nous méfier des autres Dynasties – les conflits de ce genre ne sont plus d'actualité.

— Pour le moment, dit Jessica. Ne nous voilons pas la face : les politiciens mégalomaniaques ne manquent pas – et je ne parle pas uniquement des planètes isolées. Nous ne devrons révéler notre véritable potentiel au reste du Commonwealth que s'il n'y a pas d'autre solution.

— Soit dit en passant, je doute que l'IA apprécie cette réussite technologique, ajouta Nelson.

Nigel sourit. Il ne faisait pas vraiment confiance à l'IA, bien qu'il ne la crût pas malveillante. La méfiance de Nelson confinait à la paranoïa, mais c'est une qualité chez tout bon officier de sécurité.

— Pour l'instant, elle ne sait rien. Toutefois, si par malheur la seconde vague d'attaques se révélait aussi désastreuse que la première, même l'IA pourrait être heureuse d'apprendre que nous disposons de quoi vaincre l'ennemi.

— Cette arme servirait-elle uniquement à couvrir notre fuite ? demanda Campbell.

— Je n'abandonnerai pas le Commonwealth sans me battre, répondit Nigel. Ce serait inhumain. Notre espèce a bien des défauts, mais nous ne méritons pas pour autant de disparaître du jour au lendemain.

— Qu'ils soient bons ou mauvais, ce sont les nôtres, enchérit Jessica.

Perdita lui lança un regard vexé.

— Personnellement, je pense que nous sommes du côté des gentils, dit-elle. Ceux qui ont érigé cette barrière autour des Primiens savaient ce qu'ils faisaient.

— Leurs ressources technologiques n'avaient rien de commun avec les nôtres, intervint Campbell. Eux avaient le choix, nous, non. Nigel, devrons-nous attendre qu'ils attaquent de nouveau pour gagner le droit de nous servir de nos armes ?

— Ne nous emballons pas, dit Nigel, un brin énervé. Pour commencer, nous n'en sommes qu'au stade de la conception. Ensuite, la Marine ne va pas tarder à localiser la Porte de l'enfer. Si nous parvenions à la détruire avec des missiles Douvoir, ou même avec le projet Seattle, cela repousserait le problème de quelques années au moins. Plusieurs options s'offriraient alors à nous. Qui sait, nous pourrions même retrouver les anciens gardiens de prison des Primiens et les persuader de remettre leur barrière en place.

— C'est une plaisanterie ? demanda Jessica.

— Oui, répondit sèchement Nigel. Nous avons créé ce problème. À nous de le régler.

* * *

Lorsque la réunion fut terminée, Nigel demanda à Perdita et Nelson de rester. Il sirotait le chocolat chaud qu'il venait de se faire servir par un robot. À la surface flottait juste ce qu'il fallait de crème chantilly, ainsi qu'un marshmallow à moitié fondu. Le goût était absolument parfait. Seul son chef savait préparer le chocolat idéal – Nigel n'avait jamais aimé confier son alimentation aux soins d'une machine.

— J'ai deux, trois choses à vous dire. Perdita, que pense l'opinion de moi et de la Dynastie en général ? On nous en veut ? Après tout, nous avons beaucoup insisté pour que *Seconde Chance* parte en mission…

— Les médias sont relativement cléments. Quelques éditorialistes et commentateurs nous ont un peu tapé dessus, mais pour le moment, la plupart des journalistes s'acharnent sur la Marine qui, selon eux, n'a pas assez résisté. Il faut dire que le coup des trous de ver au-dessus de Wessex joue pas mal en notre faveur. En fait, notre cote de popularité est au plus haut. Bien plus haut en tout cas que celle de Doi, par exemple, bien que Kantil se donne beaucoup de mal pour que la Marine essuie le gros de la colère populaire.

— Bon, c'est déjà cela, dit Nigel en mâchouillant lentement son marshmallow.

Pendant ce temps, ses implants neuraux passaient en revue la banque de données de la Dynastie ; ils sortaient tout ce qu'ils trouvaient sur Ozzie.

— Joli travail, reprit-il. Les événements de Randtown ont bien été étouffés. Si Ozzie savait, il serait fou de rage.

En dépit de son côté bohème, le rasta pouvait se montrer très susceptible lorsqu'il était question de sa vie privée et de son intimité.

— Les autres Dynasties ont coopéré et n'ont pas tout révélé aux agences de presse, dit Perdita, modeste. Et puis, n'oublions pas l'IA, dont le ver mangeur de données s'est débarrassé des messages qui étaient parvenus jusqu'à l'unisphère.

— Je vois. C'est intéressant. Ozzie aime à penser qu'il entretient une relation privilégiée avec l'IA. Force m'est de constater qu'il n'a pas tout à fait tort. Vous n'avez pas grand-chose sur Mellanie Rescorai, reprit-il en se tournant vers Nelson.

— Je ne suis pas d'accord, dit Perdita. Nous savons qu'elle était la poule d'un homme d'affaires, avant d'être mêlée à une histoire de meurtre rocambolesque. Après cela, elle a tourné dans un feuilleton érotique, puis elle est devenue reporter. Grâce à Alessandra Baron, semble-t-il. Depuis, toutefois, elles se sont brouillées. Il se raconte dans le milieu que Baron la forçait à coucher avec des politiciens en échange de certaines informations. Et, heu…, hésita-t-elle, il n'est pas impossible que Campbell en sache plus que moi à ce sujet. Bref, Mellanie en a eu assez et elles se sont fâchées. Enfin, c'est ce qui se raconte. Michelangelo l'a embauchée illico. Ce genre de choses arrive tous les jours dans les médias.

— Oui, mais d'habitude, cela n'arrive pas aussi vite.

Une image de Mellanie Rescorai apparut dans la vision virtuelle de Nigel – une photo publicitaire datant de l'époque de *Séduction meurtrière*. Elle était vêtue d'un ensemble de lingerie doré, qui mettait en valeur son corps superbe. Il allait prendre une nouvelle gorgée de chocolat, mais s'interrompit. Elle avait le menton un peu proéminent et le nez trop petit. Pourtant, elle avait un sourire de tentatrice irrésistible. Pendant une fraction de seconde, il se surprit à avoir envie de regarder ce feuilleton IST.

— D'après son dossier, elle serait la petite amie de Dudley Bose. C'est vrai ?

— Bose est la dernière personne avec laquelle Baron lui a demandé de coucher, expliqua Perdita. Depuis, ils sont ensemble, effectivement.

Nigel fronça les sourcils. Inutile de consulter les archives pour se rappeler de la fête désastreuse qui avait suivi le retour de Bose et Verbeke. Bose n'était pas et n'avait jamais été quelqu'un de très impressionnant.

— C'est un couple pour le moins mal assorti, dit-il.

—Peut-être a-t-il réussi à la faire revenir dans le droit chemin, suggéra Perdita. Peut-être se marieront-ils et auront-ils beaucoup d'enfants.

—Elle a donc signé chez Michelangelo. Non. Il y a quelque chose de louche là-dessous. Rien ne nous permet de penser qu'elle a déjà rencontré Ozzie dans le passé. Alors, comment a-t-elle eu accès à l'astéroïde? En plus, aucune des ex d'Ozzie n'a jamais eu ce privilège. À en juger par les rapports concernant Randtown, elle se serait jouée des Primiens avec une facilité déconcertante. C'est très, très étrange. Une nouvelle recrue? demanda-t-il à Nelson en le regardant du coin de l'œil.

—On dirait bien.

—Comment cela, une recrue? demanda Perdita.

—Une observatrice, répondit-il Nelson. Une espionne, quoi. Cela dépend du point de vue qu'on adopte. Nous savons bien que l'IA n'est pas aussi passive qu'elle le prétend. Elle dispose de plusieurs observateurs qui, à l'instar de Mellanie, ont accès à des activités humaines qui lui sont autrement inaccessibles.

—Je l'ignorais. Que veut-elle, au juste?

—Je ne sais pas. C'est pour cela que je maintiens Cressat hors de l'unisphère. C'est un refuge sûr. Quand je vois ce qui est arrivé au trou de ver d'Ozzie, je ne regrette pas ma décision.

—Oui, toutefois, elle n'était pas mal intentionnée. Elle a quand même sauvé la vie de Mellanie et des habitants de Randtown.

—Certes. C'est la raison pour laquelle cette histoire ne me tracasse pas outre mesure. Cela reste néanmoins une énigme et, compte tenu de la situation dans laquelle nous nous trouvons, cela signifie que nous ne pouvons pas lui faire totalement confiance.

—Alors, que doit-on faire de cette Mellanie? demanda Nelson.

Nigel effaça son image avant de donner sa réponse – décidément, elle aurait sa place dans son harem.

—Surveillance discrète. Je veux qu'on mette notre meilleure équipe sur le coup, car l'IA ne la lâche sans doute pas d'une semelle.

—Tout sera mis en place d'ici une heure.

—Bien. Il y a autre chose. Je ne peux pas croire qu'Ozzie ne se soit pas manifesté après l'attaque des Primiens. Nous devons absolument le retrouver, Nelson. J'ai besoin de savoir s'il est vivant ou mort.

* * *

La surveillance du 1800 Briggins était assurée par Donald Bell Sécurité, une société privée homologuée par la police de Darklake. Elle était autorisée à appréhender et à détenir toute personne suspectée d'être entrée par effraction dans la propriété d'un client. Elle avait même le droit d'user d'armes à feu en cas de légitime défense.

L'alarme qui se déclencha dans le centre de contrôle signala que la porte d'entrée du bungalow avait été ouverte sans le code approprié. Un des agents en poste effectua une vérification et apprit que M. Cramley, le propriétaire, n'était pas en ville en ce moment. Il contacta immédiatement une patrouille et prévint le commissariat d'Olika de son intervention imminente.

Moins d'une minute plus tard se déclencha également une alarme à incendie. D'après les senseurs, plusieurs importantes sources de chaleur étaient apparues simultanément dans le salon. L'agent appela aussitôt la caserne des pompiers. Deux camions furent envoyés sur les lieux.

Les officiers qui arrivèrent devant la maison en question s'attendaient à devoir gérer un simple cas d'effraction avec actes de vandalisme. Cela n'arrivait pas souvent dans le quartier, mais la guerre pouvait en avoir perturbé certains. Ils abaissèrent les viseurs de leurs armures flexibles et entrèrent rapidement dans la cour pour tenter de prendre les coupables la main dans le sac.

Les flammes léchaient déjà les grandes fenêtres en arc et dispensaient une lumière orangée dans le jardin. Les agents passèrent la porte d'entrée, leur pistolet 10 mm semi-automatique à la main, prêts à en découdre. Dans le salon, ils découvrirent une scène pour le moins inhabituelle. Plusieurs meubles avaient commencé à brûler copieusement ; les tapis et le parquet étaient également en train de se consumer. Les flammes s'accrochaient aux murs incurvés et chatouillaient déjà le plafond. Par terre, deux grosses boules de poils. Elles bougèrent légèrement, se rapprochèrent l'une de l'autre. Autour d'elles, le parquet était couvert d'un liquide noir et luisant qui bouillonnait, faisait des bulles comme du goudron dans la chaleur intense.

L'un des nostats s'aplatit légèrement et leva paresseusement l'avant de son corps vers les officiers stupéfaits. Les deux hommes découvrirent avec horreur le morceau de cadavre recouvert par la bête. La victime, quelle qu'ait été son identité, n'était plus qu'un amas de chair sanguinolente accrochée à des os blancs. Juste au-dessus, les poils du nostat dégoulinaient de sang.

Les officiers se figèrent un instant, puis se mirent à tirer à l'unisson. Les nostats gorgés de liquide vital explosèrent littéralement, éclaboussant les armures souples des pieds à la tête.

Le feu fut maîtrisé en un quart d'heure. Les robots pompiers s'enfoncèrent dans les flammes, inondèrent la maison de mousse. Plus d'un tiers du bungalow avait été anéanti et le reste était sérieusement endommagé. La structure en corail n'avait pas brûlé, mais la chaleur intense l'avait tuée. Ce qui signifiait que le propriétaire n'aurait d'autre possibilité que de raser la maison pour refaire pousser un corail jeune et vigoureux.

Pendant l'intervention des pompiers, la police et les agents de sécurité entourèrent le bungalow, prêts à régler son compte à tout nostat qui tenterait de fuir. À la fin, ils examinèrent même les décombres de la maison en partie calcinée, au cas où une bête aurait survécu.

La camionnette de la morgue arriva à l'aube, et les cadavres des deux cambrioleurs furent emmenés pour être examinés. La police scientifique visita les lieux, fit des relevés, prit quelques échantillons. L'affaire paraissait relativement simple : un casse qui tourne mal. La police convoqua Paul Cramley pour l'interroger et le condamner à payer une amende pour détention illégale d'animaux extraterrestres dans les limites de la ville. Toutefois, le propriétaire du bungalow ne répondit à aucun des messages qu'elle lui envoya sur l'unisphère.

En milieu de journée, la surveillance du site fut de nouveau confiée à Donald Bell Sécurité en attendant que le propriétaire se manifeste – cela faisait partie du contrat.

À 14 heures, un avocat se présenta au commissariat d'Olika pour payer l'amende de M. Cramley et pour s'engager par écrit – au nom de son client – à respecter la législation en matière de détention d'animaux illicites. L'homme de loi se rendit alors dans les locaux de la société de surveillance, signa quelques papiers et récupéra les clés de la propriété du 1800 Briggins. Les gardes rentrèrent chez eux.

* * *

Le taxi de Mellanie s'arrêta devant le bungalow peu après 16 heures, comme Paul le lui avait demandé dans un message envoyé à son assistant virtuel. La serrure du portail avait déjà été réparée. Elle bourdonna et s'ouvrit pour la laisser passer, comme d'habitude.

La journaliste entra dans la maison noircie, plissa le nez car l'endroit empestait toujours la fumée et le plastique brûlé. Les cendres et le parquet roussi craquaient sous ses escarpins rouge et or à la dernière mode. Décidément, elle aurait pu se passer de talons hauts.

Le bassin circulaire situé au cœur du bungalow ne semblait pas avoir souffert, alors que plusieurs des portes qui y conduisaient étaient ruinées, leur structure métallique gauchie par la chaleur. À la surface de l'eau non filtrée depuis un bon mois flottaient de nombreuses feuilles. Elle examina les lieux avec curiosité.

— Paul ?

L'eau se mit à bouillonner. Comme elle fixait la piscine, un tourbillon se forma, qui prit bientôt la forme d'un cône. Une minute plus tard, l'eau n'était plus là. Les parois en marbre dégoulinaient. En face des marches, une porte s'ouvrit à la manière d'un diaphragme.

Mellanie haussa les sourcils.

— Pas mal, commenta-t-elle.

Elle retira ses chaussures et descendit dans le fond du bassin encore humide. La porte était faite d'un morpho-plastique maquillé pour donner l'illusion du marbre. Il y avait un étroit couloir en béton illuminé par des bandes polyphotos collées au plafond. Le passage s'enfonçait dans le sous-sol de façon abrupte.

Dix mètres plus loin, il y avait un tournant à quatre-vingt-dix degrés. Le sol redevenait plat, et le couloir débouchait sur une vaste salle puissamment éclairée. Les murs étaient peints en vert clair, l'atmosphère froide et sèche comme dans un bloc opératoire. Plusieurs piles de matériel électronique s'élevaient en cercle autour de ce qui ressemblait à un cercueil transparent. Paul Cramley était étendu à l'intérieur ; il flottait dans une sorte de liquide rosé. Il était nu et son visage était recouvert d'un masque conique de chair blanche, dont le sommet était relié à un tube en plastique qui serpentait jusqu'à un coin du parallélépipède. Des centaines de filaments aussi fins que des cheveux jaillissaient de sa peau le long de sa colonne vertébrale. Tous les trois ou quatre centimètres, les fils se rejoignaient en une tresse connectée à un fagot de fibres optiques.

Mellanie s'approcha de la cuve et regarda à l'intérieur. Le liquide rose et visqueux grossissait le corps squelettique de Paul d'une façon peu avantageuse et lui offrait un spectacle dont elle aurait préféré se passer. Il était vivant, car sa poitrine se soulevait régulièrement.

Un moniteur posé sur une armoire s'alluma et révéla le visage d'un jeune homme aux traits extrêmement proches de ceux de Paul.

— Bonjour, jeune Mellanie. Bienvenue dans mon antre.

Mellanie regarda successivement le corps plongé dans son cercueil de verre et le visage sur le moniteur.

— Belle installation. Digne d'un grand paranoïaque, mais plutôt pas mal.

— Je suis vivant et c'est ce qui compte, rétorqua l'image en souriant.

En fait, c'était un visage assez séduisant, se dit-elle, ce qui la troubla plus qu'elle ne voulait l'admettre.

— Vous êtes blessé ? C'est une cuve de rajeunissement ?

— Pas du tout. Il s'agit d'une interface intégrale. La totalité de mon système nerveux est reliée au calculateur caché dans cette crypte. Toutes les sensations que je ressens pendant que je vous parle sont d'origine artificielle. Vous disposez d'une vision virtuelle. Moi, j'ai un odorat, un goût et un toucher virtuels. Je sens des températures, je touche des textures qui n'existent pas. Ce que mon cerveau interprète comme de la marche, n'est rien d'autre qu'une instruction directionnelle permettant d'accéder à certaines sections de l'unisphère par l'intermédiaire de cet ordinateur. Mes mains manipulent des programmes et des fichiers d'une manière stupéfiante, à une vitesse inimaginable.

—Morty m'avait bien dit que vous étiez complètement accro.

—Et il avait raison, le bougre!

—Que s'est-il passé, la nuit dernière?

—Ce n'était pas un cambriolage. Ces types sont venus pour me tuer. J'ai utilisé une IEM pour venir à bout de leurs implants. La nature a fait le reste. La nature, et leur bêtise.

—Qui étaient-ils?

—Excellente question. Et si nous commencions à échanger des informations?

Mellanie se sentit glisser sur une pente savonneuse. Elle n'était pas en position de force et ne pouvait plus avoir confiance en Paul. Force lui était de constater qu'elle l'avait grandement sous-estimé. Pourtant, au début de la partie, elle avait toutes les cartes en main. *Un vieillard de quatre cents ans minable et sans le sou? Tu parles!*

—Je vous ai déjà dit ce que je sais à propos de l'Arpenteur.

—C'est vrai. J'ai appris que Baron envoyait et recevait un grand nombre de messages codés sur l'unisphère.

—Ah ha!

—Malheureusement, elle utilise des programmes de surveillance et de protection réellement excellents. À vrai dire, ils sont même parvenus à remonter jusqu'à moi. C'est un exploit, croyez-moi. Exception faite de l'IA, je ne connais qu'une dizaine de personnes dans tout le Commonwealth capables de faire un truc pareil. Mon mystérieux adversaire a des capacités semblables aux miennes. Ce qui m'embête encore plus que de savoir que l'IA protège Paula Myo. Baron a clairement des trucs à cacher.

—Je vous l'avais dit. C'est sûrement l'Arpenteur qui a

remonté votre piste. Je dois absolument savoir qui d'autre est impliqué.

—Je puis déjà vous donner les noms de Marlon Simmonds et Roderick Deakins, les deux types qui sont entrés chez moi par effraction la nuit dernière.

—Ça, je le sais déjà. Vos bestioles extraterrestres se sont joliment chargées d'eux.

—Soyez un peu patiente, Mellanie. Il y a quelque chose d'intéressant dans cette histoire. Grâce à leurs noms, j'ai pu accéder à leurs comptes en banque. Hier, ils ont reçu chacun un virement de cinq mille dollars. L'argent a été transféré à partir d'un compte à usage unique ouvert approximativement trois heures après que Baron eut pris connaissance de mon manège.

—Merde!

—J'ai réussi à remonter la piste de l'argent et découvert qu'il provenait de la Denman Manhattan, sur Terre.

Mellanie considéra avec étonnement le jeune visage affiché par le moniteur.

—Vous êtes remonté à la source d'un compte à usage unique? Je croyais que c'était impossible.

—Oui, c'est ce que les banques font croire à leurs clients. C'est extrêmement difficile, mais c'est faisable. Il existe dans la procédure de tout petits défauts qu'il est possible d'exploiter. Même les services de sécurité intersolaires l'ignorent. Je suis au courant parce que je connaissais quelqu'un qui connaissait quelqu'un qui connaissait quelqu'un qui avait participé à l'écriture du programme originel. Vaughan Rescorai, cela vous dit quelque chose?

—Grand-père!

—Votre arrière-arrière-grand-père, il me semble.

—Vous le connaissiez? demanda-t-elle, surprise.

—Les fondus de la toile constituent une communauté réduite. Vaughan était un type bien.

— Oui. C'est vrai.

— C'est grâce à lui que vous avez des contacts avec l'IA, n'est-ce pas.

— En effet, admit-elle.

— Je m'en doutais. Ne vous inquiétez pas, votre secret sera bien gardé.

— Merci, Paul. Vous connaissez le nom de la société qui a ouvert ce compte ?

— Bromley, Waterford & Granku. Elle est basée…

— À New York, sur Terre.

— Vous connaissez ?

— Ouais. Certains de leurs associés sont mêlés à l'affaire Dudley Bose. Je pense que l'Arpenteur les a utilisés pour financer l'observation de la barrière de Dyson Alpha…

— Qui a conduit au vol de *Seconde Chance*, à l'effondrement de la barrière et, au bout du compte, à la perte de vingt-trois planètes du Commonwealth. Je vois. J'ai réussi à suivre certains des messages envoyés par Baron avant d'être repéré et de prendre mes jambes à mon cou. Deux d'entre eux étaient destinés à un certain M. Pomanskie, travaillant pour Bromley, Waterford & Granku.

— Diantre ! Il faisait partie de la fondation Cox.

— Je suspecte Pomanskie ou un de ses lieutenants d'avoir loué les services de Simmonds et Deakins pour stopper mon espionnage électronique.

— Oui, c'est très probable. Pourriez-vous pénétrer les comptes de la société pour retrouver la trace d'autres paiements éventuels ?

— Bien sûr. Mais j'aurais besoin d'un stimulus…

Mellanie soupira et pencha la tête sur le côté.

— Qu'est-ce que vous voulez ?

— Des informations. Baron n'est pas mon seul centre d'intérêt. Il se passe pas mal de choses intéressantes dans le Commonwealth en ce moment.

— Comme par exemple ?

— Saviez-vous que plusieurs « arches » sont en cours de construction ?

— Non. De quoi parlez-vous ?

— Certaines Dynasties intersolaires, Grandes familles et autres simples milliardaires ne semblent pas entièrement persuadés que notre chère Marine ait les moyens de battre les Primiens. Alors, en toute discrétion, ils détournent des sommes colossales pour fabriquer d'énormes vaisseaux intergalactiques. Dix-sept engins de ce type sont déjà en construction, et une bonne douzaine d'autres le seront bientôt. Et encore, je ne sais pas tout. En fait, chacun des mondes du G15 finance au moins un de ces projets. Ces navires de sauvetage auront la capacité de maintenir des dizaines de milliers de gens en animation suspendue et de transporter le matériel cybernétique nécessaire à l'établissement d'une société humaine avancée sur un monde vierge.

— Les fils de pute ! lâcha Mellanie.

Bien qu'elle eût l'habitude de côtoyer les ultrariches et leurs laquais politiques, l'idée qu'ils puissent tourner les talons et s'éclipser en douce ne l'avait pas effleurée.

— Ils vont nous laisser faire cette sale guerre à leur place ? reprit-elle.

— Voyons, voyons, Mellanie, ne pleurnichez pas comme une vulgaire bolchevik prônant la lutte des classes. C'est une précaution parfaitement sensée. Exactement ce que j'attends de gens comme eux. Ne me dites pas que vous refuseriez de monter à bord si on vous offrait une place.

Elle fronça les sourcils et considéra le cercueil de verre.

— Michelangelo m'a proposé de faire un reportage sur les gens qui émigrent vers l'Ange des hauteurs. Ils semblent tous persuadés que leur hôte leur permettra de fuir si le pire venait à arriver.

— L'Ange des hauteurs, oui, c'est une bonne idée. Surtout quand on n'a pas d'argent et qu'on ne craint pas de ne pas avoir son destin en main. Qui sait où la machine vivante les emmènera ? Qui connaît son objectif véritable ?

— D'accord, mais qu'ai-je à voir avec cette histoire ?

— Je veux savoir lequel de ces vaisseaux a le plus de chance de réussir sa mission.

— Vous voulez *partir* ?

— Disons que je préférerais avoir mon billet au cas où. J'ai confiance dans nos aptitudes militaires, et je sais quelles atrocités nos experts en armement sont capables de provoquer lorsqu'on stimule leur imagination. Néanmoins, les Primiens semblent avoir des ressources illimitées. Je prends mes précautions, voilà tout.

Mellanie secoua la tête, hésitant entre incrédulité et écœurement.

— Que dois-je faire, exactement ?

— J'ai cherché très, très consciencieusement – vous me connaissez –, mais je n'ai décelé aucune activité suspecte autour de la famille Sheldon. Étrange, non ?

— Et si, tout simplement, ils étaient moins lâches que les autres ?

— La lâcheté n'entre pas dans cette équation. Nigel Sheldon n'est pas bête. Il prend très certainement toutes les précautions imaginables pour protéger sa personne et sa Dynastie. D'un point de vue macroéconomique, la somme nécessaire à la fabrication d'un vaisseau de ce type est négligeable, surtout pour lui. Je suis persuadé qu'il en fait construire un, loin des curieux et des programmes espions, c'est-à-dire sur son monde privé, Cressat. À vrai dire, je pense même qu'il en fait construire plusieurs. Après tout, il a une très grande famille. Une flotte serait une garantie de succès en cas d'arrivée dans un milieu moyennement accueillant.

— Et vous voulez que je découvre le pot aux roses, que je perce le secret de l'homme le plus puissant de tout le Commonwealth ?

— Vous êtes reporter, non ? Sans compter que, sur ce coup-là, l'IA sera heureuse de vous donner un coup de main.

Une sensation de déjà-vu arracha un sourire à Mellanie.

— J'aurai droit à une voiture volante, cette fois-ci ? murmura-t-elle.

— Si le Commonwealth devait s'écrouler, je serais disposé à vous emmener avec moi.

— Quoi ?

Décidément, elle allait de surprise en surprise.

— Vous êtes intelligente, séduisante, jeune, forte. Vous êtes une survivante. Je me ferais rajeunir durant le voyage. Ce serait un mariage réussi, à n'en pas douter.

— C'est une proposition ?

— Oui. Ne me dites pas que c'est la première fois que vous entendez cela.

Elle pensa aux centaines de demandes que lui envoyaient ses fans ou simplement ceux qui venaient de la découvrir dans *Séduction meurtrière*.

— Non, vous n'êtes pas le premier, admit-elle.

— Cela veut dire oui ? Malheureusement, je ne peux pas me mettre à genoux devant vous. Même si je n'étais pas plongé dans mon interface, mon arthrite chronique m'en empêcherait.

— Comme vous êtes romantique.

— J'espère que vous n'avez pas de préjugés concernant les quelque quatre siècles qui nous séparent. J'ai eu des femmes de toutes les tranches d'âges imaginables. Vous n'allez tout de même pas attendre que Morton revienne de sa mission héroïque ? Soyez pragmatique, Mellanie. Ses chances de succès sont bien minces.

—Je le sais. Toutefois, ma réponse est toujours non.

Ce jeune visage est certes séduisant, mais son sourire carnassier ne me dit rien qui vaille. Non!

—Je comprends. Mais la porte reste ouverte. Par ailleurs, cela ne change rien à notre petit marché. Il ne faut jamais mélanger travail et plaisir.

—Je le sais bien. En revanche, je me demande comment vous comptez vous y prendre pour monter à bord du vaisseau des Sheldon. Vous n'êtes pas un membre de la Dynastie… N'est-ce pas ?

L'image gloussa.

—Pas par naissance. Cependant, deux de mes femmes étaient des Sheldon, dont une assez haut placée dans la hiérarchie de la famille. Cinq de mes enfants sont donc des Sheldon, dont deux sont des descendants directs de Nigel, avec seulement six générations d'écart. C'est amusant, car cela signifie que j'ai beaucoup plus de chances de trouver une place dans le canot de sauvetage des Sheldon que dans celui de n'importe quelle autre famille. Hilarant, non ? Une fois que j'aurai la partition sous les yeux, je pourrai conduire l'orchestre comme bon me semble. Alors, acceptez-vous de faire un tour sur Cressat pour moi, afin de voir ce qui s'y trame ?

—Je pourrais raconter cette histoire d'arche à Michelangelo, cela me ferait une couverture. Qu'en pensez-vous ?

—Parfait. En revanche, j'espère que vous vous rendez bien compte que Baron aura compris que c'est vous qui m'avez mis sur sa piste ? Vous pouvez vous attendre à recevoir la visite de types comme Simmonds et Deakins. Voire pires encore.

Mellanie bomba le torse.

—Je suis capable de me débrouiller toute seule.

—Je n'en doute pas, jeune Mellanie. Cela m'intéresse, d'ailleurs – vous avez un flingue sur vous, une arme quelle qu'elle soit ?

—Non.

—Je vous conseille de vous en procurer une sans tarder. Je connais une boutique clandestine très fiable.

—Je ne suis pas une combattante, Paul. Le jour où j'aurai besoin de protection, je louerai les services de personnes compétentes.

—Comme vous voudrez. Faites tout de même attention.

—Ne craignez rien.

* * *

Mellanie changea trois fois de taxi pour rentrer à son motel situé dans le quartier de Rightbank. Elle paya en liquide chaque fois. Le fait que les gars d'Alessandra aient été capables de remonter la piste de Paul était un développement inquiétant. Même elle, avec les implants de l'IA, n'aurait pas pu réussir un tel prodige. Elle se sentit plus vulnérable que jamais.

Leur petit chalet était le dernier d'une rangée incurvée de bâtiments construits au bord d'une piscine négligée. Seules deux voitures étaient garées dans le parking. Il était encore tôt, et les va-et-vient glauques dans des chambres louées à l'heure n'avaient pas encore commencé.

Le chalet était fait de panneaux de matériau composite bon marché, que le soleil d'Oaktier avait complètement décolorés. Des fissures pareilles à des toiles d'araignée révélaient leurs structures renforcées en fibres de bore, qui commençaient elles aussi à s'écailler. La porte, autrefois rouge, grinça bruyamment lorsqu'elle l'ouvrit.

En cette fin d'après-midi, tous les volets étaient fermés, et seules de fines lames de soleil se faufilaient entre les lattes. La climatisation ne fonctionnait pas. La chaleur était étouffante, car les panneaux avaient accumulé de l'énergie toute la journée. Dudley était étendu sur le lit, le regard rivé sur le plafond.

—Il faut partir, lui dit Mellanie.

Combien de fois avait-elle prononcé cette phrase depuis Randtown ?

—Pourquoi ? grogna-t-il. Tu dois encore aller *le* voir ?

Elle ne lui demanda pas à qui il faisait allusion – elle n'entrerait pas dans son jeu. Par ailleurs, le souvenir était encore vif dans sa mémoire. Elle se revoyait sortir de la salle de repos du baraquement. Comme son chemisier était complètement déchiré, elle avait dû emprunter un tee-shirt violet foncé à Morty. Les autres les avaient détaillés de la tête aux pieds en sifflant et en hurlant. Eux s'étaient contentés de sourire jusqu'aux oreilles comme de vilains écoliers.

Elle lui avait donné un dernier baiser langoureux sur le pas de la porte, pendant qu'il lui malaxait les fesses.

—Je reviendrai bientôt, lui avait-elle dit.

Deux jours s'étaient écoulés depuis. Elle aurait voulu y retourner pour sentir de nouveau son corps contre le sien. C'était tellement rassurant. Cela lui rappelait les temps anciens, quand la vie était plus simple, plus facile.

Dudley, évidemment, avait entrepris de bouder et ne semblait pas avoir l'intention d'arrêter. Elle n'avait pas dit ce qu'elle avait fait avec Morty, mais il avait compris tout seul. D'ailleurs, à son retour, elle portait toujours le tee-shirt de son amant.

—Non, Dudley, je n'ai pas prévu de rendre visite à Morty dans les prochains jours. Nous devons aller sur Terre. Je dois proposer à Michelangelo de faire une enquête sur les vaisseaux en cours de construction dans les chantiers des Dynasties.

Jamais elle n'avait été aussi près de l'abandonner. Seul son sentiment de culpabilité l'avait empêchée de demander au taxi de la conduire directement à la station planétaire.

Alessandra trouverait ce motel, si ce n'était déjà fait. Des loubards de seconde zone, du genre de ceux qui avaient voulu s'en prendre à Paul, auraient facilement raison de Dudley. Et ce d'une manière probablement très douloureuse. Mieux valait ne pas imaginer ce que lui ferait un agent de l'Arpenteur truffé d'implants militaires en tous genres.

Elle l'avait mis dans le pétrin ; à elle de le protéger.

— Pourquoi on n'arrêterait pas tout ? geignit-il. Tous les deux. On pourrait retourner dans ce centre de vacances perdu dans la forêt. Personne ne nous retrouverait là-bas. On serait tranquilles. Il suffit de laisser l'Arpenteur et la Marine se débrouiller. Hein ? Qu'est-ce que tu en penses ? On serait tous les deux. Mellanie, reprit-il en roulant sur le lit et en s'asseyant sur le rebord. Et si on se mariait ?

Oh, non, par pitié !

— Non, Dudley, répondit-elle rapidement et fermement pour ne pas lui laisser le temps de développer son idée. Ce n'est vraiment pas d'actualité. Il se passe trop de choses en ce moment. Les temps sont durs, l'avenir incertain.

— Mais après ?

— Dudley ! Arrête !

Il baissa la tête, défait.

— Allez, dit-elle d'une voix plus douce. Faisons nos bagages. Il y a de très beaux hôtels à L.A. Tu m'aideras à en choisir un, d'accord ?

* * *

Il pleuvait de nouveau. Un crachin ininterrompu et glacial maculait toutes les surfaces, les fenêtres, transformait les trottoirs en rubans glissants et luisants jonchés de détritus. Hoshe Finn n'arrivait vraiment pas à se faire à l'humidité qui régnait dans l'ancienne capitale britannique. Il avait toujours cru que les bonnes vieilles blagues étaient des exagérations. En marchant dans les rues comme il le faisait tous les matins en sortant de Charing Cross, il avait pu se faire son idée. La commission environnementale des NUF, avec laquelle la sécurité du Sénat partageait un immeuble, avait réussi plus qu'elle ne voulait l'avouer à inverser le processus de réchauffement de la planète.

Il retira son pardessus dans l'ascenseur et le tint à bout de bras en longeant le couloir qui menait à son bureau. Comme il s'y attendait, Paula était déjà là, qui étudiait plusieurs moniteurs.

— Bonjour, dit-il.

Elle sourit furtivement sans le regarder. Hoshe accrocha son manteau derrière la porte en bois sombre et s'installa à son poste. Le nombre de dossiers qui attendaient d'être examinés était proprement décourageant. La veille, il avait quitté le bureau à 22 h 30, et il n'était même pas 8 heures. L'IR avait passé la nuit à effectuer les recherches qu'il lui avait commandées la veille. Il commença par le vieux rapport du CICG concernant la fondation Cox.

À 11 heures, il frappa légèrement à la porte du bureau de Paula et entra.

— Vous aviez peut-être raison à propos de cette fondation, dit-il.

— Vous avez trouvé quelque chose ?

— Il y a des anomalies dans les dossiers que j'ai compulsés, commença-t-il en s'asseyant en face d'elle et en demandant à son assistant virtuel d'afficher les données sur le moniteur holographique qui occupait un mur tout entier. Pour commencer, je me suis penché sur le rapport rédigé par le bureau parisien après la tentative de piratage du compte de la fondation Cox chez Denman Manhattan. Vos anciens collègues ont convenablement fait leur travail et se sont demandé si la Cox n'était pas une vulgaire façade. À cette question ils ont répondu non. Ceci, continua-t-il en agitant la main en direction des noms et des nombres qui défilaient sur le mur, est la liste des subventions. Une liste exhaustive, apparemment. La Cox a soutenu plus d'une centaine de projets universitaires. Récemment, son activité a beaucoup décliné, même si elle n'est pas complètement nulle. Le département d'astronomie de l'université de Gralmond fait partie de cette liste. Jusque-là, rien d'extraordinaire. D'après le rapport, tout est parfaitement normal.

— C'est effectivement l'impression que cela donne.

— Oui. C'est ce que j'ai cru aussi. Puis, je me suis mis à vérifier toutes ces références. Pour commencer, il y a deux ou trois détails inhabituels. Rien d'illégal ou de suspect, toutefois. Les subventions de la Cox proviennent toutes d'un même compte ouvert il y a de cela trente ans à la banque Denman. Deux millions de dollars terriens ont ainsi été transférés sur ce compte nouvellement créé depuis un compte à usage unique. Ensuite, nous n'avons pas le nom du fondateur. La société Bromley, Waterford & Granku a inscrit la fondation Cox au registre des associations de New York en ouvrant un compte avec un dollar. Les deux millions ont été transférés un mois plus tard. Trois dirigeants se sont succédé à la tête de l'organisation : M. Seaton, Mme Daltra et M. Pomanskie – tous les trois sont associés au sein de Bromley, Waterford & Granku. Votre ancienne équipe ne s'est pas vraiment penchée sur la question. Si vous permettez, je pense que c'est une erreur.

— Les riches excentriques qui distribuent leur argent à des causes bizarres ne manquent pas.

— C'est certain, dit Hoshe en haussant les sourcils. Toutefois, d'après ses propres registres, la fondation Cox ne finance aucune cause bizarre. Dans ce cas, pourquoi ne pas révéler le nom des bienfaiteurs ? Ce n'est pas pour les impôts, puisque l'anonymat ne donne droit à aucune réduction.

— Continuez, je suis sûre que vous avez quelque chose derrière la tête.

—Eh bien, pas vraiment, mais j'ai quand même creusé davantage. Vous voyez ces noms ? Ceux des personnes qui ont reçu l'argent ?

—Oui.

—Le rapport du CICG ne dit pas combien chacun a touché. Pourtant, nous savons que Dudley Bose a reçu un peu plus d'un million trois cent mille dollars de subventions. Après cela, vous imaginez bien qu'il ne restait plus grand-chose pour les autres. Sur une période de plus de vingt ans, seulement soixante et onze mille dollars ont été distribués à plus de cent projets universitaires. Les données financières étaient déjà disponibles à l'époque. Elles sont toujours dans l'ordinateur du bureau parisien, où je les ai trouvées. Quelqu'un, pourtant, a omis de les inclure dans le rapport.

—Merde. Qui ça ?

—C'était un travail d'équipe. J'ai retrouvé les noms de Renne Kempasa, Tarlo et Jim Nwan. Le dossier qui contient toutes les pièces de l'enquête ne mentionne que le code de l'équipe, rien de plus. Un ou plusieurs d'entre eux ont donc forcément examiné les mêmes documents que moi.

—Ils ne peuvent pas être tous dans le coup, dit-elle. Ce n'est pas possible.

—Il y a autre chose. Vous m'avez dit que c'était Mellanie, notre vieille amie, qui avait découvert cela.

—Effectivement. D'après elle, Alessandra Baron aurait falsifié les archives de la Cox.

—Eh bien, elle pourrait bien avoir raison. J'ai demandé un rapport sur l'état actuel de la fondation au bureau qui centralise ces organismes, à New York. Légalement, chaque fondation ou association est tenue de rendre des comptes une fois par an. D'après ce rapport, la Cox aurait stoppé ses versements au département d'astronomie de l'université de Gralmond juste après la découverte de Bose. Tout en continuant de distribuer des subventions modestes à gauche et à droite. Alors, j'ai décidé de vérifier auprès de ces bénéficiaires. Aucun d'entre eux n'avait jamais entendu parler de la fondation Cox, et encore moins reçu d'argent de sa part. En tout cas, jusqu'à l'invasion primienne, puisque l'argent a commencé à affluer deux jours seulement après le début des hostilités. Voilà, cette comptabilité est complètement fausse. Elle n'a été mise sur pied que pour tromper des enquêteurs peu zélés.

Paula s'adossa à son fauteuil et se frotta le menton. Un sourire à peine perceptible déformait ses lèvres.

— Mellanie avait raison. Si je m'attendais…

— On le dirait bien. Paula, si l'Arpenteur a financé les recherches de Bose, c'est qu'il savait ce que l'autre allait trouver.

— Oui.

— Mais comment ?

— Eh bien, soit il s'était déjà rendu sur place, soit l'espèce dont il est issu connaissait les Primiens et était au courant pour la barrière.

— A-t-il pu les libérer ?

— Ce serait la conclusion évidente.

— Donc la guerre a été déclenchée délibérément. Les Gardiens avaient raison.

— Oui, répondit Paula en grimaçant, avec un sourire triste.

— Que devons-nous faire à présent ?

— Tout d'abord, je vais informer mes alliés politiques. Ensuite, on inculpe les dirigeants de la Cox pour fraude. Ce sont manifestement des agents de l'Arpenteur. Si nous parvenons à lire leur mémoire, nous commencerons peut-être à mieux comprendre comment celui-ci a pu développer un réseau dans le Commonwealth tout entier.

— Et Alessandra Baron ? Si on en croit Mellanie, elle aussi est un agent de l'Arpenteur.

— Difficile d'arrêter quelqu'un d'aussi médiatique sans raison valable. Par ailleurs, nous ne pouvons pas nous permettre de dévoiler notre jeu aussi tôt dans la partie. La sécurité du Sénat demandera officiellement au renseignement de la Marine de la faire surveiller.

— Quoi ? Nous savons déjà qu'elle est compromise.

— Oui. Mais c'est une excellente occasion de voir ce que notre requête va donner du côté de la Marine.

* * *

Les icônes d'alerte prioritaire vertes et orange apparurent dans la vision virtuelle de Nigel, tandis qu'il lisait un livre de Winnie l'ourson à ses petits avant de les envoyer au lit. Il essayait de leur raconter des histoires tous les soirs, car il voulait correspondre à l'idée qu'il se faisait d'un bon père. Les mères et les nounous les mettaient en pyjama, avant de les réunir dans la salle de jeux. Il leur lisait toujours des classiques imprimés sur du papier véritable, dans des livres qu'il pouvait ouvrir puis refermer à la fin d'un chapitre.

Il leur avait lu la moitié du Winnie l'ourson. Les sept enfants de la maison qui avaient plus de trois ans étaient assis ou couchés sur des coussins et des poufs, écoutant avec attention et plaisir leur papa qui racontait en faisant de grands gestes et en surjouant le texte comme un amateur. Ils souriaient, gloussaient, faisaient des messes basses.

La partie artificielle de la conscience du lecteur essayait d'attirer son attention sur des données envoyées par le service de sécurité de la Dynastie. L'équipe d'observation que Nelson avait mise sur la trace de Mellanie venait de l'informer que la jeune femme était arrivée chez un certain Paul Cramley, à Darklake. Le nom de l'homme fut automatiquement entré dans la base de données de Nigel. D'où les icônes d'alerte.

La conscience principale de Nigel quitta la salle de jeux pour se concentrer sur les informations qui affluaient dans son réseau neural artificiel. Il compulsa les rapports rédigés après l'effraction et vit ce que les nostats avaient fait des deux apprentis cambrioleurs. *Typique de Paul. Jamais complètement coupable.*

Cramley avait fait partie de l'une des équipes qui avaient programmé les algorithmes des intelligences artificielles dont CST s'était servi pour faire fonctionner ses premiers portails. Après que les ia furent devenues l'IA, Paul s'était retiré de la partie pour s'impliquer dans des activités moyennement légales, tel un joueur de première division évoluant en division d'honneur. Une liste de références se déroula dans la vision virtuelle de Nigel. Récemment, Paul avait été pris en train de farfouiller dans des banques de données interdites de la ville de Paris.

Il y avait là deux détails ennuyeux. Primo, il avait mis la main sur l'adresse de Paula Myo. Deuzio, il n'aurait jamais dû se faire avoir en accomplissant quelque chose d'aussi basique. Pourtant, Myo avait apporté des preuves suffisantes pour le faire inculper, lui infliger une lourde amende et faire confisquer son matériel. Ses données devaient être protégées par de sacrés spécialistes. Ou alors il s'agissait de l'IA. Oui, c'était plus que probable.

Nigel se demanda pour qui Paul avait fait ce travail. Mellanie ? Pourquoi aurait-elle voulu savoir où habitait Myo ?

Plus il creusait, plus il trouvait Mellanie digne d'intérêt. D'après son dossier, elle aurait visité Far Away pour le compte de Michelangelo. *Est-elle entrée en contact avec les Gardiens ? L'a-t-elle fait pour le compte de l'IA ?* Spéculations paranoïaques que tout cela. Il y avait tant de données accessibles. Malheureusement, il ne parvenait pas à faire le lien entre elles. Il ne s'intéressait pas souvent aux problèmes de sécurité, mais il y a des exceptions à toute règle. Et quelle exception ! Sans compter qu'elle avait cet air suffisant qui ne laissait pas de l'exciter.

Il revint à la réalité et lut le chapitre jusqu'au bout. Les enfants le supplièrent, geignirent, mais il tint bon et leur promit de leur en lire davantage le lendemain. Ils l'embrassèrent, le serrèrent dans leurs bras, puis se dispersèrent dans leurs chambres.

Assis dans la salle remplie de jouets de toutes sortes et décorée de couleurs primaires agressives, Nigel savait qu'il lui faudrait réunir davantage d'informations sur Mellanie pour commencer à résoudre son mystère. Il soupira, se fit violence, puis appela. Habituellement, les personnes qu'il contactait étaient agréablement surprises et flattées d'avoir affaire directement au grand Nigel Sheldon. Michelangelo, quant à lui, se contenta de dire :

— Qu'est-ce que vous me voulez ?

* * *

La tour *Lucius*, lourde et ancienne bâtisse de pierre grise et de verre fumé marron, était haute de quatre-vingts étages et trônait au milieu de la 3e Avenue, une zone de la ville qui ne s'était jamais réellement distinguée par la flamboyance de son architecture.

Les trois grosses voitures qui transportaient l'équipe d'intervention de Paula se faufilaient tant bien que mal dans le trafic matinal de Manhattan. Comme d'habitude, la vue de ces antiques taxis jaunes lui fit plisser le front. Ceux qui avaient programmé leurs ordinateurs de bord avaient fait un travail remarquable ; à plusieurs reprises, sa propre voiture avait dû freiner brutalement pour éviter leurs manœuvres imprévisibles.

Une fois devant la tour *Lucius*, leur autorisation

officielle leur ouvrit la barrière automatique qui permettait d'accéder au parking souterrain à plusieurs niveaux. Deux camionnettes de l'équipe scientifique les suivaient de près.

Dans le hall, quatre hommes prirent immédiatement position à la sortie de chaque cage d'escalier. Les douze autres prirent l'ascenseur. Six d'entre eux portaient des exosquelettes énergétiques sous leur costume – Paula avait décidé de mettre toutes les chances de son côté.

Les bureaux de Bromley, Waterford & Granku occupaient cinq étages, du quarante-deuxième au quarante-septième. La réception était dominée par un grand bureau incurvé, derrière lequel trois secrétaires jolies et bien habillées recevaient des appels, tâches que les firmes moins fortunées et prestigieuses confiaient normalement à des machines. Elles étaient toutes occupées à chercher la cause de la panne dont semblait souffrir leur système de communication – système que Paula avait fait isoler de la cybersphère dès leur arrivée.

— J'aimerais voir Mme Daltra et MM. Pomanskie et Seaton, s'il vous plaît, dit Paula à la réceptionniste en chef.

Celle-ci regardait nerveusement le groupe d'intervention.

— Je suis navré, mais ils ne sont pas là.

— Dois-je vous montrer ma carte professionnelle ?

— Non, bien sûr que non, madame Myo, je sais qui vous êtes. Je vous dis la vérité. Cela fait deux jours qu'on ne les a pas vus. On en parle beaucoup, vous savez. Leurs associés ne sont pas très contents.

— Fouillez les bureaux, ordonna Paula à ses hommes.

Elle donna aux scientifiques la permission de monter. Le réseau de la compagnie fut gelé et ses données copiées dans des systèmes de stockage à haute densité pour être analysées par une IR. Les bureaux des trois personnes recherchées furent mis sous scellés. L'examen approfondi pouvait commencer.

* * *

Seaton était celui qui vivait le plus près de son lieu de travail. Il possédait un luxueux appartement sur Park Avenue, près de l'angle de la 79e Rue. Paula prit cinq de ses hommes avec elle et fonça, stoppant le trafic lorsque c'était nécessaire, obligeant même les taxis à la laisser passer.

Comme elle l'avait fait un peu plus tôt, elle isola l'immeuble de la cybersphère. Le groom en uniforme les laissa entrer dans le hall grandiose sans protester. Ils prirent l'ascenseur.

Mme Geena Seaton se précipita dans le couloir dès que sa bonne lui eut annoncé le nom de sa célèbre invitée. D'après le dossier de Paula, les Seaton étaient mariés depuis dix-huit ans. Ni l'un ni l'autre n'étaient issus d'un milieu spécialement favorisé. Toutefois, leur situation financière semblait plus que confortable. Leur ambition carnassière leur avait permis d'acquérir le statut social et le pouvoir nécessaires au genre de vie auquel ils aspiraient.

Geena Seaton portait une robe de soie à fleurs plutôt guindée. Elle était parfaitement maquillée et coiffée. Ses talons claquaient sur le sol poli. Elle marchait d'un pas pressé, comme si elle se rendait à un dîner d'affaires prometteur pour la carrière de son mari. Une femme parfaite pour l'associé d'une société new-yorkaise impitoyable.

Lorsqu'on lui demanda où était passé son mari, elle répondit qu'il était allé assister à un congrès d'avocats. Quelque part au Texas – elle ignorait où exactement, mais le bureau devait être au courant. Il était parti précipitamment, car un de ses collègues avait eu un empêchement au dernier moment.

— Pourquoi le cherchez-vous ? demanda-t-elle. Qu'est-ce que cela veut dire ?

Ses yeux délicatement fardés toisaient avec mépris les hommes qui attendaient derrière Paula.

—Nous avons découvert certaines anomalies et nous pensons que votre mari peut nous aider à y voir plus clair, répondit Paula, délibérément vague. Cela ne doit pas lui arriver souvent de disparaître comme cela sans vous donner de nouvelles.

—Au contraire. Je suppose qu'il a fait la connaissance d'une belle consœur et qu'il ne veut pas être dérangé. Notre contrat de mariage l'y autorise; nous avons signé plusieurs clauses de non-exclusivité. Cela nous convient parfaitement à tous les deux.

—Je vois. Dans ce cas, je vais devoir vous demander de nous accompagner pour un examen médical.

—Impossible, j'ai mille choses à faire.

—Vous allez venir avec nous volontairement ou les menottes aux poignets.

—C'est incroyable!

—Je ne vous le fais pas dire.

—Que cherchez-vous au juste?

—Je ne peux rien vous dire.

Paula n'était pas certaine qu'un scan neurologique puisse démasquer un agent de l'Arpenteur. Tout ce qu'elle savait, c'était ce que répétait sans arrêt Bradley Johansson, à savoir que l'Arpenteur était capable d'asservir mentalement les humains. Peut-être les neurologues seraient-ils en mesure de détecter une activité cérébrale suspecte. C'était un pari osé. Mais comme tout ce que clamait Johansson depuis des siècles se vérifiait de jour en jour…

—Vous me suspectez de quelque chose? De quelles anomalies parlez-vous? J'espère que ce n'est pas encore cette histoire de paiement en retard à cet assistant parlementaire! On a réglé tout cela l'année dernière, vous savez?

—Nous discuterons de tout cela dans mon bureau.

Geena Seaton lui lança un regard assassin.

— J'espère que vous savez ce que vous faites. Légalement, je veux dire. La société de mon mari n'est pas du genre à plaisanter avec ce genre de chose. Hier, j'ai dû menacer cette jeune journaliste de la poursuivre pour harcèlement. Et je n'hésiterai pas à faire la même chose avec vous.

— Quelle jeune journaliste ?

— Cette journaliste de seconde zone, qui s'habille tout le temps comme une putain. Je me souviens l'avoir vue pour la première fois dans l'émission d'Alessandra Baron, au début de l'invasion. Mellanie quelque chose, elle s'appelle.

* * *

Renne prit l'express sur EdenBurg et arriva à Paris en début d'après-midi. Elle aurait dû se rendre immédiatement au bureau pour faire son rapport, mais le voyage avait été long et frustrant. Elle était en service depuis 19 heures. En plus d'être irritable, elle avait l'estomac dans les talons. Le petit restaurant où elle avait l'habitude de se rendre avec ses collègues n'était qu'à trois cents mètres du bureau, aussi demanda-t-elle au taxi de l'y déposer. Quinze minutes, le temps d'avaler un hamburger et un café, ne feraient aucune différence. Avec un peu de chance, Tarlo et Hogan mettraient bientôt les pieds sur Mars. Elle était d'ailleurs un peu jalouse de ne pas avoir été choisie pour cette mission.

Il faisait frais et sombre à l'intérieur ; chaque table était éclairée par un chandelier à trois branches. Des ventilateurs tournoyaient lentement au plafond. Ils brassaient l'atmosphère humide de la ville, qui se mélangeait aux odeurs agréables provenant de la cuisine. Il y avait un bar contre le mur du fond, avec un comptoir en bois récupéré dans un café de la rive gauche deux siècles plus tôt. Son noyer verni avait été éraflé et poli tant de fois, qu'il en était presque devenu noir. Seuls les nœuds et les motifs les plus profonds témoignaient encore de sa beauté passée.

Renne s'assit sur un tabouret, accrocha la veste de son uniforme à un crochet situé sous le comptoir et regarda longuement la rangée de boissons exotiques alignées devant ses yeux. Des breuvages importés des quatre coins du Commonwealth. Le restaurant se targuait d'ailleurs d'offrir des spécialités de tous les mondes humains.

— Un rantoon fizz, dit-elle au barman, car elle savait qu'il n'en aurait pas.

Elle était d'humeur à chercher des noises.

Une minute plus tard, elle ne put faire autrement que de sourire lorsqu'il produisit un verre à cocktail rempli d'un liquide couleur de jade aussi épais que de la vodka givrée.

— *Salut**, dit-elle en levant son verre. Je pourrais avoir un cheeseburger avec du bacon et sans mayonnaise. Et des frites à la place de la salade.

— Certainement, lieutenant.

Le barman disparut par une petite porte et répéta sa commande au chef. Celui-ci se fendit d'un commentaire désobligeant à propos de la mayonnaise. Dans un français obscène, bien sûr.

Renne écarta les coudes sur le comptoir et avala une gorgée de son cocktail. Comme il était décadent et merveilleux de boire quelque chose d'aussi fort en plein après-midi. Elle aperçut un mouvement dans le miroir terni qui servait de toile de fond aux bouteilles.

— N'est-il pas encore trop tôt pour ce genre de boisson ? demanda le commandant Hogan.

* En français dans le texte. (*NdT*)

— Bonjour, chef, répondit-elle sans se lever, ni même se retourner. Je me suis dit que je pouvais ; d'après mon horloge biologique, on est au beau milieu de la nuit.

Hogan fronça les sourcils et prit place à côté d'elle. Arriva ensuite Tarlo, qui prit le tabouret suivant.

— Vous voulez vous joindre à moi ? demanda-t-elle.

— Une eau minérale, dit Hogan au garçon.

— Une bière, dit Tarlo.

— Alors, comment était Mars ?

— C'était agréable, répondit Tarlo. Je me suis bien amusé en conduisant la TransRover. C'est un endroit bizarre, aux couleurs inhabituelles. On a vu les vieux engins de la NASA. Tout est en train de partir en miettes. Sheldon et l'amiral en avaient les larmes aux yeux.

— On a trouvé la station Reynolds, continua Hogan d'une voix pleine de reproches. Les techniciens ont chargé toutes les données contenues dans son ordinateur et on a saisi l'équipement pour l'analyser.

— *Saisi*, répéta Renne, qui se retint à grand-peine d'éclater de rire.

Elle imagina Hogan en train de présenter un mandat à une bande de petits hommes verts furieux de voir la Marine fouler leurs terres sans y avoir été invitée.

— Un problème ? s'enquit Hogan.

— Non, chef.

— J'ai cru comprendre que vous aviez quitté le bureau pendant notre absence. Et que vous n'y avez pas encore remis les pieds, d'ailleurs. Des pistes intéressantes ?

— Nan ! Pas la moindre. Une perte de temps intégrale. Victor et Bernadette, les parents d'Isabella, n'ont aucune idée de l'endroit où elle peut être. J'ai même eu l'impression que cela ne les intéressait pas des masses.

Les deux entrevues lui avaient laissé un goût amer. Warren Yves Halgarth lui avait de nouveau servi d'escorte.

Sans lui, elle n'aurait probablement même pas été autorisée à rencontrer Victor. Le père d'Isabella ne s'était pas montré très amical. Il dirigeait depuis peu le deuxième complexe industriel de la Dynastie et avait beaucoup de responsabilités. Ils fabriquaient des générateurs de champs de force et d'autres jouets de haute technologie, et faisaient donc partie des milliers de sociétés auxquelles la Marine avait fait appel pour s'équiper en catastrophe. Dans l'entreprise, tout le monde était sous pression, et cela se ressentait. Victor savait très peu de chose sur la vie de ses enfants, et Isabella avait quitté la maison depuis plusieurs années. Bernadette, pour sa part, était l'archétype de la femme riche et désœuvrée. Étrangement, elle habitait EdenBurg, où tout le monde s'impliquait à cent dix pour cent dans son travail. Warren lui avait expliqué que la mère d'Isabella alimentait les potins mondains de Rialto, qu'elle organisait des sauteries pour l'élite industrielle et financière de la ville. Évidemment, cela ne lui laissait pas beaucoup le temps pour prendre des nouvelles de ses rejetons. Elle ne savait même pas que sa fille n'avait plus d'adresse sur l'unisphère.

— Vous avez appris quelque chose sur Isabella ? demanda Hogan.

Renne avala une nouvelle gorgée de rantoon fizz et savoura sa brûlure glacée.

— Rien de très concluant. Je pensais me pencher sur sa période darocienne. Cela pourrait nous donner une indication sur ce qu'elle est devenue ensuite. Et puis, il y a Kantil, avec qui j'aimerais beaucoup m'entretenir.

— Je pense que cela suffit, dit Hogan en posant une main sur son poignet pour l'empêcher de lever son verre. Je ne veux plus que vous perdiez votre temps avec cette fille. Vous avez tenté votre chance et cela n'a pas payé. Je veux bien que vous vous exposiez de temps à autre, mais il faut savoir s'arrêter à temps. Si je puis me permettre, je crois que ce moment est venu.

— Il y a quelque chose de louche chez elle.

— Peut-être bien. Cela fait une raison de plus pour arrêter vos recherches. La police finira par lui mettre la main dessus. Lorsque ce sera chose faite, je vous permettrai de l'interroger. D'ici là, toutefois, je veux que vous travailliez sur les affaires prioritaires.

Renne fixait la main de son supérieur avec ressentiment. Une partie de son cerveau, sensée quoique profondément enfouie, lui disait que cette affaire ne valait pas la peine qu'elle se mette sa hiérarchie à dos.

— D'accord, comme vous voudrez, chef.

— Par ailleurs, je n'ai pas envie que vous continuiez d'ennuyer des gens comme Christabel Halgarth. La prochaine fois que vous voudrez parler aux pontes des Dynasties ou des Grandes familles intersolaires, venez me voir d'abord. Notre enquête a un aspect politique non négligeable. Sans compter les questions de protocole.

— Elle s'est montrée très aimable avec moi.

— Vous ne pouvez pas savoir ce qu'elle pensait en réalité. Il est hors de question qu'un incident de ce type se reproduise, compris ?

— Compris.

Il retira sa main et elle put de nouveau porter son verre à sa bouche. Le barman apporta l'eau et la bière et posa une coupelle de noix de cajou devant Hogan.

— Notre voyage a produit des résultats intéressants, dit Tarlo. Les techniciens sont parvenus à casser les protections du programme de gestion de la station. Maintenant, on sait quel genre de données était codé là-haut.

— Ah oui ? fit Renne automatiquement.

— Il s'agit de données météorologiques recueillies tout autour de la planète.

Comme Hogan regardait Tarlo, elle en profita pour dresser son majeur au-dessus de son verre pendant deux ou trois secondes. Tarlo le vit et réprima un sourire.

— Cela n'a aucun sens, rétorqua-t-elle. Je ne vois pas pourquoi les Gardiens s'intéresseraient à la météo de Mars. C'est à n'y rien comprendre.

Tarlo la gratifia d'un sourire éclatant.

— Je ne vous le fais pas dire, chère collègue.

— Néanmoins, c'est avec ce type d'informations concrètes qu'on continuera à avancer, dit Hogan en se retournant dans sa direction. Je veux que vous travailliez tous les deux sur la question. L'amiral Kime a mis beaucoup d'espoir dans cette partie de l'enquête.

— Rapport à son passé, grogna Renne en attrapant quelques noix de cajou.

— Bon, fit Hogan avant de vider son verre d'eau minérale. Finissez votre déjeuner, puis revenez au bureau. Je veux que vous vous y mettiez tout de suite. Faites venir des experts, débrouillez-vous, mais je veux connaître toutes les applications imaginables de ces données météorologiques.

— Oui, monsieur.

Hogan hocha la tête, satisfait, puis s'en alla en agitant la main.

— Quel trou du cul ! commenta Renne en le regardant sortir du restaurant.

— C'était prévisible, dit Tarlo avec un sourire. Il a appris de très mauvaises nouvelles en rentrant au bureau.

— Ah ?

— Cela va vous remonter le moral. La sécurité du Sénat nous a officiellement demandé de surveiller de très près Alessandra Baron.

— La célébrité ?

— Elle-même.

— Pourquoi ?

— Officiellement, elle est suspectée de fréquenter, je cite : « des individus nuisibles ». En somme, nous avons affaire à une pécheresse de première catégorie. Et devinez de qui émane cette demande très officielle ?

Le sourire de Renne s'élargit encore plus que celui de son collègue.

— De la patronne.

— Maintenant, vous comprenez pourquoi notre Grand Timonier marche comme s'il avait des vers au cul.

— Ouais. Sauf que ce n'est pas une raison valable pour s'en prendre à moi.

— Vous étiez la cible la plus proche et la plus facile. Je vous avais prévenue : traquer cette Halgarth ne vous attirerait que des ennuis. La réaction de Hogan était inscrite dans les étoiles. Et puis, rendre visite à Christabel était très risqué. Il ne pouvait pas ne pas l'apprendre.

— Ouais, ouais. Admettez quand même que c'est bizarre. Pourquoi Isabella disparaîtrait-elle ainsi ?

— Non, non, non ! fit-il en levant les deux mains. Je refuse d'être impliqué là-dedans. Je ne suis pas spécialement attaché à mon uniforme ; en revanche, je tiens beaucoup à mon salaire. Et puis, mon enquête avance d'une manière que Hogan approuve.

— Tarlo, il est indispensable de considérer l'ensemble du tableau.

— C'est ce que nous faisons. Rappelez-vous ce qui est arrivé à la dernière personne qui a voulu s'acharner comme vous. Oh, mais c'est Vic qui arrive.

Renne pivota sur son tabouret et vit Vic Russell entrer dans l'établissement. Il leur fit signe de la main.

— On ferait mieux de s'attabler, dit-elle.

Ils choisirent une table située près d'un mur et isolée du reste de la salle par un muret de séparation.

— J'ai de bonnes nouvelles pour vous, annonça Vic comme un serveur apportait le cheeseburger de Renne.

— De bonnes nouvelles ? Je suis preneuse – la journée a été merdique au possible.

— J'ai remonté la piste de dix-huit objets interceptés par Edmund Li à Boongate, dit-il en lui prenant deux frites.

Renne vérifia le contenu de son sandwich – non, il n'y avait pas de mayonnaise.

— Ah, oui ? Jusqu'au bout ?

— Ouais, répondit Vic d'un air suffisant. Je n'en ai pas dormi pendant des semaines, mais j'ai réussi. Jamais rien vu d'aussi compliqué. Heureusement, nous avions le nom du fabricant et les emballages. J'ai pu remonter la piste dans les deux sens. J'ai rempli tous les blancs et, croyez-moi, il y en avait beaucoup. Chaque fois, il y a toute une chaîne de sociétés écrans qui trimballent les composants pendant des mois et des mois. Évidemment, le transport est systématiquement payé grâce à un virement effectué depuis un compte à usage unique. Le type qui a organisé tout cela a dû vivre un enfer. En fait, il se peut bien que nous ayons sous-estimé le nombre de gardiens disséminés dans tout le Commonwealth. Acheminer ces pièces jusqu'à Far Away a dû leur coûter le triple du prix normal. Je ne sais pas ce qu'ils fabriquent, mais ils vont le payer une véritable fortune.

Tarlo et Renne échangèrent un regard.

— Ils ont les moyens, dit-elle. Rappelez-vous le Grand casse du trou de ver.

— Oui, mais quand même, insista Vic. On a affaire à de vrais paranoïaques. Notez qu'ils sont efficaces, on ne peut pas leur enlever cela.

— Ce ne sont pas forcément tous des Gardiens, intervint Tarlo. Elvin doit recruter un peu partout, comme il l'a fait avec ce Cufflin.

—Merci, Vic, dit Renne. Excellent travail. L'IR mettra ces données en corrélation avec tout que nous avons déjà sur les Gardiens, et on enverra des hommes suivre les pistes les plus prometteuses.

Vic s'adossa à sa chaise et chipa une nouvelle poignée de frites dans l'assiette de Renne.

—Je pensais à cela en écrivant mon rapport. On a déjà une tonne d'informations, des noms à foison, des importations clandestines à la pelle, des ventes d'armes illicites, des décennies d'enquêtes.

—Je sais, intervint Tarlo en faisant tournoyer sa bière dans son verre. Renne et moi avons rempli nous-mêmes une bonne moitié de cette base de données.

—Justement, reprit Vic soudainement animé. Alors, expliquez-moi, comment se fait-il qu'on n'ait pas encore mis la main sur ces fumiers ?

—Bonne question, dit Renne.

—Parce qu'on n'a que des informations périphériques, répondit Tarlo. Un jour, on atteindra la masse critique, et toute l'organisation s'effondrera sur elle-même. Ce jour-là, on arrêtera des milliers de suspects d'un seul coup.

—Si vous le dites, dit Vic en secouant la tête. On se revoit au bureau ?

Renne opina du chef.

—Dans une demi-heure, confirma-t-elle en regardant son verre vide et en se demandant s'il serait raisonnable d'en commander un autre.

—Attendez une seconde, je viens avec vous, dit Tarlo. Tout va bien ? demanda-t-il lorsque Vic fut près de la sortie.

—Pas de problème. C'est juste qu'après EdenBurg, je suis un peu stressée et déprimée. Cette saleté d'Isabella… Personne ne se soucie d'elle. Ni ses amis ni sa famille. Si vous disparaissiez, des gens s'interrogeraient, se poseraient des questions. Moi-même, je me demanderais où vous seriez passé.

— Oui, mais c'est parce que vous êtes quelqu'un de bien. Écoutez, reprit-il en hésitant. Hogan va vous avoir à l'œil. Si vous le souhaitez, je peux continuer à chercher Isabella discrètement.

— Je ne sais pas, dit-elle en se frottant le front. Aujourd'hui, plus rien n'est discret. Soit je fais un scandale, soit je laisse tout tomber. Merde, vous ne pensez tout de même pas que Hogan a raison, non ?

Tarlo rit.

— Non, jamais de la vie. On se voit plus tard. Il faut que je vous raconte mon périple sur Mars. Un endroit vraiment très étrange.

— Oui, à tout de suite.

Il lui donna une tape sur l'épaule et s'en alla.

Renne mordit dans son cheeseburger et mâchouilla lentement. Peut-être était-elle trop obsédée par Isabella. Ce n'était pas un crime de disparaître de la circulation et de se joindre à l'Exode. Sur les planètes proches des vingt-trois mondes perdus, des centaines de milliers de gens bouclaient leurs valises et se préparaient à partir à l'autre bout du Commonwealth. Silvergalde attirait aussi pas mal de fuyards, et, si Isabella était partie là-bas, il n'y aurait aucun moyen de la contacter électroniquement.

— Vous ne devriez pas aborder des sujets aussi sensibles dans un endroit public, dit une voix féminine. Je constate qu'on est en train de prendre de mauvaises habitudes au bureau.

Renne se leva pour regarder par-dessus le muret de séparation. Paula Myo était assise à la table voisine et buvait tranquillement un verre de jus d'orange.

— Merde, patronne !

— Je peux me joindre à vous ?

Renne sourit et désigna les chaises vides.

— On dirait que vous avez passé une mauvaise journée, dit Paula en prenant place sur la chaise libérée par Vic.

— C'est vrai, mais je devrais y survivre. Je me demande constamment ce que vous feriez à ma place.

— Je suis très flattée. Alors, comment cela se passe-t-il, au bureau ?

Renne mordit dans son sandwich et lança à Paula un regard calculateur. Était-elle soumise à un test ou à un interrogatoire ?

— Vous devriez le savoir, puisque toutes nos données sont mises à la disposition de la sécurité du Sénat.

— Je ne parlais pas de vos enquêtes, mais plutôt de la façon dont Hogan fait tourner la machine.

— Oh, il se débrouille ! Difficilement. Il n'est pas vous.

— Heureusement pour lui et pour moi. Comment a-t-il pris ma demande de mise sous surveillance ?

— Vous avez entendu, non ? Très mal, d'après ce que dit Tarlo. À mon avis, ce qui le dérange, c'est que l'idée soit de vous. Les problèmes de logistique et le manque de personnel sont secondaires à ses yeux. Que reprochez-vous à Alessandra Baron ?

— C'est un agent de l'Arpenteur.

Renne écarquilla les yeux.

— Vous êtes sérieuse ? Vous croyez réellement qu'il existe ?

— Oui.

— Waouh ! Et vous avez des preuves de ce que vous avancez ?

— Disons que j'ai pu observer le comportement suspect de certaines personnes, y compris Baron. Elle fait partie d'un réseau d'agents qui œuvre contre l'humanité. Nous sommes en train de réunir des informations sur eux et nous espérons bien les arrêter très bientôt.

— Merde, vous ne rigolez pas, alors ?

— Non.

— Pourquoi me racontez-vous tout cela ?

— J'aimerais savoir pourquoi vous avez émis un mandat d'arrêt au nom d'Isabella Halgarth.

— À cause du mitraillage de l'unisphère, de la propagation de la rumeur selon laquelle Doi serait une marionnette de l'Arpenteur. Il y avait quelque chose de louche dans cette histoire.

Elle lui fit part de ses doutes et de ses interrogations, lui raconta qu'Isabella s'était volatilisée.

— Intéressant. Surtout sa relation avec Kantil. Nous sommes à l'affût du moindre agissement suspect au sein de l'élite politique. Isabella pourrait bien servir de lien entre l'Arpenteur et nos dirigeants.

— Isabella, un agent de l'Arpenteur ? Difficile à croire.

— Vous avez dit vous-même qu'il y avait quelque chose de bizarre chez cette fille. Cette histoire de pseudo-message de propagande a fait beaucoup de mal aux Gardiens. À la place de l'Arpenteur, je tenterais moi aussi de décrédibiliser mes ennemis en désinformant le public. Sa participation à cette affaire confirmerait sans aucun doute mes craintes.

— Elle n'a que vingt et un ans et elle est sortie avec Kantil il y a deux ans de cela. Elle était beaucoup trop jeune pour être mêlée à une affaire d'une telle envergure. Jusque-là, elle avait passé presque toute sa vie sur Solidade. Il n'y a pas endroit plus protégé et plus isolé.

— Je ne sais pas. Aurez-vous l'occasion d'explorer son passé plus en profondeur ?

Renne gonfla les joues et soupira.

— Cela ne me rendrait pas très populaire auprès de Hogan.

— Oui, j'ai entendu. À vous de voir.

— Je ferai mon possible.

— Merci beaucoup…

* * *

Renne s'en alla. Paula, pour sa part, resta assise pour finir son verre. Sa main virtuelle effleura l'icône de Hoshe.

— Elle sort.

— Ouais. On l'a. L'équipe est sur le coup. Les programmes de surveillance de son adresse unisphère sont installés.

— Parfait. Voyons ce que cela va donner.

— Vous croyez que c'est elle ?

— J'espère que non, mais qui sait ? Le cas échéant, ce que je viens de lui dire devrait la pousser à entrer en contact avec un des agents du réseau.

* * *

Tulip Mansion n'était pas très éloigné de New York, ce qui n'empêchait pas Justine d'avoir son appartement sur Park Avenue. Ce pied-à-terre était idéal quand elle avait envie de rester un peu seule, ou lorsqu'elle voulait organiser une petite soirée pour ses amis proches ou autres contacts importants. Par ailleurs, c'était l'endroit parfait pour s'occuper d'affaires délicates, qu'elle préférait ne pas ébruiter. L'immeuble vieux de deux siècles était massif, construit dans un style art déco gothique. On y trouvait une population urbaine, chic et surtout extrêmement riche. Son appartement occupait la moitié du quarantième étage et offrait une vue splendide sur le parc. De grandes gargouilles de marbre ornaient son balcon et encadraient le panorama constitué d'un bois de ma-hons qui scintillaient d'un éclat rose doré dans la lumière déclinante. Elle ne se lassait jamais de contempler ces anomalies biochimiques. Dommage que CST ait définitivement condamné l'accès de leur planète d'origine. On ne replanterait plus jamais de ma-hons.

La bonne avait préparé un dîner léger à base de salade et de saumon braconné. Justine mangea lentement avant l'arrivée de son invitée. Vingt minutes après la fin du repas, elle se précipita dans la salle de bains pour tout vomir.

—J'avais oublié ce détail, se dit-elle à elle-même en s'essuyant la bouche avec un mouchoir en papier.

Après la réunion, elle se rabattrait sur de l'eau minérale et des gâteaux secs.

Son assistant virtuel l'informa que Paula Myo venait de traverser le hall d'entrée. Elle sortit une bouteille de bain de bouche de l'armoire à pharmacie et se gargarisa. Le goût horrible, amer et acide, céda la place à celui de la menthe fraîche. C'était beaucoup mieux ainsi.

—Arrête de te lamenter sur ton sort, dit-elle à son reflet dans le miroir.

Elle se passa de l'eau froide sur le visage. Ces derniers temps, elle ne se trouvait pas très jolie à regarder. Rien de grave, puisqu'elle n'avait pas l'intention de chercher un mari pour le moment. Sa main virtuelle toucha l'icône de son père.

—Elle est ici.

—J'arrive, dit Gore, qui habitait juste au-dessus.

Comme d'habitude, Paula Myo était impeccablement habillée. Elle portait un tailleur bleu manifestement dessiné à Paris. Il y avait une expression sévère sur son visage délicat, lorsqu'elle examina le grand salon meublé de véritables antiquités.

—J'étais dans un autre appartement de Park Avenue il y a moins de vingt-quatre heures, dit-elle. À quelques centaines de mètres d'ici. L'autre m'avait déjà l'air grand et classieux, mais il logerait facilement dans cette seule pièce.

—Oui, il y a nous d'un côté, et ceux qui voudraient prendre notre place de l'autre, expliqua Justine.

—Je n'ai jamais été matérialiste.

— C'est une part de votre héritage, sans doute. Les gènes de Huxley's Haven…

Elle avait failli dire « de la *ruche* » – qui était l'appellation péjorative de la planète natale de Myo.

— Je ne pense pas.

— Vous avez tort, tonna Gore en entrant.

Il portait un jean noir et un polo mauve. La lumière ambrée des chandeliers accrochés au plafond se reflétait sur sa peau dorée.

— Le matérialisme vous aiderait pourtant à penser à autre chose qu'à ces enquêtes qui vous obsèdent, inspecteur, reprit-il. Malheureusement, la Fondation n'aurait jamais accepté ce trait de caractère chez l'une de ses créations. L'avantage, c'est que – du moins pouvons-nous le supposer – vous êtes incorruptible.

— Père !

— Quoi ? Tout le monde apprécie l'honnêteté, en particulier les policiers.

Justine était trop lasse pour discuter avec lui. Son estomac recommençait à faire des siennes. Elle se hâta de demander à son assistant virtuel de lui préparer un antiacide. Le programme accusa réception et l'informa que les personnalités externes de Gore étaient en train de s'installer dans les ordinateurs de l'appartement, qu'ils se déplaçaient comme des fantômes autour d'eux.

— Le reprofilage psychoneural n'est pas aussi précis, dit Paula, que la brusquerie de Gore ne semblait pas avoir dérangée. J'ai vu trop de pauvreté pour croire aux bienfaits de l'économie. Cela ne marche pas. La disparité est synonyme d'injustice. Et la pauvreté engendre le crime.

Gore haussa les épaules.

— Il faut travailler pour réussir.

— C'est vrai que tu as beaucoup travaillé pour devenir riche…, marmonna Justine.

— Je me donne du mal et j'obtiens ce que je veux, rétorqua Paula. Toutefois, les biens matériels ne m'intéressent pas. Je suis ainsi faite et je n'ai pas l'intention de changer.

Les lèvres dorées de Gore s'entrouvrirent en une parodie de sourire.

— Eh bien, tant mieux pour vous, inspecteur.

— Et si nous commencions ? proposa Justine.

Les grandes baies vitrées qui donnaient sur le balcon devinrent opaques et se couvrirent d'un rideau d'énergie, isolant complètement la pièce. La sénatrice s'affala dans un des canapés confortables, tandis qu'un robot arrivait en roulant pour lui servir un verre plein d'un liquide laiteux. Gore prit place à côté d'elle. Paula choisit une chaise à haut dossier et s'assit en face des deux Burnelli.

— Je vais commencer par les mauvaises nouvelles, dit Justine. Je n'ai pas réussi à confirmer l'identité de la personne qui a révélé à Thompson que Nigel Sheldon bloquait le projet de surveillance systématique des importations de Far Away.

— Merde ! se plaignit Gore. Comment cela se fait-il ?

— Disons que je ne suis pas la sénatrice la plus populaire du Commonwealth. Au début, j'ai eu droit à un traitement de faveur à cause de ce qui était arrivé à Thompson, mais, depuis, les choses ont bien changé. Columbia et les Halgarth sont en train de sceller de nouvelles alliances. Doi, quant à elle, fera tout pour être réélue. Ceux d'entre nous qui persistent à poser les questions qui fâchent sont immanquablement mis à l'écart.

— Bats-toi, fais-toi accepter par tes collègues. Justine, cela devrait être un jeu d'enfant pour toi.

— Je dois faire face à une opposition extrêmement virulente, se défendit-elle. J'ignore si je peux avoir confiance dans les Sheldon et cela me complique grandement la tâche. En fait, je suis complètement isolée dans plusieurs comités.

—Tu vas réussir, insista Gore. Je peux toujours compter sur toi et c'est pour cela que je suis si fier d'être ton père.

Justine cligna des yeux, surprise : cela ne lui ressemblait pas du tout.

—La Marine semble avoir fait des progrès dans l'examen des données martiennes, commença Paula. De menus progrès. J'avais demandé à l'amiral de se pencher sur la question, mais je ne m'attendais pas à ce qu'il aille aussi loin.

—Oui, j'ai entendu dire qu'ils se sont rendus sur place, intervint Gore.

—Nigel Sheldon a bien voulu prêter un trou de ver, confirma Paula. C'est intéressant, car on peut se demander pour qui il a fait cette concession. Quoi qu'il en soit, la Marine a réussi à décoder toutes les données recueillies là-haut. Des relevés météorologiques, rien de plus.

—Ils ont trouvé une clé ? demanda Justine.

—Malheureusement non. Le programme de codage s'était autodétruit depuis longtemps. Il n'en reste plus rien. La police scientifique est en train de passer les données au crible d'un scan quantique, mais il y a peu de chances que cela donne quoi que ce soit. À moins que les Gardiens nous fournissent la clé, nous n'y arriverons jamais.

—Donc, nous avons les données, mais nous ignorons à quoi elles servent.

—J'en ai peur, sénatrice.

—Quelle merde ! tonna Gore. Si vous voulez mon avis, les Gardiens se sont encore bien foutus de notre gueule. Cette histoire de données recueillies sur Mars n'est qu'un piège destiné à éloigner la Marine des trucs réellement importants. Néanmoins, il doit y avoir autre chose sur Mars. Peut-être un genre de base secrète ou bien une arme. S'ils ont largué des machines de von Neumann sur la surface de Mars, qui sait ce qu'ils ont pu y construire ?

—Les caisses larguées par les vaisseaux automatisés ne contenaient rien d'autre que ce que mentionnaient les registres. Aucun surplus de masse n'a été noté. Par ailleurs, l'équipe de la Marine n'a rien remarqué d'étrange dans le secteur d'Arabia Terra.

—Quatre adolescents attardés et deux anciens combattants nostalgiques ne constitueront jamais une bonne équipe d'exploration. Ils ont très bien pu marcher sur un silo à missiles sans s'en rendre compte.

—Ou même dans un cratère évidé transformé en base secrète, marmonna Justine.

—Je ne crois pas que les Gardiens aient pu transporter toute une usine cybernétique sans se faire remarquer, dit Justine d'un ton neutre. Il leur suffit par ailleurs d'acheter le matériel dont ils ont besoin, comme ils l'ont toujours fait.

—Bande de salopards! grogna Gore, écœuré.

Justine masqua son sourire en buvant encore un peu d'antiacide.

—À mon avis, il faut laisser Mars de côté pour le moment, reprit Paula. Une de mes ex-collègues du CICG a peut-être bien découvert un autre agent de l'Arpenteur: Isabella Helena Halgarth.

—Merde! lâcha Gore.

Justine prit quelques secondes pour mettre un visage sur ce nom, mais réussit à se passer de l'aide de son assistant virtuel.

—Vous croyez qu'elle est leur lien avec la présidence? demanda-t-elle.

Gore leva une main bien haut. Sa fille vit son propre reflet déformé dans sa paume.

—Attendez, attendez, dit-il. Analysons la situation. J'ai toujours su qu'il s'était passé des trucs louches lors de ce week-end organisé chez nous. Voyons voir. Patricia est du genre à vouloir contenter tout le monde. À l'époque, je pensais qu'elle essayait de gagner des voix pour Doi. Supposons maintenant que l'Arpenteur ait été là-bas avec nous, œuvrant en douce pour que les humains créent une Marine et fassent la guerre aux Primiens. Mais oui, bien sûr. Isabella et Patricia ont tout fait pour arrondir les angles et mettre de l'huile là où cela grippait encore. Isabella a même couché avec Ramon DB.

— Il a couché avec elle ? demanda Justine, indignée.

Elle fit la moue, vexée d'avoir réagi ainsi en public, déçue de s'être sentie blessée. Après tout, ils n'étaient plus mariés depuis quatre-vingts ans. Tout de même, sous son propre toit…

— C'est d'ailleurs grâce à l'intervention discrète de Ramon que les chaînes de montage de nos vaisseaux ont été déplacées à proximité de l'Ange des hauteurs, ajouta Gore.

— Oui, il en a parlé le dimanche matin, dit froidement Justine. En revanche, nous ne saurons jamais qui lui a soufflé l'idée.

— Pour moi, reprit Gore, l'idée est de Patricia. Isabella lui a servi d'intermédiaire. Les conseillers des présidents ont toujours su trouver des compromis de ce style pour éviter de se mettre à dos une certaine frange de leur électorat. Mais bon, ce ne sont que des suppositions.

— Pourquoi ne pas lui poser directement la question ? proposa Paula.

Justine finit son verre d'antiacide, ce qui contribua à justifier sa légère grimace de dégoût.

— Je pourrais, dit-elle, mais pourquoi me répondrait-il ?

— Bien sûr qu'il te répondra et tu le sais très bien.

— Peut-être, mais il voudra en savoir plus.

— Est-il assez fort pour nous rejoindre ? demanda Gore. Nous avons besoin d'alliés.

— Il faudrait lui présenter des preuves, répondit Justine avec circonspection. Ce dont nous disposons pour le moment risque de ne pas suffire.

— Ah oui ? fit Gore. La situation est pourtant très claire, et Ramon n'est pas stupide.

— Je ne suis pas encore prête à lui dire que nous suspectons Nigel Sheldon d'être à l'origine d'une vaste conspiration antihumaine. Il ne me croirait pas une seule seconde et cela se retournerait contre nous.

— Tu dois trouver un moyen de le persuader.

— J'essaierai.

Elle pensa à la manière dont elle s'y serait prise quelques décennies plus tôt. Un hôtel à Paris peut-être, un week-end passé ensemble, des restaurants, du bon vin, les cafés de la rive gauche, des discussions à n'en plus finir, des disputes, des éclats de rire, des pièces de théâtre le soir, et de longues nuits passionnées au lit. Comme ces plaisirs simples et ces temps anciens lui manquaient.

— Cela ne nous dit pas qui, d'Isabella ou de Patricia, tirait les ficelles, dit Gore. Les Sheldon étaient-ils au parfum ?

— Impossible d'affirmer que Nigel était dans le coup, répondit Justine. Il est encore trop tôt.

Elle demanda à son assistant virtuel d'explorer le passé d'Isabella et de Patricia.

— Qu'Isabella soit la messagère d'un agent de l'Arpenteur serait somme toute assez logique, dit Paula. De son côté, Kantil travaillerait dans l'ombre, prendrait son temps pour infiltrer les structures politiques du Commonwealth. L'unisphère propage de nombreuses rumeurs : Doi serait menée par le bout du nez par ses conseillers, elle serait complètement obnubilée par les sondages d'opinion.

— C'est d'ailleurs pourquoi je l'avais vite rangée dans la catégorie des traîtres agents de l'Arpenteur, ajouta Gore. Avant l'effondrement de la barrière, elle dépensait l'argent du contribuable à tour de bras, ce qui n'était pas vraiment l'idéal pour se rendre populaire. En fait, elle a pris de très gros risques en soutenant la mission originelle, ce que je n'arrive toujours pas à m'expliquer. Quelque chose a dû la pousser à agir de la sorte.

—Je ne dispose pas d'assez d'éléments concrets pour arrêter Doi et la soumettre à un examen neurologique, dit Paula. Hier, nous avons fait subir ces tests à plusieurs suspects, mais cela n'a rien donné.

Justine les écoutait disserter tout en consultant les données qui défilaient dans sa vision virtuelle. Le passé de Patricia était bien connu. De nombreux journalistes s'étaient penchés dessus dans l'espoir d'y trouver des éléments compromettants et autres scandales étouffés. Concernant Isabella, elle apprit bien peu de chose. D'abord parce qu'elle était très jeune, mais également parce qu'elle avait passé la majeure partie de sa vie sur Solidade. Il n'y avait pas d'archives publiques sur le monde privé des Halgarth. Justine décida donc d'examiner les fichiers associés sélectionnés par son assistant virtuel.

—Attendez une minute, dit-elle soudain. Le père d'Isabella – Victor – a été directeur de l'Institut de recherche sur *Marie Céleste* pendant deux ans avant de retourner sur EdenBurg pour devenir vice-président des laboratoires de sciences physiques de la famille Halgarth.

—Voilà, comment il l'a eue, conclut Paula, satisfaite. Elle n'était qu'une enfant à l'époque. Je n'arrivais pas à comprendre comment quelqu'un d'aussi jeune pouvait être impliqué dans cette histoire. Renne non plus, d'ailleurs, ajouta-t-elle en fronçant les sourcils.

—Si Isabella est un agent de l'Arpenteur, dit Gore, alors, ses parents doivent l'être aussi.

—Oui, approuva Paula. Il faudra les avoir à l'œil. Néanmoins, la sécurité du Sénat ne peut surveiller tout le monde, tout le temps. Nos moyens sont limités.

—Notre famille possède un service de sécurité de taille raisonnable, reprit Gore. Cela leur ferait du bien de bouger leur cul et de sortir un peu de leurs bureaux. Je vous organise cela au plus vite.

—Merci beaucoup, mais je dois pouvoir faire surveiller les Halgarth. Je connais personnellement un membre de la Dynastie. Toutefois, j'aurais besoin de votre aide pour autre chose. Hoshe pense que les observations de Bose étaient financées par l'Arpenteur. Apparemment, quelqu'un, au sein du CICG, avait pris soin de dissimuler cette information. J'ai posé plusieurs pièges pour tenter de démasquer le coupable ; toutefois, j'aurais besoin d'une analyse financière complète des activités de Bromley, Waterford & Granku. Je pense qu'elle pourrait nous apporter des éclaircissements importants.

—Je connais cette société, dit Gore. C'est un célèbre cabinet d'avocats.

—Exact. Trois de ses employés ont disparu, comme Isabella. Ils sont responsables de la création de la fondation Cox, qui avait un compte chez Denman Manhattan. Je pourrais demander une inspection poussée de leurs archives, mais l'organisation pour laquelle je travaille est une machine difficile à mettre en branle. Sans compter que vous êtes sans aucun doute plus qualifié que moi dans ce domaine.

—Je dépècerai cette satanée société pour vous, dit Gore. S'ils ont dépensé ne serait-ce qu'un dollar pour payer une bière à l'Arpenteur, je le découvrirai.

* * *

Le vaisseau *Defender* était parti depuis trois semaines pour effectuer sa mission de surveillance, et son capitaine était aussi las que le reste de l'équipage. *Peut-être même davantage*, se dit Oscar. Quand ils avaient un moment de libre, les autres se plongeaient dans des feuilletons IST, s'immergeaient dans les aspects les plus piquants de la culture du Commonwealth, ce qui leur permettait d'oublier un temps l'ennui de la vie à bord. Lui, en revanche, occupait son temps de repos en examinant les journaux de bord de *Seconde Chance.*

C'était une perte de temps, il en était persuadé. Il n'y avait aucun espion ennemi à bord. S'il continuait de faire ce travail fastidieux, c'était uniquement pour Bose et Verbeke. Et pour aucune autre raison. Il ne comprenait toujours pas ce qui leur était arrivé, ni pourquoi cela leur était arrivé. Quelque chose, dans l'exploration de la Tour de guet, n'était pas clair du tout. Jamais le contact avec Bose et Verbeke n'aurait dû être coupé à cause d'une simple défaillance électronique. Leurs relais de communication étaient des plus fiables. Les senseurs du vaisseau et les équipes de contact étaient forcément passés à côté de quelque chose – un appareil primien encore actif ou une partie instable de la structure rocheuse, qui aurait pu écraser les deux explorateurs. Sauf qu'ils étaient en apesanteur, qu'il n'y avait pas de gravité pour faire tomber quoi que ce soit. Et puis, ce qui restait de Bose avait tenté d'alerter *Conway.* Oscar ignorait ce qu'il cherchait, mais il continuait à se donner du mal.

Il avait regardé des dizaines d'enregistrements IST faits par les membres des équipes qui s'étaient succédé dans les boyaux étranges de la Tour de guet. Toutefois, ceux-ci ne lui avaient rien appris. La structure primienne était aussi morte qu'un tombeau de pharaon. Les échantillons récoltés sur place – morceaux de la structure détériorée, fragments de matériaux saturés de radioactivité – n'avaient pas suffi à révéler la véritable utilité d'un tel dispositif. Sans compter que tout était trop fragile, trop vieux pour être analysé convenablement. La Marine n'était toujours pas certaine de connaître la nature de cette Tour de guet, dont on pensait néanmoins qu'elle avait été une usine de traitement de minéraux. Malheureusement, les équipes d'exploration n'avaient pu observer aucune machine en état de fonctionner. Le tunnel dans lequel s'étaient aventurés Bose et Verbeke n'était pas différent des autres. Oscar lui-même leur avait donné la permission d'aller plus loin, de visiter les profondeurs du rocher. Il les avait même encouragés, se rappelait-il. À maintes reprises, dans ces enregistrements interminables, il avait reconnu sa voix enthousiaste.

Régulièrement, il tombait sur des enregistrements qui correspondaient au moment où les communications avaient été coupées. Le journal de la passerelle, celui des machines, celui de l'énergie, plus une dizaine d'autres banques de données, auxquelles venaient s'ajouter les journaux de bord des navettes qui transportaient les équipes d'exploration sur place. Le pire, c'était les données recueillies par les combinaisons de Mac et de Frances Rawlins lors de leur vaine tentative de sauvetage. Ils étaient descendus très loin dans le tunnel qui avait avalé Bose et Verbeke. Pourtant, rien, dans ces parois pourries renforcées d'aluminium, ne permettait de penser qu'un monstre se tapissait quelque part dans les ténèbres.

Deux nuits plus tôt, après son service sur la passerelle, Oscar avait décidé d'aborder le problème sous un angle différent. En lançant simultanément les enregistrements de tous les senseurs qui avaient passé la Tour de guet au peigne fin, il avait obtenu une image spécifique du rocher. Ce qu'il voulait, c'était déceler tout changement éventuel dans sa structure entre leur arrivée et leur départ précipité. Sa forme, son profil thermique, son spectre électromagnétique, sa composition spectrographique. Les images se succédèrent chronologiquement au rythme d'une toutes les deux secondes. Une fois le montage terminé, l'IR de *Defender* pratiqua une comparaison approfondie et partit à la chasse aux anomalies.

Le moniteur holographique de la cabine était en mode projection ; la petite pièce était envahie d'images enregistrées par les caméras des navettes, ce qui permettait à Oscar de revivre le premier vol de Mac. Il sirotait un jus d'orange contenu dans un sachet en plastique et réécoutait pour la énième fois la conversation familière qu'il avait eue avec Mac et le pilote. Les données des senseurs de l'appareil étaient superposées à celles du vaisseau mère, ce qui augmentait considérablement la résolution de l'image. Les portes du hangar s'ouvraient et la navette disgracieuse se soulevait de son berceau d'amarrage en projetant des plumets de gaz froid par ses réacteurs de contrôle. L'énorme silhouette de *Seconde Chance* défilait lentement dans la cabine d'Oscar. À travers la projection translucide de la superstructure cylindrique et de la roue d'habitation géante, celui-ci discernait les parois de son compartiment.

Il ne put s'empêcher de ressentir une pointe de nostalgie à la vue de cette magnifique machine. Aucune autre ne la remplacerait jamais. En comparaison, *Defender* avait certes des lignes plus harmonieuses et une puissance supérieure, pourtant il ne posséderait jamais la grandeur de son ancêtre. Dans le complexe d'Anshun, tout le monde s'était donné à fond dans la construction du premier vaisseau interstellaire. Personne n'avait compté ses heures. Vies de famille ou sociales avaient été sacrifiées. Son assemblage avait été un acte d'amour. L'atmosphère qui régnait à l'époque, cet optimisme naïf engendré par la perspective d'explorer des ciels inconnus, avait disparu lui aussi. À cette époque-là, ils étaient tous pleins d'espoir. Des temps plus simples, plus heureux.

La navette dépassa la roue d'habitation, ses réacteurs principaux s'allumèrent et elle prit immédiatement la direction de la Tour de guet. Dyson Alpha apparut sur le mur, point lumineux semblable à Vénus observée depuis la

Terre. Apparut bientôt le reste du champ d'étoiles étranger. Oscar plissa les yeux et examina les points lumineux disséminés devant le nez de l'appareil. Il les avait vus tant de fois dans tous les spectres imaginables, qu'il était capable de donner la position exacte de la Tour de guet.

Il aspira un peu d'air – le sachet de jus d'orange était vide. Il tendit le bras pour le jeter dans le tube d'aspiration de sa cabine de bains, mais s'arrêta au milieu de son mouvement. Il fronça les sourcils, fixa l'image de *Seconde Chance.*

— Pause, dit-il à son assistant virtuel, qui stoppa immédiatement la lecture de l'enregistrement. Même point de vue, grossissement : trois fois.

La structure gris argenté du vaisseau enfla aussitôt ; elle recouvrit toutes les parois de la cabine, ainsi que sa poche de couchage. Oscar en oublia même de respirer.

— Putain de merde !

Il regardait fixement le dispositif du senseur principal, tandis qu'un courant électrique glacé lui parcourait la colonne vertébrale. La parabole de communication était dépliée et pointait dans la direction de l'étoile minuscule située juste derrière lui.

L'alarme de *Defender* retentit.

— Capitaine, appela l'officier responsable de la passerelle. Monsieur, venez immédiatement sur le pont. Nous pensons avoir découvert l'autre extrémité de la Porte de l'enfer. L'hysradar vient de la repérer dans un système situé à trois années-lumière d'ici.

6

Morton souriait toujours lorsque sa bulle jaillit du trou de ver quinze mètres au-dessus du fond de la vallée de Highmarsh, dans le massif de Dau'sing. Deux jours s'étaient écoulés depuis la visite de Mellanie. Le timing avait été parfait. Juste après le départ de la jeune femme, le camp avait été fermé et les soldats avaient reçu l'ordre de partir. Pour une visite, cela avait été une visite ! Ils s'étaient baisés mutuellement dans la salle de repos, comme des adolescents agréablement surpris par l'absence inopinée de leurs parents. D'où ce sourire interminable.

Le souvenir de ces moments passés avec elle était le dernier à avoir été chargé dans sa sauvegarde de mémoire. Si son enveloppe charnelle était réduite en bouillie au cours de cette mission – ce qui était fort probable –, il serait ressuscité et pourrait revivre ces instants comme si de rien n'était, comme s'ils s'étaient déroulés quelques jours plus tôt. Il adorerait cette manière de revenir à la réalité.

Sa bulle était une sphère de morphoplastique translucide gris-bleu de trois mètres de diamètre, dont la surface était supposée tromper tous les types de senseurs utilisés par les Primiens. Il flottait en son centre dans un volume de gel antichoc. Durant l'entraînement, cela lui avait paru être une manière tout à fait sensée de débarquer sur le sol d'une planète hostile, plusieurs années-lumière à l'intérieur des lignes ennemies. C'étaient de superbes petites machines, robustes, très mobiles et raisonnablement bien armées. À vrai dire, descendre ainsi sur cette planète, dans ce paysage de granite, lui arracha un nouveau sourire. Puis, subrepticement, un sentiment de peur s'immisça en lui. Pour la première fois. Son cœur battait à tout rompre et son estomac gargouillait. La vie ne pouvait pas être plus extrême que cela.

Les autres Griffes étaient également sorties du trou de ver. Les bulles étaient difficiles à repérer dans le spectre visible, comme elles tombaient vers le fond de la vallée. Seuls leurs feux ultra-UV d'identification lui permettaient de les distinguer. Les trois aérobots de combat qui les avaient précédés perçaient le paysage minable en larguant leurres et drones-appâts.

Au-dessus, le trou de ver se referma. Il n'était resté ouvert qu'une dizaine de secondes, le temps de les expulser. De l'autre côté, sur Wessex, le portail avait été équipé d'un mécanisme titanesque semblable à une pièce d'artillerie géante, doté d'un rail sur lequel plus de mille bulles-munitions attendaient de partir au combat. Des rails parallèles transportaient des aérobots au profil triangulaire. Soldats et robots se mélangeaient ensuite devant l'entrée du trou de ver, où ils étaient saisis par les tentacules en morphométal du mécanisme de lancement à proprement parler.

Les Griffes avaient rejoint des centaines d'autres soldats sur l'une des cinq plates-formes où, à un rythme régulier, se succédaient les projectiles. Tout comme ses camarades, Morton s'était alors vu remettre le code d'activation des systèmes implantés dans son corps. Les blagues nerveuses avaient alors fusé – sur l'efficacité de leurs armes, le tourisme de guerre, les parties de leurs corps qu'ils protégeraient en priorité, les procès que leur ferait immanquablement la ligue de protection des droits des extraterrestres. Ce genre de trucs stupides. Stupides, mais parfaits pour tromper leur attente.

Finalement, leur tour était venu beaucoup plus rapidement que prévu. Morton avait abaissé son casque, vérifié l'intégrité de son système respiratoire, puis s'était glissé à l'intérieur de sa bulle par une fente ouverte sur le côté. Des sangles s'étaient alors refermées autour de lui, tandis que le gel était mis sous pression. Son assistant virtuel s'était installé dans le système de la bulle pour en vérifier la fonctionnalité. À ce moment-là, Morton avait déjà parcouru dix mètres sur le rail de lancement.

L'affichage stratégique clignotait dans sa vision virtuelle. De nombreux trous de ver s'ouvraient à cent kilomètres de la surface planétaire – pour quelques secondes seulement, le temps de cracher une quantité phénoménale de munitions : missiles, ogives d'attaque terrestre, nacelles de subversion électronique, véhicules-leurres, plates-formes lasers. Toutefois, ce déferlement de feu n'était qu'une diversion destinée à couvrir l'ouverture de trous de ver plus petits, juste au-dessus de la surface, tout autour des installations et des bases ennemies. Évidemment, les Primiens avaient mordu à l'hameçon et envoyé navettes et vaisseaux plus gros, dont les lasers transperçaient les titanesques nuages de machines qui se propageaient dans l'ionosphère. Il y avait bien sûr aussi des navettes dans l'atmosphère de la planète, mais les aérobots de subversion électronique étaient très efficaces contre les senseurs et les systèmes de télécommunication des Primiens. Les rapports initiaux indiquaient que les atterrissages se passaient plutôt bien, ce qui, dans le langage de la Marine, signifiait que les pertes étaient inférieures à trente pour cent.

Morton toucha le sol. L'impact fut bien moins violent que tout ce qu'on lui avait fait subir à l'entraînement. Le morphoplastique se tordit et se détendit, absorba le gros du choc, et la bulle rebondit deux fois. Les ondes se propagèrent paresseusement dans le gel, puis finirent par l'atteindre mollement. Au troisième impact, la bulle se dégonfla comme un ballon crevé et resta au sol.

— J'y suis, dit-il aux autres Griffes.

D'après son affichage de navigation inertielle, il était dans un rayon de cinq cents mètres du point de chute prévu. Autour de lui, le paysage était plat. Il s'agissait d'un champ, dans lequel des cultures semées au début du printemps avaient eu le temps de se faner et de commencer à pourrir sur pied. Un genre de haricot, à en juger par la bouillie jaune vert qu'il distinguait à travers la paroi de sa bulle. Un brusque changement de climat n'avait pas aidé cette terre tout récemment rendue cultivable. Il pleuvait dans la vallée, et une couverture nuageuse sombre et bouillonnante s'étirait d'un bout à l'autre de l'horizon, se déplaçait lentement d'est en ouest. Un rideau gris tombait sans discontinuer. Les canaux de drainage étaient saturés depuis longtemps ; les plants qui avaient survécu se résumaient à un tapis verdâtre et insipide composé de tiges nues plaquées contre le sol détrempé. Les peupliers de Lii plantés le long de la vallée s'étaient couchés sous le feu nucléaire ou lors des tempêtes qui avaient suivi. Seuls quelques-uns étaient encore intacts. La plupart avaient été cassés comme de vulgaires brindilles et barraient les routes qu'ils étaient supposés délimiter.

Morton regarda autour de lui et repéra, à trois kilomètres de là, les montagnes vers lesquelles il était censé se diriger. La bulle se durcit de nouveau, recouvra bientôt sa configuration sphérique. La main virtuelle de la Griffe effleura une série d'icônes de contrôle, et la chenille unique qui faisait le tour de la machine, au niveau de son équateur vertical, se mit à tourner. La bulle, pour sa part, entreprit un mouvement de contre-rotation, maintenant son passager dans sa position initiale. Les creux et les bosses du terrain le secouaient un peu, mais, dans l'ensemble, c'était un moyen de locomotion confortable, car le gel était un système de suspension idéal.

Ses senseurs externes montrèrent à Morton les gerbes d'eau qu'il soulevait sur son passage. Derrière lui, il y avait une piste de plantes boueuses et écrasées.

— Waouh !

La carapace chromomimétique de la bulle reproduisait à merveille le brun vert de la végétation dans laquelle elle se déplaçait. Pour un œil ou un senseur visuel, elle ne serait rien d'autre qu'une tache un peu floue dans le paysage. Malheureusement, on ne pouvait pas en dire autant des gerbes d'eau et de la piste qu'elle laissait dans son sillage.

— Il faut absolument retrouver la route, dit Morton aux autres. Ce sol mouillé est une vraie plaie.

Des cartes datant d'avant l'invasion apparurent dans sa vision virtuelle. Morton se pencha sur la droite, comme s'il pilotait une moto. La bulle changea de direction et fonça vers l'extrémité supérieure du champ.

— Ils arrivent, annonça Doc Roberts. Quatre appareils.

Morton vit les symboles dans son champ de vision. Ils entraient dans la vallée par l'ouest, en longeant la vieille route qui contournait le Rocher des eaux noires.

Les aérobots infléchirent leur trajectoire pour aller à leur rencontre. Des masers tirèrent dans les deux sens, traversèrent le rideau de gouttelettes en produisant de la vapeur. Les champs de force s'embrasèrent et réfléchirent les décharges d'énergie. Les aérobots tirèrent des salves de missiles. Les flammes qui jaillissaient de leurs réacteurs crépitaient sous la pluie. Des décharges ioniques déchirèrent l'atmosphère comme des éclairs vus au ralenti, projetant des ombres longues de plusieurs kilomètres sur le sol.

Morton atteignit enfin la route de campagne qui longeait le champ. Elle était recouverte de l'eau brune qui avait débordé du fossé, mais la boue n'avait que quelques centimètres d'épaisseur. Il accéléra. Une gerbe modeste se forma dans son sillage comme il atteignait rapidement quatre-vingts kilomètres à l'heure.

Décision tactique. Dans leurs appareils, les extraterrestres seraient trop occupés pour remarquer quelques ondulations dans la boue.

Les aérobots perdraient forcément la partie, car ils n'étaient pas assez nombreux. Les navettes étaient plus lourdes et plus lentes, mais leurs rayons étaient beaucoup plus puissants. Une manœuvrabilité et un sens tactique supérieurs permirent aux aérobots et à leur suite de munitions volantes en tout genre de marquer les premiers points. Toutefois, la force brute de leurs adversaires ferait la différence.

Après sept minutes de combat acharné, les deux navettes survivantes survolèrent en grondant la zone où Morton s'était posé. L'un des cylindres courtauds arborait sur le flanc une entaille, de laquelle s'échappait une fumée marron, mais ses réacteurs parvenaient – difficilement, semblait-il – à le faire voler. Les engins entreprirent de s'éloigner en décrivant une spirale.

À dix kilomètres de là et trois cents mètres au-dessus du fond de la vallée, dans les contreforts des collines, Morton observait le manège des Primiens. Sa bulle s'était arrêtée dans une ravine étroite creusée par une tempête. Le système de camouflage du véhicule avait répliqué sur toute sa surface les pierres et cailloux sur lesquels il était posé. Le travail des fibres thermiques complétait le déguisement, donnant à la paroi externe de la bulle la température du sol.

—Merde! dit Rob Tanne. Il y en a d'autres. Huit.

Les nouveaux appareils se joignirent aux deux autres pour passer la vallée au peigne fin. À chaque passage, ils se rapprochaient davantage des collines.

—Ils n'ont rien d'autre à faire, ma parole, se plaignit Parker.

—Apparemment non, dit Morton.

Les Griffes attendirent sans bouger que les navettes passent au-dessus de leurs têtes. Inertes, en consommant le moins d'énergie possible, dissimulées dans les multiples replis du terrain. Morton entendait le bourdonnement grave des réacteurs à travers l'épaisseur de gel. Sans protection, le bruit aurait été insupportable.

Une navette passa à cinquante mètres de là. Les senseurs passifs de sa bulle scannèrent sa structure, mais n'ajoutèrent pas grand-chose aux données déjà présentes dans son ordinateur. Les machines des Primiens ne semblaient pas très variées.

—Allez, on y va, les mecs, lança la Chatte, comme les appareils se dirigeaient vers l'extrémité éloignée de la vallée.

Morton fut un peu surpris de la voir toujours avec eux. Il ne s'attendait vraiment pas à ce qu'elle respecte le plan de déploiement. Elle n'était donc pas partie de son côté dès son atterrissage. À son commandement, la peau de sa bulle se mit à onduler et le véhicule s'extirpa d'un seul coup du creux dans lequel il était dissimulé. La chenille se mit à tourner ; l'engin avança sur le tapis d'herbe jaune soufre qui recouvrait la colline. Il n'y avait qu'un kilomètre de terrain dégagé à traverser avant d'atteindre la limite chaotique des nuages. Ils seraient bien plus en sécurité là-bas, dans la vapeur épaisse et froide.

L'affichage stratégique de la Griffe était désormais vide. Le déploiement était terminé. Au-dessus d'Elan, les trous de ver s'étaient refermés et les communications étaient coupées. Morton bascula en affichage local pour vérifier la position des autres bulles. Comme il aurait dû s'en douter, la Chatte était déjà cachée dans les nuages, où elle les attendait. Il mit les gaz et commença son ascension.

* * *

La Marine craignait que la neige qui couvrait le massif de Dau'sing pendant une bonne partie de l'année ne permette aux Primiens de retrouver facilement la trace de ses soldats. Pour cette raison, le chemin préprogrammé dans l'ordinateur de bord de la bulle évitait les zones les plus élevées ; Morton était supposé faire un grand détour, se faufiler dans des passages étroits et longer des précipices impressionnants. Toutefois, il n'y avait pas de quoi s'inquiéter. Les nuages gris étaient beaucoup plus chauds et sombres que ceux qui, d'habitude, faisaient le siège de ces montagnes durant l'hiver. La neige avait énormément reculé, mettant à nu de vastes zones couvertes de pierres noires, qui n'avaient pas vu le soleil depuis des millénaires.

Morton avança à travers la brume sombre et sale pendant deux heures. Il était contraint de rouler lentement, car la visibilité ne dépassait pas une trentaine de mètres, même en utilisant les senseurs passifs au maximum de leurs capacités. Kilomètre après kilomètre, il ne voyait rien d'autre que les cailloux boueux et luisants sur lesquels il avançait. Aucun autre élément du paysage n'était visible. Parfois, l'angle de la pente changeait, mais cela ne suffisait pas à briser la monotonie du parcours.

Ils formaient un convoi, à la tête duquel se trouvait la Chatte. Du moins le supposait-il. Cela faisait plus d'une heure et demie qu'il n'avait pas vu ses feux. Elle roulait à une allure qu'il n'avait pas l'intention d'atteindre. Doc Roberts restait à un kilomètre derrière lui. Ses feux disparaissaient puis réapparaissaient régulièrement en fonction des accidents du terrain.

Morton dépassa une arête aiguë et aperçut la Chatte, à trois cents mètres de là.

— Ben alors, vous étiez où ? demanda-t-elle.

— On fait attention, répondit Morton. On n'essaie pas de se prouver quoi que ce soit.

— Monsieur est susceptible !

Il accéléra dans la descente pour la rattraper. Elle s'était arrêtée au fond d'une sorte de cuvette peu profonde, entre deux pics, à la limite de la chaîne des Régents, à une quinzaine de kilomètres de l'emplacement de l'ancien détecteur de trous de ver. Sur leur gauche comme sur leur droite, la dépression était flanquée par des falaises abruptes, dont les sommets disparaissaient dans les nuages. Le sol était couvert de pierres, dont certaines étaient récemment tombées du sommet de la montagne lors de l'explosion atomique qui avait anéanti la station de détection.

Morton parcourut lentement la zone, compara sa géographie avec les images-satellites fournies par CST. C'était l'endroit idéal pour installer un camp de base. Les falaises étaient striées de fissures erratiques et de crevasses profondes. Il en repéra au moins trois qui pourraient accueillir les bulles, ainsi que le reste de leur équipement.

— Cela devrait convenir, dit-il quand la bulle de Doc le rejoignit.

— Si tu le dis, Morty chéri, le taquina la Chatte.

Lorsque les autres les eurent rejoints, ils sortirent de leurs bulles et entreprirent de déballer leur matériel. Morty et Doc remontèrent à pied jusqu'au col. Au-delà des falaises, le terrain semblait redescendre brusquement, cependant, la visibilité ne dépassait pas quelques dizaines de mètres. Les nuages se déplaçaient rapidement, bouillonnaient contre le versant sud des Régents. Avec un ciel dégagé, Morton et Doc auraient pu voir le lac Trine'ba situé deux kilomètres plus bas. Randtown était plus à l'ouest.

— Il y a beaucoup d'activité en bas, annonça Doc, qui scannait la côte à l'aide des senseurs de spectre électromagnétique de sa combinaison.

Morton alluma ses propres capteurs. Les nuages prirent instantanément une teinte dorée, comme si une petite mais puissante étoile brillait au fond du lac. Il changea de programme d'analyse, et l'aura devint une masse compacte d'émissions entremêlées, un gigantesque nœud de transmissions. En plus des communications primiennes, il contemplait un fond turquoise formé par des champs magnétiques puissants, qui se tordaient lentement, en cadence. Des étincelles couleur lavande jaillissaient dans cet empire de lumière, tandis que les navettes voletaient en étirant des traînes de cadmium. Les champs de force clignotaient, semblaient battre comme les ailes d'une guêpe.

—Quel genre d'installation importante construirais-tu à Randtown ? demanda-t-il à haute voix. Je ne comprends pas. Il n'y a rien là-bas. On ne traverse pas la moitié de la galaxie avec une armée gigantesque pour construire une station de ski cinq étoiles. C'est complètement fou.

—Comme cette invasion tout entière, ajouta Doc. Il doit y avoir quelque chose d'intéressant pour eux en bas. Quelque chose que nous ne soupçonnons pas. Ce sont des extraterrestres, après tout. Ils sont différents.

—Nous comprenons leur technologie, le contra Morton. Elle est fondée sur les mêmes principes que la nôtre. Elle n'est pas si différente.

—Une machine répond toujours à un besoin : une voiture pour voyager sur terre, une fusée pour voler dans l'espace. La motivation, toutefois, varie considérablement d'une espèce à l'autre.

—Peu importe.

En plus de ses qualifications médicales, Doc avait un obscur diplôme de littérature. Sa formation universitaire excessive le poussait à toujours tout analyser.

—Nous ne sommes pas venus jusqu'ici pour étudier leur psychologie, mais pour leur mettre une branlée, reprit Morton.

—Joliment dit !

Morton sortit un senseur de type trois, un disque transparent de cinq centimètres de diamètre, et le colla à un rocher, face au lac Trine'ba.

— Comme cela, on sera prévenus si quelque chose vient dans notre direction.

— Sauf si cette chose arrive de l'autre côté.

— On installera des senseurs tout autour du campement. Évidemment. On en a apporté un sacré paquet !

Une partie de leur mission consistait à mettre en place un vaste réseau de capteurs optroniques, afin de surveiller l'activité des Primiens autour de Randtown.

— D'accord, d'accord, acquiesça Doc d'un ton amusé.

Ils passèrent les quarante minutes suivantes à arpenter le sol rocailleux et les éboulis pour installer les senseurs qui les préviendraient en cas d'incursion primienne. Pendant tout ce temps, ils ne virent pas une seule fois la lumière du soleil. Le ciel bouillonnait, les nuages tourbillonnaient sans cesse, mais la couverture grise semblait d'une solidité à toute épreuve.

— Bien joué, les mecs ! s'exclama la Chatte à leur retour. On a une vue magnifique sur les cailloux et le ciel gris.

— En espérant que le panorama ne devienne pas plus intéressant..., dit Rob.

— Cela dépendra de nous, ajouta Morton. Nous sommes ici pour causer un maximum de dégâts. Le mieux serait de commencer par explorer les environs. Il faut deux équipes, plus quelqu'un pour surveiller le camp et le matériel.

— Dites-moi si j'ai raté un épisode, l'interrompit la Chatte d'un ton provocateur, mais je ne vois pas d'étoiles de général sur tes épaules.

— Pas besoin d'être général pour énoncer des évidences, dit Parker. Nous connaissons tous notre mission : espionner l'ennemi et utiliser nos nouvelles connaissances pour le frapper durement.

—Ouais, et la personne qui va rester pour surveiller le camp, ce ne sera pas toi, la Chatte, ajouta Rob.

—Pourquoi cela, mon amour ?

—Tu connais déjà la réponse. Je ne te fais pas confiance. Personne ici ne te fait confiance. Tu es complètement folle.

—Mmm, Rob, ne me dis pas que je te fais peur. Tu as une armure et un très, très gros calibre.

—Je n'ai pas peur. En revanche, je considère que tu n'es pas du tout professionnelle. On ne pourra compter ni sur ton soutien, ni sur ta vigilance. Pendant notre formation, tu n'as pas arrêté de faire ta maligne, de te foutre de la gueule des instructeurs. On s'est tous marrés, c'est vrai. Mais ici, tu ne nous fais plus rigoler. Alors, soit tu vas en première ligne, soit tu vas te faire foutre.

—Tu me déçois beaucoup, Rob. C'est Doc qui t'a mis ces conneries dans la tête ?

—Et si nous nous concentrions plutôt sur notre boulot ? intervint Morton. Cat, il a raison. Tu n'es pas suffisamment digne de confiance pour qu'on laisse tout entre tes mains.

—Général *et* diplomate ! Morty, je t'adore.

—Arrête de m'appeler comme ça.

—Mellanie t'appelle comme ça, elle, pouffa Parker. On l'a tous entendue.

—Morty, oh ! Morty, oui, oui, encore ! haleta Rob. Oh ! Morty, tu es le meilleur !

Morton savait que ses joues s'étaient empourprées à l'intérieur de son casque, malgré les systèmes qui maintenaient sa température corporelle à un niveau stable.

Rires et gloussements résonnèrent dans ses oreilles. Parker hurla à la lune comme le loup des vieux dessins animés.

—Rob, toi et moi formerons une équipe, dit Morton en ignorant ostensiblement les moqueries.

— Cela me va, Morty. Parfait.

— Cat, Doc et toi allez prendre votre pied ensemble. Parker, tu restes ici et tu t'occupes de la sécurité du camp.

— Eh, non ! s'exclama Parker. Je veux de l'action, moi.

— Alors, tu n'as qu'à partir avec la Chatte, dit Doc.

— Je ne suis pas sûre qu'il soit qualifié pour le genre d'action qui m'intéresse, ajouta cette dernière.

Il y avait de l'humour dans sa voix, mais Morton resta impassible. Même à travers le filtre des micros, on sentait que la personnalité de la jeune femme n'était pas tout à fait normale.

— À vrai dire, on n'a pas vraiment besoin de laisser qui que ce soit derrière, dit Doc. Si les Primiens réussissent à pirater nos senseurs et nos liaisons sécurisées, on est foutus de toute façon. Mettons de côté les manières de la Marine. Nous sommes sur le terrain, après tout. Nous avons un devoir à accomplir ; à nous de nous débrouiller pour arriver à nos fins.

— Un devoir ! le railla Parker. Mon Dieu, Doc, tu aimes vraiment toutes ces conneries militaires, pas vrai ?

— Ouais, j'adore. Bon, tu veux rester ici ?

— Tu rigoles, je t'ai déjà dit que je venais avec vous.

— Parfait ! s'exclama la Chatte. Tu viens avec Doc et moi.

— Comme vous voudrez, conclut Morton. Rob, tu me suis ? On s'occupe de la partie est de la ville. Vous, essayez de voir ce qu'ils fabriquent de l'autre côté du Rocher des eaux noires. Et surtout, n'oubliez pas que nous ne sommes pas supposés attaquer tout de suite. Pour le moment, nous devons mettre en place notre réseau de senseurs. Inutile de leur montrer que nous sommes là avant d'avoir trouvé un moyen de les emmerder vraiment.

* * *

—Tu crois qu'elle va nous causer des ennuis ? demanda Rob quand ils furent à mi-chemin du pied de la montagne.

Il avait ouvert une liaison sécurisée courte distance pour communiquer avec Morton.

—Je ne sais pas du tout quoi faire d'elle. Ce dont je suis sûr, c'est que je ne la laisserai jamais couvrir mes arrières. Je n'ai aucune confiance en elle.

—Amen.

Ils avaient quitté le camp de base une heure plus tôt. Bien que le soleil ne fût pas censé se coucher avant trois bonnes heures, la luminosité était minimale sous la couche nuageuse. Il tombait sans discontinuer un mélange de pluie, de neige fondue et même de grêle, qui se transformait en bouillie noire une fois au sol. En dépit de leur armure et de leurs membres renforcés, la descente ne se fit pas sans mal. Les touffes d'herbes qui survivaient déjà difficilement à cette altitude étaient complètement noyées par les averses. La végétation disparue avait cédé la place à des étendues de boue et de galets très instables. Une chute se terminerait certainement en glissade fatale de plusieurs centaines de mètres.

Une escouade de robots furtifs était déployée autour d'eux, dessinant des ronds concentriques sur le sol. Ils se déplaçaient rapidement sur le terrain pourtant difficile, leurs antennes à l'affût du moindre mouvement, de la plus anodine source de chaleur non identifiée, de tout signe d'activité électronique. Pour le moment, il n'y avait aucun signe d'embuscade, de piège ou de senseur.

Dans sa vision virtuelle, Morton suivait la progression de Cat, Parker et Doc, qui longeaient la crête et tentaient de se rapprocher au maximum de la ville.

—L'avantage, c'est qu'on peut la suivre à la trace.

—À moins qu'elle se débarrasse de sa combinaison pour faire couleur locale.

— Je doute qu'elle aille aussi loin. Par ailleurs, les senseurs nous informeraient immédiatement si elle essayait de prendre quelque chose dans le camp de base.

Il colla un disque sur un rocher qui avait résisté à un glissement de terrain. En plus de leur permettre de surveiller les alentours du lac Trine'ba, ces capteurs leur servaient de relais de télécommunications.

— Quatre navettes viennent de partir, annonça Rob.

Morton vit les appareils qui volaient au-dessus de l'eau à très basse altitude, parallèlement à la côte. Ils étaient tous équipés d'un large éventail de senseurs destinés à balayer les dépressions les moins profondes. Son armure passa en mode furtif, sa carapace externe prit la couleur beige du sol, tandis que ses émissions de chaleur se limitèrent pour adopter la température de la boue. Les robots replièrent leur coque en forme de crabe et mirent leurs calculateurs au repos. Les navettes ne se donnèrent même pas la peine d'explorer les flancs de la montagne.

— Je me demande ce qu'ils cherchent ? demanda Rob, comme sa combinaison revenait à la vie.

— Mellanie a dit que des gens avaient choisi de rester. Je suppose qu'ils causent quelques ennuis aux Primiens.

— Super, c'est de cela qu'on a besoin : des amateurs enthousiastes qui foutent la merde à notre place.

Morton eut un sourire en coin.

— Parce que tu penses que nous sommes des professionnels ?

— Écoute, je fais ce type de boulot depuis un bout de temps, maintenant. Je vous ai tous vus à l'entraînement et je sais que vous avez acquis les bases. En plus, on a de l'équipement de pointe, de quoi leur causer de très sérieux ennuis. En tout cas, si on trouve cette bande de fermiers, il faudra leur demander de se tenir à carreau.

— Oui, c'est certain.

— Au fait, comment se fait-il que Mellanie soit au courant pour ces pseudo-résistants ?

— Elle était ici quand les Primiens ont attaqué. À Randtown.

— C'est pas vrai ! Et c'est là qu'on t'envoie en mission ! Pour une coïncidence !

— Ouais.

Morton aurait voulu sourire, mais cet heureux hasard l'avait quelque peu tracassé. *Trop tard pour se faire du mauvais sang.*

L'activité débordante qui régnait à Randtown était pour le moins surprenante. Une installation semblable à une raffinerie avait été construite le long de la côte. Elle faisait près de deux kilomètres de long et était par endroits montée sur pilotis pour enjamber des baies et des criques. Des lumières vives brillaient en de multiples points de la structure, mettaient en évidence des machines soutenues par d'épaisses poutres de métal. Plus loin, sur les coteaux de la ville, des bâtiments cubiques et des citernes cylindriques trônaient sur les anciennes routes humaines. À intervalles réguliers se dressaient des centrales nucléaires. L'autoroute qui traversait le massif de Dau'sing avait été élargie. Le trafic était intense en direction du Rocher des eaux noires ; les véhicules énormes et lents crachaient de grandes quantités de fumée grise. Des rangées de longs bâtiments étaient tout juste visibles au pied du Rocher, et semblaient s'étirer jusque dans la vallée. Un vol de navettes patrouillait au-dessus de la route, mais demeurait le plus souvent caché par les nuages.

À l'extérieur de Randtown, six vastes terrasses avaient été creusées dans les collines irrégulières et deux autres étaient en cours d'achèvement. Apparemment, elles servaient de parking et de zones de stockage pour le matériel de construction, navettes et autres véhicules. Quatre arènes ouvertes étaient pleines d'extraterrestres.

—Ah, enfin! dit Morton, comme ils se faufilaient en rampant à l'orée d'un bois dévasté.

Les pins, pourtant robustes, souffraient énormément de la rigueur nouvelle du climat. Des gouttes d'eau s'accrochaient aux aiguilles, qui arboraient une couleur sépia maladive. De nombreux troncs étaient couchés, car les glissements de terrain avaient mis leurs racines dégoulinantes à nu. Un endroit idéal pour se cacher. Les robots-crabes formaient un cercle protecteur autour d'eux, avançaient avec détermination sur ce tapis de brindilles brisées, d'aiguilles écrasées et de boue.

Morton utilisa les senseurs de sa combinaison pour zoomer sur les créatures dénudées qui paradaient dans l'arène la plus proche. Elles avaient un corps évasé couleur de terre, quatre jambes épaisses et quatre gros bras, qui se balançaient avec lenteur et souplesse. Apparemment, les Primiens n'avaient ni coudes ni genoux, et semblaient complètement élastiques. À leur sommet, ils étaient équipés de huit appendices – quatre cylindres courtauds terminés par une sorte de bouche, entre lesquels étaient intercalés quatre organes plus longs et fins, au bout desquels pendillaient des bulbes de chair, qui se balançaient dans le vent comme des épis de blé.

—De bien solides gaillards, dit Rob. Il doit y en avoir des milliers, en bas.

Morton examina une nouvelle fois les arènes avec ses senseurs optiques.

—Je dirais plutôt des dizaines de milliers.

Il filmait la scène pour la Marine. Le premier trou de ver de communication serait ouvert d'ici dix-sept heures. Il transmettrait ces informations à ce moment-là. Morton était curieux de savoir ce que les analystes tireraient de ses enregistrements.

—Regarde, ils sont tous équipés de transmetteurs, reprit Rob. Je capte moi aussi une sorte de bouillie analogique.

— Exact, dit Morton en voyant deux créatures mettre en contact quatre de leurs appendices les plus longs.

Un baiser extraterrestre ? Une partie de cul ?

— C'est vrai qu'on vient juste d'arriver, pensa-t-il tout haut, mais on dirait qu'ils sont tous pareils.

— Ce n'est pas très politiquement correct, tout ça, gloussa Rob.

— Je me demandais juste s'il ne s'agirait pas de clones. Un genre de main-d'œuvre jetable. Ce pourrait être la même chose pour leur armée. Un soldat parfait répliqué des centaines de millions de fois. D'où leur apparent manque de sens tactique. En fait, ils n'ont que le nombre pour eux. Les massacres ne les dérangent pas, car, contrairement à nous, ils ne perdent pas d'individus.

— Peut-être bien. Ton idée n'est pas plus bête qu'une autre. Essayons de voir cela de plus près.

Précédés et suivis par leurs robots, ils continuèrent à se tortiller parmi les feuilles décomposées et les arbres couchés. Morton voyait des centaines d'extraterrestres s'activer autour de la longue raffinerie, près du lac. La machine géante était en voie d'agrandissement. Des grues, des treuils et des échafaudages étaient visibles aux deux extrémités. Les créatures grouillaient autour des nouveaux éléments à assembler. Ils devaient avoir un excellent sens de l'équilibre, pensa Morton, car les passerelles étroites sur lesquelles ils se déplaçaient n'étaient équipées d'aucune balustrade.

— Eh ! Tu as vu cela ?

— Quoi ?

— Une de ces choses vient de retirer une saloperie du sommet de la raffinerie.

Morton suivit son regard et remarqua que la structure colossale était constellée de ce qui ressemblait à des déjections. Les conduits, les poutrelles étaient maculés de taches brunes et visqueuses.

—Et alors ? Ils n'ont pas encore inventé les chiottes, c'est tout. Doc nous a dit que nous devions nous attendre à affronter une forme de philosophie bizarre, que ce serait sans doute la différence principale entre eux et nous.

—Je ne suis pas certain que ce soit une question de psychologie ou même de plomberie. Laisser ses déchets partout comme ils le font est contre-productif, et ce pour n'importe quelle espèce. Tout le monde doit s'occuper de ses déchets, qu'ils soient organiques ou sociaux. Normalement, c'est cette prise de conscience qui permet d'accéder à la civilisation. On ne se contente pas d'attendre que la pluie tombe pour tout nettoyer.

—Peut-être, rétorqua Morton, mais tu ne sais rien de leur biochimie digestive. Leur merde est peut-être le meilleur des engrais qui soit.

—Si c'était le cas, ils la ramasseraient et la déverseraient dans des champs. Non, non, quelque chose nous échappe. Peut-être que tu étais sur la bonne voie avec ton idée de clones, ajouta Rob, inquiet. Quoique, même des clones ne ruineraient pas leur environnement de cette manière. Personne ne le ferait. Cela n'a aucun sens.

—Peut-être qu'ils attendent l'arrivée des clones nettoyeurs.

Rob gloussa.

—Tu es prêt à parier du pognon là-dessus ?

—Sûrement pas.

Après une demi-heure supplémentaire d'une progression lente dans la forêt en décomposition, ils atteignirent l'extrémité ouest de cette dernière. Impossible d'aller plus loin sans sortir en terrain découvert. Cachés derrière des arbres déracinés, ils n'étaient plus qu'à six cents mètres du champ de force qui protégeait la ville extraterrestre. Ils envoyèrent un trio de robots furtifs à l'avant et restèrent à l'abri de la forêt détrempée. Le soleil disparaissait déjà derrière la ligne d'horizon.

— Une autre différence, dit Rob.
— Quoi ?
— Il n'y a aucune couleur sur leurs constructions, aucune finition, aucun ornement. Tous les matériaux externes sont bruts.
— C'est qu'ils voient en noir et blanc.
— Et qu'ils sont insensibles à l'esthétique…
— Bon, d'accord. Alors, qu'est-ce que tu en penses ?
— Je ne sais pas. Je constate simplement que leur culture ignore l'art.
— Tu crois que c'est de l'art, ce qu'on balance tous les jours sur l'unisphère ?
— Ne fais pas semblant de ne pas comprendre.
— Tu oublies quand même que c'est une base militaire. Elle se doit avant tout d'être fonctionnelle.
— C'est vrai. Qu'est-ce que tu penses de cette installation ?

Morton se concentra de nouveau sur les extraterrestres affairés. De là où ils se trouvaient, ils ne voyaient qu'une petite partie de la façade de la raffinerie. Les machines et les bouquets de conduits formaient une paroi verticale de cinquante mètres de hauteur. Le mur de métal était percé de trous desquels jaillissaient des torrents de liquide. Morton en compta seize, qui crachaient dans le lac une eau d'une couleur écœurante.

— Maintenant, on sait ce qui les a attirés ici, dit Rob. Le lac.
— Qu'est-ce que ça peut bien être ? se demanda Morton tout haut.

Les projecteurs situés au sommet de l'installation dispensaient une lumière puissante sur les eaux peu profondes du Trine'ba. Les extraterrestres avaient œuvré sans relâche sur toute la longueur de la rive. De longues rampes de béton, qui conduisaient presque jusqu'au champ de force, s'étiraient au loin, sur près d'un kilomètre et demi. Entre ces quais artificiels, le lac avait été divisé en carrés réguliers grâce à de lourds filets. Morton remarqua que l'eau était beaucoup plus agitée à l'intérieur de ces enclos que derrière le champ de force, alors qu'il n'y avait pas de vent à l'intérieur de l'enceinte d'énergie. Il zooma pour tenter de voir ce qui remuait ainsi dans l'eau.

Les carrés étaient pleins de créatures. Ils en regorgeaient, même. C'étaient elles qui, en gigotant sous la surface, créaient ces vaguelettes.

— Ils sont en train de bioformer cette planète, annonça-t-il. Voilà à quoi sert cette raffinerie, voilà pourquoi ils avaient besoin du lac. Nom de Dieu !

— C'est possible. En tout cas, ils ont des plans d'expansion à grande échelle. Jette un coup d'œil au robot 306.

Lorsque l'image apparut dans sa vision virtuelle, Morton constata que la minuscule machine avait presque atteint les limites du champ de force. Grâce à elle, ils en apprirent davantage sur ce dernier, à commencer par le fait qu'ils n'auraient aucune chance d'en venir à bout, pas même avec des missiles nucléaires tactiques. Morton se concentra sur la fosse creusée par les Primiens à cent mètres de là. On eût dit qu'ils construisaient un bunker aux épaisses parois de béton et de métal. En son centre était assemblée une tour constituée de pièces mécaniques. Doc avait raison : à chaque besoin son type de machine. Il reconnut certains éléments sans l'aide de son assistant virtuel. Les extraterrestres montaient un nouveau générateur de champ de force.

— Regarde sur la droite, dit Rob.

Il fit pivoter les antennes du robot 306. Une autre fosse, avec un autre générateur, à six cents mètres du premier.

— Ces générateurs seront beaucoup plus puissants que ceux qu'ils utilisent en ce moment, reprit Rob. Au rythme où ils vont, ils les auront terminés dans deux jours. Après cela, ils seront vraiment imprenables, et nous, on l'aura dans l'os.

— Seule la ville est protégée, pour le moment, rétorqua Morton. Il y a beaucoup d'autres cibles tout autour.

— Ne te fiche pas de ma gueule, Morty. C'est ici que les choses se passent. Nous devons absolument trouver un moyen de saboter cette saloperie de station. Inutile de tergiverser, on doit utiliser nos têtes nucléaires.

Morton leva les yeux avec précaution et risqua un regard vers la ville et son champ de force. Vu les chances qu'ils avaient de l'atteindre, la raffinerie aurait très bien pu se trouver à des années-lumière.

— Putain, on ne peut rien faire ! s'exclama-t-il.

— On pourrait peut-être y arriver en passant par le lac. Les champs de force sont beaucoup moins efficaces sous l'eau. Plus le matériau est dense, moins ils sont puissants.

— Peut-être, quoique l'eau ne soit pas le plus dense des matériaux. Il faudrait faire le tour du lac, tester la résistance de la barrière sous la surface.

— Ces combinaisons sont aussi conçues pour plonger.

— Oui, mais on ignore si nos liaisons courte distance fonctionneront dans l'eau.

— C'est vrai. Mais, on pourrait… Eh ! Qu'est-ce que c'est que ça ?

Un des robots furtifs venait d'enregistrer un mouvement à quelques centaines de mètres, dans les profondeurs de la forêt. Le crabe monta sur un tronc à moitié pourri et examina une rangée de souches. Une silhouette humaine rampait à découvert pour passer d'une zone d'ombre à une autre.

— Mellanie avait donc raison, dit Rob. Elle n'a pas seulement un cul d'enfer.

— Non, répondit Morton d'une voix absente.

Deux autres humains suivaient la première silhouette. Ils portaient des sortes de combinaisons de ski sombres. Le détecteur infrarouge ne le percevait pas. Apparemment, quelqu'un parmi eux savait comment trafiquer des fibres thermiques.

—Ce n'est pas très bon pour nous. Ils vont se faire repérer.

—Relax, mec. Notre camouflage est parfait.

—Oui, mais pas le leur, rétorqua-t-il en effleura l'icône de Cat dans sa vision virtuelle. On a trouvé ce qui reste des autochtones. Connectez-vous à nos robots furtifs.

—Je les vois, Morty. On dirait qu'ils ont trouvé un sens à leur vie.

—Ouais, eh bien, ils auraient dû s'abstenir, rétorqua Doc. S'ils se mettent à tirer sur les Primiens, ils vont tous se faire descendre.

—Personnellement, dit Rob, j'ai l'impression qu'ils savent très bien ce qu'ils font. Je propose qu'on les laisse continuer, pour voir.

Cinq robots furtifs s'enfoncèrent dans la forêt dans la direction prise par les humains. Ils les rattrapèrent rapidement, puis passèrent devant pour scanner le terrain.

—Notre mission consiste aussi à porter assistance aux éventuels survivants, insista Doc.

—Oui, quand il s'agit de civils, le contra Rob.

—Ce sont des civils qui jouent à la guerre.

—M'est avis qu'ils se débrouillent plutôt bien.

—Doc a peut-être raison, intervint Cat. Ces bouffons risqueraient de nous foutre dans la merde. Tu devrais les arrêter, Morton.

Pourquoi moi ? pensa-t-il. Dans d'autres circonstances, il aurait été flatté.

—Oh oh, fit Rob. On risque de ne pas avoir le temps d'intervenir.

Les robots venaient de capter des émissions électromagnétiques standards. Quatre Primiens en armure patrouillaient au pied de la colline et longeaient la forêt dévastée.

Morton afficha un plan détaillé dans sa vision virtuelle et l'étudia.

—Si je voulais leur tendre une embuscade, je le ferais exactement ici, conclut-il en désignant une vallée étroite et profonde à l'est de la ville, tout près du lac. Les Primiens vont devoir traverser quelque part, et à ce moment-là, le contact visuel sera rompu avec leur base. Oui, c'est l'endroit idéal.

—Ouais, fit Rob. Pas mal, pour une bande d'amateurs.

—Rejoignez-les et parlez-leur, proposa Doc. Qu'ils soient au moins au courant de notre présence.

—Je crois très honnêtement que ces mecs savent ce qu'ils font, dit Rob. Ce n'est sûrement pas leur première fois.

—Les laisser continuer serait une grossière erreur.

—Doc a raison, enchérit Cat. Empêchez-les de foutre la merde.

Morton savait qu'elle avait raison. Les Griffes de la Chatte ne pouvaient pas se permettre de laisser qui que ce soit interférer dans leur mission. Il ne suffisait pas d'avoir de bonnes intentions pour bien faire.

—On va essayer.

Rob continua à grommeler, mais il suivit Morton sur le tapis d'épines humides et moisies en faisant bien attention de rester derrière le lacis de troncs décomposés. Ils progressèrent rapidement, mais la patrouille marchait en terrain découvert, et les résistants étaient presque en position.

—On arrive, annonça Cat. Juste au cas où vous ne seriez pas à la hauteur. Et puis, j'en ai marre de voir le monde par l'intermédiaire de mes senseurs.

—Tu parles ! s'exclama Doc. On ne voit rien au-delà du Rocher des eaux noires. Il faut absolument qu'on élargisse notre réseau.

—Ma parole, tu vas bientôt nous donner des leçons de morale. Fais ce que tu as envie de faire et lâche-moi un peu la grappe.

— Cela n'a rien à voir avec toi, salope.

— Du calme, du calme.

— Eh, fermez-la un peu ! intervint Rob. Il se passe un truc intéressant.

Les robots furtifs venaient de capter des interférences électromagnétiques quelque part dans le fond de la ravine. Elles n'étaient pas suffisamment intenses pour isoler complètement les soldats, mais elles réduisaient considérablement leur bande passante et compliquaient leurs communications.

— On dirait que ces gars-là ne sont pas des bleus.

Les résistants se séparèrent et prirent position le long de la saignée naturelle. Ils empoignèrent les longs et massifs cylindres qu'ils portaient sur leur dos et visèrent. L'assistant virtuel de Morton compara ces tubes à toutes les armes connues.

— Putain de merde ! lâcha-t-il quand le programme eut terminé. Ce sont des armes primiennes.

— Je me demande où ils les ont trouvées, dit Parker, amusé. Jolis joujoux, pas vrai ?

— Ce n'est pas la taille qui compte, mais la façon dont tu t'en sers, glissa Cat.

Morton avait envie d'envoyer un robot là-bas, à sa place, pour entrer en contact avec ces hommes. Il ne le fit pas, car il craignait que le crabe ne provoque une réaction hostile, ce qui aurait pu être dangereux pour eux tous.

Les extraterrestres entreprirent de descendre dans la petite vallée. Les versants abrupts formaient un V, dans le fond duquel coulait un torrent d'eau blanche. Son lit était constitué de cailloux gris, mais ses berges étaient parsemées de rochers plus gros couverts de lichen, qui obligèrent les extraterrestres à zigzaguer et à faire des détours. Un des robots, situé juste au-dessus d'eux, les filma comme ils disparaissaient du champ de vision d'éventuels gardes restés en ville.

Les interférences augmentèrent très fortement à proximité de l'eau. Les Primiens s'arrêtèrent, brandirent leurs armes et se dispersèrent. Deux d'entre eux se cachèrent derrière des rochers. Leurs scaphandres se couvrirent de noir et leur signature infrarouge disparut. Il devint extrêmement difficile de les distinguer, même pour les capteurs des robots.

—Arrête-les ! supplia Doc. Morton !

Un rayon fendit la ravine et atteignit le plus visible des soldats. Son champ de force s'illumina, dessina une silhouette violette sur la toile de fond du rocher et de l'eau bouillonnante. Un autre rayon frappa le champ de force mis en évidence. De la vapeur s'éleva de l'herbe environnante, tandis que des flammes léchaient la base du bouclier d'énergie. Deux secondes plus tard, le champ de force s'effondra sous les coups de boutoir des deux pointes lumineuses. La combinaison de l'extraterrestre explosa dans un champignon de plasma tandis que ses cellules d'énergie et ses munitions étaient vaporisées.

Une lumière crue, plus vive que celle du jour, éclaira toute la ravine. Les deux créatures qui s'étaient abritées derrière des rochers ouvrirent le feu sur leurs assaillants.

—Merde, ils vont se faire descendre, cria Morton.

Il se leva et courut aussi vite que possible. Les électromuscles de sa combinaison le portèrent sans aucune difficulté, amplifiant ses bonds, le faisant littéralement voler au-dessus des arbres couchés.

—Putain ! hurla Rob en lui emboîtant le pas et en écrasant les souches mortes comme de vulgaires morceaux de polystyrène.

—Je vois le feu d'ici, dit Cat. Vous avez réveillé la moitié des Primiens de cette putain de planète !

Morton grimaça. Au-dessus de sa tête, les parois de la ravine s'illuminaient comme un feu d'artifice. Avec ou sans brouillage, toutes les navettes de la région seraient bientôt ici. Son armure déploya son hyperfusil.

Une lourde motte de terre accompagnée de flammes fut soulevée dans les airs juste à côté de l'un des tireurs. Morton vit une silhouette humaine tournoyer un instant derrière un voile d'énergie brute.

—Quatre navettes arrivent dans votre direction, annonça Parker.

Des symboles orange apparurent dans la vision virtuelle de Morton.

—Tirez-vous! cria Cat.

—Sûrement pas, rétorqua Morton. Ils en ont tué un, mais il en reste deux.

—Alors, arrêtez-les! lança Parker. C'est quand même pas la mer à boire.

—On arrive, dit Doc. Parker, viens avec moi.

—Mon Dieu!

Un dernier saut de huit mètres au-dessus d'un arbre appuyé en porte-à-faux sur ses voisins, et il se retrouva au bord de la ravine, les bottes enfoncées jusqu'aux chevilles dans le sol spongieux. Il pointait déjà son hyperfusil. Un cercle de visée tout simple se matérialisa au centre de son champ de vision. Les robots furtifs calculaient les coordonnées pour lui. Une armure primienne glissa avec fluidité dans le rond orange, qui devint immédiatement vert. Morton tira.

L'hyperfusil avait été conçu pour une seule chose: perforer le champ de force généré par une armure primienne. Morton ne fut donc guère surpris de voir le laser fin comme un cheveu transpercer la combinaison en une demi-seconde et envoyer l'extraterrestre trois mètres plus loin, dans le ruisseau. L'eau recouvrit la forme sombre, siffla brièvement au contact de la chaleur. *Pour une fois que les militaires font quelque chose correctement.*

Rob s'accroupit à côté de lui pour former une cible moins évidente. Il tira à son tour. Morton repéra le dernier Primien et fit feu. La ravine fut brusquement plongée dans les ténèbres. Seules quelques braises rougeoyaient encore là où la patrouille extraterrestre avait tenté de tenir sa position. Toutefois, l'air humide de la nuit les éteindrait rapidement.

— Qui êtes-vous donc ? demanda une voix pas très amicale.

— La cavalerie, répondit Rob. C'est votre jour de chance.

— Navette en vue, annonça Doc avec un calme étonnant. On va vous couvrir.

— Non ! cria Cat. Ne fais pas ça !

Sa télémétrie indiqua à Morton que Doc venait de lancer un HVvixen. Le missile effilé atteignit rapidement quinze G. Le plasma qui jaillissait de son réacteur transperçait l'atmosphère comme une éruption de particules solaires. Il fondit sur la navette, libérant d'un coup ce qui lui restait d'énergie. L'engin explosa aussitôt, devint une boule de feu, qui grossit à une vitesse supersonique et enveloppa les trois autres appareils. Ceux-ci explosèrent à leur tour dans un nuage bouillonnant de vapeur saphir.

— Je vous ai eus, bande de fumiers, fredonna Doc.

— Espèce de trou du cul ! cria Cat. Tu viens de signer notre arrêt de mort.

— Tu perdras uniquement ton enveloppe charnelle, chérie. Ton essence perdurera.

Dans le ciel, les éclairs aveuglants disparurent alors que des milliers de fragments refroidis retombaient vers le sol en déroulant des plumets de fumée. Les senseurs de Morton repérèrent trois silhouettes en armure qui se tenaient au milieu de cette tempête scintillante.

— Joli coup, mec, dit Parker, admiratif.

— Fuyez, chuchota Morton. Barrez-vous. *Tirez-vous de là !*

Une des silhouettes lui obéit immédiatement. C'était la Chatte. Les électromuscles de sa combinaison poussés dans leurs derniers retranchements, elle prit ses jambes à son cou et s'enfuit à près de soixante kilomètres à l'heure. Elle se dirigeait vers la montagne et la couverture de nuages chaotiques.

— Quatre de moins, dit Parker. En tout, cela fait six.

— Tu veux dire dix, le corrigea Doc. Morton, Rob, sortez les civils de là.

— Ouais ! s'esclaffa Parker. Protéger et servir !

Celui des résistants qui avait survécu marchait vers Morton d'un pas incertain.

— Qu'est-ce que c'était ? Que se passe-t-il ?

— Ils ne vont pas y arriver, marmonna Rob.

Cinq missiles hurlèrent dans la nuit.

Morton sauta sur le survivant, tandis qu'un rideau de lumière blanche les recouvrait.

— Descendez ! Descendez dans la ravine.

Il ne laissa pas à l'homme le temps de protester. Il l'agrippa, le souleva sans effort et sauta. Dans leur dos commença un véritable feu d'artifice infernal.

— Ils tombent comme des mouches ! s'exclama Parker au comble de la joie.

— Ils nous ont trouvés, annonça Doc. Il en arrive d'autres. Merde ! Dix-huit ! Dont quatre très gros, que tu vas pouvoir ajouter à ton catalogue, Morton.

Les senseurs de son armure relayaient un flot de données, qui clignotèrent plusieurs fois comme des systèmes de visée le prenaient pour cible.

— Vous feriez mieux de vous trouver un meilleur abri. Morton, je compte sur toi pour donner un sens à cette mission.

Parker tira un autre missile. Toutefois, celui-ci n'eut pas le temps de parcourir dix mètres ; un déluge d'énergie se déversa sur lui.

Le cri de Parker résonna dans les oreilles de Morton, tandis que l'explosion le projetait en l'air. La télémétrie indiquait que son armure était proche de la surchauffe.

— Dans le fond de la ravine, dit Rob. Nous serons en sécurité en bas.

Morton prit le survivant sous son bras et se hâta de parcourir les derniers mètres qui les séparaient de l'eau déchaînée. Il enclencha ses senseurs actifs, persuadé que personne ne s'en rendrait compte. L'eau était plus profonde que prévu – au moins deux mètres. D'après son radar, elle s'écoulait librement en aval.

— Par là ! cria Parker sur toutes les fréquences disponibles. Je suis ici, bande de salauds ! Venez m'attraper.

Sept appareils de grande taille approchaient de lui et tiraient sans discontinuer.

— Bouffez cette merde et crevez !

Morton plongea dans l'eau avec le résistant. Il élargit le champ d'action de son bouclier pour qu'il les enveloppe tous les deux.

Parker lâcha ses deux missiles tactiques nucléaires.

Une couverture de lumière blanc-violet recouvrit le sommet de la ravine, oblitéra toutes les autres couleurs jusqu'au sol. L'eau bouillonna, l'air trembla et les rochers vibrèrent. Des pierres dégringolèrent sur les versants et tombèrent dans le ruisseau.

Morton et Rob, qui tournoyaient dans le courant, avaient déjà bien avancé. Ce fut un parcours erratique et rapide, plein de creux et de bosses, de chocs et de ricochets. Puis, le courant se calma un peu. Morton ne lâcha pas son protégé et fit de son mieux pour maintenir sa tête hors de l'eau écumante.

L'éclat mortel de l'explosion atomique se dissipa, ne laissant que quelques éclairs sporadiques dans la couche nuageuse.

— Tout va bien ? demanda Rob.

Il avait dix mètres d'avance sur Morton et se laissait flotter sur le dos en se servant de ses bras comme de rames.

— J'essaie juste de ne pas tuer ce type.

— Il s'en est sorti ?

— Oui, mais je crois qu'il a connu des jours meilleurs. D'après mes senseurs, il respire toujours.

Enfin, il suffoquait. Mais au moins était-il toujours en vie.

— On se rapproche dangereusement de la ville.

— Je sais. On est presque à l'embouchure.

Deux cents mètres plus loin, le ruisseau s'élargissait, devenait moins profond et se jetait dans le lac Trine'ba. Morton décrivit une dernière courbe, fut rejeté sur le côté et racla le lit caillouteux avec ses fesses avant de s'arrêter complètement.

— Nom de Dieu de merde ! dit Rob. On a réussi.

— Félicitations, lâcha Cat, sarcastique. J'espère que vos fesses n'ont pas trop souffert de l'accostage, puisque c'est avec elles que vous réfléchissez.

— Ta gueule, salope !

Dans sa vision virtuelle, Morton repéra les capteurs ronds qui permettaient à Cat de les observer à distance. Il n'en restait plus beaucoup. Il s'y connecta à son tour et vit un cratère marron et fumant là où se trouvait Parker quelques minutes plus tôt. Juste au-dessus, une trouée s'était formée dans les nuages, où tourbillonnait un gaz violet. Sur les collines, arbres et bosquets étaient transformés en torches, tandis que la prairie était réduite en cendres. Une fumée épaisse s'élevait, qui emplissait la fine bande d'atmosphère située entre le sol et les nuages. À en croire les différents capteurs, plus aucune navette ne volait dans les parages.

Cat était cachée dans un repli de terrain, juste au-dessus du site de l'explosion. Sa télémétrie indiquait que sa combinaison était intacte, que son champ de force l'avait protégée.

Morton posa l'homme et se leva. Le bouclier protecteur de la ville n'était plus qu'à cinq cents mètres. Il n'y avait aucun signe d'activité aux alentours.

—Nous sommes saufs pour le moment, mais il vaudrait mieux ne pas traîner longtemps ici, dit-il.

—Amen, acquiesça Rob.

Morton regarda l'homme étendu sur les pierres de la berge. Ses vêtements noirs étaient déchirés à plusieurs endroits. En dessous, sa peau couleur d'ébène était écorchée et lacérée.

—Vous allez bien ? demanda-t-il.

L'homme tourna la tête dans sa direction et ouvrit les yeux.

—Quoi ? Vous plaisantez, j'espère ?

—Désolé. J'ai un excellent kit de premiers secours, mais je préférerais que nous mettions un peu de distance entre cette ville et nous avant de prendre le temps de m'occuper de vous.

—Grand Dieu miséricordieux, pardonnez-moi.

—Vous pardonner quoi ?

—D'avoir conduit des hommes à une mort certaine. Je suppose que vous êtes responsable de cette explosion ? Nucléaire, n'est-ce pas ?

—C'est l'œuvre d'un de mes camarades. Il essayait d'arrêter les navettes que vous aviez attirées dans le coin.

—Je vois, marmonna l'homme en s'inclinant si bas, que sa tête trempa presque dans l'eau. J'ai plus de morts sur la conscience que je ne le croyais, si je comprends bien. C'est un fardeau plutôt lourd à porter. La Providence doit m'avoir dans le collimateur.

—Cela n'a rien à voir avec vous, si vous voulez mon avis. Je m'appelle Morton, et lui, c'est Rob.

—Messieurs, merci infiniment. Vous m'avez sauvé la vie et j'espère que cela vous portera chance.

—J'espère aussi, grogna Rob.

—Qui êtes-vous ? demanda Morton.

L'homme sourit, découvrant des dents à la blancheur immaculée.

—Simon Rand. Le créateur de ce paradis.

* * *

La grotte était une excellente cachette, admit Morton. Ils avaient marché une heure pour y arriver, longeant difficilement la côte, pataugeant parfois dans le lac, là où les ruisseaux venus de la montagne se jetaient dans l'eau malodorante du Trine'ba.

Trois personnes y attendaient leur leader. Depuis les explosions, elles vivaient dans l'angoisse.

David Dunbavand avait été gravement blessé lors d'un raid précédent. L'une de ses jambes était dans un sale état. La chair en était bleu-noir et striée de coupures desquelles suintait un liquide gris épais. Ses orteils, comme en attestaient leur aspect et leur odeur, étaient déjà atteints par la gangrène. Il était revenu de ce bref combat avec plusieurs autres fractures. Il transpirait abondamment et avait les cheveux plaqués sur le crâne.

Une fille appelée Mandy s'occupait de lui. Elle était fatiguée, usée, proche des larmes. Elle ne pouvait pas faire grand-chose à part changer ses pansements et l'aider à avaler des bouillons préparés à partir des sachets de nourriture qu'ils étaient parvenus à sauver. Elle portait plusieurs pulls en laine trop grands et un pantalon en tissu semi-organique résistant à l'eau. Quelques mèches de cheveux plats dépassaient d'un bonnet de laine noire.

Georgia était sortie de la grotte en courant dans la mare pour accueillir un Simon boitillant.

—Une de mes premières fidèles, dit Simon pour la présenter à Morton et Rob. Georgia était avec moi quand on a tracé cette route.

Elle sourit courageusement et le prit par la taille pour l'aider à franchir les derniers mètres de roche glissante. Son visage rude et magnifique était celui d'une adolescente. Elle avait la mâchoire carrée, les pommettes saillantes, et portait un tailleur de créateur hors de prix par-dessus plusieurs tee-shirts et un pantalon thermique. Le tissu semi-organique arborait des semaines de crasse, mais la protégeait de l'atmosphère humide de la grotte et de l'air froid qui soufflait à l'extérieur. Sa chevelure auburn, autrefois coiffée avec style, avait été coupée grossièrement avec des ciseaux et était désormais enveloppée dans une écharpe de soie enroulée à la manière d'un turban.

Morton suivit Simon et Georgia le long de la corniche qui menait à la salle principale. Celle-ci était éclairée par quelques globes solaires rechargeables, dont la puissance et la couleur jaune ne permettaient même pas de chasser les ténèbres du plafond. Néanmoins, il y avait suffisamment de lumière pour ne pas manquer les trois cadavres emmaillotés dans du plastique et étendus contre la paroi du fond.

David se releva sur les coudes en grimaçant.

—Où sont les autres ? demanda-t-il avec étonnement, alors qu'il connaissait déjà la réponse.

—Je suis désolé, se contenta de répondre Simon.

Mandy s'effondra sur le sol et fondit en larmes.

—Tyrone ? demanda David.

Simon secoua la tête.

—Mais il en a eu un avant de mourir. Il a tenu sa position jusqu'au bout.

—Un ! s'exclama avec amertume le blessé. Un sur un million. Je n'aurais jamais dû rester. J'aurais dû partir avec Lydia et les gosses. On ne sert à rien, ici. On se fait massacrer, c'est tout. Regarde-nous ! Quatre ! Nous ne sommes plus que quatre ! Pourquoi ? Qu'avons-nous accompli ?

Il se rallongea sur sa couche fine en tremblant de douleur et en respirant par saccades.

— Combien étiez-vous au début ? demanda Morton.

— Nous étions dix-huit à avoir choisi de rester, répondit Simon en s'asseyant lourdement. Ceci, reprit-il en désignant la grotte d'un grand geste de la main, est tout ce qui reste de notre communauté. J'aurais aimé pouvoir vous dire que nous avons envoyé un grand nombre de ces monstres en enfer, mais hélas, nos efforts ont été presque vains. Ce sont d'excellents soldats très bien équipés. En vérité, nous n'avons œuvré qu'à notre propre mort.

Il commença à gratter les rubans de peau cicatrisante que Rob avait appliqués sur ses coupures pendant le trajet. Georgia prit place à côté de lui, le menton posé sur les genoux. Ils s'enlacèrent.

— Dix-huit, marmonna Morton.

Il n'avait pas envie de connaître les détails de leur histoire catastrophique. Non que les Griffes de la Chatte aient fait beaucoup mieux. Pas encore, en tout cas.

— S'il vous plaît, supplia Mandy en s'essuyant les yeux, nous voulons revoir le Commonwealth.

Morton était heureux que son casque dissimulât son expression.

— Ce ne sera pas forcément possible. Nous sommes censés rester six mois. J'informerai toutefois la Marine de votre présence. Ils essaieront sans doute d'ouvrir un trou de ver pour vous.

Elle baissa la tête.

— Vous pouvez communiquer ? coassa David Dunbavand.

— Bien sûr. La Marine ouvrira régulièrement des trous de ver pour collecter nos messages. Nous pourrons faire savoir à vos familles que vous êtes en vie.

— J'aimerais mieux pas, rétorqua le blessé, faussement amusé, avant de partir d'une toux rauque.

— Laissez-moi vous examiner, lui ordonna Rob.

Il retira son casque, s'agenouilla près de l'homme et passa un appareil de diagnostic au-dessus de ses jambes et de son torse.

—Nous avons du matériel médical dans notre camp de base. On pourra sûrement vous aider.

—Pour l'instant, je me contenterais bien d'un analgésique, dit David. On n'en a plus depuis longtemps. Nous n'avons plus accès à l'hôpital depuis le déploiement de leur tout premier champ de force. Alors, on se débrouille avec ce qu'on trouve dans les fermes, c'est-à-dire pas grand-chose. Et puis, le pauvre vieux Napo en a vraiment eu besoin, ajouta-t-il en désignant un des cadavres.

—Ne vous en faites pas, on a ce qu'il faut, le rassura Rob en produisant un diffuseur de son sac.

David soupira bruyamment comme le soldat le lui pressait contre le cou.

—Merde! souffla-t-il. Finalement, ce n'est pas du tout désagréable d'être complètement engourdi. Merci à vous, mon ami.

—Pas de quoi. Maintenant, restez allongé et laissez les programmes de mon assistant virtuel décider ce qu'il convient de faire de vous.

—Quelle est la bande passante de vos trous de ver? demanda David. Nous avons gardé les mémoires de nos amis; vous pourriez les envoyer en lieu sûr?

—Vous disposez d'une banque sécurisée? s'étonna Morton.

—Assurer leur sécurité est un devoir pour nous, répondit Simon. Chaque fois que l'un d'entre nous s'aventure dehors, nous transférons ses souvenirs dans un ordinateur de poche ordinaire. Ceux qui restent au camp jurent alors de tout faire pour trouver un moyen de les renvoyer dans le Commonwealth. Nous nous faisons confiance, vous comprenez. En ces temps difficiles, les liens d'amitié qui nous unissent sont assez forts pour que nous trouvions en nous le courage de faire face à la mort de nos enveloppes charnelles avec courage et conviction.

Morton se demanda s'il serait capable de confier sa mémoire à un de ses camarades. Non, probablement pas.

—Le transfert risque de durer longtemps et le trou de ver ne reste ouvert que quelques secondes, commença-t-il avec tact.

—Je comprends. Toutefois, nous avons survécu jusqu'ici, alors, quelques mois supplémentaires ne nous font pas peur. Surtout avec vos armes pour nous protéger.

Morton souleva son casque. Après l'air filtré respiré jusque-là, l'odeur de la grotte lui parut exceptionnellement forte. Il eut d'ailleurs du mal à l'identifier. Viande crue? Sucre?

—Qu'est-ce que c'est?

—L'odeur? demanda Mandy. C'est cette chose qu'ils déversent dans le Trine'ba. Cela empire de semaine en semaine.

—Une idée de ce que cela peut être? Nous avons vu leur raffinerie.

—J'ai réussi à prélever quelques échantillons, expliqua David. Apparemment, ce serait un genre d'algue. En fait, ils sont en train de bioformer le lac.

—Je pense qu'ils ont l'intention de transformer notre planète, d'en faire un monde semblable au leur, dit Simon. Nous n'en sommes qu'à la première étape. La biosphère d'Elan, telle qu'elle existe aujourd'hui, ne les intéresse absolument pas, aussi ne prennent-ils aucune précaution pour la protéger. Leur impérialisme commence au niveau cellulaire.

Rob sortit deux ampoules de son kit médical et les enfonça dans le diffuseur.

—Après cela, j'envelopperai votre jambe dans un fourreau de peau cicatrisante, dit-il à David en appliquant l'appareil sur la cuisse décolorée de l'homme. Je ne pourrai rien faire pour vos os, mais les bandes de peau artificielle et les bioviraux devraient stabiliser votre état en attendant qu'on vous transporte jusqu'à un hôpital.

David toussa. De minuscules gouttelettes de sang maculèrent ses lèvres.

—J'espère que Lydia continue de payer mon assurance maladie.

—Tu survivras, dit calmement Simon. Je t'en donne ma parole. S'il le faut, je te porterai sur mon dos jusqu'à l'entrée du trou de ver.

Il s'interrompit, car quelqu'un arrivait en pataugeant dans l'entrée de la grotte.

Cat sortit de l'eau et retira son casque. Ses cheveux aux pointes violettes étaient trempés de sueur et ébouriffés. Elle sourit jusqu'aux oreilles et écarquilla ses yeux gris-bleu en admirant l'intérieur de la cache.

—Pas mal, observa-t-elle. Alors, les garçons, je vous ai manqué?

—Ouais, comme une flaque de vomi desséchée, répondit Rob avant de retirer les pansements de la jambe de David.

—Eh bien, dites-moi, on n'a pas raté notre arrivée, pas vrai? s'exclama la Chatte en s'enfonçant dans la grotte. Déjà deux morts, sans avoir sauvé qui que ce soit. On a fait sauter quelques têtes nucléaires sans causer des masses de dégâts. Et puis, la plupart de nos disques senseurs sont HS. Tu parles d'un triomphe.

—Oui, sans toi, on n'aurait jamais pu accomplir tout cela, dit Morton, sarcastique.

—Je vous avais prévenus, mais vous n'avez pas voulu m'écouter.

* * *

Bien qu'elle fût parfaitement ajustée, Morton retira sa combinaison avec délice. Il frotta vigoureusement toutes les parties de son corps qui lui étaient accessibles, chassant démangeaisons et raideurs musculaires. Son sous-vêtement semi-organique une pièce repoussait l'humidité de la grotte et le maintenait à peu près au sec. En revanche, il ne pouvait rien faire contre l'odeur.

Après des semaines à s'alimenter uniquement de sachets volés ici et là, les survivants accueillirent avec joie la nourriture apportée par les Griffes.

— De la bouillie saturée de sucre et antidiététique, des gènes mal modifiés, des additifs toxiques, énuméra Georgia en versant directement dans sa bouche le contenu d'un sachet autochauffant de tourte au poisson. Mon Dieu, c'est délicieux.

— Notre mode de vie n'est plus, dit Simon, avant d'accepter en s'inclinant les lasagnes végétariennes que lui tendait Cat.

— Cela ne vient pas des grandes fermes industrielles des planètes du G15, le rassura-t-elle. Moi aussi, je refuse d'avaler ces merdes.

Morton vit Rob ouvrir la bouche. Leurs regards se croisèrent, et son camarade se détourna.

— Le moment est venu de discuter un peu tactique, dit Morton. Personnellement, je pense que notre priorité est de vous mettre en sécurité.

— Et David ? demanda Simon.

Ils avaient mis Dunbavand dans le sac de couchage de Morton afin de protéger les bandes de peau cicatrisante de l'humidité excessive de la grotte. Il dormait paisiblement, tandis que les médicaments et bioviraux faisaient leur possible pour que son état ne s'aggrave pas.

— On pourrait le mettre dans une de nos bulles et la diriger d'ici jusqu'à un coin plus sûr, répondit Morton. À mon avis, vous seriez davantage à l'abri dans les montagnes.

—Oui, les Primiens semblent se cantonner à Randtown et aux vallées les plus proches du Rocher des eaux noires, acquiesça Simon. Il vaudrait sans doute mieux nous réfugier en altitude.

—N'oublions pas notre mission, intervint Rob. Nous sommes supposés rendre la vie impossible à ces putains d'extraterrestres.

—Et c'est ce que nous allons faire, le rassura Morton. Toutefois, nous avons six mois devant nous.

—Je ne voudrais pas me mêler de vos histoires, dit Simon, mais je suppose que vous avez vu les nouveaux générateurs de champs de force qu'ils sont en train de monter. Une fois qu'ils seront opérationnels, même vous, vous ne pourrez plus grand-chose contre eux. C'est déjà la troisième fois qu'ils élargissent leur périmètre et renforcent leur sécurité. Chaque fois, les générateurs de champs de force sont plus gros et plus puissants.

—Au début, on a essayé de se faufiler à l'intérieur, expliqua Georgia. Cinq des nôtres ont été repérés dans le réseau d'égouts. Ils n'avaient aucune chance de s'en tirer. Les Primiens devaient s'attendre à ce que nous essayions d'infiltrer leur station. Ils ne sont pas bêtes. Quant au vieux Napo, il a pris la tête d'une équipe supposée traverser le champ de force sous l'eau, en passant par le vieil aquarium. Rien ne marche. Ils ont pris toutes les précautions imaginables.

—De toute façon, il n'y a plus d'entrée possible, ajouta Mandy en mâchouillant avec indifférence un sandwich au bacon. Les Primiens se sont étendus au-delà des frontières de la ville. Les tunnels de maintenance, égouts pluviaux et autres conduits sont tous à l'intérieur des champs de force, désormais.

—Vous ne voyez pas plus loin que le bout de votre nez, les mecs, lâcha Cat, d'une voix glaciale et méprisante qui résonna dans la grotte.

Morton lui lança un regard sévère. Le talon appuyé contre la nuque, elle était en train de faire son yoga.

— Tu as la solution ? demanda-t-il.

— Ben, oui !

— Tu veux bien la partager avec nous ?

— C'est simple, il suffit de les atomiser. On ne peut rien faire d'autre, alors…

— On ne peut pas les *atomiser*, puisqu'on ne peut même pas les approcher.

Elle ferma les yeux, adopta la position dite de la « lumière de l'aube » et inspira profondément.

— Il y a forcément un moyen, intervint Rob. Il y a peut-être des cavités sous la ville.

— Non, répondit Simon. Avant la construction de Randtown, nous avons fait un bilan géologique complet du site. Je n'avais pas envie de tomber sur un os au milieu des travaux – cela nous aurait coûté trop cher.

— La brasserie *Le Marquis* a fait creuser des caves assez profondes, dit Georgia. Je ne sais pas jusqu'où elles s'étendent, mais je me rappelle qu'elles étaient traversées par une source. Ils utilisaient cette eau pour produire leur bière. L'eau du massif de Dau'sing – c'était d'ailleurs leur argument de vente principal.

— J'y suis descendue une fois, avoua Mandy. Je suis sortie avec l'assistant brasseur. Elles ne sont pas très grandes. Et il n'y avait qu'une seule entrée.

— Il y a forcément un réseau de drainage.

— Si c'est le cas, les Primiens l'ont sûrement découvert et criblé de senseurs.

— Non, la brasserie est trop loin derrière le bouclier du champ de force, dit Simon. Et puis, il me semble que les extraterrestres ont rasé le bâtiment. Nous n'aurions aucun moyen de ressortir à la surface, même si nous parvenions à creuser jusque-là.

— Vous avez quelque chose qui pourrait creuser sous le champ de force ? demanda Georgia.

— Un Vengeur d'Alamo, marmonna Rob avec un sourire en coin.

— Non, répondit Morton. Nous n'avons pas de quoi mener un assaut frontal. Nous sommes supposés les harceler et prendre la fuite, leur faire perdre du temps, de l'argent, et les obliger à regarder constamment par-dessus leur épaule.

— Jolie théorie, commenta Simon. Néanmoins, les Primiens sont une espèce extrêmement centralisée. Vous pourriez certes vous en prendre à leurs installations dans les vallées environnantes, mais je doute que cela les affecte beaucoup. Pour leur faire du mal, il faudrait attaquer cette structure géante, à l'intérieur du champ de force.

— Il n'y a pas d'autre solution que l'approche sous-marine, conclut Rob à contrecœur. Il n'y a pas que le réseau d'égouts. Il y a peut-être un passage sous un récif, un conduit quelconque, je ne sais pas, moi !

— Comme vous êtes pénibles, dit Cat en retirant son pied de derrière sa tête. Morty, moi qui te prenais pour un dirigeant, un entrepreneur. Qu'est-il arrivé à ton discours optimiste de manager de première division ? Toutes ces conneries dont tu raffoles habituellement ?

— Si tu as une idée, crache le morceau, dit l'interpellé avec lassitude.

— Les extraterrestres ne cessent d'étendre leur territoire autour de la station, pas vrai ? Il suffit donc de placer des charges atomiques à l'extérieur de la ville, d'attendre qu'elles se retrouvent à l'intérieur des limites du prochain champ de force et de tout faire sauter. Des questions ?

C'était tellement évident que Morton eut envie de se donner un coup de pied au cul. Il mit son manque de lucidité sur le fait qu'ils venaient de perdre Parker et Doc.

— Simon, est-ce que les Primiens éteignent les champs de force internes lorsqu'ils en allument un nouveau ?

— Jusque-là, oui.

— Mon Dieu, mon Dieu, s'exclama Cat en battant ostensiblement des cils. Ne me dites pas qu'on va mettre en application mon idée à moi ?

— Tout arrive, dit Rob. Je suppose que tu ne vois aucun inconvénient à rester avec les charges nucléaires jusqu'au moment où il faudra les faire péter ?

* * *

Les conséquences de l'explosion qui avait coûté la vie à Parker leur rendirent les choses plus difficiles. Il n'y avait pratiquement plus de cachettes naturelles sur les contreforts situés au-dessus et derrière la ville. Seul le paysage plat de l'est avait été quelque peu préservé, et encore, les arbres y étaient-ils couchés et calcinés. De grandes surfaces couvertes d'herbe terrienne génétiquement modifiée avaient brûlé, avant que la neige fondue et le crachin qui tombaient sans discontinuer viennent à bout des dernières flammes.

Il y avait quelques grandes maisons dans le quartier, des demeures isolées dans des replis de terrain. C'était là que vivaient les plus riches des habitants de Randtown, car la vue sur le lac Trine'ba était splendide. Toutes avaient néanmoins souffert de la destruction des Régents et des conséquences environnementales de l'invasion. Toitures de travers et bringuebalantes, murs de guingois. Les jardins, autrefois si beaux et si nets, étaient devenus des marais boueux, où la végétation avait connu une brève période d'euphorie, avant d'être rattrapée par le climat.

Morton et Cat progressaient lentement dans un jardin de ce type. Son propriétaire avait été un collectionneur passionné de bambous, aussi le parc était-il parsemé de touffes épaisses aux contours étudiés. Vu d'en haut, l'ensemble ressemblait à une orchidée tigrée géante. À présent, toutefois, les feuilles étaient brunes et détrempée, et les jeunes pousses pourrissaient dans la boue.

— Encore deux cents mètres, dit Morton, et nous devrions atteindre le panorama.

Le jardin était une cuvette peu profonde partiellement naturelle, que des robots agricoles avaient étendue en creusant dans la modeste colline. Les Griffes avaient décidé de placer une tête nucléaire à la limite du parc, où le bambou cédait la place à des massifs de roses. Là, l'engin surplomberait directement la raffinerie géante construite au bord du lac. Avec les nuages qui cachaient la lumière des étoiles et les averses continues de neige fondue, il faisait aussi sombre que dans l'espace interstellaire. Même poussés au maximum de leurs possibilités, les senseurs visuels avaient énormément de difficultés à produire une image digne de ce nom. Morton était donc contraint de se fier à sa vision infrarouge, qui rendait le paysage extrêmement inquiétant.

— D'accord, poussin, acquiesça Cat d'une voix quelque peu méprisante et faussement enthousiaste.

Ce qui ne gêna aucunement Morton. Il avait décidé de l'emmener avec lui, car il ne lui faisait pas suffisamment confiance pour lui confier la mission de Rob. Une seconde tête nucléaire irait au fond du lac. Leurs disques senseurs et relais de communication ne fonctionnant pas sous l'eau, Rob travaillait en solo. La Chatte était vraiment un boulet, mais il préférait l'avoir à l'œil. Il se demanda où en était leur camarade ; ils ne s'étaient pas beaucoup entraînés sous l'eau.

La troupe de robots furtifs qui leur ouvrait la route atteignit la maison au centre du jardin. C'était un long bâtiment de deux étages, couvert de bardeaux, avec trois garages et un balcon faisant face au lac. Les deux explosions atomiques l'avaient sérieusement endommagé. Des planches brisées pendouillaient aux angles, les panneaux solaires du toit avaient coulé comme de la cire le long de la charpente. Depuis, l'eau de pluie s'infiltrait constamment à l'intérieur, saturait la structure. Les fenêtres avaient été soufflées ; les quelques morceaux de verre pointus qui subsistaient autour des encadrements avaient eu raison des rideaux, réduits à l'état de lambeaux imbibés flottant mollement.

Le robot 411 détecta une source de chaleur à l'intérieur, au rez-de-chaussée.

— Salut, là-dedans, chuchota Cat.

— Un autre survivant ? spécula Morton.

De fait, la source de chaleur aurait pu correspondre à un corps humain.

— Peut-être une vache ou un gros mouton.

— C'est cela, rassure-toi si tu en ressens le besoin.

Cat ordonna le déploiement de son hyperfusil. Des missiles HV entrèrent dans les tubes de lancement situés sur ses omoplates. Des mines rampantes descendirent le long de ses jambes et s'enfoncèrent dans les bosquets de bambous.

Cinq robots furtifs avancèrent d'un pas résolu vers la maison. Ils escaladèrent les murs, passèrent par-dessus le rebord des fenêtres. La source de chaleur ne bougeait pas. Elle était localisée au centre du vaste salon.

Une série de symboles vert fluorescent apparut dans la vision virtuelle de Morton.

— Activité électrique.

— Très légère. Comme celle produite par un ordinateur de poche en veille.

Un robot passa rapidement devant l'encadrement d'une porte, les antennes déployées pour sonder le salon. Un extraterrestre se tenait debout au milieu de la salle. Il ne portait pas d'armure. L'eau qui s'écoulait par les fissures du plafond dégoulinait sur sa peau pâle. Un ordinateur de poche humain était posé sur la table basse, à côté de lui. Un câble optique était connecté à la machine, qui serpentait jusqu'à un appareil électronique compact fixé à un des pédoncules épais qui se balançaient au sommet de la créature.

—Merde, où sont les autres? Ils se déplacent toujours par quatre. Qu'est-ce qu'il fout là, celui-ci? se demanda Morton en ordonnant aux robots de fouiller les alentours à la recherche d'autres Primiens.

—Un instant, j'allume le booster psychique de ma combinaison. Ah, zut, on dirait qu'il ne fonctionne pas! Comment veux-tu que je sache ce qu'il fout là, eh, banane?

—Merci pour ton aide précieuse.

—Je passe en revue toutes les informations disponibles à leur sujet. On dirait qu'il n'émet pas les signaux habituels. Et il n'est même pas armé. Oh... Attends...

Un des pédoncules de la créature se courba dans la direction du robot furtif à moitié dissimulé derrière l'encadrement de la porte. La boursouflure de chair située à son extrémité était équipée d'un système électronique actif, maintenu par deux bandes élastiques.

—Un engin de vision nocturne? demanda Cat.

Morton ne répondit pas. Le robot les informa qu'il captait une transmission standard, basée sur le protocole en vigueur sur la cybersphère du Commonwealth. C'était un signal très faible, impossible à capter en dehors de la maison. L'assistant virtuel de Morton afficha le message dans son champ de vision:

«Je me rends. S'il vous plaît, ne tirez pas.»

Un frisson désagréable parcourut le dos de Morton.

—Ça alors! dit Cat. Qu'est-ce qu'on fait?

—J'en sais foutre rien.

Il ordonna à son assistant d'utiliser le même protocole et usa de sa main virtuelle pour taper une réponse:

« Qui êtes-vous ? »

« Un ami. Après les événements de la nuit dernière, j'étais certain que vous alliez revenir. Ces maisons constituent une cachette idéale, et puis, elles sont très proches de Randtown. J'étais sûr de vous y rencontrer. Je vous attendais avec impatience. »

« Que voulez-vous ? »

« Vous accompagner. »

« Où croyez-vous que nous allons ? »

« Dans le Commonwealth. Je dispose d'informations importantes sur MatinLumièreMontagne. »

« Qu'est-ce que c'est ? »

« L'envahisseur venu de Prime. »

« Vous êtes un de ces envahisseurs. »

« Non. Mon esprit est humain. Je suis Dudley Bose. »

* * *

Cressat était magnifique. Mark ne s'attendait vraiment pas à cela. Il pensait découvrir un paysage semblable à Elan, à la végétation sporadique, développé laborieusement afin de répondre aux standards esthétiques et pratiques de l'humanité. Les grandes propriétés auraient dû être des oasis verdoyantes entourées de terres agricoles et de forêts en voie de propagation à travers les plaines – en général, les montagnes étaient laissées à l'état sauvage.

Au lieu de quoi on avait installé ces domaines dans un bois parfaitement entretenu. Nigel Sheldon avait choisi Cressat pour sa flore. Son étoile de type G et l'absence de lune conféraient à la planète une stabilité météorologique parfaite. On y retrouvait les zones climatiques standards, les saisons s'y succédaient normalement, mais les tempêtes y étaient très rares. Une planète à laquelle on pouvait se fier, en somme.

Dans un milieu aussi constant, l'évolution avait produit quelques plantes spectaculaires. Les arbres étaient très grands – deux ou trois fois la taille des chênes ou des pins terriens – et arboraient des fleurs énormes et colorées. Au milieu de l'été, l'herbe perdait sa teinte verte familière au profit d'un blanc perle immaculé. De vastes prairies laiteuses et ondulantes lâchaient alors des nuages de spores au parfum de miel, qui donnaient au ciel des reflets argentés sur des continents entiers. Lianes et plantes grimpantes prospéraient dans la forêt, produisant des grappes de baies dont plusieurs espèces étaient comestibles.

Biewn, le village dortoir bâti à la va-vite dans lequel Mark et sa famille étaient logés, se trouvait à une quarantaine de kilomètres d'Illanum, la ville où le trou de ver de CST avait émergé. Situé au milieu de prairies vallonnées, à l'ouest desquelles se dressaient des pics enneigés qui rappelaient le massif de Dau'sing, il était tout juste en mesure de pourvoir aux besoins des techniciens et experts qui travaillaient sur le projet.

La forêt qui délimitait le village à une extrémité culminait au-dessus des constructions à un étage à la manière d'un mur de gratte-ciel végétaux. Des ruisseaux serpentaient entre les buttes; les ponts se multipliaient à mesure que le réseau routier s'étendait. Davantage de maisons arrivaient chaque jour, posées sur les remorques de camions énormes. Contrairement à ce qui se pratiquait autour de toutes les stations de CST du Commonwealth, ici, les gens ne venaient pas en mobil-home. Le village avait ses écoles, ses restaurants, ses bars, ses magasins et ses services municipaux. Les unités pré-équipées du nouvel hôpital étaient fixées les unes aux autres formant un impressionnant mur de brique. Tout était fait pour garantir aux habitants de Biewn le même confort qu'à ceux d'Illanum.

Seules les usines gâchaient le paysage. De longues rangées de structures cubiques avaient été construites à l'opposé de la forêt ; leurs parois ternes et brunes, résistant aux intempéries, mangeaient lentement le paysage idyllique comme un cancer mécanique. Il s'en construisait constamment, les maçons se relayaient vingt-quatre heures sur vingt-quatre. De même, les machines qu'elles abritaient étaient livrées à un rythme régulier et impressionnant.

Dès que leur bus eut contourné la forêt par la route nouvellement tracée et fut arrivé en vue du village, Mark sut qu'il était fait pour se plaire ici. C'était inespéré : non seulement on lui avait donné une seconde chance de s'en sortir financièrement, mais en plus, on avait pris soin de préserver son mode de vie. Randtown aurait pu devenir comme Biewn, prospère et utile. Le village s'appuyait sur l'industrie au lieu de l'agriculture, sur la forêt au lieu du lac Trine'ba – la forêt de l'Arc-en-ciel, comme l'avaient baptisée les habitants à cause de ses fleurs multicolores. En dépit de son succès, Biewn avait su garder cette cohésion propre aux communautés de taille réduite. Moins de une heure après leur arrivée dans une maison aussi grande que celle qu'ils avaient dans la vallée d'Ulon, trois voisins étaient venus les voir pour se présenter et leur proposer leur aide. Sandy et Barry avaient immédiatement été adoptés par un groupe de gamins, qui les avaient emmenés explorer les environs.

Le seul regret de Mark était de ne pas avoir vu l'un de ces manoirs légendaires dans lesquels, disait-on, la Dynastie Sheldon aimait à se prélasser. Aucune de leurs propriétés, grandes comme des pays, ne se trouvait à proximité d'Illanum.

Et puis, il y avait son travail. Il était employé dans l'usine numéro huit. Durant la réunion de présentation, on lui avait appris qu'elle abritait trois chaînes d'assemblage. Cela ne l'avait pas impressionné. Alors, on avait précisé la taille de ces dernières : des salles cylindriques de vingt-cinq mètres de diamètre et trente-cinq mètres de hauteur, équipées chacune d'une centaine de bras outils en morphoplastique et de vingt robots grues. Près de cent cinquante robots mécaniciens pouvaient y travailler simultanément, et la supervision des opérations était assurée par un ordinateur équipé d'un logiciel de type IR.

— Vous construisez des vaisseaux, dit Liz lorsqu'il fut revenu de sa première et épuisante journée de douze heures. Tout le monde le dit, en ville.

— Ouais, mais ils ne sont pas pour la Marine. Les salles d'assemblage fixent entre eux des compartiments entiers, ce qui explique la taille du complexe. Ce sont des sphères dotées de six sas. Il suffit de les empiler autour d'un hyperréacteur pour en faire un vaisseau de n'importe quelle taille. C'est un genre de concept modulaire ultime.

— Il y a quoi, dans ces compartiments ?

— L'usine numéro huit s'occupe de cuves d'animation suspendue.

— Waouh ! Ce sont des vaisseaux d'évacuation, alors. Le bureau du travail m'a appelée aujourd'hui pour me proposer un job dans un laboratoire de génie agronomique dernier cri. Tu sais ce que cela signifie ?

— Ils modifient des plantes terriennes pour leur permettre de pousser sur des sols différents.

Liz se mordit la lèvre inférieure.

— Sheldon se prépare à partir, au cas où nous perdrions la guerre, dit-elle, amère et admirative à la fois. Je suppose qu'il veut embarquer toute sa Dynastie avec lui. Combien y a-t-il de cuves dans un de ces modules ?

— Cent. Les composants principaux sont déjà montés lorsqu'ils arrivent, mais ils ne semblent pas différents de ce qui se trouve sur le marché. Les chaînes de montage se contentent d'assembler les différentes parties. Il y a eu un gros travail de développement en amont. Cela a dû prendre du temps, même avec des programmes de conception perfectionnés. À mon avis, ce projet était déjà sur les rails avant l'invasion.

—Cent par compartiment ? C'est un gros vaisseau.

—Un très gros vaisseau. L'usine numéro huit finalise six compartiments par semaine. D'autres usines se contentent de préparer et d'emballer du matériel cybernétique pour un long voyage. Tu as vu combien de camions empruntent cette route. Ils transportent les compartiments assemblés quelque part.

—Six par semaine ? Dans une seule usine ? Cela fait..., commença-t-elle en fermant les yeux. Merde ! Il est gros comment, ce vaisseau ? Ma parole, il compte partir avec une planète tout entière.

—Démarrer de zéro une civilisation avancée nécessite énormément de matériel et une population importante.

—On sera du voyage ? demanda-t-elle en enroulant les bras autour de la taille de son mari.

—Je ne sais pas.

—Il faut qu'on sache, chéri. Vraiment.

—Allez, c'est juste de la paranoïa de riche. Le Commonwealth est loin de tomber entre les mains des Primiens, la rassura Mark en lui caressant doucement le dos de bas en haut, comme elle aimait.

—On devrait, nous aussi, succomber à cette paranoïa. Qu'arrivera-t-il à Sandy et Barry si nous perdons ? Nous avons vu les Primiens à l'œuvre à Randtown. Ils se fichent pas mal des humains. Pour eux, nous ne valons pas plus que de la vase au fond d'un étang.

—Je sais. Je me renseignerai, d'accord ? Quelqu'un, à l'usine, doit être au courant. Au fait, je ne t'ai pas dit ? Le vieux Burcome est chef d'équipe. Il saura me répondre.

—Merci, chéri. Je sais que je ne suis pas toujours facile à vivre.

—Tu plaisantes ? Jamais, dit-il en la serrant plus fort contre lui. Je me demande où ils assemblent ces vaisseaux.

En orbite, forcément, mais où ? Je n'ai pas vraiment cherché, mais quelque chose d'aussi gros devrait se voir comme une petite lune.

— Ce chantier pourrait être n'importe où dans un rayon de cent années-lumière. L'astéroïde d'Ozzie, par exemple, ferait un site idéal – secret et habitable. On pourrait y planquer une ville entière sans que personne n'en sache rien.

* * *

Les nuages s'étaient épaissis au-dessus des Régents, déversant leur lot de neige fondue et de grêlons. Morton entendait ceux-ci qui crépitaient sur son armure, et leur bruit se superposait à celui de la bouillie noirâtre écrasée par ses bottes.

Le retour jusqu'au col fut long. Les survivants de Randtown étaient à l'intérieur des bulles, qui s'accommodaient parfaitement du terrain, tandis que les soldats se contentaient de marcher. Et puis, il y avait l'extraterrestre qui affirmait être Dudley Bose. Il ne disposait d'aucun vêtement, d'aucune protection. Son corps, disait-il, fonctionnait même à des températures très basses. Plus difficilement, il est vrai. Alors, ils l'avaient enveloppé dans des couvertures et des lambeaux de tissu, avant de le recouvrir d'une bâche en plastique. C'était mieux que rien. Cependant, cela n'aidait pas la créature à escalader les pentes boueuses.

Atteindre la couche nuageuse leur prit presque toute la nuit, et ce malgré le choix de la route la plus directe possible. Après cela, ils cessèrent de grimper et marchèrent jusqu'au col où était stocké leur équipement.

Ils détectèrent des patrouilles de navettes autour du lac, en contrebas, mais aucun appareil ne s'aventura près des montagnes, de leurs courants d'air et tourbillons imprévisibles.

Une fois arrivés, ils se réfugièrent dans une crevasse profonde. Rob ouvrit les sacs de Doc et Parker.

—Essayez cela, dit-il aux trois réfugiés en leur tendant des vêtements. C'est du semi-organique, la coupe va s'ajuster à votre taille.

—Merci, répondit gravement Simon. Je suis vraiment désolé que nous n'ayons pu faire la connaissance de vos amis.

—Ouais, c'est pas très grave, rétorqua Rob en se retournant pour s'agenouiller près de David.

Son état s'était considérablement amélioré pendant le trajet en bulle ; sa peau avait recouvré des couleurs et il ne transpirait plus abondamment.

—Comment vous sentez-vous ?

—Bien. La montée a été intéressante – enfin, le peu dont je me souvienne. Ces bioviraux – waouh ! – c'est un peu comme boire un gallon de cocktail au champagne.

—L'état de votre jambe s'est stabilisé, annonça Rob en passant un scanner au-dessus du blessé. Les choses s'annoncent plutôt bien.

—Merci.

—Et vous ? demanda Morton au Mobile Bose.

—Ce corps est mou, quoique fonctionnel. Les Mobiles souffrent du froid, mais ils sont plus résistants que les humains.

La couverture et la bâche en plastique qui l'enveloppaient étaient entièrement recouvertes d'une fine couche de neige boueuse. La créature les déroula l'une après l'autre et les laissa tomber sur le sol rocailleux. L'ordinateur dont elle se servait pour communiquer était coincé dans la pince qui terminait un de ces bras.

—Je pourrais manger, s'il vous plaît ?

—Bien sûr.

Les trois soldats avaient transporté des sachets en plastique remplis d'eau du lac. Bose avait expliqué qu'elle était saturée de cellules de base, qui constituaient la nourriture principale des extraterrestres. Il y avait également des containers remplis de végétaux sucrés, semblables à des algues hachées. Le Mobile s'était aménagé une planque confortable en attendant de pouvoir partir.

Durant la montée, ils avaient tous écouté attentivement l'histoire de Bose. Comment Verbeke et lui avaient été faits prisonniers dans la Tour de guet, leur détention, leur mort, le téléchargement de sa mémoire dans un Immobile. Grâce à lui, la nature de la menace qui pesait sur le Commonwealth devint beaucoup plus claire. Et inquiétante. Car les Primiens avaient un objectif unique : le génocide. MatinLumièreMontagne était incapable d'appréhender la notion de compromis et ne s'imaginait même pas cohabitant avec une autre espèce intelligente dans cet Univers. *Doc Roberts et Parker avaient peut-être bien raison*, pensa Morton. *Il s'agit d'un combat à mort.*

—Nous devrions bientôt être en mesure de vous transférer vers un hôpital, dit Rob à David. La Marine s'empressera d'ouvrir un trou de ver quand elle apprendra que Bose est avec nous.

—Je ne suis pas persuadé qu'il faille mettre la Marine au courant, intervint Morton en faisant face à ses compagnons.

Cat éclata de rire.

—Tu plaisantes ? demanda Rob.

—Non.

—Alors, explique-toi.

—Mellanie m'a dit qu'on ne pouvait pas avoir confiance dans la Marine. Apparemment, le Sénat est le théâtre d'un combat politique acharné entre les Dynasties et les Grandes familles.

—N'importe quoi, commenta Rob.

—Vous parlez de Mellanie Rescorai ? demanda Simon. La journaliste ?

—Elle ? lâcha Mandy, méprisante et incrédule.

— Oui, répondit Morton.

— Comment le fait de cacher la vérité à la Marine pourrait-il aider le Commonwealth ? demanda Simon.

— Je n'ai pas dit qu'il fallait garder cela pour nous, se défendit Morton. Toutefois, nous devrions d'abord réfléchir aux implications d'une telle révélation.

— Ah oui ? Et tu comptes t'y prendre comment ? insista Rob, un ton au-dessus.

— Mellanie s'est arrangée pour que je puisse envoyer des messages codés en plus de mes enregistrements pour l'émission de Michelangelo. Elle nous dira si c'est dangereux ou pas.

— Dangereux ! grogna Rob. Tu deviens complètement parano, mec.

— Écoutez, nous ne sommes pas à un jour près, expliqua Morton d'un ton posé. Nous sommes en sécurité, ici. De toute façon, nous devons attendre que le champ de force de Randtown ait été étendu. Alors, faites-moi plaisir.

— T'as raison ! cracha Rob en jetant un regard noir à Cat. Et toi, qu'est-ce que tu en dis ?

— Moi ? Je m'amuse comme une folle, chéri. Vas-y, Morty, encule la Marine. Tu as mon soutien.

— Nous ne sommes pas pressés, intervint Simon, et j'ai confiance en Mellanie.

— Quoi ? s'étonna Mandy. Cette petite salope est venue pour ruiner ta ville, tourner en dérision nos principes, nos idéaux. À cause d'elle, le Commonwealth tout entier s'est retourné contre nous.

— Pourtant, elle nous a sauvés, non ? Pour ma part, je considère qu'elle s'est rachetée.

— Quelque chose s'est passé, ici, dit le Mobile Bose, attirant l'attention des autres. C'est ici que MatinLumière-Montagne a rencontré l'IA, qu'ils se sont affrontés. Ce fut d'ailleurs leur unique confrontation durant toute l'invasion.

L'IA est présente sur cette planète, d'une manière ou d'une autre.

— Elle était présente, le corrigea Morton. Mellanie travaille pour elle.

— Ah ! fit Simon en souriant pour la première fois depuis des semaines. Maintenant, je comprends mieux comment elle a pu accomplir tous ces prodiges.

— Ta copine bosse pour l'IA ? demanda Rob, incrédule. Cette… cette… bimbo ?

— Eh ! fit Morton.

Cat éclata une nouvelle fois de rire.

— C'est merveilleux ! s'exclama-t-elle. Merci beaucoup, Morty.

— Alors, reprit Morton en toisant Rob, je préviens la Marine ou pas ?

Rob jeta un regard circulaire sur l'assistance, puis s'attarda longuement sur le Mobile.

— Je m'en fous complètement, fais ce que tu veux. Mais une fois qu'on aura déclenché nos charges nucléaires, elle aura intérêt à nous fournir d'excellentes raisons de ne rien dire. Voilà, je lui donne jusque-là.

— Merci. Je la préviendrai.

* * *

Mark et Liz passèrent la soirée dans le salon à partager une bouteille de vin et à regarder les images de la fin de Randtown. C'était du vin de la vallée d'Ulon. L'assistant virtuel de Mark avait trouvé un fournisseur sur Lyonna qui avait encore quelques bouteilles. Au prix exorbitant, il avait fallu ajouter les frais de livraison par MoZ Express. Mais, pouvait-on décemment boire autre chose en regardant une explosion nucléaire oblitérer votre patrie ?

Mellanie avait rejoint Michelangelo sur le plateau pour

commenter son reportage. En cette occasion spéciale, elle portait une longue et sobre robe noire, néanmoins fendue pour montrer ses jambes magnifiques. Ses cheveux tirés en arrière étaient noués en une queue-de-cheval épaisse et ondulée. Michelangelo était assis derrière son bureau à la manière d'un dieu grec, en costume bleu électrique. La tension sexuelle entre les deux animateurs était telle, qu'on aurait presque pu sentir les phéromones qui saturaient l'atmosphère du studio – à condition d'accéder au programme en mode IST large bande.

Cela raviva chez Mark et Liz le souvenir désagréable de leur première rencontre avec la journaliste dans le massif de Dau'sing, le jour où ils s'étaient rendus en famille sur le barrage routier.

—Vous étiez à Randtown pendant l'évacuation, disait Michelangelo. Quel est votre sentiment au sujet de ce qui s'est déroulé là-bas ?

—C'était inévitable. J'ai vraiment apprécié mon séjour dans cette ville. Les gens étaient un peu bizarres, comme vous le savez, pourtant, les images de ce que les Primiens ont fait à Randtown et au lac Trine'ba m'ont littéralement anéantie. Ces monstres ont eu ce qu'ils méritaient. J'espère simplement que les autres escadrons de la Marine se seront montrés aussi efficaces.

—Vous dites « efficaces », mais les soldats ont perdu deux des leurs lors de ce premier déploiement. Cet enregistrement remarquable et exclusif révèle la situation désespérée dans laquelle se trouvent nos troupes.

Le réalisateur passa alors les images monochromes et granuleuses d'un flanc de montagne au milieu de la nuit – images reconstituées à partir de données recueillies par plusieurs senseurs. Ensuite, on voyait Randtown et son champ de force qui scintillait comme une perle phosphorescente au-dessus de la côte familière. La bombe nucléaire tactique explosait et remplissait de lumière l'intérieur de l'enceinte. Pendant quelques secondes, il ne se passait rien. Puis, le bouclier s'effondrait et un champignon de fumée s'élevait rapidement au-dessus du lac noir.

— Plus question d'y retourner, maintenant, dit solennellement Mark.

— À l'avenir, dit Liz en levant son verre.

— Amen.

Ils continuèrent à regarder, tandis que Mellanie faisait l'éloge des troupes au sol envoyées par la Marine. Morton avait fait d'autres enregistrements. La reconnaissance de Randtown, la découverte de l'installation primienne. La mort héroïque de Doc Roberts et Parker. Simon Rand et les autres réfugiés. Alors, Mellanie et Michelangelo discutèrent de la stratégie adoptée par la Marine.

Son assistant virtuel informa Mark que quelqu'un approchait de leur porte d'entrée.

— À cette heure-ci ? demanda Liz.

L'ordinateur de la maison afficha l'image de Giselle Swinsol, qui se tenait déjà sur le seuil.

— Oh, non ! Qu'est-ce qu'elle veut, encore ? se plaignit Mark en repensant à toutes les questions indiscrètes qu'il n'avait cessé de poser au travail.

Giselle se rendit directement dans le salon et refusa le verre qu'on lui proposait. Elle resta debout.

— Vous avez posé beaucoup de questions, Mark, dit-elle, accusatrice.

Mark était déterminé à ne pas se laisser impressionner par son attitude de dominatrice agressive.

— Je travaille sur un projet exceptionnel, donc je suis curieux. Rien de plus normal. Toutefois, je comprends que Nigel Sheldon n'ait pas envie de faire part de ses plans à tout le Commonwealth. Je ne dirai rien, vous pouvez compter sur moi.

— Très bien. La réponse à votre question si maladroitement posée est oui – votre famille et vous aurez votre place dans cette arche, si jamais nous étions menacés d'anéantissement.

— Merci, lâcha-t-il dans un soupir de soulagement dont il eut un peu honte.

Une fois de plus, elle avait fait la preuve de sa supériorité. Ses lèvres charnues et fardées se permirent une moue satisfaite.

— Vous avez donc atteint le niveau deux.

— Qu'est-ce que cela veut dire ? demanda Liz avec méfiance.

— Cela veut dire que nous sommes tellement contents du travail de votre mari que nous allons l'employer à des tâches plus délicates et confidentielles.

— Mais encore ?

— L'assemblage des vaisseaux. Faites vos bagages. Le car passera vous chercher demain matin à 8 heures.

— On déménage ? s'exclama Liz, prise de panique. Les enfants viennent tout juste de commencer l'école.

— Leur prochaine école est tout aussi bonne.

— Où allons-nous ? s'enquit Mark. Où les vaisseaux d'évacuation sont-ils construits ?

— Cette information est classée, répondit Giselle avec un sourire affecté, sans lâcher Liz des yeux. Vous adorerez, j'en suis certaine. C'est tout près de chez vous...

— Grosse vache ! siffla Liz lorsque la femme fut partie.

Mark jeta un regard circulaire sur le salon, sur la bouteille presque vide, sur le canapé déjà avachi où ils s'étaient blottis l'un contre l'autre. Il se sentait vraiment bien dans cette maison.

— Bon, je suppose que ce sera la dernière fois, dit-il.

— Jamais deux sans trois, chéri.

* * *

« Morty, ne dis rien à propos du Mobile. Les informations concernant MatinLumièreMontagne sont trop importantes pour risquer de les voir mal utilisées.

Le Dudley Bose ressuscité est avec moi. Le mieux serait de lui implanter cette mémoire, car lui seul est en mesure de l'interpréter correctement. Après cela, nous prendrons une décision à son sujet.

Je vais m'arranger pour vous extraire d'Elan. Jusque-là, prends bien soin de Bose et des réfugiés.

Mellanie. »

* * *

— J'ai été ressuscité ? demanda le Mobile Bose.

— *Elle* va s'arranger pour organiser notre extraction ? dit Rob, incrédule.

— Mellanie a déjà fait ouvrir un trou de ver pour nous sauver une fois, expliqua Simon. Je suppose qu'elle peut recommencer.

— Pas évident, rétorqua Rob. Mais bon, ajouta-t-il en désignant le Mobile du pouce, on a notre ticket.

— Je ne sais pas, s'interrogea Morton. Si elle a raison, nous n'aiderons pas le Commonwealth en livrant ces informations à la Marine.

— C'est qu'il s'écoute causer, ma parole. Si je comprends bien, on est du côté des méchants ? Réveille-toi, mec. La Marine est notre seul espoir. Ta copine est en train d'essayer de se bâtir une réputation en chassant des fantômes. C'est une journaliste, mon pote, la pire racaille que la galaxie ait jamais engendrée. Alors, dis tout à la Marine dès l'ouverture du prochain trou de ver et sors-nous de cette merde.

— Elle travaille pour l'IA. Elle peut y arriver. Faites-lui confiance.

— C'est des conneries.

— Juste une question, intervint Cat qui, vêtue d'un simple justaucorps, était assise sur le sol de la grotte dans la position du diamant. Quand tu as envoyé ton message à Mellanie, tu as mentionné le nom de MatinLumièreMontagne ?

— Non.

Tout en souplesse, Cat adopta la posture du cobra. Ce faisant, elle eut un sourire en coin et croisa le regard de Rob. La mine de celui-ci se décomposa aussitôt.

— Oh, putain de merde de con de chiottes ! C'est encore sur moi que ça tombe, cria-t-il. Comme d'habitude. Si je comprends bien, on va poireauter ici, pas vrai ?

— Ouais.

— J'ai été ressuscité ? répéta le Mobile Bose.

— Oui, répondit Morton.

— Et je sors avec une jeune et belle journaliste ?

— Il semblerait bien que oui.

— Raconte-lui tout, Morty, dit Cat en ricanant. Explique-lui que Mellanie est une véritable nympho.

— J'aimerais beaucoup faire sa connaissance…

* * *

Le système solaire se trouvait entre les espaces de phase un et deux, à huit années-lumière de Granada, un des mondes du G15. CST l'avait déjà visité une fois, mais ne s'était pas attardé. Deux planètes y tournaient autour d'une étoile de classe M : un monde solide, gros comme la lune de la Terre, et une géante gazeuse semblable à Saturne, autour de laquelle orbitaient une douzaine de satellites. Rien de véritablement habitable, en somme. Personne n'y était donc jamais retourné.

Le vaisseau Moscou sortit de l'hyperespace à quatre cent mille kilomètres de la géante gazeuse. Son trou de ver se referma derrière lui en émettant un bref éclair indigo.

Sanglé dans une des couchettes de la cabine de pilotage, le capitaine McClain Gilbert passait en revue les données recueillies par les capteurs du vaisseau. La troisième lune de la géante gazeuse, sphère rocheuse constellée de cratères de trois mille kilomètres de diamètre, était à vingt mille kilomètres de là. Elle n'avait pas d'atmosphère. Tandis que les senseurs visuels la scannaient, un profil de sa surface s'affichait, révélant plaines et collines datant de la formation même de l'astre. Une fine couche de régolites couleur de tourbe était éparpillée sur une strate de roche anthracite et noir. Des milliers d'impacts constellaient les collines lisses, dont certaines, tronquées, se terminaient en falaises abruptes. De longues fissures en zigzag avaient été rebouchées ou déformées par les impacts successifs. Au cours des millénaires, les bombardements cométaires avaient lentement fait dégringoler des plaines élevées et chiffonnées les régolites qui s'étaient accumulés dans les tranchées, bassins ou cratères. Vus de loin, ils ressemblaient à des coulées de liquide sépia.

Rien n'avait changé depuis le scan préliminaire de la division exploratoire de CST, effectué deux siècles plus tôt.

— Les relevés correspondent aux données archivées, annonça Mac en se retournant vers Natasha Kersley, qui était installée à ses côtés. Rien ne vit là-dessus. C'est ce qu'il vous fallait ?

— Cela me parait bien, répondit-elle.

— Dois-je procéder au lancement des satellites ?

— Oui, s'il vous plaît.

Mac envoya une rafale de commandes à l'IR du vaisseau. Des silos lance-missiles modifiés s'ouvrirent à l'avant du vaisseau et crachèrent dix-huit satellites senseurs. Leurs réacteurs ioniques se mirent en action, et les appareils entreprirent de former un collier autour de la lune sans nom afin de couvrir simultanément la totalité de sa surface. Une fois ce travail accompli, ils seraient en mesure de régler la puissance des missiles quantiques qu'ils étaient censés tester.

— Jusque-là, tout va bien, murmura-t-il.

— Absolument. Espérons simplement que nous saurons éviter une réaction de Fermi.

— Une quoi ? demanda Mac, troublé par l'incertitude contenue dans la voix de la femme.

— Durant l'opération Trinity, lorsque fut testée la toute première bombe atomique, Fermi s'était demandé si la détonation n'embraserait pas toute l'atmosphère terrestre. Ils n'étaient sûrs de rien, vous comprenez ? Nous pensons que la déformation quantique ne se propagera pas. Si cela arrivait, l'Univers tout entier serait converti en énergie.

— Génial ! Merci de me tenir au courant, dit-il en regardant fixement cette lune maudite.

— C'est très peu probable, néanmoins.

Deux heures s'écoulèrent avant que Mac soit pleinement satisfait du placement de leurs satellites et que les relais de communication soient définitivement installés.

— Parfait, doc, on peut y aller.

Natasha inspira profondément et rapidement, puis entra son code de lancement dans le prototype de tête quantique. Le missile fut expulsé de son silo par une puissante impulsion magnétique. Lorsqu'il fut à dix kilomètres du vaisseau, son réacteur à fusion se mit en route et le propulsa violemment vers la lune.

— Tous les systèmes sont fonctionnels, annonça Natasha. Cible verrouillée. J'autorise l'activation, ajouta-t-elle en envoyant un autre code à l'arme, qui confirma aussitôt. Ne restons pas ici.

— Amen, marmonna Mac.

Le Moscou ouvrit un trou de ver et disparut rapidement. Cinq secondes plus tard et deux millions de kilomètres plus loin, le vaisseau ressortit dans l'espace.

—Je reçois les données des satellites, dit Mac, comme la parabole captait les émissions. Enregistrement haute capacité.

—Deux minutes avant impact. Tous les systèmes sont opérationnels.

—On va tout voir d'ici, pas vrai? demanda Mac en braquant les senseurs du vaisseau sur l'astre.

—Oh, oui, cela ne fait aucun doute. Le champ d'action du missile va s'activer juste avant l'impact. Il devrait englober la lune, bien sûr, mais aussi une sphère de plusieurs centaines de kilomètres d'espace. Cela fait un volume substantiel.

—Et tout cela va devenir de l'énergie?

—Toute la matière contenue dans cette sphère, oui. En théorie, l'effet empêche toute cohésion au niveau quantique. La luminance de la décharge atteindra un niveau encore jamais observé.

—La luminance..., dit Mac avec un sourire en coin. Vous voulez dire l'explosion?

—Ouais, répondit Natasha avec une grimace nerveuse.

Mac fixa avec attention le visuel projeté juste devant lui. La lune était un simple disque noir entouré d'étoiles. Les satellites senseurs ne perdaient pas une miette du spectacle. Une minuscule étincelle blanc-violet fonçait sur l'astre.

Mac avait sorti le vaisseau de l'hyperespace à l'opposé de la zone cible, de l'autre côté de la lune. Si le projet Seattle fonctionnait comme prévu, l'explosion de radiations serait mortelle, même à deux millions de kilomètres. Le Commonwealth bénéficierait alors d'une arme redoutable et décisive.

—Vous croyez qu'ils vont vouloir négocier? demanda-t-il.

—Ils seraient vraiment fous de ne pas le faire, répondit Natasha. Ils sont peut-être bizarres et différents, mais ils risquent l'extinction pure et simple si nous utilisons cette arme contre eux. Ils voudront parlementer, c'est certain.

Mac avait désespérément envie de la croire. D'autant

qu'au vu de la manière dont il s'était hissé au sommet de la hiérarchie de la Marine, on lui demanderait sans doute de larguer la bombe quantique sur Dyson Alpha.

Il regarda la lune une dernière fois en repensant à ce Fermi. Le missile n'était plus qu'à quelques secondes de la surface noire burinée. *J'aurais dû nous conduire de l'autre côté de la géante gazeuse.*

Le missile détona. Un halo de lumière enveloppa le disque de ténèbres, comme si la boule de roche était éclipsée par une naine blanche. Les contours se firent flous, tandis que la lumière avançait inexorablement sur la surface constellée de cratères à la façon d'un tsunami. Des fêlures éblouissantes apparurent, qui révélèrent les profondeurs de l'astre. Des collines se mirent à pousser, se transformèrent en volcans qui projetèrent des débris à des centaines de kilomètres à la ronde. Des plaines poussiéreuses s'effondrèrent, se dissocièrent lentement et lourdement des plateaux dont elles étaient flanquées.

La lune se désintégrait à l'intérieur de son cocon de lumière mortelle.

—Merde, doc, lâcha Mac. Vous étiez juste supposée faire quitter son orbite à ce caillou.

* * *

Giselle Swinsol en personne était assise à l'avant de l'autocar. C'était un Ford Landhound de cinquante places équipé de sièges luxueux et d'un petit bar situé devant le compartiment toilettes. Deux familles étaient déjà installées à l'intérieur, perdues, un peu affolées. Mark le voyait à leurs visages. L'expression qu'ils arboraient tous, il l'avait vue le matin même dans le miroir de sa salle de bains.

Giselle attendit que les robots porteurs aient terminé de charger les valises et autres caisses des Vernon à l'arrière.

— Ne vous en faites pas, ce ne sera pas très long.

Mark et Liz échangèrent un regard, puis essayèrent de calmer les enfants excités.

Le car prit l'autoroute en direction d'Illanum. Il s'inséra dans un convoi de véhicules, se plaça entre un énorme camion à quarante roues qui transportait un compartiment de vaisseau entièrement terminé, et un des trois semi-remorques qui venaient de laisser leurs chargements dans les usines de la région. Une fois dépassée la forêt de l'Arc-en-ciel, le premier camion bifurqua sur une bretelle courbe, bientôt suivi par le car. Ils se retrouvèrent rapidement sur une large route à trois voies. Huit kilomètres plus loin, d'autres camions géants se joignirent à eux.

— Je ne savais pas qu'il y avait d'autres villes sur Cressat, dit Mark.

— Il y a cinq centres d'assemblage en tout, expliqua Giselle. Biewn et deux autres villes se chargent des parties habitables et du chargement. Un centre s'occupe des hyperréacteurs, et un dernier des systèmes généraux, de la colonne vertébrale du vaisseau, si vous préférez.

Mark réévalua une nouvelle fois l'ampleur du projet, bien plus important qu'il ne se l'était imaginé. De même, il lui parut évident que l'organisation de cette entreprise colossale était antérieure à l'invasion des Primiens. Quant au coût…

La route conduisait directement au pied d'une colline peu élevée, où un cercle de lumière rose et chaude les attendait. Mark sentit le picotement léger du rideau de pression, et le car traversa le trou de ver. Liz, les enfants et lui se pressèrent alors contre les fenêtres pour voir à quoi ressemblait leur nouveau monde d'adoption.

Ils avaient émergé dans des montagnes, au-dessus d'une vaste plaine qui devait faire plusieurs centaines de kilomètres de largeur. On y voyait d'étranges affleurements rocheux de couleur jaune, ainsi qu'un canyon volcanique dentelé qui coupait la chaîne de montagnes à quarante-cinq degrés. Complètement nue, la pierre sombre était uniquement couverte d'un sable brun-gris. À l'autre bout de la ligne d'horizon, on voyait des taches noires et plissées qui auraient pu être d'autres montagnes, même si l'on ne pouvait jurer de rien avec ce ciel lavande.

Ils roulaient sur une longue voie courbe tracée autour d'une agglomération humaine, dont les bâtiments propres et neufs étaient comme des excroissances argentées sur la toile de fond brun tacheté du paysage. La ville était ceinte par un anneau d'usines semblables à celle dans laquelle Mark avait travaillé à Biewn. Il y avait plusieurs quartiers d'habitation et cinq nouvelles zones en construction. Grouillants de robots, les sites en travaux représentaient un bon tiers de la superficie totale de la ville. Un générateur de trous de ver et quatre stations à fusion modernes dominaient la ligne des toits à l'opposé du portail menant à Cressat.

Comme il ne voyait aucune végétation sur le bord de la route – le paysage était absolument désertique –, Mark se concentra sur les taches topaze éparpillées dans la plaine. Au début, il les avait prises pour des formations rocheuses. Elles étaient circulaires – parfaitement circulaires, même –, et comportaient des ondulations radiales, un peu comme une fleur en origami. Il zooma avec ses implants rétiniens et demanda à son assistant virtuel d'effectuer quelques calculs. Elles mesuraient chacune plus de vingt-cinq kilomètres de diamètre et étaient traversées en leur centre par une sorte d'épine triple, haute de près de huit cents mètres.

— Qu'est-ce que c'est ? demanda-t-il.

— Nous les appelons « gigafleurs », répondit Giselle. On en trouve sur toute la planète ; il y en a de diverses couleurs, mais toutes font à peu près cette taille. Elles peuvent même être plus grandes dans les zones tropicales. Il en existe également une variété marine, qui flotte sur l'eau, même si elle est un peu différente, car constituée d'un écheveau de vrilles au lieu d'une seule membrane, comme ici. Rien d'autre ne vit sur ce monde.

— Rien ? s'étonna Liz. C'est une évolution très singulière.

— Je savais que cette planète vous intéresserait, dit Giselle, satisfaite. La gigafleur n'a rien à voir avec l'évolution. Je ne plaisantais pas : il n'y a vraiment rien d'autre, ici. Aucune trace de vie microbienne ou bactérienne autre que celles que nous avons apportées avec nous. Cette planète – ses océans d'eau pure et son atmosphère composée d'azote et d'oxygène – a été technoformée spécialement pour accueillir ces choses. Il y a de cela vingt mille ans à peine, elle n'était qu'un caillou mort et dépourvu d'air. Quelqu'un a déversé ici tous ces océans et cette atmosphère – sans doute grâce à des trous de ver gigantesques. Nous avons retrouvé des mines sur un des satellites d'une géante gazeuse toute proche. Apparemment, on y cherchait de la glace.

— Vous savez qui a accompli cela ?

— Non. Nous les avons cependant baptisés les « Planteurs », car ils ont laissé les gigafleurs derrière eux. Il se peut d'ailleurs que celles-ci soient un genre d'œuvres d'art, même si nous ne sommes sûrs de rien. C'est en tout cas la théorie retenue par les spécialistes, car ces plantes ne semblent avoir aucune utilité. La Dynastie les étudie depuis plus d'un siècle, maintenant.

— Mais pourquoi ? demanda Liz. C'est une découverte fabuleuse. Ce sont les organismes vivants les plus extraordinaires que j'aie jamais vus. Pourquoi ne pas partager cette connaissance avec le reste du Commonwealth ?

— À cause des applications commerciales. La gigafleur n'est pas tout à fait une forme de vie naturelle. Ceux qui l'ont produite ont réussi à contourner le principe d'incertitude de Heisenberg. Il y a, au niveau cellulaire, une certaine activité nanotechnologique. Vous voyez ces spires centrales ? Elles sont constituées d'un mât conique en carbone ultrarésistant, sur lequel est tendue une sorte de feuille géante. La gigafleur est le résultat d'une fusion entre des processus biologiques ordinaires et la mécanique moléculaire. Pour l'instant, nous n'avons pas réussi à reproduire cette technologie. Les implications, si nous parvenions à maîtriser cette nanomécanique, seraient incalculables. Nanotechnologie ultime, autoréparation des corps – l'immortalité humaine deviendrait une réalité et ne serait plus assujettie aux procédés de rajeunissement si difficiles à contrôler.

Pas très convaincue, Liz fit la moue.

— Combien de temps faut-il à ces plantes pour pousser ? demanda-t-elle.

— Nous n'en sommes pas certains. Ces structures-ci ont à peu près cinq mille ans et se contentent de s'entretenir. Nous ne savons pas à quoi ressemblent les jeunes pousses. Il en est plusieurs, toutefois, qui dépérissent trop vite pour pouvoir se régénérer. Mais, encore une fois, nous ignorons si elles meurent ou si elles arrivent simplement à la fin d'un cycle. Elles pourraient très bien se comporter comme des bulbes terriens, qui rechargent leurs noyaux pour mieux repartir.

— Vous voulez dire qu'elles ne produisent pas de graines ?

— Qui peut le dire ? Elles ont un noyau gros comme un immeuble de vingt étages. Nous supposons qu'il a été fabriqué et mis en place par les Planteurs. S'il s'agissait de graines véritables, il leur faudrait des roues ou des réacteurs pour se propager.

— Un point pour vous, admit Liz.

— On peut les manger ? demanda Barry.

— Non. Elles ne contiennent pas de protéines assimilables par l'homme. Ceci dit, nous n'en avons étudié que quelques spécimens. Nous utilisons des techniques de recherche non invasives, d'où la lenteur de notre progression.

La Dynastie souhaiterait que nous avancions plus vite, mais Nigel et Ozzie étaient tous les deux d'accord pour que nous n'endommagions rien, pour le cas où les Planteurs reviendraient. Il vaut mieux ne pas se mettre à dos une espèce capable de produire des choses pareilles.

— Vous en savez beaucoup sur le sujet, remarqua Liz.

— J'ai dirigé un temps le bureau de recherche sur les gigafleurs.

— Ah !

Giselle gratifia Mark d'un sourire sarcastique.

— Cela devient intéressant, reprit-elle. Regardez là-haut, dans le ciel. La première devrait apparaître d'un instant à l'autre, à l'ouest.

Mark n'apprécia pas du tout son ton suffisant, mais il regarda quand même. Il s'attendait à voir une plate-forme d'assemblage. Il avait d'ailleurs hâte de les découvrir ; la perspective de travailler en orbite l'excitait au plus au point.

Ce n'était pas une plate-forme d'assemblage. Incrédule, il vit une lune se lever au-dessus de la ligne d'horizon. Elle se déplaçait très vite et était *énorme*.

— C'est impossible, chuchota-t-il.

Dans le car, les gamins criaient, sautaient dans tous les sens en montrant la chose.

C'était un globe magenta parcouru de fines ridules noir de jais. Elle faisait plusieurs fois la taille du satellite de la Terre et était tout simplement *trop grosse*. Un objet de cette taille produirait immanquablement des mouvements de marées d'une force colossale, qui parcourraient la surface de la planète à la manière d'un tsunami permanent. Et pourtant, les nuages d'altitude arachnéens continuaient à dériver mollement. Alors, Mark commença à appréhender sa texture. Les ridules étaient en réalité des fissures, dont les parois étaient du même magenta que le reste de la surface. Le noir était uniquement dû à l'absence de lumière naturelle.

La lune n'était ni grosse, ni en orbite basse, ni même solide. C'était une sorte de fraise sphérique faite d'une multitude de feuilles d'un matériau pourpre et chiffonné.

—Oh, non! lâcha Mark en regardant successivement la lune violette et les plantes topaze qui poussaient dans la plaine. C'est impossible.

—Eh si, dit Giselle. Une autre variété de gigafleur: la fleur spatiale. Quinze astéroïdes capturés gravitent à deux mille kilomètres de la planète. Quinze astéroïdes, quinze graines, quinze plantes. Elles ne font pas plus de cent millions de tonnes chacune. Un jour, les noyaux n'auront plus de matière première à transformer et cela risque de devenir intéressant. Certains d'entre nous pensent que, ce jour-là, les Planteurs reviendront.

—Ils ont sculpté des lunes? demanda Mark, stupéfait.

—Non, ils les ont cultivées, le corrigea Giselle. Les satellites de cette planète sont des sortes de choux géants. Qui a dit que les extraterrestres n'avaient pas le sens de l'humour?

* * *

Dès que les portes furent ouvertes, Justine se précipita hors de la salle de réunions. Tout le monde la regarda avec stupeur. Il était rare de voir un sénateur courir.

Elle arriva dans les toilettes pour dames juste à temps pour vomir dans la cuvette en porcelaine. Il y eut un toussotement discret dans son dos.

—Tout va bien, madame? demanda la femme de ménage.

—Oui, merci. Je dois avoir mangé un truc pas très frais ce matin, répondit-elle avant d'avoir un nouveau spasme.

Elle avait le front trempé de sueur et des bouffées de chaleur. La réunion avait été si tendue que son estomac fragile ne l'avait pas supportée.

Ramon l'attendait à l'extérieur.

— C'est quelque chose qu'on a dit ? demanda-t-il en haussant un sourcil.

— Plutôt quelque chose que j'ai mangé, répondit-elle en avalant un cachet antiacide.

— J'espère que non. Dans cette ambiance de paranoïa galopante, on va penser que quelqu'un a essayé de t'empoisonner.

— Tu prends tes désirs pour des réalités.

Le regard de Justine se posa sur son torse. Ramon portait un costume moderne, taillé de manière à dissimuler un peu son ventre. Habituellement, dans l'enceinte du sénat, il était toujours vêtu d'une robe tribale, mais aujourd'hui, les médias n'étaient pas invités.

— Je vois que tu suis ton régime scrupuleusement.

Ramon soupira.

— Ne commence pas avec cela.

— Je suis désolée, dit-elle, faussement contrite.

— Apparemment, quelque chose ne va pas.

— Non, pas du tout. Je survivrai. Merci quand même de m'avoir soutenue, ce matin.

— Les sénateurs africains ne sont pas à la botte des Halgarth. Ni à celle d'aucune autre Dynastie, d'ailleurs.

— Et les Grandes familles ?

Il sourit jusqu'aux oreilles.

— Cela dépend de ce qu'elles nous proposent.

— Rammy, il faut que je te demande quelque chose.

— C'est personnel ou professionnel ?

— Professionnel, répondit-elle dans un soupir. Ces derniers temps, ma vie se résume à mon boulot.

Il lui caressa affectueusement la joue.

— Thompson sera vite de retour.

— Pas assez vite à mon goût.

Elle finit de sucer son comprimé et s'engagea dans le couloir menant au hall principal du bâtiment.

— Lors de ce week-end de travail, chez nous, qui a réellement émis l'idée de partager le travail entre Anshun et l'Ange des hauteurs ?

Ramon baissa les yeux.

— Cela a-t-il réellement de l'importance ?

— Il nous faut absolument clarifier certains aspects de la création de la Marine.

— Quels aspects ?

— La formation des groupes et des alliances, Ramon. Avoue quand même que cela s'est fait très vite et sans le moindre problème.

— Grâce à toi. Si je me souviens bien, ce week-end était organisé par les Burnelli.

— Nous craignons d'avoir été dupés, manipulés.

— Ha ! Ce serait une première. Je connais les méthodes de Gore. Il ne laisse jamais rien au hasard.

— Quelqu'un a tiré les ficelles. Nous en sommes persuadés.

— Que s'est-il passé ? Un gros contrat vous a échappé ?

— Non. Toutefois, l'Ange des hauteurs et les représentants africains ont grandement bénéficié de ces tractations. Tu me dois bien une explication.

— Oui, peut-être. Il me semble que l'idée vient de Kantil. À l'époque, elle se donnait énormément de mal pour trouver des alliés à Doi.

— Patricia t'a parlé directement ou bien est-ce plutôt Isabella ?

— Justine ! s'exclama-t-il en souriant. Ne me dis pas que tu es jalouse ?

— Arrête ! C'est très important. Isabella a-t-elle servi de messagère à Kantil ? Est-ce que c'est elle qui t'a parlé des promesses de Doi ?

— Honnêtement, je ne me rappelle plus trop. Isabella en a parlé si naturellement que j'ai pensé que l'idée venait de

Kantil. Isabella est adorable, mais elle est si jeune ! Pourquoi me poses-tu cette question ?

—Isabella est une Halgarth.

—Oh, non ! fit-il, exaspéré. On en revient encore à la motion proposée par Myo.

—Cela n'a rien à voir.

—Ah, bon ? Tu en as fait une affaire personnelle, admets-le.

—Je sais que Valetta m'a eue comme une débutante sur ce coup. Thompson ne se serait jamais fait berner de cette façon. Je commence vraiment à me dire que je ne suis pas faite pour ce travail.

—C'est absurde. Tu es très douée. Tu t'es jouée de Valetta avec brio et tu t'es donné le temps de trouver des alliés. Si tu veux mon avis, tu es née pour faire de la politique.

—Si seulement. Columbia m'a forcé la main et je déteste cela. La prochaine réunion sera une véritable bataille. Une bataille dont je ne connais pas l'issue.

—En tout cas, je te donne ma voix.

—Ouais, merci.

—Tu prends cela trop à cœur. Ce n'est pourtant pas la première fois que tu affrontes les Halgarth et leurs alliés. Tu n'as qu'à leur déclarer la guerre et envoyer la flotte attaquer Solidade.

—Je ne peux pas, puisque c'est *leur* flotte.

—C'est donc cela ! Gore ne supporte pas qu'on lui ait piqué son projet.

—La Marine n'est pas juste un projet ; elle est essentielle à notre survie. Nous sommes en guerre, nous luttons pour la survie de notre espèce, et les Halgarth ont la mainmise sur la politique de défense du Commonwealth. Ce n'est pas très sain, comme situation.

—Ne laisse pas ces disputes de politiciens t'aveugler. Sheldon reste le patron. Grâce à CST, sa Dynastie aura toujours le dernier mot. Et puis, Kime est toujours amiral. Il est l'homme de Sheldon et de Los Vada. Avec Columbia, les Halgarth contrôlent uniquement les défenses planétaires. C'est une situation on ne peut plus classique, équilibrée.

— D'accord, dit-elle en arborant une mine convaincue.

— Je préfère. On pourrait déjeuner ensemble, qu'en penses-tu ? Juste toi et moi ? Et on ne parlerait pas boulot ?

— En souvenir du bon vieux temps... Désolée, Rammy, mais je dois retourner au bureau. J'ai quelques appels à passer.

Sur le visage de l'homme, l'espoir céda la place à la mélancolie.

— Je comprends. Un conseil : appelle Crispin. Il n'a jamais été l'homme des Halgarth.

Elle l'embrassa furtivement sur les lèvres.

— Merci. On se revoit bientôt.

* * *

C'était le bureau de Thompson. Il était décoré à son goût, avec des dorures partout et des tentures rouge sang. Elle n'avait rien changé – elle ne s'en sentait pas le droit. Lorsqu'il reviendrait, il pourrait s'asseoir derrière sa grande table et reprendre le travail comme si de rien n'était.

À condition que le monde existe toujours à ce moment-là.

Justine congédia ses secrétaires, ignora délibérément les dossiers urgents et s'affala dans le fauteuil de son frère.

Isabella n'avait donc pas spécifié que l'idée était de Patricia. Cela ne prouvait rien, mais cela suffisait à alimenter ses doutes. Kantil pouvait très bien avoir été manipulée comme eux tous.

— J'aurais vraiment besoin de tes conseils, Tommy, dit-elle à la pièce.

La clinique de rajeunissement de la famille se trouvait dans la banlieue de Washington, à moins de vingt-cinq kilomètres du sénat à vol d'oiseau. Le clone du déserteur était là-bas, qui se développait dans une matrice artificielle. Il devait mesurer une dizaine de centimètres pour l'instant.

Elle regarda son ventre, posa les mains dessus. Il était parfaitement plat, bien qu'elle n'ait pas mis les pieds dans une salle de gymnastique depuis des semaines.

— Tu vas naître avant ton oncle, dit-elle doucement. Ce sera une sacrée surprise pour lui.

Et pour beaucoup d'autres personnes.

Tandis que ses mains reposaient toujours au-dessus du bébé, sa main virtuelle effleura l'icône de Paula Myo.

— Oui, sénatrice ?

Ne dort-elle donc jamais ?

— J'ai de mauvaises nouvelles à vous annoncer. Le Comité de sécurité vient de me piéger. La sénatrice Valetta Halgarth a demandé votre renvoi de la sécurité du Sénat.

— Ah, oui ? Pour quelles raisons ?

— Pour des raisons très moyennement recevables, heureusement. Elle a mentionné certaines interférences avec des opérations du renseignement de la Marine, a affirmé que vous utilisiez les ressources du gouvernement à des fins personnelles.

— À cause de l'opération concernant Alessandra Baron.

— Précisément. J'ai réussi à repousser le vote de sa motion en exploitant un vice de forme. Mais elle reviendra à la charge. On dirait que Columbia vous en veut vraiment.

— Ce n'est pas nouveau. Merci de m'avoir soutenue.

— Je parlerai à mes collègues, je tenterai de me faire de nouveaux alliés dans ce comité. J'espère avoir la majorité de mon côté. De nombreuses personnes ne sont pas satisfaites des Halgarth. Pas forcément les alliés naturels de ma famille, mais je devrais quand même être en mesure de m'assurer leur soutien.

— Je comprends. L'attitude des uns et des autres sera très révélatrice.

— C'est-à-dire ?

— Vous savez de quel côté vont voter les Sheldon ? L'Arpenteur n'a pas intérêt à ce que je continue de travailler pour la sécurité du Sénat.

— Effectivement. Je tâcherai de me renseigner.

* * *

Les humains agaçaient vraiment MatinLumière-Montagne. Il s'attendait certes à ce qu'ils contre-attaquent après son assaut initial – c'était inévitable. En revanche, la nature de leur réplique l'avait quelque peu surpris. Il s'était attendu à ce qu'ils ouvrent des trous de ver au-dessus des planètes envahies pour déverser missiles et vaisseaux afin d'attaquer ses nouvelles installations. Il s'était donc consciencieusement préparé pour faire face à cette éventualité, avait fabriqué d'énormes générateurs de champs de force à proximité des usines et raffineries qu'il construisait sur ses nouvelles terres, y avait dépêché des milliers de navires de guerre armés jusqu'à la gueule.

Avec toutes les informations qu'il avait réunies à propos du Commonwealth et de ses capacités, MatinLumièreMontagne était persuadé d'être prêt. Il avait récolté une quantité impressionnante de données dans les ruines des cités humaines abandonnées, avait trouvé des cristaux de stockage contenant des encyclopédies, des théories scientifiques, les résultats de recherches, des plans industriels, des statistiques économiques concernant tous les mondes humains, ainsi qu'une infinité de programmes de « divertissements ». Pour la première fois, MatinLumièreMontagne ne regretta pas d'avoir activé la mémoire de Bose. Sans cette clé, il lui aurait été extrêmement difficile de faire la différence entre la réalité et la fiction. En effet, les hommes produisaient des œuvres de fiction en quantités hallucinantes.

Malheureusement, il n'apprit pas grand-chose sur l'IA. Il n'avait découvert les coordonnées de Vinmar sur aucun des vingt-trois mondes qu'il avait envahis. Une fois que le Commonwealth serait entièrement converti à la vie primienne, il lui faudrait explorer scrupuleusement tous les systèmes situés dans un rayon de deux cents années-lumière. Certains humains semblaient croire que l'IA n'avait plus d'existence physique, qu'elle était devenue énergie pure. MatinLumièreMontagne se demandait si ces spéculations n'étaient pas des œuvres de fiction, elles aussi.

Pour obtenir des informations, il disposait également d'hommes. Il y avait des dizaines de milliers de cadavres prisonniers des gravats ou de véhicules écrasés. Récupérer leurs implants mémoires n'était pas très compliqué. Les humains vivants lui causaient davantage de soucis. Ils lui résistaient, combattaient ses soldats. MatinLumièreMontagne n'avait d'autre solution que de les tuer tous pour leur prendre leurs souvenirs. Néanmoins, il avait vite compris que ces unités étaient très peu utiles, d'autant que la mémoire humaine n'était absolument pas fiable. Après en avoir activé plusieurs au sein d'Immobiles isolés, il avait découvert que la plupart étaient encore moins stables que Bose. Quelle ne fut pas sa surprise d'apprendre que très peu d'entre eux étaient aussi savants que sa première prise. MatinLumièreMontagne avait toujours supposé que Bose était un humain inférieur.

Comme il nourrissait sans cesse sa base de données, ses connaissances sur le Commonwealth – fondées sur l'interprétation originelle des souvenirs de Bose – s'affinèrent. Il commença à modifier les systèmes cybernétiques humains pour leur permettre de produire les objets dont il avait besoin. Il installa ses usines dans des bâtiments existants, utilisa leurs routes, reconstruisit les ponts.

En revanche, il se désintéressa de l'électronique. Il n'avait aucune confiance dans ces processeurs et programmes.

De fait, il avait trouvé des centaines de milliers de fichiers mentionnant des logiciels subversifs dissimulés dans des calculateurs. Depuis l'établissement du tout premier réseau de communication sur la Terre, l'humanité semblait avoir consacré énormément de temps et d'énergie à la recherche de moyens de se nuire sur les champs de bataille virtuels. Les hommes ruinaient le travail de leurs rivaux, libéraient des virus pour le plaisir, profitaient immanquablement de la faiblesse de leurs semblables pour les voler, dans une version électronique de la guerre que se menaient les Immobiles de Prime. Après des siècles d'entraînement, leurs aptitudes dans le domaine étaient impressionnantes. D'ailleurs, les attaques électroniques qu'ils avaient lancées contre lui lors de l'assaut initial avaient démontré leur supériorité dans le domaine numérique. Lui n'avait ni l'expérience, ni les capacités pour se protéger contre des armes pareilles. En conséquence de quoi il préférait retirer les ordinateurs des appareils humains et s'installer directement dans les circuits de contrôle. Toutefois, cette substitution monopolisait une proportion non négligeable de ses capacités cognitives ; aussi l'une de ses priorités était-elle d'établir des groupes d'Immobiles sur ses nouveaux mondes afin d'exploiter les ressources locales.

Heureusement, dans ce domaine comme dans d'autres, il progressait constamment. Jusqu'à ce que le Commonwealth contre-attaque et ouvre des trous de ver au-dessus des vingt-trois planètes prises. Évidemment, une pluie de missiles s'abattit sur lui. MatinLumièreMontagne envoya ses vaisseaux les intercepter. Il avait un avantage certain sur eux : les hommes rechignaient à utiliser leurs bombes à fusion, à cause des *dommages collatéraux sur l'environnement*. Il avait appris cela grâce à Bose et aux autres personnalités qu'il avait étudiées. Et aux déclarations de leurs politiciens. Lui n'usa que de missiles nucléaires.

Alors, d'autres trous de ver apparurent, au sol cette fois,

pour se refermer presque aussitôt. MatinLumièreMontagne se donna beaucoup de mal pour se rendre partout où les humains apparaissaient. Une fois de plus, ses ennemis parvinrent à brouiller ses communications. Des navettes furent envoyées sur le lieu des intrusions, où elles furent confrontées à des aérobots. Les machines automatisées étaient agiles, quoique pas assez puissantes pour venir à bout de ses appareils, plus nombreux. En fait, le nombre était l'avantage principal de MatinLumièreMontagne.

Dix-sept heures plus tard, l'attaque cessa. MatinLumièreMontagne était victorieux. Il avait subi quelques dommages, mais ne déplorait aucune défaite stratégique. Mobiles et systèmes entreprirent sans attendre de réparer les machines touchées. L'Immobile étudia la stratégie de l'ennemi et modifia ses défenses en conséquence. Le Commonwealth était plus faible qu'il ne l'avait cru.

De nombreuses heures s'écoulèrent avant que les perturbations commencent. MatinLumièreMontagne était habitué à subir les assauts brefs des humains restés sur les planètes qu'il avait prises. Plusieurs centaines de Mobiles avaient même été tués. Toutefois, c'était un nombre si petit que ses programmes de pensée les remarquèrent à peine. Des défenses capables de repousser des assauts venus de l'espace étaient forcément en mesure de soumettre ces quelques hommes retournés à l'état sauvage. Et pourtant...

Des ponts s'effondrèrent tandis que des convois les empruntaient, leurs piles détruites à l'explosif.

Des Mobiles soldats en patrouille cessèrent d'émettre et ne revinrent jamais.

Des incendies éclatèrent dans des usines.

Les champs de confinement de générateurs à fusion souffrirent de perturbations inexpliquées. Les chambres MHD se fissurèrent, libérèrent des jets de plasma qui incinérèrent tout sur leur passage.

Des humains en armure furent repérés autour des champs de force, avant de disparaître sans laisser de trace.

À l'extérieur des boucliers de protection, les machines tombèrent en panne. Les enquêtes conclurent à des actes de sabotage. De minuscules charges explosives furent retrouvées.

Une bombe à fusion explosa à l'extérieur de Randtown, détruisant quinze navettes d'un seul coup.

Des Mobiles fermiers mouraient régulièrement, pris pour cibles de loin. Les machines agricoles étaient détruites ou endommagées. Des récoltes entières furent anéanties.

Une bombe à fusion détona à l'intérieur du champ de force de Randtown. Impossible d'attraper les humains. Lorsqu'ils étaient acculés, ils se battaient jusqu'à la mort – le plus souvent après avoir déclenché l'explosion de bombes à fusion.

Des trous de ver microscopiques commencèrent à s'ouvrir au-dessus des mondes de l'Immobile, pour se refermer au bout de quelques secondes seulement. Ils ne représentaient pas une menace.

Des bombes à fusion explosèrent sur Olivenza, Sligo, Whalton, Nattavaara et Anshun.

Des mines à ciel ouvert furent vaporisées.

Toutefois, ces sabotages ne causaient pas assez de dégâts pour stopper l'expansion de MatinLumièreMontagne sur les vingt-trois planètes prises à l'ennemi. Les installations détruites étaient systématiquement reconstruites, les Mobiles remplacés, les routes réparées, les champs réensemencés.

Alors, souvent, les humains en armure réapparaissaient, qui ruinaient tout le travail accompli. MatinLumière-Montagne reconstruisait, incorporait des défenses plus puissantes – qui nécessitaient davantage de travail et des délais plus importants. Il fit venir des milliers de Mobiles soldats de son monde d'origine, des soldats qu'il fallait nourrir et armer, qui l'aideraient à continuer son expansion. La tactique de harcèlement appliquée par les humains était extrêmement ennuyeuse. MatinLumièreMontagne ne savait pas comment l'arrêter. Dans son système d'origine, on se faisait la guerre à découvert ; les deux camps s'acharnaient pour causer le plus de dégâts possibles à l'adversaire. Ici, c'était différent. MatinLumièreMontagne avait appris une chose des mémoires d'humains qu'il avait activées : les renégats ne cesseraient jamais cette guérilla. Leur histoire regorgeait d'événements de ce genre. Leurs « combattants de la liberté » avaient défait des armées régulières à maintes occasions.

Cela ne cesserait que lorsqu'il n'y aurait plus d'humains en liberté. MatinLumièreMontagne décida de consacrer davantage de ressources à la réalisation de cet objectif.

* * *

La base arrière détecta les distorsions quantiques supraluminiques qui traversèrent le système solaire. Leur signature correspondait aux perturbations créées par les réacteurs utilisés par les humains. Le point d'origine se situait à trois années-lumière. Malheureusement, le vaisseau incriminé s'éloignait déjà.

MatinLumièreMontagne savait ce que la Marine du Commonwealth ferait si elle découvrait l'emplacement de cet avant-poste. Elle attaquerait avec toutes les armes dont elle disposait.

Des milliers d'Immobiles avaient réfléchi à la meilleure manière de se défendre contre les attaques relativistes. De cette activité intense avaient résulté des machines complexes qui équiperaient bientôt tous les générateurs de trous de ver de MatinLumièreMontagne. Comme il avait donné la priorité à ce projet, des composants étaient déjà en train d'être acheminés vers son avant-poste. Il commença également à construire sa nouvelle flotte de navires de guerre. Lorsque les vaisseaux de la Marine arriveraient, laissant le Commonwealth sans défenses efficaces, il lancerait sa deuxième vague d'assauts et envahirait quarante-huit planètes supplémentaires.

7

Patricia Kantil et Daniel Alster quittèrent le sénat ensemble et prirent le même express pour Kerensk. McClain Gilbert les attendait à la gare pour les escorter. À bord d'une navette de la Marine, ils se rendirent tous les trois à Babuya. Le vol dura une vingtaine de minutes.

— Même après l'énorme travail préparatoire accompli en amont, dit Patricia, j'ai du mal à croire que nous en soyons déjà là. Pour ne rien vous cacher, la présidente est très excitée.

— Nous le sommes tous, rétorqua Mac. Ce pourrait très bien être le tournant de cette guerre.

— L'amiral pense-t-il que nous avons assez de vaisseaux ? demanda Daniel.

— Il vous le dira lui-même, répondit Mac. Comme vous pouvez le voir, continua-t-il en désignant les hublots sertis dans le plafond de l'habitacle, nous n'avons pas chômé.

Autour de l'Ange des hauteurs, l'espace était pour le moins encombré. Il y avait à présent trois ports flottants reliés à Kerensk, dans lesquels affluaient passagers et containers, que les navettes répartissaient ensuite entre les installations de la Marine et les stations industrielles de l'archipel. Les neuf plates-formes d'assemblage de vaisseaux de guerre étaient beaucoup plus grandes que les modèles originels desquels étaient sortis les navires éclaireurs de première génération. Chacune était composée de cinq sphères géantes en morphométal arrangées autour d'un portail central, doté d'un trou de ver menant à Kerensk. Sections de coque et composants divers arrivaient donc directement sur les sites où des systèmes cybernétiques dernier cri les assemblaient.

Une sphère de la plate-forme quatre était ouverte, qui révélait l'un des nouveaux navires de classe Moscou prêt à décoller. *Londres* faisait cent cinquante mètres de long et était composé de deux globes – un petit à l'avant, un gros à l'arrière –, ainsi que de sept panneaux thermiques en forme de rapière fixés en son milieu. Cette fois-ci, on n'avait pas essayé de les rendre aérodynamiques. Ces vaisseaux avaient uniquement été conçus pour larguer des munitions. Leurs fonctions étaient donc réduites au minimum. La totalité de la section arrière était dévolue aux machines, c'est-à-dire à dix cuves virtuelles et à un hyperréacteur capable d'atteindre une vitesse de quatre années-lumière par heure. Installés dans la partie centrale, les cinq membres d'équipage étaient entassés dans une cabine circulaire tout juste assez grande pour contenir les couchettes de vol. La section avant, quant à elle, débordait de missiles relativistes Douvoir.

—Ils sont imposants, dit Patricia.

—Un seul de ces engins pourrait anéantir toutes les planètes de Sol, y compris Jupiter, expliqua Mac. Pour une fois, notre force de frappe sera supérieure.

—J'espère que vous avez prévu des garde-fous pour prévenir tout lancement accidentel, demanda Daniel.

Mac lui lança un regard amusé.

—Les Douvoir sont protégés par un triple code d'armement. Trois membres d'équipage doivent ordonner leur lancement simultanément.

—Et si un vaisseau était touché, s'il ne restait plus que deux membres d'équipage ? interrogea Patricia.

—C'est impossible, la rassura Mac. Son champ de force est tellement résistant, que tout ce qui le transpercerait détruirait immanquablement l'ensemble du navire.

—Ah, je vois, fit Patricia en se retournant vers le vaisseau massif qui grossissait à vue d'œil.

* * *

L'amiral Kime accueillit chaleureusement ses invités dans son bureau du Pentagone II. Il faisait nuit sur Babuya ; le vaste dôme était parfaitement transparent. Icalanise était un croissant jaune cadmium, qui disparaissait lentement derrière le bois tout proche. L'espace au-dessus de leur tête était plein de silhouettes argentées, de laboratoires de recherche, de macromoyeux scintillants, auxquels venaient s'ajouter les stations et les plates-formes de la Marine. Des centaines de navettes grouillaient autour d'eux. Leurs fusées ioniques striaient le vide de rais bleu électrique éphémères.

Après avoir salué Kime et Columbia, Patricia prit place à côté d'Oscar.

—Félicitations !

—Merci, dit ce dernier avec un sourire blême. Désolé de ne pas m'être levé, mais la gravité me rend encore un peu fébrile.

—Voyons, ne vous excusez pas.

—Le pire, c'est que j'ai suivi les conseils des médecins : j'ai fait du sport, pris mes biogéniques. Malheureusement, cela n'a pas suffi. Je déteste vraiment l'apesanteur !

—La présidente m'a demandé de vous remercier, vous et votre équipage. La découverte de la Porte de l'enfer est un événement capital, qui pourrait très bien changer le cours de la guerre.

—Je n'ai fait que mon travail, marmonna Oscar.

Mac arriva derrière son vieil ami.

— La modestie est aussi un effet secondaire de l'apesanteur. Ne vous en faites pas, il sera guéri pour la cérémonie de remise de sa médaille. Vous croyez que le vice-président en personne récompensera Oscar ? demanda-t-il sans détour.

Patricia éclata de rire.

— Maintenant que j'y pense, notre bon vice-président Bicklu n'a pas paru très satisfait à la mention de votre nom, ce matin.

Oscar parvint à esquisser un sourire.

Wilson demanda à tout le monde de prendre place. Dimitri Leopoldovich, qui parlait avec Rafael, s'assit près d'Anna, tandis que Mac s'installa à côté de Daniel. Techniquement parlant, c'était une réunion du conseil stratégique de la Marine ; toutefois, Wilson préférait y voir une simple rencontre entre l'exécutif – représenté par Patricia et Daniel – et les meilleurs conseillers de la galaxie. Leur tâche consistait à élaborer une politique et à la soumettre au cabinet de guerre.

— Commençons par le plus évident, dit Wilson. La localisation de la Porte de l'enfer.

Le projecteur holographique de son poste de travail afficha une simple carte des étoiles. Le système dans lequel Oscar avait détecté le trou de ver géant se trouvait à trois cents années-lumière d'Elan.

— Vous avez tous pu consulter les enregistrements des senseurs, dit Oscar. Il n'y a pas de doute possible : ce sont bien eux.

— Même si c'est très peu probable, intervint Dimitri, nous nous devons d'envisager la possibilité que ceci ne soit qu'un leurre.

— Un leurre extrêmement onéreux, dit Mac. Nous savons que les Primiens n'ont pas de système économique comparable au nôtre à proprement parler, mais en terme de ressources, fabriquer deux Portes identiques représenterait un investissement considérable. Et dans quel but? Au mieux, cela leur permettrait de gagner deux ou trois mois.

—À moins qu'ils aient besoin de plus d'un trou de ver géant, insista Dimitri. Nous savons qu'ils sont bâtis autour d'un axe quadruple; il serait plus prudent de s'attendre au pire.

—C'est votre spécialité, marmonna Patricia à voix basse.

—C'est mon travail, rétorqua le scientifique avec un sourire désolé.

—Vous suggérez que nous reportions l'attaque? demanda Rafael.

—Non, monsieur. Moi et mes collègues de l'Institut de recherche stratégique vous conseillons simplement de poursuivre votre campagne d'exploration. En fait, nous devrions envoyer un navire à proximité de Dyson Alpha. Nous saurions ainsi si, oui ou non, d'autres trous de ver géants y débouchent.

—Ce serait très risqué, dit Wilson.

—Pas plus que d'attaquer la Porte de l'enfer, insista Dimitri. J'ignore quels systèmes de défense ils ont pu développer, mais vous pouvez être sûrs qu'ils ne les limiteront pas à leur système d'origine. La Porte de l'enfer est vitale pour eux et elle sera défendue avec tous les moyens dont ils disposent.

—De toute façon, nous ne pourrons pas nous passer de missions de reconnaissance, dit Wilson. Il nous faut impérativement réunir autant d'informations que possible sur ce qu'ils préparent.

—Malheureusement, leurs intentions restent la grande inconnue de cette équation, reprit Dimitri. Comme l'a souligné le capitaine Gilbert, leur modèle économique n'a rien à voir avec ce que nous connaissons. L'invasion du Commonwealth ne peut tout simplement pas être rentable. En conséquence de quoi, nous pensons qu'il s'agit là d'une sorte de croisade religieuse.

—C'est ridicule, lâcha Daniel.

—Excusez-moi, monsieur, mais cela n'a rien de ridicule. Nous ignorons certes s'ils ont des dieux ou même une religion, toutefois, c'est une théorie qui tient la route. Cette entreprise étant complètement illogique, on ne peut que conclure au fanatisme. Les croisades humaines, qu'elles soient motivées par la religion ou par une idéologie, sont comparables à cette invasion primienne. Notre histoire regorge de guerres sanglantes et illogiques.

—Doit-on tenir compte de ces considérations pour mettre sur pied notre offensive ? demanda Patricia.

—Certainement, répondit Dimitri. Nous nous apprêtons à porter un coup que nous espérons fatal à un ennemi incroyablement puissant. Toutefois, si les Primiens obéissent à une logique religieuse, si leur « Dieu » ou leur leader politique leur a demandé d'anéantir l'humanité, alors, ils reviendront immanquablement à la charge. Nous devons nous préparer à cette éventualité.

—Sans la Porte de l'enfer, ils auront bien du mal à contre-attaquer, intervint Rafael. Une fois éliminés leurs vaisseaux en orbite autour des planètes capturées, leurs installations au sol seront à notre merci ; leur élimination ne sera qu'une simple question de temps.

—Pardonnez-moi, amiral, mais, comme l'ont si bien souligné les médias, ces vingt-trois planètes sont définitivement perdues pour nous. Les troupes que nous y avons déployées harcèlent les Primiens avec succès, toutefois, si nous parvenions à détruire la Porte de l'enfer, continuer cette opération deviendrait une perte de temps. Selon moi, nous n'aurions aucun intérêt à lancer nos vaisseaux dans ce qui ne serait qu'une guerre d'usure.

—Ben voyons ! lâcha Mac, sarcastique. Vous voudriez peut-être que nous nous engagions uniquement lorsque nous n'avons rien à perdre. Nous sommes en guerre, mon vieux, reprit-il avec un sourire presque compatissant. La guerre est sale, elle tue, y compris les nôtres. C'est quelque chose qu'il faut accepter.

—Nous sommes en train de développer des armes qui nous garantiront la victoire, rétorqua Dimitri. Attendons qu'elles soient prêtes et utilisons-les. N'essayons pas de défaire les Primiens petit groupe par petit groupe. Ils sont trop nombreux pour cela. Nous n'y arriverions pas.

Personne ne le contredit. Wilson examina les visages tourmentés. Tout le monde, autour de cette table, connaissait les détails du projet Seattle. Toutefois, personne ne souhaitait utiliser réellement cette arme de fin du monde. En tout cas, pas à ce stade-ci de la guerre.

—Les armes dont vous parlez ne nous garantiront la victoire que si nous nous en servons pour anéantir les Primiens jusqu'au dernier, dit-il.

—N'est-ce pas, amiral, ce qu'ils sont en train de nous faire? J'ai compulsé les rapports des pelotons déployés sur les vingt-trois. Les Primiens n'ont jamais perdu une occasion de massacrer les réfugiés et survivants. Ce serait une erreur que de leur prêter des sentiments et motivations humains, que d'imaginer qu'ils se soucient de notre sort. Tout ce qu'ils veulent, c'est nous rayer de la carte. Toutes les analyses faites par l'Institut aboutissent à la même conclusion: ce sera eux ou nous.

—La mise en œuvre du projet Seattle est une décision qui appartient au cabinet de guerre, dit Rafael. Nous sommes ici pour discuter stratégie.

—Alors, reprit Dimitri, disons simplement que l'Institut et moi recommandons l'usage de ces armes. Je ne dis pas cela à la légère, continua-t-il en interpellant directement Wilson, tandis que des gouttes de sueur perlaient entre ses sourcils pâles. L'ennemi a déjà vu notre main. L'attaque suicide de *Desperado* a été héroïque. Elle a considérablement ralenti l'avancée des Primiens et permis de sauver des millions de vies. Toutefois, nous ne pourrons plus compter sur l'effet de surprise. Sans oublier que l'ennemi saura imiter notre technique. Et puis, il a probablement déjà élaboré une parade – je sais que nos spécialistes planchent aussi sur la question. En somme, si nous nous contentons d'attaquer la Porte de l'enfer avec des missiles relativistes, le succès ne sera aucunement garanti.

—Dans une guerre, rien n'est jamais garanti, répliqua Wilson. Cela ne signifie pas pour autant que nous devons baisser les bras.

—Je ne dis pas qu'il faut baisser les bras. Je dis simplement que notre victoire devra être totale.

—Les vaisseaux primiens se sont rués hors de leur système d'origine dans l'heure qui a suivi l'effondrement de la barrière, dit Oscar. Un mauvais génie a été libéré dans l'Univers.

Dimitri repoussa en arrière quelques mèches fines et rebelles.

—Je suis navré, mais mes collègues et moi ne voyons aucune autre manière de venir à bout d'eux. Ceux qui avaient érigé cette barrière étaient manifestement du même avis que nous. Malheureusement, nous n'avons pas leurs aptitudes.

—Merci, Dimitri, dit Wilson. La position de l'Institut sera transmise au cabinet de guerre. Pour le moment, néanmoins, nous prévoyons plutôt d'attaquer la Porte de l'enfer avec des moyens plus conventionnels. Anna?

—La fabrication des vaisseaux de classe Moscou s'accélère. Maintenant que nous produisons les sections de coque et les différents composants en masse sur les mondes du G15, il suffit de deux semaines pour terminer un navire. Le processus est très modulaire – infiniment plus que lorsque nous construisions nos vaisseaux éclaireurs.

Pour le moment, nous en avons douze, mais ce nombre devrait augmenter rapidement. La neuvième plate-forme d'assemblage est maintenant terminée. D'ici un mois, les plates-formes dix à quinze seront elles aussi opérationnelles. Relier directement les chaînes de montage à Kerensk via un trou de ver s'est révélé très efficace. Pour cela, nous avons dû marcher un peu sur les plates-bandes de Mme Gall, qui s'est montrée très diplomate et n'a rien dit. En ces temps difficiles, il aurait été malvenu de défendre à tout prix le monopole de l'Ange des hauteurs. Par ailleurs, la plupart des équipes qui travaillent sur nos chantiers sont logées là-bas.

—Combien de vaisseaux pourrons-nous envoyer attaquer la Porte de l'enfer ? demanda Patricia.

—À la fin de la semaine, nous en aurons quinze. Vingt-deux si nous attendons une semaine supplémentaire, plus de quarante dans trois semaines. Après cela, nos plates-formes produiront quarante-cinq navires tous les quinze jours.

—Combien de vaisseaux vous faudrait-il pour détruire la Porte de l'enfer à coup sûr.

—Un minimum de vingt, répondit Mac. Les Primiens sont très présents dans ce système. La Porte de l'enfer ne représente qu'une infime partie de leurs infrastructures. Il ne faut pas oublier les générateurs des trous de ver qui mènent aux vingt-trois planètes capturées. Trous de ver par lesquels transitent des quantités colossales d'équipement. Durant l'invasion, les Primiens ont lancé plus de quarante-cinq mille vaisseaux contre nous. On peut supposer qu'ils en ont encore au moins autant dans les alentours de leur avant-poste. Sans doute beaucoup plus, en fait.

—Vingt de nos vaisseaux contre quarante-cinq mille ? s'exclama Patricia, inquiète.

—Nous ne les affronterons pas directement, comme nous avons pu le faire au-dessus des vingt-trois, précisa

Wilson. Les navires de classe Moscou se placeront en bordure du système, d'où ils lanceront leurs missiles Douvoir. Là où ils seront, aucun engin infraluminique ne pourra les atteindre.

— Vingt vaisseaux, vous dites ? répéta Patricia.

— Au minimum.

— Une semaine supplémentaire, cela me parait bien.

— Non, il faudra attendre davantage, la coupa Dimitri. On ne peut pas se permettre de mettre toutes nos forces dans la bataille. Les Primiens contre-attaqueront forcément.

Patricia lui lança un regard irrité.

— Dimitri a raison, intervint Rafael. Nous nous devons d'être circonspects. Ce sont des mots que je déteste employer, mais nous n'avons d'autre option que d'envisager la défaite. En tant que responsable de la défense planétaire, je demande solennellement que quelques vaisseaux soient assignés à la protection des civils.

— Wilson ? demanda Daniel.

— Je suis d'accord. Ce serait effectivement plus prudent. Je sais que certaines personnes sont pressées de nous lancer à l'assaut, mais la guerre n'obéit pas uniquement à des impératifs de politique politicienne. Par ailleurs, notre guérilla porte ses fruits. En même temps que nous construisons plus de vaisseaux, nous devrions augmenter nos effectifs à la surface des planètes prises. C'est une stratégie qui fonctionne. L'intensifier devrait permettre d'occuper davantage l'ennemi.

— Combien de temps voulez-vous ? demanda Patricia.

— Quinze jours, répondit Anna. Ainsi, nous aurons vingt vaisseaux de chaque côté. Cela devrait suffire.

— Entendu, j'en parlerai à la présidente.

* * *

Oscar resta à sa place, tandis que les autres se disaient au revoir et quittaient la salle. L'anxiété lui retournait littéralement l'estomac. En comparaison, les effets secondaires de l'apesanteur n'étaient rien. L'idée de mentir à Wilson dans le seul but de se couvrir ne lui plaisait pas du tout. Surtout dans une affaire aussi sérieuse. Il se devait de lui parler, sans compter que cela lui permettrait peut-être d'en apprendre davantage.

Mac et Anna furent les derniers à sortir. Oscar vit cette dernière dire quelque chose à Wilson et hausser furtivement les épaules juste avant de refermer la porte derrière elle.

— Un verre ? demanda Wilson.

— Oui, merci, répondit Oscar. Du whisky avec de la glace. Pas d'eau.

L'autre lui lança un regard étonné, puis traversa la pièce blanche jusqu'au bar sphérique.

— Vous avez piqué ma curiosité – un entretien privé après une réunion officielle…

— Nous avons un problème.

Wilson eut un sourire en coin et versa le whisky dans un verre en cristal.

— Houston…

— Pardon ?

— Non, rien. Excusez-moi, continuez.

Oscar accepta le verre en se méprisant d'avoir besoin de ce courage liquide.

— Il y a quelque temps de cela, j'ai été approché par quelqu'un. Quelqu'un qui avait des raisons de penser que quelque chose de pas très clair s'était passé pendant la mission de *Seconde Chance.*

— Vous aussi ?

— Ils vous ont parlé ? demanda Oscar, incrédule.

— Disons simplement qu'il se dit beaucoup de choses dans ces couloirs. Qu'est-ce que cette personne vous a révélé ?

— Le plus simple serait de vous le montrer. Voilà…

Il demanda à son assistant virtuel de se connecter directement aux dossiers sécurisés de la Marine. Le projecteur du poste de travail de Wilson s'alluma et afficha un enregistrement effectué dans la navette en partance pour la Tour de guet.

— Vous voyez la parabole principale ? demanda Oscar comme l'image se figeait. Quelqu'un était en train d'émettre en direction du système primien.

— Putain ! lâcha Wilson en s'affalant sur son fauteuil et en fixant la projection, qui emplissait la moitié de son bureau. Vous êtes sûr ?

— Nous savons tous les deux que la parabole n'aurait jamais dû être déployée à ce stade de la mission. J'ai fait quelques calculs d'alignement et il n'y a aucun doute sur la direction.

— Bordel de merde ! Mais alors, qui ?

— Je l'ignore. Nos livres de bord sont très complets, sauf que celui qui a ordonné ce déploiement a réussi à contourner nos programmes. En fait, cette image est notre seule preuve.

— Je ne comprends pas. Un traître ? Pourquoi ? Quelle aurait été sa motivation ?

— Il circule pas mal de folles théories sur l'unisphère, commença prudemment Oscar. Nous n'avons jamais compris pourquoi la barrière s'est subitement effondrée lorsque nous sommes arrivés. Quoi qu'il en soit, je crois que nous savons maintenant ce qui a brouillé nos communications avec Bose et Verbeke.

— Un membre de l'équipage ? chuchota Wilson, sous le choc. Mais, je les ai tous choisis personnellement. *Nous* les avons choisis. Vous et moi.

— Oui.

— Nom de Dieu ! jura Wilson sans pouvoir détourner

le regard de cette parabole. Cela n'a aucun sens. La guerre ne profite à personne. Et puis, nous ignorions ce que cette barrière dissimulait.

— Les Silfens devaient le savoir, eux.

— Non. Pas eux. Je n'y crois pas. Qui, commença-t-il en se tournant vers Oscar et en plissant les yeux, qui vous a demandé de faire ces recherches ?

Oscar soutint ce regard.

— Les Gardiens de l'individualité. Par l'intermédiaire d'une ancienne connaissance.

— Merde, Oscar ! Ces fumiers ont tenté de détruire *Seconde Chance.*

Oscar hocha la tête.

— Peut-être avaient-ils de bonnes raisons pour cela.

— L'Arpenteur ? Vous n'êtes pas sérieux ?

— Peut-être pas, répondit Oscar avec lassitude. Je ne sais pas. En tout cas, quelqu'un, à bord, nous a trahis de la pire des façons. Cette mission d'exploration a provoqué une guerre. Une guerre que nous pourrions fort bien perdre, ce qui sonnerait le glas de l'espèce humaine. Vous avez posé la question vous-même : quelle était la motivation du traître ? En tout cas, il ne s'agit pas de politique.

— Non, vous avez raison. Il y a forcément eu une intervention extérieure. Celui qui a fait cela nous a trahis en tant qu'espèce. Putain, c'est véritablement difficile à accepter.

— Je sais.

— Avez-vous parlé aux Gardiens de votre découverte ?

— Non, bien sûr que non. Écoutez, je vais vous faciliter la tâche. Je vais démissionner.

— Certainement pas ! Nous avons besoin de découvrir ce qui se passe, et ce, le plus vite possible. Nous sommes sur le point d'envoyer une flotte détruire la Porte de l'enfer. Si cette mission échouait…

— Je ne pense pas que…
— Nous ne pouvons pas risquer une trahison de plus.
— Je n'avais pas pensé à cela. Que comptez-vous faire ?
— Nous avons besoin d'aide. Paula Myo sait tout ce qu'il y a à savoir sur les Gardiens. Je dois absolument la consulter.

* * *

Mellanie ne respecta pas sa promesse. Ils ne s'installèrent pas dans un hôtel luxueux de L.A., mais dans un petit et modeste trois-pièces situé juste derrière Venice Beach. Le bâtiment était vieux et décrépit, son rez-de-chaussée occupé par des boutiques miteuses qui vendaient des tee-shirts, des bijoux faits à la main, des robots domestiques d'occasion, des *powerskates*, des vêtements de sport. Il allait sans dire que chacune d'elles passait de la musique jusqu'à des heures tardives. Les fenêtres des deux étages étaient munies de volets en bois et flanquées de vieux climatiseurs qui bourdonnaient et peinaient sous le soleil brûlant. À l'extérieur, des fresques colorées subissaient les assauts de l'air salé du Pacifique. Régulièrement, on peignait de nouvelles œuvres par-dessus les anciennes. Vieille de cinq ans déjà, la fresque de style rétrosoviétique qui ornait la façade commençait à s'écailler. Les granulés à réfraction holographique qui la composaient se détachaient, révélant des décennies de couches. À la manière des anneaux d'un arbre, elles nous contaient l'histoire des modes et des tendances adoptées par les générations précédentes.

L'appartement mitoyen accueillait un homme et une femme qui se battaient dès que leurs horaires de travail le leur permettaient. Leur voisine du dessus était une prostituée qui faisait monter ses clients par l'escalier de secours pour leur donner une heure de plaisir non virtuel. Et ce à un volume assourdissant.

Dans leur appartement, l'eau courante ne l'était pas

toujours. Le réfrigérateur était bloqué sur sa position maximum et gelait tout ce qu'ils mettaient à l'intérieur. Les meubles avaient au moins une cinquantaine d'années et les lattes violettes du parquet craquaient bruyamment.

Les propriétaires de l'immeuble ne demandaient qu'à être payés en liquide. Ainsi, la présence du couple n'était-elle enregistrée nulle part.

Bizarrement, en dépit de cet environnement chaotique, Dudley ne s'était jamais senti aussi bien. Lorsqu'elle rentrait d'une journée passée dans les studios de Michelangelo, Mellanie le trouvait souvent en train de cuisiner des plats élaborés ou de contempler le théâtre de la rue, assis devant l'entrée de l'immeuble, une bière à la main. Le fait que Morton fût injoignable, à deux cents années-lumière de là, n'était probablement pas pour rien dans l'amélioration de son humeur.

Le soir où elle reçut l'enregistrement de la destruction de Randtown, Mellanie enfila un long tee-shirt et descendit jusqu'à la plage. Ses baskets à la main, elle marcha dans le sable en direction de la jetée de Santa Monica.

Sa main virtuelle activa l'adresse à usage unique. Adam Elvin répondit aussitôt.

— Je n'ai pas réussi à retrouver la trace des trois avocats Bromley, Waterford et Granku, dit-elle. En tout cas, ils n'ont pas contacté leur famille. Les programmes de surveillance installés par mon ami m'auraient immédiatement prévenue.

— Ne soyez pas trop dure avec vous-même. Le Commonwealth est immense. Au moins savons-nous avec certitude que c'est bien l'Arpenteur qui a financé les observations de Bose. À la limite, il ne nous en faut pas plus.

— Oui, mais ils doivent avoir été en relation avec Baron. Il faut absolument que je trouve des preuves.

— Nous apprécions votre aide, mais cette Alessandra Baron ne nous intéresse pas outre mesure.

— Je croyais que vous vouliez démasquer les agents de l'Arpenteur et démanteler leur réseau. Vous ne voulez pas apprendre qui et comment ?

— Finalement, cela n'a que peu d'importance.

— Bien.

Elle s'approcha doucement des terrains de volley-ball. De puissantes lampes accrochées à des mâts dispensaient une lumière jaune sur les joueurs. Un type l'appela, lui proposa de se joindre à eux. Elle sourit en secouant la tête à regret.

— Nous ne pouvons pas vous aider dans votre quête, reprit Adam.

— D'accord, mais qu'est-ce que vous dites de ceci : mon ami Morton est entré en contact avec un extraterrestre qui contient la mémoire de Dudley Bose. Le Dudley Bose qui était à bord de *Seconde Chance*.

— Vous plaisantez ?

— Absolument pas.

— Vous pouvez nous aider à nous connecter à lui ?

— Non, pas directement. L'IA ne veut pas m'aider à les sortir d'Elan et je suis incapable de retourner sur l'astéroïde d'Ozzie par mes propres moyens. Je suppose que vous ne disposez pas d'un générateur de trous de ver en état de marche.

— Non, désolé.

— Je m'en doutais. Si vous avez des questions à poser à Bose, je serai heureuse de les lui transmettre.

— Pour le moment, je vais en parler à Johansson. La Marine est-elle au courant ?

— Non. J'ai demandé à Morton de ne rien dire. Pour l'instant…

— Vous faites un travail fantastique, Mellanie.

— Peut-être, mais je n'avance pas beaucoup. J'ai l'impression d'être un canard attaché au sol qui attend de se faire descendre par les chasseurs de Baron.

— Je suis certain que tout sera arrangé avant qu'on en arrive là. Avez-vous parlé à Paula Myo récemment ?

— Non. Je ne possède aucune information négociable. À par celles de Morty, mais ce serait illégal. En fait, j'étais trop occupée à courir après ces avocats et à travailler pour Michelangelo. Vous avez entendu parler des arches que les riches – en particulier les Sheldon – se font construire pour le cas où les Primiens nous massacreraient ?

— J'ai eu vent des rumeurs qui circulent sur l'unisphère. Il se dit que le billet le moins cher coûterait un milliard de dollars terriens. Pourquoi… vous avez prévu de nous quitter ?

Un milliard de dollars ? Waouh ! Paul Cramley pense-t-il réellement que je pèse aussi lourd ? L'idée était flatteuse.

— Pas encore, répondit-elle. Je dois encore vous aider un peu.

— Nous apprécions beaucoup votre implication. Trois agents de l'Arpenteur démasqués : Isabella Halgarth et ses parents, Victor et Bernadette. Si vous voyez l'un d'eux approcher, planquez-vous.

— Merci. Comment avez-vous percé leur secret ?

— Bradley a examiné le message qui accusait Doi d'être un agent de l'Arpenteur. Évidemment, il n'était pas de nous. Isabella s'est chargée de tout organiser. Aujourd'hui, elle a disparu de la circulation, ce qui signifie forcément qu'elle va devenir de plus en plus active. Nous avons mis en place plusieurs missions d'observation pour surveiller ses parents. Si elles découvraient quelque chose d'intéressant pour vous, je vous tiendrais immédiatement au courant.

— Merci beaucoup. Je suis… Je me sens souvent seule.

— Je vous comprends. Cela fait des décennies maintenant que je vis cette non-existence paranoïaque.

— Comment faites-vous pour ne pas tout laisser tomber ?

— J'ai du mal, mais cela, vous vous en doutiez. Avant, je croyais réellement en ma mission, j'avais des idéaux.

Maintenant, je suis dépassé par les événements. Je suis comme vous, Mellanie ; j'attends que tout s'éclaire. Je ne sais pas si cela vous sera d'un quelconque réconfort, mais je suis persuadé que nous en aurons bientôt terminé avec cette histoire.

—J'espère que vous avez raison. Bonne nuit, Adam.

—C'est presque l'aube, pour moi. Ce qui est bien dommage d'ailleurs ; la nuit, ici, est vraiment magnifique.

Mellanie se déconnecta à regret. Elle se demanda où il se trouvait, quel était cet endroit si beau. Parler à Adam l'aidait à supporter son isolement. Ils ne s'étaient jamais rencontrés et ne se croiseraient sans doute jamais, mais discuter avec lui l'aidait à ne pas perdre courage. C'était un professionnel. Il s'impliquait à cent pour cent dans son travail parce qu'il croyait que sa cause était juste. Il appréciait sa contribution et la conseillait un peu. Ils étaient en train de bâtir une amitié étrange et, aussi bizarre que cela pût paraître, elle lui faisait entièrement confiance. Plus qu'à n'importe qui d'autre, en tout cas.

Droit devant elle, les illuminations multicolores de la jetée de Santa Monica s'étiraient jusqu'au milieu de l'océan et se découpaient sur la toile de fond sombre du ciel. Elle examina longuement les manèges de la fête foraine, avant de faire demi-tour et de s'éloigner en traînant les pieds dans le sable. Dudley s'inquiéterait si elle tardait trop à rentrer. Venice Beach était le point de ralliement des immigrés du Commonwealth qui venaient travailler à L.A. L'accès à la plage était gratuit, les magasins bon marché et les bars encore meilleur marché. Les rues y étaient toujours animées, voire branchées, d'une manière étrangement kitch. Mellanie aimait beaucoup ce bord de mer, avec ses étals pleins d'objets d'occasion, reflets d'une certaine diversité culturelle. Elle avait même repéré des contrefaçons de tee-shirts et de casquettes portant sa griffe, ainsi que de faux ordinateurs de marque. Les camelots braillaient dans des langues qu'elle ne reconnaissait même pas, vendaient des fruits et des légumes qui venaient d'une autre planète ou avaient subi de lourdes modifications génétiques.

Bien qu'il ne fût pas aussi riche que d'autres quartiers de Los Angeles, Santa Monica était un endroit relativement calme et sûr. À condition de se cantonner aux lieux publics. Comme le soleil disparaissait derrière la ligne d'horizon, les clubs commençaient à ouvrir, à s'emplir de musique et de projections holographiques. Une petite part d'elle-même aurait voulu que Dudley fût comme Adam Elvin. Non qu'elle eût réellement besoin d'un homme. C'était juste qu'Adam aurait été plus facile à gérer, car moins craintif, jaloux et paranoïaque. Adam aurait aussi su l'apaiser et la rassurer. Elle aurait pu lui parler de ses problèmes avec l'Arpenteur sans avoir peur de se faire attraper. Adam aurait répondu à ses questions, trouvé des solutions, développé des stratégies.

Dudley était assis sur les marches de pierre, à l'entrée de leur immeuble. Il croisa son regard, sourit et se précipita à sa rencontre.

— J'ai fait quelques recherches, dit-il aussitôt.

— C'est très bien, répondit mécaniquement Mellanie.

Le logo holographique du magasin dansait à côté d'eux, projetant des lignes roses et ambrées sur le visage du jeune homme. Elle fronça les sourcils.

— Dudley, c'est un nouveau tatouage, n'est-ce pas ?

— Oui ! s'enthousiasma-t-il. Je me le suis fait incruster dans une petite boutique, sur la plage.

Elle suivit avec ses doigts les contours rouges et or, permettant à ses implants d'en examiner les programmes et circuits organiques. Il s'agissait d'un système bon marché, doté d'un exhausteur sensitif avec fonctions IST, ainsi que d'une interface cybersphère améliorée et fournie avec un ensemble de logiciels de personnalisation. La peau de

Bose était toute rouge autour des spirales complexes, signe annonciateur d'une infection, et preuve que le travail avait été effectué par un amateur.

— C'était une marque certifiée, au moins ? demanda-t-elle. As-tu vu la licence du vendeur avant l'intervention ?

— Mellanie ! Tu es ma petite amie, pas ma mère. J'ai eu suffisamment de tatouages dans mon existence pour savoir ce que je fais.

— D'accord. Quelles recherches as-tu faites ? demanda-t-elle en se dirigeant vers l'entrée.

— Je me suis renseigné sur des vaisseaux spatiaux, répondit-il avec toute la fierté d'un écolier persuadé d'obtenir un vingt pour son dernier devoir.

— Quel genre de vaisseaux ?

Il ouvrit la porte, s'assura qu'il n'y avait personne sur le palier et lui fit signe d'entrer.

— Plusieurs usines en orbite autour d'Augusta sont spécialisées dans l'électronique et les matériaux exotiques spécialement conçus pour fonctionner en microgravité. Ces usines possèdent des navettes et – surtout – des remorqueurs interorbitaux.

— Oui ?

— J'ai étudié leurs fiches techniques et effectué quelques calculs. Cela m'a fait du bien d'utiliser mes vieilles connaissances en astronomie, de leur trouver une utilité pratique. Si on louait un engin de ce type et qu'on remplisse ses réservoirs jusqu'à la gueule sans y charger aucune marchandise, on pourrait atteindre la dernière géante gazeuse de Regulus.

— Et pourquoi ferait-on une chose pareille ?

Les voisins d'à-côté se disputaient. Heureusement, l'appartement du dessus était silencieux.

— C'est là-bas que doit se trouver l'astéroïde évidé d'Isaacs. Un astéroïde de cette taille, crois-moi, c'est très inhabituel. En fait, c'est plus probablement une petite lune.

Elle faillit se disputer avec lui, comme elle le faisait souvent, mais se ravisa. Le laisser se concentrer ainsi sur quelque chose d'aussi stupide et inintéressant n'était finalement pas une si mauvaise idée. Au moins était-il occupé.

—Je ne sais pas…, se contenta-t-elle de dire avec circonspection.

—Je suis persuadé qu'elle est quelque part dans Regulus. Les systèmes qui équipent son habitat viennent sans doute d'Augusta. C'est même certain. Tout le monde pense que CST et Augusta appartiennent uniquement à la Dynastie Sheldon. On oublie trop facilement qu'Isaacs était le cofondateur de CST, à parts égales.

—Sans doute. Toutefois, je doute que nous ayons les moyens de louer un vaisseau spatial. Je ne suis pas riche à ce point.

—Michelangelo paierait. Une fois dans l'habitat, on aurait accès au trou de ver d'Isaacs, ce qui nous permettrait de sortir Morton et le Mobile d'Elan.

Évidemment. J'aurais dû m'en douter, pensa Mellanie. Depuis qu'il avait entendu parler de ce Mobile étrange, Dudley était obsédé par l'idée de le rencontrer. Heureusement qu'il méprisait la Marine et n'avait absolument aucune confiance dans Wilson Kime, autrement, il aurait directement frappé à sa porte pour le sommer de récupérer cette créature.

—Je ne suis pas certaine que ton idée convainque la chaîne de débourser autant d'argent, dit-elle. Ces gens-là veulent des garanties.

—Je suis sûr de moi! Je sais que c'est possible. Encore quelques implants de ce type, ajouta-t-il en se grattant l'oreille, plus quelques cours de pilotage, et je pourrai y aller sans problème.

—Très bien. Prépare-moi un dossier complet avec les détails de ton projet, et j'y songerai sérieusement.

— Ouais ! s'exclama-t-il en frappant du poing dans la paume de sa main. Je m'y mets tout de suite.

Mellanie détacha la bretelle de son long tee-shirt, qui glissa sur le parquet ancien.

— Je ne savais pas qu'Ozzie possédait la moitié de CST.

— Si, si, dit Dudley en la contemplant comme si c'était la première fois qu'il la voyait nue. Ils ont créé la société ensemble. Sheldon en a toujours été le directeur, car c'est le commercial du binôme. Alors, c'est forcément lui qu'on voit le plus dans les médias. Mais, ils sont associés.

— Intéressant, dit-elle en défaisant son soutien-gorge.

C'était le signal. Dudley s'affaira sur sa chemise, tenta de la retirer sans la déboutonner, s'emmêla les pinceaux.

— Tu sais, on ne l'a pas vu depuis des années.

— Qui ? Ozzie ?

— Oui. Je l'ai découvert en faisant mes recherches. Cela n'a rien d'inhabituel, puisqu'il passe sa vie à voyager dans tout le Commonwealth. On raconte qu'il a visité toutes les planètes humaines et qu'il a un enfant sur chacune d'entre elles.

Mellanie retira sa culotte et alla dans la salle de bains. Elle fit couler la douche et constata avec plaisir que l'eau était tiède.

— Il n'a rien dit sur l'invasion primienne ; c'est étrange pour quelqu'un d'aussi important. Il n'a même pas répondu aux allégations de Baron. Et puis, il y a eu l'astéroïde. Je me demande bien ce qui a pu lui arriver ?

— C'est du Ozzie tout craché. Ce type est fou, dit Dudley en sautillant pour retirer son slip et en se rattrapant à l'encadrement de la porte pour ne pas tomber. J'aimerais tant lui ressembler.

— S'il est vraiment aussi rebelle que tout le monde le dit, pourquoi ne nous prêterait-il pas son trou de ver ?

— Il faudrait déjà le trouver.

— Je me renseignerai au bureau. Peut-être que quelqu'un pourra me dire où il est passé.

Dudley se débarrassa enfin de son slip et fonça vers la douche.

— Attends un peu, lui dit sèchement sa compagne.

Le jeune homme se figea au centre de la petite salle de bains. Mellanie commença à s'enduire le corps de gel mousant.

— Tu vas d'abord me regarder. Je te dirai quand tu pourras me rejoindre.

Dudley se mordit la lèvre inférieure et gémit.

* * *

Nigel traversa le portail derrière ses trois gardes du corps. Il faisait jour dans l'astéroïde évidé d'Ozzie. L'air humide transportait des parfums de fleurs écloses. Un grand auvent en toile blanche était tendu au-dessus du portail pour permettre aux visiteurs de s'acclimater au paysage incurvé et bizarre. Comme il avançait sous cette protection, la cavité cylindrique lui apparut dans toute son immensité. De part et d'autre, deux versants verdoyants s'élevaient brusquement pour former une arche au-dessus de sa tête. Des lampes fixées à un rail central dispensaient une lumière vive et blanche sur le paysage et empêchaient de voir le plafond. De hautes montagnes escarpées jaillissaient un peu partout, dessinaient des angles et des perspectives improbables et contribuaient à désorienter les visiteurs. La vue, ajoutée à la pesanteur artificielle, lui donna la nausée et le fit flageoler sur ses jambes. L'un des gardes du corps tituba et mit un genou à terre. Ses collègues l'aidèrent à se relever en faisant de leur mieux pour ne pas ricaner.

— Par ici, dit Nigel en s'engageant sur un chemin gravillonné qui s'éloignait de la falaise dans laquelle était serti le portail.

Des oiseaux chantaient tout près.

Le décor n'avait presque pas changé. Seuls les arbres avaient grandi, ajoutant à l'élégance du panorama. Il n'aimait pas trop penser à combien de décennies s'étaient écoulées depuis sa dernière visite, mais, à en juger par la densité et la hauteur de la forêt, cela devait bien faire un siècle. Plusieurs robots jardiniers s'activaient sur la pelouse, taillaient les rhododendrons et les jeunes pousses de bouleaux argentés. Rien n'indiquait que plusieurs milliers de personnes avaient envahi les lieux comme une mer en furie très peu de temps auparavant. Pas de déchets, ni de plantes piétinées.

Au bout du chemin, le bungalow était exactement comme dans ses souvenirs. Une chaise longue trônait dans le jardin sous un hêtre cuivré, attendant le retour de son propriétaire.

L'icône de Daniel Alster apparut dans sa vision virtuelle. Il soupira et autorisa la connexion.

— Désolé, monsieur, mais je tenais à vous informer d'un développement nouveau.

— Allez-y, répondit-il en sachant que cela devait être important.

Il faisait confiance à Daniel pour traiter, seul, les affaires courantes.

— Les Halgarth ont déclaré la guerre aux Burnelli en pleine réunion du comité.

— Hum... Quel comité ?

— Le comité de sécurité.

— Vraiment ?

Comme d'habitude, Daniel avait eu raison. Normalement, le comité de sécurité était immunisé contre les manœuvres politiciennes et autres batailles habituellement réservées au Sénat. En ces temps de guerre, il aurait dû être sacré. S'en servir comme d'un champ de bataille était décidément un crime de lèse-majesté.

— Que s'est-il passé ?

— Valetta Halgarth a essayé de faire mettre Paula Myo à la porte de la sécurité du Sénat.

Nigel était soudain très intéressé. L'inspecteur principal avait rendu service à la Dynastie en de très nombreuses occasions. Après une enquête particulièrement rude, il l'avait même remerciée personnellement. Paula n'était pas du genre à s'acharner sur quelqu'un pour des raisons personnelles. Il avait d'ailleurs failli intervenir lorsque le bureau politique lui avait appris que Rafael Columbia avait orchestré son éviction du renseignement de la Marine. Et puis Gore s'en était mêlé, et il n'avait pas eu à se mouiller.

— Qu'a-t-elle accompli pour se mettre les Halgarth à dos ?

— Nous n'en sommes pas sûrs. En fait, elle n'a probablement encore rien fait. Les Burnelli craignent que les Halgarth s'emparent de tous les pouvoirs dans la hiérarchie de la Marine.

— Ils ne sont pas les seuls. Continuez.

— D'après Valetta, Myo aurait interféré avec les opérations du renseignement. Apparemment, Myo aurait demandé à son ancien bureau parisien de mettre Alessandra Baron sous surveillance.

— Que lui reproche-t-elle ?

— Cela reste un mystère.

— Cela ne concerne probablement pas les Halgarth. Comme vous l'avez dit, c'est une lutte de pouvoirs directe. J'en parlerai à Jessica. Je pense que le moment est venu de regarder de plus près ce que les Halgarth comptent faire de notre Marine.

— Oui, monsieur.

Nigel coupa la communication et s'arrêta un instant pour réfléchir. Les gardes du corps attendirent sans broncher. S'il savait une chose à propos de Paula Myo, c'était qu'elle était honnête. Jamais elle ne mettrait Baron sous surveillance pour de simples raisons politiques, même si les Burnelli insistaient. Restait certes le meurtre choquant de Thompson – une affaire encore non résolue. Sans compter que l'assassin était réapparu plus tard à L.A. Galactic. Il se passait des choses pas très claires, des choses qui ennuyaient au plus haut point les Dynasties et les Grande familles. Cela ne s'était jamais vu. Sa main virtuelle effleura l'icône de Nelson.

— J'ai besoin que vous partiez à la pêche aux informations, lui dit-il.

* * *

Nigel savait que le bungalow était désert avant de passer sous l'arche de la porte d'entrée. Quelque chose, dans les maisons inoccupées, parlait directement à son subconscient.

— Ozzie ! Tu es là, mec ? cria-t-il néanmoins en arpentant le salon.

Après une enquête approfondie, Nelson s'était révélé incapable de localiser Ozzie. En soi, c'était une surprise. Nigel, pour sa part, s'attendait à moitié à ce qu'on lui annonce que son vieil ami avait disparu sur une des vingt-trois planètes envahies. Mais non, aux dernières nouvelles, Ozzie avait acheté un billet pour Silvergalde. Une équipe de la sécurité de la Dynastie s'était rendue à Lyddington pour faire des recherches, mais la ville était plongée dans le chaos le plus total ; dans l'espoir d'être défendus par les Silfens, des réfugiés avaient afflué des quatre coins du Commonwealth. En plus, il n'y avait pas d'archives électroniques à consulter, juste quelques langues à délier et quelques mémoires peu fiables à réveiller à force de tournées générales. Ozzie avait été vu en ville. Le propriétaire d'une écurie affirmait lui avoir vendu un cheval et un lontras. Il n'était pas resté longtemps. D'après un aubergiste, Ozzie se serait enfoncé dans la forêt pour arpenter les chemins silfens. Personne, à Lyddington, ne l'avait vu revenir. Un récit mythologique et épique digne de la légende d'Ozzie, en somme. Pourtant, Nigel n'était pas certain de le croire. Ozzie avait certes fait semblant de ne pas s'intéresser à la barrière de Dyson Alpha, mais c'était son attitude habituelle. Nigel avait vérifié – son ami n'avait assisté qu'à une seule réunion du Conseil de l'Exoprotection, celle qui avait concerné les Dyson. Les histoires d'extraterrestres bizarres le passionnaient. En revanche, il n'était pas du genre à disparaître dans une forêt peuplée d'elfes.

Les implants de Nigel l'informèrent que plusieurs ordinateurs venaient de se réveiller dans le salon. Un moniteur holographique s'alluma, qui projeta une image d'Ozzie, grandeur nature, vêtu d'un tee-shirt jaune miteux et d'un short froissé. Avec ses yeux troubles, il semblait avoir la gueule de bois.

— Salut, Nige. Désolé que tu sois venu. Je suppose que je n'ai pas donné signe de vie depuis un bout de temps et que c'est la raison de ta présence ici. Bon, ceci est un enregistrement que j'ai fait pour te rassurer. Je suis vachement content que tu aies pris la décision de construire un vaisseau interstellaire. Ça va être super. Et je parie que tu vas te débrouiller pour être du voyage. J'ai confiance en toi ; tu vas nous trouver l'excuse du siècle !

— Tu t'es gouré, mec, chuchota Nigel à l'adresse de l'image en 3D.

— Moi, j'ai décidé de prendre le problème par l'autre bout. Tu me connais. Cette histoire de barrière énergétique autour de cette étoile est très bizarre. À mon avis, les Silfens en savent plus que nous. Je n'ai jamais été un adepte de toutes ces conneries mystiques, mais les Silfens sont malins, et puis, ils sont sur le circuit depuis beaucoup plus longtemps que les humains. J'ai donc décidé de faire un peu d'exploration. Je vais remonter ces fameux chemins et m'enfoncer jusqu'au cœur de leurs forêts. Je parie qu'elles sont un peu comme notre chère petite IA. Avec un peu de chance, je reviendrai avec des réponses. Alors, ne t'en fais pas pour moi. Je te recontacte dès mon retour. Je suis vraiment désolé, mais si tu avais besoin de moi pour régler un problème vital, comme au bon vieux temps, eh bien, je ne suis pas là. Allez, sans rancune.

Le projecteur s'éteignit.

— Oh, merde, Ozzie ! lâcha Nigel avec lassitude. Tu n'es vraiment qu'un petit con.

* * *

Paula jeta un bref regard circulaire sur le grand bureau richement décoré. Apparemment, rien n'avait changé. Le moindre meuble brun et doré était à sa place. Les secrétaires aussi étaient les mêmes. Ce qui rendait d'autant plus étrange la présence de Justine derrière le bureau, devant cette baie vitrée ouverte sur la ligne des toits de Washington.

— Merci d'avoir trouvé le temps de me recevoir, dit Paula, comme la sénatrice se levait pour l'accueillir.

Quelque chose, dans les mouvements de Justine, attira l'attention de Paula, qui la détailla un peu plus longtemps qu'elle ne l'aurait dû.

— Pas de problème. Je suppose qu'on vous a regardé de travers quand vous êtes entrée dans le bâtiment ?

— Un peu, admit Paula.

Elles prirent place sur un des grands canapés en cuir. Un collaborateur avait déjà disposé un service à café en argent sur la table basse. Justine servit une tasse de jamaïcain non modifié à Paula et se contenta d'un verre d'eau.

— Votre père a mis en évidence de nombreuses malversations dans les comptes de Bromley, Waterford & Granku. La société semble avoir de nombreux contacts avec des individus et organisations dont l'existence n'est pas vérifiable. De grosses sommes d'argent y transitent avant de disparaître on ne sait où. Par ailleurs, les activités de la banque Denman Manhattan semblent tout aussi louches.

— Excellent. Ces recherches sont un jeu d'enfant pour Gore. Mon Dieu, je n'étais même pas née, qu'il excellait déjà dans cette discipline. Alors, qu'allez-vous faire maintenant ?

— Les résultats de notre analyse préliminaire confirment que le cabinet Bromley, Waterford & Granku distribuait des fonds aux agents de l'Arpenteur. Seaton, Daltra et Pomanskie savent qu'ils ont été démasqués – c'est pour cela qu'ils ont disparu dans la nature. Le financement du réseau doit être assuré par une autre société écran. Toutefois, Gore devrait en informer le bureau de Régulation financière – au sein duquel il a de nombreux contacts. Celui-ci passera au peigne fin les activités des deux sociétés, car il dispose de moyens supérieurs aux nôtres. Avec un peu de chance, il réussira à remonter à la source de cet afflux d'argent sale. Bien sûr, cela sera difficile. Ceux qui sont derrière tout cela ne sont pas des amateurs. D'autant plus que les comptes à usage unique ne sont pas conçus pour aider les forces de l'ordre.

— Je suis persuadée que Bromley, Waterford & Granku s'écroulera comme un château de cartes. En revanche, je connais bien le BRF et je sais qu'il met parfois des années à terminer ses enquêtes.

— Vous avez raison, mais cet aspect particulier de notre enquête pourrait très bientôt devenir caduc – c'est d'ailleurs la raison de ma présence ici.

— Vous n'avez pas confiance dans nos communications cryptées ?

— Disons que je suis venue sur la côte est pour rencontrer votre père, alors, j'en ai profité pour vous rendre une petite visite. Wilson Kime m'a contactée. Il m'a demandé de me rendre sur l'Ange des hauteurs pour examiner certaines informations. Son message était très laconique, mais il semblerait bien qu'il ait réussi à mettre en évidence une anomalie dans les enregistrements effectués lors de la mission de *Seconde Chance*.

— Ça alors, c'est une surprise, marmonna Justine.

— En effet. Convaincre Wilson Kime du bien-fondé de nos craintes serait un véritable tournant. Toutefois, nous aurons également besoin d'appuis politiques. Vous avez accompli des progrès dans ce domaine ?

— Oui, plus que prévu. Par exemple, la motion vous concernant n'aura aucune chance de passer. Quant à bénéficier du soutien du Sénat tout entier, c'est encore une autre histoire. Démarrer une enquête officielle à propos de l'Arpenteur impliquerait non seulement de prouver son existence, mais également de convaincre mes collègues de son influence sur la politique du Commonwealth, ce qui, avouez-le, ne sera pas une mince affaire. Surtout si nous nous mettons les Halgarth à dos.

— Et les Sheldon ?

— Je n'ai pas encore réussi à les percer à jour. Désolée.

— J'aurais une stratégie à vous soumettre, commença Paula d'une voix lasse.

Gore et elle avaient parlé de cette idée un peu plus tôt. À vrai dire, ce n'était pas vraiment le genre de manœuvre qu'elle appréciait, car elle n'aimait pas mettre les gens dans des situations embarrassantes. D'autant plus que la sénatrice n'était pas forcément au mieux de sa forme. Mais ils étaient en guerre, et puis ils resteraient dans la légalité – cette ligne, rien, pas même l'Arpenteur, ne la forcerait jamais à la franchir. *Quoique, ces derniers temps, elle a tendance à devenir de plus en plus floue.*

—À en croire les Gardiens, l'Arpenteur aurait pour projet de retourner sur Far Away une fois le Commonwealth anéanti.

—Je l'ignorais.

—Ils l'ont mentionné dans plusieurs de leurs messages de propagande. J'ai étudié très attentivement toutes les vidéos envoyées ces dernières décennies et Johansson en semble réellement convaincu. À mon avis, le matériel bizarre récemment intercepté a un rapport avec cette confrontation future.

—D'accord, l'Arpenteur veut retourner sur Far Away. En quoi cela nous aide-t-il ?

—Le double trou de ver qui nous relie à Far Away est massivement subventionné par le Commonwealth. Vous devriez suggérer d'interrompre les versements d'argent, ce qui provoquerait immanquablement sa fermeture. Ainsi, l'Arpenteur serait piégé.

—Aïe ! fit Justine avec un sourire canaille. Cela ne plaira pas à tout le monde.

—Justement. La réaction des Halgarth et des Sheldon sera très instructive. Leurs alliés politiques seront forcés de se découvrir.

—Je pourrais proposer d'ajouter une clause à la loi sur le financement de la Marine que nous allons voter la semaine prochaine. Moins d'argent pour Far Away, plus pour la Marine – oui, ce serait défendable. Il faudrait que j'en parle à Crispin. Il a toujours été contre l'idée de subventionner Far Away.

—Merci. Cependant, il faut que vous soyez consciente des risques que comporte cette manœuvre. Votre frère Thompson a été tué parce qu'il a essayé de faire réguler davantage les importations de Far Away. Peut-être serait-il préférable que le sénateur Goldreich propose ce texte à votre place. Étant donné votre état...

Elle soutint le regard de Justine, mais ne put s'empêcher de rougir un peu.

— Mon *état*, dites-vous ?

— Oui, sénatrice. Il me semble que vous êtes enceinte. Certains signes ne trompent pas. Et puis, vous m'avez dit que vous comptiez faire un dernier cadeau à Kazimir. Je suppose que c'était là la véritable raison du transfert de son corps dans votre clinique familiale, à New York ?

Justine baissa les yeux.

— Oui, vous avez parfaitement raison. Néanmoins, si vous pouviez garder cela pour vous…

— Bien sûr, sénatrice. Je me répète : ne prenez pas de risques inconsidérés. Dans cette affaire, vous ferez office d'appât.

— Je suppose que mon père et vous avez déjà pris ce facteur en considération ?

— Vos gardes du corps devront recevoir divers implants avant le début de l'opération. La sécurité du Sénat a déjà fait équiper plusieurs de ses agents d'armes comparables à celles utilisées par l'assassin de Kazimir.

— Alors, ce sera une promenade de santé.

— Il y a peu de chance.

— Très bien. Je contacte Crispin dès que possible. Ma garde personnelle sera renforcée, comme vous le préconisez.

— Merci, sénatrice !

* * *

Justine resta assise dans le canapé un long moment après le départ de Paula Myo. L'idée que Wilson Kime puisse croire à l'existence de l'Arpenteur était une véritable révolution. Plus elle y pensait, plus cela lui faisait peur. Pour le moment, elle était extrêmement isolée au Sénat. Isolée et vulnérable. En défendant publiquement la thèse des Gardiens, elle risquerait tout bonnement d'être tuée politiquement. Par les Halgarth et les Sheldon conjointement. Non, avant de tout révéler au grand jour, il lui faudrait des preuves irréfutables.

En fait, rien n'a changé.

L'icône azurée qui représentait le code envoyé par Kazimir avant de mourir brillait toujours – tentation constante – dans un coin de sa vision virtuelle. Ses doigts numériques l'effleurèrent. Elle mit cette faiblesse sur le compte de ses hormones.

* * *

Ramon DB, en tant que leader du groupe de pression africain, avait un bureau plus grand que celui de Thompson. Les murs en étaient ornés de vieux boucliers et de peaux de bêtes. Des cadres holographiques montraient des images de tous les mondes africains. Au centre, un cadre plus grand que les autres représentait le Kilimandjaro, un siècle plus tôt, lorsque le glacier avait repris ses droits et recouvert le sommet du glorieux volcan. Juste à côté, une photo de Ramon, en vêtements de marche thermorégulés, le sourire aux lèvres.

Justine l'examina en fronçant les sourcils.

— C'est marrant, il me semble pourtant que je me tenais à tes côtés, ce fameux jour. À moins que tu y sois retourné après, dans les mêmes vêtements.

— Je... euh... C'est mon bureau de sénateur, dit-il, pitoyable. Tout, ici, doit rappeler ma fonction, symboliser ceux que je représente et qui ont besoin de mon aide.

— Quoi de plus symbolique qu'une photo de toi en vacances avec ta femme blanche ? Une union entre deux cultures, deux races. Un pont. Une relation amoureuse. Pour montrer que les conflits du passé sont enfin oubliés. Pour créer un Commonwealth libre et juste. Un Commonwealth où la couleur de la peau ne…

— D'accord, d'accord ! J'ai compris. Mon Dieu, les femmes !

— Tu vas la changer ? Tu vas m'accrocher sur ce mur pour me permettre de ne plus être une non-personne ?

Elle parvint à ne pas rire. C'était difficile, car le sentiment de culpabilité de Ramon le rendait vulnérable, et elle adorait cela. Elle avait toujours aimé le taquiner.

— Eh bien, je vais y penser très sérieusement, répondit-il avec dignité, mais sur le ton de la plaisanterie.

— Merci infiniment, sénateur. Vous pouvez compter sur ma voix.

— Dis-moi, tu es venue me voir pour une raison particulière ou bien est-ce juste pour me tenter ?

La mine de Justine s'assombrit soudain.

— J'ai besoin de tes conseils.

— De *mes* conseils ? Je suis très flatté. Il s'agit de politique ou de ta vie privée ? Je me doute que tu n'as pas besoin de tuyaux en matière de business. Je me rappelle bien ce que Gore pensait de mon idéologie. Comment m'appelait-il, déjà ?

— « La gonzesse gauchisante et bornée. » Tu avais d'autres surnoms, mais je ne peux pas les répéter dans un bureau aussi symbolique que celui-ci.

Ramon éclata de rire et l'embrassa sur la joue. La froideur de sa peau et la fine couche de transpiration sur son front la dérangèrent un peu.

— Ne t'en fais pas, j'ai uniquement besoin de tes lumières en matière de politique, dit-elle en s'asseyant sur un long banc sculpté en forme d'antilope. Son estomac se remit à faire des siennes. Elle serra les dents. Un frisson irrépressible parcourut son corps.

— Tu te sens bien ? demanda Ramon avec une pointe d'inquiétude non feinte.

— Je suis en meilleure forme que toi, répondit-elle avec un faible sourire. En bien meilleure forme, même.

Comme son estomac persistait à se rebeller, elle porta une main à sa bouche. Ramon l'étudia attentivement. Il se pencha vers elle, comme s'il ne parvenait pas à croire ce qu'il voyait.

— Grand Dieu, mais tu es enceinte.

— Oui.

— Je… C'est… Félicitations.

— Merci, Rammy.

Elle avait peur de se remettre à pleurer. *Satanées hormones.*

— Tu es vraiment enceinte. C'est forcément un type exceptionnel. Tu n'as pas fait cet effort quand nous étions ensemble. Notre enfant a été conçu dans une matrice artificielle…

Elle n'aurait rien pu faire pour les arrêter. Les larmes coulaient, coulaient.

— Il est mort, sanglota-t-elle. Vraiment mort, Rammy. À cause de moi !

— Mort ?

Il glissa un bras autour de ses épaules, retrouvant immédiatement la position confortable – sa tête sur son épaule, la joue pressée contre son cou – qu'ils affectionnaient tant.

— Tu parles de ce garçon tué à L.A. Galactic ?

— Oui.

— Alors, c'est une façon de te punir ?

— Non. C'est notre bébé et je veux qu'il soit en sécurité. C'est pour cela que…

— Je te connais, dit-il d'un ton apaisant. Tu t'infliges une pénitence.

— Peut-être. Je ne sais pas.

— Il devait être très spécial.

— Il l'était. Jamais nous n'aurions dû tomber amoureux l'un de l'autre, ajouta-t-elle en se redressant et en essuyant ses yeux trempés. Tout est si compliqué, maintenant.

— Un jeune homme qui défend une cause supérieure – il y a de quoi faire tourner la tête de n'importe quelle centenaire. L'argent achète les rajeunissements physiques, mais rien ne pourra jamais nous rendre l'intégrité et l'intensité de notre jeunesse.

— Tu ne comprends pas. Il a été tué par l'Arpenteur.

Ramon se raidit légèrement et lui lança un regard inquisiteur.

— Tu plaisantes ?

— Pas du tout. C'est la raison de ma présence ici. Nous sommes quelques-uns à croire qu'il existe, à penser que les Gardiens ont raison depuis le début.

— Oh, Justine, non ! Ne fais pas cela. C'est une réaction à sa mort, tout comme cette grossesse. Tu as envie de croire en ses idéaux.

— Il n'y a pas que moi, Rammy. Nous sommes nombreux à partager la même opinion. Sans compter qu'un personnage très important est sur le point de nous rejoindre.

— Tu devrais parler de cela avec ton père. Il te ramènera vite à la raison. Je lui fais confiance.

— Gore y croyait avant moi.

— Gore croit à ces bêtises ?

— Oui.

— Mon Dieu ! C'est à propos de cela que tu voulais des conseils ?

— Évidemment. En fait, je ne sais pas trop comment expliquer aux sénateurs que certains d'entre eux ont trahi l'espèce humaine.

Ramon s'affaissa. Un sourire amusé lui fendit lentement le visage.

— Avec des pincettes, dit-il. Oui, avec des pincettes. Voilà la raison véritable de l'affaire Paula Myo, l'explication du conflit qui t'oppose aux Halgarth.

— Exact.

— Je vois. Tu comptes me montrer certaines de tes preuves ?

— Il ne s'agit pas forcément de preuves matérielles. Pour les apprécier à leur juste valeur, tu devras te montrer plus réceptif, expliqua-t-elle en se rendant compte qu'elle avait bien peu de chose à lui offrir. Toutefois, j'aurai des preuves irréfutables d'ici quelques jours. D'ailleurs, je suis en train de préparer le terrain.

— Ils ont accusé Doi d'être un agent de l'Arpenteur. La présidente, Justine.

— Elle n'est pas un agent de l'Arpenteur, se hâta-t-elle de dire en se remémorant la conversation qu'elle venait d'avoir avec Bradley Johansson. C'est juste une manipulation visant à discréditer les Gardiens.

Ramon claqua des doigts.

— Tes questions à propos de ce week-end dans ta propriété familiale – c'était aussi à cause de l'Arpenteur.

— Nous avons été manipulés.

— Conduits à nous préparer pour la guerre. Oui, je vois. Comme les Gardiens n'ont eu de cesse de le répéter.

— Tu sembles tellement sceptique.

— Tu as épousé les théories de ton père sans tiquer ?

— Non, admit-elle.

— Alors, permets-moi de me forger ma propre opinion. J'attends toujours que tu me présentes des faits.

— Si c'est le cas, si je t'apporte des preuves irréfutables, m'aideras-tu à convaincre le Sénat ?

— Justine… De toutes mes femmes, tu es celle qui compte le plus. Je déteste te voir souffrir ainsi. D'abord le choc de la mort de Thompson. À présent, la culpabilité d'avoir laissé mourir ton amant. Car tu as tout vu et tu te sens forcément un peu responsable.

— Je suis coupable.

— Ces épreuves t'ont rendue tellement vulnérable.

Alors, tu t'accroches au moindre espoir de rédemption. Les gens comme les Gardiens savent exploiter ces sentiments. Les sectes ont des siècles et des siècles d'expérience derrière elles. Elles t'offrent le salut en échange de ton argent et de ta loyauté.

—Merci infiniment, mon amour. Jamais je n'aurais pensé à cela toute seule, lâcha-t-elle d'un ton exaspéré. Rammy, je fréquentais les chasseurs de fortunes et les escrocs en tout genre avant même que tes arrière-grands-parents se rencontrent. Il n'y a pas d'argent à gagner dans cette histoire. Ce n'est pas une entourloupe. Ni une religion tordue. C'est la menace la plus dangereuse et la plus discrète que l'humanité ait jamais affrontée.

—Je n'ai jamais pu te résister quand tu me parlais sèchement.

—Arrête, s'il te plaît!

Il fit la moue.

—Rammy, tu penses que la douleur m'a fait perdre la tête, mais ce n'est pas grave, reprit-elle en se caressant le ventre. Étant donné mon état, c'est parfaitement excusable. Tu pourrais au moins satisfaire mes caprices? Cela me ferait du bien. Tu veux que j'aille mieux, n'est-ce pas?

—Tu es diabolique. On ne peut jamais gagner contre toi, pas vrai?

—Ta victoire, tu l'as eue quand tu m'as épousée.

—Ah, comme je te déteste!

—Rammy, concentre-toi, je t'en prie. M'aideras-tu si je t'apporte des preuves?

—Je préférerais les voir avant de répondre à cette question. Et je veux des preuves absolues, parfaitement irréfutables. Je veux voir cet Arpenteur trousser la fille mineure et illégitime du pape. Et en 3D, s'il te plaît! C'est un minimum. Sinon, je ne garantis rien.

Elle lui sourit.

— Et tu la veux grande et blonde, pas vrai ?

— Mauvaise femme ! s'exclama-t-il en la serrant dans ses bras. Je veux que tu me promettes quelque chose.

— Quoi ?

— Si tu n'obtiens pas les preuves que tu espères, promets-moi d'aller voir quelqu'un qui saura t'aider à surmonter cette épreuve.

— Tu rigoles ? Moi, un psy ?

— C'est une promesse facile à tenir, pas vrai ? ajouta-t-il en la regardant dans les yeux. Tu sais que tu as raison, donc tu ne risques rien.

— Je vois que tu as bien retenu mes leçons.

Il haussa les épaules.

— Alors, j'ai ta parole ?

— Tu l'as.

— Merci, dit-il avant de se pencher pour l'embrasser sur le front. Si tu as besoin de quelqu'un pour l'accouchement…

— Oh, Rammy…, commença-t-elle, comme ses larmes se remettaient à couler. Je n'aurais pas osé te le demander.

* * *

Justine avait tout juste atteint l'ascenseur de l'aile ouest du sénat quand l'alarme retentit. Elle se retourna et vit les portes s'ouvrir simultanément tout le long du couloir. Les assistants et secrétaires étaient aussi surpris qu'elle. Une lumière ambrée et vive clignotait au-dessus du bureau de Ramon DB.

— Oh, non, lâcha-t-elle, tandis que le choc transformait ses muscles en glaçons inertes. *C'est lui ! C'est l'assassin. Il est ici.*

— Appel prioritaire du sénateur Ramon DB, annonça son assistant virtuel.

— Autorisé, siffla-t-elle malgré sa gorge serrée.

— Justine.

— Rammy ! Rammy, que se passe-t-il ?

— Oh, merde, ça fait mal !

— Qu'est-ce qu'il y a ? Il t'a tiré dessus ?

— Tiré dessus ? C'est ma poitrine. Grand Dieu ! Je me suis cogné la tête en tombant. Je vois du sang.

— Ta poitrine ?

— Oui. Mitchan essaie de me faire boire de l'eau. L'imbécile !

— Laisse-le t'aider.

— Si je le vois débarquer avec un défibrillateur, sûrement pas !

Justine se mit courir, à jouer des coudes pour se faufiler dans la foule qui s'était agglutinée dans le couloir. Elle avait parcouru la moitié du chemin lorsque la porte du monte-charge s'ouvrit et déglutit une équipe paramédicale constituée de trois secouristes, d'un brancard automatisé et de deux robots infirmiers.

— Les secours arrivent, Rammy. Ne t'affole pas.

— Super ! Enfin des médicaments dignes de ce nom.

— Comment as-tu pu en arriver là ? Je t'avais pourtant dit de faire attention à ton poids. Pourquoi refuses-tu de m'écouter ?

— Allez, allez ! Ce n'est pas si grave. Heureusement, j'ai pensé à faire une sauvegarde de mémoire ce matin.

Les secours s'engouffrèrent dans les locaux de Ramon, aussitôt suivis par Justine, qui se retrouva dans une antichambre pleine de secrétaires et d'assistants paniqués, les visages figés par le choc.

Ramon était étendu sur le sol au pied du banc en tek sur lequel ils étaient assis tous les deux quelques instants plus tôt. Dans sa chute, sa tête avait heurté l'accoudoir. Il avait une entaille sous l'œil et la moquette était imbibée de sang. Mitchan, le chef de ses assistants, était agenouillé à ses côtés, les yeux humides. Un verre renversé gisait sur le sol. L'eau qu'il contenait était en train de diluer le sang.

L'une des secouristes poussa Mitchan sur le côté. On défit la robe de Ramon et on lui appliqua des modules en plastique sur la peau. Les robots infirmiers déroulèrent des bras articulés et pressèrent embouts et aiguilles sur la peau du patient.

Justine se tenait derrière le brancard et faisait de son mieux pour ne pas laisser transparaître son inquiétude. Elle voyait combien il était difficile à Ramon de respirer. Il grimaçait chaque fois que sa poitrine se soulevait par saccades. De l'écume s'échappait du coin de sa bouche. Leurs regards se croisèrent.

— Toniea Gall prendra ma place à la tête du groupe africain, siffla-t-il douloureusement.

— Ne parlez pas, sénateur, lui dit la secouriste en lui appliquant un masque à oxygène sur le nez.

Ramon le repoussa.

— Fais attention à elle, souffla-t-il en fixant intensément Justine.

Le masque à oxygène fut pressé avec insistance contre son visage. Les secouristes lui maintinrent les bras au sol.

— Sénateur, vous avez fait un nouvel infarctus.

— Ce n'est pas le premier ? lâcha Justine, à la fois furieuse et effrayée.

Ramon la regarda d'un air attristé par-dessus le masque.

— Nous allons vous endormir, expliqua la femme. Cette fois, vous n'échapperez pas au rajeunissement. Votre cœur est au bout du rouleau. Votre médecin vous avait prévenu.

Un texte s'afficha dans la vision virtuelle de Justine :

« Gall n'est pas une alliée. Pas pour toi, en tout cas. Elle brigue la présidence. Jamais elle ne risquera de se compromettre dans une affaire de cette envergure. »

— Je comprends, dit-elle doucement.

« Je suis désolé, Justine. Je t'aurais volontiers aidée, tu le sais. Va voir Crispin, mais fais attention. C'est un vieux porc roublard. »

— D'accord. Je ferai attention, Rammy.

Un des robots enfonça une aiguille dans la carotide du sénateur. Il se mit aussitôt à cligner des yeux.

« N'oublie pas de venir me rendre visite quand je serai de nouveau jeune. »

— Tous les jours, je te le promets.

« Génial. Tu me permettras d'économiser une fortune dans les *Univers du silence.* »

Elle rit, malgré les larmes qui inondaient ses joues. Ramon jeta un dernier regard confus à son bureau et ferma les yeux.

« Rendez-vous dans dix-huit mois. »

* * *

Il avait passé une journée et demie à infiltrer les ordinateurs de l'énorme immeuble de Park Avenue. Tout seul, il n'y serait jamais parvenu, aussi avait-il eu recours à plusieurs cohortes aptes à manipuler les systèmes humains. Décidément, les hommes riches prenaient leur sécurité très au sérieux et se servaient des programmes les plus sophistiqués qui soient pour se protéger.

Une fois les fausses données mises en place, il arriva devant l'immeuble en taxi. Deux grooms attendaient à l'entrée, sous un auvent. Ils étaient vêtus de livrées traditionnelles – longues vestes ornées de boutons en cuir et gants blancs coincés sous l'épaulette. Ils le saluèrent comme il s'engageait dans la porte à tambour et pénétrait dans le vaste hall art déco dallé de marbre. Assis derrière la réception, le concierge au visage sévère se montra moins amical. Il contrôla son identité, lui demanda à qui il était supposé rendre visite et vérifia que son nom figurait bien sur la liste du jour. Une fois ces formalités effectuées, il le gratifia d'un sourire furtif et l'escorta jusqu'à l'un des ascenseurs.

Dès que la porte miroir se fut refermée, le visiteur s'empressa d'appliquer la main sur les commandes tactiles pour changer les instructions et monter jusqu'au quarantième étage.

Les cohortes avaient eu le plus grand mal à infiltrer le système de la porte. Les Burnelli avaient installé leurs propres programmes dans leurs appartements – des programmes encore plus coriaces que ceux du reste de l'immeuble. Il se tint devant l'entrée, attendit patiemment d'être scanné par les senseurs. La serrure cliqua et la porte s'ouvrit.

Il erra dans les vastes pièces meublées et décorées à la façon d'un musée. Comme il déambulait dans la grande salle à manger, avec sa table en acajou vieille de cinq siècles, des robots apparurent pour faire leur ménage quotidien. Des dizaines de machines émergèrent de leurs logements dans une pièce de service adjacente à la cuisine et entreprirent d'aspirer, de polir, de désinfecter. Elles l'ignorèrent, zigzaguèrent entre ses pieds tandis qu'il poursuivait sa visite. Il n'y avait pas de personnel humain pour superviser leur travail. La sénatrice était souvent accompagnée par les domestiques de la propriété familiale du comté de Rye, mais il lui arrivait également de rester ici toute seule.

Elle reviendrait probablement avec quelques gardes du corps – des employés de la famille ou des membres de la sécurité du Sénat. Ils seraient certainement à l'affût de toute menace extérieure. Lui n'aurait qu'à attendre que la nuit s'installe et que l'appartement redevienne calme.

Finalement, il décida d'attendre la sénatrice dans sa chambre à coucher. Il s'assit sur le lit et commença sa veille.

* * *

Il attendait depuis vingt-quatre heures lorsque le système de gestion de l'appartement reçut l'ordre codé d'autoriser l'accès des lieux à une équipe technique de la sécurité du Sénat. Celle-ci arriva deux heures plus tard. Trois hommes portant chacun deux valises pleines de matériel. Il les suivit grâce au réseau de caméras de surveillance de l'immeuble, les vit se garer dans le parking souterrain, puis se diriger vers l'ascenseur.

Pendant qu'ils montaient, il se rendit dans la cuisine. Le réfrigérateur était enchâssé dans le mur; il mesurait deux mètres de haut et possédait deux portes. Il les ouvrit, sortit toute la nourriture, retira les étagères, qu'il rangea à la verticale, sur le côté. Il empila les victuailles dans le fond, jugea qu'il y avait largement assez de place pour lui. Il activa son champ de force et le régla au minimum de sa puissance pour maintenir sa température corporelle, puis s'assit sur la pile d'aliments emballés et referma les portes.

Il entendit les hommes entrer dans l'appartement, suivis par leurs valises motorisées.

— Putain, mate un peu la piaule ! dit l'un d'entre eux. On se croirait dans un château de l'ancien temps.

— Regarde la vue.

— Waouh, mec, je n'ai même pas les moyens de me payer des IST d'endroits comme celui-là.

— Salauds de riches ! Tous les mêmes.

— Allez, les mecs, on est là pour bosser. Moins de supériorité morale et plus d'entrain, je vous prie.

— Tu parles comme eux.

— Plutôt comme un de leurs serviteurs. En fait, les sénateurs que j'ai rencontrés ne sont pas tous de mauvais bougres.

— Moi, ils me rendent malades. Tu savais que Piallani se tape quatre filles par semaine ? Des poules génétiquement reprofilées qu'il fait venir de l'espace de phase trois. Et en plus, il fout ça sur ses notes de frais, et c'est le contribuable qui raque.

— Tu déconnes ?

— Ceux qui sont honnêtes sont encore pires. Tu as déjà vu comment Danwal traite ses assistants ?

L'équipe s'enfonça dans l'appartement pour effectuer des tests et planifier l'installation du matériel de protection. Le renforcement de la sécurité de l'appartement leur prit sept heures. De nouveaux calculateurs furent branchés, des senseurs ajoutés au réseau existant, les logiciels furent mis à jour.

Deux des membres de l'équipe se servirent du distributeur d'eau fraîche de la cuisine pendant qu'ils travaillaient dans cette pièce. Heureusement, le bec verseur était placé à l'extérieur.

Il ne pouvait pas utiliser ses propres capteurs actifs pour déterminer la nature exacte du matériel qu'ils mettaient en place, mais il en avait entendu assez pour se faire une idée générale de ses capacités. Quiconque entrerait dans l'ascenseur verrait ses antécédents immédiatement passés au peigne fin par la sécurité du Sénat. Les oiseaux qui voleraient à proximité des fenêtres seraient examinés un par un. Durant leur séjour dans l'appartement, les invités ne seraient pas lâchés d'une semelle.

Les nouveaux scanners étaient des modèles actifs, et seule la coque métallique du réfrigérateur les empêchait de le repérer. S'il essayait de sortir, les alarmes se mettraient immédiatement en route. S'il tentait de prévenir ses cohortes, les systèmes détecteraient immédiatement son émission, qui serait automatiquement relayée à l'IR de la sécurité du Sénat.

Il ne pouvait rien faire d'autre que rester dans le réfrigérateur. Cela ne le dérangeait pas. Il était en place, bien caché, et il avait de la nourriture pour plusieurs jours. La personne qui avait été Bruce McFoster était disposée à attendre sa cible.

* * *

Ce matin-là, tous les bulletins d'informations parlaient de l'attaque du sénateur Ramon DB et de sa prise en charge inattendue par une clinique de rajeunissement. Alic Hogan choisit de rester connecté à l'émission d'Alessandra Baron, mais il baissa tout de même le son. Trois analystes politiques de Washington étaient présents dans son studio et discutaient des conséquences politiques de l'événement. Ils se montraient prudents, d'autant que le Sénat parlait d'une seule voix et avait laissé de côté les problèmes sociaux et économiques pour se concentrer sur l'effort de guerre. En revanche, il était permis de se demander qui allait remplacer Ramon DB à la tête des sénateurs africains. Toniea Gall était clairement la favorite, bien que la Dynastie Mandela ne lui ait pas encore officiellement apporté son soutien.

Tarlo frappa à la porte et entra.

—J'ai quelque chose qui pourrait vous intéresser, patron.

—Vraiment ?

Son assistant virtuel coupa le son de l'émission de Baron. Alic la regardait régulièrement depuis que la sécurité du Sénat avait mis son animatrice sous surveillance. En revanche, il ne comprenait toujours pas pourquoi Paula Myo voulait avoir celle-ci à l'œil. Force lui était d'admettre que c'était un excellent programme, qui couvrait convenablement la guerre et divertissait les gens avec des potins mondains. Manifestement, Baron avait des relations dans le monde politique. Ses journalistes se montraient aussi tenaces que de véritables policiers lorsqu'ils flairaient un scandale ou une malversation financière. Ce qui ne suffisait pas pour expliquer la demande de Myo. D'après l'amiral, ce serait une simple provocation inspirée par les Burnelli. Alic, pour sa part, avait du mal à y croire. Paula Myo n'était pas le genre de personne à agir par malice. C'était d'ailleurs principalement pour cela qu'Alic conduisait avec sérieux cette mission d'observation. Politique politicienne mise à part, il y aurait peut-être des résultats au bout du compte. Le cas échéant, il serait dommage que le bureau parisien n'en tire aucun bénéfice. De toute façon, on ne lui reprocherait jamais d'avoir mis ses ressources à la disposition de la sécurité du Sénat.

Tarlo s'assit en face de lui, le visage fendu par un large sourire.

— Le mandat concernant la société Shaw-Hemmings porte enfin ses fruits. Nous avons une piste très sérieuse, cette fois. L'argent provient de bons gouvernementaux transférables – des billets d'un million de dollars, si vous préférez. On peut les transporter partout, il faut juste une autorisation électronique pour les convertir en espèces. Quelqu'un les a déposés en personne dans la succursale de Tolaka. D'après les archives de la boîte, l'autorisation est arrivée immédiatement après sur l'ordinateur du directeur.

— J'ignorais que ces pratiques avaient encore cours.

— Patron, les financiers connaissent plus de façons de faire circuler de l'argent clandestinement que les trafiquants d'armes.

— Pourquoi ne pas utiliser un compte à usage unique ?

— C'est une méthode trop courante, et puis, il suffit d'un mandat pour y accéder. Ces bons ont été émis il y a trente ans.

— Trente ans ? C'est très ancien.

— C'est ce que pensent les Gardiens, mais ils se trompent. Le trésor de DNRG – l'émetteur des bons – ne s'est jamais montré très enthousiaste lorsqu'il s'agissait de coopérer avec la police. Cependant, vu la conjoncture actuelle… Il vous suffirait de vous adresser directement au ministre des Finances. Par l'intermédiaire du bureau de l'amiral, ce serait encore mieux. Tant qu'on y serait, on pourrait leur demander s'ils n'ont pas vendu d'autres bons au même acheteur.

— D'accord, je m'en chargerai.

Il jeta un coup d'œil au moniteur. Alessandra Baron avait invité le sénateur Lee Ki. Ils semblaient à l'aise, détendus, comme s'il s'agissait d'un rendez-vous amoureux.

— Combien de temps croyez-vous que cette chasse au… trésor va durer ?

Tarlo haussa légèrement les épaules.

— Pour être tout à fait honnête, je n'en ai pas la moindre idée. Nous avons fait des progrès considérables, mais cela ne veut rien dire. Toutefois, nous serons fixés très vite.

— Parfait, dit Alic, qui aurait néanmoins préféré entendre qu'ils étaient sur le point de démanteler le réseau de financement des Gardiens tout entier, de boucler le dossier.

Comme tu es puéril, se réprimanda-t-il intérieurement. Il regarda par la porte ouverte, tenta de voir qui était présent dans les locaux.

— Comment se comporte Renne ? demanda-t-il.

— Allez, patron, vous savez bien qu'elle est la meilleure d'entre nous.

— Si vous le dites. Votre loyauté vous fait honneur, dit Alic avec un sourire compatissant. Où en sommes-nous avec cette histoire de données martiennes ?

— Nulle part, j'en ai peur. Personne n'est capable de nous dire à quoi ces données peuvent bien servir. On a tout refilé aux scientifiques et techniciens chargés d'examiner les composants interceptés à Boongate. Je veux dire, il y a forcément un lien entre les deux, non ? Je me suis dit que les données martiennes les aideraient peut-être à compléter le puzzle de ces morceaux de générateur de champs de force.

— Excellente idée.

Tarlo sourit.

— Elle est de Renne.

— Bien, concéda Alic en souriant, l'air d'admettre cette petite défaite. Retournez au boulot. Je m'occupe de DNRG et je vous tiens au courant dans la journée.

— Merci, chef.

La façon dont il prononça le mot « chef » donna presque à Alic Hogan l'impression que Tarlo pensait ce qu'il disait.

* * *

La venelle se trouvait dans un quartier vétuste de Paris. Étroite, miteuse, en tout point semblable à une dizaine d'autres ruelles situées dans un périmètre de un kilomètre carré. Elle était flanquée de hauts bâtiments commerciaux, sertis de fenêtres à barreaux et de rideaux métalliques sécurisés. Au milieu, dans l'ombre, une porte plus petite que les autres, faite de planches de noyer massif, peinte en gris, protégée électroniquement de l'intérieur. Durant la journée, et bien qu'elle fût perpétuellement fermée, elle aurait pu passer pour la porte de derrière d'un magasin. En réalité, c'était l'entrée d'un club. Une entrée discrète et anonyme. Ceux qui ne connaissaient pas son emplacement n'étaient tout simplement pas assez en vue pour être acceptés à l'intérieur.

À deux heures trente du matin, la queue s'étirait jusqu'au bout de la ruelle insalubre. Des gens importants, glamour, célèbres ou simplement riches piétinaient, se plaignaient du froid et de l'indignité de la situation, ingéraient, inhalaient, s'injectaient diverses substances narcotiques, urinaient contre le mur, attendaient que survienne un miracle, qu'on les autorise à entrer. Ce ne serait pas pour cette fois. La porte grise parfaitement ordinaire était gardée par deux videurs massifs. Le torse nu, ils faisaient étalage des implants abdominaux métalliques stylisés qui leur donnaient des airs de cyborgs rétrofuturistes.

Paula remonta la rue d'un bon pas, ce qui suscita nombre de chuchotis et de commentaires étonnés et hostiles. L'un des videurs sourit poliment et souleva la corde violette pour la laisser passer.

— Passez une bonne soirée, mademoiselle Myo, dit-il dans un grondement amical.

— Merci, Petch, répondit-elle en se faufilant à l'intérieur.

Il était presque deux fois plus grand qu'elle.

Une musique si forte qu'elle en était douloureuse ; des murs, un plafond et un sol noirs, qui vous obligeaient à plisser les yeux, jusqu'à ce que le projecteur holographique situé au-dessus du DJ s'embrase au rythme des pulsations ; des corps pressés les uns contre les autres, un mélange de sueurs ; une chaleur digne du Sahara ; des boissons vendues à un prix exorbitant ; une piste de danse si surpeuplée, qu'on ne pouvait rien y faire d'autre que gigoter dans une parodie d'orgie sexuelle – à part cinq personnes au centre de la piste, qui ne faisaient pas semblant, elles. Un âge corporel qui ne dépassait pas vingt-cinq ans ; des garçons habillés de costumes chics, des filles dans des vêtements arachnéens très *couture*.

Paula se fraya un chemin jusqu'au bar. Heureusement, elle n'eut pas besoin de hurler pour commander une boisson. Le barman l'accueillit d'un hochement de tête et lui prépara immédiatement un peach sunset.

Elle le sirota et se mit sur la pointe des pieds pour voir par-dessus les coiffures exotiques et stylisées. Au milieu de ce défilé de mode, l'uniforme de Tarlo lui sauta aux yeux. Deux minutes à jouer des coudes plus tard, elle était à ses côtés.

— Salut, cria-t-elle.

La grande fille noire contre laquelle il se frottait lança à Paula un regard de tueuse en série. C'était presque indécent sur un visage d'une beauté aussi surnaturelle.

— Patronne ! s'exclama Tarlo avec un sourire ravi.

— Il faut que je vous parle.

Il embrassa la fille noire à pleine bouche et lui hurla quelque chose dans l'oreille. Elle hocha la tête à contrecœur, lança un dernier regard assassin à Paula et s'éloigna en se dandinant sur ses talons hauts.

Ensemble, ils rallièrent tant bien que mal l'extrémité du bar. Paula prit un autre peach sunset. Elle sentait son corps qui se déshydratait. Il faisait toujours une chaleur d'enfer, ici.

— Quoi de neuf ? cria Tarlo.

— Je cause beaucoup de soucis à l'amiral Columbia.

Tout en souriant, Tarlo but une rasade de bière brésilienne.

— Dire que vous êtes payée pour avoir ce plaisir.

— Grassement. J'aurais une faveur à vous demander.

— Inutile de demander, patronne, vous le savez bien.

— J'aimerais que vous jetiez un coup d'œil à un vieux dossier. Vous vous rappelez le cambriolage de la maison de Dudley Bose ? C'était avant le vol de *Seconde Chance*.

— Vaguement.

— À l'époque, nous n'avions rien remarqué de particulier, mais nous avons fait une erreur. Vous vous souvenez de la fondation Cox ? Je pense que cette organisation n'est qu'une façade et que son activité principale consiste à blanchir de l'argent sale. Il se pourrait également qu'elle ait œuvré pour des criminels liés au milieu politique.

— Vous êtes sûre ?

— Trois de ses dirigeants se sont évanouis quand nous avons commencé à enquêter. Vous pourriez jeter un œil aux dossiers classés dans vos bureaux ?

— Que dois-je chercher au juste ?

— Tout ce qui vous paraîtra bizarre. Une équipe d'experts financiers est en train de passer au peigne fin leurs comptes actuels, mais j'ai besoin de savoir à quand remontent leurs malversations. Il se peut que les données officielles aient été falsifiées. Mais il est également possible que celles du bureau parisien ne l'aient pas été et qu'elles soient nos seules preuves.

— D'accord. Je m'y mets dès demain.

— Merci.

— Puis-je savoir ce qui vous a mis la puce à l'oreille ?

— Un informateur. C'est aussi pour cela que je m'intéresse de près à Baron.

— Elle est impliquée ?

— Mon informateur pense qu'elle a fait disparaître certaines preuves. Mais nous ne sommes sûrs de rien. Pas encore. Une dernière chose : ne dites rien à Hogan et aux autres. Columbia a déjà essayé de bloquer mon enquête une fois. J'ai besoin d'obtenir ces preuves sans interférences.

— Hogan n'a pas la moindre idée de ce que les uns et les autres trafiquent autour de lui. Ne vous en faites pas, vous pouvez avoir confiance en moi.

Elle lui déposa un baiser chaste sur la joue.

— Merci encore. Vous feriez mieux de rejoindre votre amie. Je suis trop jeune pour mourir.

Paula le regarda se faufiler dans la foule transpirante, où l'attendait la jeune femme déjà impatiente. Un nœud de tension se défit dans ses entrailles. Il semblait avoir goûté avec plaisir à leur ancienne routine. À moins qu'il fût un acteur de talent. Bientôt, elle serait fixée.

8

Paula avait déjà utilisé tous les moyens de transport humains existant ou ayant existé, mais elle ne s'était jamais habituée aux nacelles de l'Ange des hauteurs. La manière dont leurs parois devenaient transparentes de l'intérieur, leur vitesse élevée, leur champ gravitationnel parfaitement régulé, tout cela contribuait à la désorienter à la façon de montagnes russes. L'expérience aidant, elle avait appris à fermer les yeux dès qu'elle s'asseyait sur la banquette, et ce jusqu'au *ding* feutré qui résonnait lorsque l'engin avait atteint sa destination.

Deux gardes de la Marine en armure l'accueillirent sur le quai. Ils la saluèrent sèchement.

— L'amiral vous attend, inspecteur, lui dit l'un d'entre eux.

Paula hocha la tête et regarda vers le haut. Elle se tenait au pied du Pentagone II. En contre-haut, le dôme était parfaitement opaque et émettait une lumière couleur de crème. L'Ange des hauteurs était en conjonction majeure au-dessus d'Icalanise, et l'atoll de Babuya pointait directement vers l'étoile locale. Il était impossible de voir quoi que ce soit à l'extérieur.

Les gardes l'escortèrent jusqu'à l'ascenseur. La cabine monta jusqu'au dernier étage, où l'attendait Anna.

— Heureuse de vous revoir, dit-elle.

— Merci. Alors, votre nouvelle vie de femme mariée ?

— Je n'ai pas une minute à moi, répondit Anna en exhibant fièrement son alliance.

— Très jolie, admit Paula.

— Il vous attend. Oscar est présent aussi.

— D'accord, dit Paula, qui ne s'attendait pourtant pas à cela.

Comme le dôme arborait une couleur parfaitement uniforme, il était difficile de dire si les fenêtres du bureau de Wilson étaient transparentes ou non. La pièce étant censée accueillir régulièrement des réunions ultrasecrètes, Paula supposa que les ouvertures étaient toutes scellées. Apparemment, elle débarquait en plein milieu d'une dispute.

Wilson se tenait debout derrière son bureau, les traits tirés, les yeux pleins de colère. En face de lui, Oscar, les mains sur les hanches, soutenait son regard.

— Un problème ? demanda-t-elle.

— Un énorme problème, répondit Oscar avant de se laisser tomber, dépité, dans le fauteuil le plus proche. Putain de merde !

— Que se passe-t-il ?

— Je vous ai fait venir parce que nous avions la preuve qu'une trahison avait été commise durant le vol de *Seconde Chance*, commença Wilson, toujours aussi furieux en serrant de toutes ses forces le plateau de son bureau. J'avais besoin de vos lumières concernant les Gardiens. Grand Dieu, s'ils ont raison…

— Vous *aviez* la preuve ? demanda Paula, qui n'appréciait guère la façon dont Wilson avait tourné sa phrase.

— Laissez-moi vous montrer, dit Oscar.

Une projection apparut sur une large section de mur. On y voyait une navette s'éloigner du vaisseau interstellaire et se diriger vers la Tour de guet. Oscar commenta les images depuis le début de la traversée, jusqu'au déploiement de la parabole et son verrouillage dans la direction de Dyson Alpha. Paula ne lâcha pas l'enregistrement des yeux, fascinée. C'était effectivement la preuve concrète que quelqu'un avait œuvré activement contre les intérêts de l'espèce humaine. Un agent de l'Arpenteur était forcément à bord de *Seconde Chance*.

—Merci, dit-elle sincèrement. C'est exactement ce dont j'avais besoin.

La révélation avait eu un impact émotionnel plus fort que prévu. En fait, elle se sentait presque saoule.

—Malheureusement, non, rétorqua brutalement Wilson. C'est cela, le putain de problème. Ceci est un enregistrement effectué par Oscar à partir de notre base de données principale.

—J'ai examiné les données provenant de *Seconde Chance* lorsque j'étais à bord de *Defender*, expliqua Oscar. Un envoyé des Gardiens m'a contacté et m'en a dit suffisamment pour faire naître le doute dans mon esprit. Alors, je me suis plongé dans les vieux enregistrements et j'ai découvert cela.

—Vous connaissez un Gardien ? demanda Paula.

Oscar se retourna furtivement vers Wilson, qui sembla ne rien remarquer.

—Il m'a dit qu'il représentait les Gardiens, reprit-il. Je veux dire, je ne suis sûr de rien. Après tout, ces gens-là ne portent pas de badge. En vérité, je n'avais aucun moyen de vérifier.

—Je vois. Continuez.

—Ce que veut dire l'amiral, c'est que ceci, continua-t-il en désignant du doigt les images figées, est une copie non officielle faite à partir des archives sécurisées de la Marine.

—Et alors ?

—Et alors, je vais vous passer l'enregistrement officiel du même senseur, dit Wilson.

L'image vacilla, puis disparut. L'enregistrement sembla repasser depuis le début : la navette quittait son hangar et la superstructure de *Seconde Chance* apparaissait petit à petit. Les microréacteurs s'allumaient et crachaient de la vapeur de soufre, l'appareil pivotait lentement, puis accélérait dans la direction de la Tour de guet, laissant l'énorme vaisseau derrière lui. L'image se figea.

— Ça alors ! s'exclama Paula.

— Il y a deux jours de cela, dit Oscar, nous avons regardé ces mêmes images. On y voyait la parabole se déployer de la même façon que sur ma copie. Mais aujourd'hui…

Son poing s'abattit lourdement sur l'accoudoir du fauteuil. La parabole était repliée, rangée dans son logement.

Paula regarda successivement les deux hommes.

— Qui d'autre était au courant ?

Wilson se racla maladroitement la gorge.

— Juste nous deux.

— Oscar, avez-vous révélé votre découverte aux Gardiens ? demanda-t-elle.

— Non. Je n'ai eu aucun contact avec eux depuis mon retour de mission.

— L'accès à ces données officielles est-il contrôlé ?

— Oui, répondit Wilson avec lassitude. Nous avons vérifié, bien entendu. Apparemment, personne n'a chargé ses images depuis deux jours, mais…

— Mais il n'existe aucune trace du passage d'Oscar, supposa Paula.

Celui-ci se prit la tête à deux mains.

— J'ai été approché par les Gardiens. Les Gardiens, vous vous rendez compte ? Qui m'ont demandé de copier discrètement des données officielles dans l'enceinte même du Pentagone II. Mon Dieu…

— Vous avez effacé toute trace de votre passage.

— Oui. Avec mon code et mon niveau de sécurité, cela

n'a pas été très difficile. Et puis, je dispose de quelques programmes subversifs.

—Comme nous tous, admit-elle. J'aurais sans doute pu m'y prendre encore mieux que vous. Enfin, cela nous prouve que quelqu'un d'autre aurait pu accéder à ces données supposées sécurisées sans se faire remarquer et sans laisser de trace.

—Quelqu'un d'autre ? lâcha Wilson. Qui donc, puisque nous n'étions que deux à savoir ?

—Trois, le corrigea Paula. L'Ange des hauteurs voit tout ce qui se déroule en son sein. N'est-ce pas ? demanda-t-elle en se tournant vers le dôme blanc et en haussant les sourcils.

L'icône colorée de l'Ange des hauteurs apparut dans sa vision virtuelle.

—Bonjour, Paula.

Wilson sursauta. Manifestement, il avait oublié à quel point le vaisseau extraterrestre pouvait être omniscient. Oscar, pour sa part, s'empourpra de honte et de culpabilité.

—Savez-vous qui a altéré les enregistrements officiels ? demanda Paula.

—Non. Je vois à l'intérieur de moi-même, toutefois vos systèmes électroniques sont indépendants et cryptés – surtout ceux du réseau de la Marine. Concrètement, je n'ai aucun moyen de savoir qui a accédé à ces données officielles.

—Avez-vous vu l'enregistrement diffusé par l'amiral et Oscar il y a deux jours ?

—J'ai vu les images projetées par le moniteur holographique. En revanche, je ne peux pas dire de quelle partie de votre réseau elles provenaient.

C'était une réponse très formaliste, se dit Paula. Pourtant, le vaisseau extraterrestre ne mentait pas ; il était incapable de déterminer l'origine exacte des images.

—Merci.

— En quoi cela nous aide-t-il ? s'irrita Oscar. On s'est fait baiser jusqu'à l'os.

Paula prit quelques secondes pour mettre de l'ordre dans ses pensées.

— Première possibilité – c'est également la plus simple – : ce bureau n'est pas aussi sûr que vous le pensiez, un agent de l'Arpenteur a découvert le pot aux roses et effacé de vos banques de données l'enregistrement qui montre la parabole en train de se déployer. Deuxième possibilité : l'un d'entre vous est un agent de l'Arpenteur. Amiral, vous seriez évidemment le suspect numéro un.

— Eh, attendez une minute !

— Troisième possibilité : vous vous êtes tous les deux arrangés pour falsifier un enregistrement officiel de façon à nous discréditer, moi et tous ceux qui s'opposent à l'Arpenteur.

— Dans ce cas, pourquoi vous aurait-on parlé de cette satanée parabole ? demanda Oscar.

— Bonne question, concéda Paula en hochant la tête, l'air raisonnable. Toutefois, ma liste allait du plus probable au moins probable.

— Moi, j'ai une autre hypothèse. Imaginez que les Primiens, l'Arpenteur – s'il existe – et l'Ange des hauteurs conspirent tous contre l'espèce humaine.

— Oui, pourquoi pas, dit Paula. Mais, dans ce cas, la situation serait beaucoup plus grave que nous ne le pensions. Infiniment plus grave, même.

Ils gardèrent tous le silence, attendant que l'Ange des hauteurs se manifeste pour réfuter ce qui venait d'être dit. En vain.

— C'est forcément la première hypothèse, reprit Oscar. Nous savons que l'Arpenteur a infiltré la Marine depuis sa création. Putain, n'importe lequel d'entre nous pourrait être un de ses agents.

— Sauf que ce n'est pas le cas, intervint Paula. Ne nous laissons pas gagner par la paranoïa. Reprenons les choses dans l'ordre. Vous savez que vous n'êtes pas un agent de l'Arpenteur.

— Oui, et alors ?

— C'est un début. Sans partir du principe que vos moindres faits et gestes sont épiés et sabotés, il convient de planifier soigneusement chaque mouvement.

— Qu'est-ce qu'on fait ? On répare l'enregistrement officiel ? proposa Oscar en se retournant vers Wilson.

— Impossible, lâcha aussitôt l'amiral. Ce serait la meilleure façon de nous discréditer.

— Il a raison, enchérit Paula.

— Nous n'avons pas le choix, insista Oscar. C'est notre seule preuve. On n'a pas le droit de laisser filer l'Arpenteur à cause d'une vulgaire question d'usages et de respect des lois. Nom de Dieu, il est question de la survie de notre espèce.

— Vous savez avec certitude que votre copie est authentique, dit Paula. L'amiral aussi, qui a vu l'enregistrement officiel avant qu'il soit falsifié. Moi, en revanche, je ne puis rien affirmer. Je serais tentée de vous croire, mais cela ne suffit pas.

— C'est un cauchemar, ma parole ! J'ai la preuve irréfutable qu'un fumier de traître était à bord de *Seconde Chance* et je ne peux même pas m'en servir. L'original a été trafiqué, vous le savez ? tonna-t-il en se tournant d'un air suppliant vers Wilson. On pourrait tout simplement *annuler* le sabotage de l'Arpenteur.

— Une preuve reconstruite n'est pas une preuve, dit Paula.

— Putain de merde, vous plaisantez ou quoi ! On a de quoi le faire sauter, cet Arpenteur. Tout le monde serait forcé d'admettre son existence.

— Je n'accepterai aucun enregistrement de substitution, répéta Paula. Même si vos intentions sont nobles. Je serais dans l'obligation d'informer mes supérieurs de votre manœuvre.

— Vous êtes tous les deux pareils ! grogna Oscar d'un ton boudeur.

Paula savait bien ce qu'il avait dans la tête. Cinquième possibilité : il était le seul à être innocent.

— L'Arpenteur n'a pas complètement réussi son coup, reprit-elle. Il est certes parvenu à ne pas se montrer, mais nous savons tous les trois que vos preuves sont réelles.

— Qu'est-ce que ça peut bien faire ? Vous venez de nous dire qu'on n'a pas le droit de les utiliser.

— C'est vrai. Publiquement, en tout cas.

— Vous avez d'autres preuves ? demanda sèchement Wilson. Vous étiez déjà au courant ?

— Disons que cela fait un certain temps maintenant que j'ai des doutes. J'ai réuni un certain nombre de preuves indirectes. Mais, encore une fois, cela ne suffit pas pour ouvrir un procès.

— C'est pour cette raison que vous m'avez demandé de travailler sur l'affaire de ce transfert de données martiennes ?

— Oui, amiral. J'avais l'espoir de me rapprocher d'eux, expliqua Paula en regardant Oscar. Car je n'ai toujours aucun moyen de remonter jusqu'aux Gardiens. Si je réussissais à leur parler, si nous partagions certaines informations, je pourrais peut-être remonter jusqu'à l'Arpenteur.

— La prochaine fois qu'ils me contacteront, je le leur dirai, acquiesça Oscar, défait.

— Ils refuseront probablement de me parler. Toutefois, faites de votre mieux pour les convaincre. Il est extrêmement important que nous travaillions de concert dans cette affaire.

— Bien sûr.

— En attendant, que dois-je faire de la Marine ? demanda Wilson. Nous sommes noyautés !

— Il n'y a pas grand-chose à faire. Renforcer la sécurité. De toute façon, l'Arpenteur ne vous empêchera pas de mener à bien vos projets les plus importants. Les pressions politiques, fiscales et physiques sont trop fortes.

— Pourtant, il pourrait tout dire aux Primiens. Nous savons déjà qu'il est capable de communiquer avec eux.

— Cela changerait-il quelque chose si les Primiens connaissaient l'heure exacte de l'arrivée de vos navires devant leur Porte de l'enfer ? Réellement ? Ils se doutent bien que nous allons les frapper à cet endroit. Leurs défenses seront aussi puissantes que possible. Notre technologie militaire, ils l'ont déjà vue à l'œuvre.

— Chaque détail a son importance, rétorqua Wilson. S'ils connaissaient réellement tout de nos capacités, cette opération serait vouée à l'échec.

— Ils savent ce que nous leur faisons sur les vingt-trois mondes perdus, et pourtant, ces campagnes sont des succès retentissants.

— Oui, peut-être, mais cette fois-ci, nous n'utiliserons qu'un type d'arme. S'ils apprenaient à le neutraliser, nous serions fichus.

— De toute façon, vous ne pouvez pas modifier le plan de l'offensive. Il ne vous reste plus qu'à mener cette guerre du mieux que vous le pourrez. Les informations devront être compartimentées. Les procédures de sécurité interne devront être améliorées, en commençant par votre réseau et vos terminaux. Partez du principe que les Primiens seront tenus au courant au jour le jour, prévoyez le pire. Pour ma part, je tâcherai d'identifier les traîtres.

— Vous croyez que Columbia travaille pour l'Arpenteur ? demanda l'amiral.

— Je ne suis encore sûre de rien. Le fait est que ses décisions m'ont énormément porté préjudice ; toutefois, cela ne fait pas de lui un traître. Tout juste un politicien.

— C'est tout de même incroyable, dit Wilson en se passant la main dans les cheveux. Je n'arrive toujours pas à imaginer qu'on puisse trahir sa propre espèce.

— Ce n'est pas forcément une démarche volontaire. Au contraire. L'Arpenteur exerce un contrôle mental sur ses agents. Malheureusement, je ne connais toujours pas la nature de ce contrôle. Je suis, en ce moment même, en train de surveiller de très près plusieurs personnes. Quand elles seront sous les verrous, nous aurons tout le loisir d'étudier sa méthodologie.

— Vous avez démasqué des agents ennemis ? demanda Wilson.

— J'ai des suspects, oui.

— Sont-ils liés à la Marine ?

Paula considéra longuement cette question. En arrivant, elle était disposée à partager toute son expérience, mais le piratage des données sécurisées avait été une mauvaise surprise. Wilson et Oscar étaient-ils réellement dignes de confiance ? Tant qu'elle ne serait sûre de rien, il lui faudrait se méfier de la troisième possibilité et donc distiller ses informations avec parcimonie.

— J'ai des raisons de penser qu'une banque et un cabinet new-yorkais ont blanchi et distribué de l'argent pour le compte de l'Arpenteur. Les spécialistes qui ont examiné leurs activités sont parvenus à des conclusions intéressantes. M. Seaton, qui est un des avocats que je recherche, était membre du conseil d'administration de Bayfoss.

— Ils fabriquent des satellites senseurs, rebondit aussitôt Oscar. Nous utilisions leurs engins pour cartographier les planètes que nous explorions pour CST.

— Ils sont également à l'origine des satellites Armstrong transportés par *Seconde Chance*, ajouta Paula. Ce qui signifie que les composants contenus par ces engins doivent être considérés comme suspects.

— Oh, merde ! chuchota Wilson en croisant le regard d'Oscar. Combien en avons-nous perdu dans la Forteresse des ténèbres ?

— Neuf satellites au total, répondit Oscar, dont quatre de classe Armstrong.

— La barrière a disparu juste après.

— L'Arpenteur savait-il comment la supprimer ?

— Cela dépend, dit Paula. Si l'on considère, à l'instar des Gardiens, que cette guerre a été planifiée depuis le début par l'Arpenteur, alors il est très probable qu'un ou plusieurs de ces satellites contenaient un appareil capable de désactiver la barrière.

— Le traître resté à bord aurait commandé le processus à distance, ajouta Oscar. Si je comprends bien, continua-t-il en fermant les yeux et en plissant le front, nous avons ouvert la porte nous-mêmes. Oh, mon Dieu !

— Pas vraiment, rétorqua Paula, puisque nous avons été manipulés.

— Comment savait-il ? demanda Wilson, confus. Si tout était prévu depuis des décennies, c'est que l'Arpenteur savait pour les Primiens et connaissait la technologie de la barrière. Comment ?

— Je lui poserai la question quand je l'aurai sous la main, répondit Paula. Pour le moment, je propose que nous nous concentrions sur ces informations et que nous fassions notre possible pour limiter les dégâts. Il me semble que Bayfoss fabrique toujours du matériel militaire, non ? Leurs actionnaires sont très contents du partenariat conclu avec la Marine.

— En effet, confirma Wilson. Ils sont spécialisés en ingénierie spatiale. On travaille énormément avec eux.

— Y compris dans des domaines sensibles ?

— Oui, répondit-il en hochant lentement la tête. Ils sont impliqués dans plusieurs projets ultrasecrets.

— Peut-être feriez-vous mieux d'examiner de très près les composants qu'ils vous livrent.

* * *

Ozzie se réveilla lorsque de fins rayons de soleil lui balayèrent le visage. La partie de l'île numéro deux où ils se trouvaient refaisait face à l'astre du jour, après neuf heures de pénombre. Au sein du halo gazeux, la « nuit » n'était pas aussi sombre que sur une planète traditionnelle, mais elle suffisait à reposer leurs yeux fatigués. Il regarda sa montre. Il avait dormi pendant neuf heures. Son corps avait bien du mal à récupérer de son séjour en apesanteur.

Il défit son sac de couchage et s'étira longuement. Un frisson parcourut son corps. Il portait juste un short et un tee-shirt – le dernier tee-shirt correct de sa garde-robe. C'était assez pour dormir dans un duvet, mais à l'extérieur, la température était digne d'un début d'automne. Il supposait que l'île se trouvait sur la course d'une sorte de courant de convection qui venait des zones les plus éloignées et les plus froides du halo et se dirigeait vers les sections internes plus chaudes. Il fouilla dans ses affaires, d'où il tira son vieux pantalon de velours tout rapiécé et sa chemise à carreaux, dont il considéra longuement les manches trouées. Son gilet en peau de mouton retourné lui protégerait efficacement la poitrine.

Dans d'autres circonstances, il aurait goûté avec joie ce matin revigorant. Cela faisait plus d'un siècle maintenant qu'il baroudait sur toutes les planètes du Commonwealth. Toutefois, ce récif et son orbite dans ce halo ne lui inspiraient aucune confiance. Le froid lui rappelait les mauvais souvenirs de la Citadelle des glaces.

Son sac de couchage était installé dans un coin de l'abri qu'ils avaient construit avec les débris du bon vieil *Éclaireur*. Le bois du pont et des flotteurs leur avait servi à ériger des murs peu élevés, tandis que ce qui restait de la voile était tendu au-dessus de leurs têtes. Les trous les plus importants avaient été bouchés avec des feuilles séchées, ce qui n'empêchait pas la lumière du jour de la transpercer en des centaines de points. Toutefois, il ne s'agissait pas tant de se protéger des éléments que d'aménager un petit coin personnel à chacun. Après la promiscuité de l'*Éclaireur*, cela ne pourrait que leur faire du bien.

Il enfila ses bottes qui, bien qu'éraflées, étaient encore en assez bon état. Malheureusement, il ne pouvait pas en dire autant de ses chaussettes. Une séance de reprisage s'imposait. Il avait miraculeusement réussi à ne pas perdre son nécessaire de couture – il était tombé dessus récemment en fouillant dans son sac à dos. Dans les moments comme ceux-là, on se faisait une autre idée du luxe.

Prêt à affronter une nouvelle journée, il poussa le rideau de fortune. Orion avait déjà ravivé le feu allumé la veille. Leurs tasses en métal cabossées pleines d'eau étaient accrochées à une longue épine noire au-dessus du feu.

— Plus que cinq cubes de thé et deux de chocolat, annonça Orion. Qu'est-ce que vous prendrez ?

— Diantre, faisons-nous un peu plaisir – ce sera un chocolat.

— Moi aussi ! s'exclama le garçon, tout sourire.

Ozzie s'assit sur une sorte d'excroissance marron et ébène dont ils se servaient comme de chaises. Il grimaça et tendit la jambe.

— Comment va votre genou ? demanda Orion.

— Mieux. Il faut que je fasse un peu d'exercice, que je me dérouille un peu. Il est encore raide après une nuit de sommeil.

Ils avaient marché jusqu'à l'extrémité du récif, où la forêt s'arrêtait brutalement et où la matière gris ardoise qui constituait la base solide de l'île formait une longue avancée triangulaire. Ils avaient longé un temps cette péninsule, mais s'y étaient sentis très peu à l'aise, car la gravité y disparaissait à mesure qu'on s'éloignait de la forêt. Ozzie estima qu'il aurait suffi de continuer sur cinq cents mètres pour se retrouver en apesanteur. Ils avaient donc fait demi-tour pour se réfugier sous les arbres.

La péninsule, ou spire, était une sorte de terrain d'atterrissage, décida-t-il, l'équivalent aérien d'une jetée. Les Silfens volants pouvaient s'y poser en planant, avant de rejoindre le récif à pied, en récupérant progressivement leur poids.

Autrement, la pesanteur sur l'île était constante. Trois jours après leur arrivée, ils s'étaient rendus de l'autre côté du récif, où ils avaient découvert un paysage en tout point identique. Le bord de l'île était une falaise étroite et ondoyante couverte de buissons et d'un genre de bambou. D'une manière étonnante, on pouvait y marcher à l'horizontale sans ressentir aucune gêne.

En effet, tandis qu'ils accomplissaient le tour de l'île, Ozzie s'était retourné et avait découvert qu'il marchait à quatre-vingt-dix degrés par rapport à l'endroit où il se trouvait cent mètres plus tôt. Il en avait conclu que cet environnement était peut-être encore plus déconcertant que l'apesanteur.

Comme Orion mettait les cubes de chocolat dans leurs quarts, Ozzie entreprit de peler un des gros fruits gris-bleu qu'ils avaient cueillis dans la jungle. La pulpe avait une texture grossière et un goût de pomme à la cannelle. C'était un des huit fruits comestibles répertoriés jusque-là. Comme tous les environnements traversés par les chemins silfens, le récif était apte à accueillir la vie.

Tochee émergea de la jungle, les tentacules enroulés autour de divers récipients remplis d'eau. Un ru coulait sur le sol accidenté à une cinquantaine de mètres de leur camp. Son eau était tellement pure qu'ils n'avaient presque pas besoin de la filtrer avant de la boire.

— Bonjour, ami Ozzie, dit-il par l'intermédiaire de l'ordinateur de poche.

— Bonjour, répondit Ozzie avant d'avaler une gorgée de chocolat.

— Mon équipement n'a réussi à détecter aucune activité électrique, reprit l'extraterrestre en brandissant les quelques capteurs qu'il avait emportés avec lui. Les machines doivent être profondément enfouies dans le sol.

— Oui, vous avez probablement raison.

Après tout ce temps passé ensemble, Tochee n'avait pas encore compris qu'Ozzie aimait être au calme pour prendre son petit déjeuner.

— Où êtes-vous allé ? demanda Orion, pendant que le rasta mâchait son fruit, stoïque.

— J'ai parcouru cinq kilomètres dans cette direction, répondit la créature en pointant un appendice.

— Je croyais que le centre de l'île était plutôt dans cette direction-là, rétorqua l'adolescent, dont le bras formait un angle droit avec le tentacule de Tochee.

— Vous êtes sûr ?

— Je ne sais pas. Ozzie, qu'est-ce que vous en pensez ?

L'homme agita le pouce par-dessus son épaule.

— Par là, neuf kilomètres.

— Excusez-moi, mes instruments n'ont pas les capacités de navigation des vôtres, expliqua l'extraterrestre.

— Vous avez vu quelque chose d'intéressant ? demanda Orion.

— Beaucoup d'arbres. Quelques petites créatures volantes, mais aucune forme de vie intelligente.

— Dommage.

Le garçon coupa un quartier de fruit avec son canif et mordit dedans à pleines dents. Le jus dégoulina sur son menton, imbiba son duvet.

— Et des grottes ? Vous avez vu des grottes ? reprit-il.

— Non, aucune grotte.

— Il doit y avoir un moyen d'accéder au cœur. Peut-être bien que l'entrée se trouve à l'extrémité de la jetée. Il ne peut y avoir aucun effet de gravitation le long de l'axe – c'est là que les forces s'annulent. C'est Ozzie qui l'a dit. Je parie qu'il y a un tunnel le long de ce machin.

— En toute logique, l'accès devrait être plus pratique et le chemin plus court. A priori, je le verrais plutôt au centre et à la surface de l'île.

— Ouais. Et il y a un tas de grottes dans lesquelles vivent les habitants du récif, comme les Morlocks.

Ozzie avala une autre gorgée de chocolat sans regarder ses compagnons. Il regrettait déjà d'avoir raconté cette histoire.

— Vous pensez toujours qu'il y a des habitants sur cette île, ami Orion ? demanda Tochee.

— À quoi servirait-elle, autrement ?

— Je n'ai vu aucune trace de créature de grande taille.

— Évidemment, parce qu'elles vivent sous terre.

Ozzie termina son chocolat, puis noua ses cheveux avec une lanière de cuir pour ne pas les avoir constamment dans les yeux.

— Elles ne vivent pas sous terre, dit-il enfin. On ne fabrique pas des îles dans un halo gazeux pour les peupler d'êtres troglodytes. Rien ne vit ici.

— C'est quoi un *trogodite* ? demanda Orion.

— Quelqu'un qui vit sous terre.

— Excusez-moi, ami Ozzie, intervint Tochee, mais ce halo tout entier défie la logique. On pourrait effectivement trouver de la vie en sous-sol. Pourquoi construire ces structures si ce n'est pour les coloniser ?

— Des puits de carbone, répondit le rasta. Tout est une question d'échelle – échelle colossale, je dois l'admettre. Moi-même, lorsque je lève la tête vers ce ciel apparemment infini, j'ai du mal à appréhender les dimensions de ce milieu. Toutefois, nous avons vu de nombreuses créatures volantes dans le halo gazeux. Comme il s'agit d'un mélange standard d'azote et d'oxygène, on peut logiquement conclure qu'elles respirent de l'oxygène et expirent du dioxyde de carbone ou un autre déchet de ce type. Il faudra sûrement des milliards d'années à ces animaux pour empoisonner quelque chose d'aussi énorme, néanmoins, cela arrivera un jour, à moins d'entretenir le processus inverse. Il est possible de le faire avec des machines ou bien d'une manière plus écologique, avec des plantes. Voilà à quoi sert ce récif. Il fait partie intégrante de cet écosystème. Sans compter qu'il contient de la nourriture et de l'eau.

—Mais, c'est vous qui avez dit qu'il y avait des machines à l'intérieur, insista Orion d'un ton accusateur.

—Il y a un genre de générateur de gravité, c'est sûr. Peut-être même est-il possible de déplacer l'île. Je suis quasiment persuadé qu'elle se dirigeait dans notre direction. Mais le reste est entièrement naturel.

—À quoi bon, puisqu'ils pourraient purifier l'air avec des machines ?

—À mon avis, ils ont construit ce truc par défi, pour le plaisir d'évoluer dans un environnement extraordinaire. Je l'aurais fait moi-même, si j'en avais été capable. D'ailleurs, j'ai moi aussi construit un truc de ce genre à la maison. En beaucoup plus petit, bien sûr.

—Ah, oui ?

—En beaucoup, beaucoup plus petit.

—Qu'est-ce que c'est ?

—Un environnement artificiel. Rien de spécial, ni d'important. J'ai envie de trouver ce générateur de gravité parce que nous pourrions nous en servir pour choisir notre direction. Calmez-vous, les gars, ajouta-t-il aussitôt en levant les mains. Je ne sais pas où il est. Toutefois, ce serait sympa de reprendre enfin notre destin en main, non ? Et puis, de toute façon, nous n'avons pas le choix.

—Vous avez dit la même chose quand on était sur la première île, lâcha Orion, irrespectueux au possible.

—Cela te montre à quel point je suis ignorant. Tochee a sans doute raison : il doit y avoir une trappe d'inspection au centre de l'île. Essayons de la trouver.

* * *

La complexité de la jungle fascinait Ozzie. C'était une véritable œuvre d'art. Il y avait un espace uniforme haut de quatre mètres entre le sol et les premières branches. Que l'on fût humain ou silfen, c'était parfait pour marcher dans cette faible pesanteur sans risquer de se cogner la tête. Et même si vous sautiez un peu trop haut, l'entrelacement de branches et de brindilles était si dense, qu'il aurait suffi d'une poussée de la main pour redescendre tranquillement en planant. C'était un genre de filet de sécurité. Rien de naturel là-dedans, Ozzie en était persuadé. Les arbres n'étaient pas élagués – c'était une évidence –, ce qui signifiait qu'ils étaient configurés génétiquement pour croître de cette façon. Même pour une société capable de créer un halo gazeux, ce n'était pas une mince affaire.

Il y avait beaucoup de variétés différentes : des arbres semblables à ceux qui poussaient sur les mondes humains, des tubes violets pareils à des cheminées, ainsi que nombre d'espèces exotiques, comme cet enchevêtrement globulaire de branches dans lequel était tombé Orion. Ozzie n'aurait pas été surpris de croiser un ma-hon.

La fine couche d'humus dissimulait une strate de la même matière indéterminée et grise que celle dont était faite la jetée, dans laquelle étaient enchâssées des sortes de bulbes bruns et des spirales couleur crème qui formaient des entonnoirs remplis d'eau froide. On voyait partout des espèces de champignons tachetés de bleu qui mesuraient jusqu'à deux mètres de diamètre.

Johansson avait eu raison d'appeler ces créations des récifs, pensa Ozzie. Les arbres vivaient en parfaite symbiose avec le sol. Il n'y avait pas suffisamment de terre pour accueillir les racines, qui se nourrissaient de l'eau et des nutriments apportés par le corail lui-même. En échange, ce dernier assimilait les déchets des arbres, qui lui servaient à se régénérer.

Il y avait des clairières, de vastes espaces dépourvus de végétation dans lesquels se déversait la lumière du soleil. Là, le sol sablonneux était parsemé de rares touffes d'herbe et de plantes éparses qui, paradoxalement, inspiraient la désolation au milieu de cette jungle si foisonnante. Chaque fois qu'ils arrivaient à proximité d'une zone de ce type, ils prenaient bien garde de rester à couvert, comme s'ils craignaient d'affronter le ciel vide.

Ozzie était parfaitement conscient d'avoir peur et trouvait cela justifié. Qui pouvait dire ce qui vivait dans le halo ? Qui pouvait affirmer que rien ne fondrait sur eux pour les dévorer ?

— Vous croyez qu'il y a des chemins, ici ? demanda Orion. Vous avez dit que Johansson avait retrouvé le Commonwealth après avoir visité des récifs.

— Oui, il pourrait y en avoir, admit Ozzie.

D'ailleurs, il avait pris son sac à dos pour faire face à une telle éventualité. Il avait conseillé au gamin et à l'extraterrestre d'en faire autant. Il leur restait tellement peu de nourriture et d'équipement qu'ils ne pouvaient pas se permettre d'en perdre davantage. Au fond de lui-même, il espérait vraiment quitter cet endroit une fois pour toutes. Il n'en pouvait plus. Depuis quelques jours, il ne pensait plus qu'à leur survie. Il voyageait depuis tellement longtemps…

Le vaisseau devait avoir visité les Dyson et fait demi-tour. Le fait que la réponse à toutes ses questions pût les attendre dans une simple base de données de l'unisphère était assez déprimant.

Quand il se surprenait à avoir de telles pensées, cela le mettait immanquablement en colère. Après toutes les épreuves qu'ils avaient traversées, ils *méritaient* de trouver la communauté des Silfens adultes.

— Maintenant, j'arrive à sentir quand on est sur un chemin, dit Orion.

— Je crois que j'en suis capable aussi, ajouta Tochee. Il n'y a rien de logique dans cette sensation – ce qui est difficile à admettre pour moi –, mais j'ai parfois certaines certitudes.

Ozzie, qui connaissait ce sentiment depuis quelque temps déjà, préféra garder le silence. Il rêvait du jour où il pourrait abandonner le gosse et Tochee dans un hôtel décent pour ne plus avoir à subir leurs bavardages constants.

L'ordinateur de poche lui confirma qu'ils approchaient du centre géométrique du récif. Enfin, ils se trouvaient dans un cercle de deux cents mètres de diamètre situé à peu près au centre du récif, puisque à distances égales de ses deux extrémités. Les arbres étaient plus grands, remarqua-t-il. Pourquoi ? Le centre est-il la partie la plus ancienne ? Ce ne serait pas spécialement logique. Il n'en demeurait pas moins que les troncs massifs dépassaient souvent deux ou trois mètres de diamètre. En dessous, le sol était sec et nu. Le corail dont il était fait se fissurait, se craquelait, s'écaillait, figurait une mâchoire édentée à la base des troncs. Au-dessus, la densité des branches était telle que la luminosité était réduite au minimum.

— Tiens, il y a un peu plus de lumière par là, dit Orion.

Une lueur diffuse baignait une partie de la forêt. Ils s'en approchèrent en plissant les yeux, car ils s'étaient habitués à la pénombre.

La lumière venait d'une clairière large de plus de un kilomètre. Contrairement aux autres, celle-ci était tapissée d'herbe, une plante tenace pareille à du sureau, dont les feuilles bruissaient comme du papier de riz et venaient vous chatouiller les chevilles. Des polypes violets y dessinaient un périmètre parfaitement circulaire. Ils s'élevaient très haut au-dessus des arbres, où ils s'incurvaient pour former des coudes dirigés vers l'extérieur.

— Des cheminées ! s'exclama Orion.

En effet, de la vapeur blanche s'échappait de chacun d'eux. Ozzie repensa aux rubans de nuages qu'il avait repérés durant leur approche.

L'adolescent se mit aussitôt à genoux et colla l'oreille contre le sol.

— Ami Orion, que faites-vous donc ? demanda Tochee.

— J'essaie d'entendre les machines. Il y a forcément une usine là-dessous.

— Je ne détecte aucune activité électrique ou magnétique.

— Du calme, du calme ! intervint Ozzie. Réfléchis un peu. Une usine pour quoi faire ?

Orion lui lança un regard étonné, puis haussa les épaules.

— J'en sais rien.

— Bien. Alors, pas de conclusions hâtives.

— Il y a quelque chose au centre de la clairière, annonça soudain Tochee.

Ozzie se servit de ses implants rétiniens pour zoomer. Il y avait effectivement un pilier noir et court au centre de la marée de brindilles ondulantes.

— Oui, je le vois, dit-il.

Orion fonça le premier, avançant par bonds de trois ou quatre mètres. Ozzie le suivit avec plus de circonspection sans pouvoir détacher les yeux du ciel menaçant. Tochee, pour sa part, rampa à une allure bien moindre.

Le pilier faisait trois mètres de haut et trônait au milieu d'une tache de corail bleuté dépourvue de toute végétation. À mi-hauteur étaient gravés des symboles formés de traits fins tracés dans tous les sens et de points. Toutes les cannelures et découpes avaient été comblées avec un genre de cristal. Ozzie les scanna avec son ordinateur et émit un sifflement.

— Du diamant, dit-il. Il doit y avoir moins cher comme matériau insensible à la corrosion.

— Ce sont des runes, non ? demanda Orion.

De fait, les symboles ressemblaient à des idéogrammes, tout en différant totalement de ce que les cultures humaines avaient produit.

— C'est peut-être un panneau indicateur qui désigne des directions ? proposa-t-il.

— Cela ne ressemble à rien de connu, répondit Ozzie. Et vous, Tochee, cela vous dit quelque chose ?

— Malheureusement, non.

Ozzie entreprit de scanner le sol, qui semblait parfaitement solide. Ses senseurs ne détectèrent aucune sorte de cavité sous la surface. Pas d'activité électrique, pas de circuits dissimulés sous le pilier. Il examina la chose d'un air grave, tandis qu'Orion lui tournait autour avec enthousiasme et suivait du bout des doigts le contour des symboles. Alors, l'homme se retourna vers la clairière alors qu'une conclusion désagréable émergeait de son esprit.

— Merde ! cracha-t-il avec brutalité. Merde merde merde !

Il balança un coup de pied à la base du pilier, se fit mal, en donna un autre avec l'autre pied. Plus fort.

— Aïe ! Merde ! Je n'arrive pas à y croire, mecs !

Toute la frustration, la rage qui s'était accumulée en lui se déversait d'un seul coup, à cause de ce vulgaire artefact. Il se surprit à le haïr pour ce qu'il était, pour ce qu'il représentait.

— Qu'est-ce qui ne va pas ? demanda aussitôt Orion en le regardant avec méfiance.

— Qu'est-ce qui ne va pas ? Je vais te dire, moi, ce qui ne va pas, répondit-il en donnant un autre coup de pied dans le pilier. J'ai passé des mois dehors à bouffer des fruits de merde alors que j'aurais voulu un bon steak-frites. Putain, je rêve d'un steak-frites. Je me balade en pagne comme un type sorti de l'âge de pierre. Je n'ai pas fait l'amour depuis une éternité. Je n'ai pas eu la gueule de bois depuis tellement longtemps que mon foie est tout neuf. J'ai été éjecté d'un océan par une blague cosmique. Mais j'ai supporté, j'ai gobé toutes ces conneries parce que je sais que vous – oui, VOUS – êtes en train de me regarder et de me guider, de manipuler ces chemins pour que, à la fin, on se rencontre. Mais non, il faut que vous me fassiez chier jusqu'au bout avec votre humour à la noix. Personnellement, tonna-t-il en brandissant son index et en se retournant vers le pilier, je ne trouve pas cela drôle du tout ! Compris ? Est-ce que vous avez bien saisi ?

Orion examina timidement la clairière.

— Ozzie, à qui est-ce que vous parlez ? Je ne vois personne d'autre que nous, ici.

— Elle nous regarde. Pas vrai ?

— Qui donc ? insista l'adolescent.

— La communauté adulte. Les Silfens.

— Vraiment ?

— Oh, oui !

— Alors, commença Orion en se retournant vers le pilier, qu'est-ce que c'est ?

Pour se calmer, Ozzie expira longuement entre ses dents serrées. C'était difficile. S'il n'ouvrait pas un peu la soupape, s'il ne laissait pas sa colère s'exprimer un peu, il finirait roulé en boule à pleurer de frustration.

— Rien, finit-il par répondre. Le truc le plus débile et insignifiant de tout ce récif. Je respectais les mecs qui avaient dessiné les plans de ce halo gazeux, j'étais impressionné. Vraiment. Mais j'ai changé d'avis. Ce sont juste des fumiers restés au stade anal. La pire bande de saligauds de toute la galaxie. Tu veux savoir ce que c'est ? Pourquoi il a été mis en évidence au milieu de cette clairière baignée de soleil ? C'est le putain de numéro de série de ce récif, mec. Voilà ce que c'est.

* * *

MatinLumièreMontagne détecta les vaisseaux en approche alors qu'ils étaient à plus de quinze années-lumière. Vingt d'entre eux fonçaient vers son avant-poste à quatre années-lumière par heure – il n'avait encore jamais vu de navire humain aussi rapide. Il fallait s'y attendre ; ils n'avaient pas d'autre issue que d'envoyer leurs meilleures armes contre sa base.

Une partie de ses programmes de pensée nota que chaque fois qu'il croisait des vaisseaux humains, ils étaient plus rapides que la fois précédente. Le rythme auquel la technologie du Commonwealth se développait était étonnant, surtout pour une société aussi désorganisée. Sans compter que sa classe dirigeante était en grande partie corrompue. Néanmoins, l'étude des données récupérées et des personnalités humaines chargées dans ses Immobiles lui avait démontré que quelques petits groupes d'individus pouvaient faire preuve d'une organisation sans faille dans certains domaines particuliers. Au temps où l'espèce était confinée sur sa planète d'origine, les guerres étaient fréquentes et les spécialistes en armement n'avaient aucun mal à persuader les dirigeants de leur allouer des ressources pour le moins disproportionnées.

C'était sans aucun doute ce qui venait de se produire. Avec leur imagination débordante, les humains étaient capables d'élaborer des stratégies très dangereuses, même si, pour le moment, ils s'étaient contentés de répondre sur le plan tactique. Il conviendrait de surveiller leur développement de très près. Heureusement, MatinLumièreMontagne possédait des armes suffisamment puissantes pour détruire des systèmes solaires, des armes qu'il n'avait pas encore utilisées. À présent que les préparatifs de sa deuxième vague d'invasion étaient presque terminés, il pourrait s'en servir contre le Commonwealth. Cette fois-ci, il n'y aurait plus de résistance significative. Les radiations les anéantiraient tous, tout en préservant leurs installations et industries.

MatinLumièreMontagne rassembla et analysa les données recueillies par ses senseurs et tâcha d'en apprendre davantage sur les distorsions générées par ces navires, sur la manière dont ils manipulaient l'énergie. Il commença à préparer ses défenses, ralentit l'envoi de matériel et de vaisseaux vers ses vingt-trois nouveaux mondes. Sept cent soixante-douze générateurs de trous de ver placés sur les trois astéroïdes qui orbitaient encore autour du trou de ver interstellaire entreprirent de se reconfigurer. Les champs de force furent renforcés autour des installations qui contenaient les groupes d'Immobiles. Les armes furent vérifiées une dernière fois. Les vaisseaux d'attaque se placèrent sur leurs rampes de lancement.

Les navires humains commencèrent à décélérer. Ils émergèrent dans l'espace réel à 25 UA du trou de ver interstellaire. MatinLumièreMontagne ouvrit immédiatement vingt trous de ver autour de chaque engin. Six cents missiles jaillirent de chacun d'entre eux, suivis par quarante vaisseaux. Alors, il modifia les ouvertures pour tenter d'empêcher les appareils ennemis de disparaître dans leurs propres trous de ver, technique perfectionnée durant sa première vague d'assauts dans le Commonwealth.

Les engins humains allumèrent leurs réacteurs supraluminiques et devinrent excessivement difficiles à repérer. Les missiles se montrèrent incapables de verrouiller leurs cibles. Les senseurs de ses vaisseaux s'évertuèrent à capter des émissions de radiations. Les radars étaient complètement inutilisables. Seuls les trous de ver eux-mêmes pouvaient encore être suivis grâce aux faibles échos de leurs vagues de distorsions. Et encore, les retours n'étaient-ils pas toujours les mêmes. L'assaut avait-il fait long feu ?

Alors, un nouveau point de distorsion apparut. Puis un autre. Puis cinq de plus. En vingt secondes, trois cents petits véhicules humains émergèrent, qui fonçaient sur le trou de ver interstellaire à une vitesse de quatre années-lumière par heure. Comme MatinLumièreMontagne l'avait deviné, ils utilisaient la tactique qui avait porté ses fruits au-dessus d'Anshun.

Des milliers de groupes d'Immobiles commencèrent à modifier la structure énergétique des trous de ver basés sur les astéroïdes, alignant leurs ouvertures sur les missiles supraluminiques, interférant avec leur énergie exotique. Des explosions erratiques de radiations jaillirent, comme les distorsions antagonistes se rencontraient, se chevauchaient et se répandaient dans l'espace-temps.

Sa technique fonctionna. Les missiles furent déviés et ne menacèrent plus son trou de ver géant, ni ses astéroïdes, équipements et installations géantes. Avec la montée en puissance des interférences, les projectiles ennemis se retrouvèrent à des millions de kilomètres de leur cible tout en continuant à voler à près de quatre-vingt-dix pour cent de la vitesse de la lumière. À cette vélocité, même une minuscule particule de vent solaire pouvait faire des dégâts considérables. Autour des points d'émergence se formèrent de furieuses sphères de plasma infiniment plus lumineuses que le soleil local.

Une autre volée d'une centaine de missiles supraluminiques se dirigeait vers le trou de ver géant. Cette fois-ci, MatinLumièreMontagne parvint à localiser leur point d'origine et lança ses missiles. Des milliers d'explosions nucléaires saturèrent l'espace là où étaient supposés se tapir les vaisseaux humains. Il y avait des tourbillons sombres au milieu des vagues de particules élémentaires. Ses senseurs les examinèrent, en cherchèrent la cause.

Trois missiles ennemis parvinrent à se rapprocher du trou de ver géant avant que les interférences de MatinLumièreMontagne les repoussent dans l'espace-temps. Ils explosèrent, crachèrent des jets de plasma relativiste et des radiations dures, qui brûlèrent tous les capteurs qui avaient le malheur d'être alignés dans leur direction. Un carré de vent solaire large de plus d'un million de kilomètres se mit à luire d'un éclat violacé sous l'effet de la décharge d'énergie. Plusieurs vaisseaux furent submergés par la vague brûlante et explosèrent. Les champs de force qui protégeaient certaines sections des astéroïdes menacèrent de céder sous la pression colossale de l'énergie absorbée. Des dizaines de fissures apparurent, qui permirent à des jets de rayons X et Gamma de se déverser sur ses équipements et des machines. Quatre générateurs de trous de ver furent tout simplement vaporisés. Des milliers d'Immobiles furent instantanément irradiés et tués. Huit groupes entiers furent perdus. Le trou de ver interstellaire tint bon grâce à son champ de force, qui parvint à repousser le blizzard électromagnétique. Lentement, la nébuleuse violette perdit de son éclat, avant de disparaître complètement.

Depuis les confins du système solaire, MatinLumière-Montagne envoya des centaines de vaisseaux vers ce nœud de plasma nucléaire. Les engins firent feu avec leurs lasers et libérèrent, salve après salve, des missiles à haute vélocité. Les navires humains se retirèrent dans leurs trous de ver autogénérés. MatinLumièreMontagne en transperça trois, livrant les vaisseaux qu'ils abritaient à la fureur de ses appareils de défense. Leurs champs de force étaient exceptionnellement puissants, mais pas assez toutefois pour résister aux armes de ses navires.

Trois nouvelles explosions fleurirent, presque invisibles au milieu du déluge de particules élémentaires qui s'abattait sur cette partie de l'espace. Les capteurs de vagues quantiques de MatinLumièreMontagne suivirent la fuite des dix-sept appareils humains restants. Ils surveillèrent longuement les alentours dans l'attente d'une éventuelle seconde vague. En vain.

Davantage de machines et de réserves arrivèrent de son système natal. MatinLumièreMontagne reprit ses préparatifs. Son expansion allait pouvoir reprendre.

* * *

Barry et Sandy étaient tellement excités qu'ils ne mangèrent presque rien au petit déjeuner. Pas même les œufs brouillés avec les croustilles de fromage que leur avait préparés le robot cuisinier. Panda sentait que l'ambiance était particulière ; il tournait autour de la table en aboyant pour avoir des restes.

— Papa, tu peux nous emmener voir les vaisseaux ? demanda Barry, tandis que Liz posait une assiette devant Mark.

Sandy en resta bouche bée et attendit la réponse sans bouger.

— Désolé, fiston, pas aujourd'hui. Les plates-formes orbitales ne sont pas ouvertes aux visiteurs.

— Je ne suis pas un visiteur, s'indigna Barry. Tu es mon papa et je serai avec toi.

Parfois, la confiance absolue et simple que son fils mettait en lui l'angoissait.

— J'en reparlerai au chef, promit-il. Peut-être qu'on te permettra de te faufiler là-bas un jour.

— Et moi ! s'exclama Sandy.

— Bien sûr.

Liz lui lança un regard accusateur par-dessus la table. Il savait exactement ce qu'elle était en train de penser : *Comment vas-tu faire pour respecter ta parole ?*

— Ne fais pas ça, dit-elle sévèrement à Barry.

— Quoi ? protesta le garçon en prenant un air innocent et blessé.

— Je t'ai vu donner un toast à Panda.

— Mais, maman, je l'ai fait tomber, c'est tout.

— Il y avait du beurre dessus, expliqua joyeusement Sandy. Il le lui a fait lécher.

— Rapporteuse !

— Taisez-vous, tous les deux, dit Mark.

Il essayait de ne pas sourire et de lire son écran journal posé en équilibre sur sa tasse à café, mais il avait du mal. C'était pourtant un petit déjeuner en famille, du genre de ceux qu'il appréciait tant dans la vallée d'Ulon – un moment rare ces temps-ci. Ici, la vie n'était pas plus difficile, au contraire. Leur maison à deux niveaux était constituée de panneaux brillants en acier au carbone, assemblés par des robots de construction. Bien qu'elle parût modeste vue de l'extérieur, elle était spacieuse et aménagée luxueusement. La cuisine à elle seule coûtait sans doute plus cher que le vieux pick-up Ables qu'il conduisait à Randtown. On y trouvait tous les gadgets automatisés possibles, un plan de travail en marbre d'Ebbadan et des portes de placard en chêne brun doré français. Toutes les autres pièces étaient également aménagées. Si d'aventure il manquait quelque chose à votre confort, il suffisait de le commander via l'unisphère. Le bureau du personnel se chargeait des modalités de livraison. C'était également vrai pour les vêtements et la nourriture.

Non, la vie à la maison était facile. Le problème, c'était que le travail lui prenait tout son temps et qu'il ne voyait plus ses enfants. Sauf aujourd'hui. Il avait un jour de congé, ce qui était remarquable en soi. Ils s'étaient donc arrangés pour que les petits n'aillent pas à l'école, afin de passer un peu de temps tous ensemble.

—On peut sortir de table, papa ? On a fini, l'implora Barry.

Mark arrêta de lire l'article qui résumait la bataille politique qui secouait le lobby africain du Sénat. Il se tourna vers Liz pour voir ce qu'elle en pensait. Elle tenait sa tasse de thé à deux mains et n'avait presque pas touché à son pain perdu.

—D'accord, dit-elle.

Les enfants sautèrent de leurs chaises et s'éloignèrent en courant.

—N'oubliez pas votre gel dentaire, cria leur mère. Et pensez à vos maillots de bain.

Panda aboyait joyeusement. Mark et Liz échangèrent un sourire.

—On passe un peu de temps tous les deux, ce soir? demanda-t-il d'un ton qui se voulait neutre.

—Oui, moi aussi j'aimerais bien qu'on fasse l'amour, mon cœur. Si on n'est pas complètement crevés à la fin de la journée, évidemment.

Ils échangèrent un autre sourire, plus intime et joueur cette fois. Liz avala d'une traite son pain perdu.

—Hum, trop de poivre. Il va falloir modifier la recette du robot cuisinier.

Mark regarda quel temps il faisait par la grande fenêtre située derrière Liz. Celle-ci s'asseyait toujours dos à la fenêtre, et ce quelles que fussent les circonstances. Le troisième jour, elle lui avait dit qu'elle détestait ce paysage, que ce monde était un cadavre, que la planète tout entière était comme un vampire.

—La journée s'annonce belle, dit joyeusement Mark, comme la lumière du soleil baignait les régolites rocheux et sablonneux. Le lac devrait être assez chaud pour qu'on puisse y barboter un peu.

— Mouais.

— Quelque chose ne va pas ?

— Non. Oui. Cet endroit… Il me rend folle, chéri.

Il brandit le journal, sur lequel continuaient d'affluer des articles.

— De toute façon, on ne restera pas très longtemps, dit-il. La flotte envoyée par la Marine devrait atteindre sa cible d'un jour à l'autre.

Liz se tourna vers la porte ouverte avant de demander à voix basse :

— Et si cela ne suffisait pas ?

— Aucun risque.

— Dans ce cas, pourquoi Sheldon fait-il construire tous ces vaisseaux ?

— Parce que, quand tout a commencé, il a succombé à une saine paranoïa. Et puis, rien ne l'empêchera d'utiliser ces vaisseaux lorsque nous aurons renvoyé ces Primiens chez eux.

— Pour quoi faire ?

— Le Commonwealth est tout ce que les humains possèdent. On est tous les uns sur les autres, on fait tous partie de la même communauté. Ne serait-ce pas fantastique d'implanter une nouvelle civilisation humaine de l'autre côté de la galaxie ? Elle deviendrait sans doute très différente de celle-ci. Nous avons appris de nos erreurs, nous pourrions construire quelque chose de neuf. Il y aurait assez de volontaires pour rendre un tel projet viable. Il n'y a qu'à voir les colons attirés par Far Away ou Silvergalde.

— Oui, oui, oui, fit-elle en lui lançant un regard calculé. Mais, dis-moi, est-ce que tu inclus ta propre famille dans ces volontaires potentiels ?

L'enthousiasme de Mark retomba d'un seul coup.

— Je ne sais pas trop. Et toi, qu'en penses-tu ?

— Personnellement, j'ai très envie que mes enfants grandissent dans le confort et la sécurité du Commonwealth – à supposer que celui-ci ne soit pas anéanti demain. Quand ils seront des adultes responsables, ils feront leur propre choix et décideront si oui ou non ils ont envie de vadrouiller dans la galaxie sauvage.

— Ouais, c'est sûr, tu as raison. C'est juste que, moi, ça m'emballerait bien.

— J'avais compris, chéri. Je serai heureuse d'en reparler un peu plus tard. Disons dans une quinzaine d'années.

— Ah ! D'accord... Ce ne sera sans doute pas la seule tentative de colonisation intergalactique. Je pense que nous nous préparons à entrer dans un véritable âge d'or. L'invasion primienne pourrait bien être la meilleure chose qui nous soit arrivée depuis longtemps. On stagnait, tu comprends ? Imagine des flottes entières envoyées dans l'inconnu. Oui, je suis certain que l'humanité finira par devenir transgalactique. Ce serait génial, non ?

Liz eut un sourire tolérant.

— J'oublie toujours à quel point tu es jeune.

— Tu veux dire que tu ne partirais pas ? demanda Mark, surpris et un brin mécontent.

— Pour être tout à fait honnête, disons que c'est une idée qui ne m'a jamais traversé l'esprit. Rends-moi service : ne parle pas de cela aux enfants. Leur monde est assez instable comme cela. Inutile de leur mettre dans la tête des idées aussi folles.

— Quelles idées ? demanda Barry, qui se tenait dans l'encadrement de la porte, le manteau à la main.

— Je t'expliquerai plus tard, dit automatiquement Mark. Quand ta mère ne sera pas là, ajouta-t-il avec un clin d'œil.

— Tu n'as pas intérêt ! gronda Liz.

Barry gloussa joyeusement.

— D'accord, papa, ouais ! cria-t-il en s'en allant à toutes jambes. Hé, Sandy, je sais quelque chose que tu ne sais pas !

— Quoi ? demanda la petite fille d'une voix plaintive.

— Je ne te le dirai pas.

— Méchant !

Liz sourit et roula des yeux.

— La journée va être longue.

* * *

Mark dut emprunter un Ford Trailmaster7 au garage. Ils s'empilèrent tous à l'intérieur et Panda monta à l'arrière. Il sortit du vaste lotissement et se dirigea vers la route périphérique. Les chantiers civils étaient tous terminés ; la ville avait atteint sa taille définitive. Elle accueillait douze mille techniciens, scientifiques et ingénieurs, qui travaillaient dans les chantiers orbitaux, ainsi que les équipages des futurs vaisseaux.

Dans le ciel violet délavé brillait un soleil puissant, dont les rayons se reflétaient sur les panneaux en matériau composite des bâtiments de la ville. Le sol était constitué de sable et de gravillons. Pas une plante en vue. Personne n'avait de jardin. Les végétaux de type terrien étaient interdits. Des centaines de robots jardiniers modifiés sillonnaient la ville sans arrêt et vaporisaient un peu partout des inhibiteurs biologiques destinés à prévenir toute propagation de végétaux. Les eaux usées et les ordures ménagères étaient transportées sur Cressat, puis sur Augusta. Rien ne devait contaminer cet environnement préservé.

Comme Mark accélérait sur la voie express, Liz fit la moue en examinant la ville.

— Cet endroit me rappelle Gaczyna, dit-elle tandis qu'ils dépassaient un *Bab's Kebab*, situé à l'extrémité d'une rue commerçante.

—Quoi?

—C'était un centre d'entraînement pour les espions durant la guerre froide. Une ville artificielle, une réplique supposée de cité américaine, où les agents pouvaient se familiariser avec la vie en Occident. Ici, c'est un peu la même chose: une réplique du Commonwealth. On y trouve tout ce qui fait notre quotidien, sauf que rien n'est authentique.

—La Dynastie fait de son mieux pour que nous soyons à l'aise.

—Oui, chéri, je sais. Ce n'était pas une critique, juste une observation.

Mark hocha la tête et se concentra sur la conduite. Liz l'inquiétait de plus en plus. Elle déprimait depuis qu'il était impliqué dans ce projet, et il ne savait pas comment réagir. Habituellement, elle était toujours joyeuse, faisait montre d'un optimisme à toute épreuve, sur lequel il lui était possible de s'appuyer. Il avait prévu de lui parler aujourd'hui, mais ses critiques et grimaces ne lui disaient rien qui vaille. Toutefois, il comprenait cette comparaison avec Gaczyna. Jamais il n'avait vu autant de robots. Les seules personnes autorisées à vivre ici étaient celles qui travaillaient sur le projet. Il n'y avait pas d'économie de services; *Bab's Kebab* et toutes les boutiques qu'ils avaient croisées étaient automatisées. Quand un robot tombait en panne, il n'était pas réparé sur place, car cela aurait nécessité une industrie secondaire et donc des gens extérieurs au projet. Il avait d'ailleurs vu des camions entiers de robots défectueux partir pour Augusta. C'était un système extrêmement onéreux, mais c'était la seule manière de garantir la sécurité et le secret exigés par Nigel Sheldon.

Ils quittèrent la voie express et s'engagèrent sur une piste qui traversait les collines surplombant la ville, derrière la centrale à fusion. Rester derrière le volant, conduire manuellement, plaisait beaucoup à Mark. En dehors de la ville et de sa grille de voies bien régulières, il n'y avait pas de vraies routes sur cette planète. Les pistes avaient été tracées par ceux des résidents qui se sentaient une âme d'explorateur. Il prit à gauche à la première fourche, puis à droite, respectant l'itinéraire qu'on lui avait indiqué. Les pneus du pick-up soulevaient beaucoup de poussière, contribuaient à creuser des sillons déjà profonds.

Une heure plus tard, ils arrivèrent au lac. Depuis plusieurs kilomètres, le sable avait disparu au profit de la roche nue. Tout autour d'eux se succédaient les pentes abruptes des pics. Il n'y avait ni ruisseaux, ni traces d'érosion par l'eau. L'atmosphère était encore jeune. La pluie emportait le sable vers les plaines, d'où il glissait laborieusement vers les océans peu profonds. À cette altitude, l'eau ruisselait sur les bosses et les strates de roches intactes, avant de s'accumuler dans des bassins et creux naturels. Le lac était un ovale long rempli à ras bord. Lorsqu'il pleuvait, il débordait par-dessus une falaise de granite noir située à son extrémité est.

— Comme l'eau est claire ! s'exclama Barry.

À part de modestes ondulations dans lesquelles se reflétait le ciel de velours, il n'y avait pas de mouvements. On distinguait le fond rocheux et abrupt.

— On dirait le Trine'ba, ajouta le garçon en souriant.

— Presque, acquiesça Liz. Allez, tous en maillot.

Ils entrèrent tous les quatre dans l'eau glacée. Leurs voix transpercèrent l'air pur de la montagne et se répercutèrent sur les parois élevées et plissées qui les entouraient.

— Les poissons me manquent, confessa Sandy en s'éloignant précautionneusement de la rive.

Mark l'avait obligée à mettre des ailes gonflables derrière son dos. Pour une fois, elle avait accepté de bonne grâce.

—Pas de poissons, pas d'algues, dit-il à Liz.

C'était étrange. Normalement, on associait l'eau à la vie. Ici, c'était tout le contraire.

—Cela viendra, rétorqua-t-elle. Chaque fois que quelqu'un nage dans cette eau, il y laisse des bactéries. D'ici une centaine d'années, ce lac sera un véritable bouillon de culture, la plus grosse boîte de Petri de cette planète. Boîte qui ne manquera pas de déborder et de déverser ses bestioles nouvelles chaque fois qu'il pleuvra.

—On laisse toujours une trace de notre passage, pas vrai ?

—Effectivement. C'est cela l'évolution à l'échelle galactique. Une planète produit des formes de vie intelligente qui apprennent à voyager dans l'espace et répandent leur ADN dans les étoiles. L'évolution est une guerre sans merci.

—Tu décris l'hypothèse de Gaia.

—En quelque sorte, oui. Je suppose que les Primiens en sont conscients à un niveau animal, instinctif. Le fait est qu'ils avaient l'intention de modifier Elan à leur image. Tu as vu comme moi cette bioraffinerie construite en périphérie de Randtown.

—Ceux qui avaient construit le champ de force le savaient, eux aussi ?

—Oui. C'était un genre de barrière à lapins géante, comme celles érigées par les colons australiens. Et nous, on a débarqué avec notre pince coupante galactique. Qu'est-ce qu'on a pu être bêtes. Peut-être l'évolution a-t-elle trouvé là le moyen de nous faire comprendre que nous étions obsolètes.

Mark se leva doucement sur la roche glissante et commença à patauger.

—Nous ne sommes pas bêtes, nous avons des principes. Moi, je suis fier de ce que nous sommes, collectivement.

—J'espère que tu as raison, chéri, dit Liz en sortant de

l'eau et en s'enveloppant aussitôt dans une serviette. Les enfants ! Plus que cinq minutes.

Ils étaient à plusieurs mètres de la berge et jouaient à s'éclabousser. Panda était là, elle aussi. Barry leur fit signe de la main.

Mark ouvrit deux canettes de chocolat autochauffantes, attendit qu'elles fussent prêtes et en tendit une à Liz.

— Tiens.

— Merci, dit-elle en l'embrassant furtivement.

— J'ai un nouveau poste, lâcha-t-il brusquement.

— Tu changes encore de boulot ?

— Oui, je vais travailler à une autre partie du projet.

Il leva la tête. L'une des fleurs de l'espace se levait lentement au-dessus de la ligne d'horizon. Comme au premier jour, ces formes de vie incroyablement massives lui donnaient la chair de poule. Dire qu'il existait une civilisation capable de produire des choses aussi gigantesques pour le plaisir, par défi. C'était tellement excitant. Voilà le genre d'objectif que devrait se fixer l'espèce humaine, au lieu de tout miser sur une vulgaire compétition commerciale, comme le faisait le Commonwealth.

— Que veux-tu dire par là ? demanda Liz d'une voix soudain glaciale.

— La Dynastie ne fait pas uniquement bâtir des arches, là-haut. Une flotte aussi importante ne peut pas se permettre de voler dans des contrées inconnues sans aucune protection, Liz.

— Mon Dieu ! cracha-t-elle avec mépris. J'aurais dû m'en douter ; ils construisent des navires de guerre.

— Des frégates. Elles seront plus petites et plus rapides que les engins de type Moscou. Le réacteur est différent, lui aussi. Mais je n'en sais pas plus. Quant aux armes, on ne nous a encore rien dit.

— Tu m'étonnes ! Et toi, qu'est-ce que tu leur as répondu ?

Mark avala une grande gorgée de chocolat et en profita pour remettre de l'ordre dans ses pensées. Il détestait se disputer avec Liz. Principalement parce que, à ce jeu-là, elle était bien meilleure que lui.

—Ce n'est pas le genre de boulot où tu as le choix de ton poste, tu le sais bien.

—Certes. Toutefois, je n'aimerais pas que tu fabriques des armes.

—En fait, je vais travailler sur la chaîne d'assemblage, pas sur les armes. Ils utilisent des méthodes différentes, cette fois. Les plates-formes seront intégrées aux stations qui accueillent les portails. Les composants arriveront séparément pour être directement assemblés en orbite.

—Super, encore un bond en avant technologique.

—Liz, commença-t-il, accusateur. Nous sommes en guerre. Et, d'après ce que j'en sais, nous pourrions très bien ne pas gagner à la fin. Vraiment.

Elle s'assit sur un gros caillou et se perdit dans la contemplation de sa canette.

—Je sais. Je suis désolée de faire des histoires. C'est juste que... Je me sens impuissante.

—Eh ! fit-il en enroulant son bras autour de ses épaules. N'oublie pas que c'est toi qui es censée me soutenir et pas le contraire. On était d'accord, non ?

Elle sourit faiblement et serra sa main dans la sienne.

—Cela ne faisait pas partie du contrat, il me semble.

—Alors, dis-moi, cela ne te dérange pas ?

—Je crois que non.

—Merci. C'est très important pour moi.

—Je suis si heureuse de t'avoir, dit Liz en le tirant vers elle. Je ne voudrais être avec personne d'autre que toi.

—Moi aussi, je suis content de pouvoir affronter ce qui nous arrive en ta compagnie. Et puis, il y a les petits, ajouta-t-il en désignant les enfants. En tout cas, les frégates sont au bout de la route. Depuis qu'on a quitté Elan, on a été trimbalés dans tous les sens. Mais là, je te le promets, c'est la dernière fois. Plus de surprise.

— J'espère que tu as raison, chéri. Je l'espère vraiment.

* * *

Les pommeaux de douche crachaient de l'eau avec force, au point que les jets en étaient presque douloureux. Mellanie n'avait pas besoin de se retourner, car l'eau venait de tous les côtés et à toutes les hauteurs. La mousse glissait sur son corps, tandis que l'ordinateur de la cabine mélangeait pour elle du savon à ses parfums préférés. Après la douche brûlante, l'eau se refroidit pour la tonifier. Puis elle cessa de couler et céda la place à une soufflerie, qui chassa toute trace d'humidité de son corps et de ses cheveux.

Elle s'enveloppa dans une grande serviette violette et crème et se rendit dans la chambre à coucher de la suite. Michelangelo était toujours allongé sur le grand lit. Sans bouger d'un millimètre, il la regarda s'habiller.

— Je suis vraiment heureux que tu aies quitté Baron, dit-il. Ç'aurait été du gâchis ; cette salope est froide comme un glaçon.

Mellanie le gratifia d'un sourire méchant.

— C'est vrai que notre relation est enviable. Tellement intense, profonde.

— Au pieu, tu es super. Et tu le sais. Une vraie pile atomique.

— Il faut dire que j'ai un bon professeur.

— Ouais ?

On aurait presque dit qu'il était intimidé, qu'il avait besoin d'être rassuré.

— Vous voyez, je continue de vous rendre régulièrement

visite, alors que je n'en ai plus vraiment besoin, puisque ma place, dans ce show, est désormais garantie. Mais j'aime ça. Beaucoup.

L'homme émit une sorte de grognement. Il roula sur le matelas et repoussa en arrière ses longs cheveux aux mèches colorées. Mellanie ne put s'empêcher de s'attarder sur son corps. Apollon était descendu de l'Olympe pour se mêler aux mortels.

— Je m'interroge : qu'est-ce que tu veux au juste ?

Elle sourit et enfila son haut asymétrique.

— Votre boulot.

— Tu sais, si une stagiaire de ton âge m'avait dit cela, j'aurais gentiment souri – la naïveté m'attendrit parfois. Mais là, bizarrement, je ne trouve pas cela drôle du tout.

— Évitez de piétiner aujourd'hui celui à qui vous apporterez son café demain.

— Exactement.

— Admettez quand même que je me suis bien débrouillée sur cette histoire de vaisseaux-arches.

— Jamais je n'avais vu un Halgarth de haut rang chier dans son froc de cette façon. Félicitations !

— Noir, un sucre.

— Tu n'es pas si bonne que cela, dit-il en fronçant les sourcils. Pas encore.

— Je sais. Je veux absolument des images des vaisseaux des Sheldon. Ce serait une véritable bombe. Dire que tout le monde attend le retour des navires envoyés détruire la Porte de l'enfer…

Il la regarda longuement d'un air pensif.

— Où en es-tu dans cette autre histoire ?

— Le scandale financier ? Pas bien loin, répondit-elle en soupirant. Les pistes se sont effacées depuis longtemps. Par ailleurs, les autorités commencent à s'y intéresser. À quoi bon travailler sur le même dossier que tout le monde ? Notre dieu se nomme « exclusivité ». C'est vous qui me l'avez dit quand je suis arrivée. Je n'ai pas oublié.

—Ouais, fit-il en opinant lentement du chef.

—Alors, que dois-je faire ?

Elle le sentait réticent. Michelangelo rechignait souvent à prodiguer des conseils et à distribuer ses jokers.

—S'il vous plaît, insista-t-elle.

—D'accord. Leçon rapide : tu ne réfléchis pas convenablement à la question. Tu traques trois avocats en vue, qui sont censés être mouillés dans une affaire de blanchiment, c'est cela ?

—Oui.

Elle n'avait encore parlé à personne de l'Arpenteur. C'était trop tôt. Grâce à ce scoop-là, elle pourrait avoir son émission à elle. Peut-être même ses propres studios.

—Tu les pourchasses, ce qui est une erreur. C'est le boulot de la police. Et puis, ce sont des fugitifs ; ils doivent avoir préparé leur fuite et effacé toutes leurs traces. Un chasseur digne de ce nom fond sur sa proie en venant d'une direction complètement inattendue. Demande-toi plutôt ce que tu aurais fait à leur place.

Il la regarda de haut, attendit qu'elle trouve la bonne réponse.

—Je m'en serais remise à un syndicat du crime, à des gens capables de me protéger.

—Pas mal. Pour commencer, dans un cas comme celui-ci, on a besoin de changer d'identité. Et je ne parle pas seulement d'une falsification des registres, d'un effacement de mémoire et d'un nouveau visage. S'ils ont piqué autant d'argent que tu le dis, le bureau de Régulation financière ne lâchera pas le morceau avant au moins dix siècles. Non, ce qu'ils veulent, c'est pouvoir claquer leur pognon librement sans avoir à regarder constamment par-dessus leur épaule. Et pour cela, un simple reprofilage cellulaire ne suffit pas.

Leur ADN est fiché et le BRF sera toujours en mesure de les identifier. En conclusion de quoi ils ne pourront pas s'en sortir à moins d'une modification en profondeur de leur code génétique.

—C'est possible?

—Merde, je n'arrive jamais à savoir si tu te moques de moi ou non. Il s'agit d'un traitement semblable aux rajeunissements que nous subissons tous. En gros, la clinique altère ton ADN de façon définitive. Quand tu sors de ta cuve, tu n'es tout simplement plus la même personne. Une fois cette corvée accomplie, une fois ton faux certificat de naissance en ligne et ton CV recréé, tu es libre de dépenser ton pognon sans te faire remarquer.

—Où peut-on bénéficier d'un tel traitement?

—À moins de posséder tes propres installations biomédicales, il n'existe qu'un endroit pour cela: Illuminatus. Il y a beaucoup d'établissements très spécialisés et discrets, là-bas.

—Je dois absolument m'y rendre.

—Je savais que tu dirais cela. Même si tu y allais, comment t'y prendrais-tu pour dégotter les cliniques? Elles n'affichent pas leur adresse dans des publicités.

—Je les trouverai.

Michelangelo soupira de manière théâtrale.

—Il y a une semaine de cela, trois personnes – deux hommes et une femme – ont été admises à la clinique Saffron, sur Allwyn Street. Je ne connais pas leur nom, mais le calendrier coïncide. J'ai des contacts, ajouta-t-il avec une moue hésitante. N'oublie pas que je suis toujours le numéro un, ici.

—Merci, dit-elle, sincère.

—Mellanie, fais attention. Illuminatus n'est pas le coin le plus sûr du Commonwealth.

* * *

De fins rais de lumière balayèrent le visage d'Ozzie et le réveillèrent. Il grogna, mécontent. La déception de la veille était toujours présente dans son esprit et l'avait rendu apathique. Il était installé dans le confort de son sac de couchage et sentait l'air frais sur son visage. Se lever lui demanderait véritablement un effort.

— Fait chier.

Toutefois, rester allonger à broyer du noir n'était pas la solution. Cela reviendrait à admettre la défaite, ce qu'il n'était pas prêt à accepter. Pas encore, en tout cas.

Il défit la fermeture de son sac, s'étira longuement et frissonna. En tout et pour tout, il portait un short et son dernier tee-shirt non rapiécé. Sans regarder, il fouilla autour de lui, trouva son pantalon, qu'il enfila sans se lever. Quand il passa sa chemise à carreaux, des coutures lâchèrent le long de la manche.

— Encore !

Il examina la chemise. Cela ne paraissait pas très grave.

Il mit également sa bonne vieille peau de mouton pour se protéger du froid pendant qu'il lacerait ses chaussures. Ses orteils pointaient au bout de ses chaussettes. Décidément, cette journée serait réservée au rapiéçage. Il regarda ses pieds de plus près. Les meurtrissures s'étaient estompées. Elles avaient même complètement disparu. Pourtant, il ne se rappelait pas s'être passé du baume après avoir donné ces coups de pied jouissifs dans le pilier.

À l'extérieur de leur abri, Orion s'était déjà occupé de rallumer le feu. Deux tasses en métal remplies d'eau étaient suspendus au-dessus des flammes. Le gamin leva la tête et sourit.

— Plus que cinq cubes de thé et deux de chocolat. Qu'est-ce que vous prendrez ?

— Diantre, faisons-nous un peu… Quoi ?

— Thé ou chocolat ?

— Je croyais qu'on avait fini le chocolat hier ?

Orion fouilla bruyamment dans les paquets répandus autour de lui et en sortit plusieurs cubes, qu'il posa sur la paume de sa main. Ils étaient tous enveloppés dans du papier métallique. Cinq argentés, deux dorés avec des bandes vertes.

— Non, c'est du Bournville, avec double dose de crème – votre préféré.

— Ah, oui ! Désolé. Ouais, du chocolat, ce sera parfait, dit-il en s'asseyant sur un polype et en grimaçant à cause de sa jambe douloureuse.

— Comment va votre genou ? demanda le garçon.

C'est une blague ?

— Encore un peu raide. Où est Tochee ?

— Parti chercher de l'eau. Cette nuit, il a exploré les environs à la recherche des machines qui font fonctionner cet endroit.

— Pourquoi ?

— Comment cela ? C'est vous qui avez dit qu'il fallait trouver un générateur de gravité.

— Sauf que nous savons qu'il n'y a aucune activité électrique sur le récif. Aucune activité détectable, en tout cas.

— Il faut dire qu'on n'a pas encore vraiment cherché. Et puis, vous avez demandé à Tochee de se servir de son senseur quand on était dans la jungle.

— Ouais. Il y a deux jours de cela. Mais à quoi bon ? Je veux dire, s'il n'y avait rien à proximité de ce numéro de série, je ne vois pas pourquoi il y aurait quelque chose au milieu des arbres.

Orion arrêta de déballer le second cube de chocolat.

— Le numéro de série ?

— Ouais ! fit Ozzie, sarcastique. Ce gros pilier noir dans la clairière, et moi qui me fous en rogne devant ; ça te revient, maintenant ?

— Ozzie, de quoi parlez-vous ?

— Hier. Le Pilier.

— Hier, nous avons marché jusqu'à la jetée, de l'autre côté du récif.

— Non, non, mec, ça, c'était avant-hier. Hier, on a trouvé le numéro de série.

— Sur la jetée ? Je ne savais pas.

— Mais non, pas sur la jetée. Hier. Le pilier dans la clairière. Qu'est-ce qui te prend ?

Orion prit un air boudeur et fit la moue.

— Hier, je suis allé à la jetée. Vous, je ne sais pas.

Ozzie prit le temps de réfléchir. Le garçon n'avait pas l'habitude de se moquer de lui de la sorte. Il paraissait réellement sincère.

Tochee émergea de la jungle. Il tenait divers récipients remplis d'eau.

— Bonjour, ami Ozzie, dit-il par l'intermédiaire de l'ordinateur de poche.

— Vous n'avez rien trouvé, pas vrai ? dit Ozzie. Votre capteur n'a détecté aucune activité électrique. Et vous avez fait cinq kilomètres dans cette direction, ajouta-t-il en pointant son index.

— C'est exact, ami Ozzie. Comment le savez-vous ?

— J'ai deviné.

Le rasta demanda à son assistant virtuel de sortir le dossier de la veille. La liste de ses enregistrements visuels et électroniques apparut devant ses yeux. La marche le long de la côte, la découverte de la jetée.

— Je veux voir tous les dossiers des cinq derniers jours.

Il n'y avait rien concernant le pilier noir et le numéro de série.

— Merde !

Il défit son lacet, retira sa chaussure et entreprit d'examiner de près l'endroit où auraient dû se trouver les meurtrissures. Il n'y avait même pas une égratignure.

— Bon, soyons simples et directs : aucun d'entre vous ne se rappelle avoir marché jusqu'au centre du récif ?

— Non, répondit Tochee. Je n'y suis pas allé, mais je pense que ce serait une excellente idée. Nous aurions de grandes chances de trouver un tunnel d'accès menant aux machines qui se cachent là-dessous. Il n'y aurait pas plus court, comme chemin.

— En effet. Alors, allons-y !

Il enfila sa botte et se leva. Orion brandit son quart bosselé.

— Eh, vous ne voulez pas de votre chocolat ?

— Ah, si, bien sûr ! Au fait, vous n'avez pas fait des rêves étranges ces derniers temps ?

— Nan, répondit le garçon. Juste les rêves habituels. Des filles et tout ça, ajouta-t-il, morose.

Ozzie passa devant et marcha d'un bon pas. Il suivait le chemin indiqué par le navigateur de son ordinateur de poche et s'enfonçait dans les profondeurs du récif. Comme la fois précédente, ils croisèrent des arbres toujours plus grands. Aujourd'hui, pourtant, aucune lumière diffuse ne baignait les troncs anciens.

— Elle devrait être quelque part par là, dit-il à voix haute, comme ils traversaient la zone centrale pour la troisième fois.

— Qui ? demanda Orion, qui le regardait avec méfiance depuis qu'ils avaient quitté le camp.

— Il y a une clairière au centre du récif.

— Comment le savez-vous ?

Parce que, tout comme toi, je m'y suis rendu hier.

— Je l'ai vue pendant notre approche.

Il s'arrêta et demanda à son assistant virtuel d'afficher tous les fichiers enregistrés depuis l'*Éclaireur* durant la phase d'approche du récif. Sur les images, il n'y avait aucune trouée dans la jungle, aucune clairière centrale.

Ozzie s'immobilisa au pied d'un arbre caoutchouteux et sphérique. Il s'appuya contre de vieilles branches desséchées, autrefois élastiques. *Bon, soit je suis en plein délire, soit quelqu'un a piraté mon ordinateur. Orion et Tochee ne se rappellent rien, donc je suis fou. J'ai peut-être eu une hallucination. Ou une vision. Mais pourquoi m'a-t-on montré cet endroit ?*

Il examina le sol plongé dans la pénombre, avec ses polypes craquelés et sa terre poussiéreuse. Aucune trace de passage dans la couche meuble. Il activa tous ses senseurs et fit un tour sur lui-même. Le calme plat, sur tous les spectres.

— Je n'y comprends rien, dit-il en s'attendant à moitié à ce qu'une voix d'outre-tombe lui réponde depuis la canopée invisible.

— Ami Ozzie, je ne vois pas de clairière.

— Moi non plus. Les images doivent avoir été perdues quand nous nous sommes posés. L'ordinateur a pris quelques coups.

— On peut rentrer, maintenant ? demanda Orion. Je n'aime pas cet endroit. C'est lugubre, mort.

— Bien sûr.

Ozzie était beaucoup plus joyeux qu'il aurait dû l'être. *Il se passe quelque chose. Dommage que je ne sache pas quoi.*

* * *

Il s'agissait d'une tâche ingrate, mais Lucius Lee commençait à avoir l'habitude. Trois mois plus tôt, il avait été nommé inspecteur stagiaire au commissariat de

NorthHarbour. Depuis, il n'avait rien fait d'autre que sortir et classer rapports et dossiers pour les inspecteurs qu'il était supposé assister pendant une année entière. Lorsqu'il leur arrivait d'aller tous les trois sur le terrain, c'était à lui qu'il incombait d'effectuer tous les travaux barbants, comme faire l'inventaire des objets présents sur les lieux des crimes, diriger les robots scientifiques ou prendre les dépositions des témoins les moins importants. Quand ils organisaient une planque, c'était également à lui qu'on confiait les tours de garde nocturnes. Comme en ce moment. Il était 4 h 20, et il était assis dans une vieille Ford Feisha toute déglinguée dans le parking souterrain de l'immeuble *Chantex.* Il avait l'impression de se trouver dans une caverne de béton éclairée par des bandes polyphotos vertes, qui attendaient d'être changées depuis des lustres. Il y avait quinze autres véhicules au même étage. Des véhicules qu'il commençait à connaître intimement.

Il se demandait encore pourquoi ils ne s'étaient pas contentés de poser un capteur furtif et de se tailler. Marhol, le sergent qui était son mentor officiel, avait dit que cela lui ferait une expérience de plus. Quelle connerie !

La véritable raison était vieille comme le monde. Cela le faisait gentiment sourire. Une bande de voyous s'amusait à piquer des bagnoles de luxe dans le quartier. Manque de bol, une de ces caisses appartenait à la riche petite amie du fils d'un conseiller. En conséquence de quoi la mairie exigeait des résultats. Ce que des systèmes automatisés n'auraient pu obtenir assez rapidement. Voilà pourquoi il était là. Marhol avait eu le tuyau grâce à un de ses informateurs douteux. Un pote de bistrot plus qu'une source sûre.

Marhol avait traîné Lucius dans un bar – sans doute pour qu'il puisse témoigner du versement de l'argent à l'informateur. Voilà pourquoi il passait la nuit ici : parce que ce type à peine majeur et camé jusqu'aux yeux leur avait dit que les voitures étaient désossées par le gang des Stuhawks, de SouthCentral. Il pouvait effectivement l'affirmer, puisque le gang auquel il appartenait, les JiKs – qui, pour ainsi dire, possédaient le quartier – n'était pas dans le coup. Apparemment, les Stuhawks avaient une dette envers un certain syndicat, qui leur avait fourni un mécano et une liste de courses très précise. Eux apportaient l'énergie et le muscle. Sauf qu'ils chassaient les bagnoles de NorthHarbour et que ce n'était pas leur quartier, leur territoire.

Pour ces informations bidon, le contribuable de Tridelta City avait payé une semaine de bière à Marhol.

4 h 21. Les portes de l'ascenseur s'ouvrirent ; un homme émergea de la cabine. Il était plus petit que la moyenne, surtout en cet âge où, à chaque rajeunissement, on pouvait vous ajouter plusieurs centimètres à moindres frais. Maigrichon, aussi. Sa chemisette à manches courtes révélait ses bras osseux. En comparaison, ses mains sales étaient disproportionnées, énormes. À première vue, on lui donnait cinquante ans, pas plus – ce type vivait pour la première fois, sans doute. Lucius l'examina plus attentivement. L'homme semblait confiant ; il arpentait le béton du parking comme le patriarche d'une Dynastie entrant dans son harem. Il paraissait également frais et dispos. Le contraire d'un type qui terminerait une nuit de travail.

La respiration de Lucius s'accéléra. L'homme n'avait rien d'un gangster de pacotille, ni d'un jeunot inexpérimenté. Cette assurance froide était l'apanage des centenaires. Peut-être l'informateur n'avait-il pas raconté d'histoires. Peut-être les Stuhawks faisaient-ils le sale boulot pour un syndicat important. Lucius se sentit soudain très intéressé.

Le mécano se dirigea vers une Mercedes FX 3000p noire, une berline luxueuse qui coûtait plus de cent mille dollars terriens. À ce prix-là, on avait droit à un système de sécurité des plus performants et à un ordinateur de bord équipé d'une quasi-IR. Impossible de la démarrer sans l'autorisation du propriétaire.

Lucius attendrait que l'homme essaie de forcer le véhicule. À ce moment-là seulement, il l'arrêterait. Par chance, il n'y avait pas de Stuhawks dans les parages. Une arrestation rapide suivie d'un interrogatoire efficace – voilà le genre de boulot qui plairait au conseiller. Toutefois, Lucius ne se faisait aucune illusion ; les lauriers seraient pour Marhol, pas pour lui.

Le mécanicien fit lentement le tour du véhicule, l'examina d'un air approbateur et respectueux. Le policier était impressionné par tant d'audace. Le gars n'espérait tout de même pas trafiquer cette Merco ? Alors, l'inspecteur stagiaire se souvint d'un message d'alerte reçu par le commissariat il y avait longtemps de cela : un mécano de supercatégorie était attendu dans le quartier. Celui-ci jouait manifestement en première division, ne serait-ce que dans le championnat d'arrogance. Lucius demanda à son assistant virtuel de lui ressortir ce dossier.

Juste au moment où il s'apprêtait à poser la main sur la serrure tactile de la Merco, l'homme se figea. Le policier retint son souffle. Le mécanicien jeta un regard circulaire sur le parking quasi désert, s'arrêta sur la Ford Feisha. Ses lèvres dessinèrent un sourire sec. Il commença à marcher.

—Merde, marmonna Lucius.

Impossible de voir à travers les vitres sécurisées de la Ford, même avec des implants de dernière génération. Et pourtant, le mécano semblait avoir détecté sa présence. Lucius dégaina son pistolet ionique et défit le cran de sûreté. C'est à ce moment-là qu'il comprit qu'il s'était trahi en se connectant à l'unisphère. Bien que codée par des programmes de la police, l'émission électronique avait tout de même quitté le véhicule. Dans un parking désert. Au petit matin.

Génial, Lucius, se dit-il à lui-même. Tu es vraiment un as.

Comme il n'était pas à cela près, son assistant virtuel téléchargea le dossier qu'il avait demandé : le renseignement de la Marine voulait interroger Robin Beard, un criminel bien connu, spécialisé dans le recel de voitures. Un grand nombre de données biographiques défilèrent dans le champ de vision de l'inspecteur stagiaire. Accompagnées de plusieurs photos. Malgré quelques menues différences, il s'agissait bien de l'homme qui ne se trouvait plus qu'à trois mètres du capot.

Jusque-là, Beard n'avait sorti aucune arme. Lucius serra encore plus fort son pistolet ionique.

Beard sourit en plongeant le regard dans le pare-brise noir antireflet de la Ford et mit la main sur la serrure tactile. Ses tatouages s'activèrent et son avant-bras tout entier s'illumina de rouge et de vert.

Un vilain bruit métallique résonna dans la voiture et fit sursauter Lucius. Les serrures venaient de se fermer. Trois lumières rouges clignotaient sur le tableau de bord et une étrange odeur de brûlé emplissait l'habitacle.

— Si j'étais vous, dit Beard, je ferais très attention à ce que je touche. Les batteries à supraconducteurs de votre voiture fonctionnent mal. Elles sont directement reliées au châssis. Ne posez la main sur aucune partie métallique. Oh ! et évitez aussi d'ioniser votre atmosphère confinée ; vous risqueriez de recevoir une décharge. Prenons un exemple au hasard : une décharge ionique qui transperce la vitre. La personne qui tiendrait ce coupable pistolet serait instantanément grillée. Vous avez déjà vu les effets de la foudre sur un être vivant ? J'ai entendu dire que les yeux bouillaient dans leurs orbites et que la langue devenait noire comme du charbon.

Les doigts de Lucius se desserrèrent et le pistolet tomba bruyamment sur le sol. Il sursauta.

Robin Beard entendit le bruit étouffé et sourit.

—Ne vous en faites pas, les batteries sont presque déchargées. Elles devraient tenir jusqu'à midi environ.

Il tourna les talons et se dirigea vers la Mercedes noire.

Une icône d'alerte rouge apparut dans la vision virtuelle de Lucius, l'informant que sa connexion à l'unisphère venait d'être coupée. Le policier vit l'homme appliquer la paume de sa main sur le capteur de la luxueuse voiture. La portière s'ouvrit, ce qui ne surprit aucunement le jeune homme. Moins de trente secondes plus tard, la Merco s'engagea avec souplesse sur la rampe du parking et sortit dans la nuit magnifique d'Illuminatus.

* * *

Le jour où les vaisseaux étaient censés atteindre le système de la Porte de l'enfer, la Marine accentua son observation des vingt-trois planètes perdues. Installé dans son bureau blanc, Wilson passait en revue les données à mesure qu'elles lui arrivaient. Anna était là aussi, qui jouait le rôle d'officier des communications. Oscar et Rafael complétaient le contingent de la Marine. Étaient également présents l'envoyée du Sénat Justine Burnelli – assise aussi loin de Rafael que possible –, Patricia Kantil, qui représentait l'exécutif –, la présidente Doi, virtuellement là grâce à une liaison sécurisée –, et Nigel Sheldon, qui était sans doute en contact avec les autres chefs de Dynastie ; Wilson ne le lui avait pas demandé. Dimitri Leopoldovich arriva avec quelques minutes de retard et prit place à côté de Patricia. Il ignora ostensiblement l'accueil particulièrement froid que lui réservèrent les officiers de la Marine.

Des trous de ver furent ouverts au-dessus des vingt-trois. Ils étaient du même type que ceux utilisés pour communiquer avec les troupes présentes au sol. Cette fois-ci, ils apparurent à des distances beaucoup plus importantes

– plusieurs millions de kilomètres –, hors de portée des défenses orbitales primiennes. Des senseurs jaillirent dans l'espace-temps et se mirent à la recherche de distorsions quantiques caractéristiques. Ils détectèrent un total de huit cent soixante-quatre trous de ver reliés au système de la Porte de l'enfer.

—Je croyais que nos troupes avaient détruit plusieurs portails planétaires, dit Patricia.

—Vingt-sept à ce jour, confirma Rafael. En moyenne, il faut aux Primiens trois jours pour les rouvrir et assembler un nouveau mécanisme de portail.

—Quelles sont nos pertes ?

—Cent dix-sept morts, annonça fièrement Wilson. C'est beaucoup moins que ce que nous avions prévu. Nous infligeons beaucoup de dégâts aux Primiens.

—Disons que nous monopolisons une partie de leurs ressources, intervint Dimitri. Nous ne causons pas réellement de dommages sérieux.

Rafael lui lança un regard de glace.

Quatre-vingt-dix minutes avant l'heure prévue de l'attaque, sept cent soixante-douze trous de ver primiens se refermèrent.

—Nom de Dieu ! s'exclama Oscar.

Il s'était à moitié levé, comme pour se rapprocher des données affichées dans une bonne moitié de la salle par le moniteur holographique. Wilson, quant à lui, arborait un franc sourire.

—C'est trop tôt pour ouvrir le champagne, non ? s'enquit Rafael d'un ton léger en se tournant vers Wilson.

—On a réussi ? s'enthousiasma Patricia.

—Non, répondit fermement Dimitri en étudiant les données. Il reste exactement quatre trous de ver sur chacune des planètes. Nous savons que les Primiens confèrent beaucoup d'importance à ce nombre. C'est donc forcément délibéré. Ils continuent de communiquer avec leurs nouvelles colonies. En revanche, ils ont fermé eux-mêmes les autres trous de ver.

—Vous n'en savez rien, protesta Oscar.

—Si votre attaque avait été couronnée de succès, les vaisseaux auraient réussi à détruire la totalité des générateurs de trous de ver. Ce que nous avons sous les yeux est le résultat d'une décision stratégique et non la conséquence d'une attaque.

Wilson aurait voulu crier à Dimitri de fermer sa grande gueule. Il avait été tellement heureux de voir ces trous de ver disparaître. Ce dont il avait besoin aujourd'hui, c'était qu'on lui remonte le moral. Surtout maintenant qu'il savait la Marine compromise. Sauf que les arguments du scientifique de Petrograd étaient désagréablement logiques. *Ne tirons pas sur le messager…*

—Quand saura-t-on avec certitude ? demanda la présidente Doi.

—Très bientôt, dit Wilson avec un calme étudié.

Cinq heures plus tard, tous les trous de ver rouvrirent. Un murmure de consternation se propagea dans le bureau.

—Votre interprétation ? demanda Justine à Dimitri.

—Ils ont repoussé notre attaque, répondit l'homme pâle qui, pour une fois, avait l'air nerveux et se tamponnait le front avec un mouchoir. J'avais dit qu'ils mettraient en œuvre tous les moyens à leur disposition pour protéger cet avant-poste.

—Effectivement, confirma Rafael.

—Et maintenant ? interrogea la présidente d'une voix abattue.

—Nous avons besoin de comprendre ce qui est arrivé, dit Wilson.

—Ils nous ont eus, tonna Justine d'une voix pleine de colère et de peur en agitant le bras en direction de l'affichage. De cela, nous pouvons être certains.

— Je parlais des détails techniques, reprit Wilson. Comment s'y sont-ils pris ? C'est ce que nous devrons découvrir si nous voulons revenir avec une réponse adéquate.

— Nous ne pourrons pas communiquer avec les vaisseaux avant au moins cinq jours, intervint Nigel.

— S'il reste des vaisseaux, dit Dimitri.

— Ça suffit ! s'emporta Rafael.

Wilson leva la main pour calmer son collègue amiral.

— Je sais que c'est difficile ; nous avons envoyé nos amis se battre là-haut. Toutefois, nous nous devons d'être réalistes.

— Cinq jours, c'est beaucoup trop long, reprit Dimitri. Madame la présidente, il est impératif que nous équipions nos navires restants avec les armes élaborées par notre projet Seattle. Les Primiens ont la capacité de nous attaquer immédiatement. Et ils n'ont plus aucune raison de repousser à demain la deuxième phase de leur invasion.

— Oui, dit Doi. J'ai vu vos recommandations précédentes. Amiral Kime ?

— Madame la présidente ?

— Nous allons convoquer un cabinet de guerre par liaison ultrasécurisée dans trente minutes. Soyez prêt à présenter vos plans pour utiliser nos nouvelles armes et défendre le Commonwealth. À moins que quelqu'un ait une alternative à nous proposer.

— Très bien, madame la présidente.

— Doit-on prévenir les médias de notre échec ? demanda Justine.

— Non, répondit immédiatement Patricia. Nous ignorons ce qui s'est passé. La population craindrait forcément le pire et nous n'aurions aucun détail rassurant à lui fournir.

— Les programmes d'informations attendent un communiqué officiel.

— Certes. Dites-leur simplement que nous ne connaissons

pas l'issue du combat et que nous attendons le retour de nos vaisseaux.

—Ils vont se douter de quelque chose, dit Justine. Si l'attaque avait été un succès, nous serions déjà en train de le crier sur tous les toits.

—Nous avons cinq jours devant nous, rétorqua Patricia. Ce sera assez pour préparer le terrain. Il faudra agir avec circonspection pour éviter tout vent de panique.

* * *

Wilson n'arrivait pas à regarder Oscar dans les yeux. À l'exception de Rafael et de Justine, tout le monde était sorti. D'après Dimitri, les Primiens se concentreraient sur une parade aux missiles Douvoir, parce qu'ils les avaient déjà vus à l'œuvre. *Et si quelqu'un leur disait la vérité, leur racontait tout dans les moindres détails ? Je savais que la Marine était noyautée et je n'ai rien dit. Juste parce que j'avais peur de passer pour un imbécile.*

—Puisque vous êtes là, je vous dis tout de suite que je vais recommander l'application du projet Seattle, comme Dimitri l'a préconisé, expliqua-t-il à Rafael et Justine.

En priant pour que le secret soit bien gardé jusqu'au moment fatidique.

—Ce petit connard, grogna Rafael.

—Il ne s'est encore jamais trompé, rétorqua Wilson. Et il ne fait que son travail. Merde, si on avait écouté ses conseils et attaqué la Porte de l'enfer avec notre canon quantique, on n'en serait certainement pas là.

—Il ne sert à rien de réécrire l'Histoire, dit Rafael. Concentrons-nous plutôt sur les menaces immédiates.

—Ces menaces immédiates n'existeraient pas si nous avions usé de notre arme la plus puissante.

—Peut-être bien, mais rien n'est moins sûr !

— Il nous a juste manqué la volonté d'agir. La technologie, elle, ne nous a pas lâchés au dernier moment. Nous sommes tout simplement trop civilisés pour commettre un génocide.

— J'en suis heureuse, dit Justine. Le fait que nous rechignions à exterminer des créatures qui nous posent pourtant problème est caractéristique de notre espèce. En ce sens, nous leur sommes supérieurs, ce qui est une satisfaction en soi.

— Quand nous serons tous morts, cela ne fera aucune différence, lâcha Wilson avec colère.

Il faisait de son mieux pour tenter de dissimuler sa peur, mais se sentait pathétique. Il est vrai que l'échec de la mission était profondément démoralisant et ses implications encore plus choquantes. Dimitri avait raison : le moment était venu de faire face à l'impensable.

— Croyez-vous que Doi nous donnera la permission d'utiliser cette arme ? demanda la sénatrice.

— Sheldon, lui, nous la donnera, répondit Rafael. C'est un réaliste. De même que tous les leaders de Dynastie, d'ailleurs, qui ne manqueront pas de lui apporter leur soutien. Comme la plupart des autres, d'ailleurs. Personne ne s'attendait à ce que la mission d'aujourd'hui soit un échec total. Nous sommes en train d'accuser le coup. Très bientôt, la vérité nous sautera aux yeux, ajouta-t-il en secouant la tête à contrecœur. Dimitri et sa bande d'adolescents attardés avaient raison. Nous aurions dû prendre la menace bien plus au sérieux. Nous refusions de regarder la vérité en face.

Wilson faillit lui parler de ce qui s'était passé à bord de *Seconde Chance*, de l'Arpenteur, qui était manifestement bien réel. Toutefois, ce qui lui restait d'instinct politique lui commanda de se taire. *Lâche!* se cria-t-il intérieurement. Il aurait besoin de travailler avec Rafael dans les jours prochains ; c'était tout simplement une nécessité. Pour le bien de l'espèce humaine, ils n'avaient plus droit à l'erreur.

Cette dernière pensée lui envoya une onde glacée le long de l'échine.

* * *

Le scrutin dura une quinzaine de minutes. Il fut décidé à l'unanimité d'équiper les navires de la Marine de canons quantiques, afin de faire face à la prochaine attaque primienne.

9

Le jour où, deux siècles plus tôt, la division exploratoire de CST avait ouvert un trou de ver au-dessus d'Illuminatus, le centre des opérations tout entier avait été frappé de stupeur. Venait-on de découvrir la civilisation technologique ultime, une civilisation qui aurait urbanisé le moindre mètre carré de sa planète d'origine ? Juste en dessous de l'ouverture, la planète était suspendue dans l'espace noir. Normalement, il aurait dû être difficile de la distinguer. Les senseurs électroniques multiples, sensibles à tous les spectres imaginables, étaient justement conçus pour pallier les insuffisances de l'œil humain. Néanmoins, en règle générale, on avait bien du mal à voir le disque d'une planète dans les ténèbres interplanétaires. D'autant plus que la salle de contrôle était séparée du trou de ver par la chambre de confinement. Cette fois-ci, pourtant…

Chaque continent brillait d'une lueur bleu-vert, scintillait sous des rubans de nuages minces et mouvants. Seuls le sommet des montagnes et les pôles étaient noirs.

Le directeur des opérations fit déployer une parabole de l'autre côté du trou de ver et tenta d'entrer en contact avec les occupants de cette singulière cité planétaire. Étrangement, les fréquences électromagnétiques demeurèrent quasi silencieuses. Seules les harmonies distordues de l'ionosphère bombardée par le vent solaire étaient audibles. Alors, les capteurs entrèrent en action et entreprirent de construire une image de la planète. Il s'avéra que les lumières n'avaient rien de technologique. Elles étaient parfaitement naturelles, biologiques.

* * *

Chaque fois qu'Adam Elvin visitait Illuminatus, il oubliait de mettre dans sa valise quelques chemisettes en lin. De fait, elles ne correspondaient pas à son image d'animal urbain. Et puis, il avait du mal à associer ville et climat humide. On ne construisait pas de cités au milieu de la jungle. Ce n'était pas civilisé. Ni commercialement viable. Sauf ici.

Il sortit du hall climatisé de l'hôtel *Conomela* et se dit pour la énième fois qu'il n'avait décidément pas apporté la garde-robe adéquate. Dans la rue, la chaleur et l'humidité étaient comparables à celles d'un hammam, et encore était-il protégé de la lumière directe du soleil par l'auvent de l'entrée. Le tissu semi-organique de son costume prit aussitôt une teinte argentée en évacuant le surplus de chaleur dégagé par son corps. Il entreprit de s'éventer avec son panama authentique. Un groom en livrée désigna d'un geste de la main un taxi Lincoln marron dont la portière s'ouvrit avec un bruit mécanique.

— Señor Duanro, dit respectueusement le jeune homme en effleurant sa casquette d'une main gantée de blanc.

— Merci, répondit Adam en se précipitant dans l'habitacle frais et sec.

De temps en temps, il fallait savoir mettre de côté ses principes, profiter des inégalités générées par l'économie de marché malfaisante, accepter l'attitude servile d'un portier. Dans les circonstances actuelles, Elvin était disposé à fermer les yeux sur l'exploitation de quiconque était censé œuvrer pour son confort personnel.

Il donna sa destination à l'ordinateur de bord et la Lincoln s'inséra avec agressivité dans le trafic ininterrompu. La rue était saturée de véhicules. Plus de la moitié d'entre eux étaient des vans et des camionnettes en livraison, garés sur la chaussée. Voitures, motos et bus étaient donc contraints de rouler sur les mêmes files, trop peu nombreuses. Son taxi avançait à trente kilomètres à l'heure en moyenne ; il klaxonnait toutes les trente secondes tandis que piétons, cyclistes ou *skaters* lui coupaient la route. Rien n'avait changé à Tridelta City ; vingt-quatre millions de personnes entassées dans un carré de cinquante kilomètres de côté, c'était beaucoup trop pour espérer circuler librement.

Il y avait bien un réseau souterrain de monorail, semblable à une toile d'araignée parfaitement symétrique, dont les lignes traversaient les fondations des immeubles les plus imposants, mais il avait été creusé un siècle plus tôt, alors que la population de Tridelta ne dépassait pas six millions d'habitants. Les wagons étaient tellement bondés, que prendre le métro était une aventure dont personne n'était certain de sortir vivant. Seuls les touristes et les plus pauvres s'y aventuraient. Pour dissuader les gens d'utiliser leurs voitures, la mairie faisait payer aux conducteurs une taxe annuelle de deux mille livres. Somme dont s'acquittaient près de trois millions d'automobilistes.

Sept kilomètres et vingt-trois minutes plus tard, le taxi s'arrêta devant la tour *Anau*, un gratte-ciel cylindrique de deux cent cinquante étages, dont les fenêtres rectangulaires et argentées étaient savamment disposées de manière à dessiner une spirale gigantesque.

Adam prit l'ascenseur express jusqu'au cent cinquantième étage, où se trouvaient les docks des aéronefs, puis monta dans un ascenseur plus modeste, qui le déposa au cent soixante-dix-huitième niveau. Le bureau de l'Agent – trois pièces dallées de granit noir et froid – se trouvait sur la face est de la tour. La réceptionniste avait été choisie pour son allure intimidante. Son ensemble anthracite excessivement ajusté mettait en valeur les couches successives de muscles ajoutées à sa charpente originelle. Adam craignait que son épiderme tendu ne dissimulât tout un arsenal, des armes implantées dans ses cellules musculaires additionnelles. Son cou formait un cône de chair lisse directement relié à ses joues. Elle n'avait pas de menton, juste des lèvres bizarrement séduisantes, rouges et luisantes, qui formèrent une sorte de sourire lorsque Adam se présenta sous le nom de Silas Duanro.

—Vous pouvez entrer, Señor Duanro, chantonna-t-elle d'une voix agréable et haut perchée. Il vous attend.

L'Agent était assis derrière son bureau de granit. Il était grand et mince. Mince parce que sa nervosité lui faisait brûler énormément de calories. Son nez en forme de bec touchait presque sa lèvre supérieure. Pour une raison mystérieuse, il n'avait pas fait modifier les follicules de son scalp. Malheureusement, sa coupe très courte ne parvenait pas à faire oublier totalement son front un peu haut.

—Señor Silas Duanro, hein? demanda l'homme en ricanant. Vous n'êtes pas obligé de changer de nom avec moi, vous savez. Après toutes ces années, nous nous faisons confiance.

—C'est vrai.

Adam n'avait pas mis les pieds à Tridelta depuis plusieurs années, et pourtant, l'Agent n'avait eu aucun mal à le reconnaître. La dernière fois, il était beaucoup plus vieux et joufflu. Aujourd'hui, il avait adopté le visage d'un homme de quarante ans aux joues rondes, aux yeux verts et à la dense chevelure auburn. Sa peau était épaisse et grêlée. Son organisme supportait de plus en plus mal ces reprofilages cellulaires bon marché et pratiqués à la sauvette. Désormais, il était contraint de s'appliquer de la crème hydratante matin et soir, mais cela ne suffisait pas: dès qu'il ouvrait la bouche, il avait l'impression de déchirer du tissu cicatriciel. Ses joues étaient constamment froides, car ses capillaires n'étaient plus capables de s'ajuster à ses nouvelles morphologies. Il y a une limite à ce que l'on peut faire subir à un corps humain, et Adam savait qu'il lui faudrait bientôt mettre un terme à son petit jeu.

Mais pas encore.

Pour devenir Silas Duanro, il avait également dû perdre beaucoup de graisse et gagner du muscle. Cela faisait un bout de temps qu'il n'avait pas été aussi mince et costaud. Toutefois, il était contraint d'ingérer des génoprotéines très sophistiquées pour permettre à son cœur et à ses autres organes de supporter la charge de ces muscles supplémentaires. En plus, il lui avait fallu régler le petit problème de diabète qui s'était installé ces deux dernières années. Lorsque le moment était venu d'appliquer le plan qu'il avait mis au point pour contourner le blocus de Far Away, il était fin prêt. Jamais il n'aurait pu se résoudre à rester dans un fauteuil à regarder les autres agir par l'intermédiaire de l'unisphère. En fait, il voulait faire de cette mission son chant du cygne.

— Un verre ? demanda l'Agent.

Cela faisait partie du rituel.

— Qu'est-ce que vous avez ?

L'homme sourit et se dirigea vers un mur. Un long bloc de granit glissa en silence pour révéler un bar puissamment éclairé.

— Voyons voir. Oublions les vins de Talotee, même s'ils font fureur en ce moment. Que pensez-vous d'un petit impiricus bleu ? Ce n'est qu'une copie locale, mais si vous voulez mon avis, il est meilleur que l'original.

— Pourquoi pas.

L'agent versa ostensiblement la liqueur violette et épaisse dans un verre en cristal couvert de givre.

— Et un pour moi.

Il retourna à son bureau et fit glisser un verre jusqu'à Adam.

— Santé !

— Santé ! dit Adam en avalant le breuvage d'une traite. Une sorte de flamme glaciale lui brûla l'œsophage.

— Waouh ! s'exclama-t-il comme des larmes se formaient dans ses yeux. C'est du bon, ajouta-t-il d'une voix rauque.

— Je savais que cela vous plairait. Vous avez de la classe, contrairement à la majorité de mes clients. J'ai affaire à tant de gangsters. Ils ne pensent qu'à se procurer des armes toujours plus grosses et des virus toujours plus virulents. Mais vous… C'est avec une grande fierté que j'ai découvert le nom de ceux qui avaient participé à l'attaque de *Seconde Chance*. Des noms que je vous avais moi-même fournis. Quelle belle opération – et menée avec un brio certain. Cela devient si rare de nos jours.

— Dommage que le vaisseau ait survécu.

— Oui, dommage. Rêver revient à survoler la plus haute des montagnes en tout sauf en actes.

— Keats ?

— Manby. Alors, que puis-je pour vous ? demanda l'Agent.

— Je suis en train de mettre en place un nouveau projet et j'ai besoin de votre aide.

— Bien sûr.

— J'ai surtout besoin d'hommes, précisa Adam en demandant à son assistant virtuel de transférer sa liste à l'ordinateur de bureau de l'Agent.

— Pas de spécialistes, de techniciens ? Quel dommage. Je vais voir ce que je peux faire pour vous. Je dois vous dire qu'une bonne moitié de ma liste B est en train de servir la Marine derrière les lignes ennemies. Ils n'ont certes pas tous été tirés de leurs cuves de suspension de vie. Beaucoup se sont portés volontaires. C'est le genre de travail qui les interpelle, voyez-vous ? Ils reviendront auréolés de gloire et couverts de médailles, déterminés à devenir de parfaits citoyens. Et puis, dans deux ans tout au plus, ils frapperont à ma porte et me supplieront de leur trouver du travail. Mes effectifs sont limités, ce qui est très embarrassant. Vous ne pourriez pas différer un peu votre projet ?

— Pas indéfiniment, non. Si c'est une question d'argent…

L'Agent prit un air authentiquement outré.

— Grand Dieu, non ! Pour vous, je serais presque prêt à renoncer à ma commission. J'apprécie beaucoup de relever les défis que vous me proposez depuis des années. Et puis, grâce à vous, j'ai une clientèle considérable. Rassurez-vous, je parviendrai, une fois encore, à répondre à vos attentes. Ne serait-ce que par orgueil professionnel.

— Je vois.

Adam eut un sourire on ne peut plus faux, qui déforma la peau excessivement tendue de son visage. Avec l'Agent, tout était *toujours* une question d'argent. Les criminels sont les pires de tous les capitalistes.

— Je prendrai à ma charge les frais d'assurance résurrection, comme d'habitude, reprit-il.

— Tant mieux. Pour le moment, malheureusement, les cliniques du Commonwealth sont débordées et croulent sous les demandes des familles de ceux qui ont péri lors de l'invasion de nos vingt-trois planètes. Ce qui leur permet d'augmenter outrageusement leurs tarifs. C'est la loi du marché sans doute.

— Après la révolution, nous les alignerons contre un mur et nous les fusillerons, hein ?

— Absolument. Ce jour-là, je serai heureux de vous fournir gratuitement un peloton d'exécution. Mais d'ici là…

— D'ici là, procurez-vous ce qu'il y a sur ma liste et envoyez-moi la facture. Le fichier contient le code d'une adresse à usage unique.

— De combien de temps disposons-nous ?

— Vous avez une semaine, répondit Adam, qui ne voulait pas entendre parler de délai. Respectez cette date butoir, et je vous verserai une prime importante.

L'Agent haussa un sourcil.

— Les stimulants sont toujours les bienvenus. Néanmoins, étant donné l'état de notre pauvre Commonwealth, il n'est pas certain que...

— Une semaine !

— Inutile d'essayer de faire appel à vos sentiments ? Très bien. Les aspirations les plus hautes sont les plus belles à réaliser. Je ne vous laisserai pas tomber.

Il se pencha brusquement et tendit la main. Adam la serra en essayant de dissimuler le dégoût qu'il éprouvait.

— Excellent.

L'Agent retourna au bar et servit deux nouveaux verres d'impiricus. Il agita la main et une dizaine de plaques de granit pivotèrent à quatre-vingt-dix degrés, révélant une large baie vitrée.

— Ici, nous sommes plus en sécurité que la plupart des gens, dit-il. Une cité riche est facile à défendre. La municipalité a dépensé beaucoup d'argent pour actualiser nos champs de force, auxquels vient s'additionner le bouclier de la Marine. Pourtant, le doute ne cesse de me ronger l'âme. Je suis béni des dieux de vivre sur un monde aussi merveilleux.

— Quel doute ? demanda Adam.

Il regardait la vue fantastique par-dessus l'épaule de l'Agent. Tridelta scintillait dans la lumière de ce milieu d'après-midi. La ville avait été bâtie sur des terres planes et asséchées, ancien point de rencontre de trois rivières. Le Logrosan, la Dongara et la Monkira supérieure étaient trois larges cours d'eau, qui se réunissaient en un gigantesque torrent, la Monkira inférieure, qui se jetait dans l'océan quelque quatre cent cinquante kilomètres plus loin.

Avant l'arrivée des hommes, la zone du tridelta se résumait à un marais sablonneux inondé cinq à six fois par an. Lorsque ces crues survenaient, les cours d'eau violents arrachaient toute la végétation qui s'était développée sur les dunes humides depuis le dernier déluge. Le Conseil du Commonwealth ayant interdit de toucher à la jungle et aux forêts, ce petit bout de terre était, avec le sommet des montagnes, la seule zone exploitable de la planète. CST construisit une sorte de brise-lames de trois kilomètres au centre du tridelta et installa sa station planétaire dans la chaleur et l'humidité tropicales. Grâce aux investissements d'autres compagnies et à l'arrivée de nombreuses équipes de construction, de nouveaux murs furent érigés. Des pompes énormes asséchèrent et stabilisèrent le sable marécageux. Le sol fut surélevé avec des pierres arrachées aux rivières ou acheminées par train. On creusa des fondations très profondes et on bâtit des gratte-ciel. Depuis ses toutes premières heures, la croissance de Tridelta City avait été impressionnante – d'abord vers l'extérieur, puis, une fois atteintes les limites du terrain exploitable, vers le ciel.

Dans toutes les directions, Adam ne voyait qu'immeubles géants, tours de métal et de béton, de matériau composite et de verre, qui dessinaient un paysage gothique tout en pinacles acérés jaillissant d'une conurbation de bâtiments plus modestes. La plupart mesuraient un kilomètre de haut, et les plus récents s'élevaient encore plus loin dans l'atmosphère brumeuse. La tour *Kinoki*, qui n'était pour l'instant qu'une pyramide arachnéenne d'échafaudages sur la rive est du Logrosan, atteindrait un jour trois kilomètres. Presque tous les gratte-ciel possédaient leur aéroport ; les plus grands en avaient même plusieurs, situés à différents niveaux. Les aéronefs étaient énormes. Ils dépassaient souvent les deux cents mètres de long et possédaient un vaste pont d'observation sur leur partie inférieure. Le jour, ils ne volaient pas mais restaient accrochés à un bras constitué de poutrelles et se balançaient doucement dans les courants d'air humide qui parcouraient la ville.

La situation du bureau de l'Agent permettait d'admirer le paysage situé au-delà des rivières bouillonnantes qui encerclaient la ville. Des montagnes ondulantes couvertes d'une jungle magenta et bleu-noir ininterrompue, qui s'étirait jusqu'à l'infini. Des rubans blancs immaculés s'accumulaient dans les vallées au-dessus des affluents dissimulés par la canopée épaisse. Des constellations de nuages plus sombres fusaient au-dessus des pics, où ils déversaient des averses violentes. C'était pour jouir de cette vue-là que les plus fortunés louaient les étages les plus élevés des gratte-ciel. Même le jour, elle était impressionnante.

—J'œuvre principalement sur la face cachée de la civilisation, dit l'Agent d'un air morne en tournant le dos à Adam pour admirer lui aussi la vue. J'observe ma ville tous les jours, et elle m'inspire, me permet de m'élever toujours plus haut. Néanmoins, dans ce bureau, j'ai souvent l'occasion de voir à quel point l'homme est capable de s'abaisser, de descendre bas, si bas. Je ne m'implique jamais personnellement, vous comprenez. Je survis en organisant divers arrangements. Mais cette existence me plaît. Ma vie n'est que trépidations, lesquelles sont sœurs du danger. J'ai l'argent, les femmes, le sentiment grisant d'être impliqué dans des magouilles politiques et économiques, dont le citoyen ordinaire n'entendra jamais parler. Mais je vous vois devant moi, indépendant, étranger à ces affres, qui fomentez une action violente pour le compte des Gardiens de l'individualité. Pour une fois, je me demande si je ne devrais pas m'impliquer davantage.

—Je vais vous donner un conseil : restez à votre place. Il est possible qu'aucun d'entre nous ne revienne vivant de cette mission.

—Merci de me prévenir. Le problème c'est que nous sommes face à un dilemme. Dans un passé récent, vous avez attaqué la Marine ; aujourd'hui, nous attendons tous désespérément le retour de ses vaisseaux. Saviez-vous que les gouvernements avaient reçu pour consigne de mettre leurs systèmes de défense en niveau d'alerte deux ? Le niveau un, c'est quand on appuie sur le bouton rouge. Le pire, c'est que la Marine refuse de nous communiquer les résultats de ses missions.

— Eux aussi attendent le retour des vaisseaux.

— C'est faux et vous le savez fort bien. Si l'attaque de la Porte de l'enfer avait été un succès, les trous de ver primiens se seraient tous refermés. Ce n'est pas le cas, évidemment. Au lieu de cela, on nous a demandé discrètement de nous tenir prêts. Et puis, vous faites votre apparition et vous me donnez une semaine pour vous fournir des hommes. Force m'est de me demander s'il s'agit réellement d'une coïncidence. Je serais prêt à presque tout pour de l'argent, mais certainement pas à trahir ma propre espèce.

— Il ne s'agit pas de trahison, au contraire.

— Vous pensez que nous sommes manipulés par des extraterrestres, c'est bien cela ?

Adam se surprit à transpirer malgré la climatisation efficace. Il ne s'était jamais imaginé que l'Agent lui poserait problème. Et surtout pas pour des raisons prétendument morales. Pour une fois, il n'avait pas de plan B. *Imbécile !*

— C'est ce que pensent les Gardiens. Toutefois, je ne suis pas l'un d'entre eux. Il m'arrive simplement de travailler pour eux. La Marine n'existait pas encore à l'époque de l'attaque de *Seconde Chance*. Si j'avais réussi dans cette mission, aucun vaisseau ne serait allé libérer les Primiens de leur système d'origine.

L'Agent se retourna en brandissant son verre.

— Un autre l'aurait fait plus tard, dit-il en souriant. Je comprends votre logique. J'ai votre parole, alors ?

— Nous sommes du même côté.

—C'est le genre de lien qui devrait faire pleurer les grands garçons que nous sommes.

Adam saisit le verre et en vida la moitié. La brûlure fut encore plus vive que la première fois.

—Vous vous contenterez de ma parole?

—Oui, je suis fier d'être un anachronisme vivant. Cela vous surprend? Je sais ce que vous pensez de moi. Imaginez qu'il s'agit d'une petite punition.

—Santé, dit Adam avant de finir sa liqueur.

—Vous nous quittez? Je pense sincèrement que cette ville est à l'abri. Nos usines d'armement sont modestes par rapport à celles des mondes du G15, mais nos produits sont extrêmement sophistiqués.

—Une forteresse isolée qui résiste seule aux hordes barbares? Ce n'est pas fait pour moi. Renseignez-vous sur le siège de Leningrad et demandez-vous qui en est réellement sorti vainqueur.

—Vous voulez mourir auréolé de gloire, alors?

—Non. C'est justement ce que nous allons essayer d'éviter.

—Bravo. Je sais qui vous représentez et c'est en partie pour cela que je vous fais confiance. Ce qui m'inquiète, c'est que des personnes étranges arpentent les rues sombres de Tridelta depuis quelque temps.

—Vraiment?

—Ah, quelle parodie de civilisation! C'est le règne des fous. Tridelta est comme un microcosme, une version miniature du Commonwealth, Señor Duanro. Regardez-nous et regardez-vous.

—D'accord, d'accord. Qui sont ces gens dont vous parlez?

—C'est bien le problème. En dépit de mes talents et compétences qui – ne soyons pas modestes – sont considérables, je ne suis pas parvenu à découvrir pour qui ils travaillent. Ils n'appartiennent à aucun mouvement isolationniste, ni à un quelconque syndicat du crime. Néanmoins, ils ont de l'argent. Beaucoup d'argent. Assez, même, pour louer les services de nos cliniques les plus exclusives. Ces derniers mois, plusieurs de mes clients se sont vus évincés de listes d'attente pour que des connaissances de ces fameuses personnes puissent recevoir en priorité des implants divers mais surtout militaires. Tous ensemble, ils forment une force considérable.

— Merci pour cette mise en garde.

L'Agent leva son verre, avant de le vider d'une traite.

Adam se leva pour partir. Il ne put s'empêcher de regarder une dernière fois par la baie vitrée. L'Agent avait raison : Tridelta était l'une des cités les plus cosmopolites du Commonwealth. Son gouvernement était très hétéroclite et jaloux de son indépendance. Mépriser le Commonwealth et protester contre les « ingérences » du Sénat était courant chez les politiciens de la municipalité. Les lois plus libérales d'Illuminatus attiraient nombre de compagnies, qui installaient leurs laboratoires de recherche et autres départements sensibles. L'économie locale croissait aussi vite que la population, et les syndicats du crime prospéraient. La criminalisation de la société inquiétait énormément le Sénat, ce qui était une source supplémentaire de conflit. Soixante-dix ans plus tôt, certains avaient fait campagne en faveur de l'« isolement ». Toutefois, la seule haine des lois du Commonwealth n'avait pas suffi à convaincre une population économiquement dépendante des autres planètes humaines. Illuminatus avait choisi le Commonwealth.

— Vous semblez entretenir des liens très étroits avec la classe politique, reprit Adam. J'aurais une faveur à vous demander.

— Je vous en prie.

— De nombreuses arches ou vaisseaux de survie sont en construction dans tout le Commonwealth.

— Oui, j'ai vu cela la semaine dernière dans l'émission de Michelangelo. Cette jeune journaliste a fait un excellent boulot. Cela m'amuse toujours de voir des membres des Dynasties perdre la face.

— Si jamais vous aviez vent d'un contrat conclu entre les Sheldon et une société locale pour la construction de composants destinés à équiper leurs arches, tenez-moi au courant.

— Avec grand plaisir. Je ferai ma petite enquête.

— Merci. Ce fut un plaisir, comme d'habitude.

* * *

Moins d'une demi-heure après son retour à l'hôtel, Adam reçut un appel de Jenny McNowak.

— Nous venons d'arriver à la station de Tridelta, dit-elle. Je me suis dit que vous aimeriez le savoir.

— Qu'est-ce que vous faites ici ?

— Nous filons Bernadette Halgarth. Elle a pris l'express sur EdenBurg. Nous attendons que son taxi démarre devant la sortie de Dalston Street. Kanton est en train d'essayer de pirater l'ordinateur de bord. Nous devrions bientôt savoir dans quel hôtel elle descend.

— D'accord. Vous savez ce qu'elle vient faire ici ?

— Négatif. Normalement, son agenda était blindé jusqu'à la fin de la semaine : déjeuners, fêtes, émissions, réunions – les trucs habituels, en somme, mais rien sur Illuminatus. Sans compter qu'elle n'a prévenu personne. Elle a tout laissé tomber pour monter dans ce train. Cet après-midi, elle était supposée assister à un cocktail à la Rialto Metropolitan Gallery en compagnie de représentants mineurs de diverses Dynasties.

— Bien. Ne la lâchez pas d'une semelle et tenez-moi au courant.

— Nous ferons notre possible, mais nous ne sommes que deux. On pourrait peut-être demander des renforts ? La ville est gigantesque et nous risquons d'avoir des problèmes.

— Je vais voir ce que je peux faire pour vous, mais nos effectifs sont limités. Jenny, contentez-vous uniquement de la surveiller. Pas question de vous retrouver impliqués dans un incident, quel qu'il soit. Vous m'avez bien compris ? Observez et faites-moi un rapport.

— Pas de souci. Ah ! Kanton dit que le taxi se dirige vers l'hôtel *Octavious*, au bord de la Monkira inférieure.

L'assistant virtuel d'Adam dégotta aussitôt un fichier sur l'établissement. Il s'agissait d'un hôtel trois étoiles de taille moyenne, vieux d'un siècle et demi. Pas vraiment le genre d'endroits dans lesquels Bernadette était habituée à descendre.

— Très intéressant, dit-il. Je ferai de mon mieux pour vous obtenir de l'aide. En attendant, ne vous installez surtout pas dans le même hôtel qu'elle. Nous ne savons rien de sa clientèle et je viens tout juste d'apprendre que la ville est pleine de types bourrés d'implants n'appartenant à aucun syndicat du crime local.

— Ne vous en faites pas, répondit Jenny avant de couper la communication.

Adam ferma les yeux et pensa aux opérations en cours en se demandant lesquels de ses agents il pourrait éventuellement faire venir sur Illuminatus. Il avait dit à Jenny que leurs effectifs étaient limités, ce qui était tout à fait vrai. Il finit par appeler Kieran McSobel pour lui demander de venir avec Jamas McPeierls et Rosamund McKratz. Ensuite, il appela Bradley.

— Heureux d'apprendre que la petite opération que nous avons montée autour de Bernadette porte ses fruits, dit celui-ci. Comme quoi, il ne faut jamais perdre courage.

— Nous ne tarderons pas à en apprendre davantage.

Jamais elle n'aurait quitté EdenBurg aussi précipitamment sans une raison impérative.

—En effet. Le timing des derniers événements doit être significatif. Apparemment, l'assaut de la Marine contre la Porte de l'enfer ne s'est pas déroulé comme prévu. Tout le monde attend en vain que les trous de ver primiens se referment.

—Si elle avait réussi, la Marine aurait publié un communiqué. Ou alors Doi se serait adressée au Sénat.

—N'oubliez pas qu'ils ne sont pas de notre côté, Adam. En théorie, les vaisseaux seront de retour dans l'espace du Commonwealth dans deux jours. Si les nouvelles se révélaient aussi mauvaises que tout le monde semble le penser, nous serions contraints d'agir très rapidement.

—Vous croyez que l'Arpenteur s'apprête à partir ?

—Si la mission de la Marine a échoué, les Primiens se lanceront dans une nouvelle vague d'invasions. L'humanité contre-attaquera aussi violemment qu'elle le pourra. Après cela, la guerre durera jusqu'à ce que l'un des deux antagonistes soit anéanti, et l'autre sérieusement affaibli. C'est là l'objectif de l'Arpenteur. Une fois la machine lancée, l'issue de la bataille ne sera qu'une question de temps. L'Arpenteur n'a aucune raison de rester dans la zone de guerre. Les missiles Douvoir ont un pouvoir destructeur incroyable, et ce ne sont là que les armes dont la Marine a bien voulu parler. Il y en a forcément d'autres, encore plus terrifiantes. C'est toujours le cas.

—Attendez une minute. Êtes-vous en train de m'expliquer que la guerre aura lieu, quoi qu'il arrive ? Je pensais qu'éliminer et démasquer l'Arpenteur mettrait un terme à tout ceci.

—Jamais je n'ai dit cela, Adam. En réalité, je ne m'imaginais pas que les Primiens se montreraient aussi brutaux et bornés. Je vois mal comment nous pourrions les arrêter.

Le regard d'Adam vagabonda sur la ville. Le soir commençait à tomber et le soleil rose doré touchait déjà la ligne des toits. Des rais orange transperçaient la brume et les nuages pour frapper les terrasses et façades des gratte-ciel. Ce que Johansson venait de dire l'atteignit comme une décharge de matraque électrique. Ses membres devinrent tout mous, se vidèrent de leur énergie.

— Mais alors… pourquoi nous battons-nous ?

— Pour la justice, Adam. L'Arpenteur a ruiné un monde autrefois plein de vie et de promesses. Far Away a été transformé en désert par un embrasement général pour lui permettre de s'y installer. Il nous a conduits au bord de la ruine. Nous ne pouvons tout de même pas laisser ce crime impuni ? Vous, plus que quiconque, savez ce que signifie le mot « justice ».

— Non, grogna Adam.

Il s'assit lourdement sur son lit, la respiration saccadée, difficile. Pendant un bref instant, il se crut victime d'un genre d'attaque. Incapable de reprendre le contrôle de son corps, il revit les usagers pressés qui couraient dans le hall de la station d'Abadan pour prendre un autre train et rattraper le retard accumulé sur StLincoln. Ce train n'était pas supposé se trouver sur cette voie à cette heure-là. L'explosion…

— Cela n'a rien à voir avec la justice. Tuer des gens sans raison, cela s'appelle un meurtre.

— Vous aviez expliqué cela à Kazimir ? Les villageois de Far Away – ceux qui subissent des attaques en ce moment même – appréciaient-ils votre rationalisation élitiste ?

— Les villageois ? demanda Adam en secouant la tête pour se remettre les idées en place.

— Les mercenaires de l'Institut attaquent nos villages. Ils ne s'en prennent pas aux camps fortifiés de la ligne de front. Ils tuent nos fermiers, nos bergers. Nos mères et nos enfants. L'Arpenteur a lâché sa meute de gangsters en uniforme sur les vieux et les faibles pour que nous nous précipitions à leur secours. Il va revenir, Adam. Ses esclaves sont en train de préparer le terrain.

—Qu'est-ce qui pourrait arrêter cette guerre ? Il doit bien y avoir un moyen.

—Si vous ne me croyez pas, appelez Stig. Il est toujours à Armstrong City, tandis que les bombes incendiaires pleuvent et que les snipers tuent sans se faire voir. Mais dépêchez-vous. L'Institut a déjà proposé au gouverneur de l'aider à rétablir « l'ordre public ». Il ne tardera pas à prendre le contrôle du portail, et alors, nous ne pourrons plus rien pour nos amis.

—Je ne suis plus certain de pouvoir vous aider.

—Mon pauvre Adam. Vous croyiez être le plus brave, vous étiez persuadé que le camp du droit et de la justice finirait par triompher. Malheureusement, cela n'est pas toujours vrai. L'intégrité n'est pas une loi universelle. La force aura toujours raison des faibles. Reste à savoir qui est le plus fort de l'Arpenteur ou de nous. Ne nous laissez pas tomber maintenant, Adam. Nous avons fait tellement de chemin ensemble.

—Merde !

Adam s'essuya le front et fixa avec étonnement sa main couverte de sueur. *J'aurais dû savoir qu'il n'y avait pas de réponse claire. Peut-être le savais-je. Peut-être me suis-je inconsciemment voilé la face.*

—Adam, reprit sèchement Bradley. Sans vous, nous sommes définitivement perdus. Pourtant, notre planète doit absolument avoir sa revanche.

—D'accord, dit Adam en se relevant et en examinant la ville enveloppée de ténèbres. Qu'il en soit ainsi.

—Permettez à ce train de rompre le blocus. Ce sera magnifique, Adam. Vous entrerez dans la légende.

La communication fut coupée, mais Adam ne bougea pas. Il resta debout face à la fenêtre, tandis que la nuit tombait sur Tridelta et sur la jungle glorieuse.

— Tu parles d'une légende.

Il éclata de rire. Sa voix se brisa, mais il n'en avait cure. Il ordonna au robot de préparer ses bagages et appela un taxi. Son assistant virtuel lui réserva une place dans le prochain train pour Kyushu.

* * *

Les seconds lieutenants Gwyneth Russell et Jim Nwan sortirent du taxi derrière Tarlo et se dirigèrent vers l'entrée du commissariat de NorthHarbour. Ils avaient tous abandonné leur uniforme à Paris ; ici, à Tridelta, il valait mieux afficher un profil bas. Tarlo portait un vieux sweat-shirt bleu pâle aux manches trop courtes et effilochées, un jean délavé, des baskets et un collier de perles. En parcourant les quelques mètres qui les séparaient de l'entrée de l'immeuble, Gwyneth eut le temps de lui envier son confort. Son tailleur crème et son chemisier gris s'imbibèrent instantanément de transpiration, bien que le soleil fût déjà sous la ligne des toits.

Le sergent Marhol et l'inspecteur stagiaire Lucius Lee les attendaient devant le bureau d'accueil.

— Quelle histoire, dit Jim à Lucius, comme ils prenaient tous les cinq l'ascenseur pour monter au quinzième étage, où se trouvaient les bureaux des inspecteurs.

— Les planques sont toujours des expériences enrichissantes, ajouta Marhol en partant d'un rire gras et en donnant au jeune homme une tape virile entre les omoplates.

Le sergent souffrait de surpoids et son ventre débordait par-dessus son ceinturon. Ses vêtements étaient plutôt luxueux.

Une furtive expression de mépris passa sur le visage du stagiaire projeté en avant par l'impact.

— Votre gars n'était pas un plaisantin, dit-il. J'ai vérifié auprès de Mercedes et ils refusent de croire que le système de sécurité de la FX 3000p ait cédé aussi rapidement. Selon eux, il ne peut s'agir que d'une tentative d'arnaque à l'assurance. Un coup du propriétaire, si vous préférez.

— Et vous avez appelé Ford au sujet des batteries de la Feisha ? demanda Marhol en éclatant de nouveau de rire.

Gwyneth se dit que ce rire ne tarderait pas à lui taper sur les nerfs.

Les officiers du commissariat occupaient des bureaux identiques, semblables à des boîtes de verre disposées de part et d'autre d'un couloir central. C'était la fin de la journée et tout le monde pliait bagage. Quelques inspecteurs traînaient délibérément dans le couloir pour regarder passer l'équipe de choc envoyée par la Marine, qui se dirigeait vers l'une des salles de réunions sécurisées situées à l'autre extrémité de l'étage. Quelques-uns accueillirent le jeune Lucius Lee avec des sourires et des quolibets. Le stagiaire parvint néanmoins à rester digne et arbora un sourire de façade un peu pincé.

— Alors, qu'avez-vous exactement pour nous ? demanda Tarlo une fois refermée la porte de la salle de réunions.

Les volets blindés étaient fermés, au grand dam de Gwyneth, qui n'avait jamais eu la chance d'admirer la nuit sur cette planète.

— Notre voleur de Merco correspond exactement à la description de votre homme, dit Marhol.

Un projecteur holographique afficha une image du type dans le parking souterrain. L'enregistrement provenait des implants rétiniens de Lucius. On y voyait Beard approcher de la Ford Feisha. Différentes comparaisons s'affichèrent sur un côté de l'image.

— Il lui ressemble, concéda Gwyneth.

— Quelqu'un de chez vous serait-il capable d'accomplir ce genre de prodige ? demanda Tarlo.

— Il y a bien un ou deux gars, répondit Marhol. Toutefois, comme vient de le dire Lucius, cette caisse est extrêmement difficile à pirater.

— Aucun de nos as locaux ne correspond au profil de ce type, précisa Lucius. Non, il s'agit bien de votre bonhomme.

— Merci. À partir de maintenant, la Marine prend en charge cette affaire, dit Tarlo en chargeant dans l'ordinateur de la pièce une description de la camionnette de Beard. Entrez ce fichier dans votre système de régulation du trafic. Tous les véhicules ressemblant même de loin à cette fourgonnette devront être fouillés par vos officiers.

— Waouh ! s'exclama Marhol. La Marine va payer toutes nos heures supplémentaires ?

Tarlo sourit.

— La Marine enverra en interruption de vie pour cent ans quiconque fera mal son boulot sur cette affaire. Continuez à vous foutre de ma gueule ou bien choisissez de rester en vie pour encore vingt-quatre heures.

— Eh, allez vous faire foutre ! Cette affaire, on vous l'a apportée sur un plateau, alors tâchez de vous en souvenir.

— Ce dont je me souviens, c'est que cela fait des semaines qu'on vous a fourni la description de Beard. Vous tombez sur un cas qui correspond exactement à son mode opératoire et qu'est-ce que vous faites ? Vous envoyez un bleu se charger seul de la mission. Au fait, j'adore votre costume. Il a dû vous coûter la peau du cul. M'est avis que cela fait un bout de temps que vous n'avez pas eu de contrôle fiscal. Ah ! Quand le Trésor vous tombe dessus, il ne vous lâche pas. C'est arrivé à un vieil ami à moi. Les programmes de contrôle ont passé ses comptes au peigne fin. Ç'a duré des années. À la fin, il est parti en rajeunissement anticipé. Le stress, vous comprenez...

—Vous croyez motiver mes troupes en me menaçant ?

—Je ne vous menace pas, l'ami, je demande simplement votre coopération. Jusque-là, je me suis efforcé de rester poli.

—Qu'est-ce que vous voulez, exactement ? demanda Lucius.

—Je veux parler à votre informateur. Tout de suite.

—Il n'a pas des horaires de bureau, vous savez, dit Marhol. Cela prend du temps d'organiser une rencontre.

—Avant, c'était long, intervint Gwyneth, mais aujourd'hui, c'est devenu très rapide. Soit on localise l'origine de son adresse unisphère et on envoie une équipe sur les lieux, soit on débarque chez lui armés jusqu'aux dents, soit encore on se donne tranquillement rendez-vous dans le bar de son choix.

—On n'a qu'à embarquer tous les Stuhawks de la ville, suggéra Jim Nwan. On leur organise un petit neuro-interrogatoire collectif, peut-être même une lecture de mémoire, et on extrait tout ce qui concerne Beard.

Tarlo hocha ostensiblement la tête.

—Oui, oui. Excellente idée. Nos chances de succès seraient importantes.

—Vous ne pouvez pas coffrer un gang tout entier, protesta Marhol.

—Pourquoi pas ? demanda Tarlo d'un air naturel.

—Les autres gangs de la ville nous déclareraient la guerre, répondit Lucius. En ce moment, tout le monde est bouleversé par cette histoire de Porte de l'enfer et par le raid de la Marine. On a suffisamment d'emmerdements comme ça.

—Ce n'est pas notre problème, dit Gwyneth en haussant les épaules.

—D'accord, d'accord, intervint Marhol d'un ton bougon. Mon informateur passe beaucoup de temps à l'*Illucid*, dans le quartier de Northgate.

—Merci infiniment. On y va, fit Tarlo en se levant. Je veux être assis en face de Robin Beard dans moins de vingt-quatre heures.

* * *

Mellanie avait loué un minuscule appartement dans un immeuble monolithique de quarante étages de Royal Avenue, à moins de un kilomètre des berges du Logrosan. Il était beaucoup plus sombre que celui de Venice Beach, car son unique fenêtre donnait sur un mur de béton. Heureusement, la climatisation fonctionnait correctement, ce qui suffisait au bonheur de la jeune femme. À Tridelta, l'humidité atteignait des niveaux records.

Comme le soleil se couchait, elle brancha son écran mural sur l'émission de Michelangelo et se prépara pour sa soirée. L'animateur était en train de demander à ses invités du jour – les sénateurs Valetta Halgarth et Oliver Tam – s'ils avaient des nouvelles de la mission « Porte de l'enfer ». Bien qu'habituée à la langue de bois des politiciens, Mellanie fut impressionnée par les techniques déployées par les sénateurs pour ne pas répondre directement aux questions de Michelangelo.

Elle prit une douche pour nettoyer sa peau rendue collante par une journée passée dans les rues de la ville. Une fois correctement séchée, elle enfila un soutien-gorge de coton blanc, ainsi qu'un haut sans manches en laine légère et lâche, qui montrait largement ses abdominaux fermes et le rubis de son nombril. Elle enfila également une minijupe blanche. Pas de collant – elle s'était massé les jambes avec de l'huile pendant près d'une demi-heure pour leur donner une brillance incroyable. Aucun de ses vêtements ne portait la griffe d'un créateur. Elle n'avait même pas réussi à dégotter une imitation de marque chez les marchands voraces de

Tridelta. Dans ses bagages, elle n'avait apporté que quelques longs colliers de perles de bois et de coquillages couleur lavande, qu'elle passa autour de son cou.

— Pourquoi la Marine nous cacherait-elle ce qui s'est réellement passé ? demanda Michelangelo d'un ton posé. Je suis sûr que les Primiens savent que nous les avons attaqués. La conclusion logique est que nos vaisseaux ont échoué et que l'exécutif tente d'éviter la panique.

Mellanie se retourna vers l'écran.

— Les capacités de nos services de renseignement doivent rester secrètes pour des raisons évidentes, commença Oliver Tam sans se démonter. Nous avons certes la possibilité de vérifier si oui ou non leurs trous de ver positionnés autour des vingt-trois planètes perdues sont ouverts. Cela nous confère un avantage stratégique important. N'attendez pas de la Marine qu'elle fasse l'étalage de ses forces uniquement pour satisfaire les médias. Vous aurez la réponse à votre question dès que les vaisseaux seront à portée de communication. Ne me dites pas, Michelangelo, que vous ne supportez pas de ne pas savoir. Les médias ne sont tout de même pas devenus arrogants au point de s'imaginer que leurs chiffres d'audience sont aussi importants que la survie de notre espèce.

— Vous plaisantez, j'espère ? demanda l'animateur.

Il semblait mortellement offensé par cette insulte voilée. Voir quelqu'un d'aussi grand et puissant se mettre en colère est toujours impressionnant. Oliver Tam faisait son possible pour dissimuler sa peur.

Mellanie sourit devant ce spectacle pathétique et ridicule et se regarda dans le miroir. Ses cheveux noir corbeau et légèrement ondulés dansaient autour de son visage. Elle se fit deux couettes, qu'elle noua avec des rubans bon marché en tissu jaune et orange. Après avoir hésité un peu, elle appliqua sur ses lèvres un maquillage violet foncé. Grâce à la prise de quelque génoprotéine, elle avait le visage couvert de taches de rousseur. Ces dernières lui donnaient un air si mièvre qu'elle avait envie de se gifler. Au lieu de quoi elle se prit la tête dans les mains et s'envoya un long baiser.

Le déguisement idéal.

Le visage qu'elle voyait dans la glace n'était pas celui de Mellanie Rescorai, la journaliste numéro un du talk-show le plus en vue de l'unisphère. Mellanie, que toute la galaxie civilisée connaissait. Non, la femme qui se tenait devant elle était une débutante, une ingénue, une créature jeune et fraîche pressée de faire partie de la bonne société de la ville, mais ne sachant pas encore comment s'y prendre pour se faire accepter. Il y aurait certes assez de volontaires pour la sortir. Les hommes aiment la curiosité et la naïveté de la jeunesse. Plus ils sont vieux, plus facilement ils succombent. Elle avait compris cela bien avant de faire la connaissance de Morty.

* * *

L'atmosphère était déjà moins chaude lorsque Mellanie quitta son appartement, et une brise légère soufflait depuis la rivière. Elle agissait comme un narcotique sur les piétons, qui partageaient la même bonne humeur et cherchaient activement un bar ou un club où passer la soirée. Mellanie longea la large avenue en direction de l'ouest et du cours d'eau. Elle ne pouvait s'empêcher de sourire. Ici, les rues étaient saturées d'imitations vulgaires des néons et projections holographiques élégantes qui ornaient l'autre rive. Au-dessus des trottoirs en béton aux enzymes, il y avait dix mètres d'enseignes, d'étincelles et de bandes polyphotos. Au-delà, les lois interdisaient toute pollution lumineuse. Regarder en l'air procurait un sentiment étrange, l'impression que la rue était surplombée par un plafond noir mat. Les étoiles les plus brillantes étaient visibles au-dessus de sa tête, contrairement aux parois de béton de ce canyon artificiel, car les fenêtres traitées ne laissaient passer aucune lumière pour ne pas gâcher la vue.

Elle discerna tout de même une lueur légère produite par le pont d'observation d'un aéronef qui s'éloignait lentement d'un gratte-ciel. L'appareil s'élevait au-dessus de la ligne des toits de Tridelta afin de traverser la rivière et d'entamer sa croisière nocturne au-dessus de la jungle.

Mellanie arriva à une intersection et bifurqua vers le quai sud du Logrosan, d'où partaient les ferries. La courte avenue qui menait à la berge s'élargissait brusquement, tandis que la taille des bâtiments se réduisait. Un flot ininterrompu de gens marchait vers les bateaux dans une ambiance de fête. Soudain, comme tous les autres nouveaux arrivants, elle s'arrêta, bouche bée.

À cet endroit, le Logrosan faisait un kilomètre et demi de large. Il était comme un ruban ondulant qui s'étirait le long de la cité. De l'autre côté, la jungle recouvrait le paysage vallonné. Le moindre arbre brillait d'une lueur opalescente et splendide.

Contrairement aux plantes terriennes, dont les fleurs étaient colorées et parfois très grosses, la végétation d'Illuminatus avait opté pour la bioluminescence afin d'attirer les insectes locaux. Les feuilles sombres, qui avaient passé la journée à absorber la lumière du soleil, diffusaient toute cette énergie durant la nuit sous la forme d'un rayonnement doux. Comme chaque arbre était enveloppé de sa propre aura iridescente, la jungle produisait assez de lumière pour rivaliser avec l'aube.

Littéralement hypnotisée, Mellanie se précipita vers le quai et ses multiples jetées en angles droits. Son ferry s'appelait *Le Goldhawk*. Il s'agissait d'un gros navire de métal qui parcourait les eaux de la rivière toutes les heures, nuit et jour. Une fois à bord, elle joua des coudes pour se faufiler jusqu'à la proue, où voulaient s'entasser les deux cent cinquante passagers. Durant la courte traversée, trois énormes aéronefs passèrent au-dessus de leur tête. Mellanie leur adressa un signe de la main en riant comme une gamine. Ce soir, elle était d'humeur à s'amuser.

La vue de la jungle scintillante l'aida à se relaxer. Ces quarante-huit dernières heures avaient été difficiles, car elle avait dû chercher la clinique Saffron. Michelangelo avait dit vrai : elle était discrète. Ce matin-là, elle avait zigzagué entre les cafés d'Allwyn Street sans lâcher des yeux la tour *Greenford*. C'était un cône de un kilomètre de haut, tout en acier poli et en verre violet, qui abritait des magasins, des usines, des bureaux, des hôtels, des bars, des centres de relaxation et des appartements. Au sommet se trouvait la plate-forme de décollage, à laquelle était arrimée l'énorme carlingue ovoïde d'un aéronef. Plantée au centre d'une vaste place, la base de l'immeuble était constituée d'arches vitrées qui atteignaient le cinquième étage. Chacune d'entre elles donnait accès à une section différente de la structure. Étant donné ses intentions inavouables, Mellanie aurait difficilement pu examiner les entrées une à une pour trouver celle qui l'intéressait. Alors, elle se contenta de boire des infusions et de l'eau minérale à la terrasse ombragée d'un café pendant que ses logiciels et ses implants infiltraient lentement le réseau de la tour.

Ses armes électroniques mirent à nu les programmes de gestion de chaque étage et découvrirent rapidement que la clinique Saffron occupait les étages trente-huit à quarante-cinq. Lorsque l'information lui parvint, elle pencha la tête en arrière et usa de ses implants rétiniens pour repérer les vitres noires entourées d'un mince passepoil de néon vert. Impossible de s'approcher davantage, que ce soit physiquement ou virtuellement. L'accès à l'ordinateur de l'établissement était très bien gardé, et elle n'avait pas les compétences requises pour pratiquer ce genre d'effraction.

Un examen rapide des plans de la tour lui apprit que la clinique disposait de son propre garage, situé au troisième niveau d'un parking souterrain qui en comptait quinze. On était généralement accueilli sous une des arches de la façade ouest, qui donnait sur un hall et un ascenseur privés. Mellanie se rendit dans une rue transversale, où elle trouva un bar offrant une vue parfaite sur l'entrée en question. C'est à ce moment-là qu'elle découvrit le point faible de la protection électronique de la clinique : le programme de sécurité de la tour choisissait les personnes autorisées à pénétrer dans le hall, avant que celles-ci soient soumises à l'examen des systèmes de l'établissement.

Elle s'installa à une table et commanda un second chocolat chaud. Plusieurs fontaines ornaient la place. Leurs jets écumants lui bouchaient occasionnellement la vue mais ne l'empêchaient pas de voir ceux qui entraient et sortaient. Chaque fois que la porte s'ouvrait, ses implants prenaient une photo, la cataloguaient et la recoupaient avec les données fournies par l'ordinateur de la tour. Après trois heures d'attente, un personnage massif sortit de la clinique. Mellanie pencha la tête sur le côté pour l'examiner. Étrangement, c'est en travaillant avec Alessandra Baron qu'elle avait appris à jauger les gens, à les évaluer en quelques secondes. Michelangelo, qui donnait des noms à tout, appelait cela des « stéréotypes instantanés ». Instinctivement, elle sut que ce type était celui qu'elle attendait. Pendant que les données des fichiers centraux défilaient dans sa vision virtuelle et lui apprenaient que l'homme s'appelait Kaspar Murdo, confirmant également certains détails qu'elle avait devinés, elle se leva et déposa deux billets de dix livres sur la table. Elle entreprit de suivre Murdo en libérant une cohorte de programmes espions dans les systèmes publics.

* * *

La foule était dense sur Crossquay, cette langue de béton longue de cinquante kilomètres qui séparait la rivière de la jungle. Sur la section centrale, en face de Tridelta, quatre-vingts jetées de pierre et de ciment avançaient dans la rivière puis se tordaient à quatre-vingt-dix degrés pour protéger les navires des assauts de l'eau. Mellanie se promenait le long de la large avenue et examinait le quai auquel était amarré le *Cypress Island*. À sa gauche, Tridelta n'était qu'une fine bande de lumière éclatante visible au-dessus de la rivière et surplombée par des tours dont les contours noirs se découpaient nettement sur la toile de fond de la jungle qui s'étirait au-delà. À sa droite, les arbres dominaient le trottoir et dispensaient leur énergie sur les visages béats des touristes un peu perdus.

Le *Cypress Island* était un des douze navires à se préparer pour cette croisière nocturne. Plus long et effilé que les ferries qui faisaient la navette entre la ville et Crossquay, il était doté d'un pont large et plat, au centre duquel trônait un bar. À l'intérieur, les deux premiers niveaux étaient équipés de parois transparentes pour permettre aux clients du restaurant et du casino de vaquer à leurs occupations tout en admirant la jungle. Seul le niveau des machines avait des parois opaques. Mellanie s'engagea sur la passerelle encombrée de passagers excités à peine plus âgés qu'elle. Plusieurs jeunes hommes lui sourirent, mais elle les ignora. C'était dommage, car ils étaient plutôt séduisants et prenaient grand soin de leur apparence et de leur toilette.

Elle montra son billet à un steward. L'homme l'examina rapidement d'un œil expert et lui demanda avec un sourire légèrement inquiet :

— Vous êtes certaine de vouloir monter ? Il est fréquent que l'ambiance dégénère un peu. À votre place, j'opterais plutôt pour le *Galapagos*. C'est la même compagnie, donc pas de souci de billet. Là-bas, les passagers sont un peu plus… comme il faut.

—Tout ira bien, merci, répondit-elle en partant d'un rire aigu et travaillé.

Le steward avait remarqué qu'elle était différente, et cela lui faisait plaisir.

—Comme vous voudrez, dit-il en l'invitant à monter d'un geste de la main.

Le premier verre était gratuit. Elle prit une bière allégée importée de Munich et se faufila jusqu'au garde-fou avant.

Le navire leva l'ancre vingt minutes plus tard. Lorsqu'il fut suffisamment loin du quai, ses moteurs se mirent en route pour l'aider à remonter le courant, ce qui produisit un mouvement de roulis prononcé. Deux kilomètres plus loin, les secousses se calmèrent lorsque le *Cypress Island* s'engagea dans un des multiples affluents du Logrosan. Un murmure de soulagement généralisé parcourut les passagers. Tridelta disparut dans leur sillage. Les moteurs s'arrêtèrent lentement.

De part et d'autre du cours d'eau poussaient des arbres aux racines tortueuses et apparentes qui plongeaient directement dans l'eau. Malgré la lumière émise par les feuilles, il faisait sombre entre les troncs, ce qui conférait à la jungle une aura mystérieuse. Rien ne bougeait sur le sol; à part des insectes, il n'y avait pas d'animaux sur Illuminatus.

—On s'attendrait presque à voir débouler des Silfens.

Mellanie se retourna pour faire face à un des jeunes hommes aperçus plus tôt sur la passerelle.

—Vraiment?

—Oui, c'est le genre de décors qu'ils apprécient. Au fait, je m'appelle Dorian.

Elle hésita un instant.

— Saskia.

Il était séduisant, plutôt grand, et devait avoir des origines vaguement orientales. Autour de son cou, des tatouages rouge sang représentant serpents et dragons semblaient se courir après. Des fibres semi-organiques avaient été tressées dans sa chevelure foncée, faisant scintiller ses élégantes boucles romaines.

— Je peux vous offrir une autre bière, Saskia?

Les implants de Mellanie l'informèrent que le garçon communiquait avec le nœud du navire. Dans d'autres circonstances, cela ne l'aurait pas dérangée; elle se serait dit que le type voulait la montrer à ses copains restés en ville. Sauf que cette fois-ci, le message était hautement codé.

— Bien sûr. Mais pas pour l'instant.

— Alors, à tout à l'heure.

Cette histoire de message crypté l'ennuyait beaucoup. D'autant plus qu'elle était incapable de le décoder elle-même et qu'elle n'avait pas pu prendre un ordinateur sur elle. Pendant un instant, elle eut envie de le scanner pour faire l'inventaire de ses implants. Évidemment, s'il était équipé de machines perfectionnées, il s'en rendrait compte.

Pourquoi, diable, serait-il équipé de machines perfectionnées? Je deviens parano, ma parole. Pourquoi devrais-je me priver?

Dorian était de retour au bar auprès de sa bande d'amis, qui se moquaient gentiment de lui.

Le cours d'eau se fit plus étroit et le navire croisa plusieurs fourches. Les arbres étaient penchés au-dessus de l'eau. Les plus grands se rejoignaient au-dessus du navire, leurs branches s'entremêlant pour constituer une sorte de tunnel lumineux et splendide dans lequel avançait le *Cypress Island*.

Mellanie descendit au restaurant et fit le tour du buffet. Il faisait sombre à l'intérieur pour permettre aux clients d'admirer la jungle tout en mangeant. Son billet ne l'autorisait pas à s'installer près de la paroi transparente, aussi choisit-elle de remonter avec son assiette et de s'asseoir sur un banc en face du bar pour regarder l'écheveau de branches qui leur servait de toit. Certains arbres émettaient une lumière proche de l'ultraviolet qui faisait briller son maillot.

Elle se perdit un instant dans la contemplation de la laine blanche.

— Eh merde ! murmura-t-elle.

Sa main virtuelle couleur de platine effleura l'icône de l'IA.

— Salut, Mellanie.

— Quelque chose me chagrine chez un des passagers. J'aurais besoin de décoder un message.

— Très bien.

Elle qui s'attendait à un refus catégorique. Elle ouvrit le fichier pour l'IA.

— Ça dit en gros : « Identité confirmée. C'est elle. »

— Oh, mon Dieu !

Les hommes de main d'Alessandra m'ont retrouvée ! Elle se tourna de tous les côtés, prise d'une panique subite, mais Dorian ne semblait pas dans les parages.

— Tu es armée ? lui demanda l'IA.

— Non. Et les implants dont tu m'as dotée ? Je dois bien avoir de quoi le repousser, non ?

— Rien n'est moins sûr. En revanche, je pourrais charger un programme subversif dans ses systèmes, à condition qu'il soit équipé de logiciels d'attaque, bien sûr. Dois-je alerter la police de Tridelta ? Un hélicoptère pourrait être là en quelques minutes.

Elle leva les yeux vers l'arche de lumière sous laquelle ils croisaient.

— Comment feraient-ils pour nous rejoindre ?

La liaison avec l'unisphère fut interrompue.

Merde! Pas maintenant! Elle envoya un programme de diagnostic dans l'ordinateur le plus proche pour chercher la cause de la coupure. Les logiciels de gestion du réseau l'informèrent que le nœud ne consommait plus d'énergie. Il avait été physiquement endommagé.

« **Notre nœud cybersphère est momentanément hors service,** envoya l'ordinateur de bord à tous les passagers. **Ne vous inquiétez pas. Une nouvelle connexion sera très bientôt établie. La direction de la compagnie vous présente toutes ses excuses et vous souhaite une agréable croisière.** »

Comme le texte défilait dans sa vision virtuelle, Mellanie se mit à trembler.

— Reviens, ne m'abandonne pas, chuchota-t-elle dans la nuit fluorescente. Allez, tu as bien réussi à me contacter à Randtown.

Mais une petite voix lui criait que Randtown était beaucoup moins isolée de la cybersphère planétaire, que la ville était quadrillée par un réseau de lignes terrestres, alors que ce bateau était perdu au milieu de la jungle, sur une planète qui ne comptait qu'une seule et unique cité.

Elle serra les poings, les pressa contre ses cuisses pour se forcer à ne pas trembler. *Réfléchis, merde! Tu peux le battre toute seule.* Attendre la police n'était pas concevable. Elle ne savait même pas si l'IA avait ou non appelé du secours. Quelque peu calmée, elle leva les mains devant son visage et examina son bras d'un air curieux. *Elle est toujours là-dedans.*

Un scan rapide lui révéla que les calculateurs du navire se trouvaient derrière le bar. Mellanie s'y précipita et s'accroupit derrière le comptoir.

— Eh! fit l'un des barmen. Vous ne pouvez pas rester ici.

Elle le gratifia d'un sourire furtif et entreprit d'examiner les étagères. À tâtons, elle trouva l'unité centrale derrière des boîtes de friandises. Il s'agissait d'un appareil modeste chargé des comptes du bar, mais au moins était-il équipé d'un capteur tactile. Elle posa la main dessus.

— Une minute, dit-elle au barman. On baisera plus tard.

La mâchoire inférieure de l'homme parut se décrocher, car elle avait l'air sérieux. La main virtuelle de Mellanie activa une ribambelle d'implants en entrant le code idoine. Le sous-programme de l'IA se décompressa et s'installa dans le réseau limité du bateau.

— Puissance de traitement insuffisante, annonça le sous-programme. Je ne puis utiliser qu'une infime partie de mes capacités. Pourquoi suis-je ici ?

— Je suis suivie par un tueur. Il est probablement doté d'implants de guerre.

Elle se leva avec circonspection et examina les alentours. Elle s'attendait à moitié à voir Dorian débarquer avec de très mauvaises intentions. Le barman s'approcha doucement.

— Vous êtes sérieuse ? demanda-t-il en murmurant.

— Bien sûr que oui, mais plus tard, répondit-elle en sortant de derrière le bar. Je vous appelle, ajouta-t-elle avec un clin d'œil.

— Je suggère que vous appeliez plutôt la police, proposa le sous-programme.

Ses lèvres se tordirent en une grimace de frustration.

— Je ne peux pas. C'est pour cela que je vous ai décompressé. J'ai besoin d'aide.

— Êtes-vous armée ?

— Non. Peut-être y a-t-il des armes à bord ?

— Aucune arme n'est répertoriée dans les registres de bord.

— Pouvez-vous charger un logiciel subversif Kaos dans l'équipement du tueur ?

— Aucun dossier Kaos dans mon répertoire.

— Merde ! Qu'est-ce que je fais, alors ?

— Je suggère que vous quittiez le bateau.

Pendant quelques secondes, elle considéra sérieusement cette option. La rivière ne lui faisait pas peur ; elle pourrait facilement nager jusqu'à la berge, voire voler un canot de sauvetage. Pour se retrouver toute seule dans la jungle. Loin de tout. Vraiment toute seule. Si elle sautait par-dessus le garde-fou, on la verrait. Le capitaine arrêterait le navire. Et Dorian ne manquerait pas de la poursuivre sur la terre ferme.

— Non, autre chose, finit-elle par dire.

— Puissance de traitement limitée. Comparaison des différentes options possibles, mais fiabilité non garantie.

Ce sous-programme lui inspirait de moins en moins confiance. À Armstrong City, il n'avait cessé de voleter autour d'elle comme un véritable ange gardien, mais ici, les choses étaient différentes. *J'ai besoin d'une arme, autrement, je n'aurai aucune chance de m'en tirer.* Elle réussit néanmoins à garder son calme et à rester concentrée, comme lorsqu'elle avait tenu tête à Jaycee. Il y avait un endroit dans ce navire susceptible d'abriter quelque chose d'utile. Ne restait plus qu'à s'y rendre sans être repérée par Dorian. Force lui était d'admettre que celui-ci était un vrai pro, pas comme les voyous envoyés chez Paul Cramley.

Mellanie se dirigea calmement vers l'escalier qui menait au niveau inférieur. *Il n'osera pas me descendre en public.* Quoique ! Bonté divine, Kazimir McFoster avait été abattu au beau milieu de L.A. Galactic.

— Vous détectez des communications codées ? demanda-t-elle au sous-programme.

— Non. Le capitaine a ordonné une vérification complète du réseau local pour déterminer l'origine de la panne. Le logiciel de diagnostic crée des interférences et empêche mes programmes de comparaison de fonctionner correctement.

— Il se peut que je trouve une arme. Ajoutez cela à vos calculs de probabilités.

— Quel genre d'arme ?

— Je l'ignore. Rien de bien puissant.

— Entendu.

— Et n'oubliez pas de surveiller le trafic de messages codés. Je veux savoir où il se cache.

Le restaurant était bondé. Une longue queue serpentait jusqu'au buffet. Bien que tous ses implants fussent en alerte, Mellanie ne détecta aucune signature électromagnétique caractéristique de la présence d'armes de guerre actives. Elle descendit jusqu'au casino. Il n'y avait qu'une poignée de joueurs invétérés ; presque toutes les tables étaient désertes, ce qui ne lui convenait guère. Un courant d'air chaud soufflait depuis le troisième niveau. Mellanie se précipita dans le club.

— J'ai besoin d'un plan des lieux. Y a-t-il un moyen sûr d'atteindre un canot sans se faire voir ?

— Annulation de l'évaluation de l'option la moins risquée.

Mellanie serra les dents de colère. Le schéma du navire apparut enfin dans sa vision virtuelle.

— L'accès aux canots est assuré à partir de tous les ponts, dit le sous-programme.

— Est-il possible d'en mettre un à l'eau sans que l'équipage le remarque ?

— Je peux bloquer l'alerte de mise à l'eau.

— Parfait.

— Reprise de l'évaluation des différentes options.

Au pied de l'escalier, une affiche holographique clignotait de manière erratique comme un stroboscope pour signaler aux passagers que la représentation de la troupe de danseurs hermaphrodites *Orgie mortelle* débuterait dans une vingtaine de minutes. Voilà ce dont elle avait besoin. Une musique rock puissante l'accueillit de l'autre côté du sas. Ses os se mirent aussitôt à vibrer. La boîte était pleine et trop faiblement éclairée. Telles des comètes miniatures, des holo-étincelles fendaient l'atmosphère. Elles constituaient la seule source de lumière du club, dont la petite piste de danse était encombrée de corps ondulants. Mellanie fut contrainte d'utiliser son implant de vision nocturne pour voir où elle mettait les pieds.

Le décor lui apparut en gris et en vert. La majorité des clients arboraient des tenues fétichistes. Leurs costumes semi-organiques mettaient en valeur des appareils génitaux étrangement modifiés, aussi la jeune femme eut-elle l'impression de traverser une ménagerie. Les membres additionnels étaient à la mode, et les troisièmes mains – de petites mains d'enfants – greffées au-dessus de l'entrejambe n'étaient pas rares. Certains avaient subi des reprofilages d'un genre spécial pour exacerber leur animalité. Des bras couverts de fourrure agrippaient des rangées de mamelons. Des langues de reptiles léchaient des oreilles pointues et frétillantes. Les sourires concupiscents révélaient souvent des crocs pointus.

Dans sa tenue blanche de jeune fille coquette, Mellanie se sentait comme une vierge sur le point d'être sacrifiée. Tout le monde la regardait et semblait partager son point de vue.

Elle décela de nombreuses sources d'énergie. La plupart, toutefois, étaient trop faibles et inutilisables. Tout juste pouvaient-elles alimenter les jouets pervers de l'assistance. Non, pour avoir une chance de réussir, elle aurait besoin de trouver une foule de sadomasos véritables et non de vulgaires parodies.

Ils étaient agglutinés près du bar – une masse de corps imposants recouverts de bandages noirs, de chaînes scintillantes et coiffés de bonnets. Kaspar Murdo était de la partie, qui se tenait à l'extrémité du comptoir, vêtu d'une toge d'inquisiteur espagnol, avec une chaîne rouillée autour du cou et divers instruments médiévaux accrochés à la ceinture.

Mellanie détecta la plus grande source d'énergie de la boîte. Des parenthèses bleues l'entourèrent dans sa vision virtuelle. Heureusement, elle se trouvait à l'opposé de Murdo. Il s'agissait d'un aiguillon à bétail – un des multiples ustensiles accrochés à l'épaisse ceinture de cuir d'une mystérieuse femme féline. Sa tête était couverte d'une dense couche de poils noirs qui lui descendait jusqu'aux sourcils. Son nez semblable à un museau de chair rouge et luisante était flanqué par de longues moustaches. Elle portait une sorte de justaucorps noir qui laissait voir ses jambes et ses bras velus. Tandis qu'elle parlait à deux autres femmes chattes aux modifications moins extrêmes, sa longue queue se balançait négligemment de gauche à droite. D'une main, elle tenait la chaîne d'un jeune esclave en toge, à l'air inquiet.

Mellanie se planta devant la créature.

—J'ai besoin de vous emprunter votre aiguillon, cria-t-elle pour se faire entendre.

La féline feula à un volume assourdissant, qui couvrit facilement la musique. Elle leva une patte menaçante à la hauteur du visage de Mellanie. Les griffes d'onyx poli qui avaient remplacé ses ongles jaillirent brusquement, leurs pointes s'arrêtant à quelques centimètres seulement des yeux de la jeune femme.

—Tu peux toujours lécher le cul de Kitty, jolie chienne, répondit la créature.

Ses amies miaulèrent leur contentement.

Une personne possédant un formidable arsenal d'implants passa le sas et entra dans l'établissement.

—Pas le temps, rétorqua Mellanie.

Elle se figea. Des gouttes argentées apparurent sur ses bras et son visage, comme si elle transpirait du mercure.

Les pousses se firent vrilles et se propagèrent sur sa peau. Un programme jaillit de son corps pour sauter sur sa proie et prendre le contrôle des circuits qui administraient les modifications de la féline.

Celle-ci sursauta lorsque sa propre queue s'enroula autour de son cou et serra. Ses griffes se rétractèrent.

— Je prends l'aiguillon, annonça Mellanie en se saisissant de l'objet clipsé à la ceinture de cuir.

La féline sourit d'excitation.

— Oui maîtresse, je serai une bonne chatte. Revenez-moi vite.

Elle se lécha langoureusement les lèvres. Sa langue était longue, humide et obscène.

Mellanie se faufila dans la foule en jouant des coudes et en créant dans son sillage une vague d'indignation. Dorian la repéra et entreprit de la rattraper.

— Est-il possible de passer outre le système de sécurité de l'aiguillon ? Il contient beaucoup d'énergie. Si je parvenais à la libérer d'un seul coup, je pourrais peut-être venir à bout de ce type.

— Abandon de l'analyse des options possibles. Examen des systèmes de l'aiguillon à bétail.

Mellanie atteignit la porte coulissante située sur le côté de la scène.

— Ouvrez-la, ordonna-t-elle.

La porte s'ouvrit sur un couloir flanqué de deux rangées de cabines privées. Elle entendait des gémissements de plaisir, d'autres de douleur. Un fouet claqua. Un cri retentit. Quelqu'un grogna avec hargne.

— Système de sécurité de l'aiguillon désactivé. Intensité de la décharge non limitée.

Elle se retourna à la hâte, juste à temps pour voir la porte se refermer. La plupart des cabines étaient occupées. Il y avait une écoutille de secours à l'autre bout du couloir.

—Comment pourrais-je l'atteindre? Il ne me laissera jamais m'approcher suffisamment.

—Analyse de l'option attaque électrique.

—Et merde! lâcha la jeune femme en se précipitant vers l'écoutille.

* * *

Dorian vint à bout de la serrure d'une seule décharge du maser serti dans son poignet. Un petit cercle de matériau composite noircit et partit en fumée. Le jeune homme poussa violemment, mettant à profit la puissance de sa musculature renforcée. Il y eut un craquement qui se perdit dans la musique rauque. La porte s'ouvrit. Il traversa le rideau d'énergie et s'engagea dans le calme relatif du couloir. Les scans de ses senseurs rencontrèrent aussitôt un barrage d'interférences. Des gens gémissaient et criaient derrière les portes fermées des cabines. Tout au fond, Mellanie avait réussi à ouvrir l'écoutille. Elle se retourna. Sa peau était à moitié recouverte de tatouages argentés à l'origine des interférences. Il l'examina avec intérêt. Elle le détailla aussi. Plus efficacement, sans doute, mais il n'avait pas besoin d'en savoir davantage.

—Pas d'armes, dit-il. Comme c'est curieux.

—J'ai un message pour Alessandra.

Il fit un pas en avant.

—Pardon?

Les implants de la jeune femme envoyèrent un signal codé à l'ordinateur d'un couloir. Le système d'arrosage anti-incendie se mit en route au-dessus de Dorian. Une alarme retentit. Dorian lança à Mellanie un regard compatissant tandis que le déluge imbibait sa chemise et son pantalon.

—Personne n'entend cette alarme, dit-il.

Mellanie sourit. L'aiguillon posé aux pieds de Dorian se déchargea. L'eau permit à l'énergie de se déverser complètement dans le corps de la victime. L'homme fut pris de convulsions, alors que de ses vêtements et de ses cheveux s'élevait un nuage de vapeur. Il se cambra et cria brièvement, tandis que ses yeux sortaient de leurs orbites et qu'il se mordait la langue. Les fibres optiques tissées dans sa chevelure fondirent. Des lignes noires se dessinèrent sur sa peau, là où brûlaient des circuits organiques ; de minces volutes de fumée vinrent se mêler à la vapeur d'eau. Sa chair se craquela, comme sous l'effet d'un tremblement de terre, au-dessus des batteries de son armement. Du sang et des morceaux de peau éclaboussèrent les murs.

L'aiguillon mit cinq secondes à se décharger complètement. Le courant disparut et le corps secoué de soubresauts s'effondra sur le sol. Le sous-programme de l'IA coupa l'arrivée d'eau.

Mellanie s'approcha avec circonspection et examina le corps fumant. Les jambes eurent quelques spasmes.

— En fait, non. Je lui dirai moi-même.

* * *

Kaspar Murdo s'amusait beaucoup. Il aimait bien la clientèle du *Cypress Island*. Il connaissait pas mal d'habitués et il avait repéré quelques nouveaux venus prometteurs. Tout le monde disait que les Orgie mortelle étaient géniaux. Il avait hâte d'assister à leur représentation.

Apparut alors cette créature vêtue d'une minijupe et d'un haut en laine blanche, qui s'accouda au bar et commanda une bière à quelques mètres de lui. Une novice, manifestement. Elle tremblait un peu, comme si elle était choquée du spectacle sans oser le montrer. Ce qui signifiait qu'elle était curieuse et que tout cela ne la dégoûtait pas vraiment. C'était le genre de faiblesse dont il savait très bien tirer profit. Il commencerait par l'encourager pour se rapprocher d'elle, par la rassurer pour qu'elle lui fasse confiance. Ensuite seulement, il pourrait commencer son entraînement.

Massif comme il était, il repoussa facilement la foule d'animaux et de créatures bizarres en tout genre qui lui barraient la route et formaient une nuée autour de sa proie. Il fit baisser les yeux à ceux qui protestaient et grogna même pour impressionner un homme chien qui lui montrait les dents.

—Je vous l'offre, lui dit-il comme elle déposait un billet d'une livre sur le comptoir. J'insiste. Pas de contestation possible.

Elle hocha la tête avec une gratitude nerveuse et regarda du coin de l'œil les instruments qui pendaient à ses chaînes.

—Merci.

—Kaspar, dit-il.

—Saskia.

Il eut un sourire amical, paternaliste, puis brandit ses chaînes pour lui montrer son attirail de fer et de cuir.

—Amusant, n'est-ce pas? demanda-t-il, comme s'il venait de raconter une bonne blague.

Les coins des lèvres de la jeune femme se soulevèrent timidement. À partir de là, la soirée de Kaspar devint absolument mémorable.

* * *

Il était presque minuit, heure locale, lorsque l'express en provenance de Paris arriva à Tridelta. Renne s'en félicita en secret; cela signifiait qu'elle allait pouvoir admirer la jungle.

—Trouvez-nous un hôtel au bord de l'eau et proche de l'*Octavious*, dit-elle à Vic Russell.

— Pas de problème, répondit celui-ci avec enthousiasme.

— Tout proche et pas trop cher, Vic.

— Oui, oui.

— On ne rejoint pas tout de suite l'équipe en poste ? demanda Matthew Oldfield.

— Laissons-les finir leur nuit tranquillement, répondit Renne. Warren nous préviendra s'il y a du nouveau.

— D'accord.

— Prenons le temps de nous installer avant de nous mettre sur le dos de Bernadette. N'avez-vous pas envie de voir la jungle ?

— Si, bien sûr.

— Alors, ne faites pas d'excès de zèle, ajouta-t-elle avant d'appeler Tarlo. Où êtes-vous ?

— En planque dans un garage d'Uraltic Street, dit Tarlo. D'après un indic, Beard serait censé montrer le bout de son nez cette nuit.

— J'espère que vous portez des chaussettes en caoutchouc. Les batteries de voiture contiennent pas mal de jus.

— Très drôle. Qu'est-ce que vous voulez ?

— J'appelle de la station.

— De Tridelta ?

— Ouais.

— Pourquoi ? Hogan vous a envoyées ici pour nous aider ?

— Non. Je file Bernadette Halgarth, la mère d'Isabella.

— Vous faites quoi ?

— Ne vous en faites pas ; Vic et Matthew sont avec moi.

— Hogan est au courant ? Nom de Dieu, Renne, je croyais que vous aviez laissé tomber toute cette affaire.

— C'était vrai. Toutefois, Christabel Halgarth a mis Bernadette et Victor sous surveillance pour me rendre service. Notez que je ne lui avais rien demandé. Apparemment, nos deux zouaves ont envoyé et reçu quelques messages codés ces derniers temps. A priori, rien de très important, sauf qu'aujourd'hui, Bernadette a tout laissé tomber pour venir ici. La sécurité des Halgarth l'a suivie jusqu'à l'*Octavious* – un établissement bien modeste pour quelqu'un d'aussi exigeant qu'elle. On doit les y rejoindre dans la matinée.

Elle attendit que Tarlo réagisse.

—On a trouvé un hôtel, annonça joyeusement Vic. Malheureusement, il n'est pas vraiment bon marché…

Il jeta un regard complice à Matthew. Renne agita la main pour le faire taire. Sa vision virtuelle lui indiquait que la liaison était toujours active.

—Tarlo ?

—Oui, je suis là, désolé. Vous avez besoin d'aide ?

—Pas encore. Le cas échéant, je crierai très fort. Ne vous gênez pas pour faire pareil.

—Pas de problème. Merci. Bon, eh bien, bonne chance !

—Ouais. À vous aussi.

* * *

—Paula, la situation devient intéressante.

—Qu'y a-t-il, Hoshe ?

—Je suis avec Nadine et Jacob, sur Illuminatus. Tarlo est après Beard et nous ne le lâchons pas d'une semelle. Gus et Isaiah nous ont rejoints et surveillent Renne.

—Les deux cibles sont sur Illuminatus ?

—Oui. Renne est arrivée il y a à peine vingt minutes. Elle suit Bernadette Halgarth. En sortant du train, elle a appelé Tarlo qui, cinq minutes plus tard, a contacté Bernadette. Il s'agissait d'un message crypté envoyé d'abord à une adresse à usage unique, mais, pour une fois, on a eu de la chance. Warren nous avait donné le nom de son hôtel à temps, aussi avions-nous pris soin d'infiltrer un programme espion dans ses systèmes. Nous n'avons pas encore eu le temps de décoder le message, mais nous sommes sûrs que le fichier qu'elle a reçu est bien celui que Tarlo a envoyé. À première vue, je dirais qu'il voulait la mettre en garde. Je ne vois pas d'autre explication.

— Tarlo. Merde !

— Je suis désolé, Paula.

— Vous n'y êtes pour rien. C'était forcément l'un d'entre eux.

— Qu'est-ce qu'on fait, maintenant ?

— Ne lâchez pas Tarlo et Bernadette des yeux. J'arrive dans environ deux heures.

— Vous allez prévenir Renne ?

— Peut-être. Notre priorité est de prendre Tarlo la main dans le sac. Toutefois, je ne veux pas effrayer Bernadette avant qu'elle ait eu le temps de rencontrer la personne qu'elle est venue voir. C'est la première fois que nous avons véritablement une chance d'infiltrer le réseau des agents de l'Arpenteur. Nous n'avons pas droit à l'erreur.

— Tarlo est sûrement bourré d'implants. Et Bernadette aussi.

— Sans aucun doute. Ne vous en faites pas, mon équipe sera armée.

* * *

La pièce n'avait rien de spécial. Il s'agissait d'un simple cube gris tapissé d'une moquette usée. Deux bandes polyphotos fixées au plafond dispensaient un éclairage légèrement trop puissant. L'unique grille de climatisation située au-dessus de la porte en morphométal sifflait discrètement. Aucun capteur n'était visible. Pourtant, il y en avait forcément.

Robin Beard s'assit sur une chaise en plastique bon marché et posa les pieds sur la table vissée au centre de la salle. Son arrestation ne semblait pas l'avoir particulièrement bouleversé. *Évidemment*, pensa Lucius. Ce type s'était fait coffrer tellement de fois. Pour lui, c'était presque une routine rassurante. Garder le silence et attendre son avocat.

Lucius suivit Tarlo dans la salle d'interrogatoire. Le surfer blond gratifia Beard d'un sourire amical.

— Vous n'êtes pas avocat, dit celui-ci.

— Tu es un malin, toi. Tant mieux. Cela va nous faciliter la tâche à tous les deux.

— Je vous préviens : vous allez la sentir passer, les mecs. Je me baladais tranquillement dans un garage et vous m'êtes tombés dessus sans aucune raison valable. Vous avez été brutaux et ne m'avez même pas lu mes droits.

— Parce que tu n'en as aucun, rétorqua Tarlo.

Beard sourit.

— Tu vas cracher le morceau, dit le policier.

Le sourire du prévenu vacilla.

— Je ne...

Le poing de Tarlo jaillit à toute vitesse et s'abattit sur le nez du petit homme. Dans un craquement d'os brisés, Beard tomba en arrière et se retrouva sur le sol, les quatre fers en l'air. Au passage, sa tête atterrit violemment sur la moquette.

— Putain de merde ! geignit-il.

Il posa une main en coupe sur son nez, d'où s'écoulait une copieuse quantité de sang, et se tâta simultanément l'arrière du crâne. Ses yeux étaient pleins de larmes.

Lucius avait fait un pas en avant, avant de s'immobiliser, incertain quant à la façon dont il devait réagir. Il jeta un coup d'œil vers le plafond où, dans un coin, était dissimulé un senseur visuel. Pourtant, personne n'avait réagi.

Tarlo eut un sourire carnassier et s'accroupit près du mécano.

— Oh, putain, que ça fait mal ! dit-il. Il m'est arrivé une ou deux fois de m'éclater le nez sur ma planche, alors, je sais ce que c'est.

Beard lança un regard désespéré à Lucius.

— Vous l'avez vu ? Vous êtes témoin ?

Lucius regarda ailleurs, comme si de rien n'était. Tarlo lui avait demandé de se taire, mais ce qui venait de se passer n'était pas prévu.

— Désolé, reprit le surfer, mais on n'a pas réussi à trouver un bon flic pour mener cet interrogatoire. Les meilleurs d'entre nous sont dans la rue pour aider nos concitoyens en ces temps troublés. Pas de bol : tu hérites des mauvais, des pires fonctionnaires de toute la baraque. Tu sais quoi ? Les paris vont bon train dans le bureau d'à côté. Nos potes se demandent combien de temps tu vas tenir avant de craquer. Personnellement, j'ai mis cinquante livres sur dix minutes, mais j'ai comme l'impression que je ne vais pas pouvoir me retenir aussi longtemps. Dans la rue, ce truc porte pas mal de noms, continua-t-il en sortant un patch médical de sa poche. On parle parfois de « bigbang » ou de « mégafix ». Cela ne te dit rien ? Non ?

Beard secoua la tête, l'air terrorisé.

— En gros, nous avons là le contraire d'un analgésique, expliqua le policier. Il accentue progressivement la douleur. Il l'accentue vraiment beaucoup. Par exemple, à cause de cette saloperie, j'ai déjà vu un mec agoniser parce qu'il s'était cassé un ongle. Alors, je te laisse imaginer ce que donnera ton nez pété. Surtout que Lucius, ici présent, a bien l'intention de te balancer quelques pains pour le plaisir.

— Putain, mais qu'est-ce que vous voulez ? cria Beard en fixant le patch menaçant avec des yeux écarquillés.

— On n'est pas de la police, expliqua Tarlo, mais de la Marine. En pratique, cela veut dire qu'on peut vous piétiner impunément, toi et tes droits. Jamais on ne sera jugés. Aucun avocat ne viendra à ta rescousse. Tu comprends ce que je viens de te dire ?

Beard déglutit difficilement et hocha vigoureusement la tête.

— Tu feras ce que je te dirai. Alors, qu'en penses-tu ? Je t'injecte une dose massive de cette merde dans les veines pour te forcer à coopérer ?

Beard secoua la tête. Son sang avait imbibé sa chemise négligée et commençait à goutter sur le sol.

— Non, monsieur.

— Hé ! fit Tarlo en se tournant vers Lucius. Cela fait un sacré bout de temps qu'on ne m'a pas appelé monsieur. Qu'est-ce que tu dis de cela ? Notre homme sait ce que c'est que le respect. J'aime ça. Bon, je t'applique ce patch ou non ? demanda-t-il en toisant de nouveau Beard.

— Non. Non, monsieur. Je vais coopérer.

— Bien, dit Tarlo en lui tendant la main.

Beard la regarda longuement d'un air méfiant, avant d'accepter l'aide du policier et de se relever péniblement.

— Tu as présenté un certain Dan Cufflin, un de tes amis, à un agent spécialisé dans des activités illégales. Correct ?

Beard fronça les sourcils et tenta de se concentrer.

— Oui, je me souviens de Dan.

— Comment s'appelait l'agent ?

— Je ne sais pas. Il était juste l'Agent.

— Où se trouve-t-il ?

— Ici, sur Illuminatus, je crois. C'est là que nous nous rencontrons d'habitude.

— C'est-à-dire ?

— Je ne sais pas. En fait, je ne l'ai vu que deux fois et c'était dans des bars différents. Sinon, on se contente de l'unisphère.

— Tu vas le rencontrer aujourd'hui, en personne, sur Illuminatus. Débrouille-toi pour obtenir un rendez-vous. Tout de suite.

* * *

Jenny McNowak avait réservé une chambre pour Kanton et elle à l'hôtel *Grialgol* au bord de la Monkira inférieure, à deux blocs seulement de l'*Octavious*. Après quoi, sans rencontrer aucune difficulté, elle avait chargé des programmes de surveillance à l'intérieur et autour de ce dernier établissement. Très rapidement, le service des réservations lui avait fourni le numéro de la chambre de Bernadette – la 2317 – ainsi qu'une liste de tous les autres clients, aussitôt soumise à leur base de données.

Kanton et elle étaient également parvenus à monter sur le toit du *Grialgol*, où ils avaient mis en place un senseur visuel braqué sur la fenêtre de Bernadette, située au vingt-troisième étage. Le temps de terminer ces préparatifs, la nuit était déjà tombée. Il n'y avait rien à faire à part attendre.

Kieran McSobel arriva deux heures plus tard en compagnie de Jamas McPeierls et de Rosamund McKratz. Il y avait assez de place pour tout le monde, car Jenny avait réservé une suite. Après des semaines passées à Rialto sans jouir d'aucun confort, après ces voyages interminables dans des voitures d'occasion exiguës, le luxe de la suite – en particulier sa salle de bains – constituait un interlude pour le moins agréable. Jenny était particulièrement satisfaite de dormir dans un lit plus cher et confortable que celui de Bernadette, pour qui elle ne concevait que du mépris, surtout depuis qu'elle avait vu dans quel luxe ostentatoire celle-ci vivait sur EdenBurg. La jeune femme avait hâte de tester le *room service*.

— Rien de particulier à signaler, dit-elle pendant que les nouveaux arrivants commençaient à installer dans le salon octogonal de la suite les ordinateurs qu'ils avaient apportés.

Kanton et elle étaient presque venus les mains dans les poches. Bernadette avait pris tout le monde par surprise en quittant aussi précipitamment EdenBurg.

Jamas mit en place une protection électronique autour

du salon, puis alluma un rideau sonique, au cas où des insectes modifiés tenteraient de pénétrer dans la pièce.

— Tout est prêt, annonça-t-il.

— Elle n'a eu aucun visiteur, dit Jenny. D'après ce que j'en sais, elle n'a pas appelé le *room service*.

— Des données visuelles ? demanda Kieran en désignant du menton le petit ordinateur de poche, dont l'écran affichait une image grise à la définition faible.

— Elle n'a jamais désactivé son rideau électronique, répondit Kanton. C'est un modèle standard, vieux de vingt ans, mais c'est suffisant pour empêcher tout scan passif.

— Si je comprends bien, reprit Kieran, on ne sait même pas si elle est toujours à l'intérieur.

— Nous nous sommes connectés aux caméras de surveillance du pâté de maisons, dit Jenny, sur la défensive. Aucune personne correspondant à son profil visuel n'a quitté l'hôtel, autrement, nos programmes de reconnaissance nous auraient prévenus.

— D'accord. C'est votre priorité numéro un, annonça Kieran en se retournant vers Jamas et Rosamund : déterminer si elle est toujours ici.

— Pas de problème, assura Rosamund depuis son fauteuil en cuir moelleux.

Les yeux mi-clos, elle compulsait déjà des données dans sa vision virtuelle. De petits blocs holographiques jaillirent de divers calculateurs disposés tout autour d'elle. Ses mains et ses doigts étaient animés de mouvements à peine perceptibles, tandis qu'elle manipulait des logiciels et les infiltrait dans les systèmes de l'*Octavious*.

— Aucun autre client n'est fiché dans notre base de données, intervint Jenny. Aucun de ces noms ne nous est connu.

— Nous devrions peut-être effectuer quelques comparaisons, histoire de ne pas passer à côté du profil d'Isabella.

—Bonne idée. Nous disposons de plusieurs heures d'enregistrements vidéo en provenance des caméras de surveillance. Cela ne devrait pas prendre très…

—Il y a quelqu'un d'autre, ici, annonça soudain Rosamund.

—Comment cela ? demanda Kieran en dégainant déjà son pistolet ionique.

—Dans les systèmes de l'*Octavious*. Je viens de tomber sur une panoplie complète de programmes espions. Quelqu'un surveille la chambre 2317.

—Jamas, dit fermement Kieran, il faut passer en revue les terminaux de l'hôtel pour nous assurer que nous ne sommes pas espionnés.

Il ouvrit une grosse boîte, révélant un impressionnant arsenal. Jenny choisit un fusil à rayons gamma, tandis que Kanton saisit un lanceur de grenades au plasma. Tous les trois entreprirent de couvrir Rosamund et Jamas.

—Rosamund, appela Kieran, peux-tu voir où ces programmes envoient leurs données ? Sais-tu s'ils t'ont repérée ?

—Enfile un de ces boucliers électroniques, dit Jenny à Kanton.

—Aucun programme suspect dans les ordinateurs de cet étage, annonça Jamas. Je continue mes recherches.

—Et s'il y avait des émissions à l'extérieur du réseau ?

—Je ne détecte rien. Toutefois, s'il s'agit de la Marine, nous n'aurons aucun moyen de voir quels systèmes elle utilise contre nous. Il se raconte sur l'unisphère qu'ils sont parvenus à créer des insectes immunisés contre les champs de protection.

Kanton enfila par-dessus ses vêtements une combinaison génératrice de champs de force semblable à un exosquelette. Les bandes épaisses s'ajustèrent d'elles-mêmes de façon à couvrir le plus de surface possible. Alors, le champ d'énergie s'activa et une fine couche d'air se mit à scintiller autour de lui. Il hocha la tête. Avec des gestes lents, sans faire de bruit, comme si le moindre faux pas pouvait déclencher l'assaut de la Marine, Jenny sortit une autre combinaison de la caisse.

— Kieran ? chuchota-t-elle.

— Pas encore, répondit ce dernier en lui faisant signe d'attendre et en rengainant son pistolet ionique. Kanton, ouvre la porte.

La porte se déverrouilla et Kieran sortit tranquillement dans le couloir, un bâton capteur à la main. Jenny attendit fébrilement son retour. Moins d'une minute plus tard, la vérification était terminée.

— Certaines des chambres occupées sont isolées par des sceaux électroniques, expliqua-t-il en brandissant son appareil. Impossible de dire ce qu'il y a à l'intérieur sans déclencher une alarme. De toute façon, s'ils sont venus avec du matériel lourd, il n'est sûrement pas entreposé à cet étage.

Jenny soupira de soulagement. Kieran, quant à lui, examinait déjà le plafond avec méfiance.

— On déménage, dit-il soudain. À pied. Jenny, choisis un hôtel au hasard. On y établira un périmètre de sécurité avant de s'installer.

— D'accord.

Jenny rangea son fusil dans sa valise et demanda à son assistant virtuel de lui fournir une liste des hôtels situés dans un rayon de cinq pâtés de maisons.

— On reste en alerte, expliqua Kieran en retirant sa chemise et son pantalon. Je veux que tout le monde porte son champ de force sous ses vêtements. Rosamund, y a-t-il du neuf ?

— J'ai peur que nos programmes aient été repérés. J'ai réussi à déceler les leurs, alors...

— Une idée de l'endroit où se cachent nos ennemis ?

—Non. Ils ont déployé des logiciels extrêmement sophistiqués.

—Et Bernadette ? Est-elle là ?

—Sa chambre consomme de l'énergie pour la lumière, la climatisation et la salle de bains. La consommation a pas mal varié depuis qu'elle est arrivée. A priori, cela signifie que la chambre est occupée. Il semblerait également que la serrure de la porte d'entrée n'ait pas servi depuis qu'elle a pris possession des lieux. Je ne peux rien dire de plus.

—Parfait. Jamas, Rosamund, il est temps de passer vos combinaisons. Jenny, des infos sur nos rivaux ?

—Non. À part qu'ils font partie de la Marine, on ne sait rien. C'est étrange, d'ailleurs. Pour quelle raison la Marine suivrait-elle Bernadette ?

—Je ne sais pas, répondit Kieran d'un air pensif en boutonnant sa chemise. Mellanie Rescorai a été prévenue pour Isabella et ses parents. Peut-être s'agit-il d'une équipe de reporters ?

—À moins qu'on ait été repérés par la sécurité des Halgarth, intervint Jamas en enfilant sa combinaison. Regardons les choses en face : on a quand même marché sur leurs plates-bandes.

—S'ils surveillent Bernadette, c'est qu'ils combattent l'Arpenteur, dit Jenny.

Kieran donna la dernière combinaison à Rosamund et referma la caisse.

—Je ne parierais pas ma vie là-dessus.

* * *

Le jour était en train de se lever sur Illuminatus. Gwyneth Russell, qui n'avait même pas eu le temps de se réhabituer à l'heure parisienne, était parfaitement réveillée et se relaxait dans son jacuzzi. Des bulles de savon bouillonnaient doucement autour d'elle. Elle venait juste de recevoir un appel de Vic, lequel séjournait dans un établissement éloigné de seulement cinq kilomètres de l'*Almada*. Ils avaient parlé d'essayer de passer une ou deux heures ensemble, mais cela ne se ferait pas. Tous les deux étaient en service et pouvaient être appelés à n'importe quel moment. Ils avaient surtout évoqué cette coïncidence remarquable : on les avait envoyés sur Illuminatus au même moment. En réalité, Vic ne pensait pas qu'il s'agissait d'un hasard, même si ni Gwyneth ni lui ne voyaient quel rapport il pouvait y avoir entre Bernadette Halgarth et l'Agent. Peut-être celle-ci n'était-elle venue que pour rencontrer Isabella, laquelle était peut-être de mèche avec l'Agent. De mèche ? Mais pour quoi faire ?

Gwyneth soupira et examina ses mains. Sa peau était fripée d'avoir trempé trop longtemps dans l'eau. Il serait vraiment sage de prendre un peu de repos. Pour une fois, leur enquête progressait rapidement. Beard avait rendez-vous avec l'Agent dans la soirée. Secrètement, elle admirait la manière dont Tarlo l'avait bluffé pour le faire coopérer. Voir le surfeur californien frapper quelqu'un avait été une surprise, mais force était d'admettre que sa méthode avait payé. À présent, ils étaient réellement à deux doigts de briser les Gardiens une fois pour toutes. Dans le bureau parisien, on ne parlait que de cela. Ne manquait plus qu'un petit coup de pouce de la Providence, coup de pouce que Paula Myo avait attendu pendant cent trente ans. Elle eut soudain un sourire carnassier de mauvaise fille. En fait de coup de pouce, il s'était plutôt agi d'un coup de poing. Dans le nez de Beard.

Son assistant virtuel l'informa que Paula Myo cherchait à la contacter. Gwyneth grogna de surprise et accepta l'appel.

— Gwyneth, prenez le temps de cliquer sur l'icône de mon certificat d'autorité.

Un fichier représenté par le sceau de la sécurité du Sénat apparut dans le champ de vision de la jeune femme.

Sa main virtuelle décorée aux couleurs du vieux drapeau gallois effleura l'icône. Où donc Myo voulait-elle en venir ? Le fichier s'ouvrit, révélant une autorisation certifiée par le Sénat.

— Voilà, j'ai pris note de votre autorisation. Qu'est-ce que cela veut dire ?

— Je vous informe que vous faites désormais officiellement partie de mon équipe, annonça Paula. À partir de maintenant.

Gwyneth se redressa brusquement et fit déborder la grande baignoire.

— Comment cela ? De quelle équipe parlez-vous ?

— La sécurité du Sénat surveille Tarlo depuis quelque temps. Il vient de prévenir Bernadette Halgarth que Renne la filait.

— Il vient de faire *quoi* ?

— C'est un traître, Gwyneth.

— Non. Ce n'est pas possible.

— J'ai bien peur de ne pas avoir le temps de débattre de cela avec vous. Nous allons le mettre en état d'arrestation.

— Vous êtes ici ? demanda la jeune femme en sortant de son bain et en attrapant une serviette.

— Oui. Et je requiers votre aide. Y a-t-il quelqu'un avec lui, dans sa chambre ?

— Non. Je ne pense pas. Nous sommes tous supposés prendre un peu de repos. Beard est en sécurité au commissariat ; son rencard avec l'Agent n'aura lieu que ce soir.

— Très bien. Je vous suggère d'enfiler votre champ de force. Ne l'activez pas. Tarlo est juste à côté et ne manquerait pas de s'en rendre compte.

— Vous plaisantez, n'est-ce pas ?

— Absolument pas. Dès que vous serez prête, appelez-le. Il ne se méfiera pas de vous et cela nous permettra de vérifier sa position. Et puis, l'appel attirera son attention.

— Oh, mon Dieu !

Elle se précipita dans sa chambre. La valise était posée sur le lit. Le squelette de protection était un écheveau de bandes plutôt difficile à enfiler sur un corps nu et mouillé.

— Ça ne peut pas être Tarlo, reprit-elle. Grâce à lui, on est tout près de démanteler enfin les Gardiens de l'individualité.

— Je sais que c'est difficile, Gwyneth. Faites-moi confiance pendant cinq petites minutes.

S'il s'était agi de n'importe qui d'autre que Paula Myo, elle aurait hésité, mais là…

— D'accord, finit-elle par dire.

Les bandes de la combinaison lui rentraient douloureusement dans la peau, mais elles étaient en place et prêtes à être mises en service. Heureusement qu'il n'y avait aucun miroir pour lui renvoyer son reflet. Si seulement elle avait pris le temps d'enfiler des sous-vêtements.

— Voilà, j'ai mis ma combinaison.

— Laissez ce canal ouvert et appelez-le.

— Pour lui dire quoi ?

— N'importe quoi. Nous n'avons besoin que de quelques secondes.

La jeune femme inspira profondément et se calma. Sa main virtuelle sélectionna l'icône de Tarlo dans son carnet d'adresses.

— Salut, chef. Je viens juste aux nouvelles avant de me coucher. Alors, rien de neuf ?

Il y eut une longue pause.

— Pourquoi avez-vous passé votre combinaison de protection ? demanda Tarlo.

Gwyneth se retourna précipitamment vers le mur qui séparait les deux chambres.

— Merde ! eut-elle le temps de lâcher avant de se jeter au sol et d'activer son squelette.

Le milieu du mur explosa dans un geyser de plasma blanc aveuglant. De longues flammes ioniques léchèrent la chambre. L'une d'entre elles atteignit la jeune femme. Son champ de force, qui n'était pas tout à fait activé, s'embrasa autour d'elle et ne parvint pas à empêcher la décharge affaiblie d'atomes énergisés de fouetter sa peau nue. Elle hurla de douleur et se roula par terre, tandis que le champ force se stabilisait et repoussait le gros de l'attaque. Des flammes jaillirent des meubles et de la moquette.

Des coups de feu retentirent, qui firent trembler la chambre. Une lumière aveuglante stroboscopique se déversait par le mur éventré. Gwyneth s'en éloigna tant bien que mal, les yeux embués de larmes. Elle risqua un regard vers son flanc, sous sa cage thoracique, où le flot ionique l'avait perforée. Sa peau noircie était striée de craquelures rouges, desquelles s'écoulaient du sang ainsi qu'un fluide indéterminé. La douleur était tellement intense qu'elle ne la sentait presque pas. Elle sut soudain qu'elle allait vomir. Le système anti-incendie se mit en route et des jets inondèrent les points les plus chauds d'une épaisse mousse bleue. La chambre était saturée de fumée et de vapeur, et la visibilité presque nulle.

D'autres explosions retentirent. L'une d'entre elles secoua le plancher. Le plafond s'affaissa un peu et ce qui restait du mur s'effondra. Gwyneth essaya de se relever, mais ses membres refusèrent de lui obéir. Elle persévéra néanmoins et réussit à se mettre à genoux. Une alarme hurlait.

Trois silhouettes en armure se matérialisèrent dans la fumée dense. Deux d'entre elles pointaient des armes courtaudes dans sa direction.

—Ne bougez pas, mademoiselle.

Gwyneth faillit rire.

La troisième personne la contourna lourdement et tourna la paume de sa main vers la porte de la salle de bains. Il y eut un bruit sourd, et une onde de choc projeta la jeune femme face contre terre, ce qui réveilla la douleur de son flanc. La porte avait disparu, de même que la plus grande partie de son encadrement.

— La voie est libre, dit la silhouette.

— Vous avez vu par où il est parti ?

Gwyneth se contenta de cligner des yeux. Une galaxie d'étoiles colorées étrangères à cet univers dansait devant ses yeux.

— Gwyneth ! C'est Paula. Est-ce que vous l'avez vu ? Est-il entré dans votre chambre ?

— Je… Non. Non, reprit-elle en serrant les dents pour se concentrer. Il y a juste eu cette grenade à plasma. Il n'est pas entré.

— D'accord. Tenez bon ! Une équipe médicale va bientôt vous rejoindre.

— Oh, ne vous en faites pas pour moi, je vais bien ! dit la blessée avant de perdre connaissance.

* * *

Le soleil était tout juste assez haut pour dispenser une lumière faible et pâle sur les longues rues de Tridelta lorsque le taxi d'Alic Hogan s'arrêta devant le cordon de sécurité établi tout autour de l'hôtel *Almada*. Il sortit du véhicule en compagnie du lieutenant John King et découvrit le décor avec un sentiment d'incrédulité croissant. Alic n'était pas croyant ni même superstitieux, mais il lui arrivait de se demander s'il n'était pas un peu maudit.

Cinq camions de pompiers étaient stationnés devant l'édifice de verre. Des robots avaient grimpé jusqu'au cinquième étage en traînant derrière eux de longs tuyaux. Ils étaient agglutinés autour d'une série de trous pratiqués dans la mosaïque de fenêtres et de panneaux en béton. Des trous causés par des explosions, comprit-il. Leurs bords avaient fondu, et il y avait très peu de suie noire au-dessus, ce qui signifiait que le plasma avait jailli à l'horizontale. D'où l'importante quantité de débris qui jonchaient le sol devant le bâtiment. De l'eau et de la mousse bleue avaient débordé de la chambre, s'étaient écoulées le long de la façade avant d'inonder le trottoir, puis d'être avalées par les égouts. Dans la chaussée, il y avait deux cratères peu profonds laissés par des grenades à plasma, ainsi que quelques cicatrices plus modestes causées par des impulsions ioniques.

Autour du périmètre réservé aux camions et aux pompiers habillés de champs de force qui supervisaient l'opération, la police avait mis en place un cordon renforcé par des officiers armés et des robots patrouilleurs. Des grappes de voitures bloquaient les rues tout autour de l'hôtel, leurs gyrophares bleus et rouges brillant puissamment dans l'aurore de plomb. Plusieurs autres véhicules – des voitures et des camionnettes de livraison – étaient garés le long des trottoirs, là où la régulation du trafic les avait contraints à s'arrêter. Les clients de l'*Almada*, soit environ deux cents personnes, étaient réunis près d'un angle de l'immeuble. Certains étaient vêtus de pyjamas, d'autres de robes de chambre, d'autres encore de tenues plus légères. Nombreux étaient ceux qui étaient pieds nus. Des officiers de police se mêlaient à eux, répondaient à leurs questions, notaient leurs protestations. Les enfants pleuraient.

Deux ambulances et un car médicalisé étaient garés derrière les camions de pompiers.

— Grand Dieu ! marmonna Alic.

— Apparemment, il était décidé à ne pas se faire prendre, dit John King.

— Effectivement, acquiesça Alic, qui anticipait la réaction de l'amiral.

La première personne qu'Alic croisa après qu'un officier de police les eut accompagnés jusqu'à la réception fut Paula

Myo. Sa mâchoire se crispa instinctivement. Elle portait une armure de combat intégrale, mais tenait son casque sous le bras. Même engoncée dans la combinaison massive et sombre, elle parvenait à être impeccable, avec ses cheveux retenus en arrière par un bandeau bleu à la Alice. Plusieurs hommes de la sécurité du Sénat étaient positionnés aux quatre coins du hall, leurs champs de force actifs et leurs armes chargées.

Deux infirmières s'occupaient de Gwyneth, couchée sur un brancard et enveloppée dans une blouse verte. Vic lui tenait la main, le visage blanc d'inquiétude et de colère. Étaient également présents Renne et Jim Nwan, qui attendaient à une distance respectable, sans pourvoir pour autant s'empêcher de regarder leur collègue blessée. Le commissaire de police local, accompagné d'un certain sergent Marhol, parlait à Paula.

Alic prit une profonde inspiration et s'avança jusqu'au brancard.

— Comment va-t-elle ? demanda-t-il à l'infirmière en chef.

— Elle a des brûlures profondes au flanc, là où le plasma l'a touchée. Elle devra subir un peu de régénération, mais elle s'en sortira. Nous avons nettoyé les plaies et les avons recouvertes de peau cicatrisante.

— Tout va bien, alors ?

— Quelques jours d'hôpital plus deux semaines de congés devraient suffire. Elle a eu de la chance.

— Parfait.

Il se pencha sur la victime en tâchant de ne pas voir les morceaux de peau carbonisée.

— Bonjour, chef, dit une Gwyneth au visage pâlot et au front luisant de sueur.

— Bonjour. Dès que vous serez sur pied, je vous envoie suivre un stage d'esquive.

— Ça me va, répondit-elle avec un sourire exagéré, résultat de l'injection d'une dose massive d'analgésiques.

— Accompagnez-la à l'hôpital, dit Alic à Vic. Prenez votre temps.

— Je reviens tout de suite. Je compte bien faire partie de l'équipe qui mettra la main sur cet enculé.

— Bien.

Alic n'avait pas l'intention de discuter en public, mais il était hors de question de permettre à Vic de prendre part à la suite des opérations. Pour l'instant, sa priorité était même d'écarter ce grand gaillard de son chemin.

Il finit par se tourner vers Paula, un sourire faux de procureur aux lèvres.

— Voudriez-vous vous donner la peine de m'expliquer ce qui se passe ici, je vous prie ?

— Certainement.

Paula remercia le commissaire, qui s'en alla en compagnie de Marhol. Ne restaient plus sur les lieux que les membres du bureau parisien.

— Tarlo est un traître, assena-t-elle d'une voix neutre.

— J'espère pour vous que vous avez des preuves de ce que vous avancez.

Ostensiblement, elle jeta un regard circulaire sur la réception, la vaste entrée en verre et la scène chaotique qui se jouait à l'extérieur. Alic s'empourpra mais parvint à garder son calme.

— J'avais tendu des pièges à Tarlo et Renne, expliqua Paula.

— Moi ? lâcha Renne.

— Bien sûr, répliqua poliment Paula. J'avais mis en place une surveillance à la fois visuelle et électronique. Dès qu'il a su que Renne faisait filer Bernadette Halgarth, Tarlo s'est empressé de prévenir cette dernière. Nous avons intercepté cet appel. Nous sommes donc venus l'arrêter, mais il a résisté et s'est enfui. Notez qu'il était équipé d'implants non déclarés. La prochaine fois, nous tâcherons de l'appréhender avec le matériel approprié.

Alic connaissait déjà la réponse, mais il se sentit obligé de demander :

— À votre avis, pour le compte de qui Tarlo œuvre-t-il ?

— L'Arpenteur.

— Putain de merde ! L'amiral ne croit pas à l'existence de l'Arpenteur.

— Ne vous en faites pas, le rassura Paula avec une compassion non feinte à laquelle il ne s'attendait pas. Il sera bien forcé d'admettre que Tarlo nous a trahis. Vous n'avez rien à vous reprocher ; cela fait plus de deux décennies que Tarlo travaille contre nos intérêts. Vous devrez passer au peigne fin toutes les affaires sur lesquelles il a enquêté et mettre en évidence ses interventions illégales.

— D'accord, se contenta de dire Alic.

Il ne voulait pas encore penser à la somme de boulot que cela représenterait, ni aux difficultés qu'il aurait pour organiser tout cela. Sans compter qu'un autre département du renseignement de la Marine serait probablement mis sur le coup afin d'examiner le cas de tous les membres du bureau parisien, y compris le sien.

— Pourquoi Bernadette était-elle sous surveillance ? demanda-t-il à Renne. Il me semble que nous étions d'accord sur le fait que cet aspect de l'enquête était clos.

— Christabel Halgarth a fait suivre Bernadette et Victor à ma demande, expliqua Paula avant que Renne ouvre la bouche.

À en juger par l'expression de cette dernière, elle n'était pas au courant.

— Si je vous suis bien, Bernadette serait un agent de l'Arpenteur ? continua Alic.

— En effet. Ce qui signifie logiquement que Victor est

son complice. J'ai fait prévenir Christabel. Elle va tenter de resserrer les mailles de son filet pour le localiser. À moins bien sûr qu'il se soit définitivement évanoui.

— Et Isabella ? demanda Renne.

— Son implication est encore plus probable, dit Paula. Vous avez eu une bonne intuition sur cette enquête. Personnellement, je pense que la rumeur concernant Doi était de la désinformation destinée à discréditer les Gardiens de l'individualité.

— D'accord, d'accord, intervint Alic, soucieux de tirer un trait sur cette arrestation manquée qui, après tout, était l'œuvre de Myo. Quelles sont vos recommandations ? Que doit-on faire ?

— Ma priorité numéro un reste bien sûr l'arrestation de Tarlo. La sécurité de CST passe déjà en revue tous les passagers en partance de Tridelta. J'ai fait déployer un bataillon armé à l'intérieur de la station. Toutefois, il convient également de continuer à travailler sur les enquêtes en cours.

— Vous allez arrêter Bernadette ? demanda Jim Nwan.

— Oui. Ce sera juste une question de timing.

— Maintenant que nous savons que les agents de l'Arpenteur sont des arsenaux sur pattes, il va peut-être s'agir d'augmenter notre force de frappe de manière significative, suggéra John King.

— J'ai déjà demandé à la sécurité du Sénat de dépêcher davantage de personnes. Pour le moment, toutefois, Bernadette est le seul agent de l'Arpenteur dont nous connaissions la localisation. Nous ne devons pas lui permettre de s'enfuir.

— Dans combien de temps vos renforts arriveront-ils ? demanda Alic.

— Quinze minutes.

— Bien. Alors, allons-y.

Paula coinça son casque sous son autre bras.

—Non. Elle sait que sa couverture ne tient plus, que nous l'observons, que la station de Tridelta grouille de soldats.

—Alors ?

—Alors, pourquoi n'a-t-elle pas essayé d'échapper à notre surveillance lorsqu'elle a appris ce qui était arrivé à Tarlo ?

Alic se redressa en s'essuyant le front du dos de la main.

—Elle attend quelque chose, dit-il.

—Exactement.

—Plus elle attendra, plus nous aurons de chances de la serrer. Ce qu'elle sait très bien.

—Oui. Elle est donc venue chercher quelque chose d'extrêmement important, de vital pour l'Arpenteur. Elle tentera de nous échapper, que ce soit par la force ou non. Nous devons lui faire croire qu'elle a réussi, pour qu'elle nous conduise à notre cible.

—Je mets les ressources du bureau parisien à votre disposition, dit Alic.

—J'aimerais que l'équipe de Renne termine son travail – question de continuité. Vous avez quelqu'un pour remplacer Vic ?

—Bien sûr, fit-il en se tournant vers John King. Ce sera vous.

—Oui, monsieur, répondit John.

—Merci beaucoup, reprit Paula. Si vos officiers, la sécurité des Halgarth et celle du Sénat ne parviennent pas à l'attraper en travaillant main dans la main, c'est que nous ne méritons vraiment pas de réussir.

—Et pour ce qui concerne le rendez-vous avec l'Agent ? demanda Jim Nwan. Tout est déjà organisé.

—C'est notre second objectif, répondit Paula. Cet Agent est l'homme providentiel que nous attendions. Il pourrait très bien nous conduire directement aux Gardiens.

La rencontre de ce soir doit absolument avoir lieu. Nous devons impérativement – et je dis bien impérativement – arrêter l'Agent.

—Je prends le commandement de cette opération, dit Alic.

C'était le genre de mission d'interception qui entrait dans les prérogatives de l'amiral. La réussir serait une excellente publicité pour le timonier qu'il était. Avec un peu de chance, cela pourrait même faire un peu oublier cette situation embarrassante.

—Bien. Si nous ne l'avons pas arrêté d'ici là, Tarlo risque de pointer son nez ce soir.

—Vous êtes sûre ?

—Quiconque mettra la main sur l'Agent aura accès à des informations critiques concernant les Gardiens et leurs projets. L'Arpenteur en a besoin autant que nous ; cela fait des siècles qu'ils s'opposent à lui envers et contre tout.

—Donc... Sommes-nous toujours censés démanteler leur organisation ? demanda Renne.

Alic n'avait jamais vu une expression aussi gênée sur le visage de Paula. Pas même le jour où l'amiral l'avait fichue dehors.

—De nombreux facteurs politiques sont à prendre en considération, dit-elle avec lenteur. Tout ce que je puis dire, c'est que mes alliés devront agir avec beaucoup de circonspection lorsque nous aurons arrêté l'Agent et récupéré les informations qu'il détient.

—Bien, la coupa sèchement Alic. Nous savons tous quoi faire. Je contacterai le bureau pour obtenir le matériel dont vous aurez besoin. Je pense en particulier à des armures électroniques. Paula, puis-je vous parler seul à seule ?

Ils s'éloignèrent tous les deux du petit groupe.

—Vous savez que je ne peux pas me permettre de tergiverser lorsqu'il s'agit des Gardiens, dit-il. Dès que nous aurons des données exploitables, nous ne pourrons faire autrement que d'agir très vite. Après tout, ils sont toujours classés dans la catégorie des groupes terroristes.

— Je comprends. Néanmoins, le cas de Tarlo ne manquera pas de faire réfléchir l'amiral. Il n'est pas stupide. Si les informations que nous espérons obtenir se révèlent utiles, mes alliés seront en mesure d'infléchir la politique du Commonwealth.

Alic siffla, impressionné.

— Vos alliés sont des gens importants, alors. Bonne chance pour le reste de la journée.

— Pareil pour vous. J'ai un conseil à vous donner : renforcez la surveillance de Beard. Il est notre seul lien avec l'Agent. Si Tarlo veut éviter de se frotter à nous ce soir, il essaiera de s'en prendre à Beard.

— J'ai compris, acquiesça Alic avant de retourner vers ses inspecteurs inquiets.

* * *

Mellanie passa la matinée étendue sur le lit étroit de sa chambre, les rideaux tirés, à compulser tous les bulletins d'informations locales disponibles. Partout, on ne parlait que de ce qui s'était produit la nuit dernière à l'hôtel *Almada*. Le niveau de violence de l'altercation avait surpris les journalistes, et la police n'était pas très coopérative, refusant de donner des détails. En revanche, pas la moindre mention de la découverte d'un cadavre sur le pont menant aux canots de sauvetage du *Cypress Island*.

Elle ne comprenait pas pourquoi, mais en profita tout de même pour se détendre un peu. Quand elle en eut assez, elle coupa les informations pour appeler Dudley.

— Salut, mon amour, dit-il. Tu reviens aujourd'hui ?

— Non, désolée.

— Quand, alors ? Tu me manques. J'ai envie de toi.

Son dénuement apparent était presque rassurant. Dudley : jeune, vieux et stupide. C'était une constante universelle, en quelque sorte.

— Bientôt. Peut-être demain.

— Je l'espère. J'ai beaucoup travaillé sur mon projet de voyage.

— Quel voyage ?

— Tu sais bien, l'astéroïde.

— Ah, oui, j'avais oublié ! Où en es-tu ?

— Je m'en sors très bien. En ce moment je suis en train de calculer différentes orbites de transfert. Une fois arrivés sur place, nous aurons besoin de suffisamment de carburant pour explorer l'orbite de la géante gazeuse à l'intérieur et à l'extérieur de son anneau. Toutefois, l'astéroïde que nous cherchons émet probablement de grandes quantités d'infrarouges, ce qui facilitera grandement sa localisation.

— Bien joué, Dudley. Je jetterai un coup d'œil à tout cela dès mon retour.

— J'ai vraiment envie de toi.

— Dudley, tu n'as qu'à regarder *Séduction meurtrière.*

— Non. Je déteste ce truc. Je le déteste ! Tu y fais l'amour avec quelqu'un d'autre. Je ne veux plus connaître cela. C'est une sensation abominable. Tu n'aurais jamais dû accepter de tourner dans ce truc.

— D'accord, Dudley. Je voulais juste prendre de tes nouvelles.

— Je vais bien, comme tu peux le constater.

— Je me demandais aussi si personne ne m'avait suivie. Ne t'inquiète surtout pas, c'est juste une impression. Tu n'as vu personne traîner autour de l'appartement ces derniers temps ?

Elle était certaine que les envoyés d'Alessandra l'avaient suivie sur Terre. Sans doute depuis le studio de Michelangelo.

Ils savaient donc forcément où se trouvait Dudley et réfléchissaient probablement à un moyen de l'utiliser pour retrouver sa trace.

—Non. Tu veux que je sorte pour vérifier ?

—Non, Dudley. Merci. Je suis fatiguée, je ne suis plus trop sûre.

—Comme tu voudras. Qu'est-ce que tu vas faire aujourd'hui ? Tu as repéré ces hommes, ces juristes ?

—Pas encore, mais cela ne devrait pas tarder. J'ai dégotté un boulot qui m'aidera peut-être à retrouver leur trace.

—Quel genre de boulot ?

—Je suis femme de ménage stagiaire dans une clinique.

Le visage excessivement amical de Kaspar Murdo lui apparut en esprit. Lui qui l'avait prise sous son aile dans cette boîte de nuit flottante. Son bagou, son sourire douceâtre, la façon dont il l'avait fait parler pendant le voyage de retour, au petit matin. L'attention avec laquelle il avait écouté le récit de cette jeune femme courageuse, qui avait quitté tout ce qu'elle connaissait pour partir à l'aventure et se prendre en main. Dans son genre, il était doué. Un vrai gourou. À la place de Mellanie, de nombreuses jeunes proies seraient tombées dans le panneau.

Comme le *Cypress Island* retrouvait les eaux du Logrosan, il avait promis d'essayer de lui trouver un job et avait proposé de lui louer une chambre. Son dernier locataire venait tout juste de le quitter, et ses tarifs étaient très raisonnables. Elle avait accepté après une longue hésitation plus vraie que nature. Lorsqu'ils comprendraient que Dorian ne reviendrait jamais, les gens d'Alessandra surveilleraient de très près son appartement de Royal Avenue, et c'était une complication dont elle préférait se passer.

Le loft de Murdo dans la marina de Barbica était étonnamment grand et extrêmement lumineux, du fait de ses parois incurvées en briques de verre. Les meubles de style scandinave étaient anciens, mais d'excellente qualité, et tout était impeccablement propre. Il y avait deux chambres à coucher, ainsi qu'une troisième pièce scellée par un rideau électronique commercial.

Il s'était comporté en parfait gentleman, lui avait donné un peignoir en lui proposant d'utiliser sa salle de bains. Il lui avait également prêté un sweat-shirt et un jean qui étaient presque à sa taille. Elle les avait acceptés avec joie en attendant d'aller chercher ses propres vêtements. Il lui avait souhaité bonne nuit, puis s'était éclipsé. Il ne devait partir travailler qu'à 18 heures.

Elle avait pris une douche. Ses tatouages avaient détecté de nombreux capteurs tout autour de la cabine dallée de pierre à chaux. Ils étaient actifs, ce qui signifiait que Murdo examinait le moindre millimètre carré de sa peau. Une fois dans sa chambre, elle avait découvert un anneau d'holocaméras de qualité professionnelle accroché au plafond. Apparemment, Murdo aimait garder constamment un œil sur ses possessions.

— Comment diable t'es-tu dégotté un boulot pareil ? demanda Dudley.

Elle sourit dans l'obscurité et se demanda ce que Murdo penserait de cela.

— J'ai fait la connaissance du concierge, dit-elle.

* * *

Suivre Bernadette Halgarth était un véritable cauchemar. Jenny McNowak se rappelait l'entraînement dispensé par Adam. Elle et ses camarades s'étaient mutuellement suivis dans des villes denses ou des étendues sauvages sur une douzaine de mondes différents, prenant tour à tour le rôle du chasseur ou de la proie afin d'expérimenter toutes les sensations. Eh bien, ces longues marches, ces entraînements extrêmes n'étaient que des promenades de santé comparés à ce qu'elle vivait aujourd'hui.

Kieran et elle étaient tombés d'accord sur une chose: Bernadette savait qu'elle était suivie. En émergeant de l'*Octavious* ce matin-là à 10 heures, elle avait immédiatement entrepris de les semer en pratiquant quelques manœuvres classiques. Elle n'entra que dans des centres commerciaux noirs de monde et dotés de plusieurs sorties, ou dans des gratte-ciel possédant de vastes niveaux souterrains reliés à d'autres bâtiments par une série de passages complexe. Là où elle passait, les nœuds de connexion à la cybersphère et les ordinateurs à usage public étaient systématiquement attaqués par des programmes subversifs qui empêchaient temporairement leur bon fonctionnement. Elle changeait régulièrement de taxi, comme les logiciels de régulation ne résistaient pas à ses assauts répétés. Le coup du monorail était un grand classique: attendre jusqu'à la dernière seconde, avant de sauter à l'intérieur juste au moment où les portes se referment.

En conséquence de quoi ils étaient contraints de la suivre de très près, ce qu'ils ne pouvaient pourtant pas se permettre, car ils risquaient à tout moment de se faire repérer par les hommes plus nombreux et mieux équipés de la Marine. Par deux fois, Jenny avait cru apercevoir de minuscules aérobots en vol stationnaire plusieurs centaines de mètres au-dessus des rues animées. Si elle en avait vu deux, c'est qu'il y en avait forcément tout un essaim, qui patrouillait dans le ciel de la ville. Ces engins permettaient à l'équipe de la Marine de rester en retrait, tandis que ses amis et elle étaient contraints de ne pas lâcher Bernadette d'une semelle. Ce qui augmentait de manière significative les risques de repérage.

— C'est la première fois qu'ils mettent autant de monde sur le coup, dit Kieran comme ils contournaient Haben Park.

Bernadette traversait les vastes étendues de gazon, restait délibérément à l'écart des chemins. Au centre du jardin, il y avait une station de monorail qu'elle ne manquerait pas d'utiliser. Jamas traînait devant son entrée principale, prêt à la suivre jusqu'au quai, au cas où.

— Ils n'ont pas l'habitude d'envoyer des hommes au sol quand des aérobots sont déployés dans le ciel, insista Kieran.

— Difficile, pour un aérobot, de la suivre à l'intérieur d'un gratte-ciel.

— Oui, mais la façon dont ils quadrillent le terrain... On dirait presque qu'ils ont envie d'être vus.

Jenny avait provisoirement marqué deux hommes de la Marine, qui erraient en périphérie du parc.

— Cela devient ridicule, dit-elle. Même si elle ne nous voit pas, eux finiront par nous repérer. On ne peut pas continuer de la suivre ainsi toute la journée. Leurs programmes espions ne tarderont pas à capter nos communications codées. Nous sommes entraînés à éviter les équipes d'observation, pas à observer nous-mêmes.

— Tu as raison, dit-il, comme Jamas passait tout près d'une femme qu'ils suspectaient d'être un officier de la Marine. Tout le monde décroche. On change de tactique.

— Qu'est-ce que tu fais ? demanda Jenny.

— Je vais observer les observateurs. C'est le choix le plus logique.

Jenny s'abstint d'émettre la moindre critique. C'était une décision risquée, mais continuer ainsi n'était tout simplement pas envisageable. Elle vit Bernadette changer brusquement de direction et prendre un escalator menant au quai aérien. Il s'agissait d'un carrefour et le monorail pouvait prendre quatre directions différentes. La femme qui semblait la suivre prit un autre escalator.

— Rosamund, Jamas, on s'occupe de celui-là, annonça Kieran en leur envoyant un fichier montrant un homme qui se promenait nonchalamment à une centaine de mètres de là. Cela fait quinze minutes qu'il tourne en rond. Il ne va pas tarder à passer à l'action.

Observer les officiers de la Marine était beaucoup plus aisé que filer Bernadette. Kieran avait raison. L'homme était à l'affût et ne se doutait aucunement qu'il était surveillé. Tandis que Bernadette entreprenait de longer la ligne de monorail, l'homme monta dans un taxi. Les Gardiens le suivirent dans trois voitures différentes, qui se faufilaient difficilement dans le trafic congestionné de Tridelta.

La Marine avait installé son QG au commissariat de Dongara. Pour les Gardiens, traîner ainsi autour du bâtiment de la police n'était pas anodin. Heureusement, le quartier du port accueillait de nombreux bars et restaurants. À tour de rôle, ils s'installèrent à des terrasses pour scruter la façade du commissariat avec leurs implants rétiniens.

En milieu d'après-midi, Jenny appela Adam.

— Devinez qui vient d'entrer dans le parking du commissariat ?

— Je ne sais pas.

— Paula Myo.

— Vraiment ? Décidément... D'abord les événements de l'*Almada*, ensuite Myo qui pointe le bout de son nez. Si cela continue, je vais regretter d'être parti.

— Ce qui arrive est extrêmement important. La Marine poursuit un agent de l'Arpenteur. En toute logique, cela signifie qu'elle admet son existence.

— Paula fait partie de la sécurité du Sénat et non de la Marine. Toutefois, vous avez raison. Les échelons supérieurs de la classe politique du Commonwealth doivent être au courant, à présent. Ou au moins envisager très sérieusement cette possibilité. J'en informerai Bradley.

— Que doit-on faire ?

— Restez à proximité des gens de la Marine sans vous faire voir et recueillez un maximum d'informations. Vous n'avez manifestement plus aucune chance de mettre la main sur des agents de l'Arpenteur en suivant Bernadette. Néanmoins, j'aimerais savoir ce qu'elle fait sur Illuminatus. À mon avis, c'est ici que les agents viennent faire installer leurs implants. Tout comme nous, d'ailleurs. Si Myo parvenait à démanteler une de leurs cellules, ce serait bénéfique à notre organisation.

— D'accord. Nous tâcherons de les suivre, si nous le pouvons. Kieran nous a loué quelques voitures.

— La circulation est très dense. Bonne chance.

Le soleil commençait à descendre sous la ligne d'horizon lorsque huit grosses limousines sortirent en trombe du parking souterrain du commissariat. Leurs gyrophares et sirènes étaient débranchés, mais la régulation du trafic leur ouvrait la route.

Jenny avala ce qui restait de son thé glacé.

— On y va, dit-elle aux autres.

* * *

La soirée était chaude, quoique moins humide depuis que le soleil avait complètement disparu. Mellanie avait pris le monorail avec Murdo jusqu'à une station située à moins de un kilomètre de la tour *Greenford.* Les bars et les clubs d'Allwyn Street se préparaient à accueillir une foule de noctambules. Pour le moment, toutefois, les clients étaient rares. Même le trafic semblait moins dense que d'habitude.

Murdo lui fit traverser Greenford Plaza, dont les fontaines envoyaient leurs jets très haut dans le ciel gris. Au-dessus de leurs têtes, l'aéronef amarré à la tour se préparait à partir. Les lumières de son pont d'observation brillaient intensément, tandis que robots et serveurs dressaient les tables du restaurant recommandé par le Guide Michelin.

L'entrée privée de la clinique Saffron s'ouvrit pour Murdo, dès que celui-ci eut posé la paume de sa main sur le senseur. Le hall était petit, étroit et pourvu d'un seul ascenseur.

Pendant que la cabine s'élevait vers le trente-huitième étage, Mellanie mit à profit certains de ses implants pour examiner l'environnement électronique dans lequel elle évoluait. L'ascenseur était équipé de plusieurs systèmes, mais aucun n'était récent. Le plus perfectionné datait de l'installation du nouveau réseau de la tour, quinze ans plus tôt. Au-dessus de sa tête, elle sentait la présence du puissant et sophistiqué bouclier électronique de la clinique. Elle désactiva tous ses implants et tatouages, sauf les plus élémentaires. L'IA lui avait promis que ses systèmes étaient quasi indétectables lorsqu'ils étaient inertes.

La cabine traversa le bouclier, s'arrêta, et ses portes s'ouvrirent. Mellanie fut alors l'objet d'un scan exhaustif. Le couloir était nu. Sur les murs couraient des conduits divers, au plafond brillaient des bandes polyphotos. Deux gardes humains armés et à l'air las étaient assis derrière un bureau, tout près de l'ascenseur.

— C'est qui ? demanda l'un d'entre eux, laconique, en désignant Mellanie du menton.

Il ne se donna pas la peine de se lever. Le scan ne révéla rien de suspect.

— Une nouvelle stagiaire, répondit Murdo. Je me suis occupé de ses papiers cet après-midi.

Le garde grogna.

— Vous êtes Saskia ?

— Oui, dit-elle d'une petite voix.

— Bien, fit-il en faisant glisser sur le bureau un ordinateur de poche. Mettez votre main là-dessus. On a besoin de votre biométrie. Vous n'êtes pas encore autorisée à pénétrer dans la partie médicale, compris ? Vous ne bougez pas de cet étage.

— Oui.

— Si vous essayez de monter, on vous descend. Ce que vous verrez à l'intérieur devra rester secret ; pas question d'en parler avec vos copines. Sinon, on vous descend. Vous viendrez les mains dans les poches et n'aurez rien d'autre que vos vêtements sur vous. On vous fournira un uniforme. Si vous tentez de planquer un senseur, on vous descend.

Mellanie hocha vigoureusement la tête. Les gardes échangèrent un sourire carnassier.

— N'écoutez pas ces conneries, intervint Murdo. Ces deux branleurs seraient incapables d'atteindre la façade de ce bâtiment à vingt pas.

Le garde le gratifia d'un geste de la main obscène et vigoureux. Murdo lui répondit de la même manière et guida Mellanie dans le couloir. Il la fit entrer dans le vestiaire. Trois infirmières se préparaient pour leur garde. Elles stoppèrent leur conversation et lancèrent un regard noir à Murdo.

— La majorité du personnel se change ici, expliqua Murdo. Mais pas les médecins ni le personnel administratif, qui arrivent vêtus de leur tenue de travail. Voici votre placard, reprit-il en désignant une armoire métallique. Placez votre pouce sur le scanner pour l'ouvrir. Ces abrutis de l'entrée doivent avoir mis à jour le réseau.

Mellanie appuya son pouce sur le petit capteur, et la serrure s'ouvrit. Le placard était vide.

— Je n'ai pas d'uniforme ? demanda-t-elle.

— Je vais en chercher un dans la réserve. Attendez une minute.

Il disparut derrière la rangée de placards. Mellanie en profita pour réveiller ses implants un à un. Il n'y avait aucun senseur actif dans le local, juste quelques caméras accrochées au plafond. Elle chargea un programme espion dans le gestionnaire du vestiaire, avec lequel elle fut en mesure d'examiner la structure interne du réseau de la clinique. Il y avait, en particulier dans les étages supérieurs, un nombre impressionnant de systèmes et de programmes de sécurité. Tous étaient protégés par des portails cryptés, qu'il lui serait impossible de contourner. L'ordinateur de la réception, en revanche, avec sa connexion permanente à la cybersphère, constituait une porte d'entrée évidente. Son assistant virtuel se dissimula donc dans un transfert d'argent électronique afin de passer en revue les dossiers d'admission remplis cinq jours avant et après la date où, d'après Michelangelo, les juristes étaient arrivés.

Les trois infirmières s'en allèrent. Mellanie demanda à son espion de les suivre et de recueillir un maximum d'informations sur le protocole de sécurité à mesure qu'elles montaient dans les étages supérieurs.

— Eh, Saskia, venez par ici, j'ai votre uniforme, dit Murdo. Je savais bien qu'il en restait quelques-uns.

Mellanie nota qu'il avait attendu que les infirmières s'en aillent. La main tendue, elle avança en examinant le contenu des placards. Certains d'entre eux contenaient des objets pour le moins intéressants.

Murdo portait une salopette rouge sang avec son nom sur la poche de sa poitrine.

— Mettez cela, dit-il en lui tendant une robe légère coupée dans un tissu brillant et un petit tablier à froufrous blanc.

Mellanie reconnut immédiatement une panoplie classique de soubrette française. Elle faillit éclater de rire. Murdo n'était pas un simple stéréotype, mais plutôt un cliché vivant.

— J'ai mis en évidence trois admissions qui correspondent aux profils que vous recherchez, lui annonça son assistant virtuel.

Les dossiers apparurent dans son champ de vision. Aucune référence à la nature des traitements dont les patients avaient besoin, juste des prix, ce qui surprit beaucoup la jeune femme. En revanche, chaque dossier comportait un numéro de chambre, pour faciliter la facturation.

— Allez, ma chère, c'est ce que portent toutes les femmes de ménage stagiaires de la clinique, reprit Murdo d'une voix posée.

Mellanie activa une deuxième série de tatouages, puis isola la pièce, rendant impossible toute communication avec l'extérieur.

— Hum… Je ne crois pas.

Elle claqua des doigts. Un des placards qu'elle venait de dépasser s'ouvrit.

* * *

La station de téléphérique se trouvait à l'extrémité est de Crossquay. Alic, Lucius Lee et Marhol escortèrent Robin Beard à travers le hall et jusqu'au quai. Ils ne le touchaient jamais, ni ne lui adressaient la parole. Tout juste se contentaient-ils de former un triangle compact autour de lui. Si l'Agent était aussi fort que Beard l'affirmait, il aurait des observateurs dissimulés dans la foule en partance pour le restaurant *La Canopée*.

Le quai culminait plusieurs mètres au-dessus de Crossquay. Il se résumait à une simple grille de métal surplombée par des câbles à moitié enfoncés dans le feuillage d'un gros arbre qui lui servait d'abri. Alic se retourna et vit Tridelta scintiller à trois kilomètres de là, de l'autre côté de la rivière. La Dongara et la Monkira supérieure se rejoignaient ici, formaient le cours d'eau turbulent et bouillonnant qui se jetait dans le Logrosan à l'est de la ville, où commençait la Monkira inférieure. Les ferries se succédaient, débarquant leur cargaison de touristes avides de croisières nocturnes. Plusieurs aéronefs glissaient dans le ciel en crevant les lambeaux de nuages.

Un téléphérique jaillit de la jungle lumineuse et s'arrêta le long du quai opposé pour déposer deux stewards. Il disparut ensuite dans le hangar qui dominait la station, pour réapparaître quelques minutes plus tard et stopper devant le petit groupe de passagers. Les portes s'ouvrirent, et l'embarcation se balança lentement comme un pendule accroché à des câbles en carbone. Les stewards invitèrent tout le monde à monter.

Il y avait dix places assises disposées en cercle autour de la poutrelle centrale. Alic s'installa juste à côté de la porte. Beard se mit près de lui.

Lorsque toutes les places furent prises, un steward ferma la porte et leva le pouce. La roue située au-dessus de la tête des voyageurs s'ébranla et la cabine prit la direction de la jungle.

Les groupes écologistes locaux avaient manifesté vigoureusement pour empêcher les promoteurs d'installer leurs câbles. Le respect des jungles était inscrit dans la constitution d'Illuminatus et, bien qu'ils soient spécialement enclins à transgresser règles et lois, les citoyens de Tridelta étaient attachés à leur environnement unique. Du fait de la soupe de bactéries très particulière qui composait son sol, il était extrêmement difficile de faire pousser ailleurs des plantes originaires d'Illuminatus. De jeunes arbres en pot étaient bien vendus aux botanistes enthousiastes, mais il aurait été inconcevable de planter une forêt entière sur un autre monde. Aussi, les environnementalistes n'avaient-ils pas très envie de voir d'énormes machines abattre des arbres pour ficher dans le sol des piliers de béton, ou scier des branches pour permettre aux cabines de traverser la canopée inextricable.

Après une décennie de batailles juridiques, les promoteurs avaient gagné la partie en fournissant des garanties satisfaisantes. Les écologistes avaient fini par admettre que ce tourisme-là faisait moins de dégâts que le précédent. En effet, les gens qui, après avoir débarqué à Crossquay, s'enfonçaient dans la jungle en brisant des branches et en piétinant des jeunes pousses, prenaient désormais le téléphérique. C'était un moyen de transport bon marché, qui leur permettait de voir la forêt de très près sans se fatiguer. Après un siècle d'abus et de blessures, la jungle avait repris ses droits aux abords de Crossquay au nord et au sud.

Les fenêtres de la cabine étaient dépourvues de vitres. Alic regardait les feuilles luisantes défiler à moins d'un mètre de là. Il faisait de son mieux pour ne pas admirer le panorama la bouche ouverte et se forçait à surveiller Beard toutes les trente secondes. Une équipe restée à Crossquay leur envoyait régulièrement des rapports sur les personnes qui montaient dans d'autres cabines. Aucune d'entre elles ne correspondait à la description que Beard leur avait faite de l'Agent. Alic avait déjà effectué ce trajet plus tôt dans l'après-midi, lorsque, avec le reste de son équipe, il s'était rendu jusqu'au restaurant *La Canopée*. Jim Nwan avait pris la tête d'un commando de cinq officiers de la Marine en armure positionnés autour de l'établissement. Même s'il venait accompagné de gardes du corps truffés d'implants, l'Agent ne pourrait résister à une telle puissance de frappe. Impossible également de s'échapper. Le parcours du téléphérique faisait dix kilomètres de long.

Le trajet dura vingt-cinq minutes. La cabine s'arrêta devant un quai en tout point identique à celui de Crossquay et déversa ses passagers aux anges. Le restaurant et le bar avaient été construits avec des bois importés et reposaient sur une sorte de radeau de poutres en chêne massives chevillées entre elles à plus de quatre mètres du sol. Il n'y avait pas de toit ; les clients étaient assis directement sous le feuillage. Une moitié de la plate-forme était occupée par le bar, l'autre servait au restaurant, dont les tables étaient réservées plusieurs semaines à l'avance.

Comme prévu, Beard se rendit directement dans le bar, où il s'installa à une table et commanda une bière à une serveuse. Alic, Lucius et Marhol prirent place sur des tabourets disposés autour du comptoir qui ceignait un tronc imposant. Marhol commanda la bière importée la plus onéreuse de la carte. Alic choisit d'ignorer les mauvaises manières de l'inspecteur et se contenta d'une eau minérale.

Il appela Paula et dit :

— Nous y sommes. Beard attend son contact. Les hélicoptères de la police sont en attente, prêts à nous évacuer dès que l'arrestation aura été effectuée. Vic est avec eux. Il n'a pas trop apprécié d'être mis à l'écart, mais je lui ai bien fait comprendre que c'était cela ou bien retourner à Paris.

— Parfait. Tout semble bien organisé. Bernadette vient d'entrer dans la tour *Greenford*. Celle-ci abrite la clinique Saffron, un établissement spécialisé dans les implants et altérations de l'ADN, entre autres choses. À moins qu'elle ait l'intention de prendre l'aéronef – ce qui est peu probable –, c'est bien à la clinique qu'elle se rend. Soit elle compte changer d'identité, soit elle va rendre visite à un patient.

— Elle sait que vous la surveillez ? demanda Alic.

— Je ne le pense pas. Nous la suivons uniquement à distance depuis quinze heures. À mon avis, elle croit nous avoir faussé compagnie.

— Très bien. Je vous appelle dès que nous avons l'Agent.

— Que se passe-t-il ? demanda Marhol.

Autour du bar, les conversations faisaient long feu. Les gens paraissaient surpris.

L'assistant virtuel d'Alic lui envoya une information prioritaire, mais il n'eut guère besoin de la consulter. Derrière le comptoir, le barman venait de connecter un moniteur sur l'émission d'Alessandra Baron. Wilson Kime faisait une déclaration devant un parterre de journalistes dans la salle de conférences du Pentagone II.

— La flotte de vaisseaux de classe Moscou envoyée attaquer la Porte de l'enfer est sur le chemin du retour et nous sommes enfin en mesure de communiquer avec elle. Je suis au regret de vous annoncer que cette mission a été un échec. Nos missiles ne sont pas parvenus à toucher leurs cibles. La Porte de l'enfer est intacte et fonctionnelle, tout comme les trous de ver secondaires qui la relient aux vingt-trois planètes perdues.

— Fait chier, grogna Marhol.

— Les Primiens ont trouvé le moyen de repousser nos missiles Douvoir, continua Wilson. J'insiste sur le fait que ce revers ne remet aucunement en question la suite de la campagne et j'affirme que la Marine conserve la capacité de contrer toute agression éventuelle.

— Tu parles !

C'était difficile à avaler, mais Alic partageait le point de vue de l'officier de police.

— Monsieur, appela doucement Lucius. Ce ne serait pas *lui*, par hasard ?

* * *

Tandis que tout le monde regardait les informations, l'Agent traversa le bar. Il était vêtu d'un costume en cuir fin qui, à la lumière tamisée des feuilles, brillait comme du pétrole brut. À son bras se tenait une fille habillée d'un petit ensemble couleur crème, à l'ourlet orné de pompons. Elle était grande et musclée comme une coureuse de marathon.

— Robin, dit l'Agent d'un air guilleret. Quel plaisir de vous revoir.

Beard tourna le dos à l'image de l'amiral. Son visage s'affaissa et devint un véritable masque de tristesse.

— Désolé, se contenta-t-il de dire.

L'Agent pinça les lèvres pour marquer un désaccord tout aristocratique. Son champ de force s'activa et déforma la surface ondulée de son costume. La fille tendit les bras, et deux canons courts jaillirent de la chair de ses poignets. Des tatouages bleus et verts s'allumèrent sur son visage et son cou et envoyèrent des vrilles sinueuses serpenter sous le tissu de sa robe. Elle pivota sur ses talons, menaçant tous les clients. Ceux qui se trouvaient tout près d'elle sursautèrent et reculèrent avec leur chaise.

—C'est le moment, ordonna Alic à son équipe, comme son propre champ de force s'activait et l'entourait d'un nuage oscillant.

—Vous avez besoin de nous, chef? demanda Vic.

—Attendez.

La fille se retourna à une vitesse impressionnante et pointa ses armes sur Alic. La peau de ses avant-bras se mit à onduler d'une manière étrange et rythmée. Les clients qui se trouvaient en travers de sa route se hâtèrent de former un couloir pour ne pas la gêner.

—Ne vous en mêlez pas, murmura Alic aux officiers de police.

Quelques secondes plus tard, il était seul au bar. L'amiral continuait à parler dans son dos, mais sa voix était réduite à un bourdonnement étouffé.

—Il n'y a pas de porte de sortie, dit Alic à l'Agent. Calmez-vous et désactivez vos armes. Vos gardes du corps peuvent partir. Vous, vous venez avec nous.

—C'est supposé m'encourager à coopérer? demanda l'Agent d'un ton authentiquement intrigué.

—Je peux transpercer sa protection comme un rien, intervint la fille. Ce n'est qu'une combinaison standard, aussi résistante que du papier, ajouta-t-elle en souriant et en faisant étalage de ses crocs d'un blanc argenté.

—Cela me semble raisonnable, en effet, dit l'Agent.

Jim Nwan atterrit sur le plancher avec un bruit sourd et puissant. Il portait une armure intégrale et une carabine à plasma. Son laser de visée dessina un point rouge sur le front de l'Agent, dont le sourire s'évanouit. Deux autres hommes armés sortirent de leurs cachettes végétales et pointèrent leurs armes sur la fille.

À quelques mètres d'un Beard tout tremblant, trois hommes armés de champs de force se levèrent et braquèrent les officiers. Les deux derniers membres de l'équipe d'Alic arrivèrent. Un autre client pivota sur son tabouret et menaça les policiers protégés par des rideaux d'énergie. L'établissement était plongé dans le silence. L'atmosphère était striée de rais couleur rubis. Les gens étaient recroquevillés dans leur fauteuil, le visage déformé par la terreur. Les amoureux se serraient l'un contre l'autre.

— C'est ce que nos ancêtres appelaient un match nul à la mexicaine, dit l'Agent. Je propose que chacun d'entre nous reparte de son côté pour réfléchir à ce que l'amiral vient de révéler. Nous allons bientôt devoir faire face à un problème autrement plus important que cette petite mascarade.

— Non, le coupa Alic.

Ses muscles étaient de plus en plus tendus. Jamais il n'avait été exposé à ce point. En situation de combat, la terreur physique ne durait en général que quelques secondes. Cette fois-ci, en revanche, la sensation s'étirait, s'étirait, et aucune issue ne semblait se profiler. Ce fumier d'Agent refusait tout simplement d'entendre raison. Une seule pensée obsédait l'officier : le temps qui s'était écoulé depuis qu'il avait effectué sa dernière sauvegarde mémorielle. Si tout le monde faisait feu en même temps, ses implants mémoires seraient immanquablement détruits. Néanmoins, reculer n'était pas envisageable.

— Chef, nous avons la capacité de vous couvrir, dit Vic. On peut être là en deux minutes.

— Non. Vous ne pourrez rien faire tant que nous serons ici. Ce serait un massacre.

— Alors, on arrive.

— Attendez !

L'Agent souriait de toutes ses dents.

— S'il y a une fusillade, au moins quatre-vingts pour cent de ces civils seront tués. Êtes-vous disposé à en prendre toute la responsabilité ?

— Vous ne pouvez pas vous enfuir. Le téléphérique est sous notre contrôle.

— Putain de merde ! cria un civil. Soyez raisonnable. Vous allez tous nous faire tuer.

— Je suis raisonnable, grogna Alic.

— J'ai de nombreux moyens de partir d'ici, reprit l'Agent. Je vais commencer par m'éloigner de vous. Si vous tentez quoi que ce soit, ce sera un véritable carnage. Réfléchissez bien, monsieur le fonctionnaire.

Pendant un bref moment, Alic eut envie d'appeler Paula pour lui demander conseil. *Non ! Pas elle.*

— Chef ? appela Jim. Qu'est-ce qu'on fait ?

— Si vous bougez d'un millimètre, je prends la responsabilité de tirer le premier, dit Alic.

— Si je ne voyais pas ce sentiment de panique dans vos yeux, peut-être que je…

L'Agent fronça les sourcils et leva les yeux. Alic entendit un faible grondement, qui gagnait rapidement en intensité. Les quelques senseurs dont il disposait se montrèrent incapables d'en déterminer l'origine.

— Jim ? Pouvez-vous me dire d'où cela vient ?

— Trois importantes sources d'énergie, juste au-dessus de vos têtes.

Alic risqua un regard vers le plafond de feuilles mouvantes et phosphorescentes.

— Des hélicoptères ? Vic, c'est vous ?

— Non, chef.

— Ça descend trop vite, dit Jim. Ce ne sont pas des hélicoptères.

— Vic, magnez-vous ! ordonna Alic.

— On arrive.

Une décharge de plasma atteignit le restaurant, traversa la canopée, transperça la plate-forme de bois exactement entre Alic et l'Agent. Les poutres de chêne explosèrent, se transformèrent en un nuage d'éclats mortels gros comme la main. Le champ de force d'Alic s'embrasa, tandis que les dagues enflammées se déversaient sur lui, le plaquaient contre le comptoir. Des flammes tourbillonnaient tout autour, produisaient d'épais nuages de fumée noire. Le sol s'affaissa brutalement, mais Alic parvint par réflexe à agripper le bar.

Les policiers et les gardes du corps de l'Agent tirèrent de concert vers les intrus dissimulés par la nuit. Les clients du bar hurlaient – de terreur ou de douleur, lorsqu'ils avaient été touchés par des dards mortels. D'autres décharges de plasma frappèrent la plate-forme, qui fut divisée en plusieurs sections. Les gens comme les meubles furent projetés en tous sens. Les feuilles et les branches qui les surplombaient se mirent à crépiter, tandis qu'une fumée irrespirable saturait l'atmosphère.

Alic vit l'Agent couché sur le dos, sur le sol de guingois. Entre les deux hommes, une fissure béante s'élargissait à vue d'œil. Des flammes en léchaient les bords. L'Agent regarda entre ses jambes, vers le bas, et se prépara à sauter.

— Sortez-vous immédiatement cette idée de la tête, cria Alic en pointant son pistolet ionique sur l'homme.

Celui-ci éclata de rire. Deux points rouges se posèrent sur le visage d'Alic.

— Tuez-le ! beugla l'Agent.

Deux décharges de plasma frappèrent le champ de force d'Alic. Une tempête de vapeur blanche et violette bouillonnante s'enroula autour de lui. De minuscules points de surcharge apparurent, qui permirent à des vrilles d'électrons brûlants de transpercer ses vêtements et sa peau. Il se tordit de douleur, lâcha le comptoir et tomba comme une masse sur le sol dangereusement incliné. Ses officiers contre-attaquèrent dans un grondement de coups de feu.

Alic se rendit compte qu'il était plié en deux autour du pied d'un tabouret de bar. Ses implants rétiniens filtrèrent la scène qui se déroulait devant lui et lui montrèrent l'Agent fermement accroché à son morceau de plancher et occupé à regarder dans son dos.

Trois silhouettes en armure traversèrent l'enfer de flammes qui surplombait le restaurant. Elles étaient équipées de fusées dorsales, qui hurlaient comme de véritables armes soniques. Deux d'entre elles atterrirent de part et d'autre de l'Agent. Immédiatement, elles furent prises pour cibles par des jets d'ions et de plasma qui, tels des coups de fouet, s'abattirent en claquant sur les tables et les chaises renversées alentour. De la fumée et des flammes s'élevèrent des points d'impact. Les fouets embrasés léchèrent l'armure énergétique du troisième homme, lui donnèrent une teinte violette. Une des silhouettes mystérieuses jeta un filet sur le dos de l'Agent. Celui-ci tenta de se relever, mais une botte lourde se posa sur son épaule et l'écrasa contre le sol. Comme la toile faisait son office, une tache sombre apparut à la surface du champ de force.

— Jim, vous pouvez les arrêter ? demanda Alic.

Dans sa vision virtuelle, tous ses implants étaient en alerte, et des lignes vertes de texte avaient remplacé les habituelles icônes.

— Arrêter quoi ?

Alic visa la silhouette qui surplombait l'Agent et tira. Le personnage ne parut même pas s'en rendre compte.

— Où êtes-vous ?

— Au sol, répondit Jim.

Alic tira de nouveau, mais cette fois en visant le plancher sur lequel se tenait le personnage. Les poutres lâchèrent et l'homme tomba en agitant désespérément les bras.

— Vous avez de la compagnie. Tâchez de ne pas le manquer, dit Alic, tandis que le troisième assaillant tournait un lance-grenades dans sa direction. Mike, Yan, Nyree ! L'un d'entre vous pourrait-il tirer sur le type qui se tient près de l'Agent ?

— J'y vais ! répliqua Yan.

Une explosion projeta Alic en arrière et sa tête heurta le bas du comptoir. Son champ de force n'absorba que partiellement le choc. Il suffoqua de douleur. Les ruines enflammées de *La Canopée* tournoyaient autour de lui. Les clients sautaient du plancher brisé vers les ténèbres. Certains étaient transformés en torche humaine, en comète, dont la queue orange étincelante s'étirait dans la nuit. Les cris qui emplissaient l'atmosphère étaient périodiquement couverts par des rafales ou des détonations de grenades à plasma. L'un des gros arbres sur lesquels était perché l'établissement était en train de basculer. Sa chute lourde et lente s'accélérait rapidement.

Le champ de force de l'Agent vacilla, puis disparut bel et bien. Des flammes s'attaquèrent aussitôt à son costume de cuir. L'homme cria, tandis que des flèches de feu pénétraient sa chair. La silhouette en armure qui le dominait de toute sa hauteur leva un bras. Alic vit une lame harmonique scintiller dans la lumière éblouissante.

— Yan ! appela Alic. N'arrêtez pas !

La lame décrivit un arc de cercle vers le bas. Plusieurs jets de plasma atteignirent le personnage au moment même où il décapitait l'Agent. Alic cria de frustration quand la tête de la victime rebondit sur le plancher déformé ; du sang jaillissait de son cou, de la fumée s'élevait de ses cheveux roussis. Jamais il n'oublierait l'air étonné de l'Agent au moment où sa tête se détacha de son corps.

L'homme reculait sous les assauts des fusils et luttait pour rester debout sur le sol incliné. Les boucles d'énergie enroulées autour de son armure se propagèrent dans les poutres en chêne brisées. Soudain, l'orage de feu miniature changea de direction et s'éleva vers le ciel, tandis que l'arbre massif s'effondrait. La silhouette, le plancher et le cadavre de l'Agent disparurent dans la masse embrasée du bar anéanti. Alic sentit le sol céder sous lui. Il tomba en agitant frénétiquement les bras et les jambes. Son champ de force protecteur menaça de se dégonfler comme un coussin trop vieux, puis il heurta violemment le sol. L'énergie absorba une partie du choc, qui vint néanmoins à bout de plusieurs de ses côtes. Alic fut agité de spasmes. La tête de l'Agent rebondit par terre tout près de lui sur le sol humide. Sa peau carbonisée se détachait de son crâne noirci. La chose dégoûtante s'immobilisa contre le creux de son coude. Une silhouette en armure apparut au-dessus de lui.

— Jim ?

— J'ai bien peur que non, chef, dit Tarlo dans le vacarme ambiant.

Le canon d'une carabine s'arrêta à cinq centimètres de visage d'Alic.

— Saloperie de traître !

Une grenade explosa juste derrière eux et le projeta en l'air au milieu d'un nuage de terre et d'éclats de bois. Alic s'écrasa contre un tronc à deux mètres du sol, avant de retomber comme une pierre. Son champ de force vacillait autour de lui, proche de la rupture, et un air brûlant mordait dans sa chair meurtrie. Dans sa vision virtuelle, les lignes de texte vertes devinrent de vulgaires gribouillis illisibles, barbouillés sur un fond infernal orange vif. À travers son voile de douleur, il aperçut la tête noir charbon de l'Agent, qui continuait à rouler sur le sol fumant en s'éloignant de lui.

Tarlo marchait vers elle. Alic tenta de se relever. Son flanc gauche était complètement insensible.

—Yen ! Jim ! À l'aide !

Tarlo ramassa la tête. Ses fusées crachèrent deux jets de flammes bleues presque invisibles, et il s'éleva dans l'orage rouge qui consumait la forêt en traînant dans son sillage une cascade d'étincelles bleues et blanches.

—Vic, descendez-le ! Ne le laissez pas embarquer sa mémoire. Vic, c'est Tarlo. Vic ? appela Alic d'une voix proche du gémissement.

Il roula sur le dos et pointa son pistolet ionique en direction du plumet d'étincelles produit par le fuyard, prêt à tirer. Sauf qu'il n'en avait pas la force. Sa main était entièrement écorchée, couverte de sang, et deux de ses doigts brisés étaient pliés en arrière.

—Je te retrouverai, lâcha-t-il d'une voix rauque, tandis que des vagues de chaleur déferlaient sur lui sans lui laisser de répit. Je te retrouverai, sale fumier !

* * *

Mellanie était déjà au troisième étage de la clinique lorsqu'elle remarqua que quelque chose ne tournait pas rond. Les programmes espions qu'elle avait soigneusement infiltrés dans les systèmes des deux premiers niveaux ne répondaient plus. À vrai dire, le réseau tout entier était comme mort.

Elle s'immobilisa pour passer en revue la faible quantité de données encore disponibles. Elle avait déjà piraté trois interfaces de cet étage, mais n'avait obtenu aucune réponse. En tout cas, le réseau central de la clinique n'avait déclenché aucune alarme, ce qui était très étrange. Pourtant, les systèmes de gestion devaient avoir repéré des anomalies. Toutefois, elle n'avait aucun moyen de le vérifier.

Jusque-là, elle n'avait croisé que deux employés en route pour leur poste de travail, des techniciens en grande conversation, qui n'avaient absolument pas fait attention à elle. Son uniforme d'infirmière était plus efficace qu'une combinaison de combat furtive. Il n'y avait personne d'autre dans le couloir. Elle vérifia une seconde fois, hésitante. L'une des chambres qu'elle voulait visiter se trouvait tout au fond, à moins de trente mètres.

Des sections entières du réseau de l'étage commençaient à s'effondrer.

— Merde ! siffla-t-elle.

Elle n'était pas la seule à avoir infiltré les ordinateurs de la clinique. Malheureusement, son concurrent était bien plus doué qu'elle. Processeur par processeur, l'établissement tout entier était en train de s'éteindre.

Trois mètres derrière elle, il y avait une cage d'escalier. Mellanie lança un regard en coin à la suite Nicholas. Elle était si proche du but. L'un des juristes qu'elle traquait se trouvait de l'autre côté de cette porte. Sauf que les sbires d'Alessandra semblaient avoir investi les lieux. S'ils savaient qu'elle était ici, alors le patient était au courant lui aussi.

Pourquoi les hommes d'Alessandra se fatigueraient-ils à se cacher ? Ils sont dans le même camp, non ?

Mellanie revint précipitamment devant la porte de la cage d'escalier. Elle poussa fermement la barre. Aucune alarme ne se mit en route car les circuits qui l'entouraient étaient morts. La porte s'ouvrit et lui permit de détecter une source importante d'énergie électromagnétique. Mellanie sursauta quand une silhouette en armure lui posa le canon d'un pistolet sur le front.

— Pas un geste, dit calmement une voix d'homme. Ne criez pas et n'essayez pas de prévenir qui que ce soit.

Mellanie se força à verser quelques larmes, ce qui ne lui demanda pas beaucoup d'efforts.

— Je vous en prie, ne tirez pas.

Ses jambes tremblaient. Une deuxième silhouette glissa derrière la première, bientôt suivie par cinq autres.

Apparemment, Alessandra a décidé de ne rien laisser au hasard.

— Tournez-vous, reprit le premier homme. Croisez vos poignets dans votre dos.

Les types se déployaient dans le couloir. Mellanie n'aurait jamais cru que des combinaisons aussi massives et lourdes pouvaient se déplacer aussi silencieusement. Une fine cordelette de plastique s'enroula autour de ses poignets.

— Aïe !

— Silence ou j'utilise un brouilleur neural.

Ses implants, supposait-elle, seraient sans doute en mesure de contrer une telle attaque. Toutefois, il lui faudrait d'abord les activer, arriver au bout de la séquence. Et après, que ferait-elle ?

— Excusez-moi, chuchota-t-elle.

— Par ici.

On l'entraîna dans l'escalier.

— Votre nom ?

— Euh… Lalage Vere. Je suis infirmière dans le service de soins dermatologiques.

Elle sentit une pression sur sa main.

— Le nom est bien dans les fichiers, mais la biométrie ne correspond pas.

— Pas étonnant, commenta une femme.

Mellanie reconnut cette voix. Elle laissa échapper un soupir de soulagement, mais ne put s'empêcher de faire la grimace. Un gant lourd et dur se posa sur son épaule et la fit pivoter sur ses talons. Il devait bien y avoir une dizaine de silhouettes armées, dont une notablement plus petite que les autres.

— Bonsoir, Mellanie, dit cette dernière.

— Oh, bonsoir, inspecteur principal Myo. Je ne m'attendais pas à vous voir ici.

Elle s'efforçait de ne pas perdre contenance, mais, en vérité, elle était écœurée que Myo n'ait pas été bernée par sa nouvelle couleur de cheveux et ses tâches de rousseur.

— On a retrouvé le concierge en bas, reprit Paula. Attaché à un banc, dans les vestiaires. Vu la dose de narcotiques qui circule dans son sang, c'était pour le moins superflu.

— Ah, bon ? On laisse des types pareils travailler dans une clinique ? Cela m'étonne.

— Ce qui m'intéresse, Mellanie, c'est la raison de votre présence ici.

— Le journalisme commençait à me taper sur les nerfs. J'ai décidé de changer de profession.

— Mellanie, des vies sont en jeu dans cette affaire. De nombreuses vies. Alors, pour la dernière fois, que faites-vous ici ?

Mellanie soupira. Impossible de s'en tirer par une pirouette.

— J'ai retrouvé les avocats. D'accord ? Ce n'est pas un crime, tout de même. Ce sont eux qui doivent être arrêtés, et nous savons toutes les deux pourquoi.

— Vous parlez de Seaton, Daltra et Pomanskie ?

— Oui.

— Ils sont ici ?

— Eh bien, oui ! Je viens de vous le dire.

— Quand sont-ils arrivés ?

— Vous ne le saviez pas ? demanda Mellanie avec suffisance. En fait, ils reçoivent des traitements dans cette clinique depuis qu'ils ont quitté New York.

— Quel genre de traitements ? Des implants militaires ?

— Je ne suis pas sûre. Comme vous m'avez interrompue... Un nouveau code génétique, des choses comme cela. En tout cas, ça leur a coûté un max.

— Dans quelles chambres sont-ils ?

— Il y en a un dans la suite Nicholas, à cet étage, et deux autres dans la suite Fenay, au cinquième.

— Bien, merci. À partir de maintenant, nous prenons les choses en main.

— Quoi ? Mais vous ne pouvez pas...

— Grogan, faites-la descendre et confiez-la à Renne.

Un gant lui agrippa le bras et des doigts métalliques se refermèrent douloureusement sur sa chair.

— Aïe ! C'est moi qui les ai trouvés. Vous pourriez au moins me laisser couvrir les événements pour l'émission.

— Ce ne serait pas une bonne idée. Cet environnement n'est pas très sûr.

— Je me débrouillais très bien avant que vous débouliez.

Elle s'interrompit. Si Myo ignorait la présence des avocats dans la clinique, alors pourquoi... ?

Grogan l'entraîna vers l'escalier. Son armure était beaucoup trop puissante pour espérer lui résister.

— Vous me devez quelque chose, Myo.

— Nous discuterons toutes les deux un peu plus tard. Vous avez effectivement beaucoup de choses à me raconter. Beaucoup.

Mellanie goûta assez peu cette dernière remarque.

* * *

— Mise au point tactique, annonça Paula. Nous avons appris la présence de trois nouvelles cibles, en plus de Bernadette. Localisations possibles : une dans la suite Nicholas, deux dans la Fenay. Soyez très prudents. Il y en a peut-être d'autres. Apparemment, c'est ici que les agents de l'Arpenteur viennent se faire poser leurs implants.

Le plan affiché dans sa vision virtuelle lui indiquait la position de tous ses équipiers. Rapidement, elle décida d'en assigner trois à chacun des avocats.

— Hoshe, vous pourriez examiner les terminaux infiltrés par Mellanie ? J'aimerais vérifier si elle nous dit la vérité.

— Nous y travaillons. J'ignorais qu'elle était si forte.

— Mellanie commence à m'intéresser, mais il nous faut d'abord nous occuper de la clinique.

— Le réseau du troisième niveau est mort, annonça Hoshe. Nous installons nos programmes sur ceux des niveaux quatre et cinq, et préparons la prise du niveau six.

— Très bien, dit Paula en examinant le plan. Warren, montez au quatrième.

— Compris.

— Renne, quand Mellanie sera là, mettez-la aux arrêts et isolez-la des autres employés de la clinique. Interdisez-lui de passer le moindre appel. C'est très important.

— Comme vous voudrez.

— Quel est l'état de notre périmètre ?

— Il tient bon. On dirait que la moitié des flics de la ville a décidé de débarquer ici.

— Zut ! C'est ce que je craignais. Quelqu'un va forcément remarquer que quelque chose d'anormal se prépare.

— On me confirme que les trois admissions en question correspondent au profil de nos avocats, dit Hoshe. Mellanie dit la vérité.

— On s'est fait repérer, les prévint Warren Halgarth. Par quatre employés et un patient. On ne peut pas les retenir tous.

Paula jura, bien que leur opération furtive les ait déjà menés plus loin que prévu.

— Tout le monde en alerte. Ils savent que nous sommes

ici. Section d'assaut, passez immédiatement à l'action. Et trouvez Bernadette.

Elle se mit sur le côté pour permettre à l'équipe censée investir le troisième étage de se déverser dans la cage d'escalier.

—Merde! s'exclama Warren. Le patient est truffé d'implants militaires. Il nous provoque.

—C'est un des avocats? demanda Paula, tandis que son plan se mettait à jour.

Les différentes équipes se déployaient à tous les niveaux. Matthew Oldfield et cinq officiers se dirigeaient vers la suite Fenay, alors que John se rapprochait de la suite Nicholas. À peine un tiers des employés de la clinique avaient été confiés à Renne, qui se chargerait de leur sécurité.

Paula entendit le grondement étouffé d'une explosion. Des flocons de poussière tombèrent des conduits qui couraient le long de la cage d'escalier en béton. Il y eut des cris. Hoshe usa de logiciels agressifs pour infiltrer et prendre le contrôle du réseau de la clinique.

Paula agrippa sa carabine à plasma et s'engagea dans le couloir. Les portes s'ouvraient, les gens jetaient des regards inquiets, hurlaient. D'autres encore se barricadaient. Les officiers en armure abattirent toutes les portes closes pour extirper des chambres clients et infirmiers terrifiés. John King et ses deux camarades enfoncèrent la porte de la suite Nicholas. Un jet de plasma fut lâché. Dans le couloir, les cris montaient crescendo.

—Désactivez vos armes et sortez de là, tonna le haut-parleur de la combinaison de John.

Il y eut une forte explosion dans la suite. Un nuage de fumée et de débris envahit le couloir.

—Il a percé un trou dans le plancher, annonça John. Il a sauté au niveau deux.

—Compris, dit Marina. On se déploie.

L'équipe de John chargea dans la suite. Dans le couloir, Paula faisait la circulation, agitait les bras, envoyait des signaux à ceux de ses équipiers qui sortaient des chambres en poussant ou en portant employés et patients.

— Ne laissez personne tout seul, ordonna-t-elle. Ils doivent d'abord passer entre les mains de la police scientifique.

— Contact visuel avec Bernadette ! s'exclama Warren. On y va !

Paula tourna les talons et se précipita vers l'escalier. Une nouvelle explosion coupa toutes les lumières. Elle ne voyait plus le décor que grâce à ses microradars et sa vision infrarouge. Le système anti-incendie se déclencha, une alarme hurla et le sol fut inondé. Juste devant elle, le plafond menaça de s'écrouler et les murs se fissurèrent.

— Elle ne veut pas se rendre, dit Warren. Un complice s'est joint à elle. Tous les deux sont très bien équipés.

— Vous pouvez les désarmer ? demanda Paula.

— Aucune chance.

Au moment où Paula atteignait la cage d'escalier, une rafale d'explosions retentit, qui se répercuta dans le puits de béton. L'éclairage d'urgence s'alluma, et des rais jaune vif transpercèrent la fumée grise qui tourbillonnait dans l'atmosphère. Un long convoi d'officiers en armure escortait un troupeau de prisonniers vers les étages inférieurs. Paula se faufila dans la marée humaine.

— Deux ennemis pris en chasse, annonça Matthew. Se cachaient dans la suite Fenay.

— Tâchez de les prendre vivants.

— Je ferai de mon mieux.

— Il pleut des débris de verre sur toute la place, dit Renne dans son casque.

— Vous ne voyez personne ? demanda Paula. Si leurs champs de force sont suffisamment puissants, ils pourraient essayer de sauter par une fenêtre.

— Non, pas pour l'instant.
— Restez vigilante.
Paula atteignit le quatrième niveau. Les explosions et les fusils à plasma s'étaient tus. Il n'y avait plus ni couloir, ni chambres élégamment aménagées. La quasi-totalité des murs s'était effondrée et la vue était ouverte sur tout l'étage. Il y avait des débris partout. Certains étaient encore fumants, d'autres saturés d'eau et de mousse bleue. La majeure partie du plafond s'était écroulée, et les poutres porteuses de la tour étaient mises à nu. Heureusement, elles semblaient tenir le choc. De l'eau jaillissait à torrent de plusieurs conduits éventrés et formait plusieurs mares crasseuses sur le sol. Les fenêtres avaient toutes été soufflées.
Plusieurs corps gisaient dans les ruines.
— C'est la fin du monde, ma parole, s'exclama Paula.
— Désolé, répondit Warren. Nous n'avons pu faire autrement que de les tuer.
— D'accord. Où sont les corps? Nous avons besoin d'une confirmation ADN.
— Par ici.
Il enjamba des tas de débris et la guida autour du cœur de la tour. Là, plusieurs hommes étaient occupés à dégager des survivants à moitié enterrés.
— Nous pensons que ce sont ces deux-là.
À l'intérieur de son casque, Paula fit la moue. Les corps avaient été sérieusement brûlés, avant d'être écrasés par des poutres en acier et des pans de béton. Une eau noirâtre baignait leurs extrémités carbonisées. Ce qui restait de leurs vêtements noircis était collé à leur peau. Paula reconnut un fragment du pantalon bleu marine que portait Bernadette durant la partie de cache-cache qui s'était déroulée dans la journée. Sous les bandes de sa combinaison génératrice de champ de force, sa peau était intacte. Ses bras présentaient des blessures caractéristiques provoquées par l'implosion

de batteries internes, du genre de celles qui alimentaient les armes à énergie. Paula produisit un petit lecteur d'ADN, dont elle appliqua le capteur en fourche sur un segment d'épiderme préservé.

—C'est elle, confirma-t-elle tandis que les données affluaient dans sa vision virtuelle.

L'autre cadavre était légèrement plus grand. Un homme, sans doute. Paula l'examina de près. Les blessures de ses jambes avaient des causes externes. Il n'avait donc pas de bouclier d'énergie. Malheureusement, la totalité de sa peau était brûlée, rendant impossible l'usage externe du lecteur d'ADN. Paula fut donc contrainte de serrer les dents et d'enfoncer les capteurs dans le corps, jusqu'aux organes préservés.

—Apparemment, il ne possédait aucun implant offensif.

Alors, elle remarqua les lambeaux de ses vêtements, rouge sombre comme les uniformes du personnel de la clinique. L'ADN n'était pas répertorié dans les banques de données de la sécurité du Sénat. Elle demanda donc à son assistant virtuel de se connecter aux fichiers de la police de Tridelta.

—Vous êtes certain qu'il s'agit bien du deuxième ?

—Pas vraiment, répondit Warren. Mais c'est de ce coin-là qu'on nous a tiré dessus.

—Vous êtes sûr qu'ils étaient deux à tirer ?

—Absolument.

—John, vous avez retrouvé votre cible ?

—Affirmatif. Son ADN est étrange. Il comporte des variantes, çà et là, mais il s'agit bien de Daltra.

—Merci. Matthew, où en êtes-vous ?

—Deux ennemis abattus. L'un est Pomanskie. L'autre est très amoché et nous essayons de récupérer quelques morceaux à analyser.

Paula regarda longuement le corps non identifié.

—Bernadette était venue rencontrer quatre personnes. Qui pouvait bien être cet homme ?

Elle entreprit de jeter un regard circulaire sur l'étage, puis se figea. Il y avait une large fissure dans le cœur même de la tour, à environ cinq mètres de là. Deux yeux d'aigles se détachèrent de sa combinaison et s'enfoncèrent dans le gouffre.

— Bon sang, mais c'est un puits d'ascenseur.

Les senseurs guidés à distance lui montrèrent que le puits desservait une soixantaine d'étages vers le haut, et que toutes les portes étaient fermées. Vingt étages plus bas était stationnée une cabine. Paula décida d'envoyer les yeux d'aigles vers le bas. La trappe située au sommet de la cabine était à moitié tordue. Les capteurs se faufilèrent à l'intérieur. Il y avait un trou dans le plancher, par lequel il était possible de voir le fond du puits.

— Alerte générale ! Nous avons un fuyard, peut-être même plusieurs. Contact visuel perdu il y a environ sept minutes, ce qui est largement assez pour sortir d'ici. Renne, renforcez le périmètre de sécurité.

* * *

Renne avait plutôt mal supporté d'être mise à l'écart. Après tout ce que le bureau parisien avait traversé ces derniers temps, elle aurait voulu enfiler une combinaison de combat pour se défouler un peu. Au lieu de quoi, on lui avait confié l'organisation de ce périmètre. Entre autres choses. Car, en plus de servir de liaison avec la police locale, il fallait vérifier l'identité de toutes les personnes qui étaient évacuées de la clinique. Nombreuses seraient celles à avoir des antécédents criminels – ce n'était pas vraiment une clinique comme les autres – et à être truffées d'implants. Paula insistait beaucoup sur le fait que le périmètre devait rester absolument clos. Travailler de nouveau avec elle était agréable. Renne aurait juste voulu participer plus activement à l'opération. Et puis, elle se demandait si Paula ne l'avait pas un peu mise à l'écart à cause des soupçons qu'elle avait eus à son égard.

Le simple fait d'avoir un jour figuré sur la liste des suspects était difficile à avaler. La patronne ne changerait donc jamais sa méthode de travail. Logique et systématique jusqu'au bout. Renne était vraiment pressée de comprendre comment Tarlo avait pu les trahir. Ils avaient quand même travaillé ensemble pendant près de quinze ans.

Les cellules qu'ils avaient installées dans le sous-sol de la tour étaient presque pleines. Les combats semblaient avoir cessé. Il ne pleuvait plus de débris sur la place, même si l'eau continuait de couler le long de la façade à cause des conduits éventrés et des fenêtres soufflées.

Renne longea la barricade de la police et leva les yeux vers le ciel sombre. Les étages de la clinique étaient facilement identifiables ; les baies vitrées n'étant plus là, ils brillaient d'une lueur ambrée sur la toile de fond noire de la tour. C'était la seule source de lumière visible à cette hauteur, et ce dans toute la ville.

Des officiers de police et des robots patrouilleurs montaient la garde le long des barricades et tâchaient de repousser les citoyens trop curieux. Elle était heureuse de constater que le travail était fait consciencieusement, malgré l'annonce du retour des vaisseaux.

— Il n'y a personne, chef, dit-elle à Paula. Vous voulez qu'on envoie la police locale fouiller les étages inférieurs ?

— Pas encore. Hoshe est en train de sceller les niveaux un à un. Nous allons devoir scanner tout le bâtiment, ainsi que toutes les personnes qui en sortiront.

— La nuit promet d'être longue.

— Effectivement.

— Vous avez entendu la nouvelle ? Les vaisseaux sont de retour, la mission s'est soldée par un échec.

— Cela ne présage rien de bon.
— L'Arpenteur était-il dans le coup ?
— Je ne sais pas. Je demanderai son avis à l'amiral Kime.
— Vous connaissez l'amiral ?
— Oui.

Renne savait qu'elle n'aurait pas dû être surprise. Mais, dans ce cas, comment Columbia avait-il fait pour la mettre à la porte ? Car il l'avait bien mise à la porte, non ? Avec la patronne, tout était possible. Elle ne lâchait jamais un suspect.

Renne tourna les talons et commença à se diriger vers le poste de commandement de l'opération, que Hoshe avait installé dans le sous-sol de la tour. Du coin de l'œil, elle remarqua quelqu'un qui s'éloignait de la foule, de l'autre côté de la barrière de sécurité. Elle fronça les sourcils. Une fille à la crinière blonde descendit du trottoir et traversa Allwyn Street. Ce n'étaient pas ses cheveux qui avaient attiré l'attention de Renne, mais plutôt sa démarche. La fille se pavanait presque, avançait la tête haute, sans se soucier des véhicules qui s'arrêtaient pour ne pas l'écraser. Ce type d'arrogance était caractéristique des gosses de riches nés dans les Dynasties intersolaires et les Grandes familles. Des gamines comme Isabella Halgarth, par exemple.

Renne passa par-dessus la barricade, se fraya un chemin dans la foule de badauds et se retrouva bientôt sur le trottoir désert. La fille s'éloignait rapidement, de l'autre côté de la rue. Sa taille correspondait. Ses vêtements aussi – décontractés, mais manifestement chers. Elle portait un pull rouge, une jupe portefeuille courte couleur améthyste ornée de pinces métalliques, et de hautes bottes noires.

— Je vais peut-être avoir besoin de renforts.
— Pourquoi ? demanda Hoshe.
— Je ne suis pas sûre. Je crois avoir repéré Isabella Halgarth.

— Où ?

— Allwyn Street. Je me connecte aux caméras de surveillance de la rue.

Renne garda un œil sur le trafic et se précipita sur la chaussée. Les voitures freinèrent brutalement et klaxonnèrent furieusement. Un cycliste auquel elle venait de couper la route lui hurla des obscénités.

— Elle monte dans un taxi.

Effectivement, la fille venait de grimper dans un véhicule bleu et vert et de refermer la portière.

— Son numéro ? demanda Hoshe.

— Je ne le vois pas. Mais il y a une trompette orange collée sur la portière. Elle se dirige vers l'ouest, précisa-t-elle en arrêtant un taxi Ables Puma de couleur marron rouge. On roule vers l'ouest, dit-elle à l'ordinateur de bord.

— D'accord, j'interroge la régulation du trafic pour la trouver. Apparemment, la trompette est le logo des taxis Murray.

— Renne, vous avez besoin de renforts, intervint Paula. Ne l'approchez pas de trop près. Elle est extrêmement dangereuse.

— Je garderai mes distances, répondit-elle en allumant son champ de force. Je l'observerai de loin.

— Parfait. Une voiture de police est en route. Elle vient de quitter le commissariat de Greenfield, dit Hoshe.

Renne était collée au pare-brise du taxi et mettait ses implants rétiniens à contribution pour retrouver la trace de la voiture bleu et vert. Soudain, ses tatouages l'informèrent que quelqu'un était en train de la scanner en profondeur. La source de l'émission fut détectée. Renne se retourna aussitôt et vit qu'Isabella Halgarth se tenait sur le trottoir, à sa hauteur, et la fixait sans bouger. Son bras droit était levé, pointé en direction du taxi.

— Oh, merde…

Renne ferma les yeux.

Le maser atteignit la batterie de la voiture, qui explosa avec violence et décolla à trois mètres du sol. Le champ de force de Renne fut submergé dès la première seconde. Néanmoins, il fit son office, et, lorsque la police scientifique vint faire son travail, elle retrouva son implant mémoire parmi les nombreux morceaux de chair éparpillés alentour. Une fois revenue à la vie, Renne serait en mesure de se rappeler sa mort.

Découvrez le début de :

JUDAS DÉMASQUÉ

L'ÉTOILE DE PANDORE – 4

I

La vision de la plate-forme d'assemblage lui rappela l'époque où *Seconde Chance* était en construction dans le ciel d'Anshun. Nigel avait l'impression que plusieurs siècles s'étaient écoulés depuis cette période qui, dans ses souvenirs, était synonyme de calme et de douceur de vivre. Son fils Otis et Giselle Swinsol le guidaient à travers l'écheveau cylindrique de poutrelles et de morphométal à l'intérieur duquel l'assemblage de *Speedwell* allait bon train. Le navire colon de la Dynastie, ensemble de sections sphériques arrangées autour d'un axe central, était beaucoup plus imposant que *Seconde Chance*. Jusque-là, Nigel avait mis en route onze de ces chantiers et avait donné son accord pour quatre autres vaisseaux. En théorie, une seule de ces arches aurait pu transporter suffisamment de matériel génétique et d'équipement pour démarrer de zéro une civilisation technologique. Toutefois, Nigel n'avait aucune raison de se contenter du minimum, d'autant que sa Dynastie était la plus importante du Commonwealth. Une flotte de vaisseaux de sauvetage garantirait le succès de toute nouvelle mission de colonisation. Néanmoins, il n'était plus trop certain de vouloir lancer la construction d'une seconde fournée d'arches. Comme tout le monde, il avait espéré que les navires de la Marine réussiraient à venir à bout de la Porte de l'enfer. La réapparition des trous de ver primiens autour des vingt-trois planètes perdues avait été un choc difficile à encaisser. Il ne s'était pas attendu à une défaite d'une telle ampleur.

—Nous en avons déjà mis quatre en service, expliquait Otis. *Aeolus* et *Saumarez* devraient effectuer leurs vols d'essai d'ici une dizaine de jours.

—Nous ne sommes malheureusement pas certains d'avoir dix jours devant nous, rétorqua Nigel. Giselle, je veux que vous vérifiiez notre protocole d'évacuation. Notre objectif devra être de sauver un maximum de membres de cette Dynastie. Pour cela, il vous faudra travailler main dans la main avec Campbell et commencer par sécuriser les trous de ver qui relient nos différents points de ralliement. Nous utiliserons principalement les trous de ver de la division exploratoire, mais il faudra également prévoir des solutions de secours.

—Compris.

Son visage élégant était légèrement enflé à cause de l'apesanteur, mais elle parvint tout de même à prendre un air inquiet en se mordant les joues.

—Quelles sont les probabilités pour que nous en arrivions là ? demanda-t-elle.

Nigel s'arrêta de dériver en agrippant une barre de carbone à la base d'un bras manipulateur. Il examinait le réacteur de *Speedwell*, hémisphère en forme de champignon situé à l'avant, cannelé comme un parapluie ouvert sur les premières sections sphériques. Le revêtement externe était fait d'un alliage d'acier et de bore, qui donnait à la coque des airs de carapace de coléoptère.

La plupart des systèmes robotisés du vaisseau étaient repliés à l'intérieur de l'entrelacement de poutrelles qui englobaient la vaste construction. Les sections préfabriquées sur Cressat avaient été fixées les unes aux autres. Ne manquaient plus que quelques sphères autour des réserves d'énergie et des circuits environnementaux.

—Seuls les Primiens le savent, répondit-il. Notre dernière opération s'étant soldée par un échec, je pense qu'ils ne tarderont pas à contre-attaquer.

—Ils ignorent les coordonnées de ce monde, intervint Otis. À vrai dire, ils ne connaissent même pas son existence, puisqu'il n'est mentionné sur aucune base de données du Commonwealth. Le jour où démarrera la deuxième vague d'invasions, ils auront le plus grand mal à nous trouver ; cela nous laissera une marge de manœuvre.

—Je n'ai pas envie d'évacuer, dit Nigel. Nous n'utiliserons cette flotte qu'en dernier recours. Pour le moment, je suis disposé à user de notre arme la plus efficace pour défendre le Commonwealth. C'est la raison de ma venue ici.

Otis eut un sourire pincé.

—Les frégates vont-elles enfin passer à l'action? demanda-t-il.

—Oui, mon fils. Tu devras partir au combat.

—Mon Dieu, enfin! Je commençais à me dire que j'allais assister à cette guerre depuis mon fauteuil.

—Ne sois pas si enthousiaste. Je préférerais que nous ne subissions pas de pertes.

—Papa, tu vas quand même les rayer de la carte...

Nigel ferma les yeux. Ces derniers temps, il se surprenait à regretter de ne pas être croyant. Si seulement il y avait un dieu, n'importe quel dieu, voire une simple entité omnipotente, pour entendre ses prières.

—Je sais.

—Les frégates sont loin d'être opérationnelles, fit remarquer Giselle. Et notre arme n'a pas été testée. En fait, nous venons tout juste de terminer la fabrication de ses composants.

—C'est la raison de ma présence ici, répondit Nigel, heureux de pouvoir se concentrer sur un sujet bien concret. Nous allons devoir accélérer la cadence.

— D'accord, mais je ne vois pas trop comment !

— Montrez-moi où nous en sommes.

La baie d'assemblage des frégates se situait dans une salle en morphométal séparée, accrochée à la plate-forme principale comme une bernache noire. Nigel se laissa dériver jusqu'à elle, puis entra à l'intérieur par un tube de liaison pourvu de bandes d'électromuscles semblables à des tire-fesses. Il eut aussitôt l'impression d'avoir remonté le temps, tant le chantier avait des airs de salle des machines du XIXe siècle. La chaleur et le vacarme y étaient infernaux ; des bruits métalliques se succédaient sans pause, et l'atmosphère était chargée d'une odeur de plastique brûlé. Des bras hydrauliques pareils à des pistons de moteur bougeaient dans tous les sens, occupant le moindre espace disponible. Des manipulateurs robotisés plus petits allaient et venaient sur des rails, s'arrêtaient brusquement, avant de fondre sur une pièce à souder à la vitesse d'un serpent attaquant sa proie. Des hologrammes circulaires rouges brillaient un peu partout pour tenir les employés à distance de cette machine mouvante complexe. Au centre de cette commotion mécanique trônait la silhouette sombre et menaçante de la frégate *Charybde*. Une fois terminée, elle ressemblerait à un ellipsoïde aplati de cinquante mètres de long enveloppé dans un matériau furtif actif ; pour le moment, elle était dépourvue de coque.

— Quand sera-t-elle terminée ? demanda Nigel.

— Encore une dizaine de jours pour l'assemblage, répondit Giselle. Autant pour la préparation au vol d'essai.

— C'est beaucoup trop long, dit-il en dégageant sa main d'une bande Velcro pour aller examiner l'installation de plus près. Où en sont les trois autres chantiers ?

— Les autres frégates ne sont pas aussi avancées. À vrai dire, le montage n'a même pas débuté. Nous attendons d'en avoir fini avec la première de façon à peaufiner les réglages.

Après cela, il sortira une frégate de chaque baie tous les trois jours.

Nigel agrippa la base d'un bras manipulateur sous un des panneaux holographiques et se perdit dans la contemplation de ce mouvement perpétuel cybernétique. Un peu plus loin, il reconnut le renflement lisse de la cabine de l'équipage. Plus de vingt robots étaient à l'œuvre qui ajoutaient des éléments, connectaient tubes et câbles au module enserré dans une cage métallique.

— Eh ! cria une voix masculine. Vous êtes aveugle ou quoi ? Restez derrière ce panneau d'interdiction, s'il vous plaît.

Mark Vernon jaillit d'un tube de liaison à cinq mètres de Nigel. On aurait dit qu'il sortait d'une piscine remplie d'un fluide rouge.

— Ce que vous faites est très dangereux. Nous n'avons pas encore installé les systèmes d'arrêt d'urgence.

— Ah ! fit Nigel. Merci de m'avoir prévenu.

Giselle, qui se tenait près de lui, faisait les gros yeux à Mark. Celui-ci battit des paupières, reconnaissant enfin la personne sur laquelle il venait de crier.

— Oh ! Euh, bonjour, monsieur. Giselle...

Mark s'empourpra, mais ne se confondit pas en excuses. Nigel lui en sut gré. Le technicien était clairement le patron de cet atelier. L'assistant virtuel de Nigel sortit son dossier et croisa diverses références. *Merde ! Y a-t-il quelqu'un, dans cette galaxie, qui ne soit pas lié de près ou de loin à Mellanie ?*

— Mark Vernon, lâcha Giselle dans un soupir. Le chef de la plate-forme d'assemblage.

— Heureux de faire votre connaissance, Mark, dit Nigel.

— Euh, ouais, fit l'autre sur un ton revêche. Il faut faire attention, ici, monsieur. Je ne plaisantais pas.

— Je comprends. Alors, c'est vous l'homme compétent de la maison ?

Mark haussa les épaules, mouvement difficile à effectuer en apesanteur sans se mettre à tournoyer. Il agrippa aussitôt une poutrelle en aluminium-lithium pour s'immobiliser.

—Intégrer toutes ces machines dans cet atelier n'est pas une mince affaire, mais j'adore cela.

—Je vous prie de m'excuser, mais je vais faire de votre vie un enfer.

—Comment ? Pourquoi ? demanda Mark en se retournant vers Giselle, qui paraissait elle aussi perturbée.

—J'aurais besoin d'une frégate opérationnelle dans le système de Wessex sous une trentaine d'heures.

Mark sourit jusqu'aux oreilles.

—Impossible. Je suis désolé. C'est tout simplement infaisable. Cet appareil, reprit-il en désignant d'un geste du bras la carcasse en construction, est le premier de sa génération, ce qui signifie que nous rencontrons un problème nouveau toutes les dix minutes. Attention, ces vaisseaux seront magnifiques et, une fois que mon équipe et moi aurons mis en place la séquence d'assemblage ultime, nous pourrons en produire autant que vous voudrez. Toutefois, pour l'instant, nous n'en sommes pas là. Nous en sommes même très loin.

Nigel sourit lui aussi, mais il n'avait pas du tout envie de rire.

—Détachez cette baie de la plate-forme, fixez-la à une des arches terminées, et continuez à travailler pendant votre transfert vers Wessex.

—Hein ? fit Mark, dont la mâchoire menaça de se décrocher, malgré l'absence de gravité.

—Y a-t-il une raison technique valable pour ne pas le faire ?

—Eh bien, disons que je n'y avais jamais réfléchi ! Mais, non, il n'y a pas de contre-indication technique.

—Bien. Je veux qu'elle soit attachée et prête à partir

dans une heure. Emmenez qui vous voudrez, mais je veux que *Charybde* soit apte à voler en temps et en heure.

— Vous voulez que j'y aille aussi ?

— Vous êtes l'expert, non ?

— Oui, mais… Enfin… Bien sûr. Puis-je savoir pourquoi vous avez besoin d'une frégate là-bas ?

— Parce que je suis intimement persuadé que Wessex sera en tête de la liste des prochains systèmes attaqués par les Primiens.

— D'accord. Je vois.

— Ne soyez pas modeste, Mark. Vous avez fait un travail formidable à Randtown. Je suis fier que vous soyez un de mes descendants. Je sais que vous ne nous laisserez pas tomber.

Nigel envoya des messages à Otis et Giselle, puis s'éloigna vers le tube de connexion.

— Les armes devront elles aussi être embarquées avec la baie. J'aimerais rencontrer les scientifiques chargés du projet. Quelle arche me conseillez-vous pour accomplir cette mission ?

— *Prospecteur* a déjà effectué deux vols d'essai, dit Otis. Les vérifications sont presque terminées. Je pense que c'est la solution la plus évidente.

— *Prospecteur*… Qu'il en soit ainsi.

Mark resta accroché à la mince poutrelle et regarda Nigel Sheldon glisser le long du tube de sortie. Il transpirait par tous les pores, si bien que sa peau était entièrement recouverte d'une fine pellicule humide et glacée.

— En tête de la liste des prochains systèmes…, chuchota-t-il, désespéré. Oh, non, pas encore !

* * *

Il était 4 heures du matin sur Illuminatus lorsque Paula se rendit à la station de CST. Toutes les personnes présentes dans la tour Greenford avaient été examinées par la police scientifique et plusieurs criminels avaient été arrêtés ; ils avaient l'intention, ou étaient en train, de se faire implanter des jouets illicites. Les hôpitaux de la ville soignaient les blessés de la tour et du restaurant *La Canopée*. Une équipe d'ingénieurs civils examinait les dégâts provoqués par la destruction de la clinique Saffron pour déterminer si la structure du bâtiment avait été endommagée. Les techniciens rassemblaient les ordinateurs qui avaient survécu pour les étudier à fond.

Paula retira son armure de combat dans le centre de contrôle et la confia à l'équipe logistique, qui se chargerait de tout rapporter au laboratoire. Elle enfila une combinaison à champ de force, puis revêtit une longue jupe grise et un haut ras du cou en coton blanc. Sa large ceinture de cuir ornée d'une chaîne en argent était du plus bel effet. Elle venait de sa garde-robe personnelle, mais les techniciens de la sécurité du Sénat l'avaient un peu modifiée.

— Tout va bien ? demanda Hoshe.

— Tout ne s'est pas véritablement passé comme prévu, répondit-elle, tandis que son assistant virtuel intégrait les systèmes de sa combinaison et de sa ceinture. Avec un peu de chance, nous aurons l'occasion de nous rattraper. Sommes-nous prêts pour le voyage de retour ?

— Les équipes sont en position et l'équipement est activé, répondit-il en jetant un coup d'œil aux quatre caisses noires qui contenaient la « cage ».

— Bien. Alors, allons-y !

Ils descendirent dans le parking souterrain provisoirement transformé en zone de détention. Des robots gardiens armés y surveillaient un carré délimité par un filet sécurisé. Deux officiers de la police locale montaient la garde de part et d'autre de la porte d'entrée. Il ne restait plus qu'une seule personne à l'intérieur.

avoir tout oublié, mais les images remontent à la surface. C'est horrible.

Paula décida que la jeune femme était sincèrement troublée.

— La mort, surtout lorsqu'elle fauche tant de gens innocents, est difficile à appréhender, dit-elle.

Hoshe regardait par la fenêtre, le visage parfaitement impassible.

— Vous avez eu des victimes dans vos rangs ? demanda Mellanie.

— Quelques-unes, oui.

— Je suis désolée.

— Tous savaient ce qu'ils risquaient, tout comme vous. Ils seront ressuscités.

— À condition que le Commonwealth continue d'exister.

— Nous allons tout faire pour…

Dépôt légal : mars 2018

Achevé d'imprimer en France en mars 2024
par Dupliprint à Domont (95)
N° d'impression : 2024031707 - N° d'édition : 8227177